BASTEI
LÜBBE

© Nils Lund Pedersen

Per Helge Sørensen,

geboren 1968, ist Ingenieur von Beruf und hat unter anderem im dänischen Forschungsministerium gearbeitet. M@ilstorm (Bastei Lübbe Taschenbücher 14813) war sein erster Roman und hat begeisterte Kritiken von Presse und Lesern bekommen.

Per Helge Sørensen

INTRIGENSPIEL

Ins Deutsche übertragen von
Thorsten Alms

BASTEI
LÜBBE

BASTEI LÜBBE TASCHENBUCH
Band 15 271

1. Auflage: Februar 2005

Vollständige Taschenbuchausgabe

Bastei Lübbe Taschenbücher ist ein Imprint
der Verlagsgruppe Lübbe

Deutsche Erstveröffentlichung
Titel der dänischen Originalausgabe: *Spin*
erschienen bei Lindhardt & Ringhog, Kopenhagen.

Umschlaggestaltung: Bianca Sebastian
Titelbild: Corbis, Michael Prince
Satz: hanseatenSatz-bremen, Bremen
Druck und Verarbeitung: Nørhaven Paperback A/S, Viborg
Printed in Denmark
ISBN 3-404-15271-9

Easy Living

Es war halb zwölf an einem Samstagvormittag, und Herman hatte einen flüchtigen Blick auf das Paradies werfen dürfen.

Es war ihm durch den Spalt zwischen einem dunkelbraunen Veloursvorhang und einer Wand aus schwarzem Granit erschienen. Nur ein Vorhang, in der Mitte ein wenig enger geschnitten, sodass der Spalt dort ein paar Zentimeter breiter war, und schon konnte er sehen – konnte praktisch gar nicht vermeiden zu sehen –, wie ein paar Jeanshosen langsam zwei schlanke, glatte Beine hinaufglitten und sich weiter über die Oberschenkel auf ihr göttliches Ziel zu bewegten: ein Paar stramme, weiße Pobacken, vollkommen entblößt wie zwei perfekte Halbmonde, zwischen die sich allein das dünne, schwarze Band des Strings schmiegte.

Herman atmete tief ein und zwang sich, von dem Spalt wegzusehen. Er ließ seinen Blick über die Fußbodenbretter und weiter in den Raum hinein wandern, in dem suchende Gestalten zwischen niedrigen, weißen Lehnstühlen, Tischen mit glatten Zeitschriften und vereinzelt aufgestellten Kleiderständern umherdefilierten. Ein paar Sekunden lang vermochte er seinen Blick zu bändigen, während sich die Gestalten im Wechsel vornüber beugten und zwischen den Kleiderbügeln blätterten. Dann drängten seine Augen unwillkürlich zurück zu den auf einem Podest gelegenen Ankleidekabinen, zu dem Spalt, hinter dem die Hosen nun über das letzte Stück der Pobacken gezogen wurden, und wo seine Augen über den Wandspiegel Zeugen wurden, dass die tief sitzenden Hüfthosen vorn kaum über das Höschen hinausreichten, sondern so tief an den Hüften hingen, dass der Gipfel des Venusbergs nach wie vor hinter dem Bündchen zu erspähen war. Herman schluckte, als der göttliche Körper die Hosen zurechtzog und begann, vor dem Spiegel zu posieren. Vergeblich versuchte er seine Augen zu überreden, weiter zu gleiten, vorbei an diesem Spalt, weg von diesem überirdischen Traumbild aus strammen Pobacken, einem samthäutigen Bauch und ...

»Und, wie sitzen sie?«

Das Traumbild glitt schlagartig aus seinem Fokus. Eine der Verkäuferinnen stand hinter ihm und sprach durch den Spalt zwischen der Granitwand und dem Vorhang der benachbarten Ankleidekabine.

»Ich weiß nicht so recht?«

Der Vorhang wurde zur Seite gezogen, sodass Herman seine nicht ganz so traumhafte Wirklichkeit – sie hieß Karin – in voller Lebensgröße betrachten konnte, während sie sich auf dem Podest der Ankleidekabine hin und her drehte.

Es waren die gleichen Hosen, bemerkte Herman. Auf dieser Seite der Granitwand waren sie allerdings gar nicht so weit gekommen, auf den Hüften zu hängen, sondern hatten sich ein gutes Stück weiter unten festgefahren, gebremst durch den Reibungswiderstand des Stoffes gegen die Schenkel.

»Die Länge ist schon mal nicht verkehrt«, stellte die Verkäuferin fest, während ihr Blick abschätzend die Hosenbeine hinunterglitt.

Hermans Augen folgten ihrem Blick, und er wusste, was sie sah. Die Ausbuchtungen an den Seiten der Oberschenkel, durch die jene charakteristische Silhouette zu Stande kam, welche die Gedanken in die Richtung von langen, roten Jacken, glänzenden Stiefeln und Pferdewiehern lenkte. *Reiterhosen*. Herman hatte den Ausdruck in einer Frauenzeitschrift gelesen.

»Was meinst du?«

Karin schaute ihn an. Die Verkäuferin sah ihn ebenfalls an.

Jetzt wusste sie es. Dass er der Mann war, der zu den Reiterhosen gehörte.

»Ich finde, du siehst wunderschön aus«, antwortete Herman.

»Dummerchen«, lächelte Karin kopfschüttelnd. »Wie du die Hosen findest.«

»Vielleicht sind sie ein wenig zu eng um die Oberschenkel?«

»Ich kann versuchen, sie eine Nummer größer zu finden«, sagte die Verkäuferin ohne große Hoffnung in der Stimme.

Herman kannte den Tonfall aus der Frauenzeitschrift, in der man eine Reihe guter Ratschläge zur Verbesserung der Situation gegeben hatte (lange Beinkleider, dunkle Stoffe, Naturschwammmassage), wo die hinter dem scheinbaren Optimismus verborgene Botschaft aber unmissverständlich war: Reiterhosen sind unheilbar. Das Folgeheft hatte die Themen Fettabsaugung und plastische Chirurgie behandelt.

Die Verkäuferin begab sich zwischen den Kleiderständern auf die Jagd, und Karin zog sich wieder hinter den Vorhang zurück. Durch den Spalt konnte Herman erkennen, wie sie den Bauch einzog und die Hose aufknöpfte. Durch den Spalt auf der anderen Seite der Granitwand konnte er die gleiche – hier allerdings deutlich unbeschwertere – Handlung beobachten. Herman versuchte vergeblich, die Kontrolle über seine Augenmuskulatur zu behalten, als beide Hosen heruntergezogen wurden und er einen Augenblick lang ein ziehendes Gefühl verspürte. Als befände sich ein schwarzes Loch in seinem Bauch. Zweifel. War dies tatsächlich sein Schicksal? Vierunddreißig Jahre alt und zu lebenslangen Reiterhosen verurteilt? Dann riss er sich zusammen. Er zwang seinen Blick zu seinem eigenen Spalt zurück und ließ ihn auf der Gestalt seiner Auserwählten ruhen, während er sich selbst daran erinnerte, dass es im Leben wichtigere Dinge gab als das Aussehen: Nähe. Innigkeit. Zusammengehörigkeit. Viel wichtigere Dinge, die jedoch nicht verhindern konnten, dass seine Blicke auf die falsche Seite der Wand zurückglitten. Dass sie an dem dünnen, spitzenbesetzten Band zwischen die Pobacken hinunterkrabbelten und weiter ...

Und was? Sein Blick blieb zwischen den Pobacken hängen. Das konnte doch wohl nicht wahr sein! Es war nicht einmal drei Stunden her, dass er nach einem mehrere Stunden langen und intensiven Samstagsfick mit seiner Liebsten aus dem Bett gestiegen war. Karin war zweimal gekommen, und Herman ... Herman hatte eigentlich mehr Lust gehabt, aufzustehen und Frühstück zu machen, als sie den Punkt erreicht hatten, an dem es für Karin gut genug gewesen war und er sich gestatten konnte, sein eigenes Vergnügen in den Vordergrund zu stellen. Und an dem er nur mit äußerster Anstrengung in der Lage gewesen war, sich zu einem Orgasmus zu bringen, der sich nur unwesentlich besser angefühlt hatte als zu pissen, wenn man es dringend musste, aber das war eigentlich nicht das Entscheidende. Das Entscheidende war, dass ... dass ... dass ... irgendwas mit Liebe, und Gefühlen und ... und ...

und wie sollte man sich überhaupt auf das Entscheidende konzentrieren können, wenn dieser göttliche Körper dabei war, sich aus einer Bluse zu schälen, und sie jetzt praktisch nackt in den mikroskopisch kleinen Strings dastand, während Hermans Blick durch den Spiegel ihr gegenüber willenlos die Innenseite ihrer Schenkel hinaufgezogen wurde, vorbei an dem Höschen, über den straffen Bauch und weiter zu den kleinen, milchweißen Brüsten, die sich dem Himmel entgegenreckten, und den langen Hals hinauf zu den leicht geöffneten Lippen und dem silbernen Gitter vor den dahinter liegenden Zähnen.

Hermans Blick verfing sich in einem Wirrwarr aus Stahldrähten und Silberblenden. In der sich plötzlich öffnenden Perspektive bemerkte er die kindlichen Züge des Gesichts, die Gummibänder im blonden Haar, die Rattenschwänzchen. Und im selben Moment bemerkte er auch zwei braune Augen, die durch den Spiegel direkt in seine eigenen blickten.

Er wandte sich abrupt ab. »Bist du bald fertig?«, fragte er durch den Vorhang der Ankleidekabine nebenan.

»Fertig?«, fragte Karin verwundert. »Ich wollte sie doch noch in einer anderen Größe anprobieren.«

»Natürlich.«

Herman riskierte einen schnellen Blick, den er umgehend wieder zurückzog. Das Mädchen behielt ihn durch den Spalt im Auge, während sie ihre Hosen wieder anzog. Herman wandte ihr den Rücken zu und versuchte, seinen Blick lässig über das Ladenlokal schweifen zu lassen. Die Verkäuferin wühlte zwischen den Bügeln an der gegenüberliegenden Wand. Von einem Kleiderständer in der Mitte des Raumes bewegte sich eine groß gewachsene Frau auf die Ankleidekabinen zu. Schlanke Beine. Langes, blondes Haar. Braune Augen. Und Ende dreißig? Herman wurde von einer unangenehmen Vorahnung ergriffen.

»Vielleicht warte ich besser draußen?«, schlug er nervös vor.

»Kannst du nicht noch einen Augenblick hier bleiben?«, bat ihn Karin von der anderen Seite des Vorhangs. »Ich würde gerne wissen, was du dazu sagst.«

»Ich glaube nur ...«

Hinter ihm hatte die Frau die Ankleidekabine erreicht. Sie zog den Vorhang ein kleines Stück zur Seite.

»Wie sitzen sie, mein Spatz?«

Die Frau – die Mutter! – steckte ihren Kopf hinter den Vorhang. Herman konnte das Mädchen mit leiser Stimme antworten hören. Die Mutter beugte sich weiter vor und sagte wieder etwas. Jetzt ebenfalls im Flüsterton.

»Ich glaube nur, dass ich irgendwie mal ein bisschen raus muss«, versuchte es Herman erneut.

»Es dauert nur drei Sekunden«, protestierte Karin.

»Ja, aber ...«

Das geflüsterte Gespräch gewann an Intensität. Die Mutter war jetzt komplett hinter dem Vorhang verschwunden.

»Ich brauche wirklich mal ein bisschen frische Luft.«

Hinter ihm zog sich die Mutter aus der Ankleidekabine zurück. Der Vorhang wurde zur Seite gerissen. Das Mädchen stieg vom Podest herab. Und, oh Gott. Sie war zwei Köpfe kleiner als Herman. Sie war noch ein Kind.

»Ich muss jetzt also wirklich mal ein Weilchen nach draußen.«

Herman drehte sich mit einer abrupten Bewegung um und begann zum Ausgang hinüberzugehen. In seinem Rücken spürte er die verärgerten Blicke des Mädchens und der Mutter. Er beschleunigte seine Schritte. Einen Augenblick lang glaubte er, dass sie ihm hinterherriefen. Dass sie versuchten, ihn zurückzuhalten. Dann war er durch die Glastür und draußen auf der Straße.

Auf dem Bürgersteig vor dem Laden versuchte Herman, die ganze Angelegenheit mit einem Schmunzeln abzutun. Durch das Schaufenster hielt er Ausschau nach Karin. Sie stand immer noch bei den Ankleidekabinen. Dahinter diskutierte die Mutter mit der Verkäuferin. Sie wollte erzählen, dass ... nein, jetzt ging sie zum hinteren Ende des Ladens. Und vor ihm kam Karin aus dem Ladeneingang. Herman schenkte ihr ein breites Lächeln. Es war Samstag, rief er sich ins Bewusstsein. Sie wollten sich einen schönen Tag machen.

»Hast du sie gekauft?«, fragte er mit einem strahlenden Lächeln und versuchte, sie auf die Wange zu küssen.

»Ich kann doch nichts kaufen, wenn ich das Gefühl habe, dass du unbedingt weiterwillst.«

»Aber das war doch nicht der Grund.« Hermans Lippen verfolgten die Wange, die sich immer wieder wegdrehte. »Ich brauchte einfach nur ein bisschen frische Luft.«

»Du hättest doch nur zu sagen brauchen, dass du keine Lust hast.« Karin sah ihn beleidigt an. »Du selber hast doch vorgeschlagen, dass wir in diesen Laden gehen. Dass ich ein paar von diesen tief sitzenden Hüfthosen anprobieren soll.«

»Mir ist da drinnen einfach nur ein bisschen schwindelig geworden«, begann Herman noch einmal und gab seine Kussversuche auf. »Ich glaube, es lag an der Wärme. Ich brauchte wirklich ein bisschen ...«

Karin hatte sich schon umgedreht und ging den Bürgersteig hinunter zu ihren Fahrrädern.

»Wo fahren wir jetzt hin?«, fragte Herman und folgte ihr verunsichert.

»Nach Hause, denke ich?«, antwortete sie über ihre Schulter.

»Nach Hause?«

»Wenn dir so schwindelig ist.«

»Ja, aber ...«

Aber sie hatten sich doch einen schönen Tag machen wollen. Das Wochenende war noch so jung. Wenn sie nach Hause gingen, wäre es schon vorbei, bevor es richtig angefangen hatte. Herman wäre dann genötigt, sich mit gewissen ... Umständen auseinander zu setzen, mit denen er sich lieber nicht auseinander setzen wollte. Unangenehme Details, die er für das Wochenende in der untersten Schublade in einer Kommode ganz hinten in der letzten Ecke seines Hinterkopfes verstaut hatte.

»Aber wir wollen doch noch nicht nach Hause«, beeilte er sich zu sagen, bevor die Schublade begann, sich zu bewegen. »Es ist Samstag. Wir wollen uns einen schönen Tag machen.«

»Aber wenn es dir doch schlecht geht?«

»Es geht mir wieder sehr viel besser.«

Karin drehte sich vor den Fahrrädern um. »Bist du sicher?«

»Vollkommen«, sagte Herman. Er beugte sich vor und konnte endlich seinen Kuss abliefern. Sogar auf die Lippen.

»Also, was wollen wir machen?«, fragte er.

Karin zuckte die Schultern.

»Sollen wir ins Café gehen?«, schlug Herman vor.

»Wäre das nicht ein bisschen früh?«, meinte Karin. »Wir haben doch gerade erst gefrühstückt.«

»Dann lass uns doch shoppen«, bot Herman stattdessen an. »Willst du dir nicht noch ein paar Sachen anschauen?«

»Ich glaube, ich würde lieber ein anderes Mal gehen. Wenn es dir sowieso gerade ...«

»Mir geht es prächtig.«

»Trotzdem.«

»Dann könnten wir vielleicht ...« Herman versuchte schnell zu denken, bevor es in der Kommode anfangen würde, zu rumoren.

»Wir könnten vielleicht zum italienischen Reisebüro runterfahren?«, schlug Karin vor und zeigte ein strahlendes Lächeln.

Das italienische Reisebüro? Eine neue Schublade ruckelte in Hermans Hinterkopf.

»Glaubst du, dass es heute geöffnet ist?«

»Natürlich ist es geöffnet. Es ist zwölf Uhr.«

»Viele Reisebüros sind am Samstag geschlossen«, meinte Herman.

»Also, das glaube ich nun wirklich nicht«, sagte Karin verwundert. »Aber wir können ja mal hinfahren und gucken. Es liegt direkt hinter dem Strøget.«

»Vielleicht ist es ein bisschen ...«

Vielleicht war es ein bisschen zu früh, jetzt schon einen Urlaub für die Sommerferien zu buchen? Zu endgültig?

»Was?« Karin sah ihn fragend an.

»Vielleicht wäre es eine bessere Idee, zuerst im Internet die Preise zu vergleichen.«

»Wir können trotzdem schon mal hinfahren und gucken, was sie so haben.«

»Aber wenn wir jetzt eine Reise finden«, begann Herman zögernd, »und uns in sie verlieben. Und sie buchen, ohne zu wissen, was man im Internet so finden kann. Und dann kommen wir nach Hause und finden ein paar, die noch besser sind. Oder billiger.« Er konnte selbst hören, dass er Unsinn faselte, hatte aber Schwierigkeiten, aufzuhören.

»Sollen wir dann besser nach Hause fahren und im Internet gucken?«

»Nach Hause?«

Es rumorte im Hinterkopf.

»Ich finde nicht, dass wir nach Hause fahren sollten«, bestimmte Herman.

»Willst du nicht im Internet nach Urlaubsreisen gucken?«

»Ich dachte, wir könnten das heute Abend machen.«

»Und was willst du jetzt machen?«

Was wollte er? Was wollte er? Die Kommodenschubladen schnellten auf. Die Monster sprangen heraus: Das Angebot an die Versicherung, das im Laufe des Sonntags per E-Mail geschickt werden musste. Die Monatsabrechnung, die immer näher rückte. Und das Größte von allen: die Exo-Situation. Herman spürte, wie sein Magen sich zusammenzog.

»Vielleicht können wir ins Casa gehen?«, brachte er heraus.

»Hast du denn Lust dazu?«

»Wir haben immer noch kein neues Sofa für das Wohnzimmer gefunden.«

Karins Miene hellte sich auf. »Ja, das könnte nett werden«, sagte sie mit einem warmen Lächeln.

Das konnte es nämlich. Der Casa Shop. Der Traum vom perfekten Leben, ausgestellt auf zwei riesigen Etagen. Und vollkommen ungefährlich. Auch wenn Sofas irgendwie auch etwas Definitives hatten? Aber nur, wenn man sie kaufte. Und wenn man überhaupt etwas Positives aus der Exo-Situation ziehen konnte, dann war es die Erkenntnis, dass es bestimmt nicht die richtige Zeit war, um ein Sofa bei Casa zu kaufen.

»Lass uns dort hingehen«, beschloss Herman erleichtert. »Dann können wir nachher noch ins Café gehen.«

Er legte den Arm um seine Liebste, und sie begannen zum Casa hinunterzuschlendern. Das Wochenende war gerade richtig in Fahrt gekommen. Die Kommodenschubladen waren geschlossen. Es war Samstag, und sie wollten sich einen schönen Tag machen.

Einige Stunden später hatte Karin ihre Wohnung mit Requisiten aus dem perfekten Leben eingerichtet. Und obwohl sie in Wirklichkeit wohl eine andere und noch perfektere Wohnung eingerichtet hatte – eher fünf Zimmer mit zweieinhalb Metern Platz bis zur Decke irgendwo nördlich der Stadt als drei Zimmer mit Dachschrägen irgendwo in Richtung der westlichen Vorstädte –, war es tatsächlich ein schöner Tag gewesen. Herman hatte genau die richtigen Sachen zur richtigen Zeit gesagt. Er hatte Begeisterung an den Tag gelegt, als sie ihm das niedrige, weiße Ledersofa zeigte, das perfekt ins Wohnzimmer passen würde. Ja, es hatte nicht viel gefehlt, dass er diese Begeisterung wirklich empfunden hätte. Dass er einen Augenblick daran geglaubt hätte, das Leben würde perfekt sein, wenn sie es kauften.

Danach waren sie ins Café gegangen. Sie hatten Zeitungen gelesen. Sie hatten italienische Sandwiches gegessen und warmen Holunderbeersaft getrunken. Jetzt war Karin kurz auf der Toilette. Herman saß allein am Tisch. Und ganz allmählich – in demselben Maße, wie sich der Geschmack von Holunderbeeren, in Pesto marinierter Hähnchenbrust und ofengetrockneten Tomaten verlor – begann sich ein ziehendes Gefühl, ausgehend von einem kleinen schwarzen Loch in seinem Inneren auszubreiten. Ein Loch, das auf lange Sicht natürlich nicht von einem Ledersofa gestopft werden konnte. Das bereits nach einer Woche (oder zwei – das Sofa hatte immerhin 39 000 Kronen gekostet) wieder nachwachsen würde. Während das ziehende Gefühl immer weiter zunehmen würde, und das Sofa sich nur in einen neuen Meilenstein im großen Zweierbeziehungsprojektplan verwandelte. Ein erledigtes Teilziel in einer unendlichen Reihe von Zielsetzungen: die Etagenwohnung, die Reise in die Toskana. Und ganz weit draußen am Horizont: *das Unaussprechliche.*

Das Unaussprechliche, von dem Herman und Karin vereinbart hatten, dass es im nächsten halben Jahr nicht auf die Tagesordnung gesetzt werden durfte. Das Unaussprechliche, dessen Hinauszögern auf die eine oder die andere Weise die Toskanadiskussion verschärft hatte – als ob die Urlaubsplanung nur als Ersatz für die eigentlich zu entscheidende Frage diente. Das Unaussprechliche ... das flugs mit einem wohl gezielten Tritt in die Kommode zurückverfrachtet wurde. Karin war zurück.

»Stimmt etwas nicht?«

»Was sollte nicht stimmen?«

»Du hast so einen komischen Gesichtsausdruck.«

»Alles in Ordnung«, versicherte Herman und versuchte zu lächeln. Es wollte ihm nicht so recht gelingen. Er hob das Glas und versteckte sich hinter seinem Holunderbeersaft, als er über den Rand hinweg plötzlich das Mädchen bemerkte. Es stand mit dem Rücken an die Bar gelehnt. Die Schultern zurückgeschoben, sodass sich seine Brüste unter dem strammen, bauchfreien T-Shirt aufrichteten. Die Hosen hingen auf ihren Hüften, und der Saum eines leuchtend roten Höschens lugte unterhalb des nackten Bauches hinter dem Hosenbund hervor. Neben ihr lehnte sich eine ihrer Freundinnen mit Rattenschwänzchen und ultrakurzen, weißen Shorts über den Tresen, um mit dem Barkeeper zu flirten, sodass sich die Shorts straff um ihre Pobacken legten und keinen Zweifel daran ließen – Herman beugte sich ungläubig vor, aber da war jeder Irrtum ausgeschlossen –, dass sie absolut nichts darunter trug.

Erschüttert riss Herman seine Augen von der Werbung los und studierte die Überschrift:

Guide to easy living #4 – Go clubbing

Die Anzeige füllte die gesamte Rückseite der Zeitung aus, die auf dem Tisch lag. Es war Samstagnachmittag im *Café K*, konnte man dem Text entnehmen. Die Mädchen hingen an der Bar herum, während die Jungs auf einen Sprung in die Lounge gegangen waren, um einen draufzumachen.

»Was wollen wir zum Abendessen kaufen?«

Herman sah verärgert von seiner Zeitung auf.

»Wir könnten mal eines der Rezepte aus dem neuen italienischen Kochbuch ausprobieren«, schlug Karin gut gelaunt vor.

»Wir könnten stattdessen doch ausgehen?«, regte Herman stattdessen an.

»Ausgehen?«

»Ausgehen und ...«

Clubbing?

»... etwas trinken. Auswärts essen. Danach vielleicht tanzen.« Herman schielte zu der Anzeige hinunter. »Wir könnten ein paar Leute zusammentrommeln.«

»Ein paar Leute zusammentrommeln?« Karin sah ihn erstaunt an. »Wen willst du denn an einem Samstagnachmittag zusammentrommeln? Alle, die wir kennen, haben doch ...«

Der Satz erstarb, bevor er das Unaussprechliche berühren konnte.

»Und wir wollten doch ins Internet«, sagte sie stattdessen. Sie lächelte und legte eine Hand auf seinen Arm. »Wir wollten doch nach Urlaubsangeboten gucken.«

Eine Schublade bewegte sich in Hermans Hinterkopf.

»Kann das nicht bis morgen warten?«

»Du wolltest doch arbeiten.«

Noch eine.

»Aber ...«

Herman betrachtete sehnsüchtig die Zeitung. An der Bar stießen die Mädchen miteinander an. Die Jungs waren auf einen Sprung in der Lounge. Und in der Kommode begannen die Monster, einen draufzumachen.

Es war beinahe Mitternacht, als sie vor ihm auf der Tanzfläche auftauchten. Ihre Hüften schwangen im Takt der Musik. Ihre nackten Bäuche glänzten unter den kurzen, engen T-Shirts.

Hermans Blick wanderte ausgehungert über ihre vollendeten Körper. Hinter ihm auf dem Esstisch standen die Reste eines italienischen Abendessens und zweier Flaschen guten Rotweins. Im Wohnzimmer nebenan schlief Karin fest auf dem Sofa, ihr Gehirn von Talkshows, amerikanischen Filmen und dem letzten Teil eines schottischen Krimis angedickt. Und am Heimarbeitsplatz in einer Ecke des Speisezimmers machten die Mädchen in der Online-Ausgabe der Werbung für das leichte Leben einen drauf.

Herman klickte einmal mit der Maus und erreichte die Lounge, wo die Jungs mit Zigarren in den Mundwinkeln und Whiskygläsern in den Händen auf den niedrigen Sofas lagen, während Serviererinnen in engen, weißen Uniformen sie zärtlich umhegten. Er klickte noch mal und kam zur Tanzfläche zurück. Die ganze Truppe war jetzt auf dem Parkett. Die Mädchen wanden sich mit in die Höhe gereckten Armen. Die Jungs tanzten dicht hinter ihnen und hatten die Hände auf ihre Hüften gelegt. Musik wummerte aus den Lautsprechern.

Herman unternahm einen vergeblichen Versuch, sich loszureißen. Er drehte sich halb auf dem Stuhl um und schaute ins Wohnzimmer. Durch die verglaste Tür konnte er erkennen, dass seine Liebste tief schlafend auf dem Sofa lag.

Dann war er zurück im leichten Leben. Die Mädchen waren alleine nach Hause gegangen. Sie nahmen ihn mit in ihr Schlafzimmer.

Guide to easy living #6 – Playing around

Er wurde in einem Lehnstuhl platziert, während sie ins Bett krabbelten. Sie machten zum Spaß eine Kissenschlacht. Das Mädchen mit den Rattenschwänzchen trug einen dünnen, hellroten Unterrock und kniete auf allen Vieren, mit lediglich einem minimalen String zwischen ihren Pobacken. Unter ihr hielt ihre Freundin einen Teddybär schützend vor sich in die Höhe, konnte ihre entblößten Brüste dahinter allerdings nicht vollständig verbergen.

Herman starrte gierig auf den Bildschirm. Am Rande der Seite versprach ein Link, dass dort *take action* möglich wäre. Er klickte, und ein neues Fenster öffnete sich vor dem Schlafzimmer. Der Bildschirm verwandelte sich in ein dunkles erotisches Universum. Potenzielle Partner boten sich mit ihren neuesten Bildprofilen dar. Die Mädchen luden zum Gangbang in die Lounge ein. In der Bannerwerbung versprach ein Teenager mit Teddybärchen auf dem String, dass hinter ihr Hunderte von willigen Schulmädchen auf ihn warteten, und dann – mit einem blitzschnellen Mausklick – wurde das alles durch den Entwurf eines Versicherungsangebots ersetzt, das im Laufe des Sonntags verschickt werden musste.

»Sitzt du hier und arbeitest?«, fragte Karin schlaftrunken hinter ihm.

»Nur ein kleines bisschen«, murmelte Herman ein wenig kurzatmig.

»Wollen wir nicht ins Bett gehen?«

Herman sah widerstrebend hoch. Er konnte die willigen Körper der Teenagermädchen hinter dem Textverarbeitungsprogramm spüren.

»Du musst doch nicht an einem Samstagabend vor dem Computer sitzen«, meinte sie. »Komm mit ins Bett.«

Er zögerte, die Hand von der Maus zu nehmen.

»Komm jetzt«, lockte sie und streichelte ihm zärtlich übers Haar. »Wenn wir früh aufwachen, können wir es uns noch ein bisschen gemütlich machen, bevor du aufstehen musst, um zu arbeiten.«

»Ich glaube, ich würde lieber noch eine halbe Stunde weitermachen«, antwortete Herman ausweichend.

Karin wandte sich mit einem enttäuschten Seufzer ab. Herman wartete, bis er das Knirschen ihres Bettes hörte. Dann kehrte er in das leichte Leben zurück. Das Mädchen mit den Rattenschwänzchen lag mit leicht gespreizten Beinen da und hielt den Teddybär vor ihren Schoß. Hinter ihr spielte ihre Freundin mit den Gummibändern in ihrem Haar. Eines nach dem anderen zog sie herunter, bis das lange, blonde Haar offen über ihr Gesicht fiel. Sie beugte sich vornüber und ließ ihre Finger durch das Haar gleiten, weiter hinunter über den Hals und zu den Armen, bis der Träger des Unterhemds herunterfiel und die eine Schulter entblößte und Hermans Begierde in einem Feuerball explodierte.

Einen Augenblick später war er bei den Teenagern. Überall um ihn herum boten sie sich dar, mit Schleifen im Haar und roten Lippen. Mit entblößten Bäuchen unter allzu knappen T-Shirts. Mit Stofftieren in den Armen und Strings, die unter Hüfthosen hervorlugten.

Und mittendrin saß sie und ließ ihre Beine über den Rand eines niedrigen Schultisches baumeln. Sie hatte die Beine gespreizt, sodass man den weißen Rand ihres Unterhöschens unter dem kurzen Rock der Schuluniform erahnen konnte, und sie schaute ihn mit einem unschuldigen, herausfordernden Blick an, der nicht den geringsten Zweifel daran ließ, was sie in Wirklichkeit von ihm wollte.

Herman bewegte den Mauszeiger auf den Link und klickte.

Die Zentrifuge

Das Bahnhofsgebäude spuckte seine Brut in den frostklaren Montagmorgen aus. Alle paar Minuten gebaren die aufwärts gehenden Rolltreppen einen neuen Wurf, der sich durch die Schwingtüren auf den schmalen Bürgersteig drängte. Aus unterirdischen Tunneln wälzten sich die Neugeborenen auf kleine Asphaltinseln zwischen den Fahrspuren und blinzelten einen Augenblick lang mit blinden Augen in die klare Sonne, bevor sie sich weiter in die gelben Busse tragen ließen.

Vor dem Bahnhof versuchte sich einer der Neugeborenen aus dem Gedränge zu befreien. Ein jüngerer Mann in einer offenen, grauen Windjacke und mit einer abgewetzten, braunen Ledertasche in der Hand. Er führte ein schnelles Ausweichmanöver durch, drängte sich durch die Menge und rettete sich auf den leeren Bürgersteig an der Längsseite des Bahnhofs in die Freiheit.

Kristian Nyholm – Ministerialrat Kristian Nyholm – fuhr nicht mehr mit dem Bus. Nach seiner Beförderung hatte er beschlossen, das letzte Stück zu Fuß zurückzulegen. Sich selbst einen kurzen Freiraum zwischen dem leicht chaotischen Morgen einer dreiköpfigen Familie und dem allumfassenden, totalen Chaos des Ministeriums zu schenken. Einen Freiraum, den er just an diesem kristallklaren Märzmorgen mit einem besonders guten Gewissen genießen konnte.

Endlich einmal durfte er dabei sein. Die Ledertasche, die ihn seit seiner Studienzeit begleitete – die Schultasche, wie Marlene sie zu nennen pflegte –, war voll gestopft mit schweren Akten. Akten, die er gelesen hatte. Und kommentiert. Die bereit waren, in ihren farbigen Mappen weitergeleitet zu werden. Die wesentlichen oder umstrittenen Akten in den roten Mappen. Reden und Konferenzunterlagen in den grünen. Und was war noch in den gelben? Nyholm konnte es sich einfach nicht merken. Akten zur Kenntnisnahme? Aber wann hatte das Ministerium zuletzt etwas vorgelegt bekommen, das allein zur Kenntnisnahme war? Scheißegal. Er hatte die Akten gelesen. Die Deckblätter – blaue DIN-A4-Bögen, zuoberst in den Mappen, auf denen der Inhalt der beiliegenden Papiere auf maximal zehn Zeilen zusammengefasst war – waren mit Nyholms Unterschrift abgesegnet oder mit Korrekturen versehen zum zuständigen Sachbearbeiter zur Neubearbeitung zurückverwiesen worden.

Das hatte natürlich seinen Preis gehabt. Nach einem perfekten Wochenende mit Marlene und Amalie hatte er den ganzen Sonntagabend durchgeackert. Es war spät geworden – Marlene hatte nicht besonders zufrieden geklungen, als er ins Bett gekrochen kam –, aber es hatte sich gelohnt. Nyholm hatte auf der Zugfahrt nichts mehr lesen müssen. Er hatte im Mittelgang gestanden und herablassend die anderen Fahrgäste betrachtet, die mit ihren Papieren auf dem Schoß herumwurstelten, während sie versuchten, die Reste des Sonntags von sich abzuschütteln. Er hatte nicht einmal Lust gehabt, die Zeitung aufzuschlagen. Endlich einmal hatte er die Situation vollkommen unter Kontrolle. Das wollte er genießen.

Nyholm überquerte den Zebrastreifen und setzte seinen Weg in die Innenstadt fort. Um ihn herum wimmelten hektische Schritte und kummervolle Gesichter über den Bürgersteig. Nyholm beschloss, seine Geschwindigkeit noch ein wenig mehr zu drosseln. Die Besprechung – das Ministerreferat – begann erst um halb zehn. Die Akten waren dem Minister in einer dicken, roten Mappe am Freitagnachmittag zugegangen, sodass er sie über das Wochenende studieren konnte. Nyholms Kopie lag in der Schultasche. Das blaue Deckblatt war durch das Kopieren grau geworden, aber die Unterschriften waren deutlich zu erkennen. Die des Sachbearbeiters. Seine eigene. Und die des Staatssekretärs, die noch im letzten Augenblick dazugekommen war. Natürlich rein pro forma. Es war Nyholms Projekt. Sein erstes als frisch gebackener Ministerialrat und Leiter des IT-politischen Büros des Wissenschaftsministeriums. Sein Gesellenstück. Die Zusammenlegung.

Nyholm bog nach rechts in die alte Königsstadt ab, während er die klassischen Elemente dieses Projekts genüsslich vor seinem inneren Auge vorüberziehen ließ. Zwei Behörden. Mit zwei Verwaltungen, zwei Direktoren, zwei Kantinen, alles zweimal. Und dann: die Zusammenlegung. Die Entfesselung von Führungs- und Verwaltungsmannjahren, die an anderen Stellen des Ministeriums genutzt werden konnten (der Staatssekretär freute sich). Rationalisierungen und der Verkauf staatlichen Eigentums (das Finanzministerium freute sich). Und der krönende Abschluss: die Pressemitteilung, die die Zusammenlegung als Bündelung der Kräfte auf dem Gebiet der Informationstechnologie lancierte (die Journalisten freuten sich, worüber sich wiederum der Minister freute). Nyholm gestattete sich ein Lächeln. Es war vorbildlich. Eine organisatorische Meisterleistung, bei der die erreichten Synergien die anfallenden Kosten bei weitem übertrafen. (Alle freuten sich. Mit Ausnahme des Direktors des Informationsamtes, dessen Mannjahre *freigesetzt* wurden, sodass er sich nicht im Geringsten freute, sondern lauthals von fachlichen Unterschieden und kulturellen Barrieren daherjammerte und – so sagte sich Nyholm – in Wirklichkeit nur versuchte, sich an diesem guten Posten festzuklammern, auf den er sich vor Urzeiten einmal gerettet hatte, der sich aber hoffentlich durch eine andere Position als Beauftragter der Gehaltsstufe 38 beruhigen ließ – ohne einen anderen Auftrag, als den Mund zu halten und seine Zeit abzusitzen).

Ein Konvoi gelber Busse lärmte an Nyholm vorbei und stoppte mit quietschenden Bremsen an der Haltestelle weiter vorn. Die Fahrgäste wurden aus den Türen heraus und über die Fahrbahn gespült. Nyholm nutzte die Chance. Er folgte dem Strom, rettete sich auf den gegenüberliegenden Bürgersteig und bog nach links auf den Platz vor der Kirche ab. Einen Augenblick lang verharrte er und betrachtete das Gold der Turmhaube vor dem Hintergrund des klaren, blauen Himmels. Nyholm atmete tief ein und ließ den Himmel und die klaren Linien der Kirche auf sich einwirken. Er war bereit. Der Behördendirektor war nur ein Detail.

Er begann an der Reihe der Bronzefiguren entlang zu schlendern, die an der Seite der Kirche aufgestellt waren. Er hatte immer noch jede Menge Zeit. Dreißig lange Minuten, während derer er sich endlich einmal ganz obenauf fühlen konnte. Er konnte eine Runde durch die Büros seiner Mitarbeiter drehen. Konnte den Computer anwerfen und seine Mails abarbeiten. Vielleicht sogar die alten Nachrichten, das einzige, für das er am vorhergehenden Abend keine Kraft mehr gehabt hatte. Die unbeantworteten, die sich ganz unten im Eingangsordner versteckten und erst zum Vorschein kamen, wenn man den Scrollbalken bewegte. Tickende Zeitbomben, die ohne Vorwarnung durch den Bildschirm hindurch explodieren konnten, als offener Brief an den Minister, als wütender Kommentar in einer Kabinettssitzung oder als Anruf aus dem Büro des Staatsministers, der das gesamte Ministerium in Panik versetzen würde und umgehend zu der fehlenden Reaktion des frisch ernannten Ministerialrats Kristian Nyholm auf eine Mail in seinem Eingangsordner zurückverfolgt werden würde.

Nyholm konnte merken, wie seine Schritte schneller über den Bürgersteig hasteten. In einer halben Stunde könnte er das meiste aus dem Weg räumen. Er bog nach rechts zum Ministerium ab und erhöhte noch mal sein Tempo. Doch dann bremste er sich wieder. Er wollte doch obenauf schwimmen, erinnerte er sich. Er konnte seine Mails auch am Nachmittag lesen, wenn das Ministerreferat überstanden war. Oder am Abend, wenn Amalie zu Bett gebracht worden war. Nyholm holte tief Luft. Er – war – bereit.

Er trat durch die Eingangstür des Ministeriums. Er ging an dem blauen Empfangsschalter vorbei, nahm sich die Zeit, der Rezeptionistin ein freundliches Lächeln zu schenken und ging weiter zum Treppenhaus.

»Kristian?«

Die Rezeptionistin rief ihm vom Schalter hinterher.

»Ole hat nach dir gefragt.«

Nyholms Puls beschleunigte sich schlagartig. Wenn man im Ministerium von Ole sprach, klang immer ein unausgesprochenes Jensen mit. Und wenn man von Ole Jensen sprach, klang ein ebenso unausgesprochenes Staatssekretär mit. Staatssekretär – Ole – Jensen – hatte nach ihm gefragt.

»Ich glaube, es war dringend.«

Dringend? Nyholm betrat das Treppenhaus. Er begann seinen Aufstieg, indem er jeweils zwei Stufen gleichzeitig nahm, obwohl er versuchte, es nicht zu tun. Was konnte denn so dringend sein? Die Akten waren bereits am Freitagnachmittag weitergeleitet worden.

Nyholm bog um die Ecke zur ersten Etage, überquerte den Treppenabsatz und stieß frontal mit dem Budgetchef des Ministeriums zusammen, der gerade aus dem Flur zum Ministerbüro kam.

»Hast du schon mit Ole gesprochen?«

»Ich bin gerade erst gekommen«, erklärte Nyholm.

»Er hat schon den ganzen Morgen nach dir gefragt.«

Nyholm nahm die Stufen zur zweiten Etage in schnellen Sprüngen. Den ganzen Morgen? Es war gerade fünf Minuten nach neun. Er passierte die zweite Etage im Laufschritt. Die Treppe zur dritten war in wenigen Sekunden überwunden.

»Ich glaube, Ole hat versucht, dich zu erreichen«, teilte eine seiner jüngeren Mitarbeiterinnen hilfsbereit mit, als er den Flur betrat.

Er versuchte ihr freundlich zuzunicken, ging weiter den Flur hinunter und bog in sein Vorzimmer ab. Pernille sah von ihrem Schreibtisch auf. Sie hielt den Telefonhörer in der Hand.

»Du sollst Ole anrufen.«

»Ich weiß«, fauchte er und bereute es sofort, als er ihren erschrockenen Ausdruck bemerkte. »Ich habe es schon gehört«, sagte er entschuldigend.

Nyholm betrat sein Büro und schmiss die Schultasche auf den Besprechungstisch. Er tauschte seine Windjacke gegen das Jackett, das an einem Bügel hinter der Tür hing, und ging weiter zu seinem Schreibtisch. Mit einer mechanischen Bewegung schaltete er seinen Computer an, während er auf die Uhr im Display des grauen Telefons neben dem Bildschirm sah. 9:11. Er hatte immer noch reichlich Zeit, aber er musste noch Ole anrufen.

Er setzte sich auf den Schreibtischstuhl und nahm den Telefonhörer ab, während er auf dem Tisch nach der Telefonliste Ausschau hielt. Der Schreibtisch war leer. Er hatte ihn am Freitag aufgeräumt. Er legte den Hörer wieder auf und drehte den Stuhl um 180 Grad. Er konnte sich erinnern, dass er einen Stapel Papiere auf einen der niedrigen Schränke hinter dem Schreibtisch geworfen hatte.

Hastig griff er nach dem Stapel und drehte sich zum Schreibtisch zurück. Er breitete die Papiere auf der Tischplatte aus und versuchte, die Telefonliste zu identifizieren. Hatte sie eine bestimmte Farbe? Nein. Weißes Kopierpapier mit dem hässlichen Logo des Ministeriums ganz oben in der linken Ecke. Sie war nicht dabei.

Nyholm wandte sich dem Computer zu. Sie hatten die Liste im Intranet. Er wartete ungeduldig mit der Maus in der Hand, während kryptische Meldungen von oben nach unten über den schwarzen Hintergrund liefen. Die Festplatte surrte. Warum musste es eigentlich so lange dauern, einen Computer hochzufahren?

Frustriert ließ er die Maus los und griff erneut nach dem Telefonhörer. Das Display informierte ihn, dass es inzwischen 9:15 Uhr war. Er drückte die 9 und wartete auf die Stimme der

Rezeptionistin. Ein paar Sekunden vergingen, ohne dass jemand antwortete. Dann begann es im Hörer zu tuten. Besetzt. Wie konnte denn an der Rezeption besetzt sein?

Er warf den Hörer erneut auf das Telefon und sah sich um. 9:16.

»Pernille?«

Warum hatte er das nicht gleich getan? Weil er zu der neuen Generation von Ministerialräten gehörte, die daran glaubten, dass Bürofachkräfte erweiterte Arbeitsaufgaben bekommen und nicht nur zum Kopieren, Diktieren und zum Herausfinden von Telefonnummern für hilflose Chefs eingesetzt werden sollten und SCHEISS JETZT DRAUF!

»Glaubst du, dass du Oles Telefonnummer für mich herausbekommen könntest?«, rief er in Richtung Vorzimmer.

»2 53 37«, kam die prompte Antwort.

Er griff nach dem Hörer und tippte die Nummer ein. Besetzt. Nyholm knallte den Hörer auf. 9:18. Das hatte doch überhaupt keinen Sinn. Er konnte genauso gut nach unten gehen. Er konnte den Staatssekretär abfangen, bevor sie zum Minister gingen.

Nyholm ging die Treppe hinunter und begegnete dem Budgetchef auf dem Flur zum Ministerbüro.

»Hast du ihn erwischt?«, kam die bekümmerte Frage.

»Ich bin gerade auf dem Weg zu ihm.«

Nyholm betrat das gemeinsame Vorzimmer des Ministers und des Staatssekretärs. Die Sekretärin des Staatssekretärs stoppte ihn mit einer Handbewegung, bevor er überhaupt halb zur Tür hinein war.

»Er telefoniert gerade.«

Nyholm blieb abwartend mitten im Vorzimmer stehen. 9:21 verkündete die Uhr auf dem Telefon der Sekretärin. Nyholm versuchte, sich zu entspannen, während er die Pressemitteilung vor seinem inneren Auge vorüberziehen ließ. *Wissenschaftsministerium bildet Ausreißergruppe* (Überschrift). *Neue Behörde bringt Fahrt in den IT-politischen Einsatz* (Unterzeile). Sie würde unverändert gutgeheißen werden. Schon die Überschrift würde dafür sorgen. Während seiner Zeit als Bürgermeister in der Provinz hatte sich der Minister intensiv um das örtliche Sechstagerennen gekümmert. Auch wenn Nyholm es anderen im Ministerium gegenüber nicht erwähnt hatte, so hatte er doch eine Tendenz wahrgenommen, dass Vorschläge problemlos durchgingen, wenn sie nur mit einer Metapher aus der Welt des Radrennsports verkauft wurden. Nyholm lächelte in sich hinein. Die Unterschrift des Ministers war reine Formalität. In einer halben Stunde würde sie in der Akte liegen. Er sah, dass die Uhr auf 9:22 umsprang. Plötzlich überkam ihn ein leeres Gefühl. Die Akte? Er drehte sich auf dem Absatz um und stürmte auf den Flur hinaus. Er hatte seine Kopie der Akte nicht mit heruntergenommen. Er überwand die Treppe im Sprint und erreichte außer Atem die dritte Etage.

»Die Akte«, rief er wütend vor sich hin, als er durch sein Vorzimmer stürmte. Pernille sah erschrocken auf.

Nyholm warf sich in seinen Schreibtischstuhl und begann in dem Stapel der bunten Plastikmappen herumzuwühlen. Welche Farbe hatte sie? Zur Beschlussvorlage. Also rot. Oder blau? Konferenzunterlage? Nein, rot. Beschlussvorlage. Aber es war eine Kopie. Der Minister hatte die Mappe. Also eine Klarsichthülle. Die Uhr auf dem Telefon sprang auf 9:25. Auf dem Tisch lagen nur bunte Mappen.

Nyholm wandte sich dem Bildschirm zu. Die Akte war auf dem gemeinsamen Laufwerk gespeichert. Er bewegte die Maus. Der Bildschirm knisterte. Langsam tauchte das Login-Fenster auf. Er war immer noch nicht eingeloggt. 9:26. Es würde Ewigkeiten dauern.

»Pernille?« Er hatte es bereits zum Vorzimmer herausgerufen, bevor er bemerkte, dass sie im Türrahmen stand und ihn besorgt anschaute.

»Kannst du sie mir noch einmal ausdrucken? Schnell.«

Sie nickte und lief mit klackernden Absätzen zu ihrem Computer zurück.

Die Uhr sprang erneut um. 9:27. Und Nyholm warf mit den bunten Mappen auf dem Tisch herum. Er hatte sie doch gerade noch gehabt. War obenauf geschwommen. Vor noch nicht einmal einer halben Stunde. Vor dem Ministerium mit seiner ...

Schultasche.

Er rollte mit dem Stuhl zum Besprechungstisch hinüber, ergriff die Tasche und zog die Akte in einer einzigen Bewegung heraus. Schon war er aus der Tür heraus. Er lief bereits zur Treppe, als er hörte, wie Pernille ihm etwas aus dem Druckerraum hinterherrief.

Es war exakt halb zehn, als ein äußerst atemloser Kristian Nyholm das Büro des Staatssekretärs betrat.

»Du bist da?«, fragte der Staatssekretär. »Die Rezeption sagte, du wärst noch gar nicht gekommen.«

Nyholm zuckte die Schultern und verzichtete auf eine Erklärung.

Der Staatssekretär erhob sich von seinem Schreibtischstuhl. »Wollen wir reingehen? Morten ist bestimmt schon da.«

Morten? Harr? Nyholm begleitete den Staatssekretär besorgt in das Vorzimmer. Was hatte denn der Ministerialrat des internationalen Büros auf einer Konferenz über die Zusammenlegung im IT-Bereich zu suchen?

Sie durchquerten das Vorzimmer und betraten auf der gegenüberliegenden Seite das Büro des Ministers. Der Minister saß am anderen Ende des Raumes an seinem Schreibtisch und unterschrieb blaue Deckblätter, während Brinker – sein Sekretär – hinter ihm wartete; bereit, dem Minister eine kurze Erklärung zuzuflüstern, sobald dieser sich mit einem fragenden Ausdruck im Gesicht über die Schulter hinweg zu ihm umwandte. Am Besprechungstisch rechts von der Tür hatte Harr sich bereits den Platz in der Mitte der einen Längsseite geschnappt.

Der Staatssekretär setzte sich links von Harr, während Nyholm eine Zeit lang an der Tür von einem Bein aufs andere trat. Die Plätze am Tisch wurden mit Umsicht so gewählt, dass die Macht mit der Entfernung vom festen Platz des Ministers am Tischende abnahm – wobei ein Stuhl als Pufferzone für den Sekretär des Ministers reserviert war. Es war allerdings Nyholm, der auf dem Stuhl zur Rechten des Staatssekretärs hätte sitzen sollen. Es war sein Projekt. Jetzt hatte Harr sich den Platz gesichert und Nyholm vor die Wahl gestellt, entweder den machtpolitisch korrektesten, aber gleichzeitig marginalisiertesten Platz ganz rechts außen oder die weniger geschützte Position ganz allein an der gegenüberliegenden Längsseite zu wählen. Nyholm entschied sich für die zweite Möglichkeit – das Projekt war schließlich seines! –, ließ aber vorsorglich zwei freie Plätze zwischen sich und dem Zentrum der Macht.

Er zückte seine Akte und machte sich selbst noch mal klar, dass er ganz obenauf schwamm. Obgleich er immer noch nicht begriff, warum Harr hinzugebeten worden war. Nyholm betrachtete ihn nervös über die Tischplatte hinweg. Von seinem ersten Tag im Ministerium an hatte ein unausgesprochenes Konkurrenzverhältnis zwischen ihnen geherrscht. Ein Konkurrenzverhältnis, in dem Nyholm einen entscheidenden Vorsprung gewonnen hatte, als ihm zuerst die Position eines Ministerialrats angeboten worden war. Und in dem er nach wie vor nach Punkten führte, obwohl Harr bereits einen Monat später ein eigenes Büro bekam. Denn während Nyholms Büro eines der zentralen Sachbüros des Ministeriums darstellte, hatte das von Harr nur eine verkrüppelte, beschnittene Funktion ohne wirklichen Aufgabenbereich. Beinahe eine Stabsfunktion. Nur sieben Mitarbeiter, von denen drei Bürofachkräfte waren. Nyholms Büro war mehr als doppelt so groß. Dreimal so groß, wenn man in Akademikern rechnete.

Dieser Gedankengang ließ Nyholms Besorgnis verschwinden. Harrs Anwesenheit war ohne Bedeutung. Am Schreibtisch machte der Minister Anstalten, sich zu erheben, während Brinker mit den unterzeichneten Akten ins Vorzimmer hinauseilte. Dann nahmen auch sie ihre Plätze am Besprechungstisch ein. Es konnte sich nur noch um Sekunden handeln, bis Nyholm die Unterschrift des Ministers in seinen Akten hatte.

»Seid ihr am Freitag gut nach Hause gekommen?«

Um Minuten, korrigierte sich Nyholm. Er hatte die obligatorische Einleitungsphase mit Anekdoten aus dem Wochenendprogramm des Ministers vergessen. Eine der Universitäten hatte offensichtlich ihre Jahresfeier begangen.

»Meine Tischdame war außerordentlich charmant«, fuhr der Minister fort, während er sein fröhliches Lächeln lächelte. »Obwohl sie etwas förmlich wurde, als ich sie fragte, was sie denn so mache.«

Die Beamten warteten geduldig auf die Pointe.

»Ich konnte ja nicht wissen, dass sie die Rektorin war.«

Alle grinsten pflichtschuldig. Der Staatssekretär beeilte sich, die entstandene Pause zu nutzen.

»Wollen wir anfangen?«

Nyholm legte seine Unterlagen vor sich auf dem Tisch zurecht. Auf der anderen Seite des Tisches führte der Staatssekretär eine ähnliche Bewegung aus. Nur mit einem dicken Bündel gefalteten Papiers. Eine Zeitung. Das Dagbladet? Nyholm sah sich verunsichert um. Auch Harr hatte diese Zeitung dabei, sah er plötzlich. Weiter unten neben dem Minister blätterte Brinker im Pressespiegel des Ministeriums.

»Ich gehe davon aus, dass alle den Artikel gelesen haben?«, begann der Staatssekretär.

Rund um den Tisch wurde genickt. Auch Nyholm nickte, während er über Kopf in Harrs Zeitung zu lesen versuchte.

»Dänemark verliert den … alkrieg.« Meinte er in der Überschrift lesen zu können, die zur Hälfte von Harrs Hand verdeckt wurde. Der Malkrieg? Wann war denn ein Malkrieg ausgebrochen? Nyholm nestelte unsicher an seinen Papieren herum. Nicht einmal der Minister hatte seine Akte vor sich auf dem Tisch liegen.

»Hat schon jemand mit dem Staatsministerium gesprochen?«

Der Staatssekretär ließ seinen Blick über die Versammlung wandern. Nyholm wich dem Blick aus und versuchte, den Artikel über Kopf zu lesen. Er war illustriert mit einem großen Bild des – Nyholm musste schlucken – Staatsministers. *Wir sollten aus den Erfahrungen der Schweden lernen*, stand in der Bildunterschrift. Nyholm versuchte weiterzulesen, aber Harrs Arm verdeckte den Text.

»Heute Morgen konnte ich Mikkel vom Sekretariat des Staatsministers erreichen«, antwortete Brinker vom Kopfende des Tisches. »Wir wissen immer noch nicht genau, was passiert ist. Mikkel meint, dass der Staatsminister möglicherweise während des Gipfeltreffens des Nordischen Rates am Freitag das schwedische Portal gesehen hat.«

Nyholm hörte nur mit einem Ohr zu, während er darüber nachdachte, zwei Plätze nach rechts aufzurücken und bei dem Minister mit hineinzugucken. Aber das war natürlich ausgeschlossen.

»Der Staatsminister war offensichtlich sehr beeindruckt.«

Gegenüber faltete Harr die Zeitung ein wenig auseinander »Es wird höchste Zeit für eine ähnliche Initiative in Dänemark«, zitierte er den Artikel mit einem Seitenblick auf Nyholm.

Nyholm lehnte sich noch ein bisschen weiter über die Tischplatte. Harr hatte seine Hand von der Überschrift genommen. »Portalkrieg« stand da natürlich. »Dänemark verliert den Portalkrieg.« Das ergab einen Sinn. Besonders, wenn man sich daran erinnern konnte, was ein Portal war. Nyholm war sich nicht sicher. Er meinte aber, es hätte etwas mit dem Internet zu tun. Eine Art Homepage. Der Name Jubii kam ihm ins Bewusstsein. War Jubii nicht ein Portal?

»Ich weiß aber nicht, wie sie an die Geschichte gekommen sind«, fuhr der Ministersekretär fort. »Mikkel glaubt, dass die Journalistin vielleicht im selben Bus saß, in dem alle zum Abendessen fuhren.«

Der Staatssekretär zuckte die Schultern: »Das Wichtigste ist jetzt, dass wir am Ball bleiben. Die Ansage des Staatsministers ist ja wohl klar.«

Neben ihm nickte Harr eifrig mit dem Kopf, während Nyholm sich vorzustellen versuchte, wie eine dänische Initiative im Portalkrieg aussehen könnte.

»Findest du nicht auch, Hans?«

Der Staatssekretär hatte sich dem Minister am Ende des Tisches zugewandt.

»Ich weiß nicht so recht«, begann der Minister zögerlich. Er schüttelte den Kopf. »Normalerweise fahren wir nicht mit dem Bus zum Nordischen Rat.«

Der Staatssekretär kniff einmal kurz die Augen zusammen.

»Sonst sind es immer Limousinen«, verdeutlichte der Minister.

Es entstand ein Augenblick der Stille, während die Versammlung den Beitrag der politischen Führung des Ministeriums verdaute.

»Wer ist eigentlich diese Journalistin?«, fragte Brinker nach ein paar Sekunden, die wie eine Ewigkeit erschienen.

Alle sahen dankbar auf ihr Exemplar des Artikels.

»Camilla Drejer«, las der Staatssekretär vor.

»Drejer?« Nyholm sah seine Chance gekommen. »Darf ich gerade mal sehen?« Er langte über den Tisch und schnappte sich Harrs Zeitung. »Drejer«, wiederholte er und drehte den Namen in seinem Mund hin und her, als hätte er ihn früher schon einmal gehört. »Das ist doch eine der jungen Wilden.«

»Ist es diese kleine Blonde?«, fragte der Minister mit plötzlich gewecktem Interesse.

»Ich glaube schon.« Nyholm nickte, während er versuchte, den

Artikel schnell durchzulesen. Die Schweden hatten ein neues Bürgerportal gelauncht, ging daraus hervor. Ein gemeinsamer Internetzugang zu den öffentlichen Organen für alle Bürger und Unternehmen.

»Ist sie auf diesem Bild nicht eher dunkelhaarig?«, fragte Brinker und deutete auf die Kopie im Pressespiegel.

»Hier sieht es sogar rot aus«, sagte der Staatssekretär und reichte ihm die Zeitung mit dem Originalfoto.

Der Minister beugte sich interessiert darüber.

»Vielleicht ist es gefärbt?«, schlug Nyholm vor, um Zeit zu gewinnen. »Ich glaube, es ist ein altes Bild.«

»Natürlich könnte es gefärbt sein«, gab der Minister zu, während Nyholm weiter durch den Text hetzte.

Mit dem öffentlichen Informationsportal hat die schwedische Regierung ihr Land an die Spitze des Portalmarktes katapultiert, für den die OECD bis zum Jahr 2005 einen Umsatz von etwa 50 Mrd. Euro prognostiziert, meinte die junge und möglicherweise blonde Wilde in ihrem Artikel. *In der Zwischenzeit fällt Dänemark mangels einer klaren Strategie immer weiter zurück.*

»Wie dem auch sei«, sagte Brinker und deutete auf die Zeitung. »Wenn sie die jungen Wilden darauf ansetzen, meinen sie es ernst.«

Überall am Tisch wurde mit ernster Miene genickt, während Nyholm versuchte, Ordnung in seine Gedanken zu bringen. Es sollte also über diesen Artikel diskutiert werden. Der Staatsminister forderte eine dänische Initiative. Ein dänisches Portal. Aber das erklärte noch nicht alles. Ein dänisches Portal war ja eine lupenreine IT-Initiative. Warum also war Harr hinzugebeten worden?

»Morten, du kennst doch die Schweden aus dem gemeinsamen Öresundausschuss«, sagte der Staatssekretär und wandte sich an Harr. »Glaubst du, dass wir sie zu einer Zusammenarbeit bewegen können?«

Darum.

Harr zuckte die Schultern. »Immerhin haben sie ja auch angebissen, als es um die virtuelle Universität ging«, begann er. »Aber diesmal sind wir ziemlich spät dran.« Harr schielte in den Artikel hinunter. »Ich könnte durchaus versuchen, das Portal in dem Projekt unterzubringen, aber es kommt auf die Finanzierung an.«

»Das Geld könnten wir sicherlich auftreiben«, versprach der Staatssekretär.

Nyholm verfolgte mit wachsendem Unbehagen, wie sich das Portal in ein lupenreines internationales Projekt verwandelte.

»Wenn ich Geld mit reinbringe, lässt sich vielleicht etwas machen«, sagte Harr und warf Nyholm einen herausfordernden Blick zu. »Und wenn wir genügend interne Ressourcen mit einbringen, natürlich.«

Ein lupenreines internationales Projekt mitsamt der Abstellung von Mitarbeitern aus Nyholms Büro.

»Ich kann es beim nächsten Treffen des gemeinsamen Ausschusses zur Sprache bringen«, fuhr Harr fort, während der Staatssekretär zu Nyholms Entsetzen zufrieden nickte.

»Die Frage ist doch ...«, sagte Nyholm und versuchte schnell zu denken, »ob es nicht ein bisschen anspruchslos ist, einfach nur die schwedische Lösung zu kopieren.«

Nyholm sah zum Minister hinüber, der immer noch mit der jungen Wilden des Dagbladet beschäftigt war. Aus dieser Richtung war keine Hilfe zu erwarten.

»Was der Staatsminister wünscht, ist doch vor allem, dass Dänemark das Tempo macht«, sagte er versuchsweise.

»Andererseits gibt es doch keinen Grund, den tiefen Teller neu zu erfinden«, gab Harr zurück. »Der Staatsminister war ja ziemlich begeistert von der schwedischen Lösung.«

»Aber vielleicht ist es trotzdem eine Überlegung wert«, fuhr Nyholm verzweifelt fort, während sein Hirn überkochte bei dem Versuch, etwas zu finden, das eine Überlegung wert war, »... dass wir nicht nur ...«, jetzt kam es, »... im *Windschatten* der Schweden fahren wollen.«

Nyholm bemerkte, dass der Minister von seiner Zeitung aufblickte.

»Wir wollen Dänemark an der *Spitze des Feldes* sehen«, fuhr er fort, während er ein schwaches Nicken des Ministers wahrnahm. »Damit wir in der Ausreißergruppe dabei sind.«

Harr schüttelte verärgert den Kopf. Nicht einmal der Staatssekretär schien begriffen zu haben, was hier gerade vorging.

»Kristian«, begann er freundlich, während Harr lächelnd neben ihm saß. »Ich glaube, wir sollten es Morten zusammen mit den Schweden machen lassen.«

Erst in diesem Augenblick entdeckten sie den interessierten Gesichtsausdruck des Ministers.

Einige Minuten später stand Nyholm mit Brinker, dem Staatssekretär und der Verantwortung für ein Portal, das Dänemarks Position an der Spitze der Ausreißergruppe festigen sollte, im Vorzimmer. Harr hatte sich mit einem bitteren Zug um den Mund die Treppe hinauf verabschiedet.

»Bis wann, glaubst du, kannst du etwas vorbereitet haben, Kristian?«, fragte der Staatssekretär.

Nyholm versuchte zu raten, wie lange so etwas wohl dauern könnte. Ein Portal, das Dänemark an die Spitze bringen würde. Das musste doch mindestens eine Woche dauern. Ein Portal, das Dänemark an die Spitze bringt und vom Staatsminister gefordert worden war, korrigierte er sich. Höchstens ein paar Tage also.

»Ich habe dem Staatsministerium versprochen, dass wir morgen früh eine Pressemitteilung herausgeben.«

Nyholm sah den Ministersekretär schockiert an.

»Sonst verpassen wir diese Chance«, fuhr Brinker fort. »Wir müssen das Thema besetzen.«

»Also wird er sie schon heute Nachmittag bekommen«, folgerte der Staatssekretär. »Könnt ihr das schaffen?«

Nyholm zögerte.

»Wir werden nicht mehr als eine grobe Skizze benötigen«, beruhigte ihn der Staatssekretär. »Der Entwurf eines Konzepts und ein Budget. Und natürlich eine Pressemitteilung.«

Nyholm nickte langsam.

»Und sprich mal mit Harr«, fügte der Staatssekretär hinzu, als Nyholm schon fast zur Tür heraus war. »Ich glaube wirklich, dass wir von den Schweden etwas lernen können.«

Nyholm war auf dem Weg zurück in die dritte Etage, als er spürte, wie eine kreiselnde Bewegung in seinem Kopf mehr und mehr an Fahrt aufnahm. Er betrat sein Büro und wurde unvermittelt gestoppt. Sämtliche Mitarbeiter saßen um seinen Besprechungstisch herum. Verwirrt betrachtete er die Versammlung.

»Haben wir keine Bürokonferenz?«, fragte Katrine – eine der jüngeren Sachbearbeiterinnen – von der einen Längsseite.

Selbstverständlich. Die Bürokonferenz. Die Kommandozentrale, in der Nyholm mit chirurgischer Präzision die notwendigen Entscheidungen traf, durch die die Probleme der Mitarbeiter gelöst und der reibungslose Ablauf aller Vorgänge gewährleistet wurde. Er hatte selbst bestimmt, dass sie jeden Montagvormittag um zehn Uhr stattfinden sollte. Doch jetzt war es bereits fast zwölf Uhr, stellte er verärgert fest. Es lag natürlich am Ministerreferat. Aber trotzdem.

»Leo Alting hat angerufen.« Nyholm wollte sich gerade setzen, als Pernille sich vom Kopfende des Tisches aus einschaltete. Sie wedelte mit einem der orangefarbenen Telefonnotizzettel. »Er sagte, es sei dringend.«

Leo Alting. Der Direktor des Informationsamtes. Nyholm hatte versprochen, ihn direkt nach dem Ministerreferat über den Stand der Zusammenlegung zu informieren.

»Soll ich ihn anrufen?«, fragte seine Sekretärin.

Nyholm ließ seinen Blick unschlüssig über den Tisch schweifen. Die Mitarbeiter wurden allmählich unruhig.

»Nein.« Nyholm traf eine Entscheidung. »Ich rufe später zurück.« Die Kommandozentrale stand an erster Stelle. Der Direktor musste warten.

Nyholm setzte sich auf den leeren Stuhl neben Pernille am Kopfende des Tisches. Genau wie beim Ministerreferat gab es eine feste Sitzordnung. Die jüngsten Mitarbeiter – die Generalisten – saßen an Nyholms Ende des Tisches. Politologen wie er selbst. Leute, auf die er sich verlassen konnte. Am anderen Ende saßen die Mitarbeiter, die er bei der letzten Ressortumverteilung von der EDV-Abteilung des Finanzministeriums geerbt hatte. Die Ingenieure, wie er sie herablassend getauft hatte, um seine eigene Unsicherheit gegenüber einer Gruppe von Mitarbeitern zu überspielen, die nicht nur bereits über fünfzig waren, sondern auch im Besitz fundierter technischer Fachkenntnisse.

»Sollen wir die Runde eröffnen?«

Pernille war die Erste. Im Zuge der Erweiterung der Aufgabenbereiche für Bürofachkräfte hatte Nyholm sie zur Projektsekretärin ernannt. Sorgfältig legte sie sich ihre Übersicht über alle Projekte des Büros auf dem Tisch zurecht.

»Also, in einer Viertelstunde muss ich los«, teilte Katrine mit. »Der E-Kreis hat ein Meeting.«

Neben ihr zog Kåre ein Kantinensandwich hervor und begann, an der Zellofanverpackung herumzuzupfen. Nyholm warf ihm einen vorwurfsvollen Blick zu.

»Ich muss um halb eins zu einer Sitzung im Finanzministerium«, entschuldigte er sich. »Man bekommt da drüben ja nie etwas zu essen.«

Nyholm seufzte. Ein Blick zur Uhr auf seinem Schreibtisch sagte ihm, dass es bereits nach zwölf war. Die Papiere sollten in fünf Stunden unten sein.

»Gut.« Nyholm versuchte, sich zu konzentrieren. »Wir brechen die Runde ab.«

An seiner Seite konnte er Pernilles Enttäuschung spüren.

»Lasst uns mit dem Ministerreferat beginnen.«

Nyholm fing an, die Sitzung vom Vormittag zusammenzufassen. Im Rückblick betrachtet war es gar nicht so einfach, einen roten Faden in die Ereignisse zu bringen. Nyholm konnte spüren, wie sich die Verwirrung am Tisch ausbreitete, und musste sich selbst daran erinnern, was der Sinn und Zweck dieser Kommandozentrale sein sollte.

»Die schlechte Nachricht ist, dass die Zusammenlegung wahrscheinlich verschoben werden muss«, verkündete er. »Zum Ausgleich dafür haben wir ein Projekt übertragen bekommen, das Dänemark an die Spitze bringen soll und das die volle Unterstützung des Staatsministers findet.«

Nyholm verlieh seiner Stimme einen ernsten Klang.

»Ich glaube, dass dieses Projekt eines der wichtigsten dieses Jahres wird. Wenn wir dem Staatsminister das Gewünschte liefern können, wird das mit Sicherheit gebührend zur Kenntnis genommen werden.«

Er sah sich am Tisch um, ergriffen von seinem eigenen Ernst, während er überlegte, wem er die Sache anvertrauen sollte.

Die Ingenieure saßen alt und schwer am anderen Ende des Tisches. Er wusste, dass sie jede Menge Zeit hatten. Kåre biss ein Stück von seinem Sandwich ab. Neben ihm zappelte Katrine bereits ungeduldig herum und wartete darauf, sich auf den Weg machen zu können. Keiner von ihnen hatte auch nur eine Sekunde zu verschenken.

»Wäre das nicht etwas für dich, Espen?«

Nyholm wandte sich dem jüngsten Mitarbeiter des Büros zu. Ein frisch ausgebildeter Politologe, den sie direkt von der Universität geholt hatten. Topnoten durch und durch.

»O.k.« Espen nickte. »Wann soll es fertig sein?«

Nyholm zögerte einen Augenblick. »Es soll heute Nachmittag an den Staatssekretär gehen«, sagte er vorsichtig.

»Heute Nachmittag?«

»Also nur als Entwurf«, beeilte sich Nyholm hinzuzufügen. »Das grundlegende Konzept. Ein überschlagenes Budget. Und natürlich eine Pressemitteilung.«

»O.k.« Espen nickte etwas langsamer.

Nyholm bereitete sich auf den nächsten Punkt vor.

»Vielleicht solltet ihr mal mit dem Informationsamt reden«, schlug eine Stimme vom Ingenieurende des Tisches zaghaft vor.

Nyholm schaute irritiert auf. Hatten sie denn nichts begriffen? Die Zusammenlegung war verschoben worden.

»Dort haben sie ein Internetangebot, das an das schwedische erinnert«, fügte einer der anderen Ingenieure hinzu. »Es heißt Schlüssel für Behörden oder so ähnlich.«

»Also ich glaube nicht, dass es um das Gleiche geht«, sagte Nyholm abwehrend. »Die Schweden haben immerhin ein Portal. Und im Übrigen ...«

Nyholm wurde von einem Telefon gerettet, das im Vorzimmer klingelte. Pernille sah ihn fragend an.

»Also ich muss jetzt wirklich los«, sagte Katrine und stand auf. Neben ihr war Kåre im Begriff, seine Sandwichreste zusammenzupacken.

»Sind wir fertig?« Pernille ließ das Telefon im Vorzimmer nicht aus den Augen.

Die Kommandozentrale war im Begriff, sich aufzulösen.

»Gut. Lasst uns an die Arbeit gehen«, sagte Nyholm resigniert.

Die Mitarbeiter strömten aus dem Büro. Nyholm winkte Espen zu sich. »Sprich auch mit Morten Harr aus dem internationalen Büro«, sagte er, als sein Büro sich geleert hatte. »Er sitzt im gemeinsamen Öresundausschuss.«

»Es ist noch mal Leo Alting«, rief Pernille aus dem Vorzimmer herüber.

Espen sah ihn verständnislos an. »Worüber soll ich mit ihm reden?«

»Sag ihm, dass ich zurückrufe«, rief Nyholm ins Vorzimmer hinüber und wandte sich anschließend an Espen. »Über die Schweden. Rede mit ihm über die Schweden. Aber nicht allzu viel. Hol dir bloß ein paar gute Ratschläge.«

Espen verließ das Büro mit einem verdatterten Gesichtsausdruck. In der Tür begegnete er Pernille.

»Das Ministersekretariat hat auch noch angerufen«, sagte sie. »Wenn der Minister die Unterlagen heute noch bekommen soll, müssen sie spätestens um 16:30 Uhr unten sein. Danach muss er zu einem Empfang des Bankenvereins.«

Nyholm warf einen Blick auf die Uhr in seinem Telefon. Kurz vor eins. Jetzt hatten sie nicht einmal mehr vier Stunden.

»Und ich habe Leo Alting versprochen, dass du so schnell wie möglich zurückrufst.«

Nyholm nickte widerstandslos, während die Zentrifuge, in der er sich befand, ihre Umdrehungszahl erhöhte.

Es war 16:24 Uhr, als Nyholm die Unterlagen Korrektur las. Der Wagen des Ministers wartete mit laufendem Motor in der Tiefgarage, und Nyholm versuchte vergeblich, sich auf die letzten Verbesserungen der Pressemitteilung zu konzentrieren.

Mit dem neuen Portal des Wissenschaftsministeriums ...

Im Vorzimmer klingelte ein Telefon.

Mit dem neuen Portal des Wissenschaftsministeriums ...

Einen Augenblick später stand Pernille im Türrahmen.

»Sag, dass es auf dem Weg nach unten ist«, bettelte Nyholm, der seine Nase in den Akten vergraben hatte. »Ich muss es nur noch ein letztes Mal lesen.«

»Es ist nicht das Ministersekretariat«, kam es von der Tür. »Es ist Leo Alting.«

... auf gleicher Augenhöhe ...

Nyholm schüttelte den Kopf.

»Er sagt, dass es wichtig ist. Und dass er bald nach Hause gehen wird.«

... auf gleicher Augenhöhe ...

»Kannst du ihn nicht zu Espen durchstellen?«

»Er möchte mit dir sprechen.«

... auf gleicher Augenhöhe mit ...

»Und er ist auf dem Sprung nach Hause.«

Auf dem Telefon sprangen die Ziffern auf 16:25.

»Stell ihn jetzt zu Espen durch, verdammt noch mal!« Nyholm schlug mit der flachen Hand auf den Tisch und sah wütend auf. Hinten bei der Tür erstarrte Pernille, als ob sie gerade eine Ohrfeige bekommen hätte. »Stell ihn zu ihm durch«, wiederholte er etwas ruhiger.

Nyholm konnte spüren, dass Pernille sich in das Vorzimmer zurückzog. Er konnte ebenfalls spüren, wie sich sein schlechtes Gewissen rührte, das er allerdings jetzt ignorieren musste.

... mit den anderen nordischen Ländern (darunter auch Schweden) ...

Die Zentrifuge machte ein paar Umdrehungen. Ihm war, als wären nur ein paar Sekunden vergangen, bevor wieder jemand im Türrahmen stand. Diesmal war es Espen.

»Da ist etwas, das du sehen solltest.«

Nyholm machte eine abwehrende Handbewegung. »Die Unterlagen müssen runter.«

»Davor solltest du dir wirklich noch das hier ansehen.«

Espen ging zu Nyholms Schreibtisch hinüber und griff nach der Maus. Der Bildschirm knisterte, und das Login-Fenster erschien.

»Warum bist du nicht eingeloggt?«

»Die Akte ist auf dem Weg nach unten«, murmelte Nyholm erschöpft.

Die Uhr neben dem Bildschirm zeigte 16:29.

»Ich kann es dir bei Pernille zeigen.«

Nyholm folgte ihm willenlos ins Vorzimmer, wo seine Sekretärin wie ein verschreckter Vogel auf ihrem Schreibtischstuhl hockte.

»Könnten wir mal deinen Computer ausleihen?«, fragte Nyholm vorsichtig.

Sie rollte mit dem Stuhl zur Seite.

Über den Schreibtisch gebeugt klickte Espen ein paar Mal mit der Maus und bekam eine Internetseite auf dem Bildschirm angezeigt.

Behördenschlüssel stand mit großen Buchstaben oben auf der Seite.

»Er besitzt alle Funktionen, die wir in unserem Konzept vorgeschlagen haben«, sagte Espen, während er durch die Seiten klickte. »Und sogar noch ein paar mehr.«

Nyholm betrachtete das Angebot skeptisch. Er musste zugeben, dass es ziemlich umfassend schien.

»Aber das kennt doch keiner«, protestierte er. »Unser Portal soll doch ein viel stärkeres Profil in der Öffentlichkeit bekommen.«

»Anscheinend sind wir die Einzigen, die es noch nicht kennen«, sagte Espen trocken. »Es hat täglich mehr als zwanzigtausend Besucher.«

Zwanzigtausend. War das viel? Gab es nicht viele Millionen Internetbenutzer?

»Und das ist viel«, verdeutlichte Espen. »Es ist in den Top Ten der dänischen Internetangebote. Drei Plätze hinter Jubii, wenn dir das ein Begriff ist.«

»Selbstverständlich ist mir Jubii ein Begriff«, knurrte Nyholm. »Aber die Tatsache, dass es viele Besucher hat, bedeutet noch lange nicht, dass es auch die richtigen Besucher hat«, beharrte er. Er wandte sich an Pernille. »Hast du jemals davon gehört?«

Die Sekretärin zögerte einen Augenblick auf ihrem Schreibtischstuhl. »Ich benutze den Behördenschlüssel immer, um Adressen herauszufinden«, sagte sie mit gesenkter Stimme. »Er ist tatsächlich richtig gut.«

Nyholm spürte, wie sich der Raum um ihn zu drehen begann.

»Aber er ist doch kein Portal«, stammelte er schließlich. »Der Staatsminister will doch ein Portal haben.«

»Das ist wohl vor allem eine Frage der Bezeichnung«, meinte Espen.

»Ja, ja.« Nyholm klammerte sich an diesen Strohhalm. »Aber die Bezeichnung ist wichtig. Die Bezeichnung ist entscheidend. Das, was die Schweden haben, ist doch ein Portal.«

»Tja, was die Schweden haben ...«

Espen schob seinen großen Augenblick noch etwas heraus.

»Das war übrigens genau das, was Leo Alting dir die ganze Zeit am Telefon erklären wollte«, fuhr er schließlich fort. »Sie hatten in letzter Zeit einigen Kontakt mit den Schweden gehabt und waren daher ein wenig verwundert über den Artikel im Dagbladet.«

Nyholm spürte, wie die Zentrifuge sich beschleunigte.

»Warum?«

»Weil ...«

Espen zögerte es hinaus.

»Weil das, was die Schweden haben, nur eine Kopie des dänischen Internetangebots ist.«

Die Zentrifuge schickte den Raum auf eine volle 360-Grad-Runde.

»Das dänische Angebot ist in Wirklichkeit sehr viel avancierter. Vor einer Woche haben sie die Version 2.0 gelauncht. Die Schweden sind noch nicht einmal mit der Version 1.0 fertig.«

Mit einem heulenden Geräusch beschleunigte sich die kreisende Bewegung des Raumes um Nyholm herum. Espens und Pernilles Gesichter verschwammen vor seinen Augen. Irgendwo am Rande seines Gesichtsfeldes konnte er eine Digitaluhr erkennen, deren Ziffern gerade auf 16:34 gesprungen waren. Nyholm spürte, wie er langsam das Gleichgewicht verlor. Die Wände rasten vor seinen Augen vorüber. Dann bemerkte er einen Punkt im Raum, wo alles still stand. Ein kleines Stück Linoleum mitten auf dem Fußboden. Nyholm versuchte mit diesem Punkt zu verschmelzen.

Langsam verschwanden die rotierenden Wände aus seinem Bewusstsein.

»Wann, hast du gesagt, wurde Version 2.0 gelauncht?«, fragte er. Er sah zu Espen hinüber, während er sich auszumalen versuchte, welchen Preis Leo Alting dafür verlangen würde.

Die Portalakte ging um 17:12 Uhr in einer roten Plastikmappe nach unten. Brinker hatte dafür gesorgt, dass sie mit einem Taxi zum Bankenverein gebracht würde, sodass der Minister sie als Abendlektüre bekam.

Die Pressemitteilung lag zuoberst in der Mappe – gleich unter dem blauen Deckblatt.

Wissenschaftsminister bringt Dänemark in die Spitzengruppe

Neues Gesellschaftsportal sichert Dänemarks Führungsposition auf dem europäischen Portalmarkt

Das Portal, welches das größte und fortschrittlichste Portal für öffentliche Informationen im Norden (einschließlich Schweden) sein wird, wird am Dienstag während einer Pressekonferenz im Informationsamt eröffnet.

Das Gesellschaftsportal basiert auf dem bisherigen Internetservice des Informationsamtes, dem Behördenschlüssel, der dank einer Initiative des Ministers durch eine umfangreiche Reihe von neuen und verbesserten Funktionen erweitert wird, sodass daraus eine *wirkliche Portallösung* entsteht.

Das Gesellschaftsportal stellt gleichzeitig einen ersten Schritt zur Stärkung des Informationsamtes dar, dem im Zuge der notwendigen Aufwertung seiner Internetaktivitäten erweiterte Ressourcen zur Verfügung gestellt werden.

Nyholm blieb einen Augenblick lang mit geschlossenen Augen an seinem Schreibtisch sitzen, nachdem die Akte losgeschickt worden war. Dann rollte er auf seinem Stuhl zum Computer hinüber. Auf dem Weg dorthin schnappte er sich die Zusammenlegungsakte. Sie traf den Rand des Papierkorbs mit einem hohlen Dröhnen.

Nyholm bewegte die Maus und hörte, wie der Bildschirm zum Leben erwachte. Das Login-Fenster tauchte auf. Dahinter wartete ein Desktop voller ungeöffneter Mails. Er vernahm ein schwaches Ticken aus dem Eingangsordner.

Der Glaspalast

Um halb neun Uhr am Dienstagmorgen überquerte Herman den Innenhof eines siebenstöckigen Büropalastes aus Glas und Stahl, der den Hauptsitz des Beratungsunternehmens Beck & Brenow bildete. Auf der anderen Seite der durchsichtigen Fassaden reflektierte die Sonne im Hafenbecken und dem Spiegelglas der umliegenden Gebäude. Über ihm verkündete ein gigantischer Plasmabildschirm, der vier Meter über dem Marmorboden aufgehängt war:

Wir stellen den Menschen ins Zentrum

Herman ging ohne hochzuschauen daran vorbei und passierte eine Gruppe von Beratern in dunklen Anzügen, die am Springbrunnen in der Mitte des Hofes herumstanden. Draußen im Bassin floss das Wasser in einer dünnen Schicht über einen Globus aus schwarzem Granit, über dessen Äquator die Inschrift: *Durch Kommunikation zu Gemeinschaft* gemeißelt war. Er nickte kurz zu den Anzügen hinüber und ging zielstrebig auf die Fahrstühle zu.

Nach den Ausschweifungen an seinem Heimarbeitsplatz am Samstagabend – Herman verspürte ein fieses Gefühl im Bauch und beeilte sich, die Erinnerung zurück in ihre Schublade zu verbannen – war das Versicherungsangebot erst am Montagnachmittag fertig geworden. Wenn es vor Ende der Woche genehmigt werden sollte, musste es spätestens heute rausgeschickt werden. Und davor musste es noch durch die Qualitätskontrolle bei Hermans Chef: Seniorpartner Jesper Beck-Nielsen.

Herman blieb vor den Aufzügen stehen, die in zwei Glasröhren vor der Innenfassade des Palastes auf und ab schwebten. Sogar auf der schmalen Kontrolltafel zwischen den Röhren hatte man Platz für einen der kleinen Plasmabildschirme geschaffen.

Wir verschieben Grenzen

Herman drückte ungeduldig auf die Tafel. Beck-Nielsen hatte den Entwurf bereits per Mail bekommen. Mit etwas Glück würde seine Rückmeldung bereits in Hermans Eingangsordner warten.

Etwas später schwebte er durch die Röhre hinauf. Auf der anderen Seite der durchsichtigen Fassaden verschwand der Hafen unter ihm. Die Anzüge am Springbrunnen schrumpften und bekamen einen Hauch von Unwirklichkeit. Als wären sie von einem Architekten entworfen worden, um den Anschein von Leben zu wecken. Drei Etagen höher ging Herman die Galerie entlang, bis er zu dem Flügel kam, der den Aufzügen gegenüberlag. Durch das Glas konnte er das offene Großraumbüro betrachten, das sich über den größten Teil des Flügels erstreckte. Dahinter begann die freie Aussicht auf die Hafenfront.

Die Wärme der laufenden Computer schlug ihm entgegen, als er durch die Tür trat. Das Geräusch gedämpfter Stimmen und klappernder Tastaturen stieg von den Schreibtischen auf. Die Berater saßen in ihren Anzügen konzentriert tippend vor ihren Bildschirmen und verhandelten intensiv mittels ihrer Telefone. Spielten für die Galerie.

Herman eilte zwischen den Schreibtischen hindurch, während er vergeblich nach einem freien Arbeitsplatz Ausschau hielt. Die Reise nach Jerusalem spitzte sich zu. Wie bei den Klassenfesten in der Grundschule. Der Unterschied bestand darin, dass in der Beratungsbranche die Stühle nicht einer nach dem anderen entfernt wurden. Die Hälfte von ihnen hatte niemals dagestanden. Herman drehte sich um und ging in die entgegengesetzte Richtung. Am Ende des Raumes verkündete ein Plasmabildschirm boshaft:

Wir schaffen Werte für unsere Kunden

Herman warf ihm einen feindseligen Blick zu. Wenn es denn Kunden gäbe, für die man Werte schaffen könnte, würde er hier nicht Reise nach Jerusalem zwischen den Schreibtischen spielen, während die Anzüge so taten, als hätten sie so viel an ihren Bildschirmen zu tun. Sie wären alle draußen in der weiten Welt unterwegs und würden Werte schaffen. Das war genau der Grund, warum man damals in den glorreichen Zeiten des wirtschaftlichen Aufschwungs die Hälfte der Schreibtische wegrationalisiert und die festen Arbeitsplätze abgeschafft hatte. *Wenn du Zeit genug hast, dich hinzusetzen, hast du nicht genug zu tun*, hatte man scherzhaft zueinander gesagt – damals, als es noch etwas zum Scherzen gab.

Herman fand einen Platz ganz draußen an der Außenwand. Er schaltete den Computer ein und wartete ungeduldig darauf, dass das Mailprogramm auf dem Bildschirm erschien. Im Gegensatz zu den Klassenfesten reichte es natürlich nicht, sich einen Sitzplatz zu sichern, um nicht aus dem Spiel herauszufliegen, wenn eines Tages die Musik aufhörte. Die Berater würden danach sortiert werden, inwieweit sie ihre Umsatzziele erreicht hatten. Von unten nach oben aussortiert, der Berater mit der schlechtesten Quote zuerst. Die Frage war bloß, wie man seine Umsatzziele erreichen konnte, wenn es keine Kunden gab, auf die man seine Arbeitsstunden verbuchen konnte?

Herman scrollte den Eingangsordner hinunter auf der Suche nach Beck-Nielsens Rückmeldung, während sich seine eigene Lösung für dieses Dilemma in sein Bewusstsein drängte: das Exo-Projekt. Wie viele Stunden standen dort mittlerweile? Achtzig? Neunzig? Beinahe hundert Stunden, die er in aller Heimlichkeit auf ein längst abgeschlossenes Projekt verbucht hatte, um seine Stundenzahl im grünen Bereich zu halten. Stunden, von denen er glaubte, sie in trockene Tücher bringen zu können, wenn ein neues Projekt mit Spielraum im Budget hereinkäme, die jetzt aber lichterloh im Stundenabrechnungssystem brannten, während es immer weniger Kunden gab und die Monatsabrechnung näher rückte.

Der Mauszeiger rammte die Talsohle des Eingangsordners. Herman scrollte in die andere Richtung und hielt vergeblich Ausschau nach der Mail des Seniorpartners.

An dem Tag, an dem die Rechnungsabteilung die Wahrheit über das Exo-Projekt entdecken würde, würde er auf einen Schlag um hundert Stunden in der Rangliste herunterrutschen. Wenn er bis dahin nicht das Versicherungsprojekt durchbekommen hatte, auf das er seine Stunden retten konnte, würde er diesen Monat Lichtjahre von seinen Umsatzzielen entfernt abschließen. Er würde direkt aus dem Stundenabrechnungssystem heraus und weiter in das Hafenbecken gespült werden.

Herman war wieder am Anfang angekommen. Ganz oben im Eingangsordner wurde eine neue Mail angezeigt. Der aktuelle elektronische Newsletter des Dagbladet:

Akademikerarbeitslosigkeit erreicht neue Rekordhöhen, besagte seine Überschrift.

Drei unverbuchbare Stunden später stand Herman in B&B's Kantine – ein abgesenkter Bereich zum Hafen hin, umgeben von niedrigen Grünpflanzen, mit sieben Etagen bis zum Dachgeschoss und der Panoramaaussicht über das Hafenbecken. Die Luft um ihn herum war gesättigt mit Anzügen.

Herman betrachtete sie niedergeschlagen, während er in der Schlange für die warmen Gerichte wartete. Wie das Großraumbüro müsste eigentlich auch die Kantine menschenleer daliegen. Wenn man sich damals im Aufschwung überhaupt die Zeit zum Essen genommen hatte, dann tat man es draußen beim Kunden. Jetzt wurden die letzten Plätze dagegen schon besetzt. Einmal mehr die Reise nach Jerusalem. Ein Spiel ging auf Tournee.

Er wartete geduldig mit seinem Tablett in der Hand, als er hinter sich eine Stimme vernahm.

»Ich habe deinen Entwurf gesehen«, sagte sie.

Herman drehte sich hastig um. Beck-Nielsen. Endlich.

»Ich finde, er sieht wirklich gut aus.« Der Seniorpartner hielt ein reichlich beladenes Tablett in den Händen und trug einen Anzug, der – ohne dass man seinen Finger genau darauf legen konnte, warum – irgendwie eine Spur glatter war als diejenigen der einfachen Berater. »Wenn wir sie in eine verbindliche Partnerschaft einbinden können«, fuhr er fort, »kann es für die da oben ein riesiger Sprung nach vorn sein.«

»Ganz bestimmt.« Herman nickte, während er der Ordnung halber das Angebot noch einmal durchging. Das, worin der Kunde – eine unschuldige Versicherungsgesellschaft nördlich der Stadt – *verbindlich eingebunden* werden sollte, war ein Workflow-Management-Projekt, das bei 2–3 Millionen Kronen für Softwarelizenzen und dem dazugehörigen Beratungsaufwand bestenfalls bewirken könnte, dass es den Angestellten der Versicherungsgesellschaft in Zukunft etwas leichter fallen würde, sich gegenseitig Dokumente via E-Mail zu schicken. »Das würde wirklich Grenzen verschieben«, meinte Herman.

»Im Gegenzug sollten wir uns allerdings bemühen, das Kostenniveau anzupassen«, fügte Beck-Nielsen hinzu. »Damit sie bereits nach kurzer Zeit einen spürbaren Mehrwert erhalten.«

Hermans Hände klammerten sich fester an das Tablett, während sein inneres Übersetzungsprogramm die Bemerkung entschlüsselte. Beck-Nielsen hatte soeben gesagt, dass sie einen Dumpingpreis machen sollten, um sicherzugehen, dass der Vertrag zu Stande kam. Herman kämpfte darum, sein Lächeln nicht zu verlieren, während er sich einen schnellen Gegenzug überlegte und ihn in entgegengesetzter Richtung durch das Übersetzungsprogramm presste.

»Andererseits ist es ebenso wichtig, dem Projekt ausreichend Gewicht zu verleihen«, betonte er, »damit sie auch langfristig Produktivitätsverbesserungen erreichen.«

Und damit der verantwortliche Berater einen Ort bekam, an

dem er seine Exo-Stunden parken konnte, fügte er still für sich hinzu.

»Das ist klar«, gab Beck-Nielsen zu. Der Partner legte eine kurze Pause ein. Auch hier schien das Übersetzungsprogramm auf vollen Touren zu laufen. Wenn wir einen Dumpingpreis machen, können wir sie verlocken, später noch mehr zu kaufen, wollte er bestimmt gerne sagen. Aber zuerst musste es übersetzt werden.

»Andererseits können die wirklichen Gewinne – die Synergieeffekte – erst dann geerntet werden, wenn das Projekt auf die gesamte Organisation ausgedehnt worden ist«, kam es tatsächlich mit ein paar Sekunden Verzögerung durch die Übersetzungsmaschine zurück. »Wenn sie das Projekt nicht von Anfang an als attraktiv empfinden, werden sie auch nicht den Mut aufbringen, in größerem Umfang weiterzumachen.«

Herman zögerte. Er hatte das bestimmte Gefühl, dass es unklug wäre, die Diskussion fortzusetzen. Andererseits verspürte er einen gewissen saugenden Unterstrom, der von den Exo-Stunden ausging.

»Aber wenn die erste Phase als Erfolg aufgefasst werden soll«, entgegnete er, »ist es gleichzeitig doch auch wichtig, dass von Beginn an ausreichend Ressourcen zur Verfügung gestellt werden, um das Projekt durchführen zu können.«

»Das sollten wir von unserer Seite aus vielleicht als Investition in die zukünftige Partnerschaft betrachten«, parierte Beck-Nielsen.

Herman trat mit dem Tablett in der Hand von einem Fuß auf den anderen, während er überlegte, ob er es noch ein letztes Mal versuchen sollte.

»Aber das setzt natürlich voraus, dass unsere Mitarbeiter in diesem Projekt über ausreichende freie Ressourcen verfügen, um eine solche Investition zu tätigen«, kam ihm Beck-Nielsen zuvor.

Dieses Mal benötigte er kein Übersetzungsprogramm, denn Herman verstand die Pointe.

»Andernfalls haben wir ja immer die Möglichkeit, zusätzliche Kräfte aus unserer Organisation heranzuziehen«, bot Beck-Nielsen hilfsbereit an.

»Das wäre vielleicht etwas voreilig«, gab Herman zu bedenken. »Wenn wir es als eine Investition betrachten.«

»Was wir meiner Meinung nach unbedingt tun sollten.« Beck-Nielsen nickte freundlich und verschwand im Heer der Anzugträger.

Herman sah ihm resigniert nach. Am entfernten Ende der Kantine meinte einer der unvermeidlichen Plasmabildschirme:

Die Mitarbeiter sind unsere wichtigste Ressource

Die Warteschlange vor Herman hatte sich noch keinen Millimeter bewegt. Er ließ die warme Mahlzeit sausen und beschloss, es an der Salatbar zu versuchen.

Der Plastikberg schimmerte in allen Farben des Regenbogens. Sein Gipfel thronte hoch über der Landschaft, und es schien, als würde von seinem pulsierenden Inneren ein unsichtbares Kraftfeld ausgehen. Eine alles durchdringende Entladung elektromagnetischer Energie, die Untergang und unabwendbare Katastrophen verkündete.

Nyholm betrachtete ihn mutlos von seinem Platz am Schreibtisch aus. Der gesamte Vormittag war mit der Präsentation des neuen Portals durch den Minister im Informationsamt ausgefüllt gewesen. Der Nachmittag war vergangen mit ... Nyholm musste verwundert feststellen, dass er sich überhaupt nicht mehr daran erinnern konnte, womit der Nachmittag vergangen war, außer dass es eine Konferenz gegeben hatte, dass es unendlich wichtig und unendlich eilig gewesen war und vor allen Dingen *unendlich lang*.

Aus dem Vorzimmer konnte er hören, wie Pernille sich fertig machte, um nach Hause zu gehen. Er sah resigniert auf die Uhr.

Halb fünf. Er hatte sich selbst versprochen, keine Akten mit nach Hause zu nehmen. Aber er hatte Marlene auch versprochen, früh Feierabend zu machen.

Nyholm seufzte und griff nach der obersten Akte des Berges. Eine gelbe Mappe, die vom Ministersekretariat nach oben gekommen war. Nyholm versuchte sich an die Bedeutungen der Farben zu erinnern. Gelb? Also zur Kenntnisnahme. Er legte sie auf den Schrank hinter sich. Dort lag bereits ein stattlicher Stapel. Er beschloss, ihn an einem Tag durchzusehen, an dem er Zeit hatte.

Mit einem Gefühl der Zufriedenheit über diese effektive Erledigung griff Nyholm nach der nächsten Akte. Grün. Eine Antwort auf den Brief einer Mitbürgerin. Das sollte auch nicht allzu viel Zeit in Anspruch nehmen. Er überflog die Zusammenfassung des Vorgangs auf dem Deckblatt. Eine der verantwortungsbewussten Mitbürgerinnen dieses Landes machte den Herrn Minister freundlich darauf aufmerksam, dass immer mehr Bilder entkleideter Frauen in aufreizenden Stellungen über das weltumspannende Internet verbreitet würden, und gestattete sich, angesichts der Konsequenzen für die Moral in dieser Gesellschaft einen warnenden Zeigefinger zu erheben. Selbstverständlich würde sie eine freundliche Antwort bekommen. Und diese freundliche Antwort musste natürlich von zwei Vorgesetzten abgesegnet werden, bevor sie dem Minister vorgelegt werden konnte. Wonach die Antwort vor dem Versand auf dem Rückweg hinunter zum Sachbearbeiter ebenso selbstverständlich von denselben beiden Vorgesetzten abgezeichnet und auf eventuelle Anmerkungen des Ministers überprüft werden musste, bevor sie schließlich im Register des Ministeriums zur endgültigen Ruhe gebettet werden konnte.

Nyholm blätterte weiter zu der freundlichen Antwort des Ministers und bereitete sich darauf vor, seinen wertvollen Beitrag zu diesem natürlichen Prozess zu leisten. Der Vorgang befand sich immer noch in seiner ersten Phase, auf dem Weg von der Sachbearbeiterin – Katrine – zum Minister. Er überflog den Text. Es war bereits das zweite Mal, dass er ihn sah, erinnerte er sich plötzlich. Das letzte Mal war er über eine etwas ungeschickte Formulierung in der Antwort gestolpert und hatte sich gezwungen gesehen, einige Änderungen vorzuschlagen. Dieses Mal sah der Brief schon deutlich besser aus – er entsprach genau dem, was Nyholm vorgeschlagen hatte –, und er wollte gerade seine Unterschrift auf das Deckblatt setzen, als er mitten auf der Seite ein fehlendes Komma bemerkte. Nyholm zögerte, während er überlegte, ob er den Vorgang ein zweites Mal zurückgehen lassen sollte.

Die Korrektur würde ernsthafte Auswirkungen auf den Versand der Antwort haben. Auf Grund der endlosen Besprechungen und der dauernden Eilangelegenheiten hatte niemand genügend freie Ressourcen, um am späteren Nachmittag noch normale Vorgänge zu bearbeiten. Selbst wenn die Bearbeitung eines Vorgangs also nur ein paar Sekunden dauerte, würde sie dessen Abwicklung unweigerlich jedes Mal um vierundzwanzig Stunden verzögern, wenn er von einer Schicht in der Organisationspyramide des Ministeriums zur nächsten weitergegeben wurde. Wohlgemerkt nur unter der Voraussetzung, dass er nicht überwinterte. Wenn erst einmal eine der Schichten dieser Pyramide überlastet war, würden einige Tage vergehen, bis ein Vorgang sie passierte.

Nyholm versuchte, es durchzurechnen. Wenn er den Vorgang zurückschickte, würde Katrine ihn nicht vor dem folgenden Tag korrigieren können. Worauf Nyholm ihn erst am darauf folgenden Nachmittag zu sehen bekäme. Der Vorgang würde sich also wegen eines völlig unerheblichen Kommafehlers auf dem Deckblatt, den die Mitbürgerin niemals zu Gesicht bekommen würde, um zwei Tage verspäten. Andererseits war der Staatssekretär vielleicht nicht der Ansicht, dass dieses Komma unerheblich wäre. Und wenn *er* den Vorgang zurückverwies, würde das mindestens fünf Tage kosten (einer beim Staatssekretär, einer auf dem Rückweg an Nyholm vorbei, einer bei Katrine, wieder einer auf der Zwischenstation bei Nyholm und ein weiterer beim Staatssekretär). Das Wochenende eingeschlossen würde dies eine Verspätung von einer ganzen Woche bedeuten. Mit den beinahe unvermeidlichen Überwinterungen konnte es noch länger dauern. Und was noch schlimmer war: Wenn der Staatssekretär den Vorgang zurückschickte, würde die Verantwortung für das fehlende Komma bei Nyholm liegen.

Er hatte sich bereits entschieden, den Vorgang zurückgehen zu lassen, und war dabei, eine Korrekturanmerkung auf das Deckblatt zu kritzeln, als ihn erneut Zweifel überkamen. Plötzlich erinnerte er sich an sein erstes Jahr als Sachbearbeiter. Die Frustration darüber, einen Vorgang zurück auf den Tisch geknallt zu bekommen. Ein Vorgang, der schon seit Wochen fertig gewesen war, der aber plötzlich aus dem undurchdringlichen, wolkenverhangenen Himmel der Vorgesetzten fiel. Zurückverwiesen, weil der eine oder andere in der unendlichen Weisheit der höheren Gehaltsstufen beschlossen hatte, ein *das* gegen ein *welches* auszutauschen. Nyholm verharrte mit dem Kugelschreiber über dem Komma. Damals war die Situation natürlich viel schlimmer gewesen. Als Nyholm Sachbearbeiter war, gab es noch drei Vorgesetzte zwischen ihm und dem Minister. Das Wissenschaftsministerium hatte sich an die Spitze gesetzt und als Erstes eine Schicht der Pyramide abgeschafft. Ein revolutionärer Schritt, der von den anderen Ministerien der Staatsverwaltung mit Bestürzung zur Kenntnis genommen wurde. Katrine wusste gar nicht, wie gut sie es hatte, stellte Nyholm für sich fest. Andererseits wurde die Demütigung, einen Kommafehler zurück auf den Tisch zu bekommen, dadurch nicht geringer.

Der Kugelschreiber hing unentschlossen über dem Deckblatt, als Nyholm Pernille im Türrahmen bemerkte.

»Wo willst du diese hier hinhaben?«

Die Sekretärin kam mit einer dicken blauen Mappe in den Händen an seinen Schreibtisch.

»Soll ich sie einfach auf die anderen legen?«

Nyholm schaute die Mappe, die den Gipfel des Plastikbergs auf seine ursprüngliche Höhe zurückbringen würde, müde an.

»Was ist das?«

»Das kam vom Ministersekretariat.« Pernille sah kurz auf das Deckblatt. »Ich glaube, es sind die Besprechungsunterlagen von heute Vormittag.«

Das Portalprojekt, schlussfolgerte Nyholm. Die Pressemitteilung. Die Rede des Ministers zur Eröffnung.

»Lass mich mal sehen.«

Nyholm legte den Brief der Mitbürgerin zur Seite und griff nach der Mappe. Obwohl es eigentlich gut gelaufen war – der Minister hatte sich an das Manuskript gehalten, sodass man fast glauben konnte, er wüsste, wovon er redete – waren die Journalisten ein bisschen skeptisch geblieben. Vor allem diese eine mit den gefärbten Haaren – die junge Wilde vom Dagbladet. Nyholm verstand das einfach nicht. Die Pressemitteilung hatte doch ins selbe Horn gestoßen.

»Ist es in Ordnung, wenn ich jetzt gehe?«, kam es von der anderen Seite des Tisches, als Nyholm die Mappe öffnete. Er nickte geistesabwesend und blätterte weiter zur Pressemitteilung, um die Überschrift zu begutachten:

Der Wissenschaftsminister sattelt um

Die blaue Mappe traf die Schreibtischplatte mit einem saftigen Platschen.

Sattelt um? Nyholm traute seinen Augen nicht. Das konnte unmöglich von ihm geschrieben worden sein. Sicher, gegen Ende war es ziemlich hektisch zugegangen, aber *sattelt um?* Als ob der Minister seine Politik hätte revidieren müssen. Da war es ja auch kein Wunder, dass die Journalisten so kritisch gewirkt hatten.

Aber das war noch lange nicht das Schlimmste, fiel es Nyholm wie Schuppen von den Augen. *Sattelt um?* Das klang doch völlig verkehrt. Es klang verlockend, aber irgendwo war da auch ein falscher Unterton zu spüren. Und auf einmal wusste er auch, was es war: Es war überhaupt keine Radsportmetapher! Sie kam aus dem Pferdesport! Obwohl, Fahrräder hatten doch auch Sattel? Nyholm ließ sich einen Augenblick lang verwirren. Konnten Radfahrer auch umsatteln? Natürlich konnten sie es nicht. Sie fuhren eine große Übersetzung. Sie stiegen in die Pedale. Wenn es hart auf hart kam, gingen sie aus dem Sattel. ABER SIE SATTELTEN NIEMALS UM!

Nyholm starrte erschüttert auf die Überschrift, während er versuchte zu verstehen, was da geschehen sein konnte. War es vielleicht Espen gewesen? Hatte er vielleicht doch ein bisschen zu lange mit Harr gesprochen? Aber Nyholm hatte die Akte doch gesehen, bevor sie weiter zum Minister gegangen war. Also musste Harr die Akte in die Finger bekommen haben, nachdem Nyholm sie weitergegeben hatte. Er musste sich in das Ministersekretariat geschlichen, die originale Pressemitteilung aus der Mappe gezogen und mit der Pferdesportfälschung ersetzt haben.

Ganz allmählich wurden Nyholm die furchtbaren Konsequenzen klar. Das war nicht einfach nur ein Missgeschick. Es war ein Attentat. Eine Kriegserklärung!

Schockiert klappte er die blaue Mappe zu. Es war eine Kriegserklärung, aber er konnte nichts dagegen tun. Die Ausführung des Attentats war geradezu genial. Nyholm würde niemals beweisen können, was geschehen war. Wenn er versuchte, mit der Angelegenheit zum Staatssekretär zu gehen, stünde er als kompletter Paranoiker da.

Langsam drehte er sich um und legte die Mappe auf den Schrank hinter dem Schreibtisch. Die einzig mögliche Gegenmaßnahme war, in Zukunft besser aufzupassen. Die Vorgänge nicht aus den Augen zu verlieren. Den ganzen Weg bis zum Minister. Damit nichts mehr dem Zufall überlassen blieb. Jeder Punkt würde dreimal umgedreht, jedes Komma ...

Sein Blick blieb am Deckblatt der grünen Mappe hängen. Jedes Komma! Es führte kein Weg daran vorbei. Katrine musste sich gedemütigt fühlen. Die Mitbürgerin musste bis zum Sankt-Nimmerleins-Tag auf ihre Antwort warten. Mit einer schnellen Bewegung seines Kugelschreibers berichtigte er den Kommafehler und warf die Mappe in seinen Ausgangskorb.

Nyholm konnte sich keine weiteren Fehler mehr leisten.

Die Hafenfront lag menschenleer auf der anderen Seite der Glasfassade. Auf dieser Seite hatte sich das Dunkel über das Großraumbüro gesenkt. Auf einem Schreibtischstuhl mitten in der Dunkelheit saß Herman und ruderte mit den Armen, während er flehend zum anderen Ende des Raumes sah, wo der Plasmabildschirm verkündete:

Unser Einsatz ist die Mühe wert

Von den dahinter liegenden Sensoren wurde Hermans physische Entfaltung mit Skepsis betrachtet. Ausgerechnet in dem Zeitraum, der als die *finest hour* der Berater galt, wenn man von den Kunden zurückzukommen, mit den Erfolgen des Tages zu prahlen und seine Stundenabrechnung in Ordnung zu bringen pflegte, lag der Glaspalast von allem Leben verlassen da. Die Berater waren nach Hause gegangen, und das zentrale Computersystem war zu der Auffassung gekommen, dass das Aktivitätsniveau bis auf den Punkt abgesunken war, an dem es passend erschien, das Licht auszuschalten.

Herman erhob sich halb aus dem Stuhl und wedelte durch die Finsternis zum Plasmabildschirm hinüber. Der Zentralcomputer analysierte noch ein paar Sekunden lang die Situation, bevor er sich erbarmte. Von einer Seite des Großraumbüros zur anderen blinkten nacheinander die Neonröhren unter der Decke auf.

Herman ließ sich in seinen Schreibtischstuhl zurückfallen. Vor ihm war das Versicherungsangebot erneut in seinen Eingangsordner zurückgekommen. Es solle gestrafft werden, schrieb Beck-Nielsen dieses Mal. Herman solle versuchen, die zentrale Dienstleistung herauszuarbeiten. Auch wenn Beck-Nielsen diese zentrale Dienstleistung einerlei war, solange sie nur mit zwanzig Prozent weniger Stunden erbracht werden konnte, wodurch gesichert wäre, dass das Angebot angenommen würde. Was leider genau die Dienstleistung war, die Herman – dessen Exo-Stundenkonto unter der Last eines weiteren unverbuchbaren Tages ächzte – nicht auf Lager hatte.

Vor dem Schreibtisch wurde Herman von einer unendlichen Müdigkeit übermannt. Es schien ihm gerade erst ein paar Tage her zu sein, dass er an der Universität studierte. Mit Luhmann und den deutschen Philosophen als alleiniger Richtschnur des Daseins. Mit dem Gefühl, dass das ganze Leben wie eine unendliche Ebene vor ihm ausgestreckt lag.

Und dann hatte er fertig studiert. Nach zwei zaghaften Schritten – zwei vorsichtigen Entscheidungen, die er traf, während er immer noch glaubte, er hätte die Gelegenheit, sich noch ein wenig umzusehen – hatte sich die Ebene in eine schmale Einbahnstraße verwandelt, auf der der Verkehr durch den Projektplan der Zweierbeziehung und das Karrieremodell der Beratungsbranche streng reguliert wurde. Bald bemerkte Herman, dass er nicht mehr selber Richtung und Tempo bestimmte, sondern dass eine unerbittliche Mühle aus Stundenabrechnungen und Hypothekenabzahlungen das Kommando übernommen hatte. Und während Etagenwohnungen und Designersofas vorübersausten und das Unaussprechliche am Horizont heraufzog, sah er ein, dass er für den Rest seiner Tage dazu verurteilt war, sein Leben in einem todesähnlichen Zustand von Achtzigstundenwochen und ultrakurzen Wochenenden zu verbringen, mit Samstagssex nach Stundenplan, Fernsehabenden auf dem Sofa und nächtlichen Ausflügen ins ...

Herman spürte bei dem Gedanken an Samstagnacht erneut das saure Gefühl in seiner Magengegend aufsteigen. Vor seinem inneren Auge tauchte das Mädchen in der Schuluniform auf. Sie sah mit bettelnden Blicken zu ihm auf, während er seinen Schwanz zwischen ihre aufgeworfenen Lippen rammte. Die Rattenschwänzchen flogen wie kleine Peitschen durch die Luft. Ihre knospenden Brüste wogten unter der zerrissenen Bluse.

Erschrocken zuckte er auf seinem Stuhl zurück, um den Bildern zu entkommen. Er begriff nicht, was da geschehen war. Normalerweise machte ihn so etwas überhaupt nicht an, versuchte er sich einzureden, obwohl er sich immer noch an seine Erregung erinnern konnte. Die Begierde. Das Gefühl, endlich wieder zu leben, während sich das Mädchen wehrlos vor ihm auf dem Boden wand, und sein Schwanz es zwischen ihren Hinterbacken nagelte.

Herman zuckte weiter zurück. Es ging hier doch gar nicht um Pornografie. Was er vermisste, war vielmehr ein bisschen Freiheit. Ein bisschen Sorglosigkeit. Ein bisschen – der Werbeslogan drängte sich in sein Bewusstsein –, ein bisschen mehr vom leichten Leben.

Instinktiv griff Herman nach der Maus. Er öffnete den Browser und klickte sich bis zu der Seite vor. Die Mädchen hingen in der Bar vom K's. Sie lehnten sich auf den Barstühlen vornüber, sodass sich ihre Brüste deutlich unter den strammen Blusen abzeichneten und die Strings unter den Hosen hervorlugten. Herman starrte sehnsuchtsvoll auf den Bildschirm. Er wollte die Mädchen gerade ins Schlafzimmer klicken, als es unter der Decke zu flackern begann. Die Neonröhren erloschen, und die Dunkelheit senkte sich auf ihn hinab.

Herman wurde rasch in die Wirklichkeit an seinem Schreibtisch zurückgeholt. Hinter den Mädchen auf dem Bildschirm brannte das unfertige Angebot an die Versicherungsgesellschaft. Noch weiter dahinter – ganz unten auf der Festplatte des Computers – glommen die Stunden des Exo-Projekts. Und am anderen Ende des Großraumbüros leuchteten die mahnenden Worte des Plasmabildschirms prophetisch zu ihm herüber:

Wir werden nach unseren Taten beurteilt

Aber Herman beachtete ihn nicht. Er stand auf und ruderte mit den Armen. Er hüpfte von einer Seite zur anderen. Er tanzte für den Plasmabildschirm und für den Traum vom leichten Leben.

Easy Living

Ein Hundertzeiler!

Es war Freitagmorgen. Die *junge Wilde des Dagbladet*, die Redaktionspraktikantin Camilla Drejer, wartete darauf, dass die Morgenkonferenz am Besprechungstisch der Politikredaktion beginnen würde, während sie über ihren Artikel in der heutigen Ausgabe Gericht hielt:

Wissenschaftsminister verheddert sich im Netz. Hasseris nach Eingreifen des Staatsministers in Portalsache geschwächt.

Ein popeliger Hundertzeiler.

Camilla seufzte verärgert. Auch wenn sie sich den Respekt des Redaktionssekretariats erarbeitet hatte, indem sie den Artikel in weniger als einer halben Stunde vor Redaktionsschluss heruntergehämmert hatte, etwas kaufen konnte sie sich dafür nicht. Wie schwer war es denn schon gewesen? Die Schweden hatten Dänemark auf dem Portalmarkt abgehängt, der Wissenschaftsminister hatte gezögert, und der Staatsminister war gezwungen gewesen, ihn zurechtzuweisen. Die Fragen, die ein kritischer Journalist daraufhin zu stellen hatte, waren: Ob der Minister überhaupt noch eine politische Zukunft hatte? Ob hinter den Kulissen schon die Ablösung bereitstand? Oder ob es wieder einmal ein Beweis dafür war, wie groß inzwischen die Machtkonzentration im Staatsministerium und die Schwächung der hinteren Ränge gediehen waren? Das Einzige, was man dafür brauchte, war ein minimales Gespür für das politische Spiel.

Camilla seufzte erneut. Was half denn das politische Gespür, wenn es auf hundert Zeilen zurückgestutzt und benutzt wurde, um ein Loch auf Seite sieben zu stopfen. Niemand konnte Zweifel daran haben, was das bedeutete. Die Sache war gestorben. Tot und begraben. Verärgert betrachtete sie den Artikel. Obwohl man den Leuten des Ministers Respekt zollen musste. Noch vor einer Woche hatten sie mit leeren Händen dagestanden. Und dann – in weniger als vierundzwanzig Stunden – war es den Spin Doctors gelungen, die Sache vollkommen auf den Kopf zu stellen, sodass es so aussah, als wären sie den Schweden mit dem neuen Portal schon weit voraus. Man sollte sie nicht unterschätzen, stellte Camilla fest.

Sie schob die Zeitung von sich fort und griff nach ihrem Kaffee. Die meisten Journalisten der Politikredaktion saßen bereits am Tisch, die Zeitungen vor sich. Und kontrollierten, ob ihre Artikel unbeschadet durch das Redaktionssekretariat gekommen waren. Vergewisserten sich, dass sie die versprochene Platzierung auch bekommen hatten. Durchsuchten die anderen Zeitungen nach Geschichten, an die sie sich mit dem Alibi eines »neuen Einfallswinkels« dranhängen konnten. Arbeiteten das Lesepensum des Tages ab, während sie stumm ihren Kaffee tranken.

Mit gewissen Ausnahmen natürlich. Unten am entgegengesetzten Ende des großen Tisches arbeiteten die Mundwerke mit der gewohnten Begeisterung. Der Obristenklub. Der sagenumwobene Kriegsreporter und seine Hangarounds. Der Oberst selbst saß am Kopfende und trug eine seiner ewigen Armeewesten mit Tausenden von Taschen und Einschusslöchern aus dem namibischen Bürgerkrieg von 1976. Um ihn herum versuchte eine Truppe von selbst ernannten harten Hunden sich mit Anekdoten aus den Grenzgebieten des Machojournalismus bei ihm einzuschmeicheln. Der Held des Tages war einer der Parlamentskorrespondenten, dem am Abend zuvor drei Weisheitszähne entfernt worden waren, der aber gleichwohl zur Redaktion zurückgewankt war, um dort mit einem von der Betäubung entstellten Gesicht und mit bluttriefendem Mundwinkel einen halbseitigen Artikel über den letzten Diskussionsbeitrag zur Ausländerfrage zu schreiben. Genau das, was dort unten Extrapunkte einbrachte. Gott bewahre.

Camillas Blick wanderte zu ihrem Artikel zurück. Das Schlimmste war, dass die Portalgeschichte es gar nicht bis zu einer vorderen Position in der Zeitung gebracht hatte. Eine halbe Seite unten auf Seite 5 war der Höhepunkt gewesen. Sie hatte eigentlich ihr ganzes Vertrauen in diese Geschichte gesetzt. Es war nicht einmal mehr ein Monat von ihrem Praktikum übrig, und sie hatte immer noch keine ordentliche Schlagzeile auf der Titelseite gehabt. Wenn sie sich nicht irgendwie bemerkbar machen konnte, bevor das Praktikum zu Ende ging, würde sie wohl in der Sportredaktion des Næstveder Tageblatts landen, wenn sie ihr Studium abgeschlossen hatte. Oder noch schlimmer: als PR-Mitarbeiterin bei einer Interessenorganisation.

Sie griff nach den übrigen Zeitungen auf dem Tisch und versuchte, das wiehernde Gelächter aus der Ecke des Obristenklubs zu ignorieren.

Wenige Stunden später kontrollierte Camilla ihre E-Mails in der Gefängniszelle, die ihr Büro darstellen sollte und die sie mit ihrem Praktikumsbetreuer teilen musste. Zehn schmucklose Quadratmeter, in die nicht einmal ein zusätzlicher Schreibtisch gepasst hatte, als Camilla einzog. Wo man einfach einen neuen Computer platziert hatte, sodass sie sich am selben Tisch schräg gegenübersaßen – jeder in seinem Schützengraben, getrennt durch ein Niemandsland, das quer über die Tischplatte verlief.

Camilla ließ den Mauszeiger die eingetroffenen Mails hinunterlaufen und blieb an einer unbekannten Absenderadresse im Eingangsordner hängen. Bestimmt die E-Mail eines Lesers. Genau das, was sie jetzt brauchte. Sie öffnete die Mail, während sie verstohlen zu ihrem Praktikumsbetreuer in seinen abgewetzten Kordhosen und dem pathetischen Blazer hinüberschaute. Das Einzige, was noch fehlte, war ein Filzhut. Lars ... Langweilig, wie sie immer hinzufügte, wenn sie an ihn dachte. Der ihre Aufgaben während des Praktikums koordinieren, ihr das edle Handwerk beibringen sollte. Ja, ja, guten Morgen. Das Einzige, was er ihr beibringen konnte, war, die Pressemitteilungen der Wirtschaftsverbände abzuschreiben und anschließend mit erhobenem Haupte zu ertragen, dass die Artikel drei Tage lang im Redaktionssekretariat herumlagen und danach direkt dem Vergessen anheim fielen. Gerade jetzt war er zweifellos damit beschäftigt, ihre Berichterstattung von der Ostseekonferenz vorzubereiten, die am nächsten Wochenende beginnen würde. Zehn Tage lang Tischreden über die wirtschaftliche Entwicklung Litauens. Politischer Sprengstoff.

»Vielleicht könntest du deine Kräfte mal an einem Vorbericht erproben?«, hatte er vorgeschlagen, als sie von der morgendlichen Konferenz kamen.

Camilla ballte vor ihrem Computer unwillkürlich die Fäuste. Wenigstens konnte man den Text innerhalb einer Viertelstunde herunterhämmern, wenn sich der Redaktionsschluss näherte, sie hatte also für den Rest des Tages Zeit, eine richtige Neuigkeit aufzustöbern.

Die Mail öffnete sich auf ihrem Bildschirm, und Camilla überflog den Text. In der Tat, eine Leserin. Die sie zunächst vor allem für ihre konsequent kritische Linie gegenüber dem Wissenschaftsministerium loben wollte – ja, ja, rück schon raus mit deiner fixen Idee –, aber auch sie selbst hätte da eine Geschichte, die sie vielleicht interessieren könnte – und zwar? Spuck's schon aus – der explosionsartige Anstieg der Pornografie im Internet, auf den sie den Wissenschaftsminister schon wiederholte Male aufmerksam machen wollte, ohne dass sie jemals auch nur eine höfliche Antwort erhalten hätte, und dass sie als Frau und Mutter und so weiter und so weiter.

Camilla betrachtete kopfschüttelnd den Bildschirm. Pornografie im Internet. Na, das war ja mal eine Neuigkeit. Vielleicht gab es ja tatsächlich in Holbæk eine Hausfrau, die es noch nicht mitbekommen hatte? Einen Augenblick lang überlegte sie, ob sie nicht eine schnelle Antwort schreiben sollte, die der Leserin den Begriff Neuigkeitswert erläutern und einige der grundlegenden Merkmale einer Nachricht nahe bringen würde, Aktualität zum Beispiel. Doch dann nahm sie davon Abstand und scrollte zum Ende der Mail hinunter, an dem das Frauenzimmer einige Links mit *vertiefenden Quellen* angefügt hatte.

Camilla klickte einen von ihnen an und landete bei einem Artikel des IT-Avisen über den explosionsartigen Anstieg der Pornografie. Die Anzahl der Pornoseiten sei gestiegen, konnte da mitgeteilt werden. Dreißig Prozent aller Suchmaschinenanfragen drehten sich um Sex. Ein Experte meinte, die Zahlen könnten ein Hinweis darauf sein, dass Pornografie populär wäre.

Vor ihrem Bildschirm fasste sich Camilla an den Kopf. Sogar Lars Langweilig hätte das interessanter gestalten können. Wo war der Einfallswinkel? Wo steckte der Konflikt? Sie hatten noch nicht einmal ein Opfer zu Tage gefördert. Wie schwer konnte *das* denn sein? Bei diesen Mengen an Pornografie musste es doch vor Opfern nur so wimmeln. Frauen, die zur Schau gestellt wurden. Minderjährige, die missbraucht wurden. Die warteten doch nur darauf, dass sie ihre Geschichten erzählen konnten. Breiter Appell. Klare moralische Konflikte. Hervorragendes Bildmaterial. Es hätte eine Bombengeschichte werden können. Es könnte – Camilla starrte mit wiedererwachtem Interesse auf den Bildschirm – immer noch eine Bombengeschichte werden.

Sie scrollte zum Ende des Artikels hinunter, während auf ihrer inneren Titelseite bereits die möglichen Überschriften erschienen. *Frauenverachtung floriert im Internet. Wissenschaftsminister ignoriert virtuellen Werteverfall.* Am Ende des Artikels hatte IT-Avisen Links zu den erwähnten Seiten beigefügt. Sie klickte auf den ersten der Liste. Der Hintergrund wurde plötzlich schwarz, und der Bildschirm füllte sich mit roten Links. In einer animierten

Bannerwerbung wurde eine osteuropäische Schlampe von einem grauhaarigen Geschäftsmann von hinten genommen. Das war aber auch der einzige Sex, der auf dieser Seite geboten wurde, es war nur eine Linksammlung zu anderen Pornoseiten. Camilla klickte auf die Werbung und fand sich vor einer großen, leuchtend roten Anmeldeseite wieder. Dahinter warteten Hunderte von geilen Teenagern, so wurde da versprochen. Wenn sie einfach nur ihre Kreditkartennummer eingeben würde, damit 99 Dollar eingezogen werden könnten. Sie klickte sich zurück auf die Linksammlung und suchte sich einen neuen Link in der Liste aus. Hier wurden tausende von *free pics* in Aussicht gestellt. Die Hintergrundfarbe wurde jetzt grau, die Links schwarz. Abgesehen von einer erkälteten Silikonblondine in der Kopfgrafik war von Sex nichts zu sehen. Es war eine weitere Linksammlung.

Camilla fühlte, wie ihr die Geschichte aus den Händen glitt. *Geile Männer auf Internetporno reingefallen.* Auf einmal schienen die größten Opfer der Pornografie jene armen Würstchen zu sein, die sich auf der Suche nach einem schnellen Internetporno vergeblich durch ein Labyrinth aus Webangeboten klickten, während der Minutenzähler des Internetproviders unkontrolliert tickte. Sie kehrte zum Artikel im IT-Avisen zurück und klickte auf einen anderen Link in der Liste. Hier sah es so aus, als würde man mehr für sein Geld bekommen. *Barely legal teenage sluts.* In der Bannerwerbung war ein blondes Schulmädchen auf einen Tisch gebunden, während ihr Lehrer es ihr ganz tief im Hals besorgte. Weiter unten gab es Gratisproben vom Inhalt der Seite. *Teenage lesbians. Forced entry. Schoolgirls. Pre-teen cum shots.*

Zwang? Schulmädchen? Die Geschichte war wieder in Reichweite. *Freier Zugang zu Schulmädchenpornos im Internet.* Erwartungsvoll klickte sie auf das Bild eines zarten Schulmädchens mit Rattenschwänzchen, Kniestrümpfen und einem kurzen, plissierten Rock. Der Browser blieb einen Augenblick lang hängen, während die Seite geladen wurde. Dann setzte sich der Videoclip in

Bewegung. Das Mädchen mit der Schuluniform wand sich wehrlos auf dem Boden, während der Mann den Rock über ihre Hüften zwang und seinen Schwanz brutal zwischen ihre Pobacken drückte. Das Gesicht des Mädchens verzog sich vor Angst und Schmerz. Schon nach den ersten Sekunden offenbarte sich Camilla die Überschrift: *Schulmädchen im Internet vergewaltigt. Wissenschaftsminister sieht tatenlos zu.*

Sie stand ganz oben auf der ersten Seite.

»Wenn es sich um Kinderpornografie handelt, kannst du die Anzeige direkt über unser Internetangebot erstatten.«

»Aber es sind doch Schulmädchen«, beharrte Camilla. »Und sie werden vergewaltigt.«

»Gibt es Kinder auf diesen Bildern?«

»Der Punkt ist doch, dass Schulmädchen in sexuell demütigenden Situationen im Internet dargestellt werden«, versuchte sie es noch einmal. »Wie lautet euer Kommentar dazu?«

»Ich glaube nicht, dass wir das kommentieren wollen.«

»Aber was ist denn deine persönliche Reaktion darauf?«

»Meine Reaktion hat mit der Sache nichts zu tun.«

»Und die Reaktion von *Eltern für Kinder*«.

»Das habe ich doch schon erklärt. Wenn du der Ansicht bist, dass es sich um Kinderpornografie handelt, kannst du direkt in unserem Internetangebot Anzeige erstatten. Ansonsten haben wir keinen Kommentar.«

Camilla warf verärgert den Hörer auf die Gabel. Das war jetzt die dritte Kinderhilfsorganisation, die kniff. Sie stoppte das Tonbandgerät neben dem Telefon, während sie die verkrustete dänische Vereinskultur verfluchte. Wo sollte sie denn eine kritische Perspektive aufstöbern, wenn sich die Interessenorganisationen vollständig an die kurzsichtige Paragraphenreiterei des Systems angepasst hatten?

Ihr Artikel war schon wieder auf dem Weg zurück zu den Kurzmeldungen auf Seite 7, als das Telefon klingelte.

»Ich würde gern mit einer Camilla Drejer sprechen«, sagte eine förmliche Stimme.

»Das bin ich«, sagte sie schnell.

»Thomas Bjerregaard«, stellte sich die Stimme vor. »Von der IT-Einheit der Reichspolizei.«

Die Polizei. Endlich riefen sie zurück.

»Habt ihr euch die Sachen angesehen?«, fragte Camilla begierig und startete das Tonbandgerät.

»Einer meiner Männer hat sich die Seite angesehen«, bestätigte Bjerregaard.

»Und?«

»Nach unserem ersten Dafürhalten gibt es keine ausreichende Grundlage für eine strafrechtliche Verfolgung.«

»Nach dem ersten Dafürhalten?«

»Möglicherweise könnte man von einer Verletzung des Datenschutzgesetzes reden«, erklärte Bjerregaard. »Unrechtmäßige Forderung zur Offenlegung persönlicher Daten in Verbindung mit einer Nutzerregistrierung. Aber das ist normalerweise keine Angelegenheit, der wir nachgehen würden.«

»Das Datenschutzgesetz?«, fragte Camilla enttäuscht. »Aber hier geht es um Sex mit Kindern. Das sind doch Schulkinder.«

»Wir sind nicht der Auffassung, dass die Mädchen auf den Bildern jünger sind als das gesetzliche Mindestalter.«

»Aber sie sehen doch so aus.«

»Das ist eine Frage der konkreten Beurteilung.«

»Beurteilung?« Camilla spürte, wie sich das System erneut hinter einer Festungsmauer aus Regeln verschanzte. »Aber es ist doch kein Zufall, dass sie wie Schulkinder aussehen«, betonte sie. »Habt ihr euch die Bilder denn nicht angesehen? Sie sind wie Kinder gekleidet. Und sie werden vergewaltigt.«

»Das ist korrekt«, bestätigte Bjerregaard. »Aber wir sind nicht der Auffassung, dass es sich dabei um ein ungesetzliche Verhalten handelt.«

Camilla seufzte resigniert.

»Es deutet ja auch einiges darauf hin, dass die Modelle freiwillig mitgewirkt haben«, fuhr Bjerregaard fort, während Camilla den Artikel auf die Verbraucherschutzschiene rutschen sah. *Internetpornografie im Konflikt mit dem Datenschutzgesetz.*

»Und selbst, wenn sie nicht freiwillig mitgemacht haben, hieße das noch lange nicht, dass die Bilder an sich ungesetzlich sind. Wir befinden uns da in einer Grauzone. Dieser Bereich entwickelt sich ja ungeheuer schnell.«

Camilla wollte das Tonbandgerät schon abschalten, als sie plötzlich die Ohren spitzte. Konnte man da nicht einen leichten Anflug von Frustration aus dem Tonfall des Mannes heraushören?

»Und es ist schwierig, da mitzuhalten?«, fragte sie versuchsweise und beschloss, die Zügel einen Augenblick lang schleifen zu lassen.

»Das ist es ja gerade«, sagte Bjerregaard mit einer etwas weniger förmlichen Stimme. »Selbst, wenn es sich tatsächlich um ein gesetzwidriges Angebot gehandelt hätte, wären wir kaum in der Lage gewesen, etwas dagegen zu unternehmen. Der Server steht vermutlich auf den Bahamas.«

»Ihr seid also praktisch machtlos?«

»Vollkommen«, antwortete Bjerregaard. »Der Gesetzgeber hat uns keine Mittel an die Hand gegeben, Pornografie über Staatsgrenzen hinweg strafrechtlich zu verfolgen.«

»Was sagen eigentlich die Politiker zu dieser Problematik?« Vorsichtig zog sie die Zügel wieder an.

»Die Politiker?« Bjerregaard konnte ein bitteres Lachen nicht unterdrücken. »Ich glaube nicht, dass sie das Problem schon entdeckt haben.«

»Sie unternehmen also gar nichts«, stellte Camilla fest.

»Nein, es …« Bjerregaard unterbrach sich. »Also in diesem Fall gibt es ja auch gar keinen Anlass, etwas zu unternehmen«, sagte er eilig. »Da dieses Internetangebot sich nicht im Widerspruch zur geltenden Gesetzgebung befindet.«

Camilla lächelte in sich hinein. Die Verteidigungsanlagen des Systems waren wieder an ihrem Platz. Aber für einen Augenblick hatte der Beamte in seiner Frustration einen Zipfel der Wahrheit offenbart.

»Ich hoffe, das habe ich klar genug zum Ausdruck gebracht.«

»Selbstverständlich«, versicherte ihm Camilla, während sie die Überschrift vor sich sah. *Polizei machtlos gegen ungesetzliche Internetpornografie.*

Der Artikel war zurück auf der Titelseite.

Später am selben Nachmittag stand Camilla zusammen mit Lars Langweilig im Redaktionszimmer, während der Politikredakteur Claus Borck sich das Material auf seinem Schreibtisch anschaute.

»Und das liegt völlig frei zugänglich im Internet, das hier?« Borck wedelte mit einem der Bilder, die Camilla aus dem Internet ausgedruckt hatte.

»Vollkommen«, bestätigte sie mit einem Nicken.

»Das ist in der Tat ziemlich widerlich«, sagte der Politikredakteur anerkennend.

»Ist das nicht ein wenig zu sensationslüstern?« Lars Langweilig trat mit einem widerwilligen Ausdruck im Gesicht an den Tisch. »Geben wir der Pornografie damit nicht einfach einen noch besseren Platz in den Medien, wenn wir so etwas bringen?«

»Der Einwand ist natürlich berechtigt«, entgegnete Borck nickend. »Andererseits sollten wir nicht davor zurückschrecken, ein wichtiges Thema aufzugreifen, nur weil es provokative Aspekte beinhaltet. Denk mal an die Ausländerdebatte. Man kann so etwas nicht einfach verschweigen.«

Camilla stand innerlich lächelnd vor dem Schreibtisch. Nach einer hitzigen Diskussion über die Aufteilung ihrer Zeit zwischen Porno und Ostseekonferenz hatte Lars Langweilig schließlich vorgeschlagen, dass der Politikredakteur vermitteln sollte.

»Was sagt die Polizei dazu?«, fragte Borck, während Lars Langweilig plötzlich ganz interessiert die Zeitungsausschnitte an der Anschlagtafel der Politikredaktion zu studieren begann.

»Die können nichts machen«, antwortete Camilla. »Der Server steht auf den Bahamas.«

»Und das Ministerium?«

»Schiebt schon seit vier Wochen den Brief der Mitbürgerin auf die lange Bank.«

»Illegale Schulmädchenpornos – Wissenschaftsminister schaut tatenlos zu«, murmelte Borck mit einem fernen Blick in den Augen vor sich hin. »Da fehlt nicht mehr viel, und wir können an einem Stuhl sägen.«

»Hat die Polizei tatsächlich gesagt, dass es ungesetzlich ist?« Lars Langweilig sah von der Anschlagtafel herüber.

Camilla zögerte einen Augenblick. Dann entschied der selbstzufriedene Gesichtsausdruck ihres Praktikumsbetreuers die Frage. »Es ist eine Grauzone«, verteidigte sie sich. »Im engeren Sinne des Gesetzes ist es vielleicht keine Kinderpornografie. Aber es verstößt vermutlich gegen eine Reihe anderer Gesetze.«

Borck hob abwehrend seine Hände. »Das ist vollkommen ausreichend. Schließlich sind nicht wir die Richter.«

Lars Langweilig wandte sich wieder den Ausschnitten an der Anschlagtafel zu. *Taube haben offenes Ohr für Kritik*, verkündete eine der klassischen Überschriften. Der war für dich, Lars.

»Welche Quellen hast du dafür?«

»Die Mitbürgerin und die Polizei.«

»Können wir das Ganze mit einer Expertenmeinung unterfüttern?«

»Ich habe Probleme mit den Kinderhilfsorganisationen«, erläuterte Camilla. »Sie sind viel zu sehr in ihrem eigenen Weltbild gefangen.«

Borck nickte verständnisvoll. »Haben wir mit dem Ministerium gesprochen?«

Camilla zögerte erneut. Das, was *wir* getan haben, war, eine E-Mail an den zuständigen Ministerialrat zu schicken. Aber *wir* hatten dieser Mail eine harmlose Überschrift gegeben, sodass das Risiko einer Antwort minimal war.

»Sie haben unsere Anfragen nicht beantwortet«, erklärte sie. Jetzt konnte sie ihre Nummer genauso gut bis zum Ende durchziehen.

»Ja, dann müssen wir es wohl verschieben«, kam es selbstzufrieden von der Anschlagtafel.

»Warum das?«, fragte Camilla empört.

»Wir können die Geschichte nicht bringen, bevor wir nicht den Gegenpart befragt haben.« Lars Langweilig warf einen indignierten Blick auf den Politikredakteur. »Wir sind doch kein Revolverblatt?«

»Das Problem ist doch, dass der Minister sich vor der Verantwortung drücken kann, wenn wir den Artikel verschieben«, appellierte Camilla. »Wenn wir ihnen die Zeit lassen, ihre Spin Doctors einzusetzen, werden sie die ganze Tagesordnung umkrempeln. Ihr habt doch gesehen, wie es mit dieser Portalsache gelaufen ist. Sie können innerhalb weniger Stunden Schwarz in Weiß verwandeln.«

»Das ist keine Entschuldigung dafür, nicht beide Seiten zu hören«, meinte Lars. »Wir riskieren dann, selbst Teil der Sache zu werden.«

Oh, Gott. Der Mythos vom objektiven Journalisten. War er tatsächlich immer noch nicht tot?

»Lars hat Recht«, sagte Borck nach einer kurzen Bedenkzeit. »Wir müssen zusehen, dass unser Alibi in Ordnung ist.«

Das war's.

»Wir verschieben die Geschichte bis nach dem Wochenende«, beschloss der Politikredakteur. »Wenn sie sich bis Montag nicht gemeldet haben, bringen wir sie.«

Nach dem Wochenende. Camilla spürte, wie ihr die Geschichte zwischen den Händen zerrann. Selbst wenn der Ministerialrat sich wirklich Mühe geben sollte, er konnte kaum vermeiden, ihre Mail zu entdecken.

»Nutze die Zeit, um die Kinderhilfsorganisationen ein bisschen härter anzugehen«, forderte Borck sie auf. »Und denk über eine persönliche Perspektive für die Folgeartikel nach. Es wird ja wohl ein paar Nutzer geben, die diese Bilder auch herunterladen.«

Camilla nickte resigniert. Sie könnten von Glück reden, wenn das Internet überhaupt noch existierte, nachdem sich die Spin Doctors über das Wochenende der Sache angenommen hatten.

»Was habt ihr sonst noch?«

Borck legte die Papiere zur Seite, während sich Lars Langweilig vor der Anschlagtafel ein fröhliches Lächeln nicht verkneifen konnte.

»Die Ostseekonferenz«, verkündete er.

Grenzen

Bevor wir anfangen, möchte ich euch bitten, drei einfache Fragen zu beantworten.«

An diesem Freitagnachmittag saß Rebekka an einem elliptischen Besprechungstisch in einem Büro mit breiten, abgehobelten Planken auf dem Boden, hohen Paneelwänden und ungehinderter Aussicht auf einen der städtischen Parks und beobachtete mit wachsender Unruhe, wie ihr Chef – der Markenguru und Direktor der Werbeagentur Kyner Kommunikation, Morten Kyner – den Stapel mit Overheadfolien neben dem Projektor bereitlegte.

»Was ist euer Produkt?«, fuhr er fort und wandte sich an alle, die sich um den Tisch versammelt hatten. »Wer sind eure Konkurrenten? Und was ist euer Markt?«

Rebekkas Blick blieb am Projektor hängen, während sie die Vibrationen einer bevorstehenden Katastrophe beinahe körperlich spüren konnte, die von den Folien ausging – genauer gesagt, von einer bestimmten Folie ganz unten im Stapel. Dann glitt ihr Blick zurück zum Tisch, an dem der dritte Vertreter der Agentur, Jacob, die erkenntnisreichen Fragen des Gurus mit mehrfachem begeistertem Kopfnicken untermauerte. Ihnen gegenüber schien die Begeisterung ihres Gastgebers – des neu ernannten Generalsekretärs der Organisation *Kinder in der Gesellschaft* und früheren Produktmanagers für den Viehbereich der *Dänischen Futtermittel* AG, Flemming Jørgensen – leider nur unwesentlich geringer zu sein.

»Gute Fragen«, meinte er und wandte sich an den Öffentlichkeitsbeauftragten der Kinderhilfsorganisation. »Thorkil, möchtest du vielleicht darauf antworten?«

Der Öffentlichkeitsbeauftragte warf seinem neuen Vorgesetzten einen besonders reservierten Blick zu, der Rebekkas Hoffnung einen Augenblick lang steigen ließ.

»Das könnte doch eine nette, kleine Übung sein«, ermunterte ihn Jørgensen. Auf der anderen Seite neben ihm bereitete sich eine blonde Sekretärin darauf vor, die Antworten auf ihrem Schreibblock zu notieren.

»Unser Produkt besteht darin, dass wir Kindern mit Problemen helfen«, begann der Öffentlichkeitsbeauftragte widerwillig, während Rebekka ein stilles Gebet zum Himmel schickte, die Skepsis dieses Mannes möge das unerwartete Wunder sein, das die Konferenz vorzeitig beenden und die Folie daran hindern würde, auf dem geschliffenen Glas des Projektors zu landen. »Unsere Konkurrenten – wenn man dieses Wort überhaupt benutzen kann, denn wir arbeiten in Wirklichkeit ausgezeichnet zusammen – sind die anderen Kinderhilfsorganisationen. Und unser Markt ...« Der Öffentlichkeitsbeauftragte lief auf Grund.

»Eine ausgesprochen typische Antwort«, stellte Kyner an seinem Tischende fest. »Die meisten dänischen Organisationen würden so oder ähnlich antworten.«

Am entgegengesetzten Ende des Tisches nickte Jørgensen zufrieden.

»Und auch dort wäre die Antwort ganz und gar falsch.«

»Selbstverständlich«, beeilte sich Jørgensen zuzustimmen.

»Lasst mich demonstrieren, warum.«

Kyner ging um den Tisch herum und stellte sich hinter den Stuhl der Sekretärin.

»Wenn du die Wahl zwischen zwei wohltätigen Organisationen hättest«, sagte er freundlich. »Dem Muskelschwundfond und ...« Kyner dachte einen Augenblick nach, »der Gichtvereinigung. Wem würdest du lieber etwas spenden?«

Die Sekretärin blickte verdattert zu ihm hoch. »Wem *ich* etwas spenden würde?«

»Dem Muskelschwundfond?«, sagte Kyner und streckte die eine Hand vor, als ob er darin eine Sammelbüchse hielt. »Oder der Gichtvereinigung?« Die andere Hand klingelte mit der Büchse der Gichtvereinigung.

»Dem Muskelschwundfond«, lächelte sie unsicher. »Glaube ich.«

»Warum?«, hakte Kyner blitzschnell nach. »Kennst du jemanden, der an Muskelschwund leidet?«

Die Sekretärin schüttelte ihr langes, blondes Haar.

»Warum dann?«

»Wegen des Grünen Konzerts?«, sagte sie vorsichtig.

»Selbstverständlich.« Kyner gab der Sekretärin einen anerkennenden Klaps auf die Schulter und kehrte zum Projektor zurück. »Jeder kann mal krank werden, aber der Muskelschwundfond ist es auf hohem Niveau. Sie nehmen Platten auf und arrangieren Konzerte. Sie stehen am Grabesrand, haben aber genug Überschüsse, um denen, die weiterleben, Erlebnisse zu bieten. Und die Gichtvereinigung?« Kyner drehte sich am Projektor um und ließ seinen Blick über die Versammlung schweifen. »Gibt es irgendeine Organisation, die weniger Sexappeal hat? Sauertöpfische, alte Frauen, die über ihre Situation verbittert sind.« Er machte einen Buckel wie eine Hexe und streckte eine krumme Hand über den Tisch aus. »Wir haben Gicht, und wir sind sauertöpfisch, sagen sie. Willst du bei uns mitmachen?«

Die Sekretärin verkroch sich erschrocken in ihrem Stuhl.

»Natürlich willst du das nicht«, sagte er und richtete sich wieder auf. »Du willst lieber mit den Muskelschwindlern zusammen sein.«

Kyner wandte sich an Jørgensen. »Wenn ihr mit euren Sammelbüchsen rausgeht, ist das der Markt, auf dem ihr operiert«, stellte er klar. »Euer Produkt hat nichts mit den Problemen von Kindern zu tun. Was ihr verkauft, ist das Erlebnis, geholfen zu haben. Die Zugehörigkeit zu einer Gemeinschaft, die Gutes tut.«

Jørgensen nickte erneut verständnisvoll, während der Öffentlichkeitsbeauftragte so aussah, als hätte er Probleme mit der Verdauung.

»Und was ist das nun für eine Gemeinschaft, die ihr anbietet?« Kyner wandte sich um und schaltete den Projektor ein. Rebekka spürte die Hoffnung schwinden. »Lasst uns einen Blick auf eure letzte Kampagne werfen.«

Kyner legte die oberste Folie auf den Projektor. Am anderen Ende des Raumes erschien eine ganzseitige Anzeige aus einer Tageszeitung an der Wand. Das Bild eines weinenden Kindes nahm den größten Teil der Seite ein.

»Ein weinendes Kind«, stellte Kyner fest. »Wen soll das ansprechen, frage ich mich?« Er trat in das Bild hinein, sodass das Kind auf dem Rücken seines Anzugs zerfloss. »›Unterstützt die Wärmestuben von *Kinder in der Gesellschaft*‹«, zitierte er aus dem Anzeigentext. »Und wenn man am Spendenaktionstag vorbeikommt, spendiert ihr einen Kaffee.«

Kyner starrte nachdenklich in die Luft. »Kaffee in der Wärmestube? Weinende Kinder?« Dann kam es. »Natürlich, die wohltätigen Damen. Ihr bietet mir an, eine der wohltätigen Damen zu werden.« Kyner brach in ein strahlendes Lächeln aus, das eine Sekunde anhielt, bevor es plötzlich erlosch. »Aber ist es wirklich das, was ich will?« Er wandte sich dem Tisch zu und richtete seinen Zeigefinger auf das Mädchen mit dem blonden Haar. »Möchtest du gerne eine der wohltätigen Damen werden?«

Die Sekretärin lächelte unsicher.

»Nein?«, stellt Kyner fest. »Aber wer dann? Vielleicht meine Mutter?« Er schüttelte verärgert den Kopf. »Das Problem ist nur, dass sie ihr Geld schon der Gichtvereinigung gegeben hat. Am Donnerstag ist sie tot, und wer soll dann mit mir in die Wärmestube gehen?«

»Vielleicht die Kinder?«

Rebekka warf einen hoffnungsvollen Blick auf den Öffentlichkeitsbeauftragten am anderen Ende des Tisches.

»Die würden sicher gerne mitkommen«, lächelte er säuerlich. »Die Kinder sind nämlich ziemlich froh über unsere Wärmestuben.«

»Die Kinder sind froh?«, gab Kyner zurück. »Ja, aber das ist doch wunderbar. Das Problem ist nur, dass nicht die Kinder die Zeche bezahlen. Es sind die Kunden. Und wenn die Kunden froh sind, dann nur, weil sie schon längst alle zu den Muskelschwindlern abgezogen sind.«

Der Öffentlichkeitsbeauftragte lehnte sich nach vorne und sah aus, als könnte er jeden Augenblick explodieren, aber Jørgensen kam ihm zuvor.

»Was du damit sagen willst, ist, dass die Kampagne nicht das richtige Zielgruppensegment anspricht?«

»Ich sage, dass eine Kampagne, die Kaffee und Wärmestuben verkauft, ein so schmales Marktsegment anspricht, dass man nicht einmal mehr ansatzweise von einem Segment sprechen kann.«

»Dann sollten wir vielleicht versuchen, stattdessen die Kinder zu verkaufen?« Der Öffentlichkeitsbeauftragte war nicht länger in der Lage, seinen Ärger zurückzuhalten.

»Nein, selbstverständlich sollt ihr das nicht«, antwortete Kyner aufgebracht. »In den Markt kommt ihr nie herein. Der Kinderfond verkauft schon seit Jahren Kinder. Die kleinen dicken Negerchen gehen weg wie warme Semmeln.«

Gegenüber von Rebekka schien der Öffentlichkeitsbeauftragte seinen eigenen Ohren nicht trauen zu wollen.

»Warum sollen die Leute für einen Flegel aus der Vorstadt den vollen Preis bezahlen, wenn sie für einen Schokobraunen aus Burkina Faso nur die Hälfte berappen müssen?«

»Andererseits«, mischte sich Jørgensen ein, »geht es doch hier um zwei verschiedene Märkte.«

»Wie das?« Kyner kniff einmal kurz die Augen zusammen.

»In der Futtermittelbranche ist es ganz normal, dass man auf seinem Heimatmarkt einen höheren Preis verlangt als den, der einem auf den Exportmärkten von der internationalen Konkurrenz aufgezwungen wird.«

Es wurde ganz still im Konferenzraum. Einen Augenblick lang schien es so, als wäre das ganze Büro aus der Bahn geworfen worden. Rebekka spürte die Hoffnung wieder wachsen. Kyner schwankte neben dem Projektor. Selbst beim Öffentlichkeitsbeauftragten schien die Verwirrung die Oberhand über die Verärgerung zu gewinnen.

»Du vergisst, dass es in der globalen Markenführung keine Heimatmärkte mehr gibt«, begann Kyner verwirrt. »Hungernde Flüchtlinge in Afghanistan? Zwangseingewiesene Kinder aus der Vorstadt?« Er deutete auf die Sekretärin hinab. »Wenn eure Kundin eine gute Tat auf dem Einkaufszettel stehen hat, ist es ihr ziemlich egal, welcher Erdteil die Opfer liefert. Das Entscheidende ist, dass ihr eine Gemeinschaft im Angebot habt, mit der sie sich identifizieren kann.«

Ganz allmählich bekam Kyner sich wieder in den Griff.

»Aber das habt ihr nicht«, stellte er fest. »Ihr bietet ihr an, eine der wohltätigen Damen zu werden. Und solange ihr nicht bereit seid, euch von dieser Denkweise zu verabschieden«, Kyner warf einen kurzen Seitenblick auf den Öffentlichkeitsbeauftragten, »gibt es nichts, was ich für euch tun kann.«

Mit einer entschlossenen Handbewegung schaltete er den Projektor ab. Rebekka hielt die Luft an, ohne dass sie wirklich zu hoffen wagte. Und der Projektor war tatsächlich erst wenige Sekunden aus, als Jørgensen seine Replik aufsagte:

»Vielleicht kannst du uns eine Vorstellung davon geben, was wir tun müssten, um diese Situation zu beheben?«

»Nein, das kann ich nicht«, antwortete Kyner schroff.

Jørgensen zuckte überrascht tiefer in seinen Sessel zurück. Auf Rebekkas Stuhl stieg unerwartet die Hoffnung.

»Jedenfalls nicht, bevor wir eine kurze Pause gemacht haben«, fuhr Kyner fort und taute mit einem Lächeln auf. »Dann kann ich mal kurz raus und einen guten Freund an die Hand nehmen, und die Mädels können sich eine Zigarette gönnen.«

Jørgensen seufzte erleichtert auf, und Rebekka sank in ihrem Stuhl zusammen. Ihr gegenüber griff die Sekretärin begierig nach dem Aschenbecher. Rebekka folgte ihr neidisch mit den Augen, als sie die Zigarette anzündete, die Rebekka jetzt so nötig hatte wie nie zuvor und die sie sich nie weniger leisten konnte als jetzt.

Viele Stunden zuvor hatte Rebekka vor dem Spiegel in ihrem Schlafzimmer gestanden. Sie hatte einen eng anliegenden, gehäkelten Sommerhut über ihr nasses Haar gezogen, dessen Spitzen rundherum ein kleines Stückchen hervorschauten. Sie war nackt und hatte alles unter Kontrolle.

Sie wandte sich der Kleidung zu, die in einem kleinen, zierlichen Stapel auf dem Stuhl lag. Diese war am vorhergehenden Tag auf der Grundlage der präzisen Anweisungen ausgesucht worden, die sie dem *Handbuch für Karrierefrauen* entnommen hatte, das in den letzten zwei Wochen Rebekkas fester Halt im Dasein gewesen war.

Die Unterwäsche lag oben und hatte sich von selbst ergeben. Ihre teuerste Garnitur. Das halb Durchsichtige von Dolce e Gabbana.

Wenn du nach außen ein Siegertyp sein willst, musst du dich auch im Innersten wie ein Siegertyp fühlen, betonte die Autorin des Handbuchs, Susanne Schaefer. Die Hosen und das Top hatten ein größeres Problem dargestellt. *Die Werbebranche ist eine der schwierigsten*, gab Schaefer zu. *Du kannst nicht einfach nur in die idiotensichere marineblaue Kombination kriechen. Andererseits läufst du Gefahr, mit der Rezeptionistin verwechselt zu werden, wenn du allzu modelmäßig daherkommst.*

Rebekka beugte sich über den Stuhl und inspizierte die klassische Hose, die zusammen mit einem wilden Top, *das zeigt, wer du wirklich bist*, die Lösung des Dilemmas ausmachte. Sie nickte. Ein paar Herrenhosen mit Umschlag in einem neutralen Grau kombiniert mit ihrer neuesten Bluse von Designers Remix. Besser würde es nicht mehr werden.

Rebekka zog ihre Sachen an und beobachtete sich dabei im Spiegel. Die sichere Hose glitt über den Siegerslip an ihren Platz. *Es ist durchaus möglich, dass du nicht immer ein Siegertyp sein kannst*, wiederholte sie auswendig, *aber das ist noch lange kein Grund dafür, nicht wie einer auszusehen.* Die Sachen waren perfekt.

Rebekka fischte ihr Handy vom Boden auf und sah nach der Uhrzeit. Sie hatte immer noch jede Menge Zeit. Sie drehte sich ein letztes Mal vor dem Spiegel, bevor sie in die Küche ging. Der kalte Reis vom vorangegangenen Abend stand immer noch im Topf auf dem Herd. Sie füllte ein paar Löffel davon auf einen Teller, schnitt eine Tomate, die sie im Kühlschrank gefunden hatte, in Scheiben, legte sie auf den Reis und goss ein wenig Olivenöl darüber. Mit dem Teller und Besteck in der Hand ging sie ins Wohnzimmer hinüber.

Sie wollte sich gerade an den Esstisch setzen, als sie den vollen Aschenbecher bemerkte. Ein unwillkommenes Flashback versetzte sie zurück zu jenem unglückseligen Augenblick am Abend zuvor, als sie mitten in der Auswahl eines wilden Tops die Kontrolle verloren und die folgenden zwei Stunden kettenrauchend mit Henning und Dorthe telefoniert hatte, den Schulfreunden vom Zahle-Gymnasium, mit denen sie immer noch treu verbunden war, und die sie natürlich mit ihrem ganzen Gerede davon (Henning), wie schön und klug sie doch wäre, und wie sie *ihnen den Boden unter den Füßen wegziehen würde, ehrlich, du*, und den Geschichten (Dorthe), die man sich in ihrem Büro über *Kyner und seine Launen* erzählte (auch wenn Dorthe natürlich nur neidisch war, weil sie die ganze Zeit totlangweilige Texte für den Elektrizitätsrat redigieren musste), nur noch verrückter machten.

Rebekka stellte den Aschenbecher auf die Fensterbank und verscheuchte diese Gedanken. *Aufstehen und weitergehen, so machen es die Männer.* Dies war nur ein vorübergehendes Zeichen der Schwäche. Und im Übrigen waren die Klamotten perfekt.

Sie setzte sich an den Tisch und stocherte mit der Gabel auf dem Teller herum. In Wirklichkeit hatte sie ganz und gar keinen Hunger, aber sie wusste, dass sie etwas essen sollte. Nach ein paar Bissen schob sie die Tomatenscheiben zur Seite und begnügte sich mit dem Reis. Mit der Gabel in der Hand fing sie an, in den Büchern zu blättern, die auf dem Tisch lagen. Obwohl sie sie bereits dreimal gelesen hatte, während sie sich auf das Bewerbungsgespräch vorbereitet hatte, fischte sie Kyners neueste Bibel heraus und schlug sie bei der Fallstudie über die Megamarke Nike auf, die sich mit der Basketballikone Michael Jordan als Botschafter und dem berühmten Swoosh-Logo als Antriebskraft als eine der bestplatzierten Marken in das Bewusstsein des globalen Verbrauchers geätzt hatte. Rebekka ließ ihre Augen über die großen, leicht lesbaren Lettern wandern. Verglichen mit den Texten, die sie auf der Universität gelesen hatte, war der theoretische Unterbau ein bisschen schmalbrüstig. Aber zum Ausgleich besaß Kyner eine Schlagfertigkeit, von der sich die trockenen Deutschen ruhig eine Scheibe abschneiden konnten. Und Theorien mussten ja nicht unbedingt kompliziert sein, um zu funktionieren (was im Übrigen auch eine von Kyners Theorien war).

Rebekka schlug das Buch zu und sah wieder zu ihrem Handy. Sie hatte immer noch reichlich Zeit. Es hatte überhaupt keinen Sinn, zu früh zu kommen. Sie durfte nicht übereifrig wirken. Die Agentur war genauso auf sie angewiesen wie sie auf die Agentur. Sie stocherte im Reis herum und versuchte noch etwas mehr zu essen. Ihr Magen schien seine Tätigkeit vollkommen eingestellt zu haben. Unwillkürlich glitt ihr Blick zum Aschenbecher auf der Fensterbank hinüber. Und wurde sofort mit Schaeferscher Selbstdisziplin zum Tisch zurückbeordert. *Rauchende Frauen bekräftigen das Frauenbild der Männer. Neurotisch und von narkotischen Stimulanzien abhängig.* Auch wenn die Männer natürlich nicht merken würden, dass sie zu Hause rauchte?

Rebekka griff nach den Büchern, um sich abzulenken. Diesmal fiel ihr ihre Abschlussarbeit in die Hände. Sie betrachtete verärgert die plumpen Buchstaben auf dem Titelblatt. Abgesehen von einer gut getimten Schwangerschaft zwei Monate vor dem Abgabetermin war die Auswahl der Typografie das Einzige, was ihre Projektpartnerin zur gemeinsamen Abhandlung beigetragen hatte. Und nicht einmal das hatte sie richtig hinbekommen. Rebekka ertappte sich dabei, wie sie die Frau verfluchte. *Wir sollten sie nicht dafür verurteilen, dass sie aufs Land ziehen und ihre Marmelade selber kochen*, ermahnte Schaefer. *Dauernd mit dem Finger aufeinander zu zeigen war der schlimmste Fehler des Feminismus. Andererseits sollten sie aber auch nicht erwarten, dass wir uns durch ihre Marmeladenträume von unseren Zielen abbringen lassen. Wir möchten kein schlechtes Gewissen haben, wenn wir sie mit 130 Stundenkilometern auf dem Weg nach oben überholen.* Was Rebekka daran erinnerte, dass es so langsam Zeit wurde, sich auf den Weg zu machen. Sie warf die Abschlussarbeit mit der Rückseite nach oben zurück auf den Tisch und zwang einen letzten Mund voll Reis hinab, bevor sie aufstand.

Etwas später inspizierte sie ihr Make-up vor dem Spiegel in der Diele. Ganz zuletzt entfernte sie vorsichtig den gehäkelten Hut von ihren Haaren. Die Frisur saß wie eine vollkommene Glocke. Sie lächelte ihr Spiegelbild an. Es war das perfekte Karrierehaar. Kurz, aber immer noch weiblich. Und nie – nie! – lang und offen.

Sie legte den Hut auf dem Regal unter dem Spiegel ab. Die Kleidung war perfekt, das Haar war perfekt. Alles war perfekt. Jetzt fehlten nur noch ...

Rebekka bückte sich und unterzog die Stiefel einer letzten Inspektion. Genau richtig. Diskret in braunem Leder. Aber mit der schmalen Spitze, die genau weit genug herausstach, um zu betonen, dass sie *dazugehörte*. Und hohe Absätze natürlich. Ungewöhnlich hohe eigentlich, jetzt, wo sie etwas genauer hinschaute. Tatsächlich mehr als einfach nur hoch. Stilettos.

Rebekka stellte nervös die Stiefel wieder hin. Irgendetwas an diesem Wort löste ein unbehagliches Gefühl in ihrem Magen aus. Susanne Schaefer hatte doch auch etwas zu Stilettos gesagt, oder nicht? Rebekka war mit drei großen Schritten zurück im Wohnzimmer und fing an, zwischen den Büchern auf dem Tisch nach dem Karriereratgeber zu wühlen. Sie spürte ihre innere Unruhe wachsen. Schaefer hatte doch irgendetwas zu Stilettos gesagt, aber wie wollte sie herausfinden, was genau, wenn das Buch verschwunden war? Sie ging in die Diele zurück und beschloss, die Stiefel anzuziehen. Bis sie die Stilettos wieder sah. Plötzlich war sie sich sicher. Sie waren ganz, ganz verkehrt.

Eine hektische Fahrradfahrt später saß Rebekka hinter einer Glaswand am Ende eines offenen Großraumbüros mit fünf Metern bis zur Decke, frei stehenden Balken und großen, runden Lagerhallenfenstern zum Hafen hin. Sie hatte ihre Stiefel weit unter den Tisch geschoben, aber leider war die Tischplatte ebenfalls aus Glas und konnte die Aussicht auf die zwei katastrophalen, karrierevernichtenden Absätze nicht ernsthaft verdecken, deren Beurteilung durch Susanne Schaefer – *vollkommen in Ordnung, wenn du in einem Stripteaselokal arbeitest* – ihr endlich wieder eingefallen war, als sie sich selbst durch das Großraumbüro klacken hörte, und die … die allerdings von ihrem neuen Chef anscheinend noch nicht bemerkt worden waren? Im Grunde hatte er die letzten zehn Minuten nur dagesessen und Sachen gesagt wie:

»… ungeduldig darauf gewartet, dass du anfangen würdest … habe unglaublich große Erwartungen … ehrlich beeindruckt von dem Gespräch mit dir … solltest wissen, dass wir nur die Besten …«

Vielleicht war sie ja diejenige, die die Situation total falsch aufgefasst hatte? Sie sollte ihren Chef ja nicht als Widersacher betrachten, fiel ihr ein Ratschlag aus dem Karrierehandbuch wieder ein. *Ihr habt dasselbe Ziel. Die Firma soll sich entwickeln, und du sollst es auch.*

»Allerdings solltest du dich schon darauf vorbereiten, dass es dir in der ersten Zeit unheimlich anstrengend vorkommen wird.«

Kyner sah sie ernst an – ernst, aber vertrauensvoll!

»Du wirst Kräfte mobilisieren müssen, von denen du gar nicht wusstest, dass sie in dir schlummern.«

»Darauf bin ich absolut vorbereitet«, gelang es Rebekka, dazwischenzuwerfen, während sie spürte, dass der Boden unter ihren Stilettos fester wurde.

»Und dabei geht es nicht nur um Überstunden«, fuhr Kyner fort. »Alle Neuen glauben, dass sie viel arbeiten, weil sie viele Überstunden machen. In Wirklichkeit ... ja?« Er unterbrach sich und schaute zur Glaswand hinüber.

Hinter Rebekkas Rücken traten ein paar sanfte Schritte auf den Tisch zu.

»Bist du bereit?« Die Schritte gehörten zu einem Mädchen in Rebekkas Alter, mit dunklem, auf Karriere geschnittenem Haar, Klamotten, die direkt aus Schaefers Kollektion stammen konnten, und Schuhen, die ... die sich unglücklicherweise außerhalb von Rebekkas Gesichtsfeld befanden.

»Hast du dir die Entwürfe angesehen?«, fragte sie und deutete auf eine dicke, blaue Mappe auf dem Schreibtisch.

»Zwei Sekunden.« Kyner wandte sich Rebekka zu, die Schwierigkeiten hatte, ihre Blicke vom Fußboden fern zu halten. »Was wirklich zählt, ist Einsatzbereitschaft«, verkündete er.

»Was wirklich zählt, ist, dass wir in einer Viertelstunde da sein müssen«, meinte das Mädchen.

»Guck dir Signe an«, forderte Kyner sie auf. »Vor einem halben Jahr hat sie dort gesessen, wo du jetzt sitzt. Heute ist sie eine unserer erfolgreichsten Projektmanagerinnen.«

Rebekka nickte, während eine unüberwindbare Schwerkraft ihren Blick zum Holzfußboden hinunterzog.

»In einem Jahr, schätze ich, wird sie anfangen können, ihre eigenen Kunden zu betreuen.«

»In einem Jahr werden wir keine Kunden mehr haben«, bemerkte der personifizierte Erfolg trocken, »wenn wir nicht bald in dieses Taxi da unten steigen.«

»Richtig«, sagte Kyner und stand auf. »Hast du noch Fragen?«

Rebekka schüttelte ihren Kopf in dem Bewusstsein, dass die Frage, die sie gern gestellt hätte, innerhalb der Schaeferschen Karrieremethode kaum zu stellen erlaubt war.

»Gut.« Kyner nickte. »Geh die Sache gelassen an. Trink eine Tasse Kaffee. Und sprich mit Jacob. Er wird dir alles zeigen.«

Sie hatten das Büro fast schon verlassen, als Rebekka endlich den Mut dazu aufbrachte, sich in ihrem Stuhl umzudrehen. Ihr Blick fiel im Sturzflug auf den Fußboden, und eine Welle der Erleichterung durchflutete sie. Der personifizierte Erfolg lief in Marc Jacobs herum. Sie hatten Gummisohlen. Aber sie hatten auch Absätze. Und die waren hoch und spitz.

Als Rebekka etwas später von Jacob herumgeführt wurde – ein Typ mit kurz geschnittenen Haaren in einem Anzug, der ihn wie einen Pfadfinder aussehen ließ, der sich als Geschäftsmann verkleidet hatte –, hatte sie fast schon das Gefühl, alles im Griff zu haben. Obwohl Jacob diese leicht Frauen verachtende Art an den Tag legte, die ihn für das Etikett *Nett-aber-lässt-dich-Kaffee-holen* in Schaefers Katalog der Kollegenkategorien qualifizierte, spielte er diese Rolle dermaßen leicht durchschaubar, dass Rebekka sich schon bald ein bisschen überlegen fühlte. Ein Gefühl, das sich noch verstärkte, weil sie das Klappern der Stiefelabsätze nun beträchtlich reduzierte, indem sie ihren Schwerpunkt nach vorne verlagerte.

Sie hatten die Sitzenden begrüßt und waren auf dem Weg

hinunter ins Erdgeschoss, um den Produktionsmädels (»So heißen sie schon seit Menschengedenken«, hatte Jacob erklärt) Hallo zu sagen, als Rebekka hörte, wie die Tür am Ende des Großraumbüros mit einem lauten Knall zugeschmettert wurde. Sie schaute auf und konnte gerade noch sehen, wie eine dicke, dunkelblaue Mappe mit großer Geschwindigkeit durch das Büro flog, die Wand hinter der Rezeption rammte und in einer Wolke aus Papier und Overheadfolien explodierte.

»Alte, vertrocknete Weiber«, rief der Absender der Mappe und stürmte an der Rezeption vorbei, weiter quer durch den Raum hindurch zu der Glaswand am Ende des Büros.

Rebekka folgte ihrem Chef beunruhigt mit den Augen. An den Schreibtischen um sie herum arbeiteten die Leute ungerührt weiter. Auch Jacob sah nicht so aus, als wäre etwas Außergewöhnliches geschehen.

»Wollen wir jetzt runtergehen und den Mädels Hallo sagen?«, schlug er vor.

Sie waren auf dem Weg runter zur Rezeption, als Signe durch die Tür hereinkam und sich mit müden Schritten daranmachte, die Reste der Bombenexplosion zu beseitigen.

»Versucht, der Sache ein paar Flügel zu verleihen«, ermunterte Kyner.

Sie saßen rund um einen großen Tisch im Besprechungsraum der Agentur auf der zweiten Etage der Lagerhalle. Durch die Glaswand konnten sie einen Blick in die kreative Abteilung der Agentur werfen, wo Typen mit Pferdeschwänzen und Mädchen mit grünen Haaren Grafiken über riesige Computerbildschirme zogen, während ein vier Meter großer Gorilla von seinem Standort neben einer Plastikpalme an der Rückwand den Arbeitseinsatz überwachte.

»Wir denken Kinder«, fuhr Kyner fort. »Wir denken ...«

»Sicherheit«, schlug Jacob vor.

»Sicherheit ist ein Angebot.« Der Direktor nickte. »Wie klingt das für unsere Kreativen?«

Kyner wandte sich an einen schlaksigen jungen Mann in Militärhosen, engem T-Shirt und Strickkäppi, der fünf Minuten nach Beginn der Besprechung zu ihnen hereingeschlendert gekommen war, als *Markus, der cleverste AD der Branche,* vorgestellt wurde und der den größten Teil dieser Cleverness seitdem dazu genutzt hatte, über ein Headset unter seinem Käppi mit seinem Handy zu telefonieren; mit dem Rest schoss er alle Ideen ab, die nicht seine eigenen waren.

»Sicherheit?«, sagte der Art Director mit herabhängenden Mundwinkeln.

Das klang natürlich nicht gut.

»Ich denke schwer. Ich denke statisch. Ich denke AdCore für die Dänische Realkredit.« Markus blies die Backen auf und versank in seinem Stuhl. »Eine Frage der Sicherheit«, schauspielerte er und ließ sein Kinn auf die Brust fallen.

Rebekka bemerkte, wie Signe neben ihr unruhig mit den Augen rollte. Am Morgen hatte Rebekka die Projektmanagerin ohne zu zögern in die Kategorie *Siegertyp-an-den-du-dich-hängen-musst* eingeordnet. Mittlerweile hatte sie ihre Zweifel. Seit der Episode an der Rezeption hatte Kyner jedes Mal demonstrativ in die entgegengesetzte Richtung gesehen, wenn Signe auftauchte, was bedeutete, dass sie in Wirklichkeit vielleicht zu der Kategorie *Umstritten-und-gefährlich-für-deine-Karriere* gehörte und dass es eine fatale Fehleinschätzung gewesen war, sich neben sie zu setzen.

»Wie sähe die Alternative aus?«, wollte Kyner wissen.

»Kinder sind aktiv«, stellte Markus fest und setzte sich wieder gerade auf seinen Stuhl. »Kinder sind Leben.« Er schloss die Augen. »Kinder sollten sich entfalten können. Kinder sollten ...«

»Grenzen gesetzt bekommen«, flüsterte Signe in Rebekkas Ohr. »Besonders, wenn sie ein Käppchen tragen.«

»Kinder sollten ...« Am anderen Ende des Tisches hatte der

AD eine Hand auf sein Headset gelegt. »Tommy?«, fragte er. »Ich sage Kinder, du sagst ... Danke, Tommy.« Markus öffnete die Augen und ließ seine Blick andächtig über die Versammlung wandern. »Kinder sind die Zukunft«, verkündete er.

»Ja, das ist nun wirklich tief schürfend«, murmelte die Stimme in Rebekkas Ohr. Glücklicherweise sah es nicht so aus, als hätte Kyner etwas gehört.

»Wie klingt das für unseren Mann am Puls des Kunden?«, fragte er stattdessen.

»Die Zukunft?« Jacob ließ es ein wenig einsinken. »Wir erobern den Zukunftsbegriff in Dänemark. Wir sind die Zukunft.« Er nickte. »Das trifft das Segment.«

»Kannst du damit arbeiten, Markus?«

»Ich denke Entwicklung«, bekräftigte Markus. »Ich denke Offenheit.« Der Blick des AD wanderte hinaus in die Unendlichkeit. »Ich denke messerscharfe Kontraste. Stahl auf Glas. Multiethnische Babys in weißen Bademänteln. Im Hintergrund wissenschaftliche Instrumente.«

»Ich denke Hospital«, bemerkte Signe trocken. »Sollte es nicht das Elternsegment ansprechen?«

»Und sollten wir nicht ein bisschen konstruktiv sein?«, sagte Kyner mit einem zornigen Blick über die Schulter.

Rebekka rückte unwillkürlich ihren Stuhl ein Stückchen zur Seite.

»Haltet den Ball in der Luft«, schärfte ihnen der Direktor ein. »Wir denken Kinder.«

Markus guckte schmollend auf die Tischplatte hinunter und sah nicht so aus, als würde er überhaupt etwas denken.

»Die Zukunft könnte doch auch warm sein«, warf Jacob ein. »Spielende Kinder. Im Hintergrund die Großeltern. Frühstück im Grünen.«

»Ein kleiner, weißer Hund?«, schlug Markus sarkastisch vor.

»Ja, warum nicht auch ein Hund?«

»Ich denke DDB für Haribo«, konstatierte der AD kühl. »Öffne dich für etwas Gutes. 1991.«

»Versucht der Sache jetzt mal Flügel zu verleihen«, schärfte Kyner ihnen ein weiteres Mal ein. »Kinder sind ein Geschenk«, warf er ihnen als Köder hin.

Rebekka schielte zu dem Mädchen links von sich, während sie still Schaefers Regeln für interne Besprechungen wiederholte: *Betrachte es als ein Fußballspiel. Oberflächlich betrachtet ein Mannschaftssport, bei dem alle auf das gleiche Ziel hinarbeiten. Aber am nächsten Tag erinnern sich alle nur daran, wer die Tore geschossen hat.* »Kinder brauchen Liebe«, predigte Kyner. »Sie brauchen ...«

»Grenzen.«

Es wurde vollkommen still, während das Wort flatternd über der Tischplatte in der Luft hing.

»Viele Eltern sind der Ansicht, dass Kindern zu wenig Grenzen gesetzt werden«, fuhr Rebekka fort und gab sich Mühe, nicht nach links zu sehen.

»Wir setzen Grenzen«, formulierte Jacob versuchsweise.

»Das ist aktiv«, fand der Direktor. »Markus?«

»Ich denke Verantwortung«, kam es langsam vom anderen Ende des Tisches. »Ich denke Durchsetzungsvermögen.« Der AD blickte auf. »Ich denke straffe Formen und gewichtige Typografie.«

Rebekka dachte an einen stechenden Blick, der sich in ihre linke Wange bohrte und nur teilweise mit dem Gedanken an Ball spielende Jünglinge auf dem grünen Rasen abgebogen werden konnte.

»Ich denke Schrifttypen mit Füßen. Und ich denke Farben ... Ich denke ...«

Kyner nickte begierig, während Markus sich aus seinem Stuhl erheben musste, um nicht von seiner kreativen Energie zerrissen zu werden.

»Ich denke dunkelblau.«

Drei Stunden später saß Rebekka vor ihrem Computerbildschirm und arbeitete an einem Entwurf für die Verkaufspräsentation, auf der in großer, Respekt einflößender Typografie vor einem tief dunkelblauen Hintergrund der Satz *Wir setzen Grenzen* stand.

Beklagenswerterweise war dieser Satz auch das Einzige, was bisher auf dem Bildschirm stand. Und er war es im Großen und Ganzen schon seit dem Ende der Besprechung gewesen, als Kyner direkt an Signe vorbei Rebekka angeschaut und gefragt hatte, ob es nicht etwas für sie wäre, die Werteposition zu vertiefen und einige schnelle Vorschläge für konkrete Initiativen zu erarbeiten.

Leider bestand die einzig schnelle Initiative, die Rebekka in den darauf folgenden Stunden erarbeitet hatte, in dem wahnwitzigen Vorschlag, eine Broschüre über Kindererziehung für junge Eltern zu produzieren – das Resultat eines panischen Anrufs bei Dorthe, den sie von der Toilette aus getätigt hatte. Und obwohl dieser Toilettenbesuch Rebekka gleichzeitig die Chance gegeben hatte, sich ihre halbdurchsichtige Unterwäsche, die perfekte Karrierefrisur und das absolut perfekte wilde Top ins Bewusstsein zu rufen, hatten sich diese Erfolgsparameter geweigert, auf die Präsentation auf dem Bildschirm überzuspringen.

Ganz im Gegenteil, es schien ihr, als klackerten ihre Absätze auf dem Weg zurück zum Schreibtisch mit wiedererwachter Stärke, um ihre klar verständlichen Morsesignale durch das gesamte Großraumbüro zu senden: Wie hohlköpfig und halbdurchsichtig sie in ihrem tiefsten Inneren doch eigentlich war.

»Und wie geht es hier voran?«

Rebekka seufzte erleichtert, als sie Jacobs Stimme hinter sich vernahm. Sie deutete viel sagend auf den Bildschirm.

»Na, das ist doch ein guter Anfang«, meinte er.

»Aber das reicht doch vorn und hinten nicht«, beklagte sich Rebekka in einem Tonfall, über den Susanne Schaefer ganz und gar nicht begeistert gewesen wäre. »Es soll doch vertieft werden.

Es soll Vorschläge für Initiativen beinhalten. Es soll ...« Sie hörte, wie ihre Stimme sich überschlug.

»Immer mit der Ruhe.« Jacob klopfte ihr väterlich auf die Schulter. »Auf der nächsten Folie präsentierst du die gesamte Brandingplattform. Grenzen. Verantwortung. Handeln. Ordne sie in einem Dreieck an, sodass die Plattform in dem Feld zwischen ihnen aufgespannt wird.«

»Aber wo bleiben die Initiativen?«

»Da reicht eine einzige Folie mit Stichpunkten«, beruhigte sie Jacob. »Wir wollen das doch nicht allzu ernst nehmen. Es ist nur ein Verkaufsgespräch.«

Er richtete sich auf und ging weiter zu seinem Schreibtisch. »Denk dran, dass du noch Zeit zum Ausdrucken benötigst«, bemerkte er noch über die Schulter. »Du kannst nicht davon ausgehen, dass sie einen PC-kompatiblen Projektor haben.«

Rebekkas Augen flogen zur Uhr.

»Wir fahren in einer Viertelstunde«, fügte Jacob hinzu.

»In einer Viertelstunde?«

»Wir wollen doch direkt los«, sagte Jacob nickend. »Du hast doch ein Taxi bestellt, oder?«

Und obwohl Jacobs Personifizierung der *Lässt-dich-Kaffee-holen*-Kategorie erneut an die Grenze zum Übertriebenen stieß, löste dies diesmal kein Überlegenheitsgefühl aus.

»Hätte ich das denn machen sollen?«, fragte Rebekka am Rande der Tränen.

»Unsere Analysen«, begann Kyner, als er von der Toilette zurückgekommen war und die Mädchen ihre Zigaretten geraucht hatten, »haben zu einer präzisen Segmentierung eurer Zielgruppe geführt.«

Kyner schaltete den Projektor an, und es erschien ein vielfarbiges Tortendiagramm, das Rebekka als Jacobs Segmentfolie wiedererkannte, was so viel hieß, dass danach ihre eigenen Folien kamen und dass es nur noch drei Folien waren, bis ...

»Es sind Eltern«, fuhr er fort und deutete auf das größte Stück der Torte (dunkelblau). »Sie sind gut ausgebildet. Leben in erfüllten Partnerschaften. Haben anspruchsvolle und besonders gut bezahlte Jobs. Sie haben alles im Griff, nur eines nicht: Was in den Köpfen ihrer Kinder vorgeht. Und das macht ihnen Sorgen.«

Ihnen gegenüber war der Öffentlichkeitsbeauftragte in seinem Stuhl zusammengesunken und hatte scheinbar allen Widerstand aufgegeben. Rebekka fühlte ihre Hoffnung schwinden.

»Jeden Tag können sie in der Zeitung etwas über neue Gefahren lesen«, fuhr Kyner fort. »Ihre Söhne werden mit gewalttätigen Videospielen bombardiert. Ihre Töchter mit nackten Bäuchen und Strings. In Schulen und Erziehungsinstitutionen ist mittlerweile auch der letzte Rest von Disziplin der falschen Toleranz gegenüber den Schülern zum Opfer gefallen. Es ist, kurz gesagt, nur eine Frage der Zeit, bis ihre kleine Amalie drüben im Matratzenlager des Jugendzentrums liegt und von Nachbars Pelle Julius vergewaltigt wird.«

Die Torte wurde vom Projektor gezogen.

»Und an dieser Stelle kommt ihr.«

Die Torte wurde durch eine Überschrift in großen Lettern auf dunkelblauem Grund ersetzt. Rebekka rechnete unter dem Tisch mit ihren Fingern. Nur noch zwei übrig.

»Ihr wischt die Unsicherheit zur Seite und nehmt die Verantwortung von ihren Schultern.«

Kyner tauschte die Folie, während Rebekkas Finger unbarmherzig unter der Tischplatte mitrechneten.

»Mitten im Strudel der Globalisierung bietet ihr ihnen mit einer einzigartigen Brandingplattform festen Grund unter den Füßen. Diese Plattform steht auf den Grundpfeilern: Grenzen, Verantwortung, Handeln.«

Kyner verharrte einen Augenblick regungslos. Rebekka hielt den Atem an.

»Was bedeutet das konkret, fragt ihr euch sicherlich.«

Jørgensen nickte eifrig, während der Öffentlichkeitsbeauftragte nur noch ein bisschen tiefer in seinem Stuhl versank. Am Overheadprojektor legte Kyner die Brandingplattform zur Seite und griff nach der letzten Folie – *der Folie* – des Stapels.

In Zeitlupe beobachtete Rebekka, wie sich die Folie dem Projektor näherte. Und in einem aufblitzenden Rückblick sah sie die Szene, die sich kurz vor ihrer Abfahrt abgespielt hatte, als Rebekka und Jacob vor der Rezeption von einem Bein auf das andere getreten waren, während sich Kyner hinter der Glaswand fertig gemacht hatte.

»Was ist mit Signe?«

Jacob hatte nur mit dem Kopf geschüttelt.

»Was ist eigentlich passiert?«, frage Rebekka. »Heute Morgen ...«

»Die Gichtvereinigung«, antwortete Jacob. »Hast du ihn nicht gesehen, als er zurückkam? Sie haben den Etat an AdCore verloren.«

»War das ihre Schuld?«

»Ihr wurde die Schuld jedenfalls gegeben.«

Ganz hinten war Kyner aus seinem Büro gelaufen.

»Was hat sie getan?«, fragte Rebekka nervös.

»Sie hatte eine Broschüre vorgeschlagen«, seufzte Jacob und senkte seine Stimme. »Jeder weiß, dass Kyner Broschüren hasst.«

Und am Projektor schwebte die Folie nur noch Millimeter über der Glasplatte. Sie durchquerte den Lichtkegel und schickte Reflexe über den elliptischen Tisch. Rebekka biss sich in die Lippen.

Und hörte das Telefon auf dem Schreibtisch klingeln.

»Wenn ihr mich einen Augenblick entschuldigt«, sagte Jørgensen und stand auf. »Es ist eine Journalistin, die versucht hatte, mich zu erreichen.«

»Hier Jørgensen«, sagte der Generalsekretär, nachdem er den Hörer vom Telefon geangelt hatte. »Ja, worum geht es denn?«

Er schwieg einige Sekunden lang. Man konnte spüren, dass die Journalistin am anderen Ende zu einer längeren Erklärung angesetzt hatte. Am Besprechungstisch wurde Rebekkas Blick magisch von diesem durchsichtigen Stück Plastik neben dem Bein des Direktors angezogen. Sogar aus diesem spitzen Winkel hatte sie keine Probleme damit, das Wort *Aufklärungsbroschüre* neben dem einsamen Aufzählungspunkt ganz oben auf der Folie zu lesen.

»Weißt du was«, unterbrach Jørgensen die Erklärungen der Journalistin. »Ich glaube nicht, dass das eine Sache ist, mit der wir uns befassen wollen.«

Es wurde still, während die Journalistin den Ernst der Angelegenheit beschwor. Aus dem Augenwinkel konnte Rebekka sehen, wie sich die Hand mit der Folie zu bewegen begann.

»Ja, ich kann verstehen, dass es sich da um äußerst gewalttätige Darstellungen handelt«, unterbrach Jørgensen erneut. »Aber Pornografie im Internet ist normalerweise keine Sache, mit der wir uns beschäftigen.«

Der Generalsekretär knallte den Hörer auf die Gabel und kehrte zum Besprechungstisch zurück. »Tut mir Leid«, sagte er entschuldigend. »Wo waren wir stehen geblieben?«

»Konkrete Initiativen«, wiederholte Jacob.

Die Stuhlbeine schrammten über den Boden, als alle sich erhoben.

»Auf die schnellste Verkaufskarriere in der Geschichte der Agentur«, rief Kyner und erhob sein Glas.

Die Leute johlten und hämmerten mit ihrem Besteck auf die Teller. Am Kopfende des Tisches erinnerte sich Rebekka mit Susanne Schaefers Hilfe an den vollständigen Wortlaut von Shirley McLaines Dankesrede bei der Oscarverleihung 1983 – *I deserve this* – und versuchte mit allen Kräften zu vermeiden, den Blick zu senken, während alle auf sie anstießen. Von den anderen Tischen schaute man verwundert zu der lautstarken Gesellschaft hinüber.

Unter noch lauterem Johlen und Schrammen nahmen alle wieder Platz, während Kyner ungeduldig nach mehr Champagner winkte.

»Vielleicht können wir die Brandingplattform anhand einer aktuelleren Sache illustrieren«, zitierte Jacob zum zwanzigsten Mal.

»Ja, vielleicht können wir das.« Kyner grinste und klopfte Rebekka auf die Schultern.

Um sie herum begann eine Gruppe junger Kellner, ihre Gläser zu füllen.

»Wonach wir die Verkaufspräsentation abbrechen und ihnen die Hosen herunterziehen«, kam es von Jacob, der mit der einundzwanzigsten Wiederholung angefangen hatte. »Und sie merken überhaupt nicht, wie wir das eigentlich machen.«

Rebekka lächelte in sich hinein.

»Ein paar Sekunden später steht Jørgensen wieder am Telefon und spricht mit der Journalistin, während wir ihm live über den Tisch hinweg die Stichwörter zuwerfen.«

Obwohl sie nicht umhin konnte zu bemerken, dass die Rolle einzelner Personen durch eine mit jeder Wiederholung zunehmende Verwendung der Pluralform verwässert wurde, war ihre Freude nicht zu trüben. Kyner saß direkt neben ihr und hatte nicht den geringsten Zweifel daran, wie es wirklich geschehen war. Das Einzige, was den Genuss des Sieges verdarb, war ein unbehaglicher toter Punkt in der Gesellschaft am anderen Ende des Tisches, den weder der Gedanke an Shirley McLaines Dankesrede noch Schaefers Ermahnungen *(Frauen müssen raus aus den Basisgruppen, in denen alle gleich sein sollen)* aufwiegen konnten.

»Sogar ihr dürrer Öffentlichkeitsbeauftragter kann plötzlich die Möglichkeiten sehen«, fuhr Jacob fort. »Und wenn wir erstmal anfangen, von Fernsehauftritten zu reden, dann schwöre ich euch, dass Jørgensen ganz schnell aus den Pantoffeln kommt.«

Rebekka stellte ihr Glas ab und stand auf. Sie warf einen Blick zum anderen Ende des Tisches. Dann ging sie zur Toilette.

Etwas später stand sie vor dem Spiegel, während sie Wasser ins Waschbecken laufen ließ. Obwohl eigentlich alles perfekt war, kontrollierte sie ihr Make-up und zupfte an ihrer Frisur herum. Sie war gerade dabei, die Spitzen zurechtzurücken, als sie sah, wie sich hinter ihr die Tür öffnete.

Die neu Dazugekommene stellte sich vor den Spiegel und fing an, ihren Lippenstift nachzuziehen. Rebekka schielte nervös zur Seite und überlegte, was sie wohl sagen könnte.

Signe kam ihr zuvor.

»Schicke Stiefel«, sagte sie mit straff gespannten Lippen.

»Findest du?«, fragte Rebekka erleichtert. »Ich hatte so meine Zweifel. Ich dachte, sie wären vielleicht zu …«

»Sie sind genau richtig«, stellte Signe mit Nachdruck fest und zupfte eine Augenbraue. »Bruno und Joel?«

»A Pair«, erklärte Rebekka.

Signe strich mit zwei Fingern die Augenbrauen glatt. Rebekka überlegte, ob sie die Besprechung erwähnen sollte. Aber vielleicht war es sicherer, ein Kompliment zu den stilsicheren Marc Jacobs zu machen.

Bevor sie sich entscheiden konnte, war Signe verschwunden. Im Spiegel konnte Rebekka sehen, wie sie die Türklinke herunterdrückte. Dann wandte sie sich im Türrahmen um.

»Ein guter Rat?«, fragte sie und warf einen Blick auf die Stiefel.

Rebekka nickte.

»Versuch, sie am Boden zu halten.«

Die Toilettentür knallte hinter ihr ins Schloss.

Das Dilemma der Zensur

Nachdem Rebekka das Wochenende dazu genutzt hatte, ein paar ausgewählte Kapitel aus Schaefers Evangelium erneut zu lesen, erschienen die Ereignisse des vergangenen Freitags bereits in einem klareren Licht, als sie am Montagmorgen wieder auf der Arbeit erschien.

Zum Ersten gab es keinen Grund, wegen Signe ein schlechtes Gewissen zu haben. Das Kapitel *Wahrgenommen werden* sagte es mit aller gewünschter Deutlichkeit: *Ganz egal, wie genial deine Ideen sein mögen, sie sind nichts wert, wenn sie nicht entdeckt werden.* Und zum Zweiten war es ja durchaus möglich, dass Signe nach dem Fiasko mit der Gichtvereinigung ungerecht behandelt worden war. Aber ihre Einstellung war wenig hilfreich. *Niemand arbeitet gerne mit einem Märtyrer zusammen.*

Alles in allem hatte Rebekka daher ein gutes Gewissen gehabt, als sie auf Kyners Geheiß Einladungen zu einem Brainstorming für das Pornoprojekt verschickte und dabei Signes Eintrag in der Adressliste übersprang. Und jetzt, als der Direktor auf einen Sprung im Besprechungsraum vorbeigekommen war, um auf den neuesten Stand gebracht zu werden, und direkt zu ihr schaute – vorbei an Markus, der ein neues Käppi über sein Headset gezogen hatte, und an Jacob, der versucht hatte, mit einer witzigen Bemerkung die Aufmerksamkeit auf sich zu lenken –, bekam Rebekka das Gefühl, dass ihr Erfolg auf so festen Fundamenten stand, dass eine ganze Reihe neuer Gesichtspunkte aus dem Kapitel *Aussicht von oben* in Betracht gezogen werden musste.

»Wir haben im Laufe des Vormittags einige unterschiedliche Ideen umkreist«, sagte Rebekka und bemühte sich, immer an die Pluralform zu denken. »Tageszeitungskampagnen mit der Aufforderung an die Politik, endlich einzugreifen. Unterschriftensammlungen. Podiumsdiskussionen. Aber wir glauben nicht, dass diese Dinge aktiv genug sind, um der handlungsstarken Brandingplattform gerecht zu werden.«

»D'accord«, sagte Kyner mit einem Nicken.

»Wir haben auch eine Mailflutwelle in Erwägung gezogen«, fuhr Rebekka fort. »Eine vorgefertigte E-Mail auf der Homepage der Organisation, die von den Mitgliedern als Protest gegen die Internetpornografie an politische Verantwortungsträger geschickt werden kann.«

Tatsächlich war es vor allem Jacob, der diese Überlegung angestellt hatte, aber Rebekka wusste, dass sie mit ihrem neuen Status als erfolgreiche Projektmanagerin ihren Teil der Verantwortung übernehmen musste, auch wenn die Idee dumm war.

»Zu unseriös«, urteilte Kyner. »Kein Politiker nimmt solche Kampagnen ernst. Es ist genau wie mit Volksabstimmungen. Es ist zu bequem, dagegen zu sein.«

»Zu dem Ergebnis sind wir auch gekommen«, sagte Rebekka. Sie schaute auf ihre Notizen. »Die letzte Idee, die wir hatten, war der Vorschlag, eine schwarze Liste anzulegen.«

In diesem Fall bedeutete *wir* tatsächlich *Rebekka*, aber da die schwarze Liste eine gute Idee war, kam es besonders darauf an, dass sie die Ehre mit den anderen teilte.

»Was wir uns vorstellen, ist eine Liste von Pornoseiten, die die Grenze überschreiten«, erklärte sie. »Angebote, die so brutal und entwürdigend sind, dass *Kinder in der Gesellschaft* sie unmöglich akzeptieren kann. Die Liste kann den Eltern als konkretes Hilfsmittel angeboten werden, um zu sehen, von welchen Seiten sie ihre Kinder fern halten sollten. Gleichzeitig kann *Kinder in der Gesellschaft* auf Institutionen zugehen, die Zugang zum Internet anbieten – Bibliotheken, Schulen, Internetprovider – und sie auffordern, den Zugang zu diesen Seiten zu sperren, sodass diese Liste zu einem Teil eines breiten gesamtgesellschaftlichen Einsatzes gegen die Pornografie werden kann.«

Rebekka schaute den Direktor abwartend an.

»Das ist aktiv«, sagte er mit einem zufriedenen Nicken. »Wir setzen Grenzen. Wir übernehmen Verantwortung. Das Einzige, was man sich noch wünschen könnte, wäre ein bisschen mehr Interaktivität.«

»Also da habe ich mir eigentlich vorgestellt«, fing Rebekka an und bemerkte gleichzeitig ihren grammatischen Absturz in den Singular, »dass die Eltern solche Angebote selbst auf der Homepage von *Kinder in der Gesellschaft* identifizieren können; damit haben sie die Möglichkeit, selber mitzuhelfen, die entwürdigenden Pornoseiten zu identifizieren, und ...« Rebekka suchte nach einer Formulierung, in die sie eine Pluralform einbringen konnte, »und das, glaube ich, fanden wir alle eine gute Idee.«

»Das ist eine hervorragende Idee«, stellte Kyner fest. »Wir engagieren Dänemarks Eltern im Kampf gegen die grenzüberschreitende Pornografie. Wir geben ihnen das Werkzeug in die Hand, mit dem sie sich selbst einbringen können. Wir binden Schulen und verantwortungsbewusste Organisationen ein. Ich sage, so machen wir es.« Er schaute fragend zur anderen Seite des Tisches hinüber. »Markus? Jacob?«

Sowohl das Käppi als auch der Anzug nickten unterstützend.

»Gut.« Kyner starrte einen Augenblick lang ins Leere. »Ich finde, wir sollten es direkt dem Kunden präsentieren«, sagte er dann. »Gleich einen Finger in den Wind halten und bestätigt bekommen, dass wir auf dem richtigen Weg sind.«

»Ich kann hinfahren«, schlug Jacob vor.

»Aber sei nicht allzu konkret«, ermahnte ihn Kyner. »Belass es bei dem Eindruck, dass das Ganze erst eine Idee ist. Sie sollen nicht glauben, dass wir für so etwas nur einen Vormittag brauchen. Schließlich wollen wir ihnen danach ja auch eine Rechnung stellen.«

Jacob nickte.

»Und dann müssen wir die produktionstechnischen Fragen klären. Gibt es technische Probleme? Wie lange dauert es, so etwas zu programmieren?«

»Darum werde ich mich kümmern«, versprach Rebekka.

»Rede mit den Jungs oben in der Technik. Vielleicht haben sie ja schon etwas Passendes in der Schublade.« Kyner schaute sich um. »Noch etwas? Design? Markus?«

»Ich habe etwas in Arbeit«, versicherte der AD.

»Gut. Dann lass uns laufen.«

Sie standen auf.

»Hast du noch zwei Sekunden?«, fragte Kyner, als sie die erste Etage erreicht hatten. »Es gibt noch ein paar Dinge, die wir besprechen müssen.«

Sie gingen in sein Büro hinter der Glaswand. Kyner bedeutete ihr, sich an den Schreibtisch zu setzen, während er selber vor einem Regal an der Rückwand in die Knie ging. Rebekka setzte sich etwas nervös auf die äußerste Vorderkante des Stuhls.

»Kennst du schon unser Infomagazin?« Kyner setzte sich auf die andere Seite des Schreibtisches und reichte ihr einen großen, schwarzen Prospekt im Zeitschriftenformat über die Tischplatte. »Ich denke an den Aufmacher für den nächsten Monat«, fuhr er fort. »Ich finde, wir haben da ein gutes Projekt. Es ist das erste Mal, dass uns ein ernsthafter Durchbruch im Dienstleistungssektor gelungen ist. Wenn wir diesen Auftrag kriegen, glaube ich, steht uns dieser Markt offen.«

Rebekka blätterte in dem Prospekt. Das Papier war dick und glatt. Es gab für jeden Beitrag groß aufgemachte Illustrationen und exklusive Fotos. Und ein herausgehobenes Foto für jeden Verfasser eines Artikels.

»Ich denke, du solltest sofort anfangen, dich darauf vorzubereiten«, riet ihr Kyner. »Leg ein bisschen Material zur Seite. Und denk daran, dass du auch etwas Text aufs Papier bringst, wenn du mal ein bisschen Zeit übrig hast. Dann können wir es bringen, wenn die Kampagne ihren Höhepunkt erreicht hat.«

Rebekka nickte und glitt auf dem Stuhl ein wenig nach hinten.

»Es wäre eine unglaublich interessante Sache für das Infomagazin. Nicht nur für uns. Auch um der dänischen Vereinswelt und ihren verstaubten Agenturen zu zeigen, dass es einen Weg aus dem Einheitsbrei gibt.«

Kyner machte eine kurze Pause.

»Das andere«, begann er ernst, »ist eine eher persönliche Angelegenheit.«

Rebekka schnellte zurück auf die äußerste Kante der Sitzfläche.

»In Bezug auf deine ...«, er zögerte, »Erscheinung in dieser Agentur.«

Rebekka lauschte mit einem ziehenden Gefühl im Bauch, während sie innerhalb von Bruchteilen einer Sekunde eine Blitzanalyse ihrer Erscheinung vornahm: Haare? Top? Stiefel? *Die Stiefel!* Hatte Signe etwa gelogen, als sie die Stiefel gelobt hatte?

»Du musst keine Angst davor haben, im *Vordergrund* zu stehen«, sagte Kyner. »Die Art, wie du seit deinem ersten Tag hier performt hast. Dein Auge für die Bedürfnisse des Kunden. Deine Durchsetzungsfähigkeit. Das Gespür für das Kreative. Das ist absolut imponierend.«

Kyner stand auf. Er ging um den Schreibtisch herum zu Rebekka hinüber und legte eine Hand auf ihre Schulter.

»Und es gibt keinen vernünftigen Grund, es zurückzuhalten«, fuhr er fort. »Du musst nichts verstecken.«

Er zwinkerte ihr zu und deutete mit einem Nicken auf das Großraumbüro hinter der Glaswand.

»Geh jetzt da raus und zeig es ihnen.«

An diesem Nachmittag begann Rebekka die Gefühle zu verstehen, die sich hinter der Kapitelüberschrift *Aussicht von oben* verbargen, während sie zwei Zentimeter über dem Fußboden schwebte und anscheinend ihrer Fähigkeit beraubt war, etwas Falsches zu tun:

Etwa als Markus mit den ersten Designskizzen herunterkam, die um das kreative Konzept *Grenzland* kreisten und einer Kinderzeichnung ähnelten, die im Cyberspace verunglückt war, und Kyner sofort entschied, *wir sollten in diesem Fall vielleicht auf Rebekka hören*, als sie zum Unwillen des ADs empfahl, in eine eher traditionelle Richtung weiterzuarbeiten.

Oder als Kyner vorschlug, Kontakt zu einem Unternehmen der Kommunikationsbranche aufzunehmen und sie davon zu überzeugen, die Initiative zu unterstützen, und Rebekka tatsächlich einen bereits existierenden Kunden in der Projektdatenbank fand, dessen Werteposition *Gemeinschaft durch Kommunikation* sich perfekt in ihre Initiative einpassen würde.

Und selbst als Kyner ihr in einer Diskussion über eine Reihe von Zielgruppenuntersuchungen widersprach, deren Durchführung sie versprochen hatten, die aber Jacob hartnäckig aufgrund einer statistischen Grundthese *Die Antworten fangen immer an sich zu wiederholen, nachdem wir die ersten fünf Personen befragt haben* abschmetterte, war er trotzdem noch aufmerksam genug, sie zu unterstützen, sodass ihre Unfehlbarkeit dadurch keine wirkliche Schramme abbekam.

»Wirklich gut, dass du das zur Sprache bringst«, betonte er, »aber ich glaube, wir schießen über das Ziel hinaus, wenn wir die große Wahrheitsmaschine auffahren. Es gibt ja niemanden, der sich als Unterstützer von Pornografie bezeichnen würde. Die Rechten hassen sie, weil sie amoralisch ist. Und die neue Linke hasst sie, weil sie schlecht für die Kinder ist. Und beide Seiten werden die Chance nutzen, die alte Linke der Achtundsechziger zu kritisieren, weil sie die Pornografie überhaupt erst legalisiert hat, sie inzwischen aber auch nicht mehr leiden kann, weil sie das Gefühl hat, dass die profitmaximierenden Kapitalisten die Liebe zwischen Menschen in eine Konsumware verwandelt haben.«

Erst als Rebekka gegen fünf die Zeit fand, sich mit *dem Technischen* auseinander zu setzen, und sich dazu in einem Raum ganz oben unter dem Dach des Lagerhauses, tapeziert mit Computerausrüstungen, befand und wo ein Informatiker mit Nerd-Brille nach ihrer Präsentation der Initiative den Satz aussprach:

»Ja, das wird bestimmt sehr populär werden«, verschwand dieses Gefühl schlagartig, und ihre Stiefel erlangten mit einem trockenen Plonk wieder Kontakt mit dem stahlverstärkten Boden.

»Wie meinst du das?«, fragte sie beunruhigt.

»Das wäre ja ein richtiges Sündenregister für das Internet«, erklärte der Nerd. »Die Leute werden anstürmen, um an die Liste mit dem verbotenen Sex zu kommen.«

»Aber das ist doch nicht der Sinn der Sache«, präzisierte Rebekka. »Sie sollen die Liste benutzen, um sich gegen Pornografie zu schützen.«

»Seid ihr euch denn sicher, dass die Leute Lust haben, sich beschützen zu lassen?«

Rebekkas Nervosität nahm zu.

»Das kann euch doch nicht wirklich überraschen«, sagte der Nerd-Informatiker verwundert. »Das ist das Dilemma der Zensur. Wenn du etwas auf die schwarze Liste setzt, beweist du damit, dass es gefährlich oder umstritten ist. Und das sind immer die Sachen, die am spannendsten sind. Was meinst du – wie viele Leute hätten *Die Satanischen Verse* gelesen, wenn Salman Rushdie nicht zum Tode verurteilt worden wäre? Ist dir klar, wie dick dieses Buch ist?«

Unwillkürlich drängte sich Rebekkas ungelesenes Exemplar in ihr Bewusstsein.

»Aber hier geht es doch nicht um Zensur«, versuchte sie zu erklären. »Es ist doch nur ...«, sie suchte nach dem richtigen Wort,

»... Beratung. Damit wir die Leute vor schädlichen Homepages und unangenehmen Erfahrungen schützen können.«

»Ich glaube, die meisten Zensurstellen sind der Ansicht, dass sie die Leute gegen schädliche Informationen und unangenehme Erfahrungen schützen können«, bemerkte der Nerd-Informatiker.

»Aber das hier ist doch freiwillig«, beharrte Rebekka. »Die Leute entscheiden selber, ob sie von der Liste Gebrauch machen.«

»Vielleicht«, gab er zu. »Aber ihr solltet euch schon darauf vorbereiten, dass es Menschen geben wird, die – wenn sie schon selber entscheiden können – auf eine etwas andere Art Gebrauch von der Liste machen, als ihr euch das vorgestellt habt.«

In Rebekkas Innerem war das schwebende Gefühl in einen freien Fall übergegangen. Es war nicht sicher, dass es der Kommunikation der neuen Plattform von *Kinder in der Gesellschaft* helfen würde, wenn herauskäme, dass das Internetangebot als Linkliste für harte Pornografie verwendet würde. Es war auch nicht sicher, dass solch ein extrem profiliertes Fiasko sich als Aufmacher für das nächste Mitteilungsblatt anbieten würde. Im Gegensatz dazu konnte kein Zweifel daran bestehen, dass die Strafe dafür, sich dieses Fiasko ausgedacht zu haben, sich absolut mit den Sanktionen würde messen können, die ausgesprochen worden waren, nachdem während eines Verkaufsgesprächs mit der Gichtvereinigung der Vorschlag gemacht wurde, eine Broschüre zu produzieren.

»Ich kann mir die Sache gerne mal ansehen«, versprach der Nerd-Informatiker, während sich der Boden unter Rebekka öffnete. »Vielleicht gibt es ja eine technische Lösung für das Problem. Mit der wir die Leute daran hindern können«, er hielt kurz inne, »eure Liste zu missbrauchen.«

Rebekka war gerade an ihren Schreibtisch zurückgekehrt, als Jacob und Kyner angerauscht kamen.

»Sie haben angebissen«, verkündete Jacob. »Jørgensen ist ganz verrückt nach der Idee.«

»Es gibt aber einen Zeitfaktor«, sagte Kyner ernst.

»Die Journalistin besteht darauf, ihren Artikel schon diese Woche zu bringen«, erklärte Jacob. »Jørgensen konnte ihn auf Donnerstag verschieben – dafür bekommt sie ihn exklusiv. Und er hat ihr darüber hinaus versprochen, dass wir am selben Tag unsere Lösung launchen.«

»Das ist nicht optimal.« Kyner schüttelte den Kopf. »In so kurzer Zeit können wir nur schwerlich genug Platz für die vielen Stunden finden, die wir ihnen in Rechnung stellen.«

»Andererseits wäre es unheimlich stark, wenn wir von Anfang an dabei sein könnten«, bemerkte Jacob.

»D'accord«, sagte Kyner. Er sah Rebekka ernst an. »Was meinst du?«

Rebekka sagte überhaupt nichts.

»Ich behaupte nicht, dass es um Alles oder Nichts geht«, betonte Kyner. »Wir können gut und gerne auch später noch einsteigen. Aber es wäre doch unglaublich dynamisch, wenn wir schon vom ersten Tag an mit im Boot wären. Mit einer so schlagkräftigen Initiative können wir das ganze Wochenende lang die Presse beherrschen.«

Daran konnte wohl kaum noch ein Zweifel bestehen, dachte Rebekka. *Kinderhilfsorganisation eröffnet Pornozentrale.* Sie würden für den Rest des Monats die Presse beherrschen.

»Es ist deine Entscheidung«, bestimmte Kyner. »Wenn du sagst, dass wir es schaffen können, dann schaffen wir es.«

Er sah sie vertrauensvoll an, während Rebekka plötzlich ein bedauerlicher Mangel am Kapitel *Aussicht von oben* auffiel:

Eine Anleitung, wie man heil wieder herunterkam.

Ein größerer Mensch

In einem Büro auf der dritten Etage rotierte Ministerialrat Kristian Nyholm im Zentrum einer Zentrifuge voller ungelesener Zeitungsausschnitte, unkommentierter Akten, ungeöffneter Mails und orangefarbener Notizzettel mit unbeantworteten Telefonanrufen. Es war Montagnachmittag, die Uhr ging auf sechs zu, und Nyholm erhielt seine Strafe für ein Wochenende im Himmel.

Es hatte am Freitag begonnen, als Nyholm nach Hause gekommen und Marlene bereits damit beschäftigt war, das Auto voll und Amelie einzupacken. Bevor er hatte protestieren können, hatte sie die Schultasche in die Wohnung expediert, ihn auf den Beifahrersitz gesetzt und war losgefahren in Richtung Norden. Auf dem Weg hatte sie dann verraten, dass sie eine Unterkunft in einer kleineren Pension gebucht hatte, die sie das ganze Wochenende lang für sich selbst haben würden. Die Inhaber – ein älteres Ehepaar – hatten sie bei der Ankunft mit warmem Tee und einer Käseplatte begrüßt und sich das restliche Wochenende mit drei Mahlzeiten täglich um sie gekümmert, serviert in einem kleinen Wintergarten mit Blick aufs Meer.

Schon am Freitagabend waren alle Gedanken an farbige Mappen unter dem Einfluss des warmen Tees, der ungewohnten Stille und der Aussicht auf das ruhig wogende Meer verflogen. Am Samstagvormittag waren sie nach Helsingør gefahren, um sich Kronborg und Holger Danske anzusehen. Amalie hatte eine der berühmten Eiswaffeln bekommen, obwohl es dafür eigentlich noch viel zu früh im Jahr war, während er und Marlene durch die gepflasterten Gassen geschlendert waren und sich müßig die Schaufenster der Boutiquen angeschaut hatten.

Am Abend – nachdem Amalie müde und glücklich ins Bett gekrochen war – hatten sie sich vor dem Kamin eine Flasche Wein geteilt und waren danach Hand in Hand auf ihr Zimmer hinaufgegangen, wo sie sich zum ersten Mal seit Monaten lange und innig geliebt hatten.

Am Sonntag waren sie am Strand spazieren gegangen. Und während Amalie im Sand nach Muschelschalen suchte und die Möwen friedlich über den Himmel glitten, hatte Nyholm gespürt, wie ein neuer Mensch in ihm heranwuchs. Ein größerer Mensch, dem bewusst war, dass es im Leben wichtigere Dinge gab als die Karriere. Ein vollständigerer Mensch, der niemals wieder die Arbeit sein Leben ergreifen und dominieren lassen wollte. Ein größerer und vollständigerer Mensch, der in derselben Sekunde von der Erdoberfläche ausradiert wurde, als Nyholm am Montagmorgen die Zentrifuge betrat und mit der grausigen Erkenntnis erwachte, dass er zwei Tage lang weder Zeitungen gelesen noch Nachrichten gehört noch seine E-Mails kontrolliert hatte, dass er eine Schultasche besaß, die bis zum Bersten mit roten, grünen und blauen Plastikmappen gefüllt war, dass die Bürokonferenz in einer Stunde anfing und dass einer, der Ole hieß, mit ihm reden wollte, und dass es sich anhörte, als wäre es dringend.

Nyholm seufzte. Er rollte seinen Stuhl an den Tisch heran und nahm eine grüne Akte oben vom Stapel. Eine Antwort auf den Brief einer Mitbürgerin. Eine der verantwortungsbewussten Mitbürgerinnen unseres Landes machte den Herrn Minister freundlich darauf aufmerksam, dass immer mehr Bilder entkleideter Frauen in aufreizenden Stellungen über das weltumspannende Internet verbreitet würden, und gestattete sich, angesichts der Konsequenzen für die Moral in dieser Gesellschaft einen warnenden Zeigefinger zu erheben. Draußen im Vorzimmer begann ein Telefon zu klingeln. Nyholms Telefon war aufs Vorzimmer umgestellt, aber Pernille war bereits gegangen. Andererseits konnte es zu diesem Zeitpunkt kaum etwas Wichtiges sein. Nyholm beschloss, den Anruf zu ignorieren.

Er versuchte sich auf den Text des Deckblatts zu konzentrieren, während er zur Uhr schielte. Das Allergrausamste war, dass es am Sonntagabend einen größeren, vollständigeren und jetzt leider ausradierten Menschen gegeben hatte, der die Einladung zu einem improvisierten Abendessen am Montagabend bei Marlenes Schwester angenommen hatte. Weshalb er jetzt weniger als eine Stunde Zeit hatte, um all die Zeitungsausschnitte abzuarbeiten, die tickenden E-Mails, die vollkommen gleichgültigen Ansichten einer Mitbürgerin über Pornografie im Internet und ...

Und ein Telefon, das im Vorzimmer immer weiter klingelte. Nyholm wollte sich um keinen Preis ablenken lassen und starrte verkrampft auf das Deckblatt. Irgendwie schien es da ein Komma zu viel auf der Seite zu geben, aber er konnte sich für kein bestimmtes entscheiden. Das Telefon klingelte erneut. Er ignorierte noch zwei weitere Klingeltöne, bevor er von seinem Stuhl aufsprang und ins Vorzimmer hinauslief.

»Ja?«, blaffte er mit einem verärgerten Tonfall in den Hörer, der sich sofort verlor, als er die Stimme des Anrufers erkannte. »Hier ist Ole«, sagte dieser. »Kommst du mal runter?«

Nyholm lief die Treppen hinunter und betrat das gemeinsame Vorzimmer des Ministers und des Staatssekretärs. Auch hier waren die Sekretärinnen schon gegangen. Er durchquerte das Vorzimmer und steckte seinen Kopf durch die Tür. Der Staatssekretär saß am Schreibtisch und kritzelte ein paar Kommentare auf ein blaues Deckblatt.

»Komm rein«, sagte er, als er Nyholm erblickte. »Ich bin gleich fertig.«

Nyholm betrat das Büro, während er spürte, dass sich die Drehzahl der Zentrifuge verringerte. Das Geräusch hektischer Schritte in den Korridoren verstummte. Vom Parkplatz im Hof konnte er ein Auto hören, das sich auf den Weg nach Hause machte. Der Staatssekretär legte die Mappe auf seinem Schreibtisch zur Seite und erhob sich aus seinem Bürostuhl.

»Wollen wir es uns nicht gemütlich machen?« Er nickte zu den zwei braunen Ledersofas hinüber, die um einen niedrigen Tisch unter dem Fenster zum Hof gruppiert waren.

Nyholm machte es sich auf dem einen Sofa bequem, während der Staatssekretär zur Bürotür hinüberging und sie sorgfältig schloss. Er schien einen Augenblick lang zögernd mit der Hand auf der Klinke zu verharren, nachdem die Tür geschlossen war. Dann drehte er sich um, ging zur Sitzgruppe hinüber und setzte sich auf das gegenüberliegende Sofa.

»Ich hatte ein Gespräch mit Hans«, begann er.

Um sie herum blieb die Zentrifuge jetzt ganz stehen. Nyholm konnte eine ziehende Kraft unter sich verspüren.

»Lass es mich sagen, wie es ist«, fuhr der Staatssekretär fort. »Er ist im Großen und Ganzen sehr zufrieden mit dem Einsatz, den wir auf diesem Gebiet leisten.«

Der Staatssekretär nickte geistesabwesend.

»Sehr zufrieden«, wiederholte er ernst. »Das ist ein Signal, das ich gerne weitersende.«

Er nickte noch ein paar Mal mit dem Kopf.

»Aber gleichzeitig wäre es auch angebracht, zu erwähnen«, fuhr der Staatssekretär fort, »dass er sich gerne einen etwas ...«, er suchte nach dem richtigen Wort, »... offensiveren Umgang mit dieser Portalsache gewünscht hätte.«

Nyholm spürte, wie er hilflos an der Innenwand der Zentrifuge nach unten rutschte.

»Nicht, dass er der Meinung wäre, wir hätten irgendwie den Anschluss verpasst«, sagte der Staatssekretär hastig. »Ganz und gar nicht.«

Er schüttelte abwehrend den Kopf.

»Aber man könnte vielleicht sagen ...« Der Staatssekretär

suchte erneut nach einer passenden Formulierung. »Ich glaube, seine eigenen Worte waren, er hätte den Kontakt zum gelben Trikot verloren.«

In der Zentrifuge rammte Nyholm den Boden der Trommel und merkte, wie er weiter hinunter zum Abzugskanal gezogen wurde.

»Ich habe natürlich versucht, ihm die Hintergründe zu erklären«, sagte der Staatssekretär ernst.

Einen Augenblick lang blieb er im Sieb hängen.

»Dass es auf diesem Gebiet unheimlich viel Bewegung gibt. Dass es manchmal schwierig sein kann, am Ball zu bleiben. Dass uns die schwedische Initiative entgangen ist.«

Er glitt weiter in den Abflussschlauch hinein.

»Und er hatte ein gewisses Verständnis dafür. Absolut«, versicherte der Staatssekretär. »Andererseits war er der Meinung, wir hätten größeres Gewicht darauf legen können, in der Spitzengruppe zu bleiben, um ihn in der Öffentlichkeit etwas tatkräftiger erscheinen zu lassen.«

Er warf Nyholm einen viel sagenden Blick zu.

»Und darin liegt wohl auch unsere Verantwortung als Beamte des Ministers«, sagte der Staatssekretär. »Ja, letzten Endes ist es wohl meine Verantwortung als oberster Chef der Verwaltung.«

Der Abfluss zog mit unheimlicher Kraft an Nyholm, während er sich an die Verantwortung des Staatssekretärs klammerte.

»Aber es ist gleichzeitig eine Verantwortung, die ich nur tragen kann, wenn ich ausreichende fachliche Unterstützung von den zuständigen Ministerialräten bekomme.«

Nyholm spürte, wie seine Hände den Halt zu verlieren drohten.

»Und ich bin fest davon überzeugt, dass ich sie bekomme«, betonte der Staatssekretär. »Gleichwohl bin ich froh, dass wir mal darüber gesprochen haben.«

Er warf einen überzeugenden Blick auf Nyholm, der hilflos durch den Abfluss hinabwirbelte.

»Damit wir uns über die künftigen Prioritäten einig sind.«

Der Staatssekretär nickte erneut geistesabwesend vor sich hin.

»Und ich glaube, das sind wir. Ich bin überzeugt, dass wir es sind.«

Am selben Abend saß Nyholm umgeben von dreißigjährigen, urbanen Akademikern auf einem niedrigen Sofa in einem weiß verputzten funktionalistischen Einfamilienhaus nördlich der Stadt. Oder – genauer gesagt – umgeben von dreißigjährigen Akademikerknien, weil der momentane urbane Einrichtungstrend einen Ultraminimalismus vorschrieb und das Sofa zusammen mit einem mehrere Meter entfernten Designerstuhl die einzigen Sitzgelegenheiten im Wohnzimmer boten.

Über ihm waren die meisten Akademiker daher darauf angewiesen, die Diskussionen vom Essen im Stehen fortzuführen, während sich Nyholm mit ihren Knien begnügte und dabei versuchte, nicht allzu oft an die Schultasche zu denken, die, voll gestopft mit bunten Mappen und den ungelesenen Zeitungsausschnitten von vier Tagen, draußen im Flur auf ihn wartete.

»Das Problem ist doch, dass eure Demokratie nicht in der Lage ist, sich um die Sorgen der Bürger zu kümmern«, meinte eine lautstarke Stimme in den oberen Luftschichten.

Nyholm konnte den Absender ohne Probleme identifizieren: der Mann der Freundin von Marlenes Schwester, der zwar weder um die Dreißig war (die Freundin war bereits Frau Nummer zwei) noch ein richtiger Akademiker (er war höchstens zur Handelsschule gegangen), der aber dennoch den größten Teil des Tischgesprächs mit seinen Theorien über die neue Markenführung, Turnschuhhersteller, einen Sportstar, der Michael Jordan hieß, und eine Menge anderer Dinge, die natürlich nur ein Vorwand dafür waren, mit seinen neuesten Erfolgen an vorderster Front der Werbebranche angeben zu können, zu dominieren vermocht hatte.

»Die Volksherrschaft ist einfach nicht dafür geschaffen, die ständigen Wertewechsel in einer globalen Ökonomie aufzufangen«, fuhr der Werbemensch fort, während Nyholms Schwager und einer seiner Kollegen aus dem Umweltministerium mit skeptischen Gesichtsausdrücken zuhörten.

Einen Meter weiter unten war Nyholm glücklich, sich außerhalb der Reichweite dieser Absurditäten zu befinden. Er warf einen Blick in Richtung Flur und überlegte, ob ein größerer und vollständigerer Mensch sich gestatten durfte, die Schultasche mit auf die Toilette zu schmuggeln, um die Samstagsblätter und ein paar Bürgerbriefe abzuarbeiten.

»Die Diskussion über Pornografie im Internet ist ja nur das letzte Beispiel von vielen.«

Nyholm hatte sich schon zu einer positiven Antwort durchgerungen und vom Sofa erhoben, als dieser Satz plötzlich zu ihm durchdrang. Verwundert wandte er sich dem Kriegsschauplatz zu.

»Aber wie genau kann denn ein Turnschuhhersteller wie Nike sich um die Sorgen der Bürger kümmern?«, fragte der Schwager.

Und was hat das mit Pornografie im Internet zu tun?, hätte Nyholm gerne hinzugefügt, kam aber nicht dazu, weil der Werbemensch schon wieder Gas gab.

»Zunächst einmal ist Nike kein Turnschuhhersteller«, erklärte er herablassend. »Nike ist eine Brand Community, die sich den Willen zum Sieg auf das Banner geschrieben hat. Und das, was sie tun kann – und was eine Demokratie nie tun kann –, ist, die Menschen in einer Wertegemeinschaft zu vereinen, in der sich alle wie Sieger fühlen.«

»Aber ...«, versuchte Nyholm einzuwerfen.

»Aber wenn Nike das Folketing ersetzen würde«, überholte ihn der Kollege des Schwagers. »Müssten wir dann damit rechnen, dass Michael Jordan beginnt, Gesetze zu verabschieden?«

Der Kollege erntete ein paar wohlverdiente Lacher von den Umherstehenden. Der Werbemensch schüttelte dagegen nur resigniert den Kopf.

»Euer Problem liegt darin, dass ihr nicht merkt, wie die Welt sich bewegt hat«, seufzte er. »Die Gesellschaft wird nicht mehr durch Gesetze und Bürokratie verändert.«

»Wodurch wird sie dann verändert?«, wollte der Schwager wissen.

»Wodurch? Ich werde euch ein Beispiel geben.«

Nyholm schaute resignierend von einem Kombattanten zum anderen. Es war unmöglich, einen Fuß in die Tür zu bekommen.

»Nehmt einfach The Body Shop«, forderte der Werbemensch sie auf, während Nyholm überlegte, ob er es in Wirklichkeit nicht einfach nur falsch verstanden hatte. Schließlich war es schwer vorstellbar, dass The Body Shop Pornografie im Internet verkaufte.

»Durch eine zielgerichtete Kampagne haben sie Millionen Frauen dazu gebracht, auf Sulfate in ihren Kosmetikprodukten zu verzichten«, fuhr der Werbemensch fort. »Allein bei ihrer Shampoolinie haben sie die Sulfatemissionen in den letzten vier Jahren um 40 Millionen Tonnen reduziert. Ich glaube nicht, dass wir dieses Ergebnis mit dem des dänischen Gewässerschutzplans vergleichen müssen.«

Nyholm ging nun davon aus, dass er falsch verstanden hatte, und setzte sich einen Schritt in Richtung des Flurs ab.

»Oder nehmt die Pornodiskussion«, fügte der Werbedirektor hinzu.

Nyholm blieb wie angewurzelt stehen.

»Warum nehmen wir stattdessen nicht die Rechtspolitik«, mischte sich der Schwager ein.

»Warum nicht die Pornodiskussion?«, versuchte Nyholm noch, aber der Schwager war bereits in vollem Gange und hatte sich offensichtlich entschlossen, die schwereren Geschütze aufzufahren.

»Sollen wir die Rechtsprechung der Shampooindustrie überlassen?«, wollte er wissen.

»Ja, warum eigentlich nicht?«, konterte der Werbemensch.

Einen Augenblick lang war der Schwager von der Absurdität des Vorschlags erschüttert. Dann zog er die ultimative Massenvernichtungswaffe der Politikwissenschaft.

»Weil sie keiner demokratischen Kontrolle unterworfen ist.«

Die Waffe verpuffte mit einem leisen Zischen, ohne auch nur ein Staubkorn auf dem Anzug des Werbemenschen zu hinterlassen.

»Die Leute wollen keine Demokratie, sie wollen Veränderungen«, stellte er fest. »Die Bevölkerung wünscht sich schon seit zehn Jahren härtere Strafen für Gewalttäter. Trotzdem kommt man immer noch mit einer freundlichen Ermahnung davon, wenn man auf dem Kopf eines unschuldigen Bürgers herumspringt, bis die Gehirnmasse über den Bürgersteig fließt.«

»Aber in Wirklichkeit ist der Strafrahmen in diesen zehn Jahren dreimal angehoben worden«, protestierte der Kollege des Schwagers von der Seitenlinie aus.

»Aber die Richter machen doch keinen Gebrauch davon«, konterte der Werbemensch. »Und die Bürger beschleicht das Gefühl, dass ihre Sorgen nicht ernst genommen werden. Könnt ihr euch etwa vorstellen, dass The Body Shop so etwas zugelassen hätte?«

Der Werbemensch warf einen herausfordernden Blick in die Runde, aber anscheinend war die Vorstellungskraft der Anwesenden schon auf Grund gelaufen, als die Shampookette die Gerichtssäle übernommen hatte.

»Selbstverständlich hätten sie es nicht so weit kommen lassen«, beantwortete der Werbemensch seine eigene Frage. »Eine globale Marke würde ihre Ohren niemals vor den Wünschen ihrer Kunden verschließen.«

Der Schwager und sein Kollege schüttelten ihre Köpfe und tauschten viel sagende Blicke mit den Zuschauern aus. Die urbanen Akademiker beschlossen, vor diesen wahnwitzigen Ansichten den Rückzug anzutreten.

Nyholm nutzte die Chance. »Aber wie wäre eine globale Marke mit dieser Pornosache umgegangen?«, fragte er interessiert, obwohl er spüren konnte, wie die urbanen Akademikerblicke auf seinem Verräterrücken brannten.

»Sie hätte eine besorgte Mitbürgerin zumindest nicht vier Wochen lang ignoriert, sodass sie schließlich gezwungen war, sich mit ihren Problemen an die Presse zu wenden«, meinte der Werbemensch.

Die Akademiker und ihre Blicke verschwanden durch einen rasenden 360-Grad-Strudel aus Nyholms Bewusstsein.

»Könntest du das vielleicht ein wenig vertiefen?«, hörte er sich selbst fragen.

Schadensbegrenzung

»Einer der wichtigsten Faktoren bei der Schadensbegrenzung ist das Timing.«

Rebekka sah den Referenten in der Kuhle des Auditoriums immer noch vor sich. Ein kleiner, schmieriger Mann in einem hellblauen Hemd, Berater in der PR-Agentur Agitator, der in ihrem letzten Semester zu ihnen gekommen war, um ihnen einen Vorgeschmack darauf zu geben, wie ihre Ausbildung in der freien Wirtschaft zur Anwendung kommen würde.

»Wenn es dem Unternehmen gelingt, eine Lösung für das Problem zu liefern, vor dem es gerade steht, und zwar genau in dem Augenblick – oder vielleicht sogar ein bisschen früher –, in dem das Problem einer breiten Öffentlichkeit bekannt wird, kann es sich als vorausschauend präsentieren. Das Unternehmen wird eher als Problemlöser wahrgenommen werden denn als Problemverursacher.«

Der PR-Berater hatte einen warnenden Zeigefinger in die Luft gestreckt.

»Wenn das Problem allerdings bekannt wird, bevor das Unternehmen die Lösung parat hat, sieht die Situation vollkommen anders aus. Wenn die Sache in der Presse erst einmal an Fahrt gewinnt, wird es praktisch unmöglich, noch eine Lösung zu lancieren. Und selbst wenn es sich dabei um exakt dieselbe Lösung wie im ersten Fall handelt, werden die Journalisten sie als das betrachten, was sie ja auch ist: ein Versuch der Schadensbegrenzung, und das Unternehmen wird von da an mit dem Image leben müssen, dass es der Gesellschaft Probleme aufhalst, die es nicht in einer angemessenen Form lösen kann.«

Nach der Vorlesung war man sich in Rebekkas Projektgruppe darüber einig gewesen, dass die Theorie des PR-Beraters auf einigen vollkommen haltlosen Simplifizierungen über die Meinungsbildung in demokratischen Gesellschaften beruhte. Am Dienstagvormittag im Stuhl vor Kyners Schreibtisch und mit Susanne Schaefers gut gemeinten Karrieretipps außerhalb ihrer Reichweite war Rebekka bereit, dem Berater alles zu vergeben – sogar das hellblaue Hemd –, wenn seine Theorien sich als auch nur im Geringsten tragfähig erweisen würden.

»Man kann es mit einem Proxyserver vergleichen, der vor den Browser des Anwenders gesetzt wird«, erklärte der Nerd-Informatiker, während Kyner auf der anderen Seite des Schreibtischs versuchte, ihm zu folgen. »Und der ihm eine leere Seite mit einer Warnung ausgibt, wenn er versucht, eine der gesperrten Seiten aufzurufen.«

Rebekka konnte beobachten, wie der Direktor den Anschluss zu verlieren drohte.

»Anstatt nur ein Liste von Pornoseiten zu veröffentlichen«, erklärte sie, »geben wir dem Anwender die Möglichkeit, eine Software herunterzuladen, die diese Seite automatisch aussortiert, bevor sie in seinem Browser erscheint.«

Das Licht des Verständnisses kehrte wieder in Kyners Augen zurück.

»Das bedeutet unter anderem«, fuhr Rebekka fort, »dass man die Software auf den Computern der Kinder installieren kann, sodass sie vor Pornografie geschützt sind, auch wenn sie im Internet surfen, ohne dass die Eltern dabei sind.«

»Ist das technisch machbar?«

»Die Software läuft in den USA schon seit Jahren«, erklärte der Nerd-Informatiker.

»Natürlich.« Kyner nickte. »Der *Bible Belt*.«

»Unter anderem.«

»Aber die schwarze Liste wird dann immer noch von *Kinder in der Gesellschaft* zusammengestellt?«, fragte er besorgt. »Sie sind schließlich diejenigen, die die Grenze setzen. Das ist sehr wichtig.«

»Die Liste wird auf ihrer Homepage liegen«, versicherte Rebekka.

»Aber sie wird verschlüsselt sein«, präzisierte der Nerd-Informatiker.

Das Verständnis in Kyners Augen verschwand, als ob jemand auf einen Schalter gedrückt hätte.

»Die Liste wird verschlüsselt«, erklärte Rebekka, »damit nur die Software sie lesen kann, nicht aber jeder beliebige Mensch.«

Kyner wirkte nicht vollkommen beruhigt.

»Das klingt vielleicht etwas kompliziert, aber die Anwender werden davon gar nichts bemerken«, versprach Rebekka. »Stattdessen werden sie ein Stück Software zur Verfügung gestellt bekommen, das direkt alle Pornoseiten aus ihrem Browser aussortiert. *Kinder in der Gesellschaft* wird Grenzen setzen, die sich sofort im Alltag der Anwender auswirken.«

»Das ist eine eindeutige Verbesserung«, gab Kyner zu. »Wir stellen ein konkretes Werkzeug zur Verfügung. Wir setzen Grenzen. Und wir sind aktiv.« Er nickte ein paar Mal vor sich hin. »Das ist eine gute Lösung.«

Rebekka wartete, bis er noch ein paar weitere Male genickt hatte. »Die Lösung hat darüber hinaus auch noch den Effekt«, fuhr sie in einem neutralen Tonfall fort, »dass wir nicht riskieren, die Liste von Leuten missbrauchen zu lassen, um harte Pornografie im Internet zu finden.«

»Das klingt vernünftig«, antwortete Kyner. »Das sähe tatsächlich nicht besonders gut aus.«

Rebekka konnte zusehen, dass dem Direktor allmählich aufging, wie genau es ausgesehen hätte, wenn eine Kinderhilfsorganisation eine Liste mit Hardcore-Webseiten veröffentlicht hätte, die irgendwelche Leute dann dazu benutzt hätten, sich Pornografie im Internet anzusehen. Sie hielt den Atem an und setzte ihr ganzes Vertrauen auf den Mann im hellblauen Hemd.

Ein paar Sekunden vergingen. Dann vertrieb Kyner diese Vorstellung mit einem Kopfschütteln.

»Sonst noch etwas?«, fragte er.

»Die Journalistin hat Jørgensen angerufen«, sagte Rebekka und versuchte sich ihre Erleichterung nicht anmerken zu lassen. »Sie fragt, ob sie die Rede sehen dürfte, wenn sie fertig ist.«

»Natürlich darf sie das«, antwortete Kyner. »Je mehr sie aus der Rede zitiert, desto wahrscheinlicher ist es, dass sie auch danach auf dieser Linie bleibt.« Er hob einen warnenden Zeigefinger. »Aber sag ihm, dass er die Zitate vorher absegnen soll.«

Rebekka nickte.

»Wie weit sind wir damit gekommen?«

Wir waren ungefähr da, wozu Rebekka den ganzen Vormittag gebraucht hatte, bei einer halben Seite, die höchstens für den Papierkorb taugte, und ohne eine Aussicht darauf, dass es jemals besser werden würde.

»Ich komme wieder, sobald ich etwas fertig habe«, versprach sie und sicherte dem Mann in dem hellblauen Hemd noch einen Sieg.

Als Rebekka einige Stunden später wieder in Kyners Büro saß, erschien ihr der Albtraum vom Dilemma der Zensur nur noch als ein unbedeutendes Zwischenspiel. Sie hatte ein Problem gehabt – ein ernsthaftes Problem –, aber sie hatte es gelöst. Und was noch wichtiger war: Sie hatte es auf eine Art und Weise gelöst, die dazu führte, dass sie dem Kunden ein Produkt anbieten konnten, das sich noch besser in die neue Brandingplattform einfügte als das, was geplant war, bevor das Problem auftauchte.

Was den Entwurf der Rede betraf, gab es natürlich gewisse Details, denen noch der letzte Feinschliff fehlte, aber es konnte nicht im Geringsten von einer Situation die Rede sein, die Schadensbegrenzung erforderte.

»Das ist gut«, lobte Kyner. »Richtig gut. Du hast wirklich ein Talent für das Genre.«

Rebekka spürte, wie die Aussicht von oben langsam wieder näher kam.

»Die einleitenden Abschnitte über Liberalität und Prinzipienlosigkeit treffen genau ins Schwarze. Und der Zusammenhang zu den Achtundsechzigern.« Kyner nickte beeindruckt. »Das ist wirklich umwerfend, dass jemand in deinem Alter schon so sicher formuliert. Wo hast du das gelernt?«

In zehn Jahren fruchtloser Diskussionen über dem Esstisch einer Villa in Frederiksberg, dachte Rebekka und begnügte sich mit einem Schulterzucken.

»Nur zum Ende hin, da wird es ein bisschen zäh.«

Kyner schob das Papier über die Glasplatte, damit Rebekka mitlesen konnte.

»Wir haben alle Pornoseiten im Internet identifiziert, deren Inhalt die Grenze überschreitet«, zitierte er.

Rebekka brauchte nicht auf das Papier zu gucken, um sich an diesen Satz zu erinnern. Sie selbst war damit auch nicht besonders zufrieden gewesen.

»Identifiziert ...«, Kyner wägte das Wort ab. »Das klingt vielleicht ein bisschen zu offiziell. Nach Grenzübergang. Passkontrolle.«

»Wie wäre es mit aufspüren«, schlug Rebekka vor. »Wir haben alle Pornoseiten im Internet aufgespürt ...«

»Besser.« Kyner nickte. »Aber es könnte immer noch ein bisschen aktiver sein.« Er starrte in die Luft. »Wir sagen, bis hierher und nicht weiter«, sagte er und zerteilte den Raum mit einem Handkantenschlag. »Wir haben ...«

»Durchgegriffen«, sagte Rebekka versuchsweise.

»Durchgegriffen, natürlich.« Kyner fischte einen Kugelschreiber von der Glasplatte und schrieb schnell eine Notiz an den Rand. »Wir haben durchgegriffen ... aber wogegen? Was ist denn das, gegen das wir durchgegriffen haben?« Sein Blick wanderte zurück auf den Text. »Alle Pornoseiten im Internet, deren Inhalt die Grenze überschreitet«, zitierte er. »Hier wird es wieder etwas zäh.«

»Die grenzüberschreitende Pornografie«, schlug Rebekka vor.

»Viel besser.« Kyner nickte und notierte. »Die grenzüberschreitende Pornografie im Internet. Gegen die muss natürlich auf jeden Fall durchgegriffen werden.« Er ließ den Kugelschreiber am Text entlanggleiten. »Jetzt flutscht es viel besser«, sagte er zufrieden. »Wir sagen, bis hierher und nicht weiter. Wir haben gegen die grenzüberschreitende Pornografie im Internet durchgegriffen. Ungeachtet der Tatsache ...«

Die Stimme blieb hängen.

»Ungeachtet der Tatsache, dass diese Seiten im juristischen Sinne nicht gesetzwidrig sind«, versuchte Kyner es noch einmal, »sind wir dennoch der Auffassung, dass es sich hierbei um Seiten handelt, die eine potenzielle Gefahr für Kinder darstellen, die ...«

Rebekka biss sich auf die Lippe.

»Zäh«, stellte Kyner fest. »Im juristischen Sinne?« Er schüttelte den Kopf. »Da verlieren wir sie aus dem Griff.«

»Das Problem ist, dass Jørgensen mit dieser Journalistin gesprochen hatte«, erklärte Rebekka. »Und sie räumt ein, dass die Polizei nicht der Ansicht ist, dass diese Seiten wirklich illegal sind.«

»Aber auch wenn sie nicht illegal sind, so sind sie doch immer noch grenzüberschreitend, oder?«

Rebekka nickte zögerlich.

»Also dann gehen wir schlicht und ergreifend gar nicht darauf ein«, sagte Kyner und strich energisch mit dem Kugelschreiber im Text herum. »Wir haben gegen die grenzüberschreitende Pornografie im Internet durchgegriffen«, zitierte er. »Diejenigen Seiten, die wir nicht einfach im Namen der Freiheit ...« Er nickte. »Viel besser.«

Rebekka betrachtete nervös die vielen Durchstreichungen. Allmählich war von dem ursprünglichen Text nicht mehr viel übrig.

»... in unseren Schulen, Wohnzimmern oder ...« Kyner unterbrach sich selbst, als er ihren Gesichtsausdruck bemerkte.

»Mir ist durchaus bewusst, dass man sich erst einmal daran gewöhnen muss, wenn man ins wirkliche Leben hinauskommt«, sagte er beruhigend. »Auf der Universität kann man gar nicht genug Erklärungen bekommen. Aber hier draußen macht es sich das eine oder andere Mal durchaus bezahlt, wenn man die Zwischentöne unter den Tisch fallen lässt.«

Er deutete auf die Rede.

»Stell dir die Zuhörer als eine Schar kleiner Kinder vor, denen du eine gute Geschichte erzählen sollst«, forderte er sie auf. »Da wird es dir nichts nützen, etwas von Jura zu erzählen. Das verstehen sie einfach nicht. Ist es denn ein Problem, dass die Seiten nicht illegal sind, werden sie sich fragen. Und ob es denn besser wäre, wenn sie es wären? Gibt es denn auch noch andere Seiten, die *wirklich* illegal sind?« Kyner schüttelte den Kopf. »Die Geschichte ist, dass Schulmädchen im Internet vergewaltigt werden«, stellte er klar. »Und *Kinder in der Gesellschaft* unternimmt etwas dagegen. Da braucht man keine Zwischentöne. Das können alle verstehen.«

Er schubste ihr die Rede über den Schreibtisch hinweg zu.

»Versuch sie noch einmal zu überarbeiten. Das ist bestimmt kein Problem für dich.«

Kyner lächelte aufmunternd. »Dann überlassen wir die Juristerei den Juristen.«

Ganz zufällig hatte Ministerialrat Kristian Nyholm just zur gleichen Zeit den Telefonhörer aus hartem, grauem Plastik an sein Ohr gedrückt und war im Begriff, die Juristerei den Juristen zu überlassen. Den Juristen über allen Juristen. Den Juristen des Justizministeriums. Zur Feier des Tages personifiziert vom Ministerialrat der Rechtsabteilung des Justizministeriums, Henrik Hasselgaard. Das Ergebnis war ebenso unzweideutig wie unpassend.

»Gesetzeskonform?«

»Das ist eindeutig unsere Auffassung«, bekräftigte der Jurist aller Juristen.

»Aber das ist doch ganz und gar nicht der Eindruck, den man bekommt, wenn man die Zeitungen liest«, protestierte Nyholm. »Sie wollen sogar schreiben, dass die Polizei machtlos dasteht.«

»Das ist so gesehen ja auch korrekt.«

»Ist das korrekt?«

»Da der Inhalt der Seite gesetzeskonform ist.«

»Aber ...« Nyholm stockte. Der Jurist schien die Sache von der vollkommen falschen Seite angegangen zu haben. »Aber liegt das nicht eher daran, dass die Gesetzgebung den Anschluss verloren hat?«, versuchte er zu argumentieren. »Und dass es allmählich Zeit wird, entsprechende Gesetze zu verabschieden?«

»Ob es allmählich Zeit wird, die Freigabe der Bildpornografie wieder aufzuheben?«

»Bildpornografie?« Plötzlich erinnerte sich Nyholm, warum er es hasste, mit dem Justizministerium zu diskutieren. »Nun reden wir hier aber nicht nur über Pornografie«, beharrte er. »Wir reden hier über Schulmädchen. Wir reden über ...« Nyholm spürte, dass er eine klare Vorstellung davon hatte, worüber sie redeten, aber irgendwie schien es in seinem Wortschatz kein Wort zu geben, das diese Vorstellung abdeckte. »Wir reden hier schließlich von schwerer Pornografie«, sagte er mit einem ernsten Unterton.

Der Unterton prallte gegen eine Mauer justizministerieller Sachlichkeit.

»Die dänische Gesetzgebung operiert im Falle von Pornografie nicht mit unterschiedlichen Schweregraden«, erklärte der Jurist. »In Paragraf 235 des Strafgesetzbuchs findet sich das Verbot der Verteilung und des Besitzes von Kinderpornografie, das unzüchtige fotografische Aufnahmen oder Filmaufnahmen von Personen unter 18 Jahren umfasst. Aber wie vorher schon erwähnt, sind wir nach Rücksprache mit der Reichspolizei zu der Auffassung gelangt, dass es sich bei dem vorliegenden Fall ...«

»Aber es liegt doch frei zugänglich im Internet«, unterbrach ihn Nyholm. »Und es sind doch auch Kinder, die dem ausgesetzt werden können.«

»Man könnte allerdings mit gewissem Recht argumentieren, dass dies in den Verantwortungsbereich der Eltern fällt«, meinte der Jurist.

»Man könnte ebenso argumentieren, dass es in den Verantwortungsbereich meines Ministers fällt«, sagte Nyholm verärgert. »Und genau das hat man nämlich vor.«

»Aber dann fällt es doch in deinen Verantwortungsbereich als Beamter, dem Minister den wahren Sachverhalt zu erklären«, antwortete der Jurist trocken und unterbrach die Verbindung.

Enttäuscht warf Nyholm den Hörer zurück auf die Gabel. Den wahren Sachverhalt erklären? Sein Blick fiel auf ein blaues und gründlich interpunktiertes Deckblatt, das ganz zuoberst in einer grünen Mappe auf seinem Schreibtisch lag. Wenn es etwas gab, das er jetzt überhaupt nicht gebrauchen konnte, dann war es, den wahren Sachverhalt erklären zu müssen:

Dass Nyholm so viel Tempo gemacht hatte, dass er vier Wochen gebraucht hatte, einen Kommafehler zu korrigieren, woraufhin sich die Mitbürgerin mit ihrem Problem lieber an die Presse gewandt hatte. Dass die Presse tatsächlich versucht hatte, eine Stellungnahme zu bekommen, dass die Anfrage aber vom Morast am Boden in Nyholms Eingangsordner aufgesaugt worden war. Und jetzt also: Dass die Pornoseite gesetzeskonform war, dass das Problem der Mitbürgerin in Wirklichkeit gar nicht existierte und dass Nyholm – ganz egal, wie sehr er auch das Tempo machte – nicht in der Lage war, dem tatkräftigen Minister etwas anderes zu raten, als weiterhin untätig zuzuschauen, wie die Polizei machtlos danebenstand, wenn im Internet Schulmädchen vergewaltigt wurden.

Nyholm wandte sich frustriert dem Computer zu, wo die E-Mail der Journalistin aus dem Morast geborgen worden war und sich offen auf dem Bildschirm präsentierte. Camilla Drejer natürlich. Die junge Wilde. Nach dieser Portalsache sprach nicht das Geringste dafür, dass etwas Gutes dabei herauskäme, wenn man ausgerechnet ihr den wahren Sachverhalt erklären würde.

Er wandte sich erneut der Akte zu, blätterte weiter bis zum ursprünglichen Brief der Mitbürgerin und starrte ärgerlich auf den Absender. Birthe Severinsen. Einen Augenblick lang erwog er, die Telefonnummer dieses Frauenzimmers bei der Auskunft zu erfragen und ihr mitzuteilen, dass der Minister die Angelegenheit unheimlich gerne einmal bei einem leichten Lunch im Ministerium mit ihr besprechen würde, wenn sie im Gegenzug ihre Mitteilungen an die Presse ausgewogener gestalten könnte. Aber das wäre natürlich reiner Selbstmord. *Minister erstickt Kritik. Nach vier Wochen Schweigen: Mit einem Imbiss abgespeist.*

Und außerdem war es längst zu spät. Kyner und seine Kinderhilfsorganisation hatten schon längst den Stimmungsumschwung in der Bevölkerung aufgenommen und würden Frau Severinsen bereits am Donnerstagnachmittag anbieten, in einer Wertegemeinschaft aufzugehen, die sich um ihr – nicht existentes – Problem kümmerte.

Nyholm schob die Akte gereizt von sich weg. Wie sollte er denn den Minister als tatkräftig hinstellen, wenn die einzigen Probleme, derer er sich zu diesem Zweck annehmen konnte, in Wirklichkeit gar nicht existierten, und es eine Markenführung gab, die darauf bestand, sie auf eigene Faust zu lösen? Nyholm spürte, wie ihn die Frustration zu übermannen drohte. Wie konnte die Markenführung überhaupt auf eigene Faust Probleme lösen, wenn diese gar nicht existierten? Aber das war immerhin das Problem der Markenführung. Darüber musste sich der Minister keine Gedanken machen. Oder doch? War das vielleicht genau die Frage, um die der Minister sich kümmern sollte? Warum gab es denn überhaupt all diese nicht existenten Probleme? Lag es nicht genau daran, dass die Markenführung sie eben nicht gut genug löste? Und war nicht in Wirklichkeit *das* ein Problem?

Nyholm fand eine alte Notiz auf seinem Schreibtisch und versuchte, die Angelegenheit auf der Rückseite zu skizzieren. Langsam sah er die Umrisse eines Problems hervortreten. Ein Problem, das wirklich existierte. Oder zumindest in einem gewissen Ausmaß existierte. Das vielleicht in einem gerade hinlänglichen Ausmaß existierte, um dafür geeignet zu sein, von einem tatkräftigen Minister gelöst zu werden.

»Was ist mit Holmen?«

»Holmen?« Markus verdrehte die Augen. »Guck mal aufs Datum«, forderte er. »Steht da immer noch 1998?«

»Na, dann eben das Oddfellow?«, schlug Jacob stattdessen vor. »Das ist klassisch. Traditionell. Wir übernehmen Verantwortung.«

»Und laufen in Kutten rum und verteilen seltsames Händeschütteln«, fügte Markus sarkastisch hinzu.

»Das SAS-Radisson?«, schlug Kyner von der anderen Seite des Tisches vor.

»Warum?«, fragte Markus scharf. »Kommen auch Leute aus Jütland?« Er breitete seine Arme aus. »Damit sie kein Heimweh bekommen? Ist es deswegen?«

»Wir sollten vielleicht im Hinterkopf behalten, dass die Pressekonferenz am Donnerstag stattfindet«, bemerkte Rebekka bescheiden. »Es sollte ein Lokal sein, das noch nicht gebucht ist.«

»Also ich finde, Rebekka hat hier einen …«

Kyner wurde mit einem warnenden Blick vom AD belegt.

»Die Øksnehalle?«, warf Jacob vorsichtig ein. »Alte Viehmarkthalle. Altes trifft Neues. Grenzen.«

»Die Øksnehalle«, wiederholte Markus zögernd. Zum ersten Mal war ein Vorschlag gekommen, der Echo fand. Dann schüttelte er den Kopf. »Auf die eine oder andere Weise riecht das immer noch nach Kuh.«

Rebekkas Blick glitt hinab zum Gorilla hinter der Glaswand. Irgendwo im Kapitel über weibliche Autorität hatte Susanne Schaefer sicherlich ein Rezept dafür beschrieben, wie man *den widerwilligen Spezialisten* aus seiner Ecke herauslockt. Aber Rebekka konnte sich nicht einmal zu dem Versuch aufraffen, sich daran zu erinnern.

»Das Designcenter?«, schlug Jacob vor.

Ausnahmsweise konnten ja auch die Männer mal versuchen, ein bisschen weibliche Autorität auszuüben, beschloss sie.

»Alle nehmen das Designcenter«, widersprach Markus. »AdCore war letzten Freitag da.«

Jacob und Kyner schüttelten ihre Köpfe im Gleichtakt. Wenn AdCore schon da gewesen war ...

Sie befanden sich mitten in einer hitzigen Diskussion über die Signalwirkung des Großen Saals im Falconercenter, als die Rezeptionistin hinter der Glaswand auftauchte.

»Telefon«, pantomimte sie.

Rebekka stand auf und folgte ihr die Treppe hinunter.

»Da ist einer am Apparat, der heißt ...« Die Rezeptionistin schaute auf ihre Telefonnotiz. »Nyrup. Kann das stimmen? Er will mit dem Verantwortlichen für die Pornosache reden.«

Als Rebekka in den Besprechungsraum zurückkam, war man schon ganz weit draußen am Strandvej angekommen.

»Sophienberg?«, sagte Kyner erschöpft.

»Ich denke Klöppelspitzen«, grimassierte Markus.

Rebekka blieb an der Tür stehen und genoss es, den Augenblick noch ein wenig hinauszuschieben, bevor sie das präsentierte, was nicht einmal Markus ablehnen konnte, die ultimative Location.

Die Schöpfungsgeschichte

Alles war, wie es sein sollte.

Da waren dicke, weiße Decken und gestärkte Stoffservietten auf den Tischen. Da waren schweres Silberbesteck und eine Batterie von übergroßen Weingläsern. Da waren Teller so groß wie Tortenplatten und darauf gewagte Updates der italienischen Fusionsküche, in der Mitte zu klitzekleinen Skulpturen aufgestapelt, und darum herum Streifen von Soße im Zickzackmuster. Da waren Kellner in strammen, beigen Uniformen. Da war gedämpfte Loungemusik aus unsichtbaren Lautsprechern, und da waren die absolut richtigen Leute an den anderen Tischen.

»Kannst du dich an die Mail erinnern, die du mir geschickt hast?«

Sogar das Gespräch war, wie es sein sollte. Die ultimativ romantische Konversation zum Abendessen. Die Mutter aller mythologischen Erzählungen einer Zweierbeziehung. Die Schöpfungsgeschichte.

»Sie war so leicht zu durchschauen.« Karin lächelte ihm von der anderen Seite des Tisches zärtlich zu. »Ob ich Lust hätte, mal vorbeizukommen und deiner Lerngruppe mein Luhmann-Projekt zu präsentieren?«

Herman schaute mit vorgespielter Verlegenheit auf seinen Teller hinab.

»Das Schlimmste war, dass ich darauf hereingefallen bin«, fuhr sie kopfschüttelnd fort. »Ich habe einen halben Tag geopfert, um mein Papier vorzubereiten, und als ich schließlich hereinkam, war der Rest der Lerngruppe nicht da.«

»Ich konnte nichts dafür, dass sie abgesagt haben«, protestierte Herman scherzhaft.

»Waren sie überhaupt eingeladen?«

»Selbstverständlich waren sie eingeladen. Ich hatte auf ihre Anrufbeantworter gesprochen.«

»Ja, zwei Stunden, bevor das Treffen stattfinden sollte.«

»Na, ja.« Herman lächelte schief. »Aber sie waren eingeladen.«

Er hob sein Glas und ließ den Wein – nicht einfach der Wein des Hauses, sondern der etwas teurere Brunello aus der Gegend südlich von Siena – über seine Lippen gleiten und spürte, wie sich der Geschmack von italienischen Berghängen in seiner Mundhöhle entfaltete. Um sich herum nahm er die ungezwungene Atmosphäre an den anderen Tischen wahr.

Alles war, wie es sein sollte. Nach einer Woche nervenaufreibenden Stellungskriegs mit Beck-Nielsen war das Versicherungsangebot am Dienstagnachmittag rausgegangen. Mit einem Gesamtbudget von beinahe 500 Leben spendenden Stunden, das die Exo-Katastrophe mit einem Schlag abwehren und noch für viele Monate das Erreichen seiner Umsatzziele sichern würde. Schlimmstenfalls würde es erst am Donnerstag akzeptiert werden, und Herman hätte noch vier Tage Zeit bis zum Monatsabschluss, um seine Exo-Stunden umzuschichten.

»Was hättest du eigentlich gemacht, wenn tatsächlich jemand aus deiner Lerngruppe aufgetaucht wäre?«

»Wahrscheinlich war das Risiko gar nicht so groß.«

»Nein, stimmt natürlich«, erinnerte sich Karin. »Du hattest ihnen ja gar nicht erst erzählt, wo es stattfinden sollte.«

»Ich hatte es verschwitzt«, räumte Herman ein.

»Und sie hätten es wohl kaum erraten können, oder? Denn wer hat schon jemals von einem Lerngruppentreffen im Café Kruts gehört?«

»Ja, o.k.« Herman bereitete den obligatorischen Gegenangriff vor. »Aber wer ist denn schon jemals in einem langen, schwarzen Abendkleid zu einem Lerngruppentreffen erschienen?«

»Ich musste anschließend noch auf eine Geburtstagsfeier.«

»Ja, der Geburtstag. Bei deiner Schwester. Die mittlerweile lustigerweise im August Geburtstag hat. Aber damals hatte sie vielleicht im März Geburtstag?«

Und an dieser Stelle war traditionellerweise Karin dran, verlegen nach unten zu starren. »Ich bin ja sowieso nirgendwo mehr hingegangen«, murmelte sie in ihren Teller.

Herman lächelte, während sich ein wärmendes Gefühl in seinem Bauch ausbreitete. Alles hatte sich wieder eingerenkt. Mitten in diesem zehrenden Zweikampf mit Beck-Nielsen – während am Horizont die Monatsabrechnung unaufhaltsam näher rückte und die Zahl der Stunden auf dem Exo-Konto explodierte – schien es, als hätte Herman plötzlich eingesehen, worauf es im Leben wirklich ankommt. Was er und Karin zusammen aufgebaut hatten. Und was er zu verlieren hatte. Am Samstagabend hatten sie sich endgültig entschieden, ein Ferienhaus in der Toskana zu mieten. Nur sie beide. Den ganzen Juli. Sie hatten die Flugtickets im Internet gebucht. Und ganz still und heimlich hatte Herman – nachdem Karin schlafend auf dem Sofa zusammengesunken war – ein Haus für sie ausgesucht. Ein zweistöckiges Stadthaus in einem kleinen Provinzstädtchen in den Bergen oberhalb von Florenz. Herman spürte, wie sich die Wärme in seinem ganzen Bauch ausbreitete, als er an seine Initiative dachte und sich vorstellte, wie glücklich Karin darüber sein würde. Er konnte kaum den richtigen Zeitpunkt erwarten, es ihr zu erzählen.

»Wir haben ja letztendlich die ganze Nacht dort gesessen«, sagte Karin und schaute mit einem feuchten Glanz in ihren Augen vom Teller auf.

Aber zuerst musste natürlich die Schöpfungsgeschichte in ihrer vollen mythologischen Schönheit genossen werden.

»Das lag vielleicht daran, dass du darauf bestanden hast, die gesamte Auswahl an Malzwhiskys zu kosten«, bemerkte Herman spitz.

»Was sollte ich denn tun? Ich saß da mit meinen Papieren, und das Einzige, worüber du nicht reden wolltest, war Luhmann.«

»Es wäre doch schade gewesen, wenn den anderen in der Lerngruppe so etwas entgangen wäre«, meinte Herman. »Und der Abend war schließlich doch sehr gemütlich.«

Karin streckte eine Hand über den Tisch und legte sie sanft auf seine. »Ja, sehr gemütlich«, sagte sie mit einem Nicken.

Und dann sahen sie einander über die Ränder der Weingläser hinweg tief in die Augen, während die Gefühle von damals durch die Zeit herbei und in Hermans Bauchgegend hineinströmten. Und obwohl sie mittlerweile vielleicht ein wenig abgewetzt waren, wärmten sie noch immer. Und Herman überlegte, ob der absolut richtige Zeitpunkt in Wirklichkeit nicht *genau jetzt* war. Er griff in die Innentasche seines Jacketts nach dem zusammengefalteten Ausdruck der Internetseite, auf dem das zweistöckige italienische Idyll abgebildet war, und bemerkte, dass Karin ihren Stuhl nach hinten schob.

»Ich muss gerade mal«, murmelte sie. Sie stand auf und ging zu den Toiletten hinüber.

Herman sah ihr nach, während er sich an den Gedanken an das Stadthaus und die wichtigsten Dinge des Lebens erwärmte und es trotz allem nicht vermeiden konnte, auf zwei Mädchen aufmerksam zu werden, die gerade durch den Raum gingen. Zwei vollendete Fotomodellkörper in tief sitzenden Jeanshosen und kurzen, engen T-Shirts. Mit langen, schlanken Beinen und nacktem Bauch und Strings, die ein bisschen hervorschauten. Und er kannte sie, wie er verwundert einsah. Es waren die Mädchen aus dem leichten Leben. Aber sie waren wirklich. Sie kamen direkt auf ihn zu. Hoch gewachsen, göttlich schön und quicklebendig nahmen sie direkten Kurs auf Hermans Tisch. Und gingen vorüber, schlängelten sich um seinen Stuhl herum, um sich der Gesellschaft am Nebentisch anzuschließen.

Hinter seinem Rücken konnte Herman vernehmen, wie sich die Gesellschaft in einer Explosion aus Wiedersehensfreude erhob. Er drehte sich halb im Stuhl um und wurde mit einem Bild konfrontiert, das aus der Easy-Living-Kampagne ausgeschnitten sein könnte.

Mädchen mit grünen Haaren und neonfarbenen Klamotten, junge Männer in engen, glatten Anzügen, ausgefallene Typen mit Militärhosen und Käppis, die die Fotomodellmädchen küssten, während alle mit langstieligen Gläsern anstießen, die natürlich keinen einschläfernden Brunello enthielten, sondern kalten, perlenden Champagner, die Kellner umschwärmten sie wie Bienen einen Honigtopf, während ein etwas älterer Mann die Festlichkeiten vom Kopfende des Tisches aus dirigierte. Und neben ihm saß der schönste Anblick, den Herman je gesehen hatte. Ein zierliches Mädchen mit zerzausten blonden Haaren, die sich wie eine Glocke um ihr Antlitz legten und ihre hohen, betonten Wangenknochen, ihre sanft geschwungenen Lippen und die kristallklaren, blauen Augen umrahmten.

Herman dreht sich wieder um und griff unsicher nach seinem Weinglas. Er ließ eine großzügige Dosis der italienischen Medizin über seine Zunge und durch seine Mundhöhle schwappen. Er schickte sie weiter hinunter in den Magen, wo die Wärme für einen Augenblick zurückkehrte, eine beginnende Unruhe aber trotzdem nicht zu dämpfen vermochte. Während man in seinem Rücken nach mehr Champagner verlangte, rief er sich das Stadthaus, wie es auf dem Ausdruck in seiner Tasche abgebildet war, ins Gedächtnis zurück. Die gelben Ziegel, die kleine Veranda, die grasbewachsenen Berghänge im Hintergrund, die abgerundeten Gipfel, die unter der dünnen Bluse emporragten, die kristallblauen Augen, die hohen Wangenknochen, ihre zarte, zierliche Gestalt, die unbarmherzig die italienische Hügellandschaft aus seinem Bewusstsein verdrängte.

Sein Blick wanderte zum Nachbartisch und konnte gerade noch kurz ihre Augen streifen, bevor er seine Liebste am anderen Ende des Restaurants entdeckte.

Nur wenige Sekunden später stand sie ihm genau gegenüber und schaute zärtlich auf ihn hinab. Und obwohl Herman nach wie vor das weiche Schimmern der Schöpfungsgeschichte in ihren Augen sehen konnte, schien die Wärme nicht mehr auf seine Seite des Tisches hinüberstrahlen zu können. Stattdessen war das Einzige, was er in seinem Inneren noch verspürte, ein unendlich tiefes und unendlich schwarzes Loch, das mit einem Furcht einflößenden Saugen die Stoffservietten, das Silberbesteck und die skulpturelle Fusionsküche in einen bodenlosen Strudel des Zweifels hinabzog. Mit den äußersten Fingerspitzen versuchte Herman sich an den Rand des Abgrunds zu klammern. Alles war, wie es sein sollte. Sie gehörten zusammen. Karin liebte ihn doch. Und Herman ...

Herman hatte ein Haus in der Toskana gefunden.

Rebekka schaute unruhig auf ihre Uhr, als sie die Diele betrat. Sie hatte versprochen, *so gegen sechs* vorbeizukommen. Jetzt war es fast neun Uhr.

Sie ging durch die frederiksbergischen Zimmer mit den hohen Decken bis zur großen Küche am Ende der Wohnung. Ihr Vater saß mit einem Becher Kaffee und der Zeitung an einem Ende des Esstisches. Auf der anderen Seite saß ihr Halbbruder Villads mit einem Gameboy in der Hand, einem Teller mit Essensresten vor sich. Er versuchte ihr auszuweichen, als sie sich bückte, um ihm einen Kuss auf die Stirn zu drücken.

»Wo ist Hanne?«, fragte sie, als der Bruder seinen Kuss bekommen hatte.

»Joga«, antwortete ihr Vater und legte die Zeitung zusammen. »Es ist Dienstag.«

»Das hatte ich vergessen«, murmelte Rebekka und verspürte einen Anflug von Schuldgefühl. Nicht, dass sie etwas gegen Hanne hätte. Ganz und gar nicht. Hanne hatte niemals versucht, die Mutter zu spielen. Und obwohl Rebekka sich bei ihren ewigen politischen Diskussionen aus Prinzip stets auf die Seite ihres Vaters geschlagen hatte, waren Hannes unerschöpfliches Verständnis und ihre von den Siebzigerjahren geprägte Liberalität genau das gewesen, was Rebekka gebraucht hatte, als sie in die Pubertät gekommen war. Trotzdem war es irgendwie ein bisschen angenehmer, wenn sie nicht da war.

»Im Ofen sind Frikadellen«, sagte ihr Vater. »Ich habe sie selbst gemacht.«

Rebekka schaute zum Ofen hinüber auf eine Bratpfanne mit Fleischklumpen, die hinter der Glasscheibe in ihrem eigenen Saft vor sich hin schmorten.

»Ich habe irgendwie keinen richtigen Hunger«, sagte sie ausweichend und überlegte, ob sie es wagen konnte, um ein bisschen Reis zu bitten.

»Ich dachte, du wolltest mit uns essen.«

Rebekka konnte die Enttäuschung ihres Vaters spüren, obwohl er versuchte, sich nichts anmerken zu lassen.

»Ich konnte einfach nicht früher gehen«, entschuldigte sie sich.

»Kommst du direkt von der Arbeit?«

Rebekka zögerte. Wo sie gerade herkam, das war eine Afterparty im K's, auf der sie immer und immer wieder die Geschichte hatte erzählen müssen, wie das Wissenschaftsministerium auf das Pornoprojekt aufgesprungen war. Auf der Jacob sie alle mit Details aus der Hand der beiden Studenten unterhalten hatte, die das Internet nach grenzüberschreitender Pornografie durchsuchten, und auf der sogar der Nerd-Informatiker sich mit der Enthüllung bemerkbar gemacht hatte, dass 60 Prozent aller Zugriffe auf Pornoseiten aus Unternehmen und Organisationen kämen, was alle wirklich lustig fanden, und meinten, hier wäre ein völlig neues

Geschäftsfeld im Entstehen begriffen. Auf der alles vollkommen aus dem Ruder zu laufen begonnen hatte, als zwei von Markus' Modellen aus der Easy-Living-Kampagne aufgetaucht waren, und auf der es in Wirklichkeit Kyner gewesen war, der ihr den Abschied erschwert hatte, sich zu verabschieden, indem er sich, gerade als Rebekka sich auf den Weg machen wollte, ans Ende des Tisches gesetzt hatte, um ein vertrauliches Wort mit Signe zu wechseln.

»Ich habe furchtbar viel zu tun«, entschied sie sich zu antworten. Sie setzte sich auf den Stuhl neben ihrem Bruder, der immer noch vollkommen in das Spiel auf seinem Gameboy versunken war. »Ich bin zur Projektleiterin für ein großes Projekt ernannt worden«, erklärte sie. »Es muss am Donnerstag startklar sein. Dann wird es eine gemeinsame Pressekonferenz mit der Regierung in Christiansborg geben.«

»Aha?«

Rebekka konnte sehen, dass ihr Vater gerne noch mehr gesagt hätte, ihm aber nichts mehr einfiel. Im tiefsten Inneren hoffte sie darauf, dass er ausnahmsweise auf die Idee kommen würde, den Satz zu sagen: *Das ist ja großartig.*

»Und was wird dort passieren?«, fragte er stattdessen. »Bekommt ein Minister ein neues Logo?«

»Es geht nicht darum, irgendwelche Logos zu haben«, sagte sie gereizt. »Es geht darum ...« Warum konnte sie sich jetzt plötzlich nicht mehr daran erinnern, worum es ging? »Geschichten zu erzählen, in denen die Werte vermittelt werden, die hinter den Marken unserer Kunden stehen«, brachte sie schließlich hervor und konnte sofort hören, wie merkwürdig das klang.

»Geschichten zu erzählen?«, sagte ihr Vater mit einem angedeuteten Lächeln.

Rebekka biss sich auf die Zunge. Dieses Mal war sie ausnahmsweise nicht bereit, nachzugeben.

»Es geht darum, dass die Leute anfangen, Produkte aufgrund

der Geschichte auszuwählen, die sie damit verbinden, und nicht nur, indem sie einfach auf den Preis sehen«, beharrte sie. »Ihr selbst macht es ja auch nicht anders.« Sie zeigte auf den Becher ihres Vaters. »Der Kaffee zum Beispiel, den ihr immer trinkt. Ihr trinkt ihn ja nicht wegen des Geschmacks. Es ist die Geschichte, die ihr kauft. Glückliche mexikanische Bergbauern, die ihre Bohnen mit der Hand pflücken, während sie herumlaufen und solidarisch sind.«

Der Vater sah überrascht auf seinen Becher hinunter. Er hob ihn an den Mund und kostete von der Geschichte seines Kaffees. »Vielleicht hast du Recht«, sagte er mit versöhnlicher Stimme. »Er hat tatsächlich einen leicht solidarischen Beigeschmack.«

Obwohl Rebekka versuchte, es zu verhindern, konnte sie ein Lächeln nicht unterdrücken.

»Wenn ich ehrlich sein soll«, fuhr er fort und stellte den Becher auf den Tisch zurück, »dann glaube ich, dass mir die Geschichte mit der blauen Tüte vom Irma-Markt, die deine Mutter immer gekauft hatte, besser gefällt.« Er senkte seine Stimme. »Aber das braucht Hanne nicht unbedingt zu erfahren.«

Rebekka schüttelte resigniert den Kopf und beschloss zum hundertsiebzehnten Mal, ihm zu vergeben. »Wie läuft's im Krankenhaus?«, fragte sie, um die Versöhnung zu besiegeln.

»Was braucht Hanne nicht unbedingt zu erfahren?«, fragte ihr kleiner Bruder neugierig.

Ihr Vater zuckte die Schultern. »Die Leute werden krank. Wir nehmen sie auf. Und dann sterben sie. Es läuft ganz gut.«

»Was braucht sie nicht unbedingt zu erfahren?«, beharrte Villads und unterbrach sein Spiel auf dem Gameboy.

»Wir sprechen gerade über Rebekkas neuen Job«, erklärte sein Vater. »Sie erzählt Geschichten.«

»Geschichten?« Villads schaute beeindruckt zu ihr auf. »So wie im Kindergarten?«

»Nicht ganz«, sagte Rebekka lächelnd, obwohl das tatsächlich nicht allzu weit von der Wahrheit entfernt lag.

»Was denn so für Geschichten?«

»Geschichten, die ...« Rebekka betrachtete den Kaffeebecher, aber diesmal fand sie auch dort keine Hilfe.

»Wie das Märchen vom Kaiser, der neue Kleider haben wollte«, übernahm ihr Vater. »Kannst du dich daran erinnern?«

Villads nickte unsicher.

»Wo die Schneider erzählen, dass sie das Tuch aus feinster Seide gewebt haben, und wo alle finden, dass es das großartigste Tuch ist, das sie je gesehen haben.«

»Aber in Wirklichkeit ist da überhaupt nichts«, sagte Villads.

»Genau. Aber es gibt niemanden, der das zu sagen wagt, weil die Schneider ihnen eingeredet haben, dass nur dumme Menschen dieses Tuch nicht sehen können.«

Rebekka spürte, wie ihre Gereiztheit zurückkehrte. Warum musste er immer so sein? Warum konnte er sich nie mit ihr freuen?

»So ist es doch, nicht wahr?«, fragte ihr Vater mit Unschuldsmiene.

Rebekka wandte sich an ihren Bruder, ohne darauf einzugehen. »Hättest du nicht eigentlich schon längst im Bett sein sollen?«

»Papa hat gesagt, dass ich aufbleiben darf, bis du kommst«, protestierte Villads.

»Und das hast du ja jetzt auch getan«, stellte ihr Vater fest. Er sah Rebekka mit seinem Es-war-ja-nur-Spaß-Blick an. »Aber wenn du jetzt nach oben ins Bad läufst und dir die Zähne putzt, kann es durchaus passieren, dass Rebekka dir noch etwas vorliest.«

»Machst du das?«

»Wenn du losläufst, sobald ich es dir sage.« Rebekka nahm eine Gabel vom Tisch und hielt sie als Startflagge vor sich in die Luft. »Auf die Plätze! Fertig!« Sie schwang die Gabel. »Los!«

Ihr kleiner Bruder sprang vom Stuhl herunter und galoppierte aus der Küche heraus und weiter über den Gang zur Treppe.

Rebekka folgte ihm langsam. Hinter sich spürte sie den Blick des Vaters wie eine ausgestreckte Hand auf ihrem Rücken. Irgendwo war ihr sogar bewusst, dass er nie so ganz verstand, was er eigentlich falsch machte. Und dass er tatsächlich versuchte, es richtig zu machen.

»Ich komme danach wieder runter«, versprach sie, obwohl sie genau wusste, dass sie nur herunterkommen würde, um danach so schnell wie möglich wieder zur Agentur zu fahren, wo sie den größten Teil der Nacht sitzen und mit einer Geschichte über Grenzen, Verantwortung und Handeln ringen würde.

Zunächst musste glücklicherweise jedoch eine andere Geschichte erzählt werden. Mit etwas Glück würde sie von Trollen und Drachen und allem Möglichen handeln, nur nicht von der Schändung unschuldiger kleiner Mädchen.

Um halb zwölf saß Rebekka vor ihrem Computer im Lagerhaus. Der Widerschein vom Bildschirm erzeugte in dem verdunkelten Großraumbüro eine Insel aus kaltem, blauem Licht. Das Klappern ihrer Tastatur hallte von den Fußbodenbrettern und den verputzten Wänden wider. Wenn sie denn tatsächlich schrieb. Was mittlerweile schon eine ganze Weile her war.

Rebekka ließ den Cursor durch den Text laufen. Es schien ihr plötzlich vollkommen unmöglich geworden zu sein, sich zu konzentrieren. Bis hierher und nicht weiter? Grenzüberschreitende Pornoseiten? Das Einzige, woran sie denken konnte, waren Kaiser ohne Kleider und die schwachsinnige Analogie ihres Vaters.

Sie positionierte den Cursor im Text. *Wir nehmen die Verantwortung auf unsere Schultern*, schrieb sie und löschte den Satz umgehend wieder. *Wir greifen durch*, versuchte sie stattdessen. Sie schüttelte den Kopf. Das waren doch nur leere Floskeln.

Resigniert stand sie auf und ging zur Treppe. Ihre Notizen vom Treffen am Nachmittag lagen immer noch oben im Besprechungsraum. Vielleicht könnte sie daraus ein wenig Inspiration ziehen?

Sie schaltete das Licht im Treppenhaus an, ging zum nächsten Stockwerk hinauf und blieb kurz vor der Tür überrascht stehen. Am anderen Ende des Großraumbüros brannte Licht im Besprechungsraum. Und es waren Menschen darin. Kyner. Jacob. Der Nerd-Informatiker. Und Signe?

Der Anblick ließ ihr einen Schauder über den Rücken laufen. Sie hätte K's nie verlassen dürfen, sah sie voller Entsetzen ein. Jetzt hatte Signe ihren Platz eingenommen. Weil sie nicht in der Lage war, diese Rede zu schreiben, hatte Kyner Signe das Projekt übergeben. Rebekka spürte, wie die Beine unter ihr nachgaben. Signe würde das Projekt übernehmen, und Rebekka würde im Regen stehen.

Obwohl es eigentlich nicht so aussah, als ob Signe sich im Trockenen befand? Die Projektmanagerin stand auf der einen Seite des Tisches und gestikulierte wild mit den Armen. Der Nerd-Informatiker saß neben ihr und nickte im Takt dazu mit einem zornigen Ausdruck im Gesicht. Und auf der andern Seite des Tisches saßen Jacob und Kyner mit steinernen Gesichtern. Rebekka konnte erkennen, dass Kyner versuchte, etwas zu sagen, aber Signe ihm das Wort abschnitt. Sie knallte ihre flache Hand dermaßen hart auf die Tischplatte, dass die Glaswände vibrierten.

Auf der anderen Seite des Tisches stand Kyner auf. Er zeigte aggressiv auf Signe und anschließend zur Treppe. Rebekka glaubte einen Augenblick lang, er würde auf sie zeigen. Dann ging ihr auf, dass Kyner sie im Dunkeln überhaupt nicht sehen konnte und dass die Bedeutung der Geste eine ganz andere war. Signe blieb einen Augenblick lang stehen, dann drehte sie sich um und marschierte aus dem Besprechungsraum.

Hastig schlich sich Rebekka zur Treppe und eilte die Stufen hinunter. Sie war gerade wieder an ihrem Schreibtisch angekommen, als die Tür zum Treppenhaus sich öffnete. Signe kam herein und ging mit entschlossenen Schritten zu ihrem Schreibtisch. Rebekka konnte beobachten, wie sie ein paar Sachen zusammensuchte und sie in ihre Handtasche warf. Sie nahm ihren Mantel vom Stuhl und wollte gerade zurück zur Treppe gehen, als sie das Licht auf Rebekkas Schreibtisch entdeckte.

»Bist du in Ordnung?«, flüsterte Rebekka durch die Dunkelheit.

»Nein«, sagte Signe mit harter Stimme. »Aber du glaubst wohl, dass du es bist, jetzt.«

Sie durchquerte den Raum und verschwand durch die Tür.

Leugnen

Ein etwas offensiveres Instrument der Schadensbegrenzung ist das Leugnen.«

Der Mann im hellblauen Hemd schaute enthusiastisch ins Auditorium.

»Dieses Instrument nimmt seinen Ausgangspunkt in der Tatsache, dass ein Problem so lange nicht existiert, bis in den Medien Einigkeit darüber erzielt wurde, es als Problem auf die Tagesordnung zu setzen. Einem potenziellen Issue kann deshalb begegnet werden, indem man konsequent die Problemmetapher zurückweist und so tut, als handele es sich um eine Herausforderung, eine Neuorientierung oder geradezu um den Bestandteil einer bewussten Strategie.«

Der PR-Berater legte eine Folie auf den Overheadprojektor. Zeitungsausschnitte aus der Haushaltsdebatte. Überschriften. Auszüge aus Leitartikeln.

»Ein Beispiel für wirklich gelungenes Leugnen ist der Umgang des Finanzministeriums mit den Sparmaßnahmen der öffentlichen Hand, wo man konsequent so tut, als handele es sich um Produktivitätssteigerungen.«

Er zeigte begeistert auf die Zeitungsausschnitte.

»Durch eine konsequente sprachliche Bearbeitung hat man seine Terminologie in der öffentlichen Debatte verankern können, sodass mittlerweile nur noch der äußerste linke Flügel von Kürzungen spricht.«

Auf den unteren Rängen war die Begeisterung überschaubar. Rebekka konnte einen flüsternden Chor des Protestes unter den Studierenden anschwellen hören.

»Richtig angewendet«, fuhr der Berater fort, »ist das Leugnen ein unglaublich effektives Werkzeug. Und wenn die Werteträger einer Marke parat stehen und ihr ganzes Gewicht in die Waagschale werfen, kann man damit durchkommen, ein Problem zu ignorieren, auch wenn es harte wissenschaftliche Beweise für seine Existenz gibt.«

Am Mittwochmorgen standen die Kyner Kommunikations-Werteträger parat. Im ganzen Lagerhaus summte es vor Begeisterung über die Unterstützung durch die Regierung in der Pornosache. Vor Rebekkas Schreibtisch standen sie Schlange, um am Siegesrausch teilzuhaben und über die neuesten Entwicklungen informiert zu werden. Und obwohl sich die harten wissenschaftlichen Beweise mitten unter ihnen befanden – ein leerer Bürostuhl vor einem geräumten Schreibtisch –, gab es in ihrer Unterstützung kein Schwanken. Alle benahmen sich, als wäre der Schreibtisch schon seit Jahren unbenutzt gewesen und als warte er nur auf die Neuanstellungen, die für den nächsten Monat geplant waren.

Gegen zehn gab es eine Lagebesprechung in Kyners Büro. Der Direktor blätterte Rebekkas Rede schnell durch und meinte, sie träfe *genau ins Schwarze*. Jacob berichtete mit Begeisterung von einer Pornoseite mit von Natur aus ganz behaarten Frauen, dem neuesten Fund der surfenden Studenten.

»Ich möchte nicht unbedingt behaupten, dass sie über ihre neue Aufgabe unglücklich waren«, sagte er mit einem Grinsen.

Neben ihm versuchte Rebekka nach besten Kräften mitzugrinsen, während sie den Impuls unterdrückte, nach den Geschehnissen des vorhergehenden Abends zu fragen.

»Obwohl sich herausgestellt hat, dass es ein bisschen schwieriger war, als wir uns vorgestellt hatten.«

»Warum?«, fragte Kyner.

»Sie sagen, dass es da draußen gar nicht so viel Hardcorepornos gibt. Viele der Seiten verlinken jeweils immer nur zur anderen Seite. Und dort, wo es etwas gibt, kann man es nicht so ohne weiteres bekommen, weil man sich vorher registrieren muss.«

»Wie viele habt ihr gefunden?«

Jacob schaute in seine Aufzeichnungen. »Ein paar hundert«, meinte er. »Wenn wir alles mitzählen.«

»Das ist zu wenig«, winkte Kyner ab.

»Wie viele haben wir uns denn vorgestellt?«

Kyner griff nach der Rede und ließ seine Augen über den Text laufen. »Wir haben gegen die grenzüberschreitende Pornografie durchgegriffen«, zitierte er. Er zögerte einen Augenblick lang. »Tausende«, sagte er dann. »Es müssen mindestens Tausende sein.«

»Ich bin mir nicht ganz sicher, ob wir so viele finden können.«

»Könnt ihr etwa nicht Tausende von Pornoseiten im Internet finden?«

»Doch, selbstverständlich. Es gibt doch viele Millionen. Und wir sind nur hinter den härtesten her. Den ...«

»Den grenzüberschreitenden Seiten«, half Rebekka.

»Genau«, sagte Jacob dankbar. »Obwohl diese Seiten damit prahlen, wie Hardcore sie seien, sind die meisten ziemlicher Mainstream. Ein paar abgewrackte Polinnen mit Pillermännern in ihren Mündern. Und dann noch Hunderte von Seiten mit Links zu anderen Pornoseiten.«

Kyner seufzte ungeduldig. »Haben sie Klamotten an, die Polinnen?«

»Höschen«, murmelte Jacob. »Höchstens.«

»Haben sie Pillermänner im Mund?«

»Ja ... oder eben ... woanders ...«

»Nackte Polinnen mit Pillermännern im Mund. Also verdammt noch mal, wenn das nicht grenzüberschreitend ist?«, entschied Kyner. »Setz sie mit auf die Liste.«

Jacob nickte und schrieb eine Notiz in seinen Block.

»Noch etwas?«

»Das Arbeitsessen um zwölf«, sagte Rebekka.

»B&B.« Kyner nickte zufrieden. »Irgendwelche möglichen Reibungspunkte?«

Rebekka schüttelte den Kopf. »Die einzige Frage ist, ob Beck-Nielsen am Donnerstag mit auf dem Podium sitzen soll?«

»Schlechte Idee. Wirkt inszeniert. Es ist ein ethisch verantwortliches Unternehmen, das unsere Initiative aus eigenem Antrieb unterstützt.«

»Aber wenn es nicht bei der Pressekonferenz dabei ist«, begann Rebekka verwundert, »woher sollen dann die Journalisten wissen, an wen sie sich wenden können?«

»Wir geben ihnen ihre Nummer.«

»Und wenn sie die nicht haben wollen?«

Kyner sah sie verständnislos an.

»Was tun wir, wenn die Journalisten selber ein Unternehmen finden?«, fragte Rebekka. »Wenn sie auf die Idee kommen, andere zu fragen, was sie von der Initiative halten?«

»Selbst etwas finden?« Kyner konnte ein Lächeln nicht unterdrücken. »Es sind Journalisten. Wenn du ihnen eine Telefonnummer gibst, dann rufen sie dort an. Sonst noch etwas?«

Rebekka zögerte. *Weise die Problemmetapher zurück*, schärfte der Mann im hellblauen Hemd ihr ein. *Dein Chef ist nicht dein Widersacher*, ergänzte Susanne Schaefer.

»Dann lasst uns loslegen.« Kyner machte Anstalten, aufzustehen.

»Da ist noch eine kleine Sache«, schob Jacob nach. »Jetzt, wo Signe draußen ist, ist es doch wohl Rebekka, die ...«

Der Satz verpuffte spontan. Rebekka schien es, als hätte sie ein kurzes Aufblitzen von Zorn auf der anderen Seite des Tisches bemerkt. Dann lächelte Kyner wieder.

»Damit befassen wir uns später«, entschied er. »Lasst uns mit dem loslegen, was wir haben.«

Sie erhoben sich gleichzeitig von ihren Stühlen. Die Werteträger standen bereit.

Einige Stunden später stand Rebekka mit ihrem Tablett vor einem üppigen Salatbüfett und schaute durch eine gigantische Glasfassade auf den Hafen hinaus. Schräg hinter ihr stand Kyner zusammen mit ihrem Gastgeber und schlug sich mit einem Rudel schwarzer Anzüge um die warmen Gerichte.

Rebekka folgte ihnen unruhig mit den Augen. Schon als sie sich an der Rezeption eingetragen und ihre Namensschilder bekommen hatten, hatte Beck-Nielsen seine Begeisterung für die Idee zum Ausdruck gebracht, als eines der Unternehmen aufzutreten, die die Initiative von *Kinder in der Gesellschaft* unterstützen.

»Ich habe selber zwei Töchter«, hatte er erklärt. »Neun und zwölf. Es ist wirklich höchste Zeit, dass jemand den Schweinereien, denen sie im Internet ausgesetzt werden, eine Grenze setzt.«

Es gab also keine Anzeichen dafür, dass es ein Problem werden könnte, B&B die Idee zu verkaufen, als Gegenleistung für einen Teil der Presseaufmerksamkeit um die Initiative herum die Homepage des Pornoprojekts zu sponsern. Trotzdem hatte Rebekka Probleme, sich vollkommen zu entspannen. Ihr war, als würde die morgendliche Stimmung immer noch wie ein drückender Knoten in ihrer Brust sitzen. Darüber hinaus wurde die Sache auch dadurch nicht leichter, dass sie während des Treffens essen würden. Arbeitsessen waren nämlich eines der Gebiete, auf denen Susanne Schaefers Ratschläge ausnahmsweise einmal widersprüchlich waren. Einerseits konnte man dem Kapitel *Frauen und Essen* entnehmen, dass es eine Todsünde war, vor seinem Salat zu sitzen und nur darin herumzustochern, ein Zeichen für eine leicht neurotische Fettangst und fehlendes Selbstwertgefühl. Andererseits wurde einem in der Einleitung *Du als Marke* eingeschärft, dass das Aussehen der alles entscheidende Faktor war, um ein Erfolgsimage auszustrahlen, und dass ein Übergewicht von mehr als drei Kilo bei einer Frau als Verlust der Kontrolle aufgefasst werden würde.

Rebekka fischte deshalb gerade nach ein paar großen Salatblättern, die die ungegessenen Überreste von zwei Filetsteaks tarnen würden, die sie sich genötigt gesehen hatte zu nehmen, weil Beck-Nielsen in der Schlange hinter ihr stand, als sie einen leichten Stups auf ihrer Schulter spürte.

»Darf ich?«

Rebekka trat ein Stück zur Seite, sodass der Berater hinter ihr an das Büfett heran konnte. Er angelte mit dem Löffel in der Schale mit den Oliven. Dann hielt er mitten in der Bewegung inne. Rebekka spürte, wie er ihr Namensschild studierte. Er legte den Löffel zurück in die Schale und richtete sich auf.

»Entschuldigung«, sagte er und sah sie forschend an. »Ich konnte nicht umhin, den Namen auf deinem Schild zu bemerken. Bist du etwa *die* Rebekka Lund?«

Rebekka musterte das Gesicht ihres Gegenübers. Sie war davon überzeugt, es niemals zuvor gesehen zu haben.

»Die kommunikative Organisation«, erklärte er.

»Ja, aber ...«, sagte Rebekka verständnislos.

»Das interessanteste Luhmann-Projekt, das ich gelesen habe, seit ich die Universität verlassen habe«, sagte er in einem Tonfall, der nur als bewundernd aufgefasst werden konnte.

»Du hast meine Abschlussarbeit gelesen?«, platzte es aus ihr heraus.

»Ja, ja.« Er nickte. »Ein wirklich spannendes Stück Arbeit.«

Es war doch nur ein Aufguss von uralten Theorien, hätte Rebekka beinahe gesagt, konnte den Satz im allerletzten Augenblick aber unterdrücken, indem sie das Bild von Shirley McLaine vor ihrem inneren Auge heraufbeschwor.

»Danke«, sagte sie stattdessen und kam sich vollkommen blöd vor.

»Obwohl ich ein bisschen raus bin aus dem Milieu, versuche ich die Entwicklung zu verfolgen«, erklärte der Berater. »Das meiste von dem, was wir hier draußen tun, beruht schließlich auf Luhmanns Theorien.«

»Natürlich.« Rebekka nickte, während sie verzweifelt auszurechnen versuchte, was hier vor sich ging.

»Wenn man tief genug bohrt, geht es bei den meisten kommunikativen Problemstellungen darum, die sprachlichen Kodes zu knacken.«

Da begriff sie plötzlich. Es war Kapitel 10: *Du wirst, wen du kennst.* Sie befand sich mitten in der begehrtesten – und gleichzeitig schwierigsten – aller Karriereaktivitäten: *Networking.*

»Aber das weißt du ja alles viel besser«, meinte der Berater, während Rebekka in Blitzgeschwindigkeit die Strategien des Kapitels für sich rekapitulierte. *Strahle Selbstsicherheit aus und erwidere das Interesse*, blinkte es vor ihrem inneren Auge.

»Du hast doch bestimmt auch schon etwas von Luhmann gelesen?«, brachte sie hervor, während sie gleichzeitig sicherheitshalber den Teller so drehte, dass der Berater nicht umhinkonnte, die beiden Filetsteaks unter den Salatblättern zu bemerken.

»Es ist mittlerweile zwar ein paar Jahre her«, begann er. »Aber seinerzeit ...«

Kurze Zeit später stand Rebekka wieder an der Salatbar, um eine Visitenkarte des Beraters und eine halbe Verabredung reicher – sie sollte ihre Abschlussarbeit vor einem Kreis Luhmann-interessierter Berater von B&B vorstellen – sowie mit einem etwas überlegenen Gefühl angesichts der Tatsache, dass Networking in Wirklichkeit viel leichter war, als es bei Schaefer geklungen hatte.

»Er ist einfach scharf auf dich.«

Hennings Stimme kam fast von ganz unten auf den Dielenbrettern. Rebekka musste in ihrem niedrigen Lehnstuhl die Beine spreizen, damit ihre Knie nicht zu weit aufragten und die Sicht auf sein Gesicht versperrten. Gegenüber konnte sie beobachten, wie Dorthe mit demselben Problem kämpfte.

»Natürlich ist er das«, fuhr Henning zwischen seinen Knien

hindurch vom Sofa gegenüber aus fort. »Das mit der Abschlussarbeit ist doch nur ein Vorwand.«

Sie saßen – oder, was der Wahrheit sehr viel näher kam, lagen – und tranken Cocktails in der neuesten Inkarnation von Hennings Zweizimmerwohnung. Eine Wohnung, die durch mehrfache Ummöblierungen im Monat stets auf der Höhe der flüchtigen Trends in den Clubs der Stadt gehalten wurde. Dieses Mal mit weißen, niedrigen Möbeln, beigen Nuancen an den Wänden und dickem, braunem Velours vor den Fenstern. (»Ich denke Lounge«, hätte Markus gesagt, wenn er nicht gerade mit dem Rest der Agentur im K's gesessen und die Unterstützung von B&B für das Pornoprojekt gefeiert hätte.)

»Das hat doch damit nichts zu tun«, protestierte Rebekka gereizt. Sie beugte sich zum Tisch hinunter – eigentlich nur eine Tischplatte, die direkt auf den Dielenbrettern lag – und fand ihren Cocktail in einem Wald aus kleinen Schnapsflaschen, die von Hennings letztem Umzug übrig geblieben waren. »Er kennt mich doch überhaupt nicht.«

»Na, vielleicht hat er dich irgendwo gesehen und findet dich einfach zu appetitlich«, kam es von den Knien auf dem Sofa.

»Wo hätte er mich denn sehen sollen? Wir sind uns nie begegnet. Er hat doch einfach nur die Abschlussarbeit auf der Homepage der Universität von Roskilde gefunden.«

»Und so wichtig ist das Aussehen nun auch wieder nicht.«

Rebekka warf Dorthe einen dankbaren Blick zu, obwohl ihre Unterstützung bei genauerem Nachdenken etwas zweideutig erschien.

»Oh doch, das ist es«, verteidigte sich Henning. »Warts nur ab. Bevor eine Woche rum ist, hat sie eine Mail von ihm bekommen.«

»Ich habe tatsächlich schon eine bekommen«, räumte Rebekka ein und bemerkte frustriert, dass sie kurz davor war, rot anzulaufen.

»Hab ich's nicht gesagt«, triumphierte Henning.

»Es ist überhaupt nicht so, wie du denkst«, protestierte Rebekka.

»Und wie ist es dann?«

»Sie haben so einen Studienkreis zu Luhmann«, erklärte sie. »Und jetzt hat er einen Termin vorgeschlagen, an dem ich zu ihnen kommen und meine Arbeit präsentieren kann.«

»Die Abschlussarbeit vorstellen?« Henning rollte in seinem Sofa mit den Augen.

»Er war tatsächlich sehr daran interessiert«, beharrte Rebekka.

»Als ob er sie gelesen hätte.«

»Es könnte durchaus sein, dass er von etwas ganz anderem als von deiner Abschlussarbeit beeindruckt ist«, kam ihr Dorthe zu Hilfe. »Aber wie dem auch sei, du solltest das Angebot trotzdem annehmen.«

»Findest du?«, fragte Rebekka.

»Natürlich. Das ist doch eine Bombenchance, dein berufliches Netzwerk auszubauen.«

»Und guten Sex zu bekommen«, schob Henning ein.

»Das ist überhaupt nicht der Punkt, um den es hier geht«, sagte Dorthe kopfschüttelnd. »Tatsächlich werden achtzig Prozent aller freien Stellen über persönliche Netzwerke besetzt.«

»Aber hat Rebekka nicht schon einen Job?«, fragte Henning und sah verwundert zu Dorthe im Lehnstuhl hinüber.

Rebekka warf einen interessierten Blick in die gleiche Richtung.

»Das macht es noch lange nicht überflüssig, etwas in der Hinterhand zu haben«, meinte Dorthe.

»Sie ist doch gerade erst eingestellt worden?«

»Trotzdem«, beharrte Dorthe. »Wenn man erst einmal gebeten wurde, seinen Schreibtisch zu räumen, ist es etwas zu spät, Netzwerke aufzubauen.«

»Aber warum sollte sie denn jemand um so etwas bitten?« Henning wandte sich auf der Suche nach Unterstützung an Rebekka. »Der Direktor ist doch vollkommen verrückt nach ihr.«

Rebekka versuchte, überzeugend zu nicken. Aber nach einem ganzen Tag erfolgreichen Leugnens kam es ihr leider so vor, als hätten die Werteträger für einen kurzen Augenblick ihre Posten verlassen und die wissenschaftlichen Beweise die Herrschaft übernommen.

Wenn das Lied aus ist

»Wollen wir uns nach dem Essen Häuser angucken?«

Sie waren auf dem Weg nach Hause, die vollen Einkaufstaschen an ihre Lenkräder gehängt.

»Häuser?«, fragte Herman scheinheilig.

»In der Toskana«, sagte Karin unternehmungslustig.

Die Taschen am Lenkrad brachten das Fahrrad zum Schlingern. Herman ließ sich viel Zeit damit, es wieder unter Kontrolle zu bekommen.

»Ist es dafür nicht ein bisschen zu früh?«, fragte er, als er das Zweirad sorgfältig wieder auf Kurs gebracht hatte.

»Alle, mit denen ich gesprochen habe, sagen, dass man frühzeitig reservieren sollte. Und wir hatten ja auch darüber gesprochen, einen Leihwagen zu nehmen.«

»Glaubst du nicht doch, dass es besser wäre, bis nächsten Monat zu warten?«

Karin schaute ihn verwundert an. »Warum sollen wir bis zum nächsten Monat warten, wenn wir die Flugtickets doch schon haben?«

Ein Loch im Asphalt brachte das Fahrrad erneut auf Schlingerkurs. Die Einkaufstaschen schaukelten gefährlich.

»Wenn jetzt irgendetwas passieren würde. Sodass wir doch nicht reisen könnten?«

»Was sollte denn passieren?«

»Irgendetwas.« Herman kämpfte mit seinem Fahrrad. »Einer von uns könnte krank werden.«

Zum Beispiel könnte einer von ihnen krank werden.

»Wenn einer von uns krank wird«, erklärte Herman, »dann bleibt die Miete trotzdem an uns hängen. Und wenn wir dann auch noch ein Auto mieten.« Er warf ihr einen viel sagenden Blick zu. »Und deshalb wäre es vielleicht besser, noch zu warten.«

Für ein paar Meter hatte Herman das Gefühl, die Situation auf dem Radweg unter Kontrolle zu haben.

»Aber wenn du Angst davor hast, dass wir krank werden, hilft es doch nichts, noch einen Monat zu warten«, kam es vom Fahrrad nebenan. »Im April werden wir doch immer noch nicht wissen, ob wir im Juli krank werden.«

Hermans Fahrrad unternahm einen energischen Ausreißversuch. Fieberhaft rückte er die Taschen wieder zurecht.

»Ist der Grund nicht viel eher, dass du in Wirklichkeit ganz woanders hin möchtest?«

»Vielleicht«, antwortete Herman vorsichtig.

»Ich dachte, du wolltest auch gerne in die Toskana?«

»Das wollte ich ursprünglich ja auch. Aber inzwischen bin ich ...« Herman beschloss, die Chance zu ergreifen. »Inzwischen bin ich, glaube ich, ein wenig ins Zweifeln geraten.«

Herman schielte besorgt zur Seite, um den Umfang von Karins Enttäuschung zu ermitteln. Er hatte gegen eines der Grundparadigmen der Zweierbeziehung verstoßen. Er hatte versucht, den Projektplan von vorne wieder aufzurollen. Aber zu seiner Überraschung sah sie nicht im Geringsten enttäuscht aus. Stattdessen streckte sie die Hand aus und streichelte zärtlich über seinen Arm.

»Aber das hättest du doch sagen können.«

Sie betrachtete ihn liebevoll. Selbstverständlich wurde ihre Enttäuschung von der Freude darüber verdrängt, verstanden zu haben, wo der Schuh drückte, sah Herman ein. Die Freude darüber, dass es ihr wie immer gelungen war, ihn zu dechiffrieren und seine geheimsten Gedanken zu lesen. In Wirklichkeit wollte er einfach nur nicht in die Toskana.

»Also das liegt jetzt nicht daran, dass an der Toskana irgendetwas verkehrt wäre«, betonte Herman. »Das war eine gute Idee. Ich glaube nur, dass ich ...«

»Ist schon o.k.«, beruhigte ihn Karin. »Du musst dich nicht dafür entschuldigen, dass du keine Lust hast.«

Herman spürte, wie der bittere Geschmack des Verrats seine Kehle hinaufstieg. Glücklicherweise wurde dieser schnell von der Erleichterung darüber übertüncht, dass der Plan wieder zusammengerollt und die toskanische Bedrohung abgerüstet worden war.

Die Erleichterung hielt bis zur nächsten Ampel an.

»Wo könntest du dir den sonst vorstellen hinzufahren?«, fragte Karin, während sie darauf warteten, dass es grün wurde. »Wenn du eine Idee hast, können wir direkt nach Hause fahren und uns im Internet etwas suchen.«

Der Projektplan war wieder da.

»Vielleicht können wir es heute Abend direkt buchen«, fuhr sie enthusiastisch fort.

Es wurde grün, und sie traten wieder in die Pedale.

»Ich glaube einfach nur, dass ich gerne noch ein bisschen darüber nachdenken möchte«, sagte Herman ausweichend.

»Auch, wenn es nicht die Toskana sein soll, muss es doch gebucht werden.«

»Ich glaube einfach nur, dass ich noch ein wenig warten möchte, bevor wir etwas beschließen«, versuchte Herman es noch einmal und wusste, dass er damit nicht durchkommen würde.

Mit der Präzision eines Computers verarbeitete Karin die Antwort mit den Analysemodellen des Zweierbeziehungsparadigmas. Es gab nur ein mögliches Ergebnis.

»Aber du willst schon verreisen, oder?«

Herman konnte nicht antworten.

»Willst du denn überhaupt nicht verreisen?«

Dieses Mal gab es nichts, was die Enttäuschung aufwiegen konnte.

»Das kann doch nicht dein Ernst sein«, sagte sie mit zittriger Stimme. »Ich hatte mich so darauf gefreut, mit dir zusammen Urlaub zu machen.«

Herman schaute gequält geradeaus, während die Standardantwort des Zweierbeziehungsparadigmas wie eine Leuchtreklame vor ihm blinkte.

Natürlich werden wir zusammen wegfahren. Ich habe mich ja auch darauf gefreut.

Die Antwort wollte einfach nicht über seine Lippen kommen.

»Ich finde es immer eine so schöne Zeit, wenn wir gemeinsam verreisen.«

Ihre Worte trafen ihn wie ein Schlag auf den Solarplexus.

Ich finde auch, dass wir eine schöne Zeit haben, blinkte es.

Herman wusste, dass er etwas sagen musste. Dass er sie nicht einfach mit diesem Ausdruck in den Augen angucken durfte.

»Was ist denn bloß los mit dir?«, fragte sie besorgt.

Herman sah, wie ihre Lippen bebten, und plötzlich hatte er das Gefühl, dass in seinem Inneren etwas auseinander fiel. Ein großer, fester Knoten, der sich auflöste.

»Also, es nicht etwa so, dass ich nicht nach Italien will«, hörte er sich selbst sagen. »Es hat auch nichts mit der Toskana zu tun.«

Plötzlich spürte er, dass er es nicht länger zurückhalten konnte.

»In Wirklichkeit hat es überhaupt nichts mit der Reise zu tun.«

Er war gezwungen, die Wahrheit zu sagen.

»Es ist etwas ganz anderes.«

Herman wollte gerade fortfahren, als er hinter sich eine aggressive Fahrradklingel vernahm. Er erhöhte das Tempo und scherte vorne ein, damit der Radfahrer überholen konnte. Auf einmal wurde er sich der ganzen Autos um sie herum bewusst. Der Leute auf dem Bürgersteig. Der anderen Radfahrer. Er musste die Wahrheit sagen. Aber nicht hier. Nicht inmitten all dieser anderen Menschen.

Er ließ sie wieder an seine Seite vorfahren.

»Lass uns darüber reden, wenn wir zu Hause sind«, sagte er bestimmt.

Ohne einander anzusehen radelten sie weiter. Herman konnte ihre Besorgnis an seiner Seite spüren. Jetzt gab es keinen Weg mehr zurück.

Sie stellten die Räder vor dem Haus ab. Karin ging zuerst die Treppe hinauf, während Herman mit den Einkaufstaschen hinterherkam. Sie ging direkt hinein und setzte sich ins Wohnzimmer. Herman ging zuerst in die Küche. Er öffnete den Kühlschrank, um die Milch hineinzustellen, hielt sich dann aber zurück. Erst die Wahrheit, dann die halbfette Milch.

Herman sah ins Wohnzimmer hinüber. Er konnte sehen, dass sie auf dem Sofa bereit saß. Es würde hart werden, aber es gab keinen Weg zurück.

Er betrat das Wohnzimmer. Aber statt sich aufs Sofa zu setzen, ging er weiter zur Stereoanlage und fing an, in den CDs zu kramen. Es gab keinen Weg zurück, aber er konnte genauso gut erstmal eine Platte auflegen. Er entschied sich für eine der dänischen Jazz-CDs. Und bereute es sofort. War das nicht etwas zu heiter für den Anlass? Er stellte sie zurück ins Regal und wählte eine andere aus. Billie Holiday. Auf seinem Rücken verspürte er vom Sofa Karins abwartenden Blick. Sorgfältig justierte er die Lautstärke. Er würde es sagen ... Jetzt!

Herman ging zum Sofa hinüber und setzte sich. Karin saß mit angezogenen Beinen am anderen Ende und hatte die Hände um ihre Knie gelegt.

»Was ist los?«, fragte sie.

Von der Stereoanlage strömte jetzt Billie Holidays Stimme ins Wohnzimmer. Wenn das Lied vorbei war, würde er es gesagt haben, sah Herman ein. Wenn das Lied vorbei war, würde ihre Welt in Scherben liegen.

»Jetzt sag doch was«, bat sie, als Billie Holiday zur zweiten Strophe anhob, und Herman konnte nicht umhin, sich auszumalen, wie Karin sich später daran erinnern würde. Wie alles noch gut gewesen war, als das Lied begann. Wie alles, woran sie bis dahin geglaubt und wofür sie bis dahin gelebt hatte, in Trümmern lag, als der letzte Refrain verstummt war.

Herman saß auf dem Sofa und schaute seine Liebste unglücklich an. Plötzlich war der Projektplan verschwunden. Plötzlich war er frei. Frei hinzugehen, wo er wollte. Frei, ihr Leben auf ewig zu zerstören. Wofür? Für ein Mädchen mit glockenförmigem Haar? Für den Traum von ein paar Strings? Herman saß der Frau gegenüber, die ihm all ihre Liebe geschenkt hatte, und jetzt wollte er ihr Leben für eine zerzauste Frisur und ein paar Unterhöschen zerstören?

»Kannst du nicht etwas sagen?«, bat Karin.

Im CD-Spieler hatte Billie Holiday ihr Lied zu Ende gesungen. Aber sie begann direkt mit einem neuen.

Auf dem Sofa musste Herman die Wahrheit sagen. Es gab keinen Weg zurück. Jetzt!

»Es ist nur wegen der Arbeit«, sagte er. »Ich bin zurzeit einfach unheimlich gestresst. Ich weiß sehr gut, dass ich an den Urlaub denken sollte und dass wir etwas planen müssen. Aber ich kann einfach nicht so weit vorausdenken, solange dieser Zustand anhält.«

Hinten vom anderen Ende des Sofas schaute Karin ihn überrascht an. »Liegt es nur an der Arbeit?«, fragte sie mit einer Erleichterung, die er tief in sich selbst genauso empfand.

Herman nickte langsam.

»Aber ich hatte ja gar keine Ahnung, dass du so gestresst bist«, sagte sie unglücklich. Sie stand auf und setzte sich zu ihm in seine Ecke des Sofas. »Und da hab ich dich die ganze Zeit so unter Druck gesetzt.«

Herman versuchte, es mit einem Schulterzucken abzutun.

»Das hättest du mir doch erzählen müssen«, flüsterte sie und schmiegte sich an ihn.

Sie drückte ihren Kopf an seine Brust, während Herman eine

unendliche innere Erleichterung empfand. Es war überstanden. Er hatte an der Grenze gestanden. Er hatte einen Blick auf die andere Seite geworfen. Und obwohl er den entscheidenden Schritt nicht getan hatte, hatte er reinen Tisch gemacht. Jetzt konnte er die Grenze passieren, wann er wollte. Aber vorläufig hatte er beschlossen, es zu lassen. Er hatte sein Leben in die Hand genommen und beschlossen zu bleiben. Bis auf weiteres. Aber wie auch immer es kommen würde, hatte er seine Freiheit zurückgewonnen. Er legte seine Arme um sie und zog sie fest an seine Brust.

»Glaubst du nicht, dass es gerade dann, wenn es dir so geht, wichtig ist, ganz weit weg zu fahren?«, sagte sie etwas später von seiner Brust herauf.

Herman lockerte seinen Griff ein wenig.

»Wenn du so gestresst bist. Glaubst du nicht, dass es dir helfen würde, wenn du dich auf etwas Schönes freuen könntest?«

Sie schaute mit einem besorgten Blick zu ihm auf.

»Also ich bin immer noch dafür, dass wir in die Toskana fahren«, sagte sie. »Aber ohne Haus und Auto«, fügte sie schnell hinzu. »Nichts, was dir irgendwie Stress macht. Nur die Flugtickets und ein Hotel.«

Sie nickte entschlossen vor sich hin.

»Damit du weißt, dass du dich jederzeit auf etwas Schönes freuen kannst.«

Herman nickte zögernd aus seiner befreiten Zone herunter.

»Vielleicht können wir am Wochenende nach Hotels suchen?«, schlug sie vor.

»Und wie ist deine unmittelbare Reaktion darauf?«, hörte Camilla ihre Stimme fragen.

Der Generalsekretär von *Kinder in der Gesellschaft* musste zunächst mit den Stimmen im Hintergrund konferieren, bevor er seine unmittelbare Reaktion herausgefunden hatte.

»Ich bin zutiefst erschüttert«, stellte er nach kurzer Verhandlungsdauer fest.

Camilla hörte sich selbst die Antwort auf einen Notizblock schreiben.

»Und wie würdest du diese Art von Bildern nennen?«, fragte sie dann.

Die Verhandlungen im Hintergrund wurden wieder aufgenommen. »Eine abscheuliche Schweinerei?«, sagte der Generalsekretär mit fragendem Tonfall. Die Bezeichnung hatte offensichtlich Zustimmung aus dem Souffleurkasten bekommen. »Eine abscheuliche Schweinerei«, wiederholte er mit fester Stimme.

Camilla stoppte das Band. Mit einem zufriedenen Lächeln schielte sie zu Lars Langweilig hinüber, der sich auf der anderen Seite der demilitarisierten Zone gerade auf die Ostseekonferenz vorbereitete.

Der Generalsekretär hatte ein bisschen zurückhaltend gewirkt, als sie ihn am Freitagnachmittag das erste Mal erwischt hatte, aber als er zehn Minuten später zurückgerufen hatte, waren ganz andere Geschütze aufgefahren worden. Obwohl er offensichtlich zunächst das politische Mandat mit seinen Leuten im Hintergrund hatte abklären müssen, hatte es anschließend keine Fisimatenten mehr gegeben. Der kritische Winkel war im Kasten. Andererseits war es ein Wunder, dass das Ministerium bis jetzt nicht reagiert hatte – nicht einmal, nachdem der Artikel auf Donnerstag verschoben worden war. Aber in Wirklichkeit war das nur ein weiterer Beleg dafür, wie nötig es war, in dieser Sache mal ein bisschen Wind zu machen.

Camilla nickte vor sich hin, während sie die Zitate kontrollierte.

»Wir werden nicht einfach dasitzen und zuschauen, wie der Internetpornografie im Namen der Meinungsfreiheit gestattet wird, unser gesamtes Gemeinwesen zu infizieren«, sagte der Generalsekretär ganz am Ende des Artikels.

»Während die Politiker zögern, wird die Organisation bereits heute im Laufe des Tages auf einer Pressekonferenz eine Lösung präsentieren, die gegen jenen Teil der Internetpornografie durchgreift, der die Grenze überschreitet«, ergänzte die unsichtbare Stimme der Journalistin als Einstiegsreplik.

»*Bereits heute*«, zitierte Camilla auswendig. Der Artikel platzte vor Aktualität. Man spürte, dass die Reporterin direkt am Zentrum der Ereignisse dran war. Vielleicht sogar ... wenn man genauer darüber nachdachte ... ein bisschen zu dicht am Zentrum?

Die ethischen Richtlinien des Dagbladet drängten sich in ihr Bewusstsein. *Wohl wissend, dass zwischen Quellen und Journalisten immer ein gewisser Handel mit Informationen stattfindet, werden wir uns gegen jeden Versuch zur Wehr setzen, uns missbrauchen zu lassen,* stand da. *Wir werden niemals Absprachen über Exklusivberichte eingehen, die voraussetzen, dass wir allgemeine journalistische Prinzipien kompromittieren – zum Beispiel in Bezug auf das Datum der Veröffentlichung einer Geschichte.*

Mithilfe von ein bisschen Kopfrechnung destillierte Camilla schnell die Essenz dieser Formulierungen und kam zu dem Endergebnis: *Wir wollen nicht wissen, dass ihr es tut.* Sie markierte den Abschnitt mit ihrer Maus und klickte auf delete. Die Schlussworte des Generalsekretärs konnten gut für sich alleine sprechen, beschloss sie.

Sie ließ ihre Augen ein letztes Mal über den Artikel wandern. Tatsächlich war der Schlussabsatz auf diese Weise sogar noch schlagkräftiger geworden. Mit einem zufriedenen Mausklick schickte sie den Artikel weiter ins Redaktionssekretariat und – mit einem etwas widerwilligeren Mausklick – zu Lars Langweilig, wie es die Praktikantenrichtlinien vorschrieben.

Es vergingen nur ein paar Sekunden, bis sie die eingehende Mail auf Lars' Computer piepsen hörte. Camilla lauschte, wie er sich durch das Mailprogramm klickte und den Artikel öffnete.

»Das ist ja ein feines, kleines Stück Arbeit«, fasste er kurze Zeit später zusammen.

Camilla schenkte ihm ein säuerliches Dankeslächeln.

»Aber das nächste Mal solltest du vielleicht versuchen, etwas mehr an die umgekehrte Pyramide zu denken«, riet er ihr. »Du weißt schon, das Wichtigste zuerst, und dann …«

»Ich *habe* vom Prinzip der umgekehrten Pyramide gehört«, unterbrach ihn Camilla heftig.

Im ersten Jahr auf der Journalistenhochschule, hätte sie hinzufügen können. Als eine Kuriosität in einer Vorlesungsreihe über moderne journalistische Erzähltechniken.

»Du darfst dir auf keinen Fall allzu große Hoffnungen machen«, meinte Lars. »Es ist ja ein bisschen eine Randgeschichte.« Er schaute mitleidig über den Tisch. »Vielleicht können sie ihn für die Onlineausgabe verwenden«, konnte er gerade noch sagen, bevor das Telefon klingelte.

Camilla rollte mit ihrem Stuhl am Schreibtisch entlang, aber Lars kam ihr zuvor.

Er nahm den Hörer ab, und eine Staccatostimme mit einer Sprechweise wie ein Maschinengewehr begann Wörter in das andere Ende der Leitung zu spucken.

»Sie sitzt hier«, bestätigte Lars.

Camilla hielt die Luft an. Sogar einen halben Meter vom Telefon entfernt hatte sie kein Problem damit, den Besitzer dieser Stimme zu erkennen: Frandsen, der fieseste aller Redaktionssekretäre.

»Kürzen?«, vergewisserte sich Lars mit einem viel sagenden Seitenblick. »Wie viel hat sie?«

Das Maschinengewehr spuckte eine weitere Salve ins andere Ende.

»Achtzig Zeilen?« Lars hatte Schwierigkeiten, ein selbstzufriedenes Lächeln zu unterdrücken.

Er wollte gerade auflegen, als das Lächeln von einer letzten Salve des Gewehrs in Stücke geschossen wurde.

»Ja, ich werde es ihr sagen«, versprach er mit tonloser Stimme, während Camilla verwundert von der anderen Seite des Tisches zusah.

»Du hast achtzig Zeilen«, teilte er ihr mit, nachdem er aufgelegt hatte. »Es war offenbar ein toter Tag.«

Er rollte langsam zu seinem Computer zurück und begann mit seiner Maus herumzuklicken. Der Rest seiner Mitteilung war kaum mehr als ein leises Murmeln:

»Sie wollen es auf der ersten Seite bringen.«

In der Ausreißergruppe

Herman sah zum anderen Ende des Großraumbüros hinüber, während er darauf wartete, dass das Startsymbol auf seinem Bildschirm erschien.

Wir betrachten Unterschiedlichkeit als Stärke

Doch nicht einmal der Plasmabildschirm konnte ihm die Laune verderben. Das Versicherungsangebot war praktisch unter Dach und Fach. Mit größter Wahrscheinlichkeit würde eine E-Mail mit der Zusage des Kunden in seinem Eingangsordner auf ihn warten. Und sie wäre nicht die Einzige.

Herman lächelte in sich hinein und öffnete das Mailprogramm mit einem Doppelklick. Innerlich spürte er immer noch die Erleichterung, die ihm die abendliche Diskussion mit Karin verschafft hatte. Das Gefühl von Freiheit. Er hatte kein Blatt vor den Mund genommen. Er war bis an die Grenze gegangen. Er hatte nicht Schluss gemacht – er hatte *gewählt*, nicht Schluss zu machen –, aber er hatte seine Freiheit zurückgewonnen. Und er wusste genau, was er damit anfangen wollte.

Das Mädchen mit der Glockenfrisur. Die sich wie in einer Vision am vorhergehenden Tag auf dem Marmorfußboden materialisiert hatte. Herman hatte am Fenster geklebt, als sie auf dem Weg zur Kantine vorüberging. Und ausnahmsweise einmal hatte er gehandelt. Er hatte die Rezeptionistin angerufen und ihr entlockt, wer sie war. Dann hatte er auf der Homepage ihrer Werbeagentur nach ihrem Namen gesucht. Und dann wurde es ihm gesandt. Das Zeichen. Von Gott. Vom Schicksal. Von Bill Gates, oder wer auch immer gerade die virtuelle Wirklichkeit regierte. Das höchste Wesen hatte Herman den Weg aus seinem grauen Alltag direkt ins leichte Leben gewiesen. Neben dem Bild des Mädchens hatte er dort einen Lebenslauf gefunden, auf dem sich ein Link zu ihrer Abschlussarbeit auf der Homepage der Universität in Roskilde befand. Und – oh, Lob sei dir, du virtueller Gott – sie handelte von Luhmann. Sein alter partner in crime. Sein Leitstern. Ihr gemeinsamer Leitstern, korrigierte sich Herman, während er die ersten Vorzeichen überwältigender, großer Gefühle in seiner Brust verspürte.

Herman wartete ungeduldig darauf, dass der Eingangsordner auf dem Bildschirm erscheinen würde. Er hatte die Mail am vorhergehenden Nachmittag abgeschickt. Sie musste geantwortet haben. Er ließ seinen Blick die Liste der Mails hinunterlaufen, während er das zarte Gesicht mit den hohen Wangenknochen vor seinem inneren Auge sah. Sie musste geantwortet haben. Sie ...

Sie hatte nicht geantwortet. Stattdessen ... Hermans Augen kollidierten mit der Überschrift der obersten Mail in seinem Eingangsordner:

Aktion gegen Schulmädchensex

Auf einen Schlag wurden die hohen Wangenknochen von knospenden Brüsten, einer Schuluniform und einem schmächtigen Körper verdrängt, der sich wehrlos auf dem Fußboden wand.

Herman versuchte erfolglos, seinen Blick von dieser Überschrift loszureißen. Weiter unten im Eingangsordner konnte er die Antwort der Versicherungsgesellschaft erahnen. Er griff nach der Maus, um ihre Mail zu öffnen, doch es war der Newsletter des Dagbladet, der vor ihm auf dem Bildschirm erschien. Der Aufmacher des Tages wurde direkt unterhalb der Überschrift zusammengefasst:

Die Polizei steht der sexuellen Demütigung von Schulmädchen im Internet machtlos gegenüber. Während die Politiker zögern, kündigt eine Kinderhilfsorganisation Aktionen gegen grenzüberschreitende Pornografie im Internet an.

Hermans Augen flackerten durch den Text. Und noch einmal von vorne. Und noch einmal. Weiter unten im Eingangsordner versuchte die Überschrift der Mail von der Versicherungsgesellschaft vergeblich seine Aufmerksamkeit zu fangen. *Ruf bitte an*, baten sie. Aber irgendwie wurde diese Aufforderung vom Wort *Polizei* im Artikel des Dagbladet übertönt.

Herman öffnete einen Browser. Das musste ja nichts mit der Seite zu tun haben, die er besucht hatte, sagte er sich, als er sich durch die Online-Ausgabe des Dagbladet klickte. Seine Seite hatte doch frei zugänglich im Internet gelegen. Er hatte von der Werbung für das leichte Leben nur drei Klicks bis zu ihr gebraucht. Herman klickte sich durch die Nachrichten und hielt nach dem Artikel Ausschau. Aber jetzt war die Top-Nachricht plötzlich eine Radrennsensation aus Südspanien. Der Habicht von Horsens war nach hundert Kilometern einsamer Flucht als Sieger durchs Ziel gekommen. Der Rest der Überschriften stammte aus alten Agenturmeldungen. Herman schloss den Browser mit einem unbefriedigten Gefühl.

Es hatte ganz sicher nichts mit seiner Seite zu tun, entschied er. Er richtete seine Aufmerksamkeit auf den Eingangsordner.

Ruf bitte an bat die Versicherungsgesellschaft in ihrer Überschrift.

Aktion gegen Schulmädchensex übertönte sie das Dagbladet.

Herman gefror mit der Maus in der Hand.

»Ole hat nach dir gefragt.«

Die Rezeptionistin schaute schnell auf, als Nyholm mit der Schultasche in der Hand hereingeschlendert kam.

»Ich glaube, es war wichtig.«

»Das war es ganz bestimmt«, sagte Nyholm freundlich und ging weiter ins Treppenhaus. Er lächelte vor sich hin, als er die Treppen hinaufstieg.

»Du sollst Ole anrufen«, verkündete Pernille mit ernster Miene, als er das Vorzimmer betrat.

»Ich habe es gehört«, sagte Nyholm mit einem Nicken und blieb neben ihrem Schreibtisch stehen. »Gibt es sonst noch etwas?«, fragte er ruhig.

Pernille schaute ihn verwundert an. »Hier liegen noch ein paar Nachrichten«, sagte sie und zeigte auf eine Patience, die auf seinem Schreibtisch ausgelegt worden war.

»Ich werde sie mir ansehen.«

Nyholm ging weiter in sein Büro. Er warf die Schultasche auf den Tisch und holte sein Jackett hinter der Tür hervor. Dann ging er nach einer plötzlichen Eingebung zurück ins Vorzimmer.

»Hast du Lust auf eine Tasse Kaffee?«, fragte er.

Pernille schaute auf und schüttelte den Kopf.

»Ich werde mir jedenfalls eine holen«, verkündete Nyholm und ging zu der kleinen Teeküche am Ende des Flurs hinunter. Dort gab es frischen Kaffee in der Maschine und saubere Becher im Schrank. Nyholm konnte spüren, wie Pernille ihn mit den Augen verfolgte, als er mit dem Kaffee in der Hand durch das Vorzimmer zurückkam. Er setzte sich auf seinen Schreibtischstuhl, umschloss den Becher mit beiden Händen und lehnte sich zurück.

Das Ministerreferat würde um halb zehn beginnen. Nyholm hatte dem Vorzimmer des Ministers die Daumenschrauben anlegen müssen, um das Treffen noch so kurzfristig in dessen Terminkalender drücken zu können. Einen Vorwand zu produzieren, hatte ihm dagegen überhaupt keine Probleme bereitet: Das Bornholmer Kommunikationstechnologiezentrum.

Bornholm ganz vorn im Sprint dabei. Wissenschaftsminister etabliert IT-Leistungszentrum in Ostdänemark.

Kåre und Katrine hatten ihren Spaß dabei gehabt, den Vorwand im Laufe des Vormittags aus alten Aufzeichnungen zusammenzusetzen. Das Resultat war erschreckend glaubwürdig. Eine vorbildliche Zusammenarbeit zwischen Privatwirtschaft und öffentlicher Hand mit Ausgangspunkt in der regionalen Wirtschaftsstruktur und einem zusätzlich bewilligten Etat von 250 Millionen Kronen sollte Bornholm zu einem Wachstumsmotor der Hochtechnologie weiterentwickeln, der durch eine Reihe ehrgeiziger Projekte, Wirtschaftsförderungsinitiativen und die Entwicklung einer gemeinsamen elektronischen Infrastruktur Dänemark informationstechnologisch zum neuen Europa im Baltikum öffnen und die regionale Wirtschaft zukunftssicher machen würde. Wenn er selber nicht aufpassen würde, könnte dieser Vorschlag glatt durchkommen. Nyholm konnte sich bei diesem Gedanken ein kleines Lächeln nicht verkneifen. Ein Wachstumsmotor in Rønne. Das wäre fast zu komisch.

Nyholm hatte noch nicht fertig gelächelt, als er entdeckte, dass Pernille mit einem besorgten Gesichtsausdruck im Türrahmen stand.

»Ja?«, fragte er freundlich.

»Hast du schon angerufen?«

»Angerufen?«

»Ole.«

»Mach ich sofort«, versicherte Nyholm.

Er stellte den Kaffee vor sich auf dem Schreibtisch ab und nahm den grauen Telefonhörer in die Hand. Seine Finger schwebten über den Tasten.

»2 53 37«, kam es prompt vom Türrahmen.

»Natürlich.« Er tippte die Nummer und bekam tutende Töne aus dem Hörer zurück. »Besetzt«, sagte er und legte mit einem Schulterzucken auf.

»Soll ich es einmal versuchen?«, fragte Pernille eilig.

Nyholm schüttelte den Kopf. Er lehnte sich in seinen Stuhl zurück, den Becher unterhalb des Kinns, sodass der Dampf langsam an seinem Gesicht vorüberstrich.

»Ich gehe gleich runter.«

Der Minister saß mit Brinker hinter der Schulter am Schreibtisch und unterschrieb Deckblätter, als Nyholm und der Staatssekretär eintraten. Am Besprechungstisch wartete bereits Harr, der zwischen sich und dem Minister zwei Stühle frei gelassen hatte. Nyholm nickte vor sich hin, ohne aber ernsthaft überrascht zu sein. Harr war wohl kaum wegen des Bornholmer Informationstechnologiezentrums aufgetaucht.

Nyholm ging zur gegenüberliegenden Seite des Tisches hinüber und suchte sich einen Platz. Der Staatssekretär setzte sich auf Harrs linke Seite und legte eine durchsichtige Plastikmappe vor sich auf den Tisch. Nyholm studierte verwundert deren Inhalt. Sie glich unverwechselbar einer Kopie der Akte. Aber warum hatte der Staatssekretär sie mitgenommen? Hatte er den Artikel nicht gesehen?

Der Minister und Brinker kamen vom Schreibtisch herüber. Der Ministersekretär platzierte sorgfältig eine rote Plastikmappe vor dem Minister. Er öffnete sie und rückte das blaue Deckblatt zur Unterschrift zurecht. Nyholm starrte perplex auf die Überschrift. *Bornholm ganz vorn im Sprint dabei* verkündete sie in großen Lettern.

»Wollen wir anfangen?«, sagte der Staatssekretär.

Nyholm schaute sich verwirrt um. Ihm gegenüber saß jetzt Harr mit einer Kopie der Akte. Gab es denn hier niemanden, der die Zeitung gelesen hatte?

»Möchtest du nicht ein paar Worte dazu sagen, Kristian?«, schlug der Staatssekretär vor. »Das ist ein spannender Vorschlag. Du könntest vielleicht kurz die groben Linien skizzieren.«

Der Minister wandte sich Nyholm interessiert zu.

»Anschließend kann uns vielleicht Morten die internationale Perspektive umreißen«, fuhr der Staatssekretär fort.

Harr nickte, während Nyholm verzweifelt versuchte, sich den Inhalt dieses wahnwitzigen Projekts ins Gedächtnis zu rufen. Es war doch niemals geplant gewesen, den Vorgang wirklich auf die

Tagesordnung zu setzen. Der absurde Gedanke mit Bornholm hatte doch garantieren sollen, dass die Akte direkt in der ewigen Vergessenheit des ministeriellen Archivs verschwand, nachdem sie ihren einzigen Zweck erfüllt hatte: zu garantieren, dass Nyholm sich im Büro des Ministers befand, wenn sie entdeckten ...

»Michael?«

Brinker blickte vom Besprechungstisch auf. Eine der Sekretärinnen aus dem Vorzimmer hatte ihren Kopf zur Tür hereingesteckt.

»Was gibt's?«, fragte Brinker irritiert.

Die Sekretärin winkte mit einem Stapel von Fotokopien.

»Macht ruhig weiter.« Brinker stand auf und ging zur Tür hinüber.

»Vielleicht sollten wir besser warten?«, meinte Nyholm.

An der Tür diskutierte Brinker leise mit der Sekretärin. Er blätterte in den Fotokopien. »Ich glaube, wir müssen uns das hier mal angucken«, sagte er und ging mit den Fotokopien in der Hand zum Tisch zurück. Nyholm spürte ein Ziehen der Erleichterung, als er den Artikel von der ersten Seite des Dagbladet wiedererkannte.

»Die Radionachrichten haben um einen Kommentar gebeten.«

Brinker legte den Artikel auf den Tisch. »Wir lassen gerade noch ein paar zusätzliche Kopien erstellen«, versicherte er, während sich alle vornüber beugten und über einander hinweg zu lesen versuchten.

»Die Polizei steht der sexuellen Demütigung von Schulmädchen im Internet machtlos gegenüber«, zitierte der Staatssekretär aus dem Vorspann.

»Während die Politiker zögern«, ergänzte Harr.

»Das ist schon wieder Camilla Drejer«, konstatierte Brinker.

Die Sekretärin kam erneut herein und verteilte Kopien an alle. »Die Fernsehnachrichten haben angerufen«, verkündete sie. Sie hätten den Minister gern im Studio.«

Der Minister warf Brinker einen unsicheren Blick zu.

»Da können wir nicht Nein sagen«, bestimmte der Ministersekretär.

»Aber was soll ich sagen?«

»Du musst dich wehren.«

»Wir müssen standhaft bleiben.« Der Staatssekretär nickte.

»Das Staatsministerium hat auch angerufen«, teilte die Sekretärin mit. »Mikkel lässt fragen, ob wir schon etwas in der Mache haben.«

Im Vorzimmer begann ein anderes Telefon zu klingeln.

»Du wirst nicht umhin kommen, eine Erklärung abzugeben«, sagte der Staatssekretär ernst.

Die Sekretärin des Staatssekretärs steckte ihren Kopf durch die Tür. »Es sind wieder die Radionachrichten.«

»Sag ihnen, dass wir zurückrufen«, kommandierte Brinker und schickte sie mit einer Handbewegung zurück ins Vorzimmer.

»Was ist mit den Fernsehnachrichten?«, fragte die andere Sekretärin. »Und was sollen wir Mikkel sagen?«

»Sag ...« Brinker stockte.

Nyholm beobachtete erwartungsvoll, wie das Treffen immer weiter im Chaos versank. Genau wie er es vorausgesehen hatte, gab es in der Verwirrung niemanden, der entdeckt hatte ...

»Wer ist Birthe Severinsen?«

Nyholm schaute erschrocken zur anderen Seite des Tisches hinüber. Harr, natürlich. Als Einziger war er bis ans Ende des Artikels vorgedrungen.

»Was soll ich jetzt den Fernsehnachrichten sagen?«, fragte die Sekretärin aus dem Türrahmen.

»Eine einfache, besorgte Mitbürgerin, die versucht hatte, den Minister auf das Problem aufmerksam zu machen?«, zitierte Harr.

Der Staatssekretär schaute unentschlossen von einem zum anderen.

Er wollte gerade etwas sagen, als ein ungewohntes Geräusch

die ganze Versammlung erstarren ließ. Synchron wie ein kollektiver Organismus wandten sie sich dem Schreibtisch des Ministers zu. Das graue Telefon auf dem Tisch hatte angefangen zu klingeln. Hinter ihnen kam die Sekretärin aus dem Vorzimmer herein.

»Hans«, sagte sie mit andächtiger Stimme. Sie schluckte einmal. »Es ist der Staatsminister.«

Eine plötzliche Stille senkte sich über die Versammlung. Der Minister erhob sich von seinem Stuhl und machte einen halben Schritt auf den Schreibtisch zu. Das Telefon klingelte erneut. Der Klingelton schien das gesamte Büro zu erfüllen.

»Was soll ich sagen?«, fragte der Minister pantomimisch mit verschrecktem Blick.

Der Staatssekretär sah sich ratlos um. Brinker senkte die Augen. Harr fummelte an seiner Kopie des Zeitungsartikels herum.

»Du kannst sagen, dass du heute Nachmittag deine Erklärung im Landstingssaal abgeben wirst.«

Auf der anderen Seite des Besprechungstisches erhob Nyholm sich langsam aus seinem Stuhl.

»Erklär ihm, dass du scharfe Kritik an der Verantwortungslosigkeit dieser Unternehmen üben wirst und dass du zusammen mit der Kinderhilfsorganisation *Kinder in der Gesellschaft* eine Initiative starten wirst, die mit den grenzüberschreitenden Problemen im Umfeld der Markenführung aufräumen wird.«

Nyholm war in der Ausreißergruppe.

B&Bs Kuschelecke lag direkt zur Rechten, wenn man in die Kantine hinunterkam. Sie bestand aus zwei Sofas, einem Tisch und einem Kaffeeautomaten und war natürlich zu keinem Zeitpunkt in der Geschichte des Glaspalastes in Gebrauch gewesen.

Bis jetzt, als Herman vor den Sofas stand und zögerte, während die Überschrift:

... ulmädchensex

lockend aus dem Stapel der halb zusammengefalteten Zeitungen auf dem Tisch hervorschaute.

Herman schaute sich vorsichtig um. Außer ihm befand sich niemand in der Kantine. Von den Rezeptionistinnen am Schalter oben auf dem Marmorboden sah man nur die Rücken. Draußen am Springbrunnen standen zwei jüngere Männer in abgewetzten Jeanshosen mit einer länglichen Metallkiste zwischen ihren Füßen. Handwerker, schlussfolgerte Herman.

Er wollte gerade eine Hand nach der Zeitung ausstrecken, als er aus den Augenwinkeln heraus den Text auf dem Plasmabildschirm am Ende der Kantine erfasste.

Wir respektieren die Menschen

mahnte er. Herman erstarrte. Wie würde es denn aussehen, wenn er hier säße und über Schulmädchensex las? Würden die Leute denken, dass er einer von denen wäre, die diese Art von Internetseiten brauchten? Beunruhigt dachte er an die Glasfassaden über seinem Kopf. Wenn er sich mit der Zeitung hinsetzen würde, könnte man ihn von allen Etagen aus sehen. Hermans Blick schweifte zum Tisch zurück.

... ulmädchensex

Das musste ja nicht unbedingt etwas mit seiner Seite zu tun haben, wiederholte er still. Es war ganz und gar nicht sicher, dass es davon handelte. Herman erinnerte sich an die Mail von der Versicherungsgesellschaft und fasste einen schnellen Entschluss. Er kontrollierte den Plasmaschirm und die Fassaden über ihm. Er warf einen Blick auf die Handwerker am Springbrunnen. Dann riss er die Zeitung an sich und steckte sie unter das Jackett.

Leicht vornübergebeugt und mit der Zeitung halb unter die Hose gesteckt ging er die Treppe hinauf und steuerte eine Stelle in dem Flügel den Fahrstühlen gegenüber an, wo die Wände zur Abwechslung einmal nicht aus Glas waren, sondern wie eine massive Säule zwischen den inneren Fassaden des Glaspalastes emporragten. Er blieb vor einer Tür mitten in der Wand stehen und öffnete sie vorsichtig einen Spalt breit. Auf der anderen Seite war das Licht ausgeschaltet. Dort konnte niemand sein. Er glitt durch die Tür hinein und schloss sie eilig hinter sich. Einen kurzen Augenblick lang war er von undurchdringlicher Dunkelheit umgeben. Dann klickte es unter der Decke. Das Licht ging an, und drei Toilettenkabinen, zwei Pinkel- und ein Waschbecken traten aus der Dunkelheit hervor. Herman betrat die mittlere der drei Boxen. Er verriegelte die Tür, klappte den Klodeckel runter und setzte sich.

Ein letztes Mal spitzte er die Ohren, um sich zu vergewissern, dass er allein war. Dann zog er die Zeitung hervor und faltete sie auf seinem Schoß auseinander. Es musste sich nicht unbedingt um seine Seite handeln, versuchte er sich selbst zu überzeugen, konnte aber nichtsdestotrotz sein Herz in ungewohnter Aufregung schlagen hören, während seine Augen über den Text wanderten:

Blutjunge Mädchen, die vergewaltigt werden. Schulkinder, die sich wehrlos auf dem Boden winden.

Auf diese Anblicke riskiert man zu stoßen, wenn man sich im Internet bewegt. Und obwohl es nie ein Geheimnis war, dass Pornografie übers Internet verbreitet wird, hat diese Pornografie mittlerweile ein Ausmaß und eine Brutalität erreicht, die viel weiter geht, als man bisher angenommen hatte.

Frei zugänglich im Netz, nur ein paar Mausklicks ...

Hermans Herz legte daraufhin noch einen Zahn zu.

... von dänischen Anwendern entfernt, gibt es Webangebote, die übervoll sind mit Pornografie von so grenzüberschreitender Beschaffenheit, dass selbst professionelle Experten erschüttert sind. Pornobilder und Videoaufnahmen von Mädchen, die teilweise noch im Schulalter sind. Mädchen mit Rattenschwänzchen und Schuluniformen ...

Und noch einen.

... die vergewaltigt und schweren sexuellen Demütigungen ausgesetzt werden. Bilder, die bei den meisten Menschen Abscheu hervorrufen, die jetzt aber in dänischen Wohnstuben und Kinderzimmern zu landen drohen, verteilt über das globale Netzwerk, in dem es keine Grenzen gibt.

Bei professionellen Kinderschutzorganisationen sind die Experten überrascht von der Brutalität der Internetpornografie.

»Ich bin zutiefst erschüttert«, sagt der Generalsekretär von *Kinder in der Gesellschaft*, Flemming Jørgensen, nachdem Dagbladet ihn mit den Bildern konfrontiert hat. »Das sind ja erst Kinder auf diesen Aufnahmen. Da sind ja Schulmädchen dabei.«

Flemming Jørgensen hat überhaupt kein Verständnis dafür, dass der Internetpornografie keine Grenzen gesetzt werden. »Es ist vollkommen unakzeptabel, dass so etwas frei übers Internet verbreitet werden darf«, sagt er und nennt die Bilder »eine abscheuliche Schweinerei«.

Doch trotz der Frustration aller Experten besteht für die unmittelbare Zukunft keine Aussicht darauf, dass der Verbreitung dieser demütigenden und kränkenden Bilder Einhalt geboten werden könnte. Bei der Reichspolizei ...

Weiter kam er nicht. Er hörte, wie die Tür auf der anderen Seite der Klotür geöffnet wurde. Schritte kratzten über den Fußboden.

»Wie wäre es hiermit?«, sagte eine Stimme auf der anderen Seite der Klotür.

»Woran denkst du?«, fragte eine andere.

Herman lauschte beunruhigt, während er die Zeitung möglichst lautlos auf dem Schoß festzuhalten versuchte.

»Fürs Fadeout.«

»Auf dem Klo?« Die Stimme klang skeptisch.

»Wenn wir ihn dazu bringen können, abzuziehen. Du weißt schon. Sie spülen die Schweinerei in die Kanalisation hinaus.«

»Glaubst du, dass er dabei mitmachen würde?«

»Du hast ihn doch selber gesehen. Er ist absolut verkommen.«

Es waren die Handwerker, sah Herman ein. Obwohl er nicht so recht verstand, worüber sie gerade sprachen.

»Wir fragen ihn einfach.«

Die Schritte der Handwerker entfernten sich. Die Tür fiel zu. Sie waren weg.

Herman saß noch einen Augenblick da und hörte sein Herz in seinen Ohren hämmern. Es waren nur die Handwerker, beruhigte er sich selbst. Sie hatten nichts zu bedeuten. Andererseits hatten sie so geklungen, als wollten sie wiederkommen.

Er begann, die Zeitung auf seinem Schoß zusammenzufalten. Dann fiel sein Blick auf den letzten Satz: *Bei der Reichspolizei?* Er erlaubte seinen Augen, noch einmal den Text zu überfliegen:

Bei der Reichspolizei hat man nämlich keinerlei Befugnis, in diesen Fällen einzugreifen.

»Wir sind vollkommen machtlos«, gibt Kriminalinspektor Thomas Bjerregaard von der IT-Einheit der Reichspolizei zu. »Die Rechtsprechung gibt uns keine Mittel an die Hand, mit denen wir die grenzüberschreitende Internetpornografie verfolgen können.«

Thomas Bjerregaard möchte sich nicht über die Notwendigkeit politischer Initiativen in dieser konkreten Sache äußern, wünscht sich aber generell mehr Aufmerksamkeit gegenüber der Internetpornografie. »Ich glaube nicht, dass die Politiker das Problem schon entdeckt haben«, sagt er.

Herman seufzte erleichtert. Obwohl es vielleicht – vielleicht! – seine Seite war, um die es hier ging, war die Polizei machtlos. Er faltete die Zeitung zusammen und wollte gerade aufstehen, als sein Hirn über eines der Wörter stolperte:

Machtlos?

Was bedeutete machtlos? Es bedeutete, dass die Polizei etwas unternehmen würde, wenn sie könnte. Aber sie konnten es nicht. Weil sie machtlos waren. Herman erhob sich halb vom Klodeckel. Es sei denn, die Politiker würden das Problem entdecken? Seine Augen wurden in den Text auf der halb zusammengefalteten Zeitung zurückgezogen.

Für einen bestimmten Politiker, Wissenschaftsminister Hans Hasseris, dürfte dieses Problem allerdings nicht unbekannt sein ...

Dann hatten es die Politiker also entdeckt. Herman ließ sich auf den Deckel zurücksinken und faltete die Zeitung erneut auseinander:

Schon vor über einem Monat versuchte die pensionierte Schullehrerin Birthe Severinsen, die sich selbst als *einfache, besorgte Mit-*

bürgerin bezeichnet, die Aufmerksamkeit des Ministers auf das Problem der grenzüberschreitenden Bilder zu lenken. Aber ihre Besorgnis traf dort auf völliges Unverständnis.

»Der Minister hat sich nicht einmal die Mühe gemacht, auf meinen Brief zu antworten«, erzählt sie. »Die Regierung hat offensichtlich wichtigere Dinge zu tun.«

Bei den Kinderhilfsorganisationen sorgt die Untätigkeit der Politiker für Frustration.

»Es ist skandalös, dass gegen so etwas nicht eingeschritten wird«, sagt Flemming Jørgensen, der meint, dass diese Untätigkeit auf missverstandenem Respekt vor den persönlichen Freiheitsrechten beruht. »Die Wahlmöglichkeiten, die eine moderne Gesellschaft bietet, und der steigende Anspruch auf persönliche Freiheit haben dafür gesorgt, dass immer mehr Politiker davor zurückschrecken, Stellung zu beziehen und gemeinsame moralische Standards zu formulieren.«

Im Gegensatz zu den Politikern möchte *Kinder in der Gesellschaft* gerne mitwirken, hier Grenzen zu setzen.

»Wir werden nicht einfach dasitzen und zuschauen, wie der Internetpornografie im Namen der Meinungsfreiheit gestattet wird, unsere gesamte Gesellschaft zu infizieren.«

Herman hatte das Ende des Artikels mit einer Herzfrequenz erreicht, die sich wieder im komfortablen Mittelfeld befand. Obwohl die Kinderhilfsorganisation damit drohte, einzugreifen, war deutlich geworden, dass weder die Politiker noch die Polizei diese Angelegenheit ernst nahmen. Und außerdem war es ja überhaupt nicht sicher, dass es hier um die Seite ging, die er besucht hatte.

Er wollte gerade aufstehen, als er die Tür hörte.

»Hier ist es«, sagte eine Stimme.

»Wir finden, es könnte ein ganz guter Abschluss sein«, sagte eine andere.

Die Handwerker, folgerte Herman. Einen Augenblick noch war das Herz in seiner Brust unter Kontrolle.

»Hier?«

Dann fegten sie in einem polternden Galopp davon. Es kam eine dritte Stimme dazu.

»Das kann man doch leicht herausfinden.«

Und die gehörte nicht zu einem Handwerker.

»Wenn ihr meint, dass ihr damit was anfangen könnt.«

Sie gehörte zu Beck-Nielsen.

»Sollen wir diese hier nehmen?«

Herman zuckte auf seinem Klodeckel zusammen, als direkt vor seinen Augen die Klinke nach unten gedrückt wurde.

»Wir würden auch gerne mit einem Mitarbeiter sprechen«, bemerkte einer der Handwerker, als die Klinke unten anschlug. Das Türschloss klickte.

Mit einer plötzlichen Bewegung stand er von der Toilette auf und drückte auf den Knopf über dem Spülkasten. Im Schutze der rauschenden Toilette faltete er die Zeitung zusammen und stopfte sie in seinen Hosenbund. Während sein Herz hinter der zusammengelegten Zeitung hämmerte, öffnete er die Tür zu einer Szene von albtraumhafter Absurdität.

Beck-Nielsen stand auf der anderen Seite der Tür. An seiner Seite warteten die Handwerker. Der vordere mit einem länglichen, gepolsterten Mikrofon in der Hand, der andere schräg hinter ihm mit einer kolossalen Kamera auf den Schultern. Es waren gar keine Handwerker. Es war – Hermans Herz gab Vollgas – ein Fernsehteam.

Mit mechanischen Bewegungen trat er aus der Kabine, grüßte Beck-Nielsen mit einem kurzen Nicken und ging zum Waschbecken hinüber. Er drehte den Wasserhahn auf und versuchte seine Hände unter den Strahl zu stecken, ohne dabei die Zeitung aus seinem Jackett zu verlieren. Im Spiegel konnte er in Zeitlupe verfolgen, wie Beck-Nielsen und der Mann mit dem Mikrofon sich umdrehten. Und wie sich dann auch der Kameramann drehte und die schwarze Linse auf seinen Rücken richtete.

Herman drehte den Wasserhahn zu. Den Blick starr auf die Tür gerichtet ging er an Beck-Nielsen und dem Fernsehteam vorbei zum Ausgang. Er griff nach der Türklinke.

»Hast du einen Augenblick Zeit?«

Beck-Nielsens Stimme bremste ihn von hinten. Er drehte sich langsam um.

»Eigentlich nicht.« Herman spürte, wie die Zeitung aus dem Jackett zu rutschen drohte. Er klemmte sie unter seinem Arm ein und drückte sie tiefer unter seinen Hosenbund. Die Seiten raschelten. »Eigentlich bin ich auf dem Weg nach oben, um …« Sein Blick blieb an der Kameralinse hängen. Unter dem Jackett begann die Zeitung in sein Hosenbein hineinzurutschen. »Das Versicherungsangebot«, brachte Herman mühsam hervor und schaffte es mit einer schnellen Drehung der Hüfte, das untere Ende der Zeitung in seinen Schritt zu bugsieren und somit ein Abrutschen durch das Hosenbein hinunter zu vermeiden.

»Es dauert bloß einen Augenblick«, versprach Beck-Nielsen.

»Ja, aber …« Herman versuchte, es zu vermeiden, direkt in die Kameralinse zu gucken, während er rückwärts auf die Tür zukrebste. Das Herz sprintete in seiner Brust.

»Du brauchst einfach nur eine Frage zu beantworten.«

»Aber …« Er spürte die Zeitung an der Vorderseite seiner Unterhose.

»Und du brauchst einfach nur aus dem Bauch heraus zu antworten«, fuhr Beck-Nielsen ungerührt fort. »Du sollst nicht daran denken, welche Ansicht wir als Unternehmen über diese Angelegenheit haben. Darum werde ich mich schon kümmern.«

Hinter Beck-Nielsen machte der Mann mit dem Mikrofon einen Schritt nach vorne. Der Kameramann begann, an den Knöpfen zu drehen.

»Du brauchst einfach nur ehrlich deine Meinung zu sagen«, ermahnte ihn Beck-Nielsen und trat ein wenig zur Seite.

Auf der Kamera leuchtete ein Scheinwerfer auf und nagelte Herman an der Tür fest. Der Mann mit dem Mikrofon stellte sich vor ihn.

»Wir möchten gerne mit dir«, begann er und streckte das Mikrofon vor, »über deine Einstellung zu Pornografie im Internet sprechen.«

Ansteckungsgefahr

Drei Minuten jetzt.

Nyholm ließ seinen Blick von der vergoldeten Uhr hinüber zu den aufwändigen Reliefs und Ausschmückungen und Ornamenten und all dem anderen feierlichen Krimskrams wandern, der die Wände am Ende des Saals verzierte. Seine Augen blieben an den diskreten Tischleuchten und dem geschnitzten Geländer vor der Pressetribüne hängen. Er versuchte sich eine Gruppe höflicher und gut gekleideter Journalisten vorzustellen, die dahinter saßen und respektvoll aus den Debatten zitierten, musste aber aufgeben. Das Bild kollidierte ständig mit der Wirklichkeit unten auf dem Parkett, wo eine lautstark schnatternde Menschenmenge mit Notizblöcken auf den Schößen und Gier in den Blicken die Plätze der Landstingsmitglieder eingenommen hatte und darauf wartete, dass die Show begann. Hinter ihnen bereiteten sich die Fernsehteams auf die anschließenden Interviews vor.

Nyholm wandte sich den Fenstern zu. Unter deren erhabenen Bögen standen der Werbedirektor und seine Leute gemeinsam mit dem Generalsekretär und schmeichelten sich beim Minister ein. Nyholm betrachtete sie mit einem leisen Lächeln. Es war vielleicht denkbar, dass die globalen Marken des Werbedirektors mit ihren Wertegemeinschaften die Stimmung in der Bevölkerung beeinflussen konnten. Aber wenn es darauf ankam, gab es nichts, was mit ein bisschen guter, alter Regierungsmacht konkurrieren konnte.

Nyholm spürte eine Hand auf seiner Schulter. Brinker zeigte zur Uhr hinauf. Noch eine Minute. Nyholm nickte und ging hinüber, um den Minister vorzuwarnen.

Einige Augenblicke später saß der Generalsekretär auf seinem Platz auf dem Podium neben dem Rednerpult. Brinker und die Werbeleute hatten sich in der ersten Reihe niedergelassen. Nyholm stellte sich schräg hinter den Rednerpult, während sich der Minister die Zettel mit seinen Stichworten zurechtlegte.

»Lassen Sie mich damit beginnen, Ihnen zu danken, dass Sie gekommen sind«, begann er und legte sein Journalistenlächeln über die ganze Versammlung. »Und lassen Sie mich ganz besonders *Kinder in der Gesellschaft* danken ...« Der Minister warf dem Generalsekretär ein ganz besonders dankbares Lächeln zu. »... dem eigentlichen Gastgeber dieses Tages, der mir gleichwohl die Möglichkeit gegeben hat, meiner Haltung in dieser wichtigen Angelegenheit Ausdruck zu verleihen, die ...«

Nimm jetzt das Manuskript, bat Nyholm still.

»... jetzt endlich auf die Tagesordnung gesetzt worden ist, und über die ...« Der Minister verlor den Faden. »... wir heute sprechen wollen.«

Endlich griff er nach dem Zettel mit den Stichpunkten.

»Die Markenführung«, begann er, während Nyholm vor seinem inneren Auge den Text auf dem Papier Wort für Wort vorüberziehen ließ, »hat uns eine lange Reihe neuer Möglichkeiten für eine schnelle und effektive globale Kommunikation an die Hand gegeben.«

Der Minister legte eine kurze Pause ein, während Nyholm sich auf den nächsten Satz vorbereitete: Die Markenführung hat uns ungeahnte Möglichkeiten eröffnet, aber ...

»Aber mit neuen Möglichkeiten kommen auch neue Herausforderungen auf uns zu«, betonte der Minister.

Genau.

»Es hat sich gezeigt, dass Kommunikationskanäle, die dazu dienen sollten, Wachstum und Transparenz in unsere Gesellschaft zu tragen, gleichzeitig missbraucht werden. Missbraucht, um ...« Der Minister zögerte, bevor er das Wort in den Mund nahm. »... Pornografie zu verbreiten.« Er ließ einen ernsten Blick über die Versammlung schweifen. »Pornografie von einer so brutalen Machart, dass …«

Nyholm sah der folgenden Formulierung erwartungsfroh entgegen: *jeder anständige*

»jeder anständige Mensch sich davon distanzieren muss.«

Recht so! Und jetzt kam das Beste.

»Das, was wir heute beobachten können, sind die Probleme im Umfeld der Markenführung, die jetzt zu Tage treten.«

Nyholm nickte vor sich hin.

»Und als zuständiger Minister für die Markenführung muss ich mich dieser Probleme annehmen. Ich muss es als meine vornehmste Aufgabe ansehen, diese Probleme zu lösen, damit wir alle – und nicht zuletzt auch unsere Kinder – uns genauso sicher im Internet bewegen können wie in unserer sozialen Umwelt.«

Der Minister ließ seinen Blick über die Journalisten schweifen.

»Das ist die Verantwortung, die ich auf mich nehme«, wiederholte er.

Aber die entscheidende Frage …

»Und es ist mir ein wichtiges Anliegen, dieses Signal zu senden.«

Nyholm sah erschrocken auf. Der Minister hatte die Augen vom Manuskript genommen.

»Die Verantwortung für die grenzüberschreitende Internetpornografie ist keine Verantwortung, vor der ich mich drücken werde«, sagte er mit entschlossener Stimme.

Er hatte begonnen zu improvisieren, stellte Nyholm entgeistert fest.

»Es ist eine Verantwortung, der ich mich stellen werde«, fuhr der Minister fort, um dann stecken zu bleiben. Seine Augen begannen zu flackern.

»Aber die entscheidende Frage …«, sagte er schließlich.

Nyholm seufzte erleichtert.

»Die entscheidende Frage ist doch, wie ich sie in der Praxis umsetzen kann. Diese Verantwortung.«

Die Augen des Ministers klebten wieder am Manuskript, um dort die Antwort auf die entscheidende Frage zu finden.

»Die einfachste Lösung wäre es ja, neue Regeln zu erlassen. Der instinktiven Reaktion zu folgen und neue Gesetze für dieses Gebiet vorzuschlagen.«

Hinter dem Rednerpult betete Nyholm darum, dass keine Juristen anwesend waren, die haarklein erklären konnten, wie leicht so etwas wäre.

»Nichts wäre bequemer, als einen Gewässerschutzplan für das Internet auszuarbeiten«, fuhr der Minister fort.

Aber sind neue Regeln wirklich die Antwort?, fügte Nyholm erwartungsvoll hinzu.

»Einen virtuellen Gewässerschutzplan, sozusagen.«

Nyholm zuckte zusammen, als hätte ihn ein elektrischer Schlag getroffen.

»Eine verbindliche Richtlinie, die besagt, wie viel Einleitungen schädlicher Information wir akzeptieren werden«, fuhr der Minister enthusiastisch fort und legte sein Redemanuskript zur Seite. »Genau so, wie wir es mit dem Gewässerschutzplan auch für die Landwirtschaft getan haben. Mit der Festlegung von Höchstwerten für die grenzüberschreitende Internetpornografie.«

Unten in den Rängen begannen die Journalisten zu Nyholms Entsetzen in ihre Notizblöcke zu schreiben.

»Ein Plan, der – genau so, wie der Gewässerschutzplan unsere physische Umwelt sichert – unsere virtuelle Umgebung sichern könnte.«

Der Minister nickte ein paar Mal vor sich hin. »Aber die Frage ist«, fuhr er fort, während seine Augen nach dem richtigen Anschluss im Manuskript suchten, »ob ein neuer virtueller Gewässerschutzplan wirklich ... die richtige ... Antwort ist?«

Der Satz erstarb mit einem etwas ungewissen Tonfall.

»Ist er das in Wirklichkeit gar nicht?«, sagte der Minister versuchsweise und schielte nach hinten zu Nyholm. »Oder ...« Ein nervöses Zucken durchfuhr sein Gesicht. »Er ist es in Wirklichkeit ... gar nicht?«

Nyholm konnte beobachten, wie die Journalisten verwundert von ihren Notizblöcken aufsahen.

»Denn greifen starre Regeln und bürokratische Systeme angesichts ständiger Veränderungen in der Markenführung nicht zu kurz?«, fragte der Minister, ohne ganz den Eindruck vermeiden zu können, dass er die Antwort auch nicht wusste. »Würde die Gesetzgebung nicht unweigerlich hinterherhinken und eher zu einem Bremsklotz als zu einem Katalysator der Entwicklung werden?« Die Augen des Ministers flackerten über das Manuskript und suchten nach einem sicheren Stand zwischen den rhetorischen Fragen. »Wäre es nicht sehr viel zweckmäßiger, dass diejenigen Unternehmen und Organisationen, die ein Teil der Markenführung sind, selbst die Verantwortung für die Lösung der Probleme im Umfeld übernähmen, die sie verursachen?«

Die Menge der unbeantworteten Fragen belastete allmählich die Luft im Saal. Der Minister blätterte verzweifelt im Manuskript, um die Auflösung zu finden. Die Journalisten warteten mit gezückten Kugelschreibern über den Notizblöcken.

»Das, glaube ich, werden sie auch tun«, schloss der Minister endlich.

Hinter ihm seufzte Nyholm erleichtert auf. Von hier an konnte nichts mehr schief gehen.

»Und deshalb freue ich mich ganz besonders, dass ...«

»... wir heute eine Organisation in unserer Mitte haben, die den Mut bewiesen hat, voranzugehen und Verantwortung zu übernehmen.«

Rebekka betrachtete irritiert den Ministerialrat, der ganz offensichtlich die Rolle nicht begriffen hatte, die Beamte bei öffentlichen Veranstaltungen zu spielen hatten *(Sorge dafür, dass dein Chef gut aussieht)*. Diese Klamotten, also ehrlich! Ganz eindeutig eine von Schaefers Karikaturen, die ein Jackett hinter der Tür hängen hatten. Jemand sollte sich erbarmen und ihm ein Exemplar des Handbuchs schenken.

»Eine Organisation, die mich beruhigt einen Schritt zurücktreten lässt im sicheren Bewusstsein, dass der Stein ins Rollen kommt, wenn ich die globale Markenführung auffordere, ihre Umfeldprobleme zu lösen.«

Er war für sie auch nicht von großem Nutzen gewesen, als er am Dienstag angerufen hatte, um seinen Minister noch in die Veranstaltung mit hineinzuklemmen. Obwohl der Zugang zu den Regierungsstätten in Christiansborg natürlich ein gutes Verhandlungsargument gewesen war.

»Diese Organisation heißt *Kinder in der Gesellschaft*«, schloss der Minister und lächelte auf das Parkett hinunter. »Und ich bin froh, dass ich jetzt das Wort an den Generalsekretär von *Kinder in der Gesellschaft*, Flemming Jørgensen, übergeben darf.«

In den Stuhlreihen hinter Rebekka begannen die Journalisten zu klatschen. Sie schloss sich begeistert an. Der Minister hatte zwar etwas unklar gewirkt, aber das konnte bei dieser Rede, die ihm seine Beamten in die Hand gedrückt hatten, ja auch gar nicht überraschen. Und letzten Endes hatte er durch seine klare Haltung und sein Verständnis für den Ernst der Sache ja noch die Kurve gekriegt. Ein Verständnis, das auch in Rebekka immer stärker gewachsen war, je weiter der Tag voranschritt.

Der Vormittag hatte sich in einen wahren Triumphzug durch die Medien verwandelt. In jeder Radionachrichtensendung seit sieben Uhr waren sie der Aufmacher gewesen. Bis elf Uhr hatte Jacob mehr als zehn konkrete Nennungen gezählt. Alle miteinander waren *direct hits* gewesen, bei denen sie als Herren der Tagesordnung und moralische Sieger in dieser Angelegenheit erschienen. Nicht einmal im Morgenmagazin des führenden Informationssenders P1 – wo sie eigentlich schon mit einem *semi-direct* zufrieden gewesen wären – war man im Stande gewesen, einen Opponenten aufzugabeln, der sie auch nur in die Nähe eines ausgeglichenen Ergebnisses gebracht hätte.

Schon während der 9-Uhr-Radionachrichten waren Rebekkas letzte Zweifel verflogen. Die Initiative gegen die grenzüberschreitende Pornografie war keine Wiederaufführung von Andersens Märchen. Dieses Mal hatte der Kaiser Kleider an. Der Kampf gegen die Pornografie war ein notwendiger Kampf. Ein gerechtfertigter Kampf, der – wohlgemerkt – breite Unterstützung in der Gesellschaft fand: Beide Fernsehkanäle arbeiteten unter Hochdruck an Beiträgen für die abendlichen Nachrichtensendungen. Am Vormittag hatten sie bereits Aufnahmen bei B&B gemacht. Und genau in diesem Augenblick stand einer der Menschen, die bis jetzt nur als sprechende Oberkörper hinter den Schreibtischen der Fernsehstudios existiert hatten, quicklebendig und in voller Lebensgröße am hinteren Ende des Saals und bereitete sich auf die anschließenden Interviews vor.

Rebekka hatte ein kribbelndes Gefühl im Bauch. Es war ein gerechtfertigter Kampf. Und sie war diejenige, die sich den Schlachtplan ausgedacht hatte. Vor ihr auf dem Podium erhob sich Jørgensen. Er nahm das Redemanuskript – ihr Manuskript! – und trat an das Rednerpult.

Auch am Generalsekretär, bemerkte Rebekka, war der vormittägliche Feldzug nicht spurlos vorübergezogen. Seine Erscheinung hatte etwas Geläutertes bekommen. Der Rücken war gerader. Der Blick fester. Er nickte den Journalisten in den ersten Reihen zu, während er sich das Manuskript zurechtlegte. Dann legte er los.

»Lassen Sie mich damit beginnen, Ihnen für Ihr zahlreiches Erscheinen zu danken«, hob er an. »Ich sehe dies als einen Ausdruck dafür, dass die Presse – die vierte Macht im Staate, wie wir sie ja gerne nennen – unsere Einschätzung über den Ernst der Lage teilt. Lassen Sie mich gleichzeitig meiner großen Dankbarkeit dafür Ausdruck verleihen, dass wir bei der eher formalen Staatsmacht …« Er nickte zum Minister hinunter, der gerade auf dem Weg nach unten war, um einen Platz unter den Zuschauern einzunehmen, »… ebenfalls Unterstützung dafür gefunden haben, gegen die Probleme vorzugehen, die die grenzüberschreitende Internetpornografie in unserer Gesellschaft schafft.«

Der Generalsekretär warf einen schnellen Blick in seine Papiere, während Rebekka gespannt auf die Fortsetzung wartete.

»Probleme, die wir uns nie haben vorstellen können, als wir im Freiheitsrausch der Sechzigerjahre die Pornografie legalisierten, und die wir in unserem grenzenlosen Glauben an Liberalität und Toleranz zu lange ignoriert haben.«

Rebekka hatte erneut dieses kribbelnde Gefühl in der Magenregion.

»Probleme, denen wir als verantwortungsbewusste Kinderhilfsorganisation nicht länger den Rücken zuwenden können.«

Ein Gefühl, das sich in ihrem Körper ausbreitete, während ihre Worte eines nach dem anderen vom Mann am Rednerpult verlesen und von den Journalisten auf dem Parkett aufgefangen wurden, und das noch an Intensität gewann, als sie sich bewusst wurde, wie ihre Worte in die abendlichen Nachrichtensendungen und die Zeitungsausgaben des nächsten Tages weitergetragen würden.

»Denn wenn Liberalität bedeutet«, fuhr der Generalsekretär fort, während Rebekka erfolglos versuchte, ein Wort für dieses Gefühl zu finden, »dass Widerwärtigkeiten der Art, wie wir sie in letzter Zeit des Öfteren sehen mussten, verbreitet werden …«

Das Gefühl der Unüberwindlichkeit. Der Wichtigkeit. Oder der …

Macht?, hätte die Person, die sich soeben neben sie gesetzt und bereits etliche Jahre mehr an Erfahrung mit diesem Gefühl erworben hatte, vorschlagen können. Das tat sie allerdings nicht. Was sie dagegen tat, war, sich zu ihr hinüberzubeugen und zu flüstern:

»Tolle Veranstaltung.«

Rebekka spürte, wie die Anwesenheit dieser Person einen eigenen Beitrag zu diesem kribbelnden Gefühl leistete.

»Wenn Liberalität bedeutet«, fuhr der Generalsekretär auf dem anderen Kanal fort, »Bilder zuzulassen ...«

»Bist du diejenige, die dafür verantwortlich ist?«

»... die von so grenzüberschreitender Art sind, dass sie in keiner verantwortungsbewussten Gesellschaft akzeptiert werden dürften ...«

»Schön, dass ein so tüchtiges Mädchen wie du es gleichzeitig versteht, seine Umgebung zu verzaubern«, flüsterte ihr die Stimme ins Ohr.

»Von Mädchen, die missbraucht und sexuellen Demütigungen ausgesetzt werden ...«

Rebekka spürte eine Hand auf ihrem Arm.

»Darf ich dir etwas erzählen, Rebekka? Es war doch Rebekka, oder?«

»Junge Mädchen«, tönte es mahnend vom Rednerpult herab. »Mädchen, die unsere Töchter sein könnten ...«

»Wenn man in meiner Position ist. Und so vielen verschiedenen Menschen begegnet wie ich. Dann lernt man gewisse Dinge zu schätzen.«

»Wenn das Liberalität sein soll ...«

Mit einer sanften Handbewegung wurde Rebekkas Notizblock aus ihren Händen genommen.

»... dann ist es eben eine Liberalität, die wir nicht länger tolerieren wollen ...«

Rebekka konnte sehen, dass etwas auf den Rand gekritzelt wurde.

»... und als verantwortungsbewusste Organisation sind wir bereit, unsere Stimme zu erheben ...«

Der Minister gab ihr den Notizblock zurück und wandte sich dem Rednerpult zu.

»Wir werden nicht tatenlos zusehen, wie diese Liberalität unsere Gesellschaft infiziert«, fuhr Jørgensen am Rednerpult fort, während Rebekka ungläubig auf ihren Block starrte.

»Wir nehmen unsere Verantwortung wahr«, versicherte der Generalsekretär.

Und Rebekka schien es, als ließen diese acht Ziffern der Telefonnummer das kribbelnde Gefühl in ihrem Inneren in kleine, kochende Blasen explodieren.

»Wir setzen Grenzen.«

Die Reden waren überstanden. Der Minister und der Generalsekretär hatten ihre Plätze auf dem Podium eingenommen, während Nyholm als Sekundant an der Seite des Ministers bereit stand und der Werbedirektor in der anderen Ringecke Aufstellung genommen hatte.

Der Generalsekretär beugte sich vor und testete die Tischmikrofone, deren Lämpchen rot aufleuchteten, wenn man sie mit einem kleinen, runden Knopf aktivierte. Von seiner Randposition heraus kam es Nyholm plötzlich so vor, als würde er sich eine dieser populären Quizsendungen im Fernsehen anschauen. Eines dieser Programme, in dem eine Reihe nicht besonders gut gebildeter Menschen um den großen Hauptgewinn kämpft, während man zu Hause im Sofa sitzt und alle Antworten weiß.

Der Unterschied bestand natürlich darin, dass in dieser Quizshow nicht nur für die Teilnehmer etwas auf dem Spiel stand. Nyholm wusste genau, wie wichtig es war, dass der Minister ein paar Punkte für richtige Antworten mit nach Hause nahm, um nicht das Gefühl zu haben, nur dagesessen und zu nichts nutze gewesen zu sein. Gleichzeitig durfte er um keinen Preis der Welt am Ende mit Minuspunkten für eine Reihe falscher Antworten dastehen, was die Journalisten dazu verleiten könnte, die Sache in den Schmutz zu ziehen, und den Minister zu der Schlussfolgerung, er wäre von seinem zuständigen Ministerialrat nicht ausreichend informiert worden.

Der Generalsekretär beugte sich über sein Mikrofon, um das Spiel zu starten. Nyholm betete und hoffte, der Minister hätte eingesehen, dass seine beste Chance darin bestand, den Knopf nicht übereilt zu drücken und sich ausschließlich auf die sicheren Punkte zu konzentrieren.

»Wir fangen mal da draußen am Rand an.« Der Generalsekretär zeigte auf den Wald hochgereckter Arme.

»Ist es technisch überhaupt möglich, eine Liste über Pornoseiten zu unterhalten?«, fragte ein Journalist, in dem Nyholm einen der Computerzeitschriften-Nerds wiedererkannte. »Wird sie nicht irgendwann veralten?«

Technik für 200, folgerte Nyholm ruhig. Es bestand kein Risiko, dass der Minister sich an einer Antwort versuchen würde.

Der Generalsekretär aktivierte sein Mikrofon. »Wie ich schon ausgeführt habe«, erklärte er geduldig, »können wir diesen Kampf allein nicht gewinnen. Eine Voraussetzung für unseren Erfolg besteht in der Hilfe verantwortungsbewusster Anwender, indem sie grenzüberschreitende Internetpornografie auf unserer Homepage melden.«

»Trotzdem wird es technische Möglichkeiten geben, die Liste zu umgehen«, meinte der Nerd.

Technik 300. Der Generalsekretär drückte auf den Knopf.

»Dass eine Aufgabe schwer ist, bedeutet nicht, dass man gar nicht erst versuchen sollte, sie zu lösen«, belehrte er den Fragesteller. »Selbst wenn der eine oder der andere unsere Lösung umgehen kann, wird die große Masse der Pornoseiten gebremst werden.«

Der Generalsekretär bat eilig um ein anderes Themenfeld. »Hier vorne«, sagte er und deutete auf eine Journalistin in der zweiten Reihe.

»Könnt ihr eine Liste der Pornoseiten veröffentlichen, die ihr ausgewählt habt?«, fragte sie.

Noch mehr Technik stellte Nyholm fest und wurde allmählich nervös. Der Generalsekretär war dabei, die alleinige Führung zu übernehmen.

»Sie wird selbstverständlich ...«

Mit einem trockenen, elektrischen Knacken wurde das Mikrofon des Generalsekretärs abgeklemmt. Nyholm beobachtete verwundert, wie sich der Werbedirektor halb über den Tisch und den Finger auf den Knopf gelegt hatte. Es entstand eine kurze Pause, während der Generalsekretär seine Rettungsleine benutzte.

»Wie ihr euch vielleicht denken könnt«, sagte er, nachdem der Direktor sich zurückgezogen hatte, »möchten wir ungern das Risiko eingehen, eine solche Liste offen zu legen und damit schwache Seelen in Versuchung zu führen.«

Die Journalistin sah nicht zufrieden aus.

»Aber wenn ihr euch direkt an uns wendet«, beruhigte der Generalsekretär, »können wir euch einige Beispiele zeigen. Ich kann euch guten Gewissens versprechen, dass wir euch nicht enttäuschen werden.«

Die Journalistin setzte sich, während sie etwas in ihrem Notizblock notierte.

»Ganz da hinten«, sagte der Generalsekretär und zeigte auf einen leicht abgewrackten Journalisten in Kordhosen und zerknittertem Blazer.

»Ist es nicht ein bisschen schwer, zu definieren, was grenzüberschreitend ist«, begann der Journalist sorgfältig. »Die sexuellen Vorlieben der Menschen sind schließlich verschieden. Bilder, die dem einen grenzüberschreitend erscheinen, findet der andere vielleicht stimulierend. Kann man da nicht leicht mit einigen Menschenrechten in Konflikt geraten? Der Meinungsfreiheit. Dem Recht auf Information.«

Schwierige ethische Fragen 800. Das konnte gefährlich werden. Nyholm bemerkte entsetzt, dass der Minister sich nach vorne gelehnt hatte, um ein paar Punkte zu ergattern. Seine Hand näherte sich dem Knopf. Dann leuchtete die Lampe des Generalsekretärs auf.

»Lasst mich wiederholen, was ich vorhin schon gesagt habe«, antwortete er. »Nur weil eine Aufgabe schwer ist, soll man sich nicht entmutigen lassen und es gar nicht erst versuchen.«

Der Minister ließ sich verärgert zurückfallen.

»Es ist möglich, dass es Grenzfälle gibt«, fuhr der Generalsekretär fort. Er saß einen Augenblick lang da und dachte nach, ohne dass ihm ein solcher einzufallen schien. »Aufklärende Seiten vielleicht«, sagte er zweifelnd. »Aber wenn es jemanden gibt, der es für ein *Menschenrecht* ...« Es gelang ihm, das Wort so auszusprechen, als handele es sich um eine ansteckende Krankheit, »... hält, Bilder von blutjungen Mädchen herunterzuladen, die vergewaltigt werden, dann habe ich meinen Respekt vor den Menschenrechten verloren.«

Unten auf dem Parkett gab es tatsächlich einige Journalisten, die anfingen zu klatschen, stellte Nyholm verblüfft fest. Auf dem Podium nickte der Minister so eifrig, als bekäme er dafür einen Teil der Punkte.

Der Generalsekretär ließ seinen Blick suchend über die Versammlung schweifen. Niemand meldete sich. Nyholm befürchtete allmählich, der Minister müsste mit leeren Händen nach Hause gehen.

Schließlich erbarmte sich ein Journalist aus den vorderen Reihen.

»Du hast die grenzüberschreitende Pornografie als das Umfeldproblem der Markenführung bezeichnet«, begann er. »Hast du als verantwortlicher Minister ein gutes Gefühl dabei, den Unternehmen selbst die Lösung dieses Problems zu überlassen?«

Der tatkräftige Minister 100, dachte Nyholm erleichtert. Ein *ja* würde schon ausreichen, um die Punkte einzufahren.

»Es ist natürlich klar, dass ich die weitere Entwicklung aufmerksam verfolgen werde«, hob der Minister an. »Aber als Ausgangspunkt ...«

Der Minister war im Spiel.

Hinterher kam ihr alles wie eine einzige, lange Sekunde vor.

Es begann bereits am Nachmittag in der Agentur, als Champagner ausgeschenkt wurde und Kyner eine lange Rede über den heldenhaften Einsatz und das unglaublich tolle Ergebnis hielt, und wo sich alle relativ schnell einig waren, dass sie heute nicht mehr arbeiten mussten, weil es ohnehin plötzlich Abend geworden war, dann saßen sie bei K's und überredeten die Kellner, einen Fernseher aufzustellen, um die Nachrichten sehen zu können, wo die Pornosache auf beiden Kanälen der Aufmacher des Abends war, und die Leute schauten von den anderen Tischen verwundert zu ihnen hinüber, während sie schrien und brüllten wie bei einem Fußballspiel und jedes Mal La Ola machten, wenn der Generalsekretär oder der Minister ein Tor schossen.

Dann gab es Abendessen und noch mehr Champagner, und plötzlich war die Zeit für die Spätnachrichten gekommen, in denen Beck-Nielsen ein dreiminütiges Interview-Solo hinlegte, und sie machten La Ola, und es gab noch mehr Champagner, und dann standen auch Schnapsflaschen auf dem Tisch, und Rebekka bemerkte zum ersten Mal, dass sie die Übersicht zu verlieren drohte, als ihr auffiel, dass sie eine Zigarette in der Hand hielt und die schwachsinnige Analogie ihres Vaters wieder erzählte, die Kyner allerdings für äußerst gewitzt hielt, weil das Einzige, was in diesem Märchen für Verwirrung sorge, ja die Tatsache war, dass es zu H. C. Andersens Zeit noch kein Fernsehen gegeben hätte, und wenn er selbst nur zwei Stunden mit den Schneidern und einen Monat mäßigen Mediendruckes bekäme, hätte er diesen Jungen in das örtliche Cesars Outlet geschickt, wo er sich in null Komma nichts die Tüten mit der Kaiserkollektion voll gestopft hätte, was

Jacob veranlasste, Kaiserkleider als völlig neues Geschäftsgebiet vorzuschlagen, das gleichzeitig ökologisch, kosteneffizient und one-size-fits-all war, und sie tranken Champagner, und Markus dachte *transparency*, während sie versuchten, sich auf eine Marke zu einigen, die im Stande wäre, diese Idee durchzuziehen.

Und es war ganz bestimmt nicht Diesel, darauf hatten sie sich in dem Augenblick geeinigt, als der Minister und der Generalsekretär aus den Fernsehstudios zurückkamen und wie Helden mit einem Glas Champagner empfangen wurden und der Minister sich ganz entschieden an das andere Ende des Tisches setzte, während der Generalsekretär anfing, Pferdefutteranekdoten an die halbberühmte Schauspielerin-Popsängerin zu bringen, die Markus herangewunken hatte und die ziemlich gut gelaunt in ihrem ziemlich tief ausgeschnittenen Kleid steckte, ohne dass sich jemand wirklich erinnern konnte, wie sie eigentlich hieß, obwohl Jacob meinte, sie hätte in einem dieser Dogmafilme mitgespielt, worüber sie sich immer noch unterhielten, als plötzlich ein Stapel Computerausdrucke vor Rebekka landete und der Nerd-Informatiker hinter ihrem Stuhl stand und mit verbissenem Tonfall sagte: »Du bist jetzt wohl diejenige, die das hier bekommen soll?«, während er zum anderen Ende des Tisches hinübernickte, wo Signe nicht mehr saß (denn da saß jetzt der Minister), und sich mit einem »frag nicht, wo ich das herbekommen habe« einfach umdrehte und zur Tür hinüberschritt, bevor Rebekka reagieren konnte, denn Kyner hatte sich gerade erhoben und angefangen, mit der Gabel auf eine leere Wodkaflasche zu hämmern, um anzukündigen, dass der Besitzer, der in einem glänzenden, weißen Anzug neben ihm stand, ihnen angeboten hatte, mit nach oben zu kommen, wenn sie Lust dazu hätten?

Und das hatten sie natürlich, wonach alles im Chaos versank und die Gesellschaft sich mit halb vollen Schnapsflaschen in den Händen und absolut vollen Schauspielerinnen-Popsängerinnen im Arm durch das Restaurant wälzte und Rebekka hastig ihr Glas leerte und die Ausdrucke in ihre Tasche stopfte, während sie versuchte, mit den anderen auf dem Weg hinüber zur Garderobe Schritt zu halten, an der die anderen Leute bis auf die Straße hinaus Schlange standen, um nach oben in die Lounge zu kommen, vom Besitzer aber zur Seite gewunken wurden, damit sich die Gesellschaft an der Schlange vorbei die lange, schmale Treppe hinaufdrängen konnte, die an einem riesenhaften Türsteher und einem blendenden Lichtschein endete, der ihnen entgegenströmte, während sie hinaufströmten, und Rebekka hatte die Ausdrucke in ihrer Tasche schon längst wieder vergessen, konnte sich stattdessen aber immer noch an ein anderes Stück Papier in der Tasche und die Telefonnummer am Rand erinnern, die sie natürlich *nicht einmal im Traum* anrufen würde, die aber gleichwohl ein Bild des Ministers im schwarzen Smoking heraufbeschwor, wie er sich quer über den Fernsehschirm auf Schloss Amalienborg und den Neujahrsempfang der Königin zubewegte, während seine hässliche jütländische Gattin neben ihm in einer grünen Grässlichkeit einherwatschelte, ein Bild, das vollkommen fehl am Platze war und trotzdem nicht aufhörte, in Rebekkas Kopf herumzuspuken, während sie durch die Champagnernebel hinaufwirbelte, bis das Bild plötzlich kein Bild mehr war, weil der Minister genau hinter ihr die Treppe hinaufging und sich vorgebeugt hatte, um ihr etwas ins Ohr zu flüstern, und sie gerade noch ein Mädchen in der Schlange ihre Nachbarin fragen hörte, was das wohl für Leute wären, als der Minister sie mit einer leichten Hand auf ihrem Rücken die letzten Stufen hinaufführte und sie in das gleißende weiße Licht hineingezogen wurden.

Etwas zu verbergen

Am Freitagmorgen saß Herman vor dem Schreibtisch und starrte hilflos ins Leere.

Vor ihm auf dem Bildschirm hatte er die Mail der Versicherungsgesellschaft aufgerufen. Es gab Unklarheiten mit dem Budget, schrieben sie. Ob er nicht anrufen könne? In der Stundenabrechnung hatten sich die unverbuchten Stunden des Donnerstags zu ihren Leidensgenossen auf dem Exo-Konto gesellt. Dort standen jetzt fast 140 Stunden. Hinter der nächsten Ecke lauerte die Monatsabrechnung. Und trotzdem war das Einzige, auf das er sich konzentrieren konnte, der Wirbelsturm aus Wörtern und Sätzen, der in seinem Schädel herumtobte.

Der Sturm hatte sich am vorhergehenden Abend erhoben, als Herman sich vor seinen Heimarbeitsplatz geschlichen hatte, um die Fernsehnachrichten zu verfolgen, während Karin auf dem Sofa schlummerte. Der Wissenschaftsminister und der Generalsekretär hatten gegen die grenzüberschreitende Internetpornografie gewettert und miteinander um die Wette *eingegriffen, Verantwortung übernommen, durchgegriffen* und *Grenzen gesetzt*. Beck-Nielsen hatte begeistert in den Refrain mit eingestimmt (nach einer halb wahnsinnigen Einspielung mit einem Mitarbeiter, der offensichtlich eine riesige Erektion unter seinem Anzug verbergen wollte) und *unterstützt* und *auch Verantwortung übernommen*. Und trotzdem war es vollkommen unmöglich gewesen, Antworten auf die beiden alles entscheidenden Fragen zu bekommen, die der Zuschauer hatte: Ging es um die Seite, die Herman besucht hatte? Und was würde passieren, wenn dem so wäre?

Nach der Nachrichtensendung war er auf die Internetseite der Kinderhilfsorganisation gegangen, aber auch hier wurde der zunehmende Sturm nur noch weiter angefacht. Die Anwender wurden eingeladen, ein *Teil der Initiative zu werden* und der *entwürdigenden Pornografie Grenzen zu setzen*, aber es war vollkommen undurchsichtig, was das in der Praxis bedeuten sollte. Sie hatten nicht einmal eine Liste der grenzüberschreitenden Seiten veröffentlicht.

Und jetzt am Morgen hatte der Sturm seinen Höhepunkt erreicht, als Herman seinen Eingangsordner geöffnet und ein elektronisches Rundschreiben der Partner vorgefunden hatte mit der Feststellung, dass B&B ein Unternehmen sei, das auf Werten beruhte. Ein Unternehmen, das nicht nur Software und Beratungsleistungen verkaufte, sondern dessen eigentliches Produkt *Visionen einer Gemeinschaft durch Kommunikation* sei. Ein Unternehmen, dessen Marke daher in den Augen der Welt als *einigend* und *Konsens fördernd* dastehen müsste und das sich vor diesem Hintergrund entschieden habe, die Initiative zu *unterstützen* und gegen die grenzüberschreitende Pornografie *durchzugreifen*, und die Frage warum, was das alles bedeuten sollte?

Herman saß vor dem Computer und versuchte die rotierenden Bewegungen in seinem Gehirn zu bremsen. Das war ein Marketingstunt, versuchte er sich selbst zu überzeugen. Der Minister und die Kinderhilfsorganisation versuchten sich mit einer Aufsehen erregenden Sache in den Medien zu profilieren, und B&B war mit auf den Zug aufgesprungen, um sein wertebasiertes Image zu pflegen. Es hatte mit der Wirklichkeit oder seiner Internetseite nichts zu tun. Nichts.

Für einen Augenblick bekam Herman den Sturm unter Kontrolle. Er zwang seinen Blick zurück auf den Bildschirm und die Telefonnummer und streckte gerade seine Hand nach dem Telefon aus, als sich der Zyklon ohne Vorwarnung mit erneuter Kraft erhob. Denn in dieser Mail stand auch, dass B&B diese Software, die von der Kinderhilfsorganisation entwickelt worden war, auf den eigenen IT-Systemen installieren wollte. Sodass man auch *intern* dafür gerüstet war, gegen die grenzüberschreitende Pornografie *einzuschreiten*. Und was sollte das bedeuten?

Hermans Blick glitt widerstandslos vom Computer zum Plasmabildschirm an der Wand hinüber, wo die Buchstaben im selben Augenblick ausgetauscht wurden und die Botschaft des Morgens offenbarten:

Wir greifen durch gegen die grenzüberschreitende Pornografie

Wie die meisten gewöhnlichen Menschen hatte sich Herman noch nie für die ewigen Diskussionen um den Überwachungsstaat begeistern können. Für ihn war die Sache schon immer relativ einfach gewesen. Wenn man nichts zu verbergen hatte, war es auch kein Problem, wenn man überwacht wurde. Und wenn man etwas zu verbergen hatte? Ja, dann war es wohl vollkommen in Ordnung, dass es jemanden gab, der einem über die Schulter guckte.

Aber als er später an diesem Freitagvormittag in einem kleinen, viereckigen Käfig im ersten Stock gegenüber den Aufzügen stand – zehn Quadratmeter, mit heruntergelassenen, weißen Metallrollläden vor den Glaswänden, mit warmer, unbeweglicher Luft, die vor Elektrizität brodelte, mit surrenden Festplatten und knisternden Bildschirmen –, dämmerte ihm allmählich, dass die Diskussion vielleicht doch nicht so simpel war.

Diese Erkenntnis wurde von den neugierigen Blicken des Käfigbewohners begleitet – eines jungen, dicklichen Informatikers, der B&Bs interne IT-Systeme verwaltete.

»Warum fragst du?«, fragte er und rollte mit seinem Bürostuhl in die Mitte des Käfigs.

Warum er fragte? Herman versuchte, schnell zu denken, aber der Zyklon schien seine Gedanken vom Kurs weggeblasen zu haben. »Ich finde einfach, dass es eine spannende Initiative ist«, bekam er schließlich heraus. »Also dachte ich mir, es wäre doch interessant, zu wissen, wie diese Software funktioniert.«

»Wie sie funktioniert?« Der Systemadministrator lächelte schief.

Er hat es schon erraten, sah Herman ein. Er hatte es erraten, weil es natürlich nur einen Grund geben kann, diese Art von Fragen zu stellen:

Weil man etwas zu verbergen hatte.

Herman trat instinktiv einen Schritt zurück, konnte sich aber selbst noch in der Bewegung bremsen. Wenn er den Käfig panikartig verlassen würde, hätte er sich tatsächlich verraten. Er zwang seine Füße, ruhig stehen zu bleiben.

Der Systemadministrator betrachtete ihn noch ein paar Sekunden lang. Dann zuckte er die Schultern. »Es ist einfach nur eine Sperrliste«, erklärte er. »Sie verändert das System dahingehend, dass ihr von euren Browsern aus keine Pornoseite mehr besuchen könnt.«

»So ist das also«, sagte Herman mit einem Nicken und spürte, wie ihn die Tür in seinem Rücken anzog. Wenn er weitere Fragen stellte, würde der Systemadministrator noch misstrauischer werden, mahnte ihn eine innere Stimme.

»Sie beobachtet also nicht, welche Seiten wir im Internet besuchen?«, fragte er.

»Nein, das tut sie nicht.« Der Systemadministrator lächelte wieder sein schiefes Lächeln. »Aber das muss sie ja auch nicht tun.«

Herman wartete auf die Fortsetzung. Sie kam nicht. »Warum nicht?«, fragte er willenlos.

»Weil das schon in unseren Logfiles steht.«

Der Sturm erhob sich auf einen Schlag. Der Satz schloss sich den anderen an und begann in seinem Kopf herumzutoben.

»Gilt das auch für unsere Heimarbeitsplätze?«, fragte Herman, obwohl eine schwache Stimme ihn durch das Tosen des Sturms hindurch anbettelte, es nicht zu tun.

»Ja, das gilt auch für unsere Heimarbeitsplätze«, erklärte der

Systemadministrator sorgfältig. »Dem System ist es egal, an welchem Computer du sitzt.«

Herman schwankte.

»Und wofür verwendest du sie?«, hörte er sich selber fragen.

»Wen?«, fragte der Systemadministrator freundlich.

»Die Logfiles.«

»Um euch über die Schulter zu gucken und zu beobachten, was ihr im Internet so treibt.«

Einen kurzen Augenblick lang schien es Herman, als würde er sein Gleichgewicht verlieren. Dann empfingen seine Antennen den ironischen Unterton.

»Um Fehler zu korrigieren und unsere Internetverbindung zu kalibrieren«, seufzte der Systemadministrator. »Ich sitze hier nicht zum Vergnügen herum und ergötze mich an euren Logfiles.«

Langsam gewann Herman sein Gleichgewicht zurück.

»Das mache ich nur, wenn etwas schief geht«, fuhr der Systemadministrator fort. »Wenn etwas …«, er lächelte sein schiefes Lächeln, »Ungewöhnliches passiert.«

Die E-Mail der Versicherungsgesellschaft brannte einsam auf Hermans Computerbildschirm. Über ihr war noch eine weitere Mail desselben Absenders in den Eingangsordner gekommen.

Betr. Angebot – EILT!

mahnte die Überschrift. Aber es gab niemanden, der sie sah. Der Platz vor dem Bildschirm war leer. Der Bürostuhl war zur Glasfassade hinübergerollt, und auf ihm saß Herman, drückte sich die Nase an der Scheibe platt und starrte zu dem Käfig zwei Stockwerke unter ihm.

Die Tür war geschlossen. Aber es war nur noch eine Frage der Zeit. Bevor der Systemadministrator sich zu fragen begann, warum Herman sich so für das Pornosystem interessiert hatte. Bevor er die Internetseite im Logfile fand. Bevor …

Hermans Blick wanderte zum anderen Ende des Großraumbüros hinüber, wo sich Beck-Nielsen über den Tisch eines anderen Beraters beugte. Dahinter stellte der Plasmabildschirm fest:

Wir greifen durch gegen die grenzüberschreitende Pornografie

und Herman hatte keine Zweifel mehr daran, was das zu bedeuten hatte. Die Buchstaben zerflossen vor seinen Augen. Die Botschaft des Plasmabildschirms wurde von einer albtraumhaften Videosequenz abgelöst. Eine Delegation auf dem Weg durch das Großraumbüro. Drei Männer. Beck-Nielsen an der Spitze. Der Systemadministrator dahinter. Daneben ein Anzug ohne Gesicht. Der Betriebsratsvorsitzende (Hatten sie so etwas überhaupt? Wohl kaum. Dann eben der Personalchef). Um sie herum halten die Berater mit ihrer Arbeit inne. Entlang der Panoramafenster zum Hafen hin stehen alle auf, um besser sehen zu können. Sogar auf der entgegengesetzten Seite des Glaspalastes bemerkt man den Auftritt. Die Leute auf der Galerie bleiben stehen. Die Aufzüge halten an. Es geht ein Sog durch das Gebäude, als die Delegation vor Hermans Schreibtisch hält. Der Systemadministrator breitet seine Computerausdrucke auf dem Tisch aus und deutet anklagend auf die entlarvenden Adressen im Logfile.

Hermans Blick glitt vom Plasmabildschirm. Wie in Trance nahm er zur Kenntnis, dass Beck-Nielsens Gestalt sich ihm durch das Großraumbüro näherte. Er richtete sich im Stuhl auf und bereitete sich darauf vor, seinem Schicksal zu begegnen, als der Seniorpartner vor seinem Schreibtisch stehen blieb.

»Hast du einen Augenblick Zeit?«

Herman nickte gefasst. Er konnte sein Urteil zumindest mit Würde entgegennehmen.

»Einer der Controller hat mich angerufen.«

Herman spürte, wie sein Inneres zu Eis gefror. Man wollte ihn an die Controller ausliefern!

»Sie sind über eines unserer alten Projekte gestolpert«, fuhr Beck-Nielsen fort. »Sie haben sich darüber gewundert, dass immer Stunden auf dieses Konto gebucht wurden, obwohl der Auftrag praktisch schon abgeschlossen ist.«

Auf dem Bürostuhl vollzog Hermans Angst eine unerwartete Drehung.

»Es war ein altes Workflow-Projekt«, fuhr Beck-Nielsen fort. »Das wir oben bei Exo gemacht haben. Erinnerst du dich?«

Herman nickte widerstandslos.

»Es sieht so aus, als hätte irgendjemand vergessen, das Konto im Zeiterfassungssystem zu schließen, als das Projekt im Dezember abgeschlossen wurde. Die Controller sagen, dass über hundert Stunden auf das Projekt verbucht sind, die eigentlich woanders hingehören.«

Der Seniorpartner klopfte ihm freundlich auf die Schulter.

»Kannst du es dir mal ansehen? Damit bis zur Monatsabrechnung wieder alles im Reinen ist.«

Beck-Nielsen zog durchs Großraumbüro von dannen. Hinter ihm versuchte Herman mit letzter Kraft, sich zusammenzureißen. Er fuhr mit dem Bürostuhl vor den Schreibtisch, verlor aber die Macht über seine Beine, die den Stuhl weiter bis zur Glasfassade schubsten. Mit der Nase an der Scheibe starrte er auf die verschlossene Tür hinunter, während die E-Mails der Versicherungsgesellschaft ungelesen auf dem Bildschirm brannten.

Wochenendmoral

»Ja, danke. Den kennen wir gut.« Hennings Stimme kam aus einer dicken, weißen Daunendecke auf dem Fußboden.

Rebekka betrachtete ihn unruhig über ein Samstag-mit-Nachfeier-Kater-Stillleben hinweg, das aus Colaflaschen und Zahnputzbechern mit aufgelösten Brausetabletten auf dem niedrigen Couchtisch bestand.

»Es gibt nicht eine einzige Stewardess, der er nicht die Hand unter den Rock gesteckt hat.«

Dorthe meldete sich mit einem verächtlichen Schnaufen aus einem der Lehnstühle, wo sie sich unter Hennings reimportierten Cosmopolitans begraben hatte, während Rebekka das Sofa zugewiesen worden war.

»Aber wie hätte ich denn jemals darauf kommen sollen ...«, murmelte Rebekka und versuchte, die Erinnerung an den Auszug aus dem Karrierehandbuch zu unterdrücken, den sie am vorhergehenden Abend aufgefrischt hatte, nachdem sie einen vernebelten Freitag in der Agentur hinter sich gebracht hatte, wo sie am Morgen in der Kleidung vom Donnerstag zur Arbeit erschienen war und sich anschließend auf nichts anderes konzentrieren konnte als ein stetig wachsendes schlechtes Gewissen. Ein schlechtes Gewissen, bei dem das Kapitel mit der Überschrift *Sex auf der Arbeit* (und dem Untertitel *Finger weg!*) auch keine Abhilfe schaffen konnte, stellte es doch klar, dass Frauen – während Männer aus sexuellen Abenteuern neue Energie schöpfen – unkonzentriert werden, wenn sie emotionalen Verwicklungen ausgesetzt sind. Sie fangen an, Sachen zu vergessen und mehr an ihr Aussehen zu denken als an den Grund, warum sie überhaupt an diesem Arbeitsplatz sind: ihre Karriere.

»Natürlich konntest du das nicht. Er erfüllt ja nur drei der vier Schaeferschen No-No-Kriterien.« Dorthe hatte das Kapitel offensichtlich auch studiert. »Verheiratet. Person des öffentlichen Lebens. Und mit einer weit höheren Position als du selbst.«

Rebekka sackte im Sofa zusammen.

»Er wäre eine Katastrophe für deine Karriere.«

»Und ist er im Übrigen nicht derjenige, der gleichzeitig immer so moralisch tut?«, meldete sich Henning vom Fußboden. »War er nicht die ganze Woche in den Fernsehnachrichten, um Pornografie im Internet zu verbieten?«

Rebekka schaute überrascht zur Daunendecke auf dem Fußboden hinunter, während in ihr eine ganze Palette von Gefühlen miteinander konkurrierte: Die Freude darüber, dass Henning das Projekt tatsächlich entdeckt hatte. Die Verärgerung darüber, dass er es natürlich vollkommen falsch verstanden hatte. Und nicht zuletzt die Erleichterung darüber, dass sie die Chance bekommen hatte, über etwas anderes zu reden.

»Er will Pornografie nicht verbieten«, stellte sie klar und schwankte einen kurzen Augenblick zwischen den Alternativen, entweder die Grundidee des Projekts ausführlich darzulegen oder eine viel wichtigere Frage zu klären. »Und außerdem ist es überhaupt nicht seine Idee«, fuhr sie fort und entschied sich für Letzteres. »Es ist in Wirklichkeit eines unserer Projekte, und er ist erst im letzten Augenblick auf den Zug aufgesprungen.«

»Ihr habt diese Nummer durchgezogen?«, sagte Dorthe dermaßen hastig, dass ihr keine Zeit mehr blieb, ihre Bewunderung zu verstecken.

»Ich bin ihm bei der Pressekonferenz begegnet«, erklärte Rebekka.

»Ach so, ihr habt nur die Pressearbeit dafür gemacht«, stellte Dorthe beruhigt fest.

»Wir haben fast alles gemacht«, antwortete Rebekka. »Wir haben das Wertefundament gelegt. Wir haben das Design entworfen. Wir haben die Sperrliste zusammengestellt.« Rebekka legte Finten mit den Pluralformen, während sie überlegte, ob es allzu übertrieben wirken würde, den entscheidenden Stoß im Singular zu setzen.

»Da hast du ja tierisch Glück gehabt, dass du so schnell in dieses Projekt reingekommen bist«, meinte Dorthe, und damit war die Sache entschieden.

»In Wirklichkeit war ich diejenige, die es dem Kunden verkauft und das Lösungskonzept entwickelt hat.«

»Ja, also ich verstehe nicht ganz, warum das alles so moralisch daherkommen muss«, sagte Henning kopfschüttelnd, während sich Dorthe ganz plötzlich in einen Artikel in der Cosmo vertiefte. »Was ist denn so schlimm an ein bisschen Sex?«

»Na ja, es ist ja nicht einfach nur Sex«, erklärte Rebekka. »Es ist ...« *grenzüberschreitend*, wollte sie gerade sagen, aber sie spürte, dass die Rhetorik in dieser kleinen Wohnung ein wenig aufgeblasen wirken würde. »Also da draußen gibt es wirklich ein paar ziemlich unangenehme Sachen«, sagte sie stattdessen. »Du solltest mal ein paar von den Seiten sehen, die sie gefunden haben.«

»Darf ich?«, fragte Henning hoffnungsvoll. »Vielleicht sind ja ein paar attraktive Männer dabei.«

Dorthe stieß hinter ihrer Cosmo ein missbilligendes Geräusch hervor.

»Was?«, fragte Henning und schaute zum Lehnstuhl hinüber.

»Die Liste ist eigentlich geheim«, erklärte Rebekka.

»Weil ihr sie für euch selbst behalten wollt?«

»Nein«, seufzte Rebekka. »Weil wir nicht einfach eine Liste von Seiten mit harter Pornografie veröffentlichen können. Die Leute würden sich ja in Massen auf diese Seiten stürzen.«

»Ja, und?«

»Die Idee ist ja, dass man sich gegen Pornografie schützen können soll.«

Henning stemmte sich halb vom Boden hoch und betrachtete sie verwundert. »Das verstehe ich nicht«, begann er. »Zuerst wollt ihr die Menschen vor Pornografie schützen. Und dann wollt ihr ihnen die Liste mit den Internetseiten, vor denen sie geschützt werden, nicht geben. Weil sie sich dann ja alle darauf stürzen würden. Und das wäre dann ein Problem?« Henning legte die Zeigefinger an seine Schläfen. »Gut möglich, dass ich zu dumm dafür bin«, sagte er mit seiner affektiertesten Stimme, »aber das verstehe ich wirklich nicht.«

Rebekka öffnete den Mund für eine Erklärung, hatte aber leider im selben Augenblick einige Probleme damit, es zu verstehen. Das lag aber auch daran, dass Henning die Dinge immer so vereinfacht darstellen musste, dachte sie ärgerlich.

»Also ich finde es vollkommen in Ordnung, dass man versucht, etwas dagegen zu unternehmen«, warf Dorthe ein und sah von ihrer Zeitschrift auf. »Ich finde diese ganze Pornografie ziemlich widerlich.«

»Aber du findest ja auch Oralsex widerlich, meine Süße.« Henning machte zwei schnelle Bewegungen mit seiner Zunge in der Wange. »Und wenn du etwas dagegen hast, dir die kleinen Pillermänner anzugucken, kannst du es ja ganz einfach sein lassen, solche Seiten zu besuchen.«

Dorthe warf ihm einen giftigen Blick zu.

»Es geht ja auch darum, die Kinder zu beschützen«, betonte Rebekka, der es mittlerweile gelungen war, ihre Argumente wieder zu beleben. »Damit sie nicht auf diese Seiten gelangen können.«

»Alles nur wegen der Kinder, natürlich.«

»Was ist denn daran verkehrt?«, revanchierte sich Dorthe aus ihrem Lehnstuhl heraus. »Es kann ja wohl nicht richtig sein, dass Kinder sich diese Schweinereien ansehen müssen, wenn sie im Internet surfen.«

»Haben diese Kinder denn keine Eltern?« Henning streckte seine Arme aus. »Wo sind die denn hin? Sind die einfach abgehauen? Sitzen die Kinder ganz alleine zu Hause vor dem Computer?«

Dorthe schaute Rebekka an und schüttelte ihren Kopf.

»Oder sind sie vielleicht zur Arbeit gegangen?«, fuhr Henning fort. »Liegt es vielleicht daran?«

Rebekka erwiderte Dorthes Kopfschütteln. Henning war einfach unmöglich, wenn er in dieser Stimmung war.

»Weil also die Kinder zu Hause sitzen und alleine surfen, während die Eltern an ihrer Karriere arbeiten, soll ich vor attraktiven, nackten Männern im Internet geschützt werden?«, fasste Henning zusammen. »Tja, ich verstehe das immer noch nicht.«

Rebekka seufzte resigniert und überlegte, wie sie das Thema wechseln konnte.

»Aber vielleicht kann ich ja deinen Minister fragen, wie diese Dinge zusammenhängen?«

Glücklicherweise schaffte Henning den Wechsel aus eigener Kraft.

»Er hat doch auch Kinder, nicht wahr?«

Was sie zum vierten und letzten Schaeferschen No-No-Kriterium zurückbrachte.

Camilla saß allein in ihrer Zelle und ärgerte sich über die Sonntagsausgaben der Zeitungen.

Alle Kinderhilfsorganisationen waren jetzt aus ihren Löchern gekrochen. Verantwortungsbewusste Unternehmen begannen sich nach vorn zu drängeln. Jørgensen lief auf Autopilot. Der Minister präsentierte sich als größter Vorkämpfer der Pornogegner. Sein Sessel hatte sich nicht einen Millimeter bewegt, und die Schlagzeile *Minister erklärt Rücktritt nach Enthüllungen des Dagbladet* schien weiter entfernt als je zuvor.

Camilla blickte scheel zum glatten Gesicht des Ministers auf den Titelseiten der Konkurrenz hinüber. Moderne Politiker wurden aus Teflon hergestellt. Der Dreck wollte einfach nicht an ihnen hängen bleiben. Obwohl ihn die Enthüllungen nicht zu Fall gebracht hatten, hatte sie doch zumindest erwartet, dass er vor einem Parlamentsausschuss Rede und Antwort hätte stehen müssen. Oder einfach nur einer Welle von kritischen Fragen der Opposition. Jetzt gab es nicht einen Fraktionsvorsitzenden, der irgendetwas riskieren würde.

Sie fegte die Zeitungen auf dem Tisch zur Seite. Das Schlimmste war, dass sich die Geschichte mittlerweile im Leerlauf drehte: Der Minister hatte sich um seine vorgesehene Rolle als Bösewicht in diesem Stück gedrückt, und der Konflikt hatte sich in Luft aufgelöst. Alle waren sich einig, dass sie dagegen waren. Für einen weiteren Tag hatte die Story vielleicht noch Luft, aber dann wäre sie gestorben. Nach Lars Langweiligs leicht durchschaubarem Versuch, ihren Erfolg mit dem Hinweis auf die Menschenrechtsfrage zu untergraben, hatte er zu neuen Foltermethoden gegriffen. Die Eintrittskarte zur Ostseekonferenz lag vor ihr auf dem Tisch. Wenn sie sich am Montagmorgen vor dem Eingang treffen würden, könnte sie *ihn ja begleiten und einen kleinen Einblick in die Arbeitsmethoden eines recherchierenden Journalisten gewinnen.*

Camilla schubste die Eintrittskarte gerade über die Tischplatte hin und her, als das Telefon klingelte. Zweifelsohne eine von Lars' osteuropäischen Quellen mit einem bahnbrechenden Zugang zur polnischen Wirtschaft. Widerwillig nahm sie den Hörer ab.

»Camilla Drejer?«, fragte eine jungenhafte Stimme am anderen Ende der Leitung.

»Ja?«

»Ich habe hier ein paar Informationen, die dich vielleicht interessieren könnten.«

»Und wer bist du?«

»Sagen wir einfach mal, dass ich mich für grenzüberschreitende Pornografie interessiere«, sagte die Jungenstimme.

Camilla seufzte resigniert. Eine anonyme Quelle. Genau das, was ihr noch gefehlt hatte. »Worum geht es?«, fragte sie gleichgültig.

»Es geht darum, dass unter den Besuchern der grenzüberschreitenden Pornoseiten, über die ihr geschrieben habt, ein paar sehr renommierte dänische Unternehmen sind.«

»Und kannst du das irgendwie dokumentieren?«, fragte sie mit etwas mehr Interesse. Sie richtete sich in ihren Stuhl auf und startete sicherheitshalber das Tonbandgerät.

»Ich kann dir eine Liste der Firmen faxen, die die Seiten besucht haben.«

»Und wie kann ich mir sicher sein, dass sie authentisch ist?«

»Ich habe auch eine Telefonnummer, die du anrufen kannst.«

»Und wessen Telefonnummer ist das?«

»Die des dänischen Providers, der die Seiten hostet.«

»Hostet?«

»Sie vermieten Platz auf ihren Servern an die Firmen, die diese Pornoseiten betreiben.«

»Die Server stehen in Dänemark?«, fragte Camilla überrascht. »Ich dachte, sie wären auf den Bahamas.«

»Sie stehen in Ballerup.«

Ballerup? Camilla betrachtete den Telefonhörer empört. Warum war das denn noch nicht herausgekommen? Und warum hatte die dänische Polizei noch nicht eingegriffen? Sie hatte gerade den Artikel *Verbotene Pornos auf dänischem Webserver gefunden* vor ihrem inneren Auge fertig gestellt, als ihr wieder einfiel, warum die Polizei nicht gegen grenzüberschreitende Pornografie eingegriffen hatte.

»Es ist ein Auszug aus den Logfiles des Providers, den ich dir faxen kann«, fuhr die Stimme am anderen Ende der Leitung fort.

»Würden die das bestätigen?«, fragte Camilla, während sie versuchte, die richtige Perspektive auf diese Geschichte zu finden.

»Das musst du schon selber herausfinden«, meinte die Jungenstimme. »Ich wollte nur mal hören, ob du interessiert bist.«

Camilla zögerte. Wenn man genauer darüber nachdachte, dann würde die Information, die Server befänden sich in Dänemark, unter den Lesern vielleicht nur unnötig Verwirrung stiften. Aber in Wirklichkeit war sie auch nicht notwendig, um den eigentlichen Kern dieser Geschichte von dänischen Unternehmen zu erzählen, die auf der Suche nach grenzüberschreitender Pornografie durch das Internet surften.

»Ich werde es mir mal angucken«, antwortete sie und ließ die Eintrittskarte zur Ostseekonferenz über den Rand des Schreibtisches hinunter in den Papierkorb gleiten.

Dänische Unternehmen surfen auf Pornoseiten

Die Rolle des Bösewichts war neu besetzt.

Rebekka starrte auf den Bildschirm, während das Adrenalin durch ihren Körper pumpte.

Nachdem sie den ganzen Samstag damit verschwendet hatte, ihren Kater in Hennings Wohnung auszukurieren, war sie am nächsten Morgen früh und mit akuten Stressanfällen aufgewacht. Sie war aus dem Bett gesprungen und hatte ihr Gedächtnis nach Dingen durchforstet, die noch erledigt werden mussten, oder nach Aufgaben, die sie vergessen hatte, aber ihr war nichts Entsprechendes eingefallen. Gleichwohl war ihr Körper ein kribbelndes Chaos banger Vorahnungen gewesen.

Sie hatte versucht, mit einer Kanne Tee und einem guten Buch zurück ins Bett zu kriechen, aber obwohl sie wusste, dass es überhaupt keinen Grund für Stress gab, war es ihr nicht gelungen, sich zu entspannen. Nachdem sie dieselbe Seite fünfmal gelesen hatte, war sie mit dem Entschluss aufgestanden, ein wenig aufzuräumen, aber das endete in einem ziellosen Umherirren durch die leere Wohnung und dem dumpfen Gefühl, dass sich in der Agentur die Leute tummelten, dort eine ganze Menge Dinge taten und irgendetwas unglaublich Wichtiges ablief, das sie zu verpassen drohte.

Schließlich hatte sie einfach nur dagesessen und in ihrem Karrierehandbuch geblättert, und als sie im Kapitel *Karriere – 24 x 7* Schaefers Ermahnung entdeckt hatte, jede der seltenen freien Minuten im Leben zu nutzen, um sich selbst weiter nach vorn zu bringen, um bereit zu sein, wenn es wieder zur Sache ging, waren ihre Sicherungen durchgebrannt. Sie war auf ihr Fahrrad gesprungen, zur Agentur gesprintet, die Treppen hinaufgelaufen, hatte die Tür geöffnet und sich atemlos in ein vollkommen verlassenes Großraumbüro gestürzt.

Jetzt saß sie vor dem Computer und versuchte, den Artikel für das Mitteilungsblatt zu schreiben, das frühestens in drei Wochen erscheinen würde. Und obwohl man ihn eigentlich erst schreiben konnte, wenn das Projekt viel weiter gediehen sein würde, hatte sie gleichwohl das Gefühl, die Deadline läge weit hinter ihr.

Während das Blut unter ihren Schläfen pulsierte, zwang sie ihren Blick über die leeren Schreibtische. Es gab überhaupt nichts, weswegen man Stress haben musste, ermahnte sie sich selbst. Es war Sonntag. Die Leute hatten frei. Sie atmete dreimal tief ein und saß einen Augenblick lang mit geschlossenen Augen auf ihrem Bürostuhl.

In Wirklichkeit ging es vielleicht nur darum, dass sie nichts mehr gegessen hatte, seit ... Sie rekapitulierte den Samstag, ohne auf etwas anderes zu stoßen als Kopfschmerztabletten und Cola Light. Seit Freitag also, wo sie in Wirklichkeit aber auch nichts zu sich genommen hatte – wegen des Katers vom Donnerstag, der seinerseits aber in Wirklichkeit wohl auch kaum von einer umfangreicheren Aufnahme fester Nahrung geprägt gewesen war.

Rebekka beschloss, dass es eine Frage des Essens sei. Sie überlegte, ob sie losradeln und etwas einkaufen sollte, gab aber schon auf, bevor sie den Gedanken zu Ende gedacht hatte. Es war Sonntag. Alle Läden waren geschlossen, und sie würde nichts außer Junkfood finden.

Sie stand auf und sah sich um. Möglicherweise hatte am Freitag jemand etwas vergessen. Ein bisschen Obst vielleicht? Sie drehte eine erfolglose Runde an allen Schreibtischen vorbei. Oben im Besprechungsraum waren die Chancen bestimmt größer, dachte sie. Sie ging die Treppe zum zweiten Stock hinauf. Die Erinnerung an die Nacht zum Mittwoch ließ sie vor der Tür einen Augenblick lang zögern. Dann öffnete sie sie vorsichtig. Das Großraumbüro war leer. Der Gorilla saß einsam am Ende des Raumes neben seiner Palme. Der Besprechungsraum lag verlassen hinter der Glaswand. Rebekka ging hinüber, um die Hinterlassenschaften der Besprechungen vom Freitag zu sichten. Es war nichts übrig geblieben als Thermoskannen mit kaltem Kaffee.

Sie war auf dem Rückweg die Treppe hinunter, als ihr Jacobs Produktionsmädels unten im Erdgeschoss einfielen. Wenn es jemanden gab, der etwas Gesundes herumliegen ließ, dann sie. Sie ging weiter die Treppe hinunter, am ersten Stock vorbei, erreichte das Erdgeschoss, öffnete die Tür und wich erschrocken einen halben Schritt zurück, als ihr die Wärme und der Lärm entgegenschlugen.

Das Erdgeschoss war zum Bersten mit Menschen gefüllt. Die Produktionsmädels liefen mit Papierstapeln in den Händen herum, und an einem Tisch in der Mitte stand eine Gruppe von Mädels und tütete Briefe ein.

»Wir brauchen mehr von den Gelben!«, rief eine gellende Stimme irgendwo im Raum.

Jacob kam ihr von dem Tisch entgegengelaufen. Er schien dem Wahnsinn nahe.

»Wo bist du gewesen?«, stieß er auf halbem Wege hervor. »Hast du sie gefaxt?«

»Was soll ich gefaxt haben?« Rebekka spürte die Angst in sich wachsen.

»Die Liste«, erklärte Jacob aufgeregt. »Henrik von der Technik sagt, dass er sie dir am Donnerstag gegeben hat.«

»Henrik von der Technik?«

»Sie hätte heute Morgen schon gefaxt sein sollen. Wir haben den ganzen Tag nach ihr gesucht. Kyners Laune ist schon im roten Bereich.«

Jacob deutete über seine Schulter nach hinten, und in Rebekka explodierte die Angst. Der Direktor stand am anderen Ende des Raumes und kanzelte das Mädel an der Frankiermaschine ab.

»Ich habe keine ...«, begann Rebekka. Dann ging ihr plötzlich ein Licht auf. Henrik von der Technik war der Nerd-Informatiker.

»Warum hast du nicht gesagt, dass du sie hast?« Jacob sah sie vorwurfsvoll an.

»Ich habe es vollkommen vergessen«, sagte sie und dachte an die Warnung aus dem Sex-Kapitel des Karrierehandbuchs:

Sie hatte die Konzentration verloren und fing an, Sachen zu vergessen!

»Sie liegt oben in meiner Tasche«, sagte sie betrübt. »Ich kann sie sofort holen.«

»Sie muss jetzt gefaxt werden«, unterbrach Jacob sie. »Wenn sie sie nicht bis zwei Uhr haben, ist es zu spät für die Montagsausgabe.«

»Natürlich«, sagte Rebekka mit einem Nicken und versuchte, sich daran zu erinnern, wovon diese Montagsausgabe wohl eine Montagsausgabe war, und ...

»Hast du die Nummer?«

Rebekka schüttelte verzweifelt den Kopf.

»33 17 15 50«, blaffte Jacob. »Kannst du dir das merken?«

»Jacob?« Eines der Mädels kam vom Arbeitstisch herübergelaufen. »Wir haben kein gelbes Briefpapier mehr.«

»Zwei Sekunden«, sagte Jacob über die Schulter. »Und gleich sie mit der Kundendatei ab, bevor du sie abschickst.«

»Was meinst du damit?«, fragte Rebekka, während sie versuchte, die Faxnummer im Kopf zu behalten.

»Wir haben kein gelbes Papier mehr«, wiederholte das Mädel.

»Verdammt noch mal!« Jacob hämmerte mit der Hand gegen

den Türrahmen. »Der Brief muss auf den Schreibtischen liegen, wenn der Artikel am Montagmorgen erscheint. Dann müssen wir ihn eben auf weißem Papier drucken.« Er drehte sich um und machte einen Schritt zurück zum Arbeitstisch.

»Jacob«, versuchte Rebekka einzuhaken.

»Lass uns jetzt einfach mal das Fax auf den Weg bringen, nicht?« Er machte eine viel sagende Kopfbewegung hinüber zu Kyner an der Frankiermaschine.

»Ja, aber ...«

»Und nicht von hier«, verdeutlichte er. »Geh zu einer Tanke und fax sie von da aus.«

»Von einer Tanke?«

»Oder einem Kiosk. Nur nicht von hier.« Er wandte sich erneut ab.

»Jacob, also von dem weißen Papier ist jetzt auch nichts mehr da«, sagte das Mädel vorsichtig.

»Verdammt noch mal«, brüllte Jacob wütend. »Hat denn hier unten niemand die Übersicht?«

Rebekka wich langsam rückwärts durch die Tür zurück, während sie innerlich die Faxnummer immer wieder herunterbetete.

»Solange das, was unsere Kunden auf unsere Server legen, legal ist, mischen wir uns nicht ein.«

Die Stimme am anderen Ende der Leitung – Sicherheitschef Jan Skovhus von der Internetfirma NetPartner – klang überhaupt nicht begeistert, an einem späten Sonntagnachmittag noch gestört zu werden.

»Solltet ihr nicht eine gewisse Mitverantwortung übernehmen?«, fragte Camilla unbeirrt weiter.

»Wir können doch nicht Polizei spielen«, verteidigte sich der Sicherheitschef. »Dafür würden unsere Ressourcen auch gar nicht ausreichen.«

»Für euch als verantwortungsbewusstes Unternehmen muss es doch Grenzen geben, wofür ihr noch einstehen könnt?«

»Sag mal, wirst über irgendetwas von dem schreiben, worüber wir hier reden?«

Camillas Blick glitt zu dem Fax auf ihrem Tisch hinunter und verweilte einen Augenblick auf dem dritten Namen der Liste. Selbst wenn es das Letzte wäre, was sie täte, würde sie darüber schreiben. Aber vorher brauchte sie noch die alles entscheidende Aussage des Mannes, den sie am Telefon hatte.

»Fürs Erste versuche ich nur, mich ein bisschen schlau zu machen«, antwortete sie ausweichend. »Die Sache ist die: Mir liegen Informationen vor, dass eine ganze Reihe dänischer Firmen auf eure Server zugegriffen hat.«

»Ja, das ist durchaus möglich«, meinte der Sicherheitschef.

»Du kannst das also bestätigen?«

»Das ist ja schließlich kein Geheimnis. Die Zugriffszahlen auf diese Art von Seiten steigen regelmäßig jeden Tag um die Frühstückspause herum an.«

Camilla grinste und kontrollierte sicherheitshalber noch einmal, ob das Band lief. Das reichte zwar noch nicht ganz, aber sie kam der Sache schon näher.

»Jetzt ist es aber so«, fuhr sie fort, »dass ich hier den Ausdruck eines Logfiles vor mir liegen habe, der von eurem Server stammen soll.«

»Wo zum Teufel hast du denn den her?«

»Darauf kann ich nicht näher eingehen.«

»Dir ist doch hoffentlich klar, dass es hier um vertrauliche Geschäftsinformationen geht?«

»Das ist mir klar«, antwortete Camilla ruhig. »Andererseits muss ich auch an das öffentliche Interesse denken.«

»Das öffentliche Interesse?« Camilla konnte hören, wie der Sicherheitschef am anderen Ende der Leitung immer wütender wurde. »Jetzt will ich dir mal was sagen, Fräulein«, fuhr er drohend fort. »Ich weiß zwar nicht, wie du an diesen Ausdruck gekommen bist, aber wenn du ihn nicht in den Papierkorb geworfen hast, bevor ich bis drei gezählt habe, kann ich dir garantieren, dass sich noch ganz andere als die Öffentlichkeit für diese Sache interessieren werden.«

Camilla starrte kopfschüttelnd auf das Telefon hinunter. Wann würden dänische Unternehmen endlich lernen, ihre Leute auf eine Weiterbildung im Bereich Medien zu schicken?

»Wir haben schon aus weit geringerem Anlass Leute angezeigt«, drohte der Sicherheitschef, während Camilla ihren Revolver mit dem Kontrollrecht des Journalisten lud.

»Das ist es also, was ich schreiben soll?«, fragte sie, als der Sicherheitschef eine Atempause machte. »Mit der Information konfrontiert, dass NetPartner bei der Verbreitung grenzüberschreitender Pornografie mitwirkt, versuchte Sicherheitschef Jan Skovhus, die Journalistin des Dagbladet mit Drohungen zum Schweigen zu bringen.«

An Sicherheitschef Jan Skovhus' Ende der Leitung wurde es auffallend still.

»Lass mich noch einmal kontrollieren, ob ich das Zitat richtig mitbekommen habe«, fragte Camilla gnadenlos nach. »Jetzt-will-ich-dir-mal-was-sagen-Fräulein«, zitierte sie aus dem Gedächtnis »Wenn-du-ihn-nicht …«

»Wollen wir nicht vernünftig darüber reden?«, bat der Sicherheitschef zaghaft. »Es ist ja nicht so, dass wir nicht zusammenarbeiten wollen. Aber wir haben auch unseren Kunden gegenüber gewisse Verpflichtungen.«

Camilla ließ ihn noch ein paar Sekunden lang schmoren.

»Im Grunde solltest du gar nicht mit mir darüber reden«, versuchte er auszuweichen. »Mit solchen Sachen habe ich normalerweise so gut wie nie zu tun.«

»Das verstehe ich natürlich vollkommen.« Camilla ließ ihn bis auf die Knie sinken, bevor sie sich seiner erbarmte. »Und ich bin in erster Linie auch nicht an eurer Rolle darin interessiert. Das Wesentliche für mich ist, dass es dänische Unternehmen gibt, die grenzüberschreitende Pornografie herunterladen.«

»Darauf können wir uns ohne Probleme einigen«, beeilte sich der Sicherheitschef zu sagen.

»Und im Grunde muss euer Name vielleicht gar nicht unbedingt genannt werden. Ich brauche eigentlich nur die Bestätigung dafür, dass meine Informationen korrekt sind.«

»Aber ...« Der Sicherheitschef wand sich. »Unabhängig davon, was wir von Pornografie halten, kann ich mich nicht öffentlich über die Inhalte unserer Logfiles äußern.«

»Das brauchst du auch gar nicht«, versicherte ihm Camilla. »Was wir tun können, ist, dass ich hier aus meinem Ausdruck vorlese. Und du unterbrichst mich einfach, wenn es nicht so klingt, als stamme es von eurem Server.«

Der Sicherheitschef zögerte.

»Wollen wir es so machen?« Camilla schnappte sich den Ausdruck und begann vorzulesen, bevor er antworten konnte.

Am anderen Ende der Telefonverbindung schien der Sicherheitschef zwischen der Verpflichtung gegenüber seinen Kunden und einer viel dringlicheren Verpflichtung gegenüber dem Körperteil zu schwanken, der sich direkt oberhalb der Sitzfläche seines Stuhls befand. Es vergingen einige Sekunden, ohne dass er etwas sagte.

Ein Lächeln breitete sich auf Camillas Gesicht aus, während sie den Ausdruck vorlas und das Tonbandgerät lief.

»Ist das validiert?« Der Mann hinter dem Schreibtisch sah ihr direkt in die Augen. Hinter ihm öffnete sich eine freie Aussicht über den Platz auf das Gerichtsgebäude auf der gegenüberliegenden Seite.

»Es ist vom Internetanbieter bestätigt worden«, antwortete Camilla, und ihre eigene Stimme klang für sie wie aus einem nachträglich synchronisierten Film.

»Riskieren wir, dass sie den Schwanz wieder einziehen?«

Camilla begnügte sich damit, den Kopf zu schütteln und die Tonbandkassette hochzuhalten.

»Gute Arbeit.«

Camilla nickte kurz zum Dank, während sie innerlich Purzelbäume schlug. Sie befand sich im Zentrum eines dieser legendären Ereignisse, aus denen der Treibstoff gemacht wurde, der jeden schreibenden Mitarbeiter des Dagbladet antrieb. Ein Ereignis mit dem Potenzial, sich zu einer dieser Anekdoten zu entwickeln, die einem das ewige Leben im kollektiven Gedächtnis der Zeitung sicherten und direkten Zugang zum Tischende des Obristenklubs bedeuteten. Ein Kriegsrat im Eckbüro.

»Borck?« Der Chefredakteur wandte sich dem Politikredakteur auf dem Stuhl neben Camilla zu.

»Ich sage, dass wir es bringen«, antwortete Borck. »Sie haben sich den Schuh angezogen. Jetzt müssen sie auch die Konsequenzen tragen.«

»Karsten?«

Auf der anderen Seite neben Camilla schüttelte der geschäftsführende Direktor des Dagbladet zweifelnd den Kopf. »Ich weiß nicht«, begann er. »Es handelt sich hier um vertrauliche Geschäftsinformationen. Unsere Quelle hat allem Anschein nach gegen das Gesetz verstoßen, um in ihren Besitz zu gelangen.«

Der Chefredakteur nickte mit ernster Miene. Er stand vom Schreibtisch auf und trat an die Fenster des Eckbüros.

»Jetzt muss sich erweisen, ob unsere Ethik tragfähig ist«, verkündete er feierlich über den Platz hinweg. »Wir sind in den Besitz vertraulicher Informationen gekommen. Informationen, die vermutlich auf illegale Weise beschafft worden sind. Können wir es uns erlauben, sie zu veröffentlichen?«

Er hielt inne, als ob er sich von den wartenden Fahrgästen unten an der Bushaltestelle vor dem Gerichtsgebäude eine Antwort erhoffte.

»Lasst es uns andersherum betrachten«, schlug der Chefredakteur vor, als die Stimme des Volkes ausblieb. »Können wir es uns erlauben, sie nicht zu veröffentlichen?« Er lehnte sich gegen das Fenster. »In einer Situation, in der sich die Mitbürger eine Abrechnung mit der grenzüberschreitenden Pornografie wünschen. In der wir im Besitz von Belegen dafür sind, dass namhafte dänische Unternehmen zur Nachfrage beitragen. Haben wir da überhaupt das Recht, der Öffentlichkeit diese Informationen vorzuenthalten?«

Unten auf dem Platz stieg die Öffentlichkeit gerade in die Linie 5. Aber ihre Mitwirkung war zum Glück nicht mehr gefragt.

»Die Antwort ergibt sich wohl von selbst«, schloss der Chefredakteur und wandte sich an das etwas aufmerksamere Publikum vor seinem Schreibtisch.

»Ich bin nach wie vor wenig begeistert«, beharrte der geschäftsführende Direktor. »Sie können uns das letzte Hemd vom Leib klagen, wenn die Geschichte nicht absolut wasserdicht ist. Müssen wir denn wirklich auch ihre Namen veröffentlichen?«

»Es sind die Namen, die eine Geschichte daraus machen«, betonte Borck. »Wenn wir sie anonymisieren, wird daraus einfach nur eine Anhäufung unbewiesener Behauptungen.«

Der Chefredakteur stand am Fenster und nickte. »Wir können sie nicht ohne Namen bringen«, stellte er fest. »Die Interessenverbände würden sich auf uns stürzen und ...«, der Chefredakteur hielt inne und blickte nachdenklich auf den Platz, »... Beweise verlangen.«

Abflussprobleme

Wir erwarten daher, dass diese Unregelmäßigkeiten bis zur Monatsabrechnung am kommenden Mittwoch behoben sein werden.

Herman starrte regungslos auf die Mail der Controllingabteilung, die am Montagmorgen in seinem Eingangsordner lag, nach einem albtraumhaften Wochenende, an dem er verzweifelt versucht hatte, Karin gegenüber die Fassade aufrechtzuerhalten, während die Pornodiskussion in den Medien eskaliert war und 150 unverbuchbare Exo-Stunden in der Kommode ihr Unwesen getrieben hatten.

Weiter oben im Eingangsordner hatte sich ein weiteres Mahnschreiben der Versicherung zu den Mails gesellt. Ob er sie bitte kontaktieren könne, sobald er am Montagmorgen zur Arbeit gekommen war.

Herman schielte zum Telefon. Ihm war klar, dass er sofort anrufen sollte. Wenn sie sein Angebot akzeptieren würden, blieb ihm noch genug Zeit, die Exo-Stunden in trockene Tücher zu bringen. Mit der Hand auf der Maus versuchte er zu der Mail der Versicherungsgesellschaft zu scrollen, aber der Mauszeiger rührte sich nicht von der Stelle. Er klebte an dieser einen Stelle auf dem Bildschirm fest, wo er die ganze Zeit schon gewesen war. Festgehalten durch die Anziehungskraft der letzten Mail in seinem Eingangsordner:

Der Newsletter vom Dagbladet. Mit einer ausführlichen Zusammenfassung des heutigen Aufmachers, in dem man lesen konnte, dass eine ganze Reihe dänischer Unternehmen an der Verbreitung der grenzüberschreitenden Internetpornografie beteiligt war. In dem man es – ganz im Sinne der ethischen Richtlinien des Dagbladet – unterlassen hatte, die Namen dieser Unternehmen zu veröffentlichen. Aber in dem ein entscheidender Umstand der Öffentlichkeit zur Kenntnis gebracht werden musste: dass sich auch Unternehmen darunter befanden, die sich nach Außen vehement von der grenzüberschreitenden Pornografie distanziert hatten.

Hermans Blick glitt zum Plasmabildschirm am anderen Ende des Großraumbüros hinüber:

Wir greifen durch gegen grenzüberschreitende Pornografie

erinnerte dieser mit seinem bekannten Sinn für das richtige Timing. Herman zwang seine Augen zum Computer zurück und versuchte die Maus zu überreden, zur Mail der Versicherungsgesellschaft hinaufzurollen. Er sollte anrufen, ermahnte er sich. Es waren nicht einmal mehr zwei Tage bis zur Monatsabrechnung. Es standen 150 Not leidende Stunden auf dem Exo-Konto. Und unten auf dem Newsletter hatte das Dagbladet angesichts des Ernstes dieser Angelegenheit einen Auszug aus dem heutigen Leitartikel angefügt, der gegen die sich endlos ergießende Kloake der Internetpornografie wetterte, die unsere Wohnstuben und Kinderzimmer zu überfluten drohte. Gegen tatenlose Politiker, die nicht den Mut hatten, mit den moralischen Kurzschlüssen der Sechzigerjahre aufzuräumen. Und nicht zuletzt gegen die Unternehmen, deren Stimmen im Chor der Pornokritiker am lautesten geklungen hatten und die nun überführt worden waren, einen Teil der Nachfrage erst erzeugt zu haben, und von denen jetzt eine deutliche Reaktion erwartet wurde.

Willenlos wanderte Hermans Blick zum Plasmabildschirm zurück, während sich in ihm traumähnliche Bilder in Bewegung setzten. Die Delegation auf ihrem Weg zu ihm durch das Großraumbüro. Diesmal halten sie nicht an seinem Schreibtisch an. Sie nehmen ihn mit. Mit Beck-Nielsen an der Spitze und einem Anzugträger an jedem seiner Arme wird er aus dem Gebäude geführt. Durch die Glasfassade kann er die wartenden Journalisten erkennen. Sie drücken sich die Nasen an den Glasscheiben platt, um ja nichts zu verpassen. Blitzlichter leuchten auf. Und unten bei der Kantine stürmt plötzlich ein Fernsehteam aus der Toilette. Es läuft schreiend über den Marmorboden, während er sich losreißt und zu den Glastüren flieht. Auf der anderen Seite der Fassade heben die Journalisten ihre Mikrofone. Das Fernsehteam hinter ihm holt auf. Dann gleiten die Türen zur Seite, und die Hölle bricht los.

An seinem Schreibtisch hatte Herman bereits an sein Revers gegriffen, um sich hinter seiner Jacke vor den Blitzlichtern zu verstecken. Er ließ die Hand sinken und versuchte, sich zu beruhigen. Er sollte anrufen, ermahnte er sich selbst. Und was auch immer geschehen würde, sie konnten ihn doch niemals so ausliefern. So etwas war doch vollkommen unvorstellbar. In Dänemark. Dem Vorreiter der Wohlfahrtsstaaten. Er besaß Rechte. Er war schließlich Mitglied einer ...

Dieser plötzliche Einfall erschütterte Herman mit seiner ganzen Selbstverständlichkeit. Er würde anrufen. Sofort.

Herman befreite die Maus vom Newsletter des Dagbladet, öffnete ein Browserfenster und tippte die Adresse ein. Es vergingen ein paar Sekunden. Dann erschien die Seite. *Wir machen den Unterschied*, prahlten sie in ihrer Überschrift. *Für alle, die glauben, dass sie keine Gewerkschaft brauchen.*

Unten auf der Seite entdeckte Herman eine Telefonnummer und griff nach dem Telefonhörer. Dann hielt er mitten in der Bewegung inne. Nervös sah er sich nach den anderen Anzügen um, während ihm plötzlich aufging, wie das aussehen würde. Warum rief man wohl seine Gewerkschaft an? Tat man das nicht nur, wenn man Probleme hatte? Weil man etwas zu verbergen hatte? Mit einer blitzschnellen Handbewegung griff er nach der Maus und klickte die Homepage der Gewerkschaft weg. Doch in Wirklichkeit war es bereits zu spät, dachte er entsetzt. Sie konnten es im Logfile sehen. Dass Herman die Homepage seiner Gewerkschaft besucht hatte.

Auf seinem Schreibtischstuhl wurde ihm allmählich schwindelig. Irgendwie spürte er, dass seine eigene Paranoia ihm zum Verhängnis werden würde. Aber hinten auf dem Plasmabildschirm war die Botschaft zurückgekehrt:

Wir greifen durch gegen grenzüberschreitende Pornografie

Herman erhob sich von seinem Stuhl, griff nach seinem Handy auf dem Tisch und ging mit steifen Schritten durch das Großraumbüro.

»Die Unternehmen, deren Stimmen im Chor der Pornokritiker am lautesten geklungen hatten«, zitierte Kyner. »Hübsch.« Er schleuderte die Zeitung weg, sodass sich die Seiten voneinander lösten und wie riesenhafte Schneeflocken auf den Fußboden des Büros hinabsegelten. »Wirklich hübsch.«

Vor dem Schreibtisch hatte Rebekka Mühe, woanders hinzusehen als auf ihre Füße.

»Und erzähl mir bitte noch einmal, wer dieses Fax geschickt hat?«

»Das war ich«, flüsterte Rebekka. Sie warf einen kurzen Blick zu Jacob hinüber, aber der Junge saß in seinem Anzug nur da und schaute teilnahmslos in die Luft.

»Dann erklär mir doch bitte mal, warum du die Liste nicht erst mit der Kundendatei abgeglichen hast?«

Rebekka war zu keiner Antwort in der Lage.

»Jacob?« Kyner wandte sich zur Seite. »Hast du sie gebeten, die Liste mit der Kundendatei abzugleichen?«

»Ja, das habe ich«, antwortete Jacob, ohne zur Seite zu schauen.

»Rebekka?« Er wandte sich wieder ihr zu. »Hat Jacob dich gebeten, sie mit der Kundendatei abzugleichen?«

»Ja.« Die Antwort war kaum vernehmbar.

»Und warum zum Teufel hast du es dann nicht getan?«, donnerte er und haute mit der Faust auf den Tisch.

»Ich habe nicht verstanden ...«, versuchte Rebekka zu erklären.

»Du hast nicht verstanden?«, unterbrach er sie. »Du hast nicht verstanden, dass die Firmen, die bereits zu unserem Kundenkreis gehören, aus der Liste aussortiert werden sollten, bevor sie dieser Journalistin zugesteckt wurde? Du hast nicht verstanden, dass wir unsere eigenen Kunden besser nicht als Pornoverbrecher outen sollten, wo wir ihnen gerade anderthalb Millionen dafür in Rechnung gestellt haben, dass wir sie als verantwortungsbewusste Marke aufgebaut haben, die sich von jeder Pornografie distanziert.«

Rebekka schaute zu Boden und versuchte, ihre Lippen am Zittern zu hindern.

»Aber das ist ja auch schwer zu verstehen. Dafür muss man ja zumindest den Kindergarten besucht haben.«

»Die gute Nachricht«, warf Jacob ein, »ist, dass wir bereits zehn viel versprechende Reaktionen auf unsere Direct-Mail-Kampagne bekommen haben.«

»Ja, und was hilft uns das, wenn es keine Agentur mehr gibt, die diese Aufträge ausführen kann?«, schnitt Kyner ihm das Wort ab.

Er lehnte sich über den Tisch zu Rebekka hinüber.

»Es hätte der Sales-Pitch für neue Kunden werden sollen«, erklärte er mit verbissenem Gesichtsausdruck. »Wir wollten ihnen demonstrieren, was schief gehen kann, wenn man seine Marke nicht unter Kontrolle hat. Aber es war doch verdammt noch mal nicht der Sinn dieser Übung, unsere existierenden Kunden mit heruntergelassenen Hosen dastehen zu lassen.«

Er zeigte zur Zeitung auf dem Fußboden.

»Und was, glaubst du, wird wohl passieren, wenn irgendjemand herausbekommt, dass wir der Presse diese Liste zugespielt haben?«

Rebekka war nicht in der Lage, überhaupt irgendetwas zu glauben.

»Zwanzig Jahre mühevoll aufgebauter Glaubwürdigkeit gehen direkt durch den Gully«, wütete Kyner. »Genau das wird passieren.«

Er erhob sich von seinem Stuhl und ging um den Schreibtisch herum.

»Ich verstehe es nicht«, sagte er mit leiser Stimme. »Ich verstehe es einfach nicht.«

Rebekka spürte, wie er sich genau hinter ihrem Stuhl aufbaute.

»Ich habe dich hier aufgenommen. Ich habe dir eine ungeheure Verantwortung übertragen. Ich habe dir alle Entwicklungsmöglichkeiten geboten, von denen man überhaupt nur träumen kann. Und dann tust du mir so etwas an.«

Kyner drehte den Stuhl unter ihr soweit herum, dass sie direkt durch die Glaswand schaute.

»Und was ist mit allen anderen? Es sind ihre Jobs, mit denen du spielst. Das kannst du doch sicher sehen, oder?« Er deutete in das Großraumbüro hinein. »Was soll ich ihnen denn erzählen? Wie soll ich ihnen erklären, dass ein hirnloses Flittchen russisches Roulette mit ihren Arbeitsplätzen gespielt hat? Oder willst du lieber selbst rausgehen und es ihnen erzählen?«

»Na ja, immerhin haben sie die Liste noch nicht veröffentlicht«, versuchte Jacob die Wogen zu glätten. »Der Name des Unternehmens ist ja noch nicht genannt worden.«

»Das ist doch erst das Vorspiel«, schnaubte Kyner. »Sie können es sich nicht leisten, die Firmen bloßzustellen, bevor sie von außen unter Druck gesetzt werden, die Liste zu veröffentlichen.« Er nickte zur Zeitung hinunter. »Und diesen Druck erzeugen sie jetzt.«

»Trotzdem kann man doch weiter hoffen, dass sie die Namen für sich behalten«, meinte Jacob.

»Hoffen?« Kyner schaute auf Rebekka hinab. »Ja wirklich, vielleicht ist es das Beste, was wir tun können.« Er stieß ihren Stuhl von sich, sodass sie langsam zum Schreibtisch zurückrotierte. »Hoffen.«

Fünf Sterne. Durch die Bank.

Regisseur und Manuskriptautor Kristian Nyholm lehnte sich in seinem Schreibtischstuhl zurück und genoss die Aussicht über die aktuellen Rezensionen seiner letzten Premiere.

Der Minister und der Generalsekretär waren über das Wochenende mit der Vorstellung auf Tournee durch die Medienlandschaft gegangen. Fernsehnachrichten, Tageszeitungen, Lokalblätter, Sonntagsbeilagen. Keine Bühne war ihnen zu klein oder zu groß. Die Repliken hatten mit jeder Aufführung immer besser gesessen, und die Kritik war einstimmig. Die Rolle des tatkräftigen Ministers war der überzeugende Durchbruch für Wissenschaftsminister Hans Hasseris.

Oder beinahe einstimmig. Nyholm wandte sich widerwillig dem Leitartikel des Dagbladet zu, das ganz außen auf seinem Schreibtisch lag. Er konnte einfach nicht begreifen, warum sie dort immer noch auf der angeblichen Passivität der Politiker herumritten. Selbst wenn der Minister angesichts der Sorgen der Mitbürger vielleicht etwas zögerlich reagiert hatte, war er doch noch lange nicht passiv gewesen. Er hatte die Notwendigkeit erkannt, das Wirtschaftsleben zu gesteigertem Verantwortungsbewusstsein anzuspornen, und die erforderlichen Initiativen zur Selbstregulierung unterstützt.

Nyholm schüttelte verärgert den Kopf. Es war offensichtlich, dass das Dagbladet die neue politische Wirklichkeit noch nicht begriffen hatte. In der Politik ging es darum, Dinge zu verändern. Und das ging auch ohne Gesetzgebung.

Was das Dagbladet nicht verstanden hatte, stand im Gegenzug Nyholm immer klarer vor Augen. Hier ging es nicht einfach nur um Internetpornografie. Was sich hier offenbart hatte, war eine ganz neue Art, Politik zu machen. Eine politische Strategie, wo den Mitbürgern nicht mehr starre Regeln und Bekanntmachungen übergestülpt wurden, sondern man ihr Verhalten dadurch veränderte, dass man sie durch eine klare politische Botschaft von der Richtigkeit dieser Veränderung überzeugte. Natürlich nicht so vulgär, wie es in der Werbebranche gemacht wurde. Sie hatten nichts gemein mit Kyners Sportartikelherstellern, die ihren Kunden einredeten, dass sie zu Siegertypen würden, wenn sie nur das richtige Logo auf ihren Turnschuhen trügen. Dies hier ging tiefer. Es ging darum, das politische Bewusstsein zu wecken. Darum, dass die Mitbürger – unter der richtigen politischen Anleitung – selbst erkannten, was richtig und was falsch war.

Nyholm lehnte sich in seinem Schreibtischstuhl zurück, während große und angenehme Wörter wie *Selbstverwaltung* und *Mitverantwortung* durch sein Bewusstsein strömten. Es gab schließlich keinen Grund, warum man jenseits der Internetpornografie nicht so weitermachen sollte. Die Strategie konnte ohne weiteres auf andere Gebiete der Politik ausgedehnt werden. Zum Beispiel auf die Gesundheitspolitik. Warum sollten nicht auch auf diesem Gebiet die Bürger für ihr eigenes Leben eine Mitverantwortung übernehmen? Warum sollten sie dieses ganze Gerede von Wartelisten nicht vergessen und sich ein bisschen gesünder fühlen?

Vor ihm eröffneten sich ungeahnte Perspektiven. Das beinahe Beste daran schien ihm, dass diese neue Strategie vollkommen kostenneutral war. Wenn die übergeordneten Rahmen erst einmal gesetzt waren, würde Politik ganz von selbst stattfinden. Man sollte dem Finanzministerium tatsächlich mal einen Tipp geben.

Die Perspektiven drohten gerade die Wände seines Büros zu sprengen, als Pernille ihren Kopf durch die Tür steckte. Die Wirtschaftsabteilung hätte gerade angerufen. Der Budgetchef bat ihn, einmal vorbeizuschauen.

»Und dann hat noch jemand angerufen.«

Pernille wedelte mit einer der orangefarbenen Telefonnotizen.

»Also ich habe nicht so richtig mitbekommen, von wo aus er angerufen hat«, sagte sie entschuldigend. »Er hat wirklich seltsam gesprochen. Ich denke, dass es vielleicht ein Schwede sein könnte.«

Nyholm betrachtete die Notiz misstrauisch. Ein Schwede? Ging es vielleicht um das Portal? Wollten sich die Schweden etwa immer noch mit dieser Sache profilieren? Er schickte Harr und seiner verräterischen Pressemitteilung einen bösen Gedanken.

»Er soll Leo Alting im Informationsamt anrufen«, sagte Nyholm scharf.

Wer zehn Millionen bekommen hatte, um ein Portal zu etablieren, das schon längst existierte, muss eigentlich ein bisschen Zeit für ein paar Telefonate übrig haben.

Kurze Zeit später betrat Nyholm ein kleineres Büro im zweiten Stock, dessen Wände mit alten Haushaltsvorlagen tapeziert waren und in dem der Fußboden unter meterhohen Papierstapeln verschwand.

An einem Schreibtisch zwischen den Stapeln saß Budgetchef Martin Bovmand und kritzelte mit einem Kugelschreiber in einer Aktennotiz herum, wobei er ab und zu ein paar schnelle Berechnungen auf einer altmodischen Tischrechenmaschine mit großen, orangefarbenen Knöpfen, einem grünen Display und einer knisternden Papierrolle ausführte.

Nyholm trat vor den Schreibtisch und hustete diskret.

»Schön, dass du gekommen bist«, sagte Bovmand in seine Notiz hinein.

Er drückte noch ein paar Mal auf seiner Rechenmaschine herum, bevor er aufsah. Die Papierrolle knisterte.

»Wir haben diese Pornosache zusammen mit dem Haushaltsentwurf ins Finanzministerium geschickt«, sagte er schließlich.

»Sie hätten gerne eine Aktennotiz, die den Abfluss dokumentiert.«

Nyholm schaute verständnislos auf den Budgetchef hinunter. »Den Abfluss?«, fragte er unsicher.

»Da ist keine Kuh auf dem Eis«, versicherte Bovmand. »Es ist so gut wie genehmigt. Sie hätten bloß gerne eine Notiz, die sie aus der Schublade ziehen können, falls die Sache bei den Verhandlungen im Herbst zur Sprache kommt. Einfach nur eine halbe Seite, auf der steht, wohin das Geld abfließt. Und ein bisschen über den Hintergrund. Insgesamt eine Seite. Maximal.«

»Ihr habt die Pornosache in die Haushaltsvorlage aufgenommen?«

»Sie wird glatt durchgehen.« Bovmand warf Nyholm einen anerkennenden Blick zu. »Man muss wirklich den Hut davor ziehen, wie ihr diese Sache aufgezogen habt. Perfektes Timing. Genau in diesem Augenblick brüten die Rechenknechte über den letzten Feineinstellungen. Und dann kommt diese Sache wie ein D-Zug aus dem Nichts herangedonnert. Sie werden kein Bein auf die Erde bekommen.«

»Tja ...«, versuchte Nyholm zu Wort zu kommen.

»Und das wissen sie auch ganz genau«, unterbrach ihn der Budgetchef. »Es ist ihr übliches Gekläffe. Sie müssen eben ihr Revier markieren. Wenn sie erst einmal eine Aktennotiz haben, hinter der sie sich verstecken können, lassen sie es anstandslos durchgehen. Nur eine halbe Seite zur Dokumentation, dass die Gelder auch abfließen.«

Nyholm stand einen Augenblick lang einfach da und wusste nicht, was er sagen sollte. »Also eigentlich ...«, begann er vorsichtig, »gibt es keinen richtigen ...«, er musste sich zusammenreißen, um dieses Wort in den Mund zu nehmen, »... Abfluss.«

»Aber ihr werdet doch etwas zum Nachlegen brauchen?«, sagte Bovmand unbeirrt. »Nach diesem ganzen Presserummel werdet ihr doch irgendwelche Initiativen starten.«

»Das schon, aber es werden keine Initiativen im herkömmlichen Sinne sein«, erklärte Nyholm. »Die Idee dahinter ist, dass die Markenführung selber die Verantwortung für ihre eigenen Probleme übernimmt. Die Unternehmen sollen vor ihrer eigenen Haustür kehren.«

»Dann werden sie doch wohl einen kleinen Zuschuss für ihre Kehrmaschinen bekommen«, meinte Bovmand mit einem Lächeln.

Nyholm schüttelte verlegen den Kopf.

Das Lächeln des Budgetchefs verwelkte. »Also jetzt hör mir mal zu«, beharrte er. »Wir haben hier einen ganz sicheren Trumpf in der Hand. Der Kessel steht voll unter Dampf. Der Zug steht abfahrbereit am Bahnsteig. Wir können ihn nicht ohne uns losfahren lassen.«

Bovmand schenkte Nyholm einen zurechtweisenden Blick und glich dabei einem enttäuschten Vater, der nicht glauben konnte, dass er seinem Sohnemann die Regeln des Spiels noch erklären musste.

»Das Finanzministerium wartet doch nur auf deinen Schrieb. Wenn wir diese Situation nicht ausnutzen, machen wir uns doch vollkommen lächerlich. Sie würden uns für einen Haufen absoluter Amateure halten.«

Nyholm trippelte vor dem Tisch auf der Stelle und überlegte, wie er es erklären könnte.

»Der Witz ist doch, dass nicht wir es sind, die diesmal die Politik in der Gesellschaft verwirklichen«, versuchte er. »Die Mitbürger und die Unternehmen sollen selber diese Aufgabe übernehmen. Damit wir die Eigenverantwortung stärken, anstatt unsere Politik mit Hilfe von starren Regeln und Bürokratie durchzusetzen.« Nyholm schaute den Budgetchef begeistert an. »Das ist eine ganz neue politische Strategie.«

Bovmand konnte diese Begeisterung nicht teilen. »Eine neue Strategie?«

Nyholm nickte.

»Aber dann willst du mir bestimmt auch gerne erklären«, fragte Bovmand sarkastisch, »was ich gemäß deiner neuen Strategie den Journalisten sagen soll, wenn sie im August mit der Haushaltsvorlage in der Hand bei mir anrufen? Was sagt die neue Strategie, wenn sie nach den Geldern für diese Pornosache fragen, mit der der Minister das ganze Frühjahr lang hausieren gegangen ist. Wenn sie mich fragen, ob er einen dicken Fisch gefangen hat? Oder ob er vielleicht zurechtgestutzt worden ist?«

Nyholm zögerte. »Dann müsst ihr ihnen erklären, dass es nicht immer nur ums Geld geht«, begann er langsam. »Dass man auch ohne ständig wachsende Haushaltsposten Politik machen kann. Dass es in der Politik auch um Einstellungen und Moral gehen kann, und ...«

Nyholm stockte. Bovmand schaute ihn viel sagend an.

»An wie viel Geld hattet ihr so gedacht?«, fragte Nyholm vorsichtig.

Vielleicht war es nicht ausgeschlossen, dass sie ein wenig Geld benötigen würden? Sie konnten doch eine Broschüre für die Bibliotheken produzieren.

Bovmand nickte zufrieden. »Schwer zu sagen, wie viel genau wir kriegen werden. Selbst wenn die Sache ein großer Renner ist, kann sich das schnell wieder ändern. Es wird wohl ein eher mittelgroßer Posten.«

»Wie viel?«

»20 im ersten Jahr«, kam es wie aus der Pistole geschossen von Bovmand. »Und weiter steigend in den folgenden Planjahren. 30, 30, 40.«

Nyholm starrte den Budgetchef erschüttert an.

»In den Planjahren wird natürlich gekürzt werden, wenn es etwas ruhiger um diese Sache geworden ist. Aber wir müssen auf jeden Fall einen Abfluss für die ersten 100 finden.«

Nyholm stand vor dem Schreibtisch und bekam kaum noch Luft.

»Ich brauche also nur eine halbe Seite«, beruhigte ihn Bovmand. »Sie muss einfach nur in der Schublade liegen, falls die Sache zur Sprache kommt. Verdammt noch mal. Popelige hundert Millionen. Äußerst zweifelhaft, ob die Opposition sie überhaupt entdecken wird.«

Nyholm zog sich langsam durch die Tür zurück, während er darüber spekulierte, wo er einen Abfluss für popelige hundert Millionen Kronen finden sollte. Eine Broschüre würde jedenfalls kaum ausreichen.

Herman starrte hinauf zum Sensor des Zentralrechners unter der Decke, während er darauf wartete, mit der persönlichen Auskunft verbunden zu werden. Eine rote Leuchtdiode blinkte auf ihn hinab und bestätigte seine Anwesenheit. Zumindest hatte sie wohl keine Logfile.

»Wie können wir dir helfen?«, fragte eine freundliche Stimme am anderen Ende der Leitung.

»Ich habe eine Frage zu …«, Herman rutschte zögernd auf dem Klodeckel herum, während ihm langsam dämmerte, dass er gezwungen sein würde, ihnen zu erklären, wobei sie ihm helfen sollten. »Meinen Rechten in Verbindung mit der Nutzung firmeneigener Computersysteme«, fuhr er unbeholfen fort. »Und dem Internet und …«, Herman beschloss, an dieser Stelle aufzuhören.

»Dem Beschäftigungsverhältnis«, stellte die Rezeptionistin fest. »Ich verbinde dich mit einem Berater aus der Rechtsabteilung.«

Ein Berater? Das klang sehr viel professioneller, als er befürchtet hatte. Vielleicht konnten sie wirklich den Unterschied machen.

Es vergingen ein paar Sekunden. Dann kam eine neue Stimme aus dem Hörer.

»Birgit Andersen, einen Augenblick«, fauchte sie durch etwas hindurch, das wie Ernte 23 klang.

Hermans Laune verschlechterte sich schlagartig. Birgit-Andersen-einen-Augenblick war eine Frau. Und damit nicht genug. Nach der Stimme zu urteilen war Birgit-Andersen-einen-Augenblick eine Frau Anfang Fünfzig. Herman überlegte, ob er nicht sofort wieder auflegen sollte. Er konnte das Geräusch der Zigarette hören, die im Hintergrund ausgedrückt wurde, während sich vor seinem inneren Auge das Bild der Gewerkschaftsanwältin materialisierte. Ausgebeulte, hoch über die Hüften gezogene Jeanshosen. Darüber ein abgewetzter Pullover. Hennafarbenes Haar. Der Gedanke ans Auflegen wurde immer verlockender.

»Birgit Andersen«, wiederholte die Stimme kurz darauf.

Herman stellte sich zögernd vor. Sein Daumen war schon auf dem Weg zu dem Knopf, mit dem man Gespräche beendete.

»Wie lautet deine Mitgliedsnummer?«

»Mitgliedsnummer?« Herman sah sich unwillkürlich um. »Also, ich habe sie nicht hier, wo ich gerade sitze«, stellte er fest.

»Nein? Na ja«, konstatierte Birgit Andersen. »Scheiß drauf. Was kann ich für dich tun?«

»Vielleicht sollte ich besser später noch einmal anrufen?«, schlug Herman vor in der Meinung, eine schnelle Fluchtmöglichkeit entdeckt zu haben. »Wenn ich meine Mitgliedsnummer gefunden habe.«

»Das spielt keine Rolle«, schnitt sie ihm das Wort ab. »Also wo drückt der Schuh?«

Herman schaukelte leicht auf dem Klodeckel hin und her. »Ich wollte mich eigentlich darüber informieren, welche Regeln für die Benutzung des Internets am Arbeitsplatz gelten«, begann er.

»Das ist von Unternehmen zu Unternehmen verschieden. Worum geht es denn ganz konkret?«

»Ganz konkret ...« Herman stockte. Das ganze Unbehagen daran, seine Situation einer Frau Anfang Fünfzig erklären zu sollen, wurde ihm plötzlich in aller Deutlichkeit bewusst. »Ganz konkret ...«, wiederholte Herman und meinte plötzlich, auf der anderen Seite der Toilettentür ein Geräusch zu hören. »Konkret geht es um die Frage …«, versuchte er es noch einmal mit leiserer Stimme.

»Du bist ganz schlecht zu verstehen«, unterbrach ihn Birgit Andersen.

»Die Frage ist«, fuhr Herman ein kleines bisschen lauter fort, »welche Regeln gelten, wenn man das Internet nutzt, um …« Herman erhob sich halb und legte sein Ohr an die Toilettentür, während er nach einer Formulierung suchte. »Ganz konkret geht es um die Frage, welche Regeln gelten, wenn man das Internet auf eine Weise nutzt, die nicht direkt mit der Arbeit zu tun hat«, brachte er schließlich heraus.

»Du willst wissen, ob sie dich feuern können, weil du dir Pornoseiten angeguckt hast?«

Herman sackte auf den Klodeckel zurück.

»Wie gesagt, es gibt unterschiedliche Regeln«, fuhr Birgit Andersen nüchtern fort. »Bestimmte Unternehmen haben explizite Regeln in ihren internen Verhaltenskodex aufgenommen, die das Downloaden von Pornografie verbieten. Wenn das der Fall ist, kann man vermutlich von einer Verletzung des Anstellungsvertrages sprechen, die eine Kündigung rechtfertigen kann. Aber das ist ganz klar die Ausnahme. Die allermeisten Unternehmen lassen eine gewisse private Nutzung zu, ohne näher festzulegen, um welche Art der Nutzung es sich dabei handeln darf. Eine der entscheidenden Fragen in diesem Zusammenhang ist die des Umfangs.«

»Des Umfangs?«

»Sprechen wir hier von großen Datenmengen und mehrstündiger, täglicher Nutzung?«

»Täglicher Nutzung?«, fragte Herman verblüfft. »Ganz und gar nicht. Es war nur das eine Mal«, betonte er.

»Ein einziges Mal?«

»Absolut das einzige Mal«, sagte Herman. »Und nur eine klitzekleine Datenmenge«, fügte er hinzu, um auf der sicheren Seite zu sein.

»Dann ist es wohl kaum eine hinreichende Grundlage für ein Kündigungsverfahren.«

Herman stieß einen erleichterten Seufzer aus.

»Wie ich schon erklärt habe, lassen die meisten Unternehmen eine gewisse private Nutzung zu«, fuhr Birgit Andersen fort. »Solange es sich dabei um normale Internetaktivitäten handelt, wird man nicht geltend machen können, dass es sich um eine Verletzung des Anstellungsvertrages handelt.« Sie legte eine kurze Kunstpause ein. »Aber das bedeutet natürlich noch lange nicht, dass sie es nicht versuchen werden«, warnte sie.

Die Warnung an Herman war vollkommen überflüssig, da seine Erleichterung bereits an einem viel früheren Punkt der Erläuterungen auf Grund gelaufen war.

»Normale Internetaktivitäten?«

»Darunter auch Pornografie«, bekräftigte die Gewerkschaftsanwältin.

»Und wenn es sich nicht um normale Internetaktivitäten handelt?«, fragte Herman beunruhigt.

»Woran denkst du?«

»Wenn es sich zum Beispiel um ...«

Birgit Andersen wartete schweigend.

»Wenn es sich um grenzüberschreitende ...«

»Du bist wieder ganz schlecht zu verstehen«, warnte sie.

»Wenn es sich um grenzüberschreitende Internetpornografie handelt«, brachte Herman heraus. »Vergewaltigung. Oder ...« Die Worte aus dem Artikel im Dagbladet drängten sich ihm auf, während seine Stimme immer dünner wurde. »Schulmädchensex.«

»Reden wir hier von Kinderpornografie?«

Kinderpornografie? Herman erkannte plötzlich die schreckliche Bedeutung dieses Wortes. War es wirklich das, worüber sie hier sprachen?

»Wenn es sich um Kinderpornografie handelt, sieht die Lage etwas anders aus. In dem Fall gehört die Angelegenheit nicht mehr zum Bereich des Arbeitsrechts.«

»Wohin gehört sie dann?«, fragte Herman angsterfüllt.

»Zum Strafrecht.«

Herman sackte unter der Last eines weiteren Furcht einflößenden Wortes auf dem Klodeckel zusammen.

»Wenn es sich um Kinderpornografie handelt, wird der Arbeitgeber Anzeige bei der Polizei erstatten, woraufhin die Staatsanwaltschaft eine Anklage erheben kann.«

Und noch eins.

»Seit der letzten Gesetzesänderung ist der Besitz von Kinderpornografie strafbar im Sinne des Strafgesetzbuchs.«

Und wieder eins.

»Aber es lag doch frei zugänglich im Internet«, bettelte Herman mit flehender Stimme. »Es lag doch nur drei Mausklicks entfernt.«

»Tja, rechtlich gesehen spielt das keine große Rolle«, stellte die Gewerkschaftsanwältin fest. »Die entscheidende Frage ist, ob die Personen auf diesen Bildern minderjährig sind. Wenn wir von Besitz reden, liegt die Altersgrenze bei fünfzehn Jahren, wenn ich mich recht entsinne.«

Unwillkürlich tauchten vor Hermans innerem Auge die Bilder auf. Die Schuluniform. Die Rattenschwänzchen. Die winzigen Brüste.

»Bist du der Meinung, dass es sich dabei um solche Bilder handelt?«

»Das …« Die Antwort wurde nie mehr als ein verlorenes Wimmern.

»Wenn du der Ansicht bist, dass es sich um Kinderpornografie handelt, können wir dir nicht helfen«, stellte Birgit Andersen fest. »In diesem Fall lautet mein bester Rat, dich an einen Anwalt zu wenden, der auf Strafrecht spezialisiert ist. Das Strafmaß ist ja nicht unbedeutend. Und es ist vor kurzem noch angehoben worden.«

Über Hermans Kopf begann die Leuchtdiode eine Reihe heftiger Blinksignale auszusenden.

»Wir sprechen hier über eine Freiheitsstrafe von einem Jahr«, warnte die Gewerkschaftsanwältin, und im selben Augenblick gab der Sensor ein scharfes Klicken von sich. »Ohne Bewährung.«

Das Licht erlosch, und dichte Dunkelheit schloss sich um Herman.

Er hatte bereits einige Zeit im Dunkeln gesessen, als Herman aufging, dass auch das Handy ein Logfile hatte. Es kam jeden Monat mit der Post. Man nannte es Telefonrechnung. Der Anruf bei der Gewerkschaft würde inklusive Zeitpunkt und Dauer darin aufgezeichnet sein.

Aus irgendeinem Grund erschien ihm das nicht mehr besonders wichtig.

Zweifel

Rebekka machte es sich auf ihrer Federkernmatratze in der Ecke des Schlafzimmers bequem. Mit dem Rücken an die Wand gelehnt beobachtete sie auf dem kleinen Achtzehn-Zoll-Bildschirm unten auf dem Fußboden, wie zur abendlichen Diskussionsrunde hinübergeblendet wurde. Auf beiden Seiten des Tisches machten sich die Journalisten bereit.

»Wir konnten beobachten, wie Politiker und Interessenorganisationen das Dagbladet aufgefordert haben, Belege für ihre Behauptung vorzulegen, die Unternehmen wären für die Verbreitung von Pornografie im Internet mit verantwortlich«, leitete die Moderatorin ein. »Gleichzeitig protestieren die Wirtschaftsverbände gegen das, was sie als Einmischung in die inneren Angelegenheiten der Unternehmen bezeichnen.«

Die Moderatorin wandte sich an eines ihrer Interviewopfer.

»Ole Væver«, begann sie. »Du bist Wirtschaftsjournalist und beobachtest seit vielen Jahren die Entwicklung der dänischen Wirtschaftsunternehmen. Glaubst du, dass es berechtigte Gründe dafür geben kann, solche Informationen zu veröffentlichen?«

Rebekka hielt die Luft an.

»Das ist ja immer eine schwierige Abwägung«, hob Væver an. »Einerseits geht es um den streng vertraulichen Bereich, der die internen Abläufe dieser Unternehmen umgibt.«

Rebekka nickte aufmunternd.

»Andererseits muss man auch anerkennen, dass es Umstände geben kann, unter denen das öffentliche Interesse Vorrang vor der

Rücksicht auf die internen Angelegenheiten der Unternehmen haben kann.«

Rebekkas Nicken endete abrupt.

»Und welche Umstände könnten das sein?«, wollte die Moderatorin wissen.

»Ja, es kann zum Beispiel passieren, dass in der Bevölkerung Zweifel daran aufkommen, inwieweit die Unternehmen ihrer Verantwortung gerecht werden«, erklärte Væver. »Wenn sie sich etwa vor dem Versprechen drücken, ihr Unternehmen auf ethisch vertretbare Weise zu betreiben.«

»Und in diesen Situationen kann eine Veröffentlichung also gerechtfertigt sein?«

»Das ist meine Auffassung«, antwortete Væver.

»Die entscheidende Frage ist also, ob wir uns gerade in einer solchen Situation befinden«, konstatierte die Moderatorin mit ernstem Blick in Richtung Rebekka. »Camilla Drejer.« Sie wandte sich dem zweiten Interviewopfer zu. »Du hast dich in deinen Artikeln sehr kritisch mit der grenzüberschreitenden Internetpornografie und der Rolle der Unternehmen auseinander gesetzt.«

Die Kamera zoomte das Gesicht der hartnäckig recherchierenden Journalistin heran.

»Glaubst du, dass für die Bevölkerung Anlass zum Zweifel besteht, dass die Unternehmen in dieser Angelegenheit ihrer Verantwortung gerecht werden?«

»Ich glaube nicht, dass daran noch ein Weg vorbeiführt«, konstatierte Drejer. »Wir haben gesehen, dass einige Unternehmen mit sehr deutlichen Aussagen zum Thema Pornografie an die Öffentlichkeit gegangen sind. Und jetzt kommt heraus, dass dieselben Unternehmen eine entscheidende Rolle bei der Weiterverbreitung der Pornografie spielen.«

»Von Seiten der Wirtschaftsverbände führt man allerdings an, dass es sich dabei um interne Probleme handelt, mit denen die Unternehmen selbst umgehen können.«

»Dafür spricht allerdings herzlich wenig«, meinte Drejer. »Denn sonst wären diese Zweifel wohl gar nicht erst aufgekommen.«

»Du bist also der Meinung, dass die Bevölkerung berechtigte Zweifel daran haben kann, ob die Unternehmen selbst diese Situation meistern können?«

»Daran hege ich nicht den geringsten Zweifel«, betonte die Journalistin.

»Ole Væver.« Die Moderatorin drehte sich erneut in die andere Richtung. »Bist du derselben Auffassung?«

Der Wirtschaftsjournalist zögerte einen Augenblick lang, während Rebekka flehend auf den Bildschirm starrte.

»Wie gesagt, ist das ja eine schwierige Abwägung, wenn es um den streng vertraulichen Bereich geht, der die internen Abläufe dieser Unternehmen umgibt«, begann Væver. »Andererseits muss ich Camilla Drejer darin Recht geben, dass es gewichtige Gründe dafür gibt, das Verantwortungsbewusstsein der Unternehmen in dieser Angelegenheit in Zweifel zu ziehen.«

Auf der Matratze spürte Rebekka ihre Hoffnung schwinden.

»Allein die Tatsache, dass wir hier sitzen und diskutieren, inwieweit man die Rolle der Unternehmen in Zweifel ziehen kann, ist für sich schon ein Zeichen dafür, dass diese Zweifel bereits ein Thema sind.«

Das Gesicht der Moderatorin klarte sich in erneuertem Verständnis für die Problemstellung auf. »Also der Umstand, dass wir Zweifel am Zweifel haben, ist an sich schon Grund genug zum Zweifel?«

»Zweifellos«, antwortete Væver mit einem Nicken.

Rebekka begrub ihr Gesicht in den Händen.

Der Esstisch stand im ersten Stock eines Einfamilienhauses, wo die Küche und das Esszimmer zu einem einzigen großen Raum zusammengelegt und anschließend zu einem Spielparadies umgebaut worden waren, mit Regalen in kindgerechter Höhe voller Spielzeuge, mit farbenfrohen Wachstüchern auf allen waagerechten Oberflächen und einer schreiend gelben Plastikschaukel, die in der Türöffnung zum nächsten Zimmer hing.

Karin saß mit einem glücklichen Lächeln am Esstisch und malte Bilder zusammen mit Hermans mittlerer Nichte. Im Wohnzimmer wechselte seine Schwägerin der jüngsten auf dem Couchtisch die Windeln und wurde dabei von der ältesten Nichte unterstützt. Und am Küchentisch half Herman seinem Bruder bei der Zubereitung des Abendessens, während er vergeblich versuchte, die schrecklichen Worte aus dem Gespräch mit der Gewerkschaftsanwältin daran zu hindern, aus ihren Kommodenschubladen zu springen.

»Du siehst ein bisschen gestresst aus«, sagte sein Bruder besorgt, während er sich über den Herd beugte.

»Es ist …«

KINDERPORNOGRAFIE

Herman trat gegen die Kommode. »Es ist nur die Arbeit«, brachte er hervor.

Sein Bruder nickte und glaubte ihn zu verstehen. »Versuch mir davon zu erzählen«, schlug er vor.

Erzählen? Die Schubladen rumpelten in seinem Hinterkopf.

»Meistens hilft es, darüber zu reden«, meinte sein Bruder.

»Ich weiß nicht …« Herman konnte Karin mit einer Nichte am Esstisch kichern hören. Seine Schwägerin schimpfte im Wohnzimmer mit der Jüngsten. Er wagte nicht einmal daran zu denken, wie sie reagieren würden, wenn er ihnen die Wahrheit erzählte.

»Liegt es daran, dass ihr so viel zu tun habt?«

Herman schielte zu seinem Bruder hinüber, der nach dem Studium eine Stelle als Deutschlehrer an einem Gymnasium in Greve angenommen hatte, um auch Zeit für die Familie zu haben, und der anscheinend nie daran gezweifelt hatte, die richtige Entscheidung getroffen zu haben. Einen Augenblick lang überlegte Herman, ob er die Chance ergreifen sollte. Zu behaupten, dass er tatsächlich viel zu tun hatte, um sich nach Hause an seinen Heimarbeitsplatz absetzen zu können. Sich in die Pornoseite hineinzuklicken und nachzusehen, wie alt diese Mädchen waren. Dann erinnerte er sich an das Logfile. Und an den Systemadministrator. Und anschließend in schneller Reihenfolge an Beck-Nielsen, die Polizei und ein weiteres schreckliches Wort der Gewerkschaftsanwältin:

STAATSANWALTSCHAFT

»Ich glaube, ich habe keine große Lust, darüber zu reden«, sagte Herman ausweichend. »Heute Abend will ich lieber versuchen, ein wenig Abstand zu gewinnen. Versuchen, an etwas anderes zu denken.«

»O.k.«, sagte sein Bruder mit einem Nicken. »Aber du kannst jederzeit Bescheid sagen, wenn du das Bedürfnis hast, darüber zu reden.«

Er umfasste kurz Hermans Schultern. In seinen Inneren spürte Herman, wie sich die Schubladen der Kommode durch diese Berührung lockerten.

»Warum setzt du dich nicht rüber zu den anderen?«, schlug sein Bruder vor und deutete hinter sich zum Esstisch. »Lass Sofie ein Bild für dich malen. Es gibt nichts Besseres als eine Kinderzeichnung, um solche Sorgen in die richtige Perspektive zu rücken.«

»Und wann legt ihr los?«

Herman betrachtete seine Schwägerin genervt. Nach dem Essen waren seine beiden älteren Nichten ins Wohnzimmer gegangen, um eine Überraschung vorzubereiten, während die Schwägerin begonnen hatte, Karin mit einer Art von Bemerkungen zu foltern, die Herman noch nie hatte einordnen können: war es missverstandene Freundlichkeit oder abgefeimte Boshaftigkeit?

»Natascha könnte gut eine Spielkameradin gebrauchen«, fügte die Schwägerin hinzu und nickte lächelnd zu dem Baby auf ihrem Schoß hinunter.

»Wir warten noch ein wenig ab«, wich Karin ihr aus. »Es ist ja noch gar nicht so lange her, dass ich meine Stelle bei der Stadt angetreten habe.«

»Aber es wird doch wohl kein Problem sein, Elternzeit zu bekommen?«, fuhr die Foltermeisterin unverdrossen fort.

Karin rutschte auf ihrem Stuhl hin und her. »Vielleicht ist es ja nicht das Dümmste, sich erst einmal ein bisschen einzuarbeiten.«

»Andererseits solltest du nicht zu lange warten«, warnte die Schwägerin und begann mit einer Geschichte über eine unfreiwillig kinderlose Freundin, die zufällig genau in Karins Alter war.

»Habt ihr schon gehört, dass wir Tickets in die Toskana gebucht haben?«, unterbrach Herman sie, als sie anfing, von der dritten künstlichen Befruchtung der Freundin zu erzählen.

Karin schenkte ihm ein dankbares Lächeln.

»Wir werden wohl versuchen, ein Haus zu mieten«, meinte Herman.

»Wann wollt ihr los?«, fragte der Bruder schnell. Selbst er hatte den Wink verstanden.

»Im Juli«, antwortete Karin. Sie begann ihre Urlaubsplanungen darzulegen, während sie unter dem Tisch liebevoll nach Hermans Schenkel griff.

Erneut spürte Herman, wie die körperliche Berührung die Kommodenschubladen aufspringen ließ. Die toxischen Dämpfe der unerträglichen Wörter der Gewerkschaftsanwältin traten aus und vergifteten Karins liebevolle Geste. Selbst wenn sie glaubte, dass sie ihn liebte, wäre es in demselben Augenblick vorbei, an dem sie herausfand, was er getan hatte.

KINDERPORNOGRAFIE

Ein saugender Strudel aus Trauer und Selbstmitleid tat sich unter ihm auf. Es war vorbei. Alles, was sie gemeinsam hatten.

Wenn es Kinderpornografie war, ermahnte er sich verzweifelt. *Wenn!*

Hermans Augen glitten zur Tür hinüber, hinter der sich die Treppe befand. Sein Bruder besaß einen Heimcomputer. Von den Spielzeugen in den Keller verdrängt. Herman könnte vorgeben, auf die Toilette zu müssen, und sich stattdessen hinunterschleichen und diese Homepage genauer ansehen. Er vergegenwärtigte sich das Bild von dem Mädchen in Schuluniform. Der entscheidende Punkt war das Alter, hatte die Gewerkschaftsanwältin gesagt. Er würde nicht mehr als drei Mausklicks brauchen, um es herauszufinden. Drei Klicks, die niemand entdecken würde. Außer wenn der Heimcomputer auch ein Logfile hätte. Herman rutschte unentschlossen auf seinem Stuhl herum, als seine Überlegungen von lautstarker Popmusik aus dem Zimmer nebenan unterbrochen wurden. Er wandte sich der Türöffnung zu.

Hinter der gelben Schaukel kamen die Nichten zum Vorschein. Gekleidet in kurze, schwarze Röcke, weiße Hemdchen und kniehohe Tennissocken. Mit rotem Lippenstift auf den Lippen. Und jede mit der Hälfte einer durchgeschnittenen Gurke in der Hand. Wie auf einer kleinen Bühne kamen sie mit im Takt der Musik schwingenden Hüften durch die Türöffnung herangetanzt.

»Das sind die Gewinner«, flüsterte die Schwägerin.

»Vom Grand Prix d'Eurovision«, erklärte Karin.

»Sie können alle Lieder auswendig«, verkündete die Schwägerin stolz und begann im Takt mitzuklatschen.

Im Zimmer angekommen begannen die Mädchen mit den Gurken als Mikrofone vor den leuchtend roten Mündern zu schauspielern, während sie mit ihren kindlichen Popos wackelten und die nicht vorhandenen Brüste herausstreckten. In einer genau einstudierten Choreografie tänzelten sie auf der Bühne vor und zurück. Mit aufreizend in die Hüfte gestemmten Händen. In flirtender Pose und mit koketten Küssen über den Bühnenrand hinweg.

Herman betrachtete das Schauspiel wie versteinert. Irgendetwas an dem Anblick der weißen Kniestrümpfe und kurzen Röcke setzte die Kommode in Bewegung. Ein paar Sekunden später hatte er begriffen. Obwohl die Kostüme aus alten Resten aus der Garderobe seiner Schwägerin zusammengeflickt waren. Schuluniformen!

Mit einem Poltern fielen die Schubladen aus der Kommode. Das Bild von dem Mädchen auf der Homepage schob sich vor das der Nichten und passte nahtlos. Und mit einem Mal waren alle Zweifel verschwunden.

KINDERPORNOGRAFIE

Natürlich war es Kinderpornografie gewesen. Ein Welle von Scham überflutete ihn. Die Worte der Gewerkschaftsanwältin sprangen in ihm aus ihren Löchern.

STRAFSACHE

STRAFGESETZ

STRAFPROZESS

Eines nach dem anderen verschafften sie sich Zugang zu seinem Bewusstsein, während seine Nichten tanzend vor ihm herumkasperten. Unkontrolliert begannen die Worte in seinem Hirn herumzuschleudern, beschleunigten immer mehr, bis sie schließlich miteinander verschmolzen, sodass nur ein Furcht einflößendes Wort zurückblieb:

STRAFE

Und während Karin, sein Bruder und seine Schwägerin angesichts der aufreizenden Tanzeinlage der kleinen Mädchen klatschen und johlten, sah Herman ein, dass seine Strafe weit über das hinausgehen würde, was als offizieller Strafrahmen vorgesehen war.

Kündigung? Knast?

Das waren doch alles nur blutleere Begriffe, die nicht einmal annähernd beschreiben konnten, welches Schicksal ihn erwartete:

Der totale Zusammenbruch seiner Existenz.

Ohne Bewährung.

Die Fahrgäste schauderten in der Dunkelheit vor dem Gerichtsgebäude vor Kälte, als Camilla aus der Redaktion kam, um den Nachtbus noch zu erwischen.

Sie war vom Fernsehstudio direkt mit einem Taxi zurück in die Stadt gefahren, um bei den letzten Korrekturen des Artikels dabei zu sein. Genau in diesem Augenblick rauschte er durch die Druckereien der Zeitung, und im ganzen Land bereiteten sich die Zusteller darauf vor, ihn zu den Abonnenten hinauszufahren.

Camillas Blick wanderte das Gebäude des Dagbladet hinauf. Hinter den Fenstern des Eckbüros verriet ein schwacher Lichtschein, dass der Chefredakteur noch geblieben war, um das fertige Produkt zu begutachten. Weiter oben begannen die Nachrichten des kommenden Tages über die Leuchttafel zu laufen.

Sie hielt Ausschau nach dem Bus, während sie die rollenden Buchstaben aus den Augenwinkeln weiterverfolgte. Oben blinkte es einmal. Die Leuchttafel wurde schwarz, während man die nächste Nachricht vorbereitete. Sie bemerkte, wie die wartenden Fahrgäste um sie herum instinktiv zu der Tafel hinaufblickten. Dann rollte die Nachricht mit leuchtend gelben Buchstaben heran:

Dagbladet veröffentlicht Beweise über Porno surfende Unternehmen

Kurze Zeit später entdeckte Camilla, dass der Nachtbus mit den Normalsterblichen bereits wieder davongefahren war. Sie blieb stehen, um die Überschrift ein weiteres Mal vorbeilaufen zu sehen. Dann sah sie sich nach einem Taxi um.

Der Tatort

Am folgenden Morgen beging Herman einen der klassischen Fehler der Kriminalliteratur. Wohl wissend, dass es ihn direkt ins Verderben führen würde, war er im Begriff, dem Drang nachzugeben, der letzten Endes immer zur Aufklärung des Verbrechens und zur Verhaftung des Schuldigen führte: Der unwiderstehliche Drang des Verbrechers, an den Ort seiner Tat zurückzukehren.

Er hätte diesem Drang jedenfalls nachgegeben, wenn der Weg zurück zum Tatort nicht von Studenten, Müttern mit Kinderwagen und älteren Mitbürgern blockiert gewesen wäre, die – im Gegensatz zu rettungslos verlorenen Pornoverbrechern – anscheinend jede Menge Zeit hatten.

Herman wartete ungeduldig, während sich die Menschenmenge in den Vorraum schob. Er riss sich von der Menge los und ging zu den Internetcomputern der Bibliothek hinüber, die in einem langen, schmalen Raum mit Panoramafenstern zur Straße hin aufgestellt waren. An der gegenüberliegenden Wand stand eine Reihe schmaler Tische, auf denen jeweils zwei der Rechner platziert waren.

Herman wartete einen Augenblick lang vor dem Schalter direkt hinter der Tür der Bibliothekare und versuchte sich einen Überblick zu verschaffen. Obwohl sie gerade erst geöffnet hatten, waren die Computerterminals bereits ziemlich gut belegt. Er nahm Kurs auf den hintersten Tisch, wo direkt an der Wand noch ein Platz frei war.

Herman drückte sich hinter dem Anwender vor dem außen platzierten Rechner vorbei – ein älterer Herr mit Baskenmütze und Wollmantel – und setzte sich an den Rechner. Er drehte den Bildschirm ein wenig mehr zur Wand. Dann griff er nach der Maus und holte tief Luft.

Der erste Schritt war die Werbung für das leichte Leben. Herman klickte sich in das Schlafzimmer hinein und fand den *Take-action-Link*. Vorsichtshalber hielt er inne und schaute sich um. Am Tisch vor ihm waren die Leute über ihre Bildschirme gebeugt. Neben ihm schien die Baskenmütze tief in die Bilder auf seinem eigenen Monitor versunken. Umgedrehte Bäume mit kleinen Namensschildchen an den Ästen. Ahnenforschung.

Herman klickte auf den Link, und die neue Seite erschien. *Gangbang in der Lounge*, versprachen die Mädchen auf seinem Bildschirm. *Nur für Mitglieder.* Es vergingen ein paar Sekunden. Dann erschien das Werbebanner für die Teenagerseite am oberen Bildschirmrand.

Zögernd bewegte Herman den Mauszeiger zu der Werbung hinauf, während er überlegte, ob die Bibliothek auch einen Logfile hatte. Natürlich hatten sie einen. Aber sie wussten nicht, wer er war, erinnerte er sich. Er war einfach nur ein zufälliger Gast, der von der Straße hereingekommen war.

Er führte die Maus zur Bannerwerbung hinauf. Hielt ein letztes Mal inne. Und klickte. Ein paar Sekunden vergingen. Eine neue Seite erschien. Leer. Ganz oben eine knappe Fehlermeldung. Große, schwarze Lettern auf weißem Hintergrund.

ACCESS DENIED.

Herman starrte verwundert auf den Bildschirm. Er klickte sich ins erotische Universum zurück und musterte die Werbung am oberen Bildschirmrand. Es musste diese Seite sein. Er warf einen kurzen Seitenblick auf den Ahnenforscher. Dann klickte er noch einmal. Ein paar Sekunden vergingen. Und die Seite erschien.

ACCESS DENIED.

Frustriert ließ sich Herman zurück in den Stuhl sinken und schubste die Maus weg.

»Funktioniert es nicht?«

Herman drehte sich überrascht um. Der Ahnenforscher von nebenan betrachtete ihn teilnahmsvoll. Bevor Herman reagieren konnte, hatte sich der Mann zu seinem Computer hinübergebeugt, um den Bildschirm zu inspizieren. Er schüttelte missmutig seinen Kopf.

»Also hier unten gibt es immer wieder Probleme mit den Rechnern.«

»Das macht doch nichts«, sagte Herman hastig. Er griff nach der Maus, um die Seite wegzuklicken.

»Aber die Leute hier sind immer sehr hilfsbereit.«

Der Mann mit der Baskenmütze streckte einen Arm in die Luft und winkte nach dem Bibliothekar, der hinter dem Schalter stand.

»Also das ist wirklich nicht nötig«, protestierte Herman.

»Aber dafür sind sie doch hier«, sagte der Mann und tätschelte Hermans Arm.

Einer der Bibliothekare oben vom Schalter war bereits auf dem Weg hinunter zu ihnen. Herman versuchte, aus seinem Stuhl zu kommen, wurde aber von der Hand des Ahnenforschers zurückgehalten, die schwer auf seinem linken Arm ruhte. Er schob seinen Stuhl zurück und versuchte sich freizukämpfen. Dann stand der Bibliothekar vor seinem Tisch.

»Gibt es Probleme?«, fragte er freundlich.

»Es ist der Computer von diesem jungen Mann«, erklärte der Baskenmützenmann.

Der Bibliothekar klemmte sich zwischen sie und stellte sich neben Hermans Stuhl. »Das ist der Filter«, seufzte er. »Mit dem haben wir dauernd irgendwelche Probleme.«

»Das spielt doch keine Rolle«, versicherte Herman. »Ich wollte sowieso gerade gehen.«

»In der Regel sind es die Dating-Seiten, die uns Ärger machen«, erklärte der Bibliothekar unbeirrt. »Wegen der Bildprofile.«

Herman versuchte vergeblich, sich von seinem Stuhl zu erheben.

»Welche Seite wolltest du dir denn gerne ansehen?«, fragte der Bibliothekar und beugte sich über den Schirm. »Wenn du mir die Webadresse gibst, kann ich mich in den Server einloggen und den Filter deaktivieren.«

Der Bibliothekar griff nach der Maus und zog den Scrollbalken nach unten. Entsetzt beobachtete Herman, wie eine Fehlermeldung mitsamt der Adresse der Pornoseite von der Unterkante des Bildschirms nach oben rollte.

Herman griff unter den Tisch. Der Computer stieß einen überraschten Seufzer aus. Der Bildschirm erzeugte ein Knistern statischer Elektrizität und wurde schwarz.

»Warum ...«, begann der Bibliothekar, verstummte aber sofort, als Herman sich mit einem harten Schultertackling an ihm vorbeidrängte.

»Ho, ho«, protestierte der Ahnenforscher.

Herman ignorierte beide und quetschte sich hinter dem Stuhl nach draußen. Mit schnellen Schritten eilte er an den Tischen vorbei, während er die erstaunten Blicke in seinem Rücken spürte. Hinten am Ausgang erhob sich einer der Bibliothekare allmählich hinter dem Schalter von seinem Stuhl, aber bevor er stand, war Herman schon vorbei und draußen auf der Straße. Er hantierte an seinem Fahrradschloss, während er durch die Panoramafenster den Aufruhr zwischen den Computern beobachten konnte. Dann warf er sich in den Sattel und beschleunigte die Straße hinab.

... weshalb wir die Schlussfolgerung ziehen mussten, dass B&B ohnehin nicht das erforderliche Interesse an der Durchführung dieses Projekts aufbringt.

Die Mail der Versicherungsgesellschaft hatte in Hermans Eingangsordner auf ihn gewartet, als er von der Bibliothek zurückkehrte. Mit freundlichen Grüßen und cc an Beck-Nielsen.

Herman starrte auf den Bildschirm und bemühte sich, besorgt zu sein. Es wollte ihm nicht gelingen. Das Exo-Projekt? Die Monatsabrechnung? Keines dieser Worte hatte noch eine Bedeutung. Vor ihm auf dem Bildschirm verschwammen die Buchstaben. Das Großraumbüro verschwand aus seiner Wahrnehmung. Als ob sich die Wirklichkeit vor ihm zurückzog. Als wollte sie ihn allein auf seinem Schreibtischstuhl zurücklassen, frei schwebend im leeren Raum, umgeben von einer unendlichen Stille.

Eine bemerkenswerte Stille, in der Tat. Herman sah verwundert vom Bildschirm auf. Die Wirklichkeit existierte immer noch, aber in einer auffallend lautlosen Version. Das übliche Klappern der Tastaturen war verstummt. Die Schreibtische waren verwaist. Verdutzt drehte er sich auf seinem Stuhl um und sah gerade noch die letzten drei Berater durch die Glastür verschwinden.

Herman folgte ihnen mit den Augen, während sie über die Galerie zu den Aufzügen hinübergingen. Dort hatte sich bereits eine größere Menge versammelt. Auf der darunter liegenden Etage sah es genauso aus. Im ersten Stock hatten die Berater die Aufzüge bereits abgeschrieben und gingen die Treppe hinunter. Herman rollte seinen Stuhl zum Fenster hinüber. Unter ihm fand eine regelrechte Völkerwanderung statt. Die Anzüge strömten aus den Aufzügen und den Treppenhäusern auf den Marmorboden hinaus. Er musste sich ganz nah an die Scheibe pressen, um sie weiter verfolgen zu können. Sie versammelten sich am Eingang zur Kantine. Sie waren auf dem Weg in die Kuschelecke.

Wenige Sekunden später lief Herman über den Marmorboden, um sich dem Menschenauflauf anzuschließen. Ein unheilschwangeres Murmeln stieg von den versammelten Beratern auf. In ihrer Mitte, am Tisch der Kuschelecke, standen zwei Anzüge und hielten je ein Ende einer aufgeschlagenen Zeitung. Das Dagbladet!

Herman biss die Zähne zusammen und drängelte sich in die Menge. Bereits als er halb hindurch war, konnte er die Überschrift erkennen. Gedruckt mit riesigen, roten Lettern quer über die Mittelseiten hinweg.

DIE BEWEISE!

Darunter breiteten sich zwei Spalten mit kleinerer Schrift über die Seite aus. Herman musste sich ganz nah herandrücken, um den Text lesen zu können. Eine Auflistung. Namen. Und Abkürzungen. ApS. Int. AG. Natürlich Firmennamen. Herman schob zwei Berater zur Seite, sodass er bis zur Zeitung vordringen konnte und der Untertitel lesbar wurde.

Dänische Unternehmen surfen auf Pornoseiten

Beck & Brenow war der dritte Name auf der Liste.

Eine Stunde später war die Ruhe wiederhergestellt. Die Anzüge waren an ihre Schreibtische zurückgekehrt, um mit der Monatsabrechnung zu kämpfen. Und Herman ging zum vierten Mal innerhalb einer halben Stunde auf dem Rückweg von der Toilette die Galerie im dritten Stock entlang, wobei er ängstlich die Entwicklungen im Kabuff des Systemadministrators zwei Stockwerke unter sich verfolgte.

Die Lage im Kabuff war im Großen und Ganzen unverändert. Die Tür war geöffnet. Durch die Türöffnung konnte er hinter einer Wand aus Anzügen gerade noch den Systemadministrator ausmachen. Der einzige Unterschied bestand darin, dass sich nicht mehr der gesamte Kreis der Partner darin aufhielt. Beck-Nielsen war auf die Galerie hinausgetreten, und dort stand er jetzt mit einem Papier in der einen und einem Handy in der anderen Hand und brüllte, sodass seine Sätze lange zwischen den Glasfassaden und dem Marmorboden nachhallten.

»Nein, natürlich ist dieses Vorgehen nicht akzeptabel«, schallte es. »Wir haben schließlich gerade erst als ethisch verantwortungsbewusstes Unternehmen die Initiative zur Eindämmung der Pornoflut unterstützt.«

Herman spürte, wie seine Schritte sich verlangsamten. Zwei Stockwerke unter ihm horchte der Seniorpartner mit angespanntem Gesichtsausdruck in sein Handy hinein. Dann begann er erneut zu sprechen. Die Antwort erreichte Herman mit Verspätung wie in einer schlecht synchronisierten Fernsehwerbung.

»Das ist auch bedauerlich«, lautete sie. »Äußerst bedauerlich.«

Der Seniorpartner schaute auf sein Papier, während er der nächsten Frage lauschte. Dann kam die Antwort – mit mechanischer Stimme wie aus einem vorgefertigten Manuskript vorgelesen.

»Wir haben uns noch keinen vollständigen Überblick verschaffen können«, kam es von den Glasfassaden. »Aber wir arbeiten intensiv daran, die Quelle zu identifizieren.«

Hermans Füße waren mittlerweile auf der Galerie festgefroren.

»Dann werden wir ihr gegenüber die angemessenen Maßnahmen ergreifen«, hallte es vom Marmorboden herauf.

Herman musste sich an das Geländer der Galerie lehnen, um sein Gleichgewicht nicht zu verlieren.

»Wir werden die angemessenen Maßnahmen ergreifen«, dröhnte es. »Aber es ist ganz klar, dass eine Kündigung eine der Konsequenzen sein wird, die gezogen werden.«

Der Seniorpartner sah von seinem Manuskript auf.

»Eine der Konsequenzen«, wiederholten die Glasfassaden.

Deshalb sehe ich der konstruktiven Beteiligung des Ministeriums mit Freude entgegen und erwarte bis spätestens Ende der Woche die Benennung eines Repräsentanten für den eingesetzten Koordinierungsausschuss.

Der Brief des Wirtschaftsministers vor ihm auf dem Schreibtisch nötigte Nyholm ein respektvolles Nicken ab. Der Umarmungsversuch war so klassisch in seiner Ausführung, dass man bewundernd den Hut davor ziehen musste:

Wirtschaft und Werte. Eine breit angelegte Initiative zur Bündelung des Einsatzes der Regierung auf dem Gebiet der ethischen Handlungen in der Markenführung, mit dem Wirtschaftsminister in der Rolle des Initiators und Koordinators und aufbauend auf den bereits existierenden oder neuen Initiativen anderer Ministerien, unter anderem, aber nicht allein, auf der Initiative des Wissenschaftsministeriums im Hinblick auf die grenzüberschreitende Internetpornografie.

Klassisch. Ohne Zweifel.

Nicht, dass er glaubte, der Wirtschaftsminister – oder, was das betrifft, dessen Parteifreund im Wissenschaftsministerium – hätte irgendeine Ahnung davon, was hier gespielt wurde. Aber für einen Beamten mit einigen Jahren Berufserfahrung war dieses bürokratische Umarmungsmanöver nicht zu übersehen. Eine glasklare Umsetzung der zentraladministrativen Eindämmungsdoktrin, die eine umgehende Reaktion vorschrieb, sobald ein Projekt allmählich auf das Territorium eines anderen Ministeriums übergriff, um sich selbst an die Spitze zu setzen und seinem Minister einen Teil der Aufmerksamkeit sichern zu können, und bloß nicht in die Gefahr geriet, hinten eingespannt zu werden, wo man nur die schweren Lasten ziehen musste, während ein anderes Ministerium die Richtung vorgab.

Nyholm lächelte vor sich hin, während er auf einem kleinen gelben Zettel für Espen Stichwörter für den Entwurf einer Antwort schrieb. Der Minister würde sich für diese spannende Initiative bedanken. Er würde die Verantwortung für die wichtige Arbeit im Koordinierungsausschuss an einen von Nyholms ausgebrannten Ingenieuren übertragen. Und im Übrigen sehen, wie dieses Projekt in die breiteren Aktivitäten des Wissenschaftsministeriums auf dem Gebiet der Ethik in der Wissensökonomie hineinspielen würde, bei denen die Initiative des Wirtschaftsministers eine wichtige Teilaufgabe übernehmen könnte.

Umarmt die Umarmer, dachte Nyholm zufrieden und warf den Vorgang in den Ausgangskorb hinüber.

Er wollte gerade den nächsten Ordner vom Stapel nehmen, als Pernille ihren Kopf durch die Tür hineinsteckte.

»Ole hat nach dir gefragt«, sagte sie. »Er wollte, dass du bei ihm vorbeischaust.«

Nyholm bemerkte das besorgte Glänzen in den Augen der Sekretärin. Er lächelte ihr beruhigend zu. Die Tage, als Ole-hat-nach-dir-gefragt unkontrollierte Zuckungen in Nyholms Herzmuskel ausgelöst hatte, gehörten der Vergangenheit an. Am Dienstagmorgen war das Drama um die grenzüberschreitende Internetpornografie ein weiteres Mal auf den Titelseiten der Zeitungen vor vollem Haus aufgeführt worden, mit Hans Hasseris in der fast schon legendären Rolle des tatkräftigen Ministers, und in der Rolle der Schurken ausschließlich Darsteller aus den eigenen Reihen der Markenführung. Sogar das Intermezzo mit dem Budgetchef und der Aktennotiz zum Geldabfluss war bereits am Montagnachmittag erledigt worden, als Espen mit imponierender Kreativität einen halbseitigen Text produziert hatte, der einen dringenden Finanzierungsbedarf für Nachfolgeinitiativen des Pornoprojekts dokumentierte. Initiativen, über deren konkrete Ausgestaltung sie noch gründlich und lange nachdenken konnten – versicherte der Budgetchef –, wenn das Ministerium diese Gelder im Anschluss an die Verhandlungen im Herbst tatsächlich bekommen würde.

»Ich gehe direkt hinunter«, versprach Nyholm und verspürte nichts anderes als eine leichte Neugierde auf das, was der Staatssekretär wohl von ihm wollen könnte.

»Und dann hat dieser Schwede wieder angerufen«, fügte Pernille hinzu, immer noch ein wenig beunruhigt.

Nyholm sah sie verwundert an. »Hast du ihm nicht gesagt, dass er das Informationsamt anrufen soll?«

»Er besteht weiter darauf, nur mit dir zu sprechen«, entschuldigte sie sich. »Also, er ist ziemlich hartnäckig.«

Nyholm verstand das nicht. Konnten diese Schweden nicht endlich akzeptieren, dass diese Portalgeschichte überstanden war?

»Ich rufe an, wenn ich wieder da bin«, seufzte Nyholm und ging hinaus zum Treppenhaus.

Der Staatssekretär saß bereits in einem der Ledersofas, als Nyholm eintrat. Auf seinem Schoß lag eine rote Mappe.

»Ich habe mir dein Projekt angesehen«, begann er, während sich Nyholm auf die Sitzecke zubewegte. »Ein glänzender Vorschlag.«

Nyholm setzte sich auf das gegenüberliegende Sofa und versuchte rauszubekommen, von welchem Vorschlag hier die Rede war. Spontan konnte er sich nicht erinnern, seit dieser Pornogeschichte einen Vorschlag vorgelegt zu haben. Aber es konnte sich natürlich auch um eine ältere Sache handeln, die aus dem Winterschlaf geweckt worden war. Er versuchte einen Blick durch den Plastikdeckel der Mappe hindurch auf das Deckblatt zu erhaschen. Der Groschen wollte nicht fallen.

»Wirklich glänzend.«

Der Staatssekretär öffnete die Mappe und schlug das blaue Deckblatt um. Dahinter steckte nur ein einziger Bogen Papier. Nicht einmal eine richtige Notiz. Nur ein halbseitiger Text, der aus mehreren Stichpunkten bestand. Nyholm meinte die Art der Gestaltung wieder erkennen zu können, war aber nicht in der Lage, sich in diesem Zusammenhang an eine rote Mappe zu erinnern.

»Ich finde, in dieser Sache steckt richtig Musik«, sagte der Staatssekretär und bedachte die magere Aufzählung mit einem Nicken.

Nyholm lehnte sich in seinem Sofa nach vorn und versuchte,

das eine oder andere Wort auf der halb vollen Seite zu entziffern. Er konzentrierte sich auf das oberste Aufzählungszeichen. Dort meinte er das Wort Broschüre erkennen zu können. Wann hatte er zuletzt eine Broschüre vorgeschlagen?

»Obwohl es natürlich noch etwas ausgearbeitet werden muss.«

Nyholm klammerte sich an die Broschüre. Eine Broschüre für die Bibliotheken vielleicht? Eine Broschüre für die Bibliotheken zum Thema ... Da fiel es ihm ein. Es ging um die Pornoinitiativen. Die halbe Seite, die Espen im Laufe des Montagnachmittags zusammenfantasiert hatte. Die Broschüre. Forschungsprogramme. Ein Wissenschaftszentrum für Pornografie. Groß angelegte Konferenzen zur Initiierung öffentlich-privater Partnerschaften. Vollkommen fiktive, aber wahnsinnig kostenintensive Aktivitäten.

Nyholm schaute beunruhigt auf die Notiz. Was hatte sie in einer roten Mappe zu suchen? Konferenzunterlagen? Oder war es eine Beschlussvorlage? SCHEISSEGAL. Sie sollte überhaupt in gar keiner Mappe liegen. Sie sollte in einer Schublade in Abteilung Neun des Finanzministeriums liegen. Und dort sollte sie auch liegen bleiben, es sei denn, der Opposition, und das war *äußerst unwahrscheinlich*, würde die Sache im Herbst ins Auge fallen.

»Andererseits ...«

Der Staatssekretär klappte die Mappe zu, sodass Nyholm das Deckblatt studieren konnte. Obwohl es schwierig war, durch den verschmierten Plastikdeckel Details zu unterscheiden, konnte es keinen Zweifel daran geben, dass es seine Unterschrift war, die unten auf dem blauen Papierbogen stand.

»Tja, ich weiß nicht so recht, ob die Perspektive ...«

Der Staatssekretär zögerte, während das Deckblatt vor Nyholms Augen verschwamm. Er war sich vollkommen sicher, nie ein Deckblatt für die Pornoinitiative unterschrieben zu haben. Trotzdem befand sich unten auf der Seite seine Unterschrift, die ihn durch den Plastikdeckel anschrie. Nyholm begann zu überlegen, ob er es alles vielleicht nur träumte? Aber er hatte doch gerade eben mit dem Brief des Wirtschaftsministers an seinem Schreibtisch gesessen. Hatte er das etwa auch geträumt? Er hatte doch vollkommen glaubwürdig geklungen.

»Nicht, dass es keine klaren ostdänischen Aspekte gäbe«, fügte der Staatssekretär hinzu.

Ostdänische Aspekte? Nyholm traf eine schnelle Entscheidung. Es war ein Traum.

»Und das ist gut erkannt, Kristian. Die Perspektiven für den gesamten Ostseeraum. Der Frauenhandel aus dem Baltikum. Junge, osteuropäische Mädchen, die ihren Körper verkaufen müssen. Das ist eine starke Perspektive.«

Ein vollkommen surrealistischer Traum.

»Aber glaubst du nicht trotzdem, dass die Ausrichtung national sein sollte?«

Dann ging ihm auf, von welchem Deckblatt die Rede war.

»Ein IT-Pornozentrum in Rønne?«, sagte der Staatssekretär skeptisch. »Vielleicht sollten wir auch ein bisschen an den Wahlkreis denken.«

Nyholm starrte verstört durch den Deckel der roten Mappe auf das Deckblatt des Bornholmprojekts. Wie hatte es bloß zurück auf die Tagesordnung kommen können? Der Vorgang sollte doch im Register begraben liegen.

»Ich habe mir die Freiheit genommen, kurz mit dem Minister darüber zu diskutieren«, verkündete der Staatssekretär, als Nyholm die furchtbare Wahrheit dämmerte.

Harr! Natürlich war es Harr gewesen. Er hatte die Bornholmakte zu fassen bekommen, die Notiz herausgenommen, stattdessen die Pornoinitiativen für den Budgetchef dahinter geklemmt und das Resultat dem Staatssekretär als ein vollkommen irrwitziges Pornoprojekt für Bornholm weitergereicht. Ein vollkommen irrwitziges Projekt mit Nyholms Unterschrift auf dem Deckblatt.

»Um es gleich zu sagen, er war sehr zufrieden mit der Entwicklung«, fuhr der Staatssekretär fort. »Sehr zufrieden. Bis jetzt.«

Aber wie war Harr an die Bornholmakte gekommen? Wie hatte er die Pornoinitiativen in die Finger gekriegt?

»Nichtsdestotrotz meine ich den Eindruck bekommen zu haben, dass er jetzt bereit ist, einen Zahn zuzulegen.«

Aber welchen Nutzen sollte er davon haben?

»Dass wir uns vielleicht ein bisschen Inspiration von außen holen sollten.«

Von außen?

»Das soll jetzt nicht als Kritik an eurer Leistung verstanden werden. Unter keinen Umständen.«

Von außen? Inspiration?

»Aber vielleicht könnte es uns ja wirklich einmal gut tun, die Fenster einen Spalt breit zu öffnen. Ein bisschen frische Luft hineinzubekommen.«

Inspiration von draußen? Frische Luft? Na klar, Internationalisierung! Fenster auf Kipp. Deswegen also. Es war Harr!

»Lass es mich ganz klar sagen.«

Jetzt kam es. Sie wollten Harr das Projekt übertragen.

»Er war wirklich beeindruckt von der Leistung, die Kyners Leute vollbracht haben.«

Nyholm spürte, wie er endgültig jeden Bezug zur Realität zu verlieren drohte.

»Er hat also vorgeschlagen, dass wir uns so bald wie möglich wieder mit ihnen zusammensetzen«, fuhr der Staatssekretär fort. »Nicht nur die Topleute. Er meinte, wir sollten die Zusammenarbeit erweitern. Ihre Projektmanagerin mit einbeziehen. Damit alle Ideen auf den Tisch kommen.«

Der Staatssekretär sah ihn mit ernster Miene an. »Du solltest das nicht als Kritik auffassen, Kristian.«

Nyholm machte überhaupt keinen Versuch, es als Kritik aufzufassen.

»Ich hatte nicht den Eindruck, dass sich dahinter Kritik an euren Leistungen verbarg«, versicherte der Staatssekretär. »Ganz und gar nicht.«

War es letztendlich also doch nicht Harr gewesen?

»Ich habe Brinker gebeten, das Treffen in die Wege zu leiten«, fuhr der Staatssekretär fort. »Kannst du dich vielleicht ein bisschen um die inhaltliche Vorbereitung kümmern?«

Und war es dann vielleicht auch gar nicht Harr gewesen, der hinter dem Pferdesportattentat gesteckt hatte?

»Und außerdem glaube ich, wir sollten das hier noch ein wenig für uns behalten.« Der Staatssekretär übergab ihm die rote Mappe. »Wir sollten es noch ein wenig reifen lassen.«

Nyholm bemerkte kaum den mitleidigen Blick des Staatssekretärs. Warum sollte Harr versuchen, ein Treffen mit den Werbeleuten durchzusetzen? Davon hätte er doch nichts. Es sei denn, Nyholm hätte etwas übersehen. Er stand auf und ging mit der Bornholmer Pornoakte in der Hand zur Tür.

»Ich habe übrigens auch mit Morten gesprochen.«

Nyholm drehte sich abrupt im Türrahmen um.

»Er hat etwas über die internationalen Aspekte zu Papier gebracht.« Der Staatssekretär stand auf und wühlte in einem Haufen bunter Mappen auf seinem Schreibtisch herum. »Der Minister war der Ansicht, dass es ganz spannend aussah, hat aber nicht direkt angebissen. Ich hatte das Gefühl, dass er den Blickwinkel für ein bisschen schief hielt.« Der Staatssekretär zog eine rote Akte aus dem Haufen hervor. »Ich glaube, mit ein paar Verbesserungen könnte es durchaus interessant werden«, sagte er und reichte Nyholm die Akte. »Ich denke, wir sollten diese Ideen auch bei dem Treffen behandeln.«

Nyholm nahm die Akte an sich und stolperte verwirrt zur Tür hinaus. So hingen die Dinge also zusammen. Es war ein indirekter Hinterhalt. Indem er Kyner aufs Tapet brachte, konnte Harr seine wirklichen Absichten verbergen, sich aber gleichzeitig über die internationalen Aspekte in Stellung bringen. Es wäre ein schwerwiegender Fehler, Harrs taktische Fähigkeiten zu unterschätzen.

Nyholm blätterte in der Akte, während er sich die Treppe hochschleppte.

Ethics in cyberspace.

Eine gigantische internationale Anhörung, bei der unter Beteiligung der EU-Staaten, der USA, Japans und Kanadas das Augenmerk auf die globale Herausforderung durch schädliche Inhalte im Internet gelenkt werden sollte, wobei die nationalen Initiativen dieser Länder, darunter die Aktivitäten des Wissenschaftsministeriums in Bezug auf die grenzüberschreitende Internetpornografie, einen wertvollen Beitrag leisten könnten. Es war die totale Umarmung. Und man könnte nicht einfach mit einer noch größeren Umarmung kontern. Es würde Koordinierungstreffen in Brüssel geben. Endlose Verhandlungen um die Größe der Delegationen und der Abschlussdokumente. Internationale Folgekonferenzen. Nyholm konnte nicht einfach nur passen und ein paar seiner Ingenieure vorbeischicken. Wenn das durchkäme, müsste er mehr als die Hälfte seiner guten Leute abstellen und damit Harrs Kontrolle überlassen.

Nyholm widmete seinen Kollegen im Bildungsministerium einen stillen Dank dafür, dass sie die Katastrophe verhindert hatten. Obwohl der Staatssekretär die Schuld auf den falschen Blickwinkel geschoben hatte, war es mit Sicherheit der kränkelnde Sprachunterricht im ausgebluteten dänischen Bildungssystem, der den Ausschlag dafür gegeben hatte. Der Minister bewegte sich auf dem englischen Parkett nicht sicher. Andererseits gab es bei Veranstaltungen dieser Größenordnung doch sicherlich Dolmetscher? Nyholm blätterte um zum Deckblatt. Natürlich. Es stand schon in der Überschrift. *Internationale (gedolmetschte) Anhörung zur Internetpornografie.* Daran konnte es nicht gelegen haben.

Nyholm betrat den Flur im dritten Stock. Er ging durch sein Vorzimmer, als er zur Pressemitteilung weiterblätterte. Dann stockten seine Schritte.

Dänemark wäre das erste Land, das in der internationalen Diskussion über Ethik im Internet die Initiative ergreifen würde, hieß es in der Pressemitteilung. Es würde damit eine Vorreiterrolle in der Zusammenarbeit mit seinen internationalen Partnern übernehmen. Die Überschrift fasste es in einem einzigen, markanten Satz zusammen.

»Wissenschaftsminister bringt Dänemark eine Haupteslänge in Front.«

Herman saß regungslos im Dunkeln.

Durch die Fassaden des Glaspalastes konnte er beobachten, wie die Stadt schlafen ging. Die blauen Flammen der Fernsehgeräte erloschen eine nach der anderen hinter den Fenstern der Eigentumswohnungen auf der gegenüberliegenden Seite des Hafens. Unten am Kai kreuzten leere Taxis mit leuchtenden Schildern ruhelos umher. An der hinteren Wand des Büros war der Plasmabildschirm der Meinung:

Unser Einsatz ist die Mühe wert,

und auf seinem Schreibtischstuhl hatte Hermans Einsatz hauptsächlich darin bestanden, sich nicht zu bewegen, nachdem der letzte Berater gegen halb zwölf durch die Tür hinausgeströmt war.

Vorsichtig, ohne plötzliche Bewegungen zu machen, die die Aufmerksamkeit des Zentralcomputers auf sich ziehen könnten, drehte er den Kopf und betrachtete durch die Finsternis hindurch den Glaspalast. Überall hinter den Fassaden war es dunkel. Nur an einer Stelle nicht. Im zweiten Stock genau auf der gegenüberliegenden Seite. Ein kleineres Büro neben den Aufzügen. Hinter dem erleuchteten Fenster konnte Herman eine einsame Gestalt erkennen, die gebeugt vor dem Computer saß. Während der letzten halben Stunde hatte diese Haltung immer verkrampfter gewirkt. Es konnte nicht mehr lange dauern.

Von seinem Platz in der Dunkelheit aus beobachtete Herman seinen verzweifelt kämpfenden Kollegen. Wenige Minuten später war es vorbei. Der Berater stieß den Stuhl zurück und schaltete seinen Computer aus. Mit hängenden Schultern verließ er das Büro. Vor den Aufzügen wartete er vergebens noch ein paar Sekunden, bevor ihm aufging, dass es halb eins in der Nacht war und die Aufzüge nicht die Absicht hatten, sich vor dem nächsten Morgen zu bewegen. Stattdessen setzte er seinen Weg bis zu den Treppen fort, betätigte den Türöffner und trat ins Treppenhaus hinaus. Die Leuchtstoffröhren flackerten, und das Treppenhaus wurde in ein grelles, weißes Licht getaucht, sodass es wie eine Säule aus Licht durch die dunklen Fassaden schnitt. Kurze Zeit später kam der Berater hinter der Glastür im Erdgeschoss zum Vorschein. Einen Augenblick lang fuchtelte er mit seiner Karte vor dem Sensor auf dem Türrahmen herum. Dann trat er auf den Marmorboden hinaus und warf einen letzten Blick hoch zu seinem Büro, bevor er seinen Weg zum Ausgang fortsetzte.

Herman beobachtete abwartend die erleuchteten Fenster des Büros im zweiten Stock, während er sich das Gespräch in Erinnerung rief, das er tagsüber in dem Kabuff direkt darunter geführt hatte. Er war mitten am Nachmittag hinübergegangen. Der Systemadministrator hatte ihn mit einem verärgerten Seufzer empfangen:

»Was?«

Herman hielt ihm vorsichtig den Plastikbecher hin. »Ich dachte, du könntest vielleicht eine Tasse Kaffee gebrauchen.«

Der Systemadministrator nahm den Becher zögernd an.

»Viel Stress?«, fragte Herman teilnahmsvoll.

Der Systemadministrator schaute ihn misstrauisch an, während er einen Schluck aus dem Becher trank.

»Die haben ja überhaupt keine Ahnung«, antwortete er

schließlich. »Die glauben, dass man sich einfach so in den Logfile hineinklicken kann, um zu sehen, wer auf diesen Pornoseiten war.«

»Und das kann man nicht?«, fragte Herman, während er versuchte, die keimende Hoffnung aus seiner Stimme herauszuhalten.

»Natürlich kann man das nicht.« Der Systemadministrator deutete auf einen Computer, der mit blinkenden Leuchtdioden und einer heulenden Festplatte auf einem Tisch in der hinteren Ecke des Raumes stand. »Das Logfile ist über zehn Gigabyte groß.«

Neben dem Computer stand ein kleiner Bildschirm, auf dem Linien mit weißer Computerschrift über einen schwarzen Hintergrund wanderten.

Passed 2, 73 Gb. Running.

Passed 2, 74 Gb. Running.

Passed 2, 75 Gb. Running.

»Sie haben mehrere tausend Webadressen in ihrer Sperrliste«, fuhr der Systemadministrator fort. »Und es macht die Sache auch nicht gerade einfacher, dass sie verschlüsselt ist.«

Herman nickte verständnisvoll. Sie war verschlüsselt. Das machte es nicht einfacher. Hinter dem Systemadministrator erschien eine neue Zeile auf dem Bildschirm.

Passed 2, 76 Gb. Running.

»Das wird also noch den ganzen Tag dauern?«, schlussfolgerte Herman.

»Tag?« Der Systemadministrator verdrehte die Augen. »Wenn wir Glück haben, ist es morgen Abend durchgelaufen.«

Passed 2, 77 Gb. Running.

Ein plötzliches Flackern auf der anderen Seite des Glaspalastes holte Herman in die Wirklichkeit zurück. Das Licht im Büro gegenüber war erloschen. Herman wandte sich dem Treppenhaus zu. Einige Sekunden später erloschen die Leuchtstoffröhren in allen Stockwerken gleichzeitig. Der Glaspalast war verdunkelt.

Herman blieb zur Sicherheit noch einen Augenblick lang sitzen. Er musterte die Fensterscheiben um sich herum. Das Licht blieb erloschen. Sorgfältig ließ er seinen Blick über die gegenüberliegende Fassade wandern, ob sich nicht noch das Licht aus einem der unteren Stockwerke darin spiegelte. Es war nichts zu sehen.

Vorsichtig erhob er sich von seinem Schreibtischstuhl, während er den Plasmabildschirm am anderen Ende im Auge behielt. Sollte die Beleuchtung anspringen, würde man es von der gesamten Hafenfront aus sehen können. In Zeitlupe durchquerte er das verdunkelte Großraumbüro. Wie ein Astronaut auf einer Mondwanderung passierte er die verlassenen Schreibtische, auf denen die Computerbildschirme als unheimliche Konturen in die Dunkelheit hineinragten. Mit angehaltenem Atem erreichte er die andere Seite. Die erste Etappe war überstanden.

Mit normaler Geschwindigkeit ging er zu den Aufzügen hinüber. Auf der Galerie befanden sich keine Sensoren. Er betrachtete den Marmorboden unter seinen Füßen. Nur ein flackerndes Licht unter der Wasseroberfläche des Springbrunnens durchbrach die Dunkelheit. Er passierte die Aufzüge und erreichte den Eingang zum Treppenhaus. Ein letztes Mal kontrollierte er seine Karte in der Brusttasche, bevor er den Türöffner betätigte. Dann holte er tief Luft, schob vorsichtig die Tür auf und betrat das Treppenhaus.

Mit Astronautenschritten bewegte er sich über den Treppenabsatz. Er erreichte die Treppe und setzte vorsichtig seinen rechten Fuß auf die erste Stufe. Er hielt einen Augenblick inne. Dann verlagerte er sein Gewicht auf den Fuß unter sich und ließ den linken Fuß auf die nächste Stufe hinuntergleiten. Langsam. Sorgfältig. Er verlagerte sein Gewicht auf den linken Fuß und setzte den rechten auf die nächste Stufe. In Zeitlupe, Stufe um Stufe, bewegte er sich die Treppe hinunter.

Bereits auf dem Absatz zwischen dem dritten und dem zweiten Stock begannen seine Beine zu streiken. Die Muskeln zitterten. Er hielt einen Augenblick lang inne und versuchte sich zu entspannen. Unten, auf dem Treppenabsatz im zweiten Stock erinnerte ihn einer der kleinen Plasmabildschirme daran:

Wir entwickeln uns ständig weiter

Herman zwang sich zum Weitergehen. Er passierte den zweiten Stock, ließ den Plasmabildschirm ohne anzuhalten hinter sich und erreichte den Absatz zwischen dem ersten und zweiten Stock mit zitternden Knien und übersäuerten Oberschenkeln. Sehnsüchtig betrachtete er die Tür, die zum ersten Stock hinausführte. Nur noch eine letzte Anstrengung. Herman unterdrückte die Schmerzen in seinen Oberschenkeln und nahm die letzten Stufen. Dann war er unten. Er fischte seine Karte aus dem Jackett und führte sie an dem Sensor auf dem Türrahmen vorbei. Das Schloss im Rahmen klickte. Vorsichtig drückte er die Tür auf, glitt auf die Galerie hinaus und schloss die Tür hinter sich.

Mit einem Seufzer ließ er sich auf den Boden der Galerie sinken. Er massierte seine Oberschenkelmuskulatur, während sich sein Atem langsam normalisierte. Dann stand er auf und ging über die Galerie an den Aufzügen vorbei, bis er das Kabuff des Systemadministrators erreichte.

Vor der Tür zögerte er noch einen Augenblick lang. Wenn er hineinging, gab es keinen Weg zurück. Wenn man ihn mitten in der Nacht im Kabuff des Systemadministrators finden würde, konnte er sich nicht mehr herausreden. Das würde *Konsequenzen* haben. Aber die würde es ja ohnehin geben, erinnerte er sich. Herman drückte die Klinke hinunter und trat ein.

Die Jalousien klapperten gegen die Glasscheiben, als er die Tür hinter sich ins Schloss gleiten ließ. Von den Computerbildschirmen strömte ein gespenstisches Licht in den Raum. In Zeitlupe machte er einen Schritt nach vorn, während er aus dem Augenwinkel die Sensoren unter der Decke im Auge behielt. Trotz der Jalousien wäre es von außen zu sehen, wenn das Licht anginge. Er machte einen weiteren Schritt durch die Finsternis und erreichte den Schreibtischstuhl am anderen Ende. Vorsichtig zog er ihn heraus und setzte sich vor den Computer.

Vor ihm füllten weiße Zeilen den Bildschirm.

Passed 4, 71 Gb. Running.

Passed 4, 72 Gb. Running.

Passed 4, 73 Gb. Running.

Neben ihm erklang das angestrengte Summen der Festplatte aus dem Computer, während die Leuchtdioden blinkten.

Passed 4, 74 Gb. Running.

Herman beugte sich vor und hob vorsichtig das Gehäuse an. Es sollte eigentlich zu schaffen sein. Wenn er es nur losbekommen könnte. Er stand vorsichtig auf und musterte die Rückseite. Wie er schon befürchtet hatte, war der Computer an einem Wust von dicken Kabeln befestigt. Einige von ihnen waren festgeschraubt. Er sah auf seine Uhr. Es war kurz nach eins. Der Weg durch das Treppenhaus hatte Zeit gekostet, aber es müsste zu schaffen sein. Auch wenn die Berater so kurz vor der Monatsabrechnung durcharbeiteten, würde vor fünf kaum jemand kommen. Frühestens um halb fünf. Er hatte auf jeden Fall vier Stunden Zeit. Um den Computer loszubekommen. Um ihn in Zeitlupe die Treppe hinunter und durch die Glastüren zu tragen. Um ...

Herman ließ sich zurück in den Stuhl sinken. In seiner Planung war er nie weiter gekommen als bis zu der Stelle, wo er den Computer aus dem Gebäude geschafft hatte. Was sollte er tun, wenn er draußen war? Er war mit dem Fahrrad gekommen. Die Idee, mit einem Computer auf der Lenkstange durch die Stadt zu strampeln, war absurd. Mit einem Taxi vielleicht? Er könnte aus der Stadt herausfahren und den Computer in den Wald werfen. Aber wenn der Taxifahrer sich an ihn erinnern würde? Das Hafenbecken? Er konnte um das Gebäude herumschleichen und den Computer ins Wasser werfen. Herman nickte vor sich hin. Genau das war die Lösung. Der Hafen! Es sei denn ... Es sei denn, sie würden anfangen, nach dem Computer zu suchen. Es sei denn, sie würden anfangen, Schleppnetze einzusetzen? Er war gar nicht in der Lage, ihn besonders weit hinauszuwerfen. Sie würden ihn direkt an der Kaimauer finden. Vielleicht würde die Festplatte immer noch funktionieren? Vielleicht würden sie seine Fingerabdrücke auf dem Computer finden.

FINGERABDRÜCKE?

Hastig zog Herman seine Hände zurück. Seine Fingerabdrücke waren doch schon überall. Auf der Tür. Dem Computer. Ganz zu Schweigen von seiner DNA. Haare. Textilfasern. Die Spurensicherung der Polizei würde ihn entlarvt haben, sobald sie diesen Raum betreten hatten. Er schob den Stuhl zurück, um aufzustehen.

Die Spurensicherung der Polizei? Mit einiger Kraftanstrengung bekam Herman sich wieder unter Kontrolle. Die Spurensicherung der Polizei würde nicht wegen des Diebstahls eines x-beliebigen Computers anrücken. Natürlich würde sie das nicht. Und natürlich würde man auch keine Schleppnetze durch das Hafenbecken ziehen. Mit Schleppnetzen suchte man nach vermissten Personen. Vermisste Computer ersetzte man durch neue und modernere Modelle. Der Hafen war die Lösung. Er könnte den Kai noch ein bisschen weiter hinuntergehen und ihn unter der Brücke ins Wasser werfen.

Herman nickte entschlossen. Er begann sich nach einem Schraubenzieher umzusehen, mit dem er die Kabel lösen konnte. Es war schwierig, die einzelnen Gegenstände auf dem Tisch zu erkennen. Er rollte den Schreibtischstuhl ein wenig zur Seite und tastete mit den Händen die Tischplatte ab. Der Systemadministrator musste irgendwo einen haben, aber im Dunkeln konnte er unmöglich etwas finden.

Herman saß einen Augenblick lang unentschlossen da. Dann fiel ihm die ID-Karte ein. Dünnes, hartes Plastik. Er fischte seine Karte aus der Jackentasche und stand vorsichtig auf. Er wollte sich gerade über den Computer beugen, als er den Lichtschein hinter den Jalousien in seinem Rücken bemerkte. Er kam vom Treppenhaus. Im Treppenhaus war Licht!

Herman ließ seine Karte auf dem Tisch liegen und bewegte sich in Zeitlupe zur Tür hinüber. Er zog zwei der Lamellen auseinander und schaute hinaus. Zu seiner Linken bildete das Treppenhaus eine strahlende Säule aus grellem, weißen Licht. Alle anderen Fassaden waren dunkel.

Herman beobachtete sorgfältig ein Stockwerk nach dem anderen. Vielleicht war es ein Systemfehler? Ein Kurzschluss im Elektronenhirn des Zentralrechners. Vielleicht hatte er auf eine Bewegung draußen vor der Hafenfront reagiert. Vielleicht ... Hermans Herz setzte einen Schlag aus. Vielleicht hatte er auf jene Person reagiert, die sich auf der Galerie im zweiten Stock durch die Dunkelheit bewegte. Eine große, schlaksige Gestalt. In Uniform. Mit Schirmmütze. Und einer Taschenlampe in der Hand. Ein Wachmann. Sein Herzschlag beschleunigte sich unkontrolliert. Natürlich war es ein Wachmann.

Mit drei tiefen Atemzügen bekam Herman sein Herz unter Kontrolle. Der Wachmann musste ja nicht unbedingt etwas entdecken. Er drehte ja nur eine kurze Runde. Er würde nicht alle Räume kontrollieren. Er hatte gar nicht die Zeit, um alle Räume zu kontrollieren.

Ein Stockwerk höher ging der Wachmann um die Ecke und wurde unsichtbar, während er der Galerie direkt über dem EDV-Kabuff folgte. Herman hörte, wie die Tür zum Treppenhaus geöffnet wurde. Beunruhigt lauschte er den Schritten des Wachmannes im Treppenhaus. Rauf? Runter? Runter! Herman ließ die Lamellen zurück auf ihren Platz gleiten. Er konnte hören, wie die Schritte den Treppenabsatz im ersten Stock erreichten. Sie stoppten für einen Augenblick. Das Schloss klickte und der Wachmann trat auf die Galerie hinaus. Das Licht der Taschenlampe wanderte über die Lamellen. Herman widerstand dem überwältigenden Drang, einen Schritt zurückzuweichen. Der Wachmann passierte das Kabuff und ging weiter die Galerie entlang. Herman zog die Lamellen auseinander und folgte dem Wachmann mit seinen Blicken. Er ging nach links die Galerie hinunter, erreichte das Ende und bog nach rechts zur Fassade gegenüber ab. Im nächsten Augenblick würde alles überstanden sein. Der Wachmann erreichte das Ende der Galerie, drehte sich um und ... stoppte? Er leuchtete durch die Fenster in das Großraumbüro hinein. Dann ging er zur Tür hinüber und trat ein.

Herman spürte seine Nervosität erneut wachsen, als der Zentralcomputer die Anwesenheit des Wachmannes bemerkte und im gesamten gegenüberliegenden Flügel die Leuchtstoffröhren anschaltete. Es musste eine Stichprobe sein, sagte er sich selbst. Reine Routine. Auf jeder Runde suchte sich der Wachmann einen bestimmten Raum aus, den er besonders gründlich überprüfte. Am anderen Ende verließ der Wachmann das Großraumbüro wieder. Er ging weiter die Galerie entlang und direkt in das nächste Großraumbüro. Die Leuchtstoffröhren unter der Decke blinkten auf. Es war keine Stichprobe. Herman spürte, wie die Panik in seinem Inneren hochkochte. Er musste hier raus. Jetzt.

Unter Aufwendung seiner letzten mentalen Kräfte hielt er die Panik unter Kontrolle. Er musste hier raus. Aber er würde den richtigen Augenblick abwarten. Zu seiner Rechten konnte er sehen, wie der Wachmann das Großraumbüro verließ. Er ging weiter auf die Aufzüge zu und betrat den letzten Raum vor dem EDV-Kabuff. Herman konnte beobachten, wie sich auf der anderen Seite der Jalousie die Lampen einschalteten. *JETZT!*

Er glitt auf die Galerie hinaus und ging nach links zu den Treppen hinüber. Zu seinem Schrecken sah er, dass das Licht im Treppenhaus erloschen war. Er schaute zurück. Es war zu spät, umzukehren. Er drückte auf den Türöffner und trat auf den Absatz hinaus. Was jetzt? Rauf? Runter? Rauf! Der Wachmann war auf dem Weg nach unten. Also rauf! *ABER LANGSAM!* Wenn das Licht anging, würde er auffliegen. Herman bewegte sich vorsichtig durch die Dunkelheit. Er tastete nach den Stufen. Nahm sie eine nach der anderen. Links durch die Glasscheiben konnte er erkennen, wie der Wachmann auf die Galerie hinaustrat und zum Kabuff weiterging. Herman versuchte, zwei Stufen auf einmal zu nehmen. Der Drang, einfach loszulaufen, war beinahe unerträglich. Unter sich konnte er beobachten, wie die Jalousien aufleuchteten. Der Wachmann hatte das Kabuff betreten. In ein paar Sekunden wäre er draußen im Treppenhaus.

Herman betrat den Absatz im zweiten Stock. Jetzt musste er nur noch durch die Tür. In Zeitlupe bewegte er sich auf den Sensor neben der Tür zu und griff nach der Karte in seiner Jackentasche. Er fischte ein paar Sekunden herum. Unter sich auf der Galerie konnte er den Wachmann hören. Aber die Tasche war leer. Die Karte lag im Kabuff auf dem Tisch. Herman betrachtete wie gelähmt die verschlossene Tür vor sich. Gleichzeitig hörte er, wie die Tür zum ersten Stock geöffnet wurde. Der Wachmann trat ins Treppenhaus hinaus. Wie mitten in einem Flugabwehrbombardement explodierten die Leuchtstoffröhren um ihn herum. Hermans Körper wurde in durchdringendes, weißes Licht gelegt. Unter sich vernahm er die Schritte des Wachmannes. Das Geräusch eines knisternden Walkie-Talkies. Ein klirrender Schlüsselbund. Der Wachmann ging zur Treppe. Er trat auf die erste Stufe. Runter, betete Herman mit geschlossenen Augen. Um Gottes willen. Runter.

Runter! Die Schritte entfernten sich. Der Wachmann ging ins Erdgeschoss hinunter. Herman konnte hören, wie er den Treppenabsatz überquerte und die Treppe weiter hinunterstieg. Er hörte, wie die Karte des Wachmannes die Tür zum Erdgeschoss aufklickte. Der Wachmann überquerte den Marmorboden, ohne sich umzudrehen. Dann war er draußen.

Entkräftet ließ Herman sich auf den Boden gleiten und verbarg sein Gesicht in den Händen. Ganz allmählich bekam er seinen Atem wieder unter Kontrolle. Der Herzrhythmus fiel in sein normales Tempo zurück. Er sah auf die Uhr. Es war viertel vor zwei. Es war immer noch zu schaffen. Er hatte immer noch drei Stunden Zeit. Um den Computer ins Hafenbecken zu werfen. Um ihn die Treppe hinunterzutragen. Um die Kabel abzutrennen. Um ...

Dann dämmerte ihm die Wahrheit. Die Karte zum Öffnen der Türen lag auf dem Tisch im Kabuff im ersten Stock. Herman war im Treppenhaus gefangen.

Einer von denen

Die Wasseroberfläche schaukelte zwischen den Brückenpfeilern. Die Wellen leckten an den Bohlen der Kaimauer. Wie nasse Zungen, die eine schleimige Spur von Salzwasser und alten Tangresten zurückließen.

Hoch über ihnen lehnte Herman sich über das Geländer und spürte die Kälte des Metalls durch seine Kleidung hindurch. Er ließ seinen Blick über die Glaspaläste an der Hafenfront wandern. Hinter den Fassaden konnte er sehen, wie die Anzüge einen weiteren Tag in Angriff genommen hatten. Wie sie ihre sinnlose Pantomime zwischen Schreibtisch und Computer wiederholten. Wie sie die Reise nach Jerusalem spielten, als ob es noch eine Bedeutung hätte. Hermans Augen zog es zurück zur Wasseroberfläche.

Die Raumpflegerin war gegen fünf Uhr erschienen. Herman hatte sich auf dem Treppenabsatz startklar gemacht, während sie sich die Treppe hochgearbeitet hatte, und war ihr entgegengeschlendert gekommen, als sie den ersten Stock erreicht hatte. Er hatte hinter ihr gewartet, während sie die Tür geöffnet hatte – als ob er einfach nur ein bisschen zu früh gekommen wäre und der Einfachheit halber mit ihr hineingehen könnte, wo sie ja ohnehin schon ihre Karte gezückt hatte. Als sie wieder weg war, hatte er sich in das Kabuff des Systemadministrators hineingeschlichen und seine ID-Karte geschnappt. Dann war er nach oben an seinen Platz zurückgegangen und hatte gewartet.

Sie waren um halb neun gekommen. Mit dem Aufzug aus dem siebenten Stock. Beck-Nielsen und zwei der jüngeren Partner. Herman war ihnen mit den Blicken gefolgt, während sie durch das

Glasrohr hinunterfuhren, im dritten Stock anhielten und langsam und die Galerie herumgingen. Er hatte sie näher kommen sehen und gleichwohl nicht fassen können, dass es tatsächlich geschah.

Und dann war es geschehen. Sie hatten sich um seinen Tisch herum aufgestellt. Und das Schlimmste waren nicht einmal ihre anklagenden Blicke gewesen. Die Abscheu. Das Schlimmste war die Gewissheit, die aus ihren Augen gesprochen hatte. Die Gewissheit, dass sie ihn endlich als den sahen, der er wirklich war. Dass er schlussendlich seine Maske abgeworfen hatte und sein wahres Gesicht gezeigt hatte. Und das Schlimmste war gewesen, dass er ihre Blicke nicht erwidern konnte.

Sie hatten ihn gebeten, das Gebäude umgehend zu verlassen. Sie hatten ihn gebeten, seine Karte und sein Handy abzugeben. Sie hatten ihn durch das Großraumbüro eskortiert, und er hatte gemerkt, wie alles um ihn herum in Schweigen fiel. Wie seinen ehemaligen Kollegen nach und nach klar wurde, was gerade geschah und worum es eigentlich ging. Dass *er* derjenige war.

Und während sie vor den Aufzügen warteten, hatte er beobachten können, wie sich das Gerücht per Mail und per Telefon auf den anderen Stockwerken verbreitete. Wie die Anzüge hinter den Glasfassaden heranschwärmten. Um sich anzusehen, wie man aussah, wenn man *einer von denen* war.

Und als er sich im Fahrstuhl umdrehte, als Beck-Nielsen auf der anderen Seite stand und kein Wort sagte, während die Glastüren sich zwischen ihnen schlossen, und Herman lediglich mit dieser Gewissheit in seinen Augen anstarrte:

Ich weiß, was du für einer bist,

da hatte Herman es auch gewusst.

Er war *einer von denen.*

Hermans Hände verkrampften sich um das Geländer. Unter ihm hob und senkte ich die Wasseroberfläche in einem langsam wogenden Puls. Wie ein lebendiger Organismus. Herman spürte, wie sich sein Herz dem Atemrhythmus der Wellen anpasste.

Er überlegte, ob er sich ein Plätzchen suchen sollte, von dem aus er Karin anrufen konnte. Eine innere Stimme bettelte um Erlaubnis, ihr alles erzählen zu dürfen. Und trotzdem war die Vorstellung unmöglich, dass ein solches Gespräch je stattfinden könnte. Karin hatte bereits auf der Nachricht, die er auf seinem Handy vorgefunden hatte, als er zu seinem Schreibtisch zurückgekehrt war, vollkommen außer sich geklungen. Sie hatte ihn gebeten, sofort anzurufen und alles zu erklären. Aber wie konnte er so etwas erklären?

»Ich bin gefeuert worden, weil ich ...«

Es war schlicht und ergreifend völlig unmöglich. Er konnte sich nicht einmal vorstellen, nach Hause zu gehen. Auf dem Sofa zu sitzen und darauf zu warten, dass sie die Treppe heraufkam.

Herman spürte eine zunehmende Anziehungskraft der Wasseroberfläche.

Wenn es überhaupt sie wäre, die die Treppen hinaufkäme? Wenn nicht die Polizeibeamten schon auf ihn warteten, wenn er nach Hause käme?

Er versuchte sich die Situation vorzustellen, besaß aber keinen Erfahrungshorizont, vor die er sie stellen konnte. Selbst die kleinsten Details lagen außerhalb seines Vorstellungsvermögens. Würden sie ihm Handschellen anlegen? Würde er ins Gefängnis kommen?

Szenen aus der einzigen ihm verfügbaren Erfahrungswelt drängten sich in sein Bewusstsein. Ein lautes Heulen, während die Gittertür hinter ihm ins Schloss fiel. Die Reaktion der anderen Häftlinge, nachdem sie gehört hatten, weshalb er verhaftet worden war. Sie würden sich nicht damit begnügen, ihn anzustarren.

»You have the right to remain silent«, klang die Stimme eines amerikanischen Polizisten in seinem Ohr. »You have the right to an attorney.«

Aber Herman hatte keinen Anwalt. Denn Herman befand sich nicht in einem amerikanischen Film. Er befand sich in einem

Wohlfahrtsstaat, wo man keine Anwälte brauchte. Wo es unmöglich war, durch das Sicherheitsnetz zu fallen. Es sei denn, man tat das Undenkbare. Es sei denn ...

Herman erinnerte sich an die Gewissheit in ihren Blicken.

Es sei denn, man wäre *einer von denen*!

»Was liegt an?«, bellte Kyner.

Das Pornoprojekt hatte Lagebesprechung im Konferenzraum. Markus stand an der Glaswand und telefonierte mit Tommy. Jacob saß gegenüber von Kyner mit einem breiten Lächeln im Gesicht bereit, während Rebekka einsam am anderen Ende des Tisches saß. Kyner hatte kein Wort mehr mit ihr gesprochen, seit die Liste der Unternehmen am Dienstagmorgen veröffentlicht worden war. Eigentlich war sie nur hinterhergelaufen, als sie die Truppe zum Konferenzraum hinaufmarschieren gesehen hatte, ohne sicher zu sein, ob sie überhaupt eingeladen war.

»Das Schadensbegrenzungspaket für Internetpornografie geht weg wie warme Semmeln«, antwortete Jacob begeistert. »Wir haben bis jetzt schon zwanzig Stück verkauft, und zehn sind noch in der Pipeline. Sogar B&B hat es gekauft, ohne Fragen zu stellen.«

»Klasse«, meinte Kyner, »wenn man bedenkt, dass ...« Er schielte zum Ende des Tisches hinüber, an dem Rebekka ihren Blick senken musste.

»*Kinder in der Gesellschaft* wird förmlich überrannt«, fuhr Jacob schnell fort. »Es sind bereits über fünftausend Seiten auf der Sperrliste.«

»Lass uns das für die Pressemitteilung im Kopf behalten«, regte Kyner an. »Die Initiative weckt eine Volksbewegung gegen die Pornografie.«

»Nicht nur Pornografie«, korrigierte Jacob. »Die Leute melden alle möglichen Sachen: Gewalt, Tierquälerei, Rassismus.«

»Man kann sogar von einer ethischen Wende sprechen«, proklamierte Kyner. »Noch besser.«

»Und dann ist da auch das Ministerium wieder«, verkündete Jacob. »Der Minister hat um ein Treffen gebeten, um über ein verstärktes Engagement zu diskutieren.«

»Aus welchem Anlass?«

Jacob warf einen kurzen Blick zu Rebekka hinüber, die zu bereuen begann, dass sie nicht einfach an ihrem Schreibtisch sitzen geblieben war. »Ich glaube, er ist pressegeil geworden«, begnügte er sich zu antworten.

»Ja, aber was geben sie nach außen vor?«, seufzte Kyner. »Können wir einen verstärkten Einsatz begründen? Haben wir Zahlen?«

»Ich habe es mir angesehen«, sagte Jacob mit einem Nicken. »Wir können Zahlen produzieren, die zeigen, dass der Pornokonsum in den letzten zehn Jahren explodiert ist. Gleichzeitig haben wir noch eine alte Aufstellung, die eine Verfünffachung der angezeigten Vergewaltigungen von Minderjährigen im selben Zeitraum dokumentiert.«

»Haben wir dieselben Zahlen nicht neulich benutzt, um das Vergewaltigungsproblem zu bagatellisieren?« Kyner blickte verwirrt auf.

»Das waren die absoluten Zahlen«, erklärte Jacob. »Die Anzeigen sind von einer auf fünf gestiegen. Aber wenn wir über relative Entwicklungen sprechen, ist das nach wie vor eine Verfünffachung.«

»Gut.« Kyner nickte beruhigt. »Können wir jemanden auftreiben, der da einen Zusammenhang postulieren will?«

»Können wir jemanden finden, der nicht will?«, sagte Jacob grinsend. »Wir können uns einfach einen aussuchen. Einen Psychologen? Einen Kinderforscher?«

»Dann nehmen wir einen Kinderforscher«, bestimmte Kyner. »Psychologen benutzen lange Wörter.«

Jacob machte sich eine Notiz in seinem Block, während Kyners Blick sich im Unendlichen verlor.

»Und dann denke ich, dass wir einen Botschafter haben sollten«, meinte er nach einer kurzen Denkpause. »Wir gehen mit einer breiten Kampagne für Ethik im Internet in die Öffentlichkeit. Die Stimmung im Volk steht hinter uns, aber wir werden eine Kristallisationsfigur brauchen, die die Energien bündelt.«

»Haben wir da jemand Bestimmtes im Kopf?«, fragte Jacob.

»Ein bekanntes Gesicht, das eine reine Weste hat und das mit gutem Beispiel vorangehen kann.«

»Wie wäre es mit einem Schauspieler«, schlug Rebekka zaghaft vor. »Einer, der sich von Gewalt und Sex in den Medien distanziert hat.«

»Ein Sportstar«, bestimmte Kyner, ohne überhaupt in ihre Richtung zu schauen. »Wir werden einen Sportstar nehmen.«

Kyner sah zur anderen Ecke des Raumes hinüber. »Markus?«

Der AD an der Glaswand wachte auf.

»Wir brauchen hier mal jemanden, der kreativ denken kann.«

»Zwei Sekunden«, bat Markus in sein Headset und trat an den Tisch. »Was braucht ihr?«

»Sportstar gegen Pornografie«, sagte Jacob.

»Eine von diesen Kugelstoßerinnen?«, schlug Markus vor.

»Kugelstoßerinnen?« Jacob lächelte ironisch. »Sehr witzig, Markus. Vielleicht sollten wir jemanden suchen, der etwas bekannter ist.«

»Einen Moment, so«, sagte Markus und hielt eine Hand an sein Headset. »Ich sage Sport und ich sage Porno. Du sagst ... Danke, Tommy.« Markus wandte sich zum Tisch. »Die Handballmädchen«, verkündete er überzeugt.

»Es geht um den Kampf *gegen* die Pornografie«, Jacob fasste sich an den Kopf. »Dagegen, Markus.«

»Wie meinst du das?«

»Danke, Markus«, Kyner winkte den AD weg. »Jacob?«

Jacob zuckte ratlos die Schultern. »Da gibt es einen, der neulich in Spanien irgendetwas gewonnen hat. Aber ich weiß nicht ...«

»Es soll schon ein Däne sein«, präzisierte Kyner.

Aus ihrer Ecke verfolgte Rebekka die Diskussion, während sie überlegte, ob sie den einzigen Sportstar erwähnen sollte, den sie kannte.

»Und kommt mir nicht mit Michael Laudrup«, sagte Kyner im selben Augenblick und richtete warnend einen Zeigefinger auf sie.

Rebekka zuckte erschrocken auf ihrem Stuhl zurück. »Warum nicht?«, fragte sie willenlos.

Am anderen Ende des Tisches schüttelte Kyner den Kopf, als ob die ganze Last der Welt plötzlich auf seine Schultern gelegt worden sei.

»Aber er ist doch bekannt«, sagte Rebekka unglücklich.

»Jacob, willst du es ihr nicht erklären?«, bat Kyner.

»Fußball ist ein Mannschaftssport«, erklärte Jacob. »Was wir suchen, ist ein Einzelkämpfer.«

»Ist Michael Laudrup nicht ...«

»Hör zu, Rebekka«, unterbrach Kyner. »Wir wissen doch alle, dass der Minister dich gerne bei dem Treffen dabei haben möchte. Und wir wissen auch genau, warum. Aber selbst wenn wir dich mitnehmen, ist es dann unbedingt notwendig, dass du etwas sagst? Glaubst du nicht, dass du in der Lage wärst, einfach dazusitzen und hübsch auszusehen? Und lass uns andere dann versuchen, noch etwas Vernünftiges aus diesem Katastrophenprojekt zu machen, das du uns hinterlassen hast.«

Rebekka erhob sich mit einem Kloß im Hals.

»Glaubst du, dass du dazu in der Lage wärst?«, rief Kyner ihr nach.

Der Besenschrank war mit Sackleinen ausgekleidet. Es hatte dieselbe Farbe wie Exkremente und war an mehreren Stellen aufgerissen, sodass man die darunter liegenden Sperrholzplatten sehen konnte. Auf dem Boden gab es Flecken in einem Gelbton, der einen auf Gedanken brachte, die man äußerst ungern vertiefen wollte.

Das Münztelefon hing in der Mitte der einen Wand. Es war von der altmodischen Sorte, mit einem grauen Stahlgehäuse, einem steifen, metallverkleideten Kabel und einem Hörer aus schwarzem Bakelit. Über den Stahlkasten gebeugt und mit hartem Bakelit am Ohr durfte Herman zu seiner Überraschung erleben, dass ihm die Repliken eines Gesprächs, das unmöglich stattfinden konnte, in einem sanften Strom aus dem Mund rieselten und dass es ihm tatsächlich immer besser ging, während dies geschah. Das war die Befreiung durch die Erleichterung seines Gewissens. Und die wurde nicht im Geringsten dadurch gemindert, dass sie gegenüber einer Frau Anfang Fünfzig geschah.

»Und jetzt haben sie dich also gefeuert?«

»Sie haben mich aus dem Gebäude begleitet«, erzählte Herman. »Sie haben mich hinausgeführt, während alle dastanden und zusahen.«

»Du bist also verwiesen worden«, orientierte ihn Birgit Andersen.

»Verwiesen«, wiederholte Herman ängstlich. Man hatte diesem Vorgang sogar einen Namen gegeben.

»Das ist in solchen Fällen ganz normale Praxis.«

Und er war normal.

»Und was ist dann die ...«, er stolperte über das Wort, »normale Praxis, was man danach so macht?«

»Das kommt drauf an.«

Herman konnte hören, wie sich die Gewerkschaftsanwältin am anderen Ende der Leitung eine neue Ernte 23 anzündete. Seine Finger umklammerten den Bakelithörer noch fester, während er versuchte, das Bild des Sicherheitsnetzes des Wohlfahrtsstaates heraufzubeschwören, das unter ihm aufgespannt war.

»Mit welcher Begründung haben sie dich verwiesen?«, fragte sie.

Herman dachte daran zurück. Hatten sie überhaupt eine Begründung geliefert? Schließlich kannten alle den Grund.

»Ich glaube, sie haben keinen Grund genannt.«

»Das klingt nicht so besonders wahrscheinlich.«

Herman versuchte, genauer nachzudenken. Die einzige Begründung, an die er sich erinnern konnte, war diejenige, die er in ihren Augen gelesen hatte.

»Ich kann mich nicht erinnern.«

»Wenn ich dir irgendwie helfen soll, musst du mir schon die Wahrheit sagen«, ermahnte ihn Birgit Andersen.

»Ich glaube wirklich nicht, dass sie einen genannt haben.«

»Wie ich dir vorher schon einmal erklärt hatte, können wir nichts für dich tun, wenn es sich um eine Angelegenheit des Strafrechts handelt. Wenn es zum Beispiel um Kinderpornos geht.«

Herman spürte, wie er langsam durch die Maschen des Sicherheitsnetzes glitt.

»Geht es um Kinderpornos?«, fragte sie geradeheraus.

»Das ...«, begann Herman.

»Ich muss dich jetzt bitten, ganz ehrlich zu sein.«

Ein paar Sekunden lang herrschte Schweigen in der Leitung. Der Bakelithörer begann eine Reihe warnender Heultöne auszustoßen. Herman fummelte nach den Münzen auf dem Stahlgehäuse. Es gelang ihm, eine neue Münze in den Schlitz zu bugsieren.

»Ich weiß es nicht«, sagte er erschöpft.

»Haben sie Anzeige bei der Polizei erstattet?«

»Das weiß ich auch nicht.«

Birgit Andersen nahm einen fauchenden Zug aus ihrer Ernte 23. Sie zögerte.

»O.k.«, sagte sie schließlich. »Ich werde sehen, was ich machen kann. Aber ich kann dir nichts versprechen.«

Er hatte sich in der äußersten Masche des Sicherheitsnetzes verhakt.

»Und dann brauche ich noch deine Privatnummer.«

»Ich werde nicht zu Hause sein«, sagte Herman. »Ich kann nicht ...« Er sah das Wohnzimmer vor sich. Das Sofa. »Ich kann nicht nach Hause gehen.«

»Dann gib mir deine Handynummer.«

»Sie haben mir das Handy weggenommen.«

»Hast du nicht irgendeine andere Nummer, die ich anrufen kann? Irgendwie muss ich dich schon erreichen können.«

Herman betrachtete das Münztelefon. Ganz oben auf der Metallverkleidung war eine Nummer eingraviert. Sie begann mit einer Vorwahl, die es längst nicht mehr gab. Die ersten drei Cafés, in die er gegangen war, hatten nicht einmal ein Münztelefon.

»Ich habe keine«, sagte er verzweifelt.

Er war durch das Sicherheitsnetz gefallen. Bis ganz nach unten, wo man nicht einmal mehr eine Telefonnummer hatte.

»Ruf mich in einer halben Stunde an«, seufzte sie. »Und sieh zu, dass du dir ein Telefon besorgst«, schlug sie vor. »Es gibt vielleicht noch andere, die du anrufen solltest.«

Auch außerhalb der Besenkammer war die sackleinene Verkleidung mit erschreckender Konsequenz eingesetzt worden. Das Interieur der Gaststätte war mit einem braunen Stoff verkleidet, der nach jahrzehntelanger Einwirkung von Dreck und Zigarettenqualm eine dicke, wachsartige Oberfläche bekommen hatte. Erst als man bei der Decke angekommen war, war man einsichtig geworden und zu Profilbrettern in finnischer Saunaqualität übergegangen. Darunter hing eine Reihe umgedrehter Papierkörbe aus braunem Flechtwerk. Und noch weiter unten hatte eine mittelgroße Nadelbaumpflanzung ihr Leben lassen müssen, um einen anscheinend unlöschbaren Durst nach blank poliertem Kiefernholz zu stillen.

An einem der Kiefernholztische saß Herman mit einer Tasse Kaffee und einem Handy vor sich auf dem Tisch. Letzteres hatte er in einem 24-Stunden-Kiosk auf der anderen Seite der Straße erstanden. Das Modell stammte aus den frühesten Kindertagen der drahtlosen Telefonie. Im Gegenzug war der Preis (1 Krone) besonders günstig gewesen.

Herman probierte von dem Kaffee. Der Geschmack des Getränks, das erstaunlich frisch aufgebrüht war, versetzte seinen Lebensmut für einen kurzen Augenblick in Aufschwung. Er warf einen kurzen Blick auf seine Leidensgenossen in der Kiefernholzhölle.

Blasse Männer in abgewetzten Anoraks, die einsam mit einem halb leeren Bier an ihren Tischen saßen. Eine verwirrte Eskimofrau an der Theke, die zornig mit den Armen fuchtelte, während sie grönländische Beschwörungsformeln in ihre Bierflasche murmelte. An der entgegengesetzten Wand: ein Mann mit langen, schmierigen Haaren in einem schäbigen Baumwollhemd, der wechselweise manisch in einem Stapel von Manuskripten herumkritzelte oder mit einem wahnsinnigen Leuchten im Blick regungslos in die Luft starrte.

Herman stellte seine Tasse ab und betrachtete dankbar das Telefon auf seinem Tisch. Er besaß ein Handy, sagte er sich beruhigend. Er war nach wie vor Teil der globalen Elite. Er griff nach dem Telefon und klammerte sich an seine rettende Planke. Dann riss ihn ein gellender Klingelton aus diesem Irrglauben. Der verrückte Dichter grub zwischen den Manuskripten und zog ein Handy aus den Papierhaufen hervor. Alle hatten sie Telefone vor sich auf den Tischen liegen, entdeckte Herman plötzlich. Und jetzt begriff er auch, warum. Denn ein Handy war genau das, was man brauchte, wenn man sich in einem Wirtshaus einquartiert hatte. Wenn man keine Vorstellung davon hatte, wann man nach Hause gehen würde. Wenn man – kurz gesagt – durchs Netz gefallen war …

Diese Gedanken wurden von einem neuen Klingelton unterbrochen, der in diesem Fall zu Hermans Telefon gehörte. Schnell drückte er auf den grünen Knopf.

»Ich habe diese Sache mit deinem früheren Arbeitgeber diskutiert«, verkündete Birgit Andersen am anderen Ende der Leitung. »Obwohl ich ihnen erst den Grundlagentarifvertrag von 1899 um die Ohren hauen musste, bevor sie mit mir reden wollten.«

»Was haben sie gesagt?«

»Sie behaupten, dass ein ernsthafter Verstoß gegen den Anstellungsvertrag vorliegt.«

»Ist das schlimm?«

»Das ist zumindest das Schlimmste, was einem im Bereich des Arbeitsrechts passieren kann«, versetzte sie trocken. »Zum Ausgleich sieht es nicht so aus, als hätten sie Anzeige bei der Polizei erstattet.«

Herman verspürte eine dermaßen tiefe Erleichterung, dass er bis ganz unter die finnischen Saunabretter hätte hinaufschweben können.

»Ich habe mir das Material mal angeschaut, das sie mir geschickt haben«, fuhr sie fort. »Und ich glaube ehrlich gesagt nicht, dass ihre Behauptungen standhalten, wenn wir mit ihnen gesprochen haben.«

Herman versuchte, aus seiner Schwebeposition auf den Stuhl zurückzukommen.

»Wir werden um halb eins dort erwartet.«

Er traf den massiven Kiefernholzstuhl mit einem dumpfen Klatschen.

»Dort?«, fragte er beunruhigt.

»Ja, ich denke, wir sollten uns eine Viertelstunde vorher vor dem Eingang treffen.«

»Du willst, dass ich dorthin zurückgehe?«

»Es ist sehr wichtig, dass wir so schnell wie möglich reagieren«, betonte sie. »Wir müssen demonstrieren, dass wir die Verweisung nicht akzeptieren.«

Herman sah sie vor sich hinter ihren Glasfassaden. Ihre Augen, während sie auf ihn herunterstarrten.

»Vielleicht ist das mit dieser Verweisung gar nicht so wichtig«, versuchte er zurückzurudern. »Wenn sie es der Polizei nicht gemeldet haben.«

»Du solltest wissen, dass eine Verweisung gleichbedeutend ist mit einem sofortigen Gehaltsstopp.«

»Das bedeutet vielleicht gar nicht so viel«, sagte er, während er sich an die Gewissheit in ihren Augen erinnerte.

»Heute vielleicht noch nicht«, sagte Birgit Andersen ernst. »Aber selbst wenn es jetzt vielleicht noch nicht so aussieht, ist Morgen doch auch noch ein Tag. Und es gibt einen nächsten Monat. Und dann noch einen Monat. Und an einigen dieser Tage werden auch Rechnungen kommen.«

»Ist mir vollkommen egal«, wies Herman sie zurück. »Ich kann einfach nicht dorthin zurück.«

Birgit Andersen zögerte einen Augenblick. »Es gibt vielleicht noch einen anderen Aspekt, den du bedenken solltest«, sagte sie vorsichtig. »Diese Angelegenheit hat ein gewisses Aufsehen erweckt. Der Name des Unternehmens ist genannt worden.« Sie zögerte erneut. »Selbst wenn sie es nicht bei der Polizei anzeigen, werden sie mit aller Wahrscheinlichkeit Informationen an die Presse geben.«

Herman spürte, wie sich ihm die finnischen Saunabretter von oben näherten.

»Du willst dir bestimmt nicht die Möglichkeit entgehen lassen, einen gewissen Einfluss darauf auszuüben, was in der Pressemitteilung stehen wird.«

Als Herman vor den Glaspalast zurückkehrte, stand dort eine Pennerin vor dem Eingang herum.

Er musterte sie über die Schulter hinweg, während er sein Fahrrad abstellte. Halblanger Mantel. Plissierter, grauer Rock, der darunter hervorguckte. Lederschuhe mit flachen Sohlen. In der einen Hand trug sie eine stockfleckige Einkaufstasche. In der anderen – natürlich – ein Handy. Herman überraschte das nicht. Aber gleichwohl war es etwas verwunderlich, dass sie dort stehen bleiben durfte. Die Rezeptionistinnen pflegten sonst direkt einen Wachmann zu rufen.

Er wollte auf dem Weg zu den Glastüren an ihr vorübergehen, als sie das Telefon zusammenklappte und die Hand ausstreckte.

»Birgit Andersen«, teilte sie ihm mit. »Und du bist bestimmt ...«

Herman musterte sie nervös, während sie sich die Hände gaben. Unter ihrem Mantel konnte er einen Synthetikpulli erkennen. Sein Blick wanderte weiter abwärts zur Einkaufstasche, die voller zerknüllter Notizen war, die aussahen, als wären sie zur Feier des Tages aus einem Papierkorb gerettet worden. *Wir machen einen Unterschied* stand in großen Lettern auf der Tasche. Und in etwas kleinerer Schrift darunter: *Für alle, die glauben, dass sie keine Gewerkschaft brauchen.*

Herman wusste nicht mehr so recht, was er glauben sollte. Am Telefon hatte sie so selbstsicher geklungen. Aber jetzt konnte er sich nur ein mögliches Ergebnis des Kampfes dieser Pennerin gegen die aalglatten Juristen des Glaspalastes vorstellen: Sie würde geschlachtet werden.

»Wollen wir reingehen?«

Er sah sie unentschlossen an. Sie würde geschlachtet werden, und er würde zusammen mit ihr geschlachtet werden. Herman begann, sich mögliche Ausreden für einen Rückzieher zu überlegen, aber sie kam ihm zuvor.

»Denk an die Pressemitteilung«, bemerkte sie zurückhaltend.

Herman dachte an die Pressemitteilung, und sie gingen langsam zum Eingang hinauf.

»Und du lässt mich das Wort führen.« Sie warf ihm einen strengen Blick zu, während sie sich der Glastür näherten.

Herman nickte schicksalsergeben und konnte gerade noch einen kurzen Blick auf ihr Spiegelbild in dem polierten Glas erhaschen, bevor die Türen zur Seite glitten. Er konnte kaum glauben, was er da sah. Abgelebte Frau in den Fünfzigern mit Mantel und Einkaufstasche. Unrasierter Mann in den Dreißigern, der aussah, als hätte er am Hafen übernachtet. Herr und Frau Penner.

Sie würden geschlachtet werden.

Wenige Minuten später befanden sie sich auf halbem Weg zum Himmel. In Sonnenlicht badend und mit einer Panoramaaussicht von 360 Grad über die Hafenfront und die gesamte Innenstadt. Sie waren im siebenten Stock. Dem Allerheiligsten des Glaspalastes. Der Besprechungsraum der Partner.

Um den Tisch herum machten sich die Spieler bereit zum Kampf, während Herman die Mannschaftsaufstellung inspizierte:

Auf der einen Seite die *Beck-Nielsen Allstars*. Eingekauft von der Rechtsanwaltskanzlei Ploughman und Hoven, in glatten Anzügen und mit schwarzen Aktenmappen vor sich auf dem Tisch:

Rechtsanwalt und Partner Henning Schnekloth-Sloth.

Rechtsanwalt und Juniorpartner Martin Fentz.

Team Herman auf der anderen Seite. Herbeigeradelt von der Akademiker-Gewerkschaft, mit plissierten Röcken und Einkaufstaschen:

Gewerkschaftsanwältin und Pennerin Birgit Andersen.

Die Staranwälte gegen die Penner, dachte Herman resignierend. Sie würden …

»Wollen wir es hinter uns bringen?«, bellte Beck-Nielsen.

Herman starrte auf die Tischplatte hinunter und versuchte den Blick zu vergessen, den ihm der Seniorpartner zugeworfen hatte, als sie eingetreten waren. So wie man ein Insekt betrachtet, das man gerade den Abfluss hinuntergespült hat, das sich jetzt aber erdreistet hat, wieder aus dem Abfluss heraus und zurück auf den Küchentisch zu krabbeln.

Einer von denen.

Beck-Nielsen warf Fentz einen auffordernden Blick zu. Sie hatten es offensichtlich dem Nachwuchsanwalt überlassen, sich um das Ungeziefer zu kümmern.

»Wir haben einem Treffen zugestimmt«, begann Fentz, »obwohl wir etwas überrascht darüber waren, dass euer Klient es für angebracht gehalten hat, diese Sache weiter zu verfolgen.«

Die Rechtsanwälte öffneten synchron ihre Aktenmappen.

»In der Sache geht es um den Missbrauch der internen IT-Systeme des Unternehmens zum Download von entwürdigendem und anstößigem Material aus dem Internet«, zitierte Fentz aus seiner Mappe. »Material, das sich in klarem Widerspruch zum ethischen Profil des Unternehmens befindet und aller Wahrscheinlichkeit nach auch gegen das Strafgesetz verstößt.«

Neben Herman begann die Pennerin in der Einkaufstasche zu wühlen.

»Dieser Missbrauch stellt einen groben Verstoß gegen den Anstellungsvertrag dar«, fuhr Fentz fort, »und das Unternehmen hat daher unter Bezugnahme auf das Betriebsverfassungsgesetz, Paragraph ...«

Der Nachwuchsanwalt wurde durch ein metallisch reibendes Geräusch abgelenkt. Verwundert sah er von seiner Mappe auf. Die Pennerin hatte ihre Zigaretten aus der Tasche gefischt und saß jetzt mit einer Fluppe zwischen den Lippen da, während sie an einem Einwegfeuerzeug aus gelbem Plastik herumknipste.

Das Staraufgebot starrte sie wie gelähmt an. Fentz wandte sich Hilfe suchend an Beck-Nielsen. Herman spürte, wie sich seine Zehen unwillkürlich in seinen Schuhen krümmten.

»Das Rauchen ist hier nicht gestattet«, sprang ihm der Seniorpartner bei. »Das gesamte Gebäude ist eine rauchfreie Zone.«

»Ist das wahr?«, sagte sie überrascht. »Das gesamte Gebäude?«

Sie nahm die Zigarette aus dem Mund und legte sie sorgfältig parallel zum Feuerzeug vor sich auf den Tisch.

Ihr gegenüber versuchte Fentz seinen Faden wiederzufinden.

»Wo wir jetzt ohnehin schon mal unterbrochen haben«, schob die Pennerin ein. »Können wir da nicht ein wenig über die Rechtmäßigkeit plaudern? Wenn ich das richtig verstanden habe, liegt keine Anzeige bei der Polizei vor?«

»Ja, das ist wohl korrekt.« Der Nachwuchsanwalt nickte.

»Soll ich das so verstehen, dass eine Anzeige noch erfolgen wird?«

Fentz schaute zu Beck-Nielsen hinüber, der den Kopf schüttelte.

»Glaubt ihr dann nicht, dass wir davon ausgehen sollten, dass es sich dabei um gesetzmäßiges Material gehandelt hat?«

Die Spielerstars auf der anderen Seite des Tisches sahen einander verwirrt an.

»Dann sind wir uns ja soweit schon mal einig«, folgerte die Pennerin mit einem Lächeln.

Fentz blinzelte, während Herman verwundert konstatierte, dass die Pennertruppe eins zu null führte.

»Wenn wir schon einmal dabei sind, wollen wir dann auch noch einen Blick auf die Behauptung werfen, dass es sich um einen groben Verstoß gegen den Anstellungsvertrag handelt?«

Und dass sie schon wieder in der Vorwärtsbewegung war.

Die Pennerin griff unter den Tisch und fischte ein geheftetes Faltblatt im DIN-A5-Format aus der Einkaufstasche. »Ich gehe davon aus, dass alle mit diesem Text vertraut sind?«, sagte sie und legte das Faltblatt auf den Tisch. »Die internen IT-Richtlinien des Unternehmens?«

Die Rechtsanwälte blätterten vergeblich in ihren schwarzen Aktenmappen.

»Ich glaube, ich habe noch eins übrig.« Sie fand ein weiteres Faltblatt in ihrer Einkaufstasche und reichte es über den Tisch. »Darf ich vorschlagen, dass wir Seite vier aufschlagen, Paragraph elf, private Nutzung.«

Die Startruppe rückte zusammen und gehorchte.

»Eine gewisse private Nutzung der internen IT-Systeme – darunter E-Mail und Internet – ist zugelassen, soweit sie nicht den Betrieb der Systeme stört oder eine Gefahr für ihre Sicherheit darstellt«, die Pennerin sah von dem Faltblatt hoch. »Punktum«, fügte sie hinzu.

Auf der anderen Seite des Tisches schaute man nervös in den Text.

»Tja, ich weiß nicht, wie ihr das seht«, sagte sie. »Aber ich kann aus dieser Formulierung keine Einschränkung heraushören, um welche Art der privaten Nutzung es sich dabei handeln darf.«

Einen Augenblick lang herrschte Verwirrung, während sich die Startruppe reorganisierte. Dann beugte sich Schnekloth-Sloth vor und ergriff das Wort.

»Nun sollte man nicht aus den Augen verlieren«, begann er in einem väterlichen Tonfall, »dass Bestimmungen dieser Art ausschließlich dazu eingeführt worden sind, um den Angestellten – während der Arbeitszeit – die Möglichkeit zu geben, gewisse private Funktionen auszuüben. Bankgeschäfte. Arztkonsultationen. Oder Vergleichbares.«

»Und das geht woraus hervor?« Der Finger der Pennerin wanderte suchend über die Paragraphen.

»Das ist ganz allgemeine Praxis«, beharrte Schnekloth-Sloth. »Und es dürfte wohl ziemlich klar sein, dass der vorliegende Tatbestand außerhalb dieser zugelassenen privaten Nutzung fällt, da er nachts um halb eins stattgefunden hat. Was wohl kaum als eine normale Arbeitssituation zu bezeichnen ist.«

»Eine normale Arbeitssituation?« Die Pennerin angelte in ihrer Einkaufstasche. Ein neues Konvolut – dieses Mal im DIN-A4-Format – tauchte auf dem Tisch auf. »Der Anstellungsvertrag«, verkündete sie und schlug die erste Seite auf. »Das Beschäftigungsverhältnis beinhaltet keine Überstundenregelung«, zitierte sie.

»Der Mitarbeiter organisiert seine Arbeit in eigener Verantwortung, solange er dabei für die nötige Koordination und die internen Besprechungen zur Verfügung steht.«

Auf der anderen Seite des Tisches löste sich die Väterlichkeit in Rauch auf.

»Bist du der Meinung, dass es eine unnormale Arbeitssituation ist, wenn Berater nachts um halb eins an ihren Heimarbeitsplätzen sitzen?«, fragte sie Herman.

Er schüttelte den Kopf.

»Könnte man es vielleicht sogar normal nennen?«

»Es ist zumindest nicht unnormal«, antwortete Herman.

»Es handelt sich also um eine vollkommen normale Arbeitssituation«, konstatierte die Pennerin. »Es handelt sich um eine begrenzte private Nutzung, die weder die Systeme gestört noch Anlass zu Sicherheitsproblemen gegeben hat. Ich kann im Augenblick schwer erkennen, wo darin der grobe Verstoß gegen den Anstellungsvertrag liegen sollte.«

Mit einem kühlen Blick griff sie nach der Zigarette und entzündete sie im ersten Versuch. Dieses Mal gab es niemanden, der darin einen Grund zum Protest sah. Auf der anderen Seite des Tisches versuchte Beck-Nielsen vergeblich, Blickkontakt mit seinen Anwälten aufzunehmen, die plötzlich intensiv damit beschäftigt waren, ihre Aktenmappen zu studieren. Es sah ganz so aus, als hätte die Startruppe dringend Auswechselbedarf.

»Jetzt gibt es vielleicht noch eine Sache, die wir übersehen haben.« Der Seniorpartner hatte eingesehen, dass er sich selber einwechseln musste. »Es geht hier ja nicht darum, ob jemand seinen Arzt konsultiert hat, es geht darum, dass jemand Pornografie aus dem Internet heruntergeladen hat.«

»Und?« Die Pennerin blies eine Rauchwolke über den Tisch.

»Und es geht dabei um Schulmädchen, die vergewaltigt werden«, sagte Beck-Nielsen aufgebracht. »Es handelt sich um die grenzüberschreitendsten Bilder, die ich jemals ...«

»Ehrlich gesagt, finde ich, dass deine sexuellen Präferenzen in dieser Diskussion nichts zu suchen haben«, unterbrach ihn die Pennerin schneidend.

Beck-Nielsen war einen Augenblick lang erschüttert. Dann fasste er sich wieder.

»Das sind nicht meine Präferenzen«, sagte er. »Das ist eine klare Unternehmenspolitik, die den Angestellten präsentiert und über die Medien verbreitet worden ist.«

Die Pennerin schaute auf die Tischplatte, während Beck-Nielsen sie siegessicher anstarrte.

»Ist das eure Anschuldigung?«, sagte sie langsam. »Dass es sich hierbei um einen Verstoß handelt, weil der Tatbestand im Widerspruch zur Unternehmenspolitik steht?«

Sie wandte sich fragend an die Anwälte.

»Das ist ein wesentlicher Faktor«, meinte Schnekloth-Sloth, der jetzt wieder Oberwasser bekommen hatte. Sein Juniorpartner weiter unten an der Längsseite des Tisches nickte beflissen.

»Ein wesentlicher Faktor.« Die Pennerin nahm einen soliden Zug aus ihrer Zigarette. »Aber sollten wir dann nicht zunächst einmal konstatieren, dass die betreffende Tat beinahe zwei Wochen zurücklag, als es zur klaren Unternehmenspolitik wurde, gegen Pornografie zu sein?«

Schnekloth-Sloth sah aus, als würde er sich am liebsten selbst mit der schwarzen Aktenmappe schlagen.

»Dann können wir uns ja anschließend ein paar allgemeine Gedanken darüber machen, ob es angemessen ist, die private Nutzung durch die Mitarbeiter – ihre private Nutzung! – dem zu unterwerfen, was die Unternehmensführung gerade in dieser Woche für geeignet hält, als klare Unternehmenspolitik herausposaunt zu werden, um sich die Aufmerksamkeit der Medien zu sichern.«

Zornig zeigte sie mit der Zigarette auf Beck-Nielsen.

»Es ist eine Sache, dass ihr die Leute mit einem Heimarbeitsplatz bestecht, damit sie ihre Freizeit nicht mehr von ihrer Arbeitszeit unterscheiden können. Es ist eine Sache, dass ihr euch an die populären politischen Strömungen der Zeit dranhängt, um eure Marke aufzuwerten. Aber ihr habt verdammt noch mal nicht zu bestimmen, was meine Mitglieder machen, wenn sie privat surfen.«

Beck-Nielsen und seine Staranwälte waren angezählt.

»Und wogegen ist denn nächste Woche die klare Unternehmenspolitik? Islamische Fundamentalisten? Globalisierungsgegner?«

Selbst Herman bekam ein bisschen das Gefühl, dass die Pennertruppe zu oft über den linken Flügel nach vorne drang.

»Ihr könnt über Pornografie denken, was ihr wollt«, sagte sie eiskalt. »Was *wir* denken, ist, dass es sich hier um eine glasklare unberechtigte Kündigung handelt. Und was wir *fordern*, ist eine Abfindung in Höhe eines Jahresgehalts.« Die Pennerin griff in ihre Tasche und zog ein Papier heraus. »Und wenn ihr unseren Vorschlag nicht bis morgen Mittag Punkt zwölf Uhr akzeptiert habt, gehen wir mit der Sache vor das Arbeitsgericht.«

Sie schob das Papier quer über den Tisch und gab Herman ein Zeichen, aufzustehen.

»Und dann hoffe ich«, sagte sie, während sie nach einem Ort suchte, an dem sie die Zigarette ausdrücken konnte, »dass ihr euch absolut darüber im Klaren seid, dass nichts, was diese Sache betrifft, an die Presse gegeben wird, ohne dass mein Klient jedes einzelne Komma abgesegnet hat.« Mit einer langsamen Bewegung zerquetschte sie die Glut an der Kante des Besprechungstisches. »Und das gilt unabhängig davon, zu welcher Unternehmensreligion ihr euch noch so zu bekehren gedenkt.«

»Ich weiß nicht, was ich tun soll«, schniefte Rebekka.

Henning griff nach einer Serviette auf dem Couchtisch.

»Er ist einfach so …« Ihre Stimme versagte.

»Er ist einfach nur ein Idiot«, stellte Henning fest, während er ihre Wangen trockentupfte.

»Andererseits«, meldete sich Dorthe aus ihrem Lehnstuhl, »war deine Aktion ja wirklich nicht besonders smart.«

»Das weiß ich selber«, hickste Rebekka und spürte, wie die Tränen zurückkamen.

»Aber das ist doch kein Grund, sich so aufzuführen«, entgegnete Henning scharf. »Also bei uns wäre er damit nicht durchgekommen.«

»Ich sage ja nur, dass jede Sache zwei Seiten hat«, murmelte Dorthe.

»Hat sie aber nicht«, antwortete Henning. »Der Mann ist total durchgeknallt.« Er fischte eine weitere Serviette vom Tisch. »Hast du schon daran gedacht, mit deiner Gewerkschaft zu sprechen?«

Rebekka schaute zu Henning auf. »Kann man das?« Sie war sich nicht sicher, ob sie überhaupt Mitglied war.

»Gewerkschaft?«, grimassierte Dorthe aus ihrem Lehnstuhl heraus. »Warum schickst du sie nicht gleich zum Sozialamt?«

Aber sie war bestimmt kein Mitglied. Susanne Schaefer hatte ja das eine oder andere Negative über Gewerkschaften zu berichten gewusst.

»Mit dieser Geschichte musst du selber fertig werden«, sagte Dorthe. »Jetzt ist der Augenblick gekommen, dein Netzwerk zu nutzen.«

»Das weiß ich selber«, antwortete Rebekka, die den ganzen Nachmittag darauf verwendet hatte, sich das Netzwerkkapitel im Karrierehandbuch noch einmal durchzulesen. »Aber …«

Aber sie hatte doch gar kein Netzwerk.

»Was ist mit diesem Berater, von dem du gesprochen hast«, schlug Dorthe vor. »Glaubst du nicht, dass er etwas machen könnte?«

»Doch«, antwortete Rebekka resigniert. »Und ich habe auch versucht, ihm zu schreiben. Aber er hat den Job gewechselt. Man bekommt nur eine automatische Antwortmail zurück.«

»Du hättest ihm sofort zurückschreiben sollen«, fand Dorthe.

Rebekka schloss die Augen und wartete auf die Fortsetzung.

»Wenn es erstmal *schief gegangen* ist, ist es zu spät zum Netzwerken.«

»Wie sieht es denn draußen bei euch aus?«, fragte Rebekka und wagte sich vorsichtig auf den nächsten Abschnitt vor: *Auch deine Freundinnen sind dein Netzwerk.* »Vielleicht könntest du fragen, ob ihr etwas habt?«

Dorthe blickte nervös auf. »Also ich glaube kaum, dass ich das tun könnte«, sagte sie ausweichend. »Nach dem, was geschehen ist. Die Direktoren reden ja miteinander.«

Rebekka nickte entmutigt.

»Warum versuchst du nicht, mit Kyner zu reden?«, schlug Dorthe vor. »Frag ihn, ob du etwas tun kannst, um den Schaden wieder gutzumachen. Bestehe darauf, dass ihr im Grunde dasselbe Ziel habt: Du sollst dich weiterentwickeln. Und das soll die Firma auch.«

Dorthe betrachtete sie optimistisch.

»Dein Chef muss ja nicht unbedingt dein Gegner sein.«

Herman hielt einen Moment lang auf der Treppe inne, bevor er die Wohnungstür aufschloss. Karins Fahrrad hatte unten gestanden. Im Wohnzimmer brannte Licht. Jetzt war also der Augenblick der Wahrheit gekommen.

Er schloss die Tür auf, während er überlegte, ob er es nicht vielleicht bis nach dem Essen aufschieben konnte. Ob er ihnen beiden ein letztes glückliches, gemeinsames Abendessen gönnen sollte, bevor er ihr Leben für immer zerstören würde.

Herman hatte sich schon halb dazu durchgerungen, diese Möglichkeit für die bessere zu halten, als er auf irgendetwas trat, was auf dem Dielenboden lag. Ein dicker, weißer Umschlag. Von einer Reisegesellschaft. Die Tickets für die Toskana. Es stand gleichsam in riesigen Blockbuchstaben auf dem weißen Umschlag. Trotzdem hatte Karin ihn nicht geöffnet. Sie hatte den Umschlag nicht einmal aufgehoben, als sie nach Hause gekommen war. Und sie war ihm auch nicht entgegengekommen, um ihm einen Willkommenskuss zu geben, wie sie es sonst immer tat. Herman konnte sie durch die Glastüren im Wohnzimmer auf dem Sofa sitzen sehen. Sie musste gehört haben, wie er die Treppe hinaufgekommen war. Sie musste gehört haben, wie er die Tür aufgeschlossen hatte. Aber sie war sitzen geblieben, ohne ein Wort zu sagen. Dafür gab es nur eine Erklärung:

Sie wusste es.

Birgit Andersen hatte angerufen und eine Nachricht hinterlassen. Oder B&B hatte sich gemeldet.

Herman durchquerte ängstlich das Speisezimmer. Karin hatte sich immer noch nicht zu ihm umgedreht. Hatte ihm den Rücken zugewandt und wartete. Er trat ein und stellte sich hinter sie.

»Hallo«, sagte er und begann ihr über das Haar zu streicheln.

»Lass das«, bat sie und zog ihren Kopf weg.

Sie wusste es, und sie hasste ihn schon.

Herman versuchte, sich auf das andere Ende des Sofas zuzubewegen, wurde aber durch die Stereoanlage vom Kurs abgebracht.

»Setz dich«, kam es prompt.

Herman setzte sich. Karin hatte im Übrigen bereits eine CD eingelegt, entdeckte er. Billie Holiday. Er spürte seinen Mut sinken, während er sich zu einer Entscheidung durchzuringen versuchte, wie er anfangen sollte. *Ich war gezwungen, meinen Job zu kündigen*, hatte er zu sagen beschlossen, als er das Fahrrad den Weg hinuntergeschoben hatte. Aber jetzt wusste sie es ja schon! Sie wusste es, und Billie Holiday hatte ein neues Lied angestimmt, und ...

»Wer ist Rebekka?«

Und Herman brauchte sich nicht mehr den Kopf darüber zu zerbrechen, wie er beginnen sollte.

»Rebekka?«, fragte er verwirrt.

»Lüg mich nicht an!« Karin warf ihm einen warnenden Blick zu. »Wer ist sie?«

Hermans Gehirn versuchte vergeblich, sich auf diese neuen Entwicklungen einzustellen.

»Bist du deswegen nicht nach Hause gekommen?«, fragte Karin wütend. »Habt ihr die ganze Nacht zusammengesessen und über Luhmann diskutiert?«

Luhmann? Wie viel wusste sie? Wie konnte er denn das Lügen vermeiden, wenn er keine Ahnung hatte, wie viel sie wusste?

»Nein, natürlich nicht«, sagte Herman erschüttert. »Ich war auf der Arbeit.«

»Aber ihr hattet euch doch verabredet, oder etwa nicht?« Karin schnaubte verächtlich. »Sie wollte doch ihre Abschlussarbeit präsentieren«, parodierte sie.

Die Abschlussarbeit präsentieren?

»Und das findet *Rebekka* ja offensichtlich furchtbar aufregend.«

Die Abschlussarbeit! Es war seine Mail. Sein Blick schnellte zu der Nische im Speisezimmer. Der Heimarbeitsplatz. Natürlich. Sie hatte seine Mails gelesen. Aber warum hatte sie gesagt, dass Rebekka das furchtbar aufregend fand? Es war doch nie eine Antwort gekommen.

»Wolltet ihr euch auch im Kruts treffen?« Karin Stimme bebte vor Zorn. »Wolltet ihr auch im Kruts sitzen und Whisky trinken, während ihr so tut, als würdet ihr über Luhmann reden?« Und jetzt bebte sie auch von etwas anderem, das nicht nur Zorn war. »Hattet ihr euch das so vorgestellt?«

»Aber es war doch für die Arbeit ...«

Karins Blicke ließen ihn verstummen.

»Ist sie knackig? Ist das der Grund? Liegt es daran, dass sie knackiger ist als ich?«

»Aber das hat doch damit nichts zu tun«, protestierte Herman.

»Hör endlich auf zu lügen!«, brüllte Karin und hämmerte mit der Faust auf die Sofakissen. »Es ist mir egal, was du sagst. Du sollst bloß nicht lügen.«

»Es ...«

Herman bemerkte, dass es unter diesen Bedingungen auffallend schwer war, überhaupt etwas zu sagen.

»Glaubst du etwa, ich weiß das nicht? Glaubst du, ich merke nicht, wie du dich nach anderen Mädchen umdrehst, wenn wir zusammen aus sind? Glaubst du etwa, ich merke nicht, dass alle anderen immer sehr viel knackiger und interessanter sind als ich? Glaubst du wirklich, ich würde das nicht merken?«

Herman schluckte.

»Glaubst du etwa, ich hätte nicht bemerkt, dass du diese Pornoseiten im Internet besucht hast?«

Und noch einmal.

»Man kann schließlich die alten Seiten im Adressfeld sehen, wenn man herunterscrollt, du Idiot.«

Herman öffnete den Mund, um etwas zu sagen. Irgendetwas. Egal, was.

»Aber es ist mir egal«, sagte sie. »Verstehst du das? Es ist mir egal. Weil ich dich liebe. Du bist derjenige, mit dem ich den Rest meines Lebens verbringen will. Verstehst du, was das bedeutet? Verstehst du überhaupt, was das für ein Gefühl ist?«

Sie rutschte über das Sofa auf ihn zu, nahm sein Gesicht in ihre Hände und zwang ihn, ihr in die Augen zu sehen.

»Verstehst du, was es bedeutet, jeden Tag nach Hause zu kommen und zu hoffen, dass dein Fahrrad schon dasteht, weil das heißt, dass du schon zu Hause bist? Dass einem ganz warm im Bauch wird, wenn es schon dasteht, und man sich nur darauf freut, die Treppe hochzulaufen und dich zu umarmen und zu erzählen, was man im Laufe des Tages so erlebt hat? Und dass alles irgendwie trauriger aussieht, wenn es nicht dasteht, weil dann niemand zu Hause ist, dem man es erzählen kann, und weil der Einzige, dem ich es gerne erzählen würde, du bist?«

Herman spürte einen mächtigen Reflex, den Kopf zur Seite zu drehen, aber er konnte es nicht.

»Verstehst du, wie es für mich war, einfach weiterzumachen und zu warten, bis das mit den Mädchen wieder vorbei ist? Bis du beginnen würdest einzusehen, was wirklich wichtig ist? Dass all diese smarten, schlanken Pornopuppen vollkommen egal sind, und dass es im Leben um ganz andere Dinge geht? Dass es um Liebe geht, und Nähe, und ...« Karin ließ ihn los und hämmerte aufs Sofa. »Und dass du endlich einsiehst, was wir uns beide zusammen aufgebaut haben?«

Herman versuchte nach ihren Händen zu greifen. Sie zog sie weg und rutschte in ihre Sofaecke zurück.

»Aber du verstehst es nicht, oder? Du verstehst das einfach nicht.«

»Natürlich verstehe ich das«, protestierte Herman. »Das eine hat doch mit dem anderen gar nichts zu tun. Ich glaube einfach, dass ich ...«

»Hör jetzt verdammt noch mal auf zu lügen.«

Dieses Mal hatte sie geflüstert. Das machte es nicht einfacher.

»Liebst du mich?« Karin schaute ihn mit glänzenden Augen an. »Kannst du nicht einfach ehrlich auf diese eine Frage antworten. Liebst du mich?«

Herman schaute sie unglücklich an. Einen Augenblick lang war es mucksmäuschenstill im Zimmer. Billie Holiday hatte das letzte Lied der CD gesungen. Und dann sagte er es:

Dass er wusste, dass er sie einmal geliebt hatte. Aber dass er auf die eine oder andere Weise diese Liebe nicht hatte festhalten können. Dass er sich so wünschte, es wieder rückgängig machen zu können. Dass es nichts gab auf der Welt, das er lieber täte, als sie lieben zu können. Aber dass er es einfach nicht konnte. Ganz gleich, wie sehr er es auch versuchte.

Er sagte es.

Oder ...:

Im Nachhinein wünschte er sich jedenfalls, dass er irgendetwas in dieser Richtung gesagt hätte. Und je mehr Zeit verging, desto besser konnte er sich einbilden, dass er es tatsächlich gesagt hatte. Vielleicht nicht gerade mit denselben Worten. Aber dass er ein Zeichen gesetzt hatte.

So war es natürlich nicht. Was er sagte, war:

»Natürlich liebe ich dich.«

Was er sagte, war:

»Aber es sind einige Dinge auf der Arbeit passiert, die mich innerlich total ausgehöhlt haben. Als ob ich überhaupt nichts mehr fühlen kann.«

Und:

»Aber das hat nichts mit dir und mir zu tun. Ich glaube einfach nur, dass ich etwas Zeit für mich selbst brauche, um zu meinen Gefühlen zurückzufinden.«

Und ganz zu schweigen von:

»Also dieses Mädchen bedeutet mir wirklich gar nichts. Es ist nie etwas zwischen uns gewesen – ehrlich! –, und ich werde sie niemals wiedersehen.«

Später am selben Abend saß Herman auf einer Schlafcouch, die – zusammen mit einem verdrängten Heimcomputer – in einen engen Kellerraum zwischen platte Fahrräder und alte Rucksäcke gepresst worden war. Seine Sachen hatte er in einer Tasche unter der Couch und in seinem Bauch ein Gefühl der Leere.

Am anderen Ende der Couch saß seine mittlere Nichte und arbeitete konzentriert an einem Prinzessinnenkleid, wobei sie mit einer Hand einen roten Buntstift umklammerte. Sie war ein paar Minuten zuvor in ihrem Schlafanzug und mit Papier und Buntstiften heruntergekommen. Ohne ein Wort zu sagen hatte sie sich hingesetzt und angefangen zu zeichnen. Herman hatte ein dumpfe Ahnung, dass sein Bruder sie geschickt hatte. Aber das machte eigentlich nichts. Zu seiner Überraschung hatte er entdeckt, dass es tatsächlich sehr angenehm war, ruhig dazusitzen und ihr bei der Arbeit an der Zeichnung zuzusehen, ohne dabei selber allzu viel nachdenken zu müssen.

»Wirst du jetzt hier wohnen?«, fragte die Nichte etwas später, während sie den roten gegen einen gelben Stift austauschte.

»So sieht es wohl aus«, antwortete Herman. »Wenn das für dich in Ordnung ist?«

»Mmmmmh.« Die Nichte nickte.

Sie malte ein bisschen mit dem Buntstift.

»Wird Karin auch hier wohnen?«

»Das glaube ich nicht«, sagte Herman leise.

Die Nichte nickte und schien die Lage der Dinge zu akzeptieren.

Sie arbeitete weiter mit ihren Buntstiften. Dann nahm sie die Zeichnung und krabbelte zu Hermans Seite der Couch hinüber.

»Die ist für dich«, sagte sie und überreichte ihm die Zeichnung.

Es war eine Prinzessin. Mit Diadem und einem langen, roten Kleid. An ihrer Seite stand ein großer, hübscher Prinz mit Goldkrone und hielt ihre Hand.

»Das ist sehr schön«, sagte Herman gerührt. »Du bist wirklich sehr tüchtig.«

»Mmmmmh«, antwortete sie wieder.

Sie saßen eine Weile auf der Couch und bewunderten gemeinsam die Zeichnung.

»Ich muss ins Bett«, sagte die Nichte etwas später mit ernster Stimme.

»O.k.« Herman nickte. »Und schlaf gut.«

»Das mache ich immer.« Sie lächelte und stand auf.

Die Nichte ging zur Tür. Dann hielt sie an und drehte sich im Türrahmen um.

»Glaubst du, dass Karin uns öfter besuchen wird, solange du hier wohnst?«

»Ich glaube, das dürfte ziemlich schwierig werden.«

»Kommt sie gar nicht mehr?«

»Vielleicht ...« Irgendetwas ganz tief in seinem Hals hinderte Herman daran, den Satz zu Ende zu sprechen.

Die Nichte stand einen Augenblick lang da und dachte darüber nach. »Ich hoffe, dass sie kommt«, sagte sie dann.

Die Tür wurde mit einem kleinen, fünfjährigen Klicken geschlossen.

Futtermittel

»Ist das nicht das neue Mädchen von Seite eins?«

Camilla blieb mit dem Kaffee in der Hand vor dem Besprechungstisch stehen.

»Drei Tage hintereinander«, ergänzte einer der anderen. »Wo muss man seine Klamotten abwerfen, um in der Zeitung so weit nach vorne zu kommen?«

Der Oberst quittierte die Bemerkung mit einem verschmitzten Lächeln von seinem Ende des Tisches.

»Du kannst sie im Internet abwerfen«, antwortete Camilla trocken. »Dann überlege ich mir, ob ich dich nicht in einem meiner Artikel unterbringen kann.«

Das Lächeln des Obersten verwandelte sich in ein Grinsen.

»Wahlweise kannst du auch deinen Arsch in Bewegung setzen und selber eine Story finden.«

»Da hast du's, Kersten«, polterte der Oberst los. »Von einer Praktöse in die Schranken gewiesen.«

»Wenn man nicht über die Wirklichkeit schreiben muss, ist es ja kein Problem, eine Geschichte zu erfinden«, antwortete der Journalist, rückte aber gleichwohl zur Seite, damit Camilla sich einen Stuhl heranziehen konnte.

»Quatsch«, meinte der Oberst. »Wir sind doch nur ein paar alte Arschlöcher. Das Internet ist die neue Front. Das hat die junge Dame verdammt gut erkannt.«

Die junge Dame musste nach unten schauen und an ihrem Stuhl herumruckeln, um ein breites Lächeln zu verbergen, das ihr taffes Image gnadenlos untergraben hätte.

»Sex, Gewalt und Kindesmisshandlung.« Der Oberst nickte vor sich hin. »Ganz wie im Lehrbuch.«

»Wer steckt eigentlich hinter dieser ganzen Geschichte?«, fragte einer der Parlamentskorrespondenten, als Camilla sich endlich hinsetzte.

Camilla warf ihm einen empörten Blick zu. Camilla Drejer natürlich, wollte sie ihn gerade aufklären, als ihr ein Journalist von der Längsseite zuvorkam.

»Flemming Jørgensen«, behauptete er.

»Dänische Futtermittel AG?«, fragte der Oberst verwundert.

»Das war früher. Jetzt ist er bei *Kinder in der Gesellschaft.*«

»Wenn es Jørgensen ist, hat bestimmt Kyner die Regie geführt«, meinte der Parlamentskorrespondent.

»Kyner?« Camilla schaute sich fragend um.

»Kyner Kommunikation. Kannst du ich nicht an die Sache mit den Pferdehäuten erinnern?«

»Dafür ist sie zu grün«, meinte der Oberst.

Camilla registrierte verärgert, wie um sie herum resigniert geseufzt wurde.

»Na ja, jedenfalls war es Kyner«, schloss der Parlamentskorrespondent und erweckte nicht den Anschein, als wolle er das weiter vertiefen.

»Was war das für eine Sache mit den Pferdehäuten?«, fragte Camilla widerwillig.

»Das war vor deiner Zeit.« Der Parlamentskorrespondent zuckte abweisend die Schultern.

»Nun erzähl es ihr schon«, kommandierte der Oberst.

»O.k.« Der Parlamentskorrespondent erbarmte sich ihrer. »Es begab sich zu der Zeit, dass Jørgensen bei der Dänischen Futtermittel AG war und ans Licht kam, dass einer der Bestandteile in ihrem Kraftfutter ein belgischer Eiweißzusatz war, der aus den Häuten verendeter Haustiere gewonnen wurde: Kühe. Schweine. Und – wie sich herausstellte – Pferde.«

»Es handelte sich also in mehr als einer Hinsicht um Pferdefutter, wenn Dänische Futtermittel AG auf dem Sack stand«, ergänzte der Oberst. »Und in null Komma nichts gab es eine Mehrheit im Folketing, die diesen Dreck verbieten wollte.«

»Bei der Dänischen Futtermittel AG war man darüber alles andere als begeistert«, übernahm der Parlamentskorrespondent erneut. »Obwohl man schon dabei war, die Beifügung dieses Zusatzes auslaufen zu lassen, hatte man immer noch genug davon für eine ganze Jahresproduktion auf Lager.«

»Und was hat das mit Kyner zu tun?«, fragte Camilla ungeduldig.

»Jørgensen hatte Kyner vorgeschlagen, die Differenz zu teilen«, erklärte der Oberst. »Er würde die Hälfte des potenziellen Verlustes von hundert Millionen ausbezahlt bekommen, wenn er das Verbot um ein Jahr verschieben würde. Was danach passieren würde, war ihnen scheißegal. Jørgensen wollte einfach nur sein Lager leer bekommen.«

»Kyner griff natürlich sofort zu«, fuhr der Parlamentskorrespondent fort. »Er hatte herausgefunden, dass den Parteien die kleinen Hottehüs vollkommen egal waren. Wenn es eine Mehrheit für ein Verbot gab, dann lag es allein daran, dass die Regierung einen Kuhhandel mit einer der kleinen Parteien der Mitte am Laufen hatte, für die ein Bauernvertreter im Parlament saß, dessen Enkelkinder ein Fohlen besaßen, das Blackie hieß. Und Blackie sollte auf gar keinen Fall seine vierbeinigen Artgenossen verzehren müssen.«

»Und was macht man in so einem Fall?«, fragte der Oberst, während Camilla spürte, wie ihre Aufmerksamkeit unter einer aufkommenden Irritation über das selbstgefällige Duett der beiden Journalisten zu verschwinden drohte. »Man macht einen Ausflug zur Landwirtschaftshochschule und stöbert einen schmählich missachteten Professor der Tiermedizin auf, der bereit ist, mit seinen *neuesten Forschungsergebnissen*, die in Wirklichkeit aus den

USA und den Dreißigerjahren stammen, vor die Presse zu treten und zu verkünden, dass der Kannibalismus ein natürliches Glied in der Nahrungskette aller Säugetiere ist, dass er die eine oder andere gesunde Funktion in der Entstehung der Arten spielt und so weiter und so fort.«

»Und dann sucht man sich eine junge Journalistin und jubelt ihr die Geschichte unter«, fügte der Parlamentskorrespondent hinzu.

Camillas Aufmerksamkeit war schlagartig wieder da.

»Einen Tag später kann man in der Zeitung lesen, dass neue Forschungen erwiesen haben, dass wir alle Kannibalen sind«, fuhr er fort. »Und dann gewinnt die Geschichte an Fahrt. Bevor die Woche um ist, sitzt der Professor – gestärkt durch ein dreitägiges Medientraining – in einem bekannten Fernsehmagazin.«

»Die Szene ist vollkommen irrwitzig«, schob der Oberst ein. »Der Professor hat eine ganze halbe Stunde allein mit einem Moderator, der verzweifelt versucht, an der Kannibalismusperspektive festzuhalten, während sein Gast hartnäckig darauf besteht, über Pferde zu reden. Draußen in den Wohnzimmern sitzt eine Dreiviertelmillion Zuschauer und betrachtet verwundert die Sendung, die in Wirklichkeit nur eine Sondervorstellung zu Ehren eines popeligen Bauernvertreters und seiner Enkel ist.«

»Am darauf folgenden Tag ist das Verbot vom Tisch, *bis weitere wissenschaftliche Untersuchungen durchgeführt werden können*«, beschloss der Parlamentskorrespondent seine Erzählung. »Blackie mampft wieder sein Pferdefutter. Und Kyner?«

»Kyner streicht fünfzig Millionen ein«, schloss der Oberst. »Für die nächste Weihnachtsfeier mieten sie das Restaurant am Fuße der Freiheitsstatue und fliegen die gesamte Agentur für vier Tage nach New York – alles inklusive.«

Es wurde still um den Tisch, während das Duo für seine Anekdote anerkennende Blicke erntete.

»Und was passierte mit der Journalistin?«, fragte Camilla nach einem Augenblick der Stille.

Der Parlamentskorrespondent zuckte die Schultern. »Ich schätze mal, dass sie versucht hat, nicht weiter aufzufallen, nachdem sie herausgefunden hatte, was da gespielt worden war. Aber langfristig kann man ja nicht verhindern, dass solche Geschichten an den Tag kommen.«

»Was ist eigentlich aus ihr geworden?«, fragte der Oberst.

»Ich glaube, sie ist bei einer dieser Lokalzeitungen«, meinte der Parlamentskorrespondent.

»In Næstved«, ergänzte einer der Journalisten von der Längsseite.

»Fester drücken.«

Seine Nichte schaute mit ihren ernsten, braunen Augen zu ihm auf. Ihre Höschen waren auf die Knöchel hinuntergerutscht, und Herman hatte freie Aussicht auf ihre – wie nannte man das bei einem so kleinen Körper? – Pipimaus.

»Du musst fester drücken«, wiederholte sie.

Herman beugte sich ängstlich über sie. Nur ihre offensichtliche Routine und ihre konkreten Handlungsanweisungen verhinderten, dass er in Panik verfiel.

Er steckte seine Finger zwischen die kleinen Pobacken und versuchte fester zu drücken, während er sich verzweifelten Selbstvorwürfen hingab, dass er es so weit hatte kommen lassen.

In Wirklichkeit war sein Bruder schuld daran. Der Bruder, der das ganze Ausmaß von Hermans Unsicherheit im Umgang mit fünfjährigen Mädchen nicht begriffen hatte, sondern der Meinung war, Herman sei durchaus in der Lage, sich um Sofie zu kümmern und sie zum Kindergarten zu bringen, während der Bruder selbst mit der Kleinsten in der Krippe war, wo sie gerade *eingewöhnt* wurde.

»Also das ist gar nicht so schwer«, hatte er mit einem Grinsen gesagt, während er die Kleinste in ihre dicken Sachen packte.

Und zu Anfang war es auch gar nicht so schwer gewesen. Sofie hatte Prinzessinnen gezeichnet. Herman hatte Kaffee getrunken. Dann gab es eine Tanzvorführung vom Grand Prix d'Eurovision. Und dann ...

Sofie betrachtete ihn kritisch und war mit der Bedienung anscheinend immer noch nicht ganz zufrieden. »Also ich kann meine Pipimaus auch gut alleine abwischen«, sagte sie resignierend.

Herman seufzte erleichtert und zog sich aus der kleinen Toilette in die Küche zurück, wusch sich die Hände und setzte sich mit seinem Kaffee an den Küchentisch. Die Schwägerin hatte die Zeitung für ihn auf dem Tisch zurückgelassen. Natürlich das Dagbladet. Herman beschloss, sich einen Tag Urlaub vom Kreuzzug zu gönnen.

»Also du machst das ganz verkehrt«, stellte Sofie etwas später fest, als sie von der Toilette zurückgekommen war.

»Das tut mir Leid«, entschuldigte sich Herman. »Ich habe es vorher noch nie gemacht.«

»Du kannst es jedenfalls nicht besonders gut.«

»Dann ist es ja prima, dass ich ein Weilchen hier mit euch zusammen wohne«, meinte Herman. »Dann kann ich ein bisschen üben, bevor ich selbst Kinder bekomme.«

»Ja, das ist glaube ich eine gute Idee«, antwortete Sofie ernst.

Sie schob einen Hocker zur Küchenbank hinüber und kletterte darauf, um sich die Hände zu waschen.

»Kannst du mir vielleicht die Seife geben?«, fragte sie ungeduldig.

Herman stand bereitwillig auf, froh, eine Aufgabe bekommen zu haben, der er sich gewachsen fühlte.

Einige Zeit später hatte Sofie Herman dabei geholfen, ihr die Kleider anzuziehen, und sie waren auf dem Weg durch die Wohnsiedlung zum Kindergarten am Ende der Straße.

Seite an Seite gingen sie den Bürgersteig entlang. Herman hielt ihre Hand fest umklammert und schaute böse einem einsamen Auto nach, das sich in das Wohnviertel verirrt hatte.

»Also ich gehe immer innen«, sagte Sofie, als sie den halben Weg geschafft hatten.

»Ist es lustiger, wenn man innen geht?«

»Nee«, sagte sie und schüttelte den Kopf. »Aber Mama sagt, dass ich das soll.«

Bei Onkel Herman darf ich auch außen gehen, konnte Herman gerade noch denken. Dann verstand er plötzlich. Natürlich musste sie innen gehen. Der Verkehr! Er hechtete hinüber auf die Außenseite seiner Nichte und schaute besorgt zum Kindergarten hinüber, der unerreichbar am Ende der Straße lag. Er wusste, dass sie eine stark befahrene Straße überqueren mussten, um dorthin zu gelangen. Oder vielleicht nicht gerade stark befahren. Aber dort fuhren Autos. Und eine Buslinie.

Entgegen aller Wahrscheinlichkeit fanden sie sich wenige Minuten später unbeschadet in der Garderobe des Kindergarten ein. Sofie zog sich gerade ihren Mantel aus, während Herman sich hingekniet hatte und mit ihren Schnürsenkeln haderte.

Sofie hängte ihren Mantel an den Haken und lief auf ihren Strümpfen den Flur hinunter zu den anderen Kindern. Dann stoppte sie auf halbem Wege und lief zurück. Mit einem kleinen Lächeln beugte sie sich zu ihm hinunter, schlang ihre Arme um seinen Hals und gab ihm einen Kuss auf die Wange. Dann drehte sie sich wieder um und lief zu den anderen hinüber.

Herman blieb mit ihren Schuhen in der Hand zurück und hatte das Gefühl, sein Herz wäre geschmolzen und ihm aus der Brust geflossen. Ein so unendlich warmes und gleichzeitig so zerbrechliches Gefühl, dass er zu seiner eigenen Überraschung feststellte, dass er Tränen in den Augen hatte.

Herman erhob sich mit der keimenden Erkenntnis, dass die Vaterrolle vielleicht doch einige positive Aspekte haben könnte, die er bislang übersehen hatte. Er wandte sich zum Gehen und entdeckte ein junges Mädchen, das in der Tür zur Küche des Kindergartens stand und ihn mit einem sanften Lächeln betrachtete.

»Du bist aber nicht der, der sie sonst immer bringt«, stellte sie fest.

Herman musterte sie überrascht. Langes, blondes Haar. Enges T-Shirt und Jeanshosen. Keine Spur von lila Windeln. Sahen die Erzieherinnen heutzutage so aus?

»Sofie ist meine Nichte«, erklärte er.

»Ich glaube nicht, dass ich dich vorher schon einmal gesehen habe.«

»Ich darf ein bisschen üben«, räumte Herman ein.

»Hast du selbst keine Kinder?«

»Nein.« Herman schüttelte den Kopf. »Leider«, beeilte er sich hinzuzufügen.

»Du hast ja immer noch Zeit«, meinte die Erzieherin und lächelte erneut, während sie sich mit der Hand durch das lange Haar fuhr.

Die Vaterrolle hatte ganz klar ein paar positive Aspekte, die er bislang übersehen hatte.

Als Herman denselben Weg zurückging, war die Sonne durchgebrochen. Das Wohngebiet zeichnete sich mit so scharfen Silhouetten wie ein Landstädtchen auf einer Hochebene ab.

Herman ließ die Sonnenstrahlen sein Gesicht erwärmen und versuchte, eine Zwischenbilanz seines Lebens zu ziehen. Er schlief auf einem Sofa im Fahrradkeller. Er hatte keinen Job. Er hatte wahrscheinlich auch keine Lebenspartnerin und damit auch keine Wohnung. Das Einzige, was er besaß, war eine Sporttasche mit Kleidung und ein Karten-Handy. Er hatte sich seit Jahren nicht so frei gefühlt.

Es gab natürlich äußere Umstände, um die er sich kümmern

musste. Zum Beispiel schuldete er seinem Bruder eine etwas detailliertere Erklärung. Desgleichen schien es ihm durchaus angebracht, seine Eltern anzurufen. Aber es gab ja keinen Grund dafür, ihnen alles zu sagen. In Wirklichkeit war es nicht einmal sicher, dass sein Bruder alles wissen musste. Genauso wenig wie Karin im Übrigen. Selbstverständlich würden sie miteinander reden, wenn die verabredeten zwei Wochen Pause überstanden waren und Herman seine Zeit hatte, um zu seinen Gefühlen zurückzufinden. Aber in zwei Wochen würde alles ganz anders aussehen. Selbst wenn sich herausstellen würde, dass es keine Gefühle gab, zu denen er zurückfinden konnte, wäre das viel leichter zu erklären, wenn ein bisschen Zeit vergangen war. Und in zwei Wochen würde es keinen Grund mehr geben, in die Details zu gehen.

Hermans Schritte flogen leichter über den Bürgersteig. Die Sonnenstrahlen zogen scharfe Linien um ihn herum. Er besaß eine Sporttasche und ein Telefon.

Und das Telefon klingelte.

Am anderen Ende erklang Birgit Andersens Stimme. »Ich habe eine gute Nachricht«, sagte sie. »Alles deutet darauf hin, dass wir unsere Forderungen durchsetzen.«

Hermans Schritte verwandelten sich in kleine Tanzbewegungen. Er besaß eine Sporttasche und ein Telefon. Und ein volles Jahresgehalt.

»Ursprünglich haben sie sich geweigert. Aber jetzt glaube ich, dass sie keine andere Wahl mehr haben, als zu zahlen.«

»Was ist passiert?«

»Sie haben sich blamiert«, erklärte sie. »Irgendein Idiot in ihrer Werbeagentur hatte die Ansage nicht mitbekommen, und als er heute Morgen zur Arbeit erschien, hat er die Pressemitteilung einfach rausgeschickt.«

Die Tanzbewegungen kamen schlagartig aus dem Takt.

»Sie haben es kaum über die Lippen gebracht, als sie anriefen«, höhnte Birgit Andersen. »Sie haben uns förmlich angebettelt, die Abmachung unterschreiben zu dürfen.«

Sie hatten eine Pressemitteilung rausgeschickt. Sie hatten sie rausgeschickt, und bald würde die ganze Welt wissen, was er getan hatte. Herman wurde von einem Gefühl der Angst überwältigt, Angst gemischt mit waschechter ... waschechter ... Verwirrung? Denn warum hatte die Gewerkschaftsanwältin das als gute Nachricht bezeichnet? Es konnte doch nur eine schlechte Nachricht sein. Aber warum versuchte sie es dann mit ... *Schadensbegrenzung* hätte er wohl gedacht, wenn er besser up-to-date mit den neuesten Anwendungen der Theorien seines alten Lehrmeisters gewesen wäre.

»Ich glaube nicht, dass du dir Sorgen machen musst«, fuhr Birgit Andersen fort. »Du wirst überhaupt nicht erwähnt. Es ist einfach nur der übliche PR-Wirbel. Sie haben sich ihrer Verantwortung gestellt. Sie haben sich um das Problem gekümmert.«

»Aber gibt es denn nichts, was wir noch tun können?«, fragte Herman besorgt.

Schließlich waren sie die Pennertruppe. Sie mussten doch etwas tun können.

»Sie liegt schon in den Redaktionen«, antwortete sie skeptisch. »Darüber hinaus habe ich den Eindruck, dass die Sache ein bisschen abgeklungen ist. Im Großen und Ganzen steht heute nichts über Pornografie in den Zeitungen. Meiner Meinung nach müssen wir nicht damit rechnen, dass sie entdeckt wird.«

Wie konnten denn die Zeitungen eine Pressemitteilung nicht entdecken?

»Ich finde, du solltest das gelassen sehen«, fasste sie zusammen. »Versuch lieber, ein bisschen weiter zu kommen. Hast du gesehen, dass wir heute Nachmittag eines unserer neuen Netzwerktreffen abhalten?«

Birgit Andersen begann eine längere Einführung in die neue Strategie der Gewerkschaften in Bezug auf Job schaffendes Networking zu geben, während Herman verwirrt auf dem Bürgersteig herumstand. Irgendetwas an diesem Gespräch wirkte vollkommen verkehrt. Es war eine Sache, dass sie nichts mehr machen konnten, wenn die Pressemitteilung schon raus war. Aber warum tat sie die ganze Zeit so, als ob das überhaupt kein Problem war? Warum weigerte sie sich, es ... *auf die Tagesordnung zu setzen*, war der Ausdruck, den er suchte – auch hier wäre ein Crashkurs in Schadensbegrenzung sehr von Nutzen gewesen.

Herman unterbrach die Verbindung und steckte das Telefon in die Hosentasche. Langsam ging er zum Haus zurück. Er blinzelte in die Sonne hinauf und versuchte, zu jenem Gefühl der Freiheit zurückzufinden. Er besaß eine Sporttasche und ein Telefon, erinnerte er sich. Eine Sporttasche, ein Telefon und ein volles Jahresgehalt.

Und eine Pressemitteilung.

Die Zelle war leer, als Camilla in die Redaktion kam. Lars Langweilig war auf der Ostseekonferenz. Auf dem Schreibtisch warteten zwei Pressemitteilungen, die an sie persönlich adressiert und an das Fax der Politikredaktion geschickt worden waren:

Das eine kam von Beck & Brenow und betraf die Kündigung eines Beraters, weil er grenzüberschreitende Pornografie aus dem Internet heruntergeladen hatte.

Das andere kam von *Kinder in der Gesellschaft* und enthielt Aussagen eines *anerkannten Kinderforschers*, dessen Namen Camilla niemals zuvor gehört hatte, über den klaren Zusammenhang zwischen Internetpornografie und dem explosionsartigen Anstieg der Übergriffe auf Minderjährige.

Kurz gesagt: Zwei Geschichten, die sich von selbst schrieben – wenn es nicht ein paar scheinbar unbedeutende Details gegeben hätte:

Dass die Pressemitteilungen bei näherer Betrachtung mit nur

wenigen Minuten Abstand verschickt worden waren. Dass sie zwar von verschiedenen Faxanschlüssen versendet worden waren, die sich beide allerdings nach kurzer Nachforschung im Internet als zum selben Teilnehmer gehörend herausstellten: Eine Werbeagentur namens Kyner Kommunikation.

Camilla saß immer noch mit der Faxnummer der Werbeagentur vor Augen an ihrem Schreibtisch, als Borck seinen Kopf hereinsteckte.

»Das Redaktionssekretariat hat den größten Teil des Aufmachers freigehalten«, berichtete er begeistert. »Und einen guten Teil von Seite eins.«

Camilla schielte auf die Pressemitteilungen hinunter.

»Schick es einfach runter, wenn du soweit bist«, kam es von der Tür.

Nyholm ging mit hastigen Schritten über den Flur zum Besprechungsraum 215 des Wissenschaftsministeriums. Er hatte eine dünne, blaue Aktenmappe in der Hand und ein ungutes Gefühl im Bauch.

Normalerweise hatten Treffen wie dieses eine fast gesetzmäßige Tendenz, zu scheitern. Grund dafür war das *Gesetz der großen Worte*, wie Nyholm das Phänomen getauft hatte. Inspiriert – natürlich – vom *Gesetz der großen Zahl*, an das er sich von seinem Statistikseminar an der Universität erinnerte, und das besagte ... besagte ... irgendwas jedenfalls, an das Nyholm sich letztendlich doch nicht erinnern konnte.

Das *Gesetz der großen Worte* konnte er sich dagegen ohne Probleme vergegenwärtigen. Es beschrieb das Phänomen, das auftrat, wenn sich bedeutende Männer von Angesicht zu Angesicht begegneten und aufgrund ihrer mangelnden Sachkenntnis ein Gespräch auf derart allgemeinem Niveau führten – mit so großen Worten –, dass sie eine scheinbare Einigkeit auf der rein grammatischen Ebene erzielen konnten, während die wirklichen Meinungsverschiedenheiten unberührt blieben und an die nachrangigen Beamten weitergegeben wurden, deren Los es anschließend war, die Beschlüsse der bedeutenden Männer umzusetzen.

Wenn sowohl der Minister, der Generalsekretär als auch der Werbedirektor beim heutigen Treffen anwesend waren, war die Anzahl der bedeutenden Männer mehr als ausreichend, um dem *Gesetz der großen Worte* Geltung zu verschaffen. Und als wäre das noch nicht genug, machte Harrs Teilnahme das Treffen zu einem besonders großen Risiko. Nachdem er die Überschrift der internationalen Pornoinitiative gelesen hatte, bestand für Nyholm kein Zweifel mehr daran, dass Harr hinter dem Pferdesportattentat gesteckt hatte. Gleichzeitig war ihm auch klar geworden, warum Harr das heutige Treffen initiiert hatte. Er hatte sich mit einigen der Externen verbündet, um sich Unterstützung für seine Pornoanhörung zu sichern. Die Frage war bloß, mit wem? Mit den Werbeleuten? Oder der Kinderhilfsorganisation?

Nyholm betrat den Besprechungsraum und musterte die Versammlung. Die drei bedeutenden Männer standen am Kopfende des Tisches bereit, während sich die Wasserträger um den Tisch herum verteilt hatten. Brinker, Harr und der Staatssekretär auf der einen Seite. Jørgensens verbiesterter Öffentlichkeitsbeauftragter und Kyners zwei junge Mitarbeiter auf der anderen Seite. Nyholm betrachtete die Gäste misstrauisch, während er sich glücklich pries, dass Harr den Fahrradtrick immer noch nicht entdeckt hatte. Solange er und seine Mitverschwörer sich an Pferdesportmetaphern hielten, war ihnen Nyholm stets einen halben Schritt voraus.

Kurze Zeit später hatten alle ihre Plätze am Tisch eingenommen, und der Minister hatte mit der Begrüßung der Teilnehmer begonnen:

»... was der Grund dafür war, dass ich es für wichtig hielt, die Diskussion auf eine breitere Basis zu stellen«, erklärte er. »Damit alle Ideen auf den Tisch kommen.« Der Minister ließ einen aufmunternden Blick über die Anwesenden schweifen. »Gleichzeitig möchte ich betonen, dass das heutige Treffen nicht das letzte in diesem Zusammenhang sein wird.« Sein Blick verharrte einen Augenblick lang auf Kyners Projektleiterin, bevor er fortfuhr. »Sodass wir auch in Zukunft eng zusammenarbeiten werden – vielleicht sogar in Form eines eigenen Ausschusses, der von einem gemeinsamen Sekretariat unterstützt wird.«

Besorgt machte sich Nyholm eine Notiz auf dem Papier, das vor ihm lag. Man musste nicht viele Wochen in der Zentralverwaltung verbracht haben, um zu wissen, dass *Ausschuss* zur Gruppe der *großen Worte* gehörte.

Am Kopfende des Tisches gab der Minister den Ball an den nächsten bedeutenden Mann weiter.

»Ich kann nur vollstens unterstützen, dass eine koordiniertere Zusammenarbeit etabliert wird«, betonte Jørgensen. »Aber in Wirklichkeit brauchen wir vielleicht eher eine Kommission. Eine Instanz, die gegenüber den grenzüberschreitenden Seiten, die unsere Mitbürger auf der Homepage des Projekts anmelden, Stellung beziehen kann.«

»Auch eine Kommission ist durchaus denkbar«, gab der Minister zu.

Er warf dem letzten der bedeutenden Männer einen fragenden Blick zu.

»Ich glaube, wir müssen in ganz anderen Bahnen denken«, sagte Kyner nachdenklich. »So wie ich es sehe, brauchen wir etwas, was eine viel größere Durchschlagskraft in der Bevölkerung besitzt.«

»Woran denkst du dabei?«, fragte Jørgensen.

Kyner dachten ein Weilchen darüber nach. »Ein Rat«, sagte er schließlich. »Eine Gruppe von Menschen, die sowohl die ethischen Leitlinien nach innen festlegen als auch gleichzeitig als Gesicht der Initiative nach außen fungieren kann.«

»Ein Ethikrat?«, sagte der Minister vorsichtig. »Nur in einer virtuellen Ausgabe.«

»Ein Internetethik-Rat«, schloss Jørgensen sich an.

Am Kopf des Tisches wurde intensiv genickt, während Nyholm innerlich seufzte. Ein *Rat*, der *ethisch* war. Viel größer konnten die Worte nicht werden. Aber zumindest gab es keine Anzeichen dafür, dass die bedeutenden Männer versuchten, Harrs internationales Lied zu singen.

»Die entscheidende Herausforderung wird es sein, den Rat mit der nötigen Durchschlagskraft auszustatten«, fuhr Kyner fort, nachdem die bedeutenden Männer ihre Einigkeit mit einem zufriedenen Nicken gefeiert hatten. »Wenn er Ergebnisse erzielen soll, braucht er die Unterstützung der gesamten Bevölkerung.«

»Das könnte schwierig werden«, meinte Jørgensen. »Egal was wir tun, es wird immer Leute geben, die Scheuklappen aufhaben.«

Alarmiert blickte Nyholm auf.

»Wir können das Pferd zur Tränke führen, wie wir zu sagen pflegen. Aber wir können es nicht zwingen, zu trinken.«

Nyholm sah besorgt zu Harr hinüber, aber der hatte nicht reagiert. Es musste ein Zufall gewesen sein.

»Ich glaube, es geht darum, die Macht des guten Beispiels zu nutzen«, meinte Kyner. »Darum, eine Ikone zu finden, die sich in die Netzhäute der Menschen einbrennt. Einen Botschafter.«

»Einen Hengst, der die Herde führen kann?«

Nyholm zuckte auf seinem Stuhl zusammen. Das war kein Zufall. Gleich würde es kommen. Jørgensen würde Harrs internationalen Ansatz unterstützen.

»Genau.« Kyner nickte. »Einen markanten Sprecher für den Rat, der Durchschlagskraft besitzt und Glaubwürdigkeit ausstrahlt. Nicht nur in Dänemark, sondern auch international.«

International? Nyholm wandte sich schockiert um. Die Werbeagentur steckte auch mit drin. Verzweifelt machte er sich auf die Jagd nach einer Radsportmetapher, mit der er das ganze Pferdegeschwafel vom Tisch wischen und den Minister davon überzeugen konnte, an der Konzentration auf Dänemark festzuhalten.

»Ihr habt schon eine Person im Auge?«, stellte der Minister fest.

Das gelbe Trikot muss in dänischer Hand bleiben, vielleicht?

»Das haben wir.« Kyner nickte. »Ein Einzelkämpfer, der sich sowohl durch seinen sportlichen Erfolg ausgezeichnet hat als auch durch seine konsequente Linie in der Dopingfrage.«

Doping? Nyholm spürte, wie er den Boden unter den Füßen verlor. Wann hatte man denn angefangen, Pferde zu dopen?

»Die Person, an die ich denke, ist selbstverständlich …« Kyner legte eine kurze Kunstpause ein, während sich Nyholm in einem schrecklichen Gedankenblitz offenbarte, was nun folgen würde.

»Der Habicht von Horsens.«

Herman sah sich in den überraschend vertraut wirkenden Räumlichkeiten um. Glänzende Glasfassaden. Polierter Marmorfußboden. Zehn Meter bis zur Decke und eine Panoramaaussicht über die Hafenfront. Und was die Botschaften auf dem Plasmabildschirm an der gegenüberliegenden Wand betraf, so zeigten sie ebenfalls Anklänge an den wohl bekannten Stil:

Wir machen einen Unterschied

Aber hier hatten die Behauptungen wenigsten Hand und Fuß. Die Gewerkschaft *hatte* schließlich einen Unterschied gemacht, rief Herman sich ins Bewusstsein.

Mit etwas größerem Wohlwollen wandte er sich wieder dem Vorsitzenden zu, der auf dem Podium unter dem Plasmabildschirm gerade die neue Rekrutierungsstrategie präsentierte.

Für alle, die glauben, dass sie keine Gewerkschaft brauchen

Sie hatten sogar dieselbe Werbeagentur beauftragt. Am Rand der Folien, die der Vorsitzende auflegte, erkannte Herman das Logo von Kyner Kommunikation. Aber solange der Inhalt in Ordnung war, sagte er sich, war es wohl nicht schlimm, dass die Verpackung ein wenig aufgemotzt war?

Am anderen Ende des Raumes war es nicht nur die Verpackung, die nicht stimmte.

Eigentlich war die Verpackung fast noch das kleinste Problem. Mit Markus' billigen Slogans und seinem leicht zu erkennenden Design konnte man trotz allem noch leben. Viel schlimmer war es, vom Podium herab an die eigene Unfähigkeit erinnert zu werden, wenn es der Vorsitzende als die wichtigste Aufgabe seiner Gewerkschaft sah:

»... für eine Generation junger Leute da zu sein, die ihre Chefs eher als Mitspieler denn als Gegner betrachten. Die keinen Widerspruch sehen zwischen den Zielen des Unternehmens und ihren eigenen.«

Und die in Wirklichkeit überhaupt keinen Anlass hatten, an Gewerkschaftsveranstaltungen teilzunehmen, ergänzte Rebekka niedergeschlagen für sich selbst.

»Eine Generation, die sich nicht in eine Zwangsjacke aus Tarifverträgen, Arbeitszeitvereinbarungen und all den anderen Bevormundereien stecken lassen will«, fuhr der Vorsitzende auf dem Podium fort, »sondern von einer Gewerkschaft erwartet, dass sie den Rahmen für ihre individuelle Entfaltung absteckt.«

Rebekka ließ ihren Blick kurz über die Individualisten schweifen und überlegte besorgt, ob jemand darunter sein könnte, den sie kannte. Die Vorstellung, einer ihrer alten Kommilitoninnen auf einer Gewerkschaftsveranstaltung wiederzubegegnen, war kaum zu ertragen. Andererseits konnte es keinen Zweifel daran geben, dass sie nach den individuellen Entfaltungen der letzten Tage ein äußerst dringendes Bedürfnis nach Networking empfunden hatte. Nicht zuletzt nach dem Treffen im Ministerium, wo sie die meiste Zeit in der Lage gewesen war, sich aus der Schusslinie zu halten, aber schließlich nicht mehr umhin gekommen war, sich zu äußern, als der Minister sich direkt an sie gewandt und nach ihrer Meinung gefragt hatte. Und wo sie – nach einer vollkommen wahnwitzigen Eingebung, von der sie bis jetzt noch nicht wusste, woher sie gekommen war – auf die ausgeteilten Unterlagen verwies und den Vorschlag des Ministeriums wärmstens unterstützt hatte, eine Aufklärungsbroschüre für die Bibliotheken zu produzieren.

»Diese Rahmen schaffen wir heute«, meinte der Vorsitzende auf dem Podium, während Rebekka versuchte, den Blick zu vergessen, den Kyner ihr auf dem Weg aus dem Ministerium zugeworfen hatte. »Und darum möchte ich nicht länger hier oben stehen und euch die Zeit rauben. Ihr kommt sicher viel besser alleine zurecht. Viel Spaß beim Networking.«

Die Versammelten erhoben sich und belohnten den Vorsitzenden mit rhythmischem Beifallsklatschen. Unten zwischen den Stuhlreihen warf Rebekka einen schnellen Blick in die Runde, ohne sich wirklich sicher zu sein, ob sie darauf hoffen sollte, ein bekanntes Gesicht zu entdecken.

Kurze Zeit später standen sie mit einem Glas Rotwein in der Hand auf der überdachten Terrasse des Palastes und schauten zu, wie die Sonne hinter den Dächern der Stadt unterging.

»Jetzt sollen wir also networken?«, fragte er mit einem schiefen Lächeln.

»Ich weiß nicht so recht, ob ich die Kraft dazu habe«, räumte sie ein.

Er nickte verständnisvoll. »Hin und wieder muss man einfach mal die Maske fallen lassen dürfen. Einfach nicht mehr an die Karriere denken müssen. Nur man selbst sein.«

»Ganz genau.«

Sie nickten einander eifrig über die Rotweingläser hinweg zu.

»Manchmal muss man sich selbst daran erinnern, dass das Leben auch aus anderen Dingen besteht als der Arbeit«, meinte er. »Dass es manchmal nur um die ganz einfachen Dinge geht.«

»Wie Recht du hast!«

»Spazieren zu gehen, wenn die Sonne scheint.« Er betrachtete den Sonnenuntergang. »Ein kleines Mädchen in den Kindergarten zu bringen.«

»Etwas, das dem Leben einen Sinn gibt«, ergänzte sie.

»Wenn man von einem fünfjährigen Mädchen eine Umarmung und einen Kuss auf die Wange bekommt, dann verliert alles andere in der Welt seine Bedeutung.«

Sie nickte langsam. »Es muss schön sein, Kinder zu haben.«

»Ja ... Oder ...«

Auf der Terrasse entstand eine kurze Nervosität.

»Ich stelle mir das so vor«, sagte er eilig. »Ich habe keine eigenen. Noch nicht. Leider.«

Er lächelte ein wenig verlegen.

»Ich übe gerade mit meinen Nichten.«

Sie tranken etwas Wein, während die Stimmung auf der Terrasse sich wieder erholte.

»Du hast auch keine Kinder?«, fragte er.

»Ich habe einen kleinen Bruder. Sieben Jahre alt.«

»Sieben ist ein gutes Alter«, meinte er.

»Für ihn bin ich die klügste und hübscheste Schwester der ganzen Welt.«

»Vielleicht hat er ja Recht?«, deutete er vorsichtig an.

»Es gibt im Augenblick bestimmt nicht allzu viele Menschen, die das finden.«

»Einer reicht ja wohl auch?«, meinte er. »Wenn es der Richtige ist.«

Sie drehte sich zu ihm hin und lächelte.

»Das ist zumindest mal ein Anfang«, fügte er hinzu und erwiderte ihr Lächeln.

Hinter ihnen hatten die Gewerkschaftsleute angefangen aufzuräumen. Das Kantinenpersonal fuhr mit einem Wägelchen herum und sammelte leere Flaschen ein. Die Teilnehmer begannen sich zu verabschieden. Nur auf der Terrasse sah es so aus, als hätte man gewisse Schwierigkeiten, sich voneinander loszureißen.

Als Camilla am selben Abend im Büro des Politikredakteurs saß, hatte sie ihr erschüttertes Weltbild wieder gerade gerückt.

Es war zwar durchaus möglich, dass Kyner und seine Leute in der Lage gewesen waren, auf den Zug aufzuspringen, als die Pornogeschichte in Fahrt gekommen war, aber sie waren nicht diejenigen, die sie erfunden hatten. Die grenzüberschreitende Pornografie war kein Kunstprodukt aus den Labors der Spin Doctors. Sie war im fruchtbaren Boden der Wirklichkeit gewachsen. Und es war Camilla Drejer gewesen, die sie ausgegraben hatte.

Was die Pressemitteilungen des Tages betraf, so sah man ihnen wie so vielen anderen Dingen in der heutigen Medienwirklichkeit an, dass sie ihren Feinschliff von professionellen Medienmanipulateuren erhalten hatten. Aber solange der einzelne Journalist kritisch Stellung bezog und in der Lage war, hinter die vorfabrizierten Perspektiven der Spin Doctors zu schauen und sich nicht an der Nase herumführen zu lassen, sprach nichts dagegen, die Inhalte zu verwenden.

»Nicht schlecht«, meinte Borck hinter seinem Schreibtisch. »Die breite, gesellschaftliche Perspektive mit dem Anstieg der Mehrfachvergewaltigungen. Die persönliche Identifikation durch die Geschichte des Beraters.« Er sah anerkennend auf. »Wo hast du das gelernt?«

Camilla begnügte sich mit einem Schulterzucken als Antwort.

»Das Timing ist ebenfalls absolut richtig«, fuhr der Redakteur fort. »Gerade als die Geschichte anfing, im Sande zu verlaufen. Man könnte fast glauben, dass sie uns mit Absicht untergejubelt worden sind.«

Der Redakteur lächelte sie schelmisch an, während Camilla es plötzlich eilig hatte, in ihre Zelle zurückzukommen.

»Du schreibst auch etwas für die Titelseite, oder?«

»Ich arbeite dran«, sagte Camilla mit einem Nicken und machte einen Schritt auf die Tür zu.

»Was ist mit den Follow-Ups?«, fragte ihr der Politikredakteur hinterher.

Camilla drehte sich langsam um. »Woran denkst du?«

»Ich denke an den Berater«, fuhr der Politikredakteur fort. »Kommen wir näher an ihn heran?«

»Vorläufig wissen wir noch nicht einmal, wie er heißt.«

»Aber es wird doch jemanden geben, der es weiß«, meinte Borck. »Stand auf der Pressemitteilung nicht eine Telefonnummer?«

Camilla nickte zögerlich aus dem Türrahmen.

Auf dem Altar der Markenreligion

Am Freitagmorgen saß Herman am Esstisch in der Küche seines Bruder und erinnerte sich an den seligsten Augenblick zurück, den er seit vielen Jahren erlebt hatte. Der Augenblick, als sie an den Tisch zurückgekehrt war, nachdem sie sich etwas von der Bar geholt hatte. Mit perfekt sitzenden Hosen tief auf den schmalen Hüften, einem entspannten Lächeln in ihrem überaus hübschen Gesicht und einer Ausstrahlung, die einfach vollkommen *echt* war. Der Augenblick, als sich sämtliche Männer im Café – sogar jene, die Händchen haltend mit ihren Liebsten an den Tischen saßen – nach ihr umgedreht hatten. Und als sie alle gesehen hatten, dass das attraktivste Mädchen im ganzen Café auf dem Weg zu Hermans Tisch war.

Ein Augenblick, der noch lange nicht der letzte dieser Art gewesen sein würde, sagte sich Herman und warf einen erwartungsvollen Blick auf sein Handy, das vor ihm auf dem Tisch lag. Obwohl sie sich nach einem angenehmen – aber gar nicht physischen – Abend im Kruts ein bisschen formell und hölzern voneinander verabschiedet hatten, war der Kontakt schon wieder hergestellt. Während des Frühstücks hatte das Handy einen rätselhaften Laut von sich gegeben, den seine älteste Nichte glücklicherweise als Signal für eine eingetroffene SMS identifiziert hatte. Eine SMS – Herman ließ sich das Wort auf der Zunge zergehen und nahm das unverwechselbare Aroma von jugendlicher Frische und dem leichten Leben wahr –, in der sich Rebekka einfach für den angenehmen Abend bedanken wollte. Eine SMS, die Herman mit Hilfe seiner Nichte beantwortet hatte und die sich anschließend zu einer ganzen Serie von SMS-Nachrichten entwickelt hatte, die andeuteten, dass ...

Herman war sich immer noch nicht so recht im Klaren darüber, was sie andeuteten, als er hörte, wie unten im Erdgeschoss die Haustür aufgeschlossen wurde. Jemand kam die Treppe heraufgestürmt. Die Schritte hasteten weiter in die Diele im ersten Stock. Irgendetwas landete schwer auf dem Boden. Dann stand Hermans Schwägerin vor ihm in der Küche.

»Wo ist Sofie?«, fragte sie mit schriller Stimme.

Herman sah verwundert auf. »Bist du nicht auf der Arbeit?«

»Du sollst einfach nur sagen, wo sie ist.«

Herman wollte gerade zur Toilette draußen im Gang zeigen, als die kleine, resolute Stimme sich von eben dort meldete.

»Ich bin fertig«, verkündete sie.

Die Schwägerin machte auf dem Absatz kehrt und stürzte in die Richtung davon, aus der die Stimme gekommen war. Herman folgte ihr beunruhigt, während er überlegte, was denn Schlimmes passiert sein könnte. War es vielleicht der Kindergarten? Waren sie zu spät dran? Hätten sie vielleicht schon um sieben dort sein sollen? Aber er war sich ganz sicher, dass sein Bruder acht Uhr gesagt hatte.

Herman trat in die Diele hinaus, in der es so aussah, als hätte die Realität eine Pause eingelegt. Die Schwägerin hatte die Tür zur Toilette aufgerissen und stand nun wie erstarrt mit der Hand auf der Klinke in der offenen Tür. Die Nichte saß mit heruntergelassenem Höschen auf der Toilette und sah überrascht zu ihrer Mutter auf. Auf dem Fußboden lag die Handtasche der Schwägerin. Ein Teil des Inhalts war herausgefallen, als sie sich ihrer entledigt hatte. Schlüssel. Fahrradleuchten. Und eine Zeitung – das Dagbladet –, auf der zwei Überschriften auf der Titelseite zu erkennen waren:

Ganz links oben mit großen Lettern:

Kinderforscher: Pornokonsum führt zu Pädophilie

Und über einem etwas kleineren Artikel an der rechten Seite:

Berater wegen Internetporno gefeuert

Herman sah von den Überschriften auf und konnte gerade noch wahrnehmen, wie sich die Szene um 180 Grad gedreht hatte, als die Wirklichkeit auf einen Schlag wieder ihren Dienst aufnahm.

»Was habt ihr gemacht?«, fragte die Schwägerin.

»Ich wollte sie nur sauber machen«, sagte er hastig.

»Er macht das ganz verkehrt«, verkündete Sofie freudestrahlend von der Toilette. »Aber er sagt, dass er gerne üben möchte.«

Herman war sofort klar, wie das klingen musste.

»Was hat er getan?«, fragte die Schwägerin mit schriller Stimme.

»Also, das ist nicht so, wie du denkst«, sagte Herman verzweifelt.

Die Schwägerin ging in die Hocke und rüttelte an Sofies Schultern. »Erzähl mir, was ihr getan habt!«

Erschrocken fing das Mädchen an zu weinen. »Gar nichts«, schluchzte sie.

»Hat er dir etwas getan? Sag schon.«

Sofie schaute verzweifelt zu Boden und bekam vor lauter Tränen kein Wort mehr heraus.

»Ich möchte gerne, dass du mir erzählst, was ihr getan habt«, sagte die Schwägerin. Herman konnte sehen, wie sie ihre Erregung zu unterdrücken versuchte, als ob sie auf diese Weise die Wahrheit aus dem kleinen Mädchen hervorlocken könnte. »Auch wenn ihr abgemacht habt, dass es ein Geheimnis bleiben soll.«

»Wir haben nichts abgemacht«, versuchte sich Herman von der Küchentür aus einzuschalten.

Die Schwägerin ignorierte ihn. »Hat er dich sauber gemacht?«

»Ja«, weinte Sofie.

Die Schwägerin warf Herman einen hasserfüllten Blick zu.

»Hat er auch deine Pipimaus angefasst?«

Die Antwort ertrank in Tränen.

»Hat er deine Pipimaus angefasst? Ich möchte gerne, dass du mir das erzählst.«

»Das hab ich selber gemacht«, weinte Sofie.

»Hat er dich dazu gebracht, dass du es selber gemacht hast?«

»Ja«, schluchzte sie.

Herman zog sich zur Treppe zurück.

»Du hast mit ihm gesprochen?«, fragte Dorthe überrascht.

»Ich habe ihn gestern getroffen.«

Rebekka hatte ihr Handy mit auf die Toilette der Agentur genommen. Nachdem sie den ganzen Morgen mit dem Austausch von SMS verbracht hatte, musste sie schlicht und einfach jemandem davon erzählen.

»Und wo?«, fragte Dorthe interessiert.

»Auf einem Gewer…« Rebekka unterbrach sich. »Auf einem Netzwerktreffen.«

»Da ist ja ein Ding«, meinte Dorthe.

»Ja, das war es wirklich.« Die Worte rieselten wie ein sanftes Plätschern aus Rebekka heraus. »Es war einfach so schön, sich mit ihm zu unterhalten. Und wir haben überhaupt nicht über die Arbeit geredet. Nur über ganz allgemeine Dinge. Und jetzt haben wir uns den ganzen Morgen SMS geschickt. Und er ist einfach so süß.«

»Aha.«

Es entstand eine kurze Pause.

»Das klingt ja richtig …« Dorthe zögerte ein wenig. »Toll.«

»Es ist einfach so schön«, wiederholte Rebekka.

»Hast du herausgefunden, wo er jetzt arbeitet?«

»Also, das war überhaupt nicht so ein smartes Karrieregeschwätz«, antwortete Rebekka begeistert. »Wir haben einfach nur über seinen Bruder geredet. Und seine Nichten. Und alles Mögliche.«

»Nichten?«, sagte Dorthe entgeistert. »Redet ihr über Kinder?«

»Also nicht so, wie du denkst.«

»Tauscht ihr auch Rezepte aus? Habt ihr vielleicht ein paar gute Einkochtipps für mich?«

»Ich meine einfach nur, dass man sich gut mit ihm unterhalten kann«, beharrte Rebekka.

»War die eigentliche Idee nicht, dass du networken wolltest?«, erinnerte sie Dorthe.

»Aber er ist doch so süß.«

»Ja, das ist ja sehr schön«, meinte Dorthe. »Aber kann er dir auch helfen, einen Job zu bekommen?«

Rebekka nahm das Handy vom Ohr und betrachtete es einen Augenblick lang.

»Vielleicht kann er mir helfen, ein richtiges Leben zu bekommen«, sagte sie und unterbrach die Verbindung.

Mürrisch betrachtete Nyholm den grauen Telefonhörer in seiner Hand.

»Ja, guten Tag, ich hätte gerne mit dem Habicht gesprochen«, sagte er unsicher.

Es klang falsch.

»Ja, guten Tag, ist der Habicht gelandet?«, versuchte er es stattdessen.

Besser!

Aber was würde geschehen, wenn der Raubvogel das Gespräch entgegennahm?

»Ja, hier der Habicht«, murmelte Nyholm mit tiefer Stimme vor sich hin.

Und was antwortete man darauf?

Frustriert starrte Nyholm auf das Telefon. In Wirklichkeit hätte es natürlich der Minister sein sollen, der den Anruf tätigte. Aber auch für ihn war der Gedanke, den Radsportler für die Pornoinitiative zu engagieren, offensichtlich weit verlockender, solange er nur eine Idee war. Also hatte er die Aufgabe seinem Staatssekretär überlassen. Worauf sie weiter nach unten bis zur Endstation aller Probleme gereicht wurde: zum zuständigen Ministerialrat.

Es sei denn? Nyholm hielt den Hörer einen Augenblick lang unschlüssig in der Hand. Konnte er sich erlauben, Espen zu bitten, den Anruf für ihn zu erledigen? Der Gedanke schien verlockend. Aber natürlich konnte er es nicht. Wenn der Habicht ablehnte und es käme heraus, dass man einfach nur einen x-beliebigen Sachbearbeiter mit dem Anruf beauftragt hatte, dann würde die Verantwortung für das Fiasko prompt auf dieselbe Art und Weise wie der Anruf von oben nach unten durch die Hierarchien weitergereicht, bis sie schließlich bei ...

Nyholm seufzte und fasste einen schnellen Entschluss. Der Plastikhörer knallte zurück auf das Telefon. Er konnte den Anruf nicht weiter abwälzen. Aber er konnte ihn auf die lange Bank schieben.

Er wandte sich erneut seinem Schreibtisch und den Notizen zu, die er sich bei dem Treffen gemacht hatte. Kein besonders aufmunternder Anblick. Das *Gesetz der großen Worte* war in Kraft getreten, genau wie er befürchtet hatte. Das Treffen hatte in einer großen Verbrüderung geendet und einer grammatischen Übereinstimmung darüber, dass ein Internet-ethischer Rat eingerichtet würde, der gleichzeitig eine tiefe pädagogische Einsicht, einen Radrennfahrer als Vorsitzenden und die redaktionelle Verantwortung für eine Reihe von Bibliotheksbroschüren zur Ethik im Internet besitzen sollte.

Nyholm nahm ein leeres Blatt Papier und versuchte für Espen ein paar Skizzen zu entwerfen, wie die Weisheit der bedeutenden Männer umgesetzt werden könnte. Abgesehen von der sich förmlich aufdrängenden Überschrift für die Pressemitteilung *(Unter den Schwingen des Habichts)* war es gar nicht so einfach, alles unter einen Hut zu bekommen. Nyholm seufzte. Vielleicht wäre es doch einfacher, den Radrennfahrer anzurufen?

Er hatte gerade seinen Mut zusammengenommen und die ersten Ziffern der Telefonnummer eingetippt, als Pernille in der Türöffnung erschien.

»Ich bin gerade beschäftigt«, sagte Nyholm und versuchte, die Konzentration zu wahren.

»Also, es ist wegen Brinker. Er hat angerufen«, entschuldigte sie sich. »Und du hast gesagt, dass du die Antwort sofort wissen möchtest.«

Nyholm betrachtete sie mit erneuerter Aufmerksamkeit. »Das ist richtig«, sagte er und knallte den Hörer auf die Gabel. »Was hat er geantwortet?«

»Ich habe gefragt, ob er wisse, was aus der Bornholmsache geworden ist, so wie du gebeten hast.«

»Und?«

Nyholm wartete ungeduldig. Nach einer gründlichen Analyse war er zu dem Schluss gekommen, dass es nicht Harr gewesen sein konnte, der das Treffen mit der Werbeagentur eingefädelt hatte. Denn wie hätte er Kyner den Tipp mit dem Fahrradtrick geben können, wenn er doch selber glaubte, dass die Vierbeiner der Schlüssel zum Herzen des Ministers waren? Aber dann war es vielleicht auch nicht Harr gewesen, der hinter dem Täuschungsmanöver mit dem Bornholmer Deckblatt gesteckt hatte. Und auch nicht hinter dem Pferdesportattentat. Aber wer war es dann gewesen?

»Er war sich nicht so sicher«, antwortete Pernille. »An dem Tag lief ja alles ein bisschen chaotisch.«

»Aber?« Nyholm ahnte, dass da noch mehr war.

»Wie gesagt, er war sich nicht so sicher«, wiederholte Pernille.

»Aber?«

»Aber er meinte, dass Harr sie vielleicht mit nach oben genommen hat.«

Wenn sich Herman ein seltenes Mal daran erinnern konnte, was er geträumt hatte, handelte es sich fast immer um denselben wiederkehrenden Albtraum:

Er ist auf der Arbeit. Er sitzt umgeben von Anzügen in einem Meeting im Glaspalast. Alles scheint normal, aber gleichwohl stimmt irgendetwas nicht. Und plötzlich weiß er, was es ist. Er ist nackt. Er hat ein Hemd an, aber weiter unterhalb trägt er nichts. Nicht einmal Unterhosen. Noch sieht es nicht so aus, als hätte jemand etwas bemerkt. Noch sieht es so aus, als gäbe es eine Chance, es zu verbergen, wenn er nur am Tisch sitzen bleiben dürfte, wo es nur die Nachbarn sehen können. Oder wenn er das Hemd etwas weiter nach unten ziehen könnte. Aber er *kann nicht* einfach sitzen bleiben. Ganz plötzlich ist das Meeting vorbei. Er ist gezwungen aufzustehen, und er bemerkt, wie sie anfangen zu glotzen. Er zieht das Hemd nach unten, er sieht sich nach einem Ort um, an dem er sich verstecken könnte, aber es gibt keinen solchen Ort, das Hemd ist einfach nicht lang genug, und schließlich kann er nichts mehr machen. Er steht mitten unter ihnen, er ist nackt, sie wenden sich ihm zu und ...

Bei einem Traumdeuter hätte dieser Traum für kaum mehr gereicht als eine Drei für eine gute, aber etwas routinehafte Leistung. Aber für Herman gehörte dieser Albtraum an das oberste Ende der Skala. Als er erwachte, war er schweißgebadet und von einem tiefen Schamgefühl erfüllt. Und trotzdem war dieser Traum nichts verglichen mit seiner wirklichen Situation:

Die Straße in einem Wohngebiet entlangzugehen, das von Eltern, die den Artikel gelesen hatten, wimmelte. Das Interview mit dem Kinderforscher, der erklärte, wie Männer, die sich daran aufgeilten, bei der Vergewaltigung von Schulmädchen zuzusehen, den Eindruck bekommen konnten, ihre Fantasien gehörten zu einem normalen Sexualverhalten, sobald sie diesen Porno im Internet sahen und so zu der wirklichen Tat verführt würden. Und die Kurzmeldung, aus der hervorging, dass ein gut dreißigjähriger Berater mit Universitätsabschluss gefeuert worden war, weil er grenzüberschreitende Pornoseiten im Internet besucht hatte.

Sich zwischen jenen zu bewegen, die die Artikel gelesen hatten. Wenn alle wussten, dass *er* es war. Der gut dreißigjährige Berater. Obwohl sie es natürlich nicht wissen konnten. Es gab weder ein Bild noch wurde sein Name genannt. Aber seine Schwägerin wusste es. Und obwohl er, wie er sich selbst sagte, eigentlich umkehren sollte, zurückkehren und alles erklären sollte, war ihm bewusst, dass es nicht erklärbar war. Vielleicht seinem Bruder gegenüber. Aber nicht ihr.

Und gleichzeitig war ihm klar, dass direkt hinter ihm jemand ging. Er sah kurz über die Schulter zurück. Ein Mann mit einem großen, schwarzen Hund. Der es unmöglich wissen konnte! Herman versuchte, ruhig auf dem Bürgersteig weiterzugehen, als er plötzlich bemerkte, dass ihm jemand entgegenkam. Ein paar junge Frauen mit einer Horde kleiner Kinder. Eine ungeheure Menge kleiner Kinder. Ein Kindergarten. Nein. *Der Kindergarten!* Herman hatte unbewusst den Weg zu Sofies Kindergarten eingeschlagen.

Und sie würden wissen, wer er war, ging ihm plötzlich auf. Die Kindergärtnerin mit dem blonden Haar. Aber würde sie sich auch ausrechnen können, dass er der Mann aus den Zeitungsartikeln war? Herman versuchte sich zu erinnern, was er ihr erzählt hatte. Aber es war ja vollkommen egal, was er erzählt hatte! Seine Schwägerin hatte sie natürlich schon angerufen. *Nur um ganz sicher zu gehen ... Falls er versuchen sollte, Sofie abzuholen ...*

Herman lief auf die Fahrbahn und hätte beinahe eine ältere Dame von ihrem Fahrrad gestoßen, die ihm hinterherzeterte, und dann war er auf der anderen Straßenseite.

Er konnte die bohrenden Blicke der Kindergärtnerinnen in seinem Rücken spüren. Und wie der Mann mit dem Hund jetzt auch stehen geblieben war, um zu glotzen. Und wie sie auf der anderen Straßenseite ein paar Worte miteinander wechselten. Sie wechselten ein paar Worte, und *dann wusste auch er es*!

Herman beschleunigte seine Schritte, aber der Mann auf dem gegenüberliegenden Bürgersteig war auch bereits mit strammem Tempo losmarschiert. Herman bog in die Straße zum Bahnhof ab, und ...

Und sein Telefon klingelte.

Er zog es aus der Hosentasche, während er den Hundemann in seinem Rücken im Auge behielt. Auf dem Display erschienen nur drei X. Geheime Nummer. Das musste sein Bruder sein.

Hinter ihm setzte der Hundemann seinen Weg durch das Wohngebiet fort und verschwand. Herman atmete erleichtert auf und verlangsamte sein Tempo. Sie waren weg. Herman war nur noch ein anonymer Mann auf der Straße.

Und sein Bruder hatte ihn angerufen. Er drückte auf den grünen Knopf und bereitete sich darauf vor, alles zu erklären.

»Camilla Drejer«, sagte eine Stimme am anderen Ende der Leitung. »Ich rufe vom Dagbladet an.«

Die Journalistin. Es war die Journalistin. Und sie hatte ihn angerufen. Einfach so. Ohne weiteres.

»Wie du vielleicht gesehen hast, haben wir heute einen Artikel über deine Entlassung in unserer Zeitung«, kam sie direkt zur Sache.

Er war überhaupt nicht anonym. Man konnte ihn einfach so anrufen.

»Ich bin mir natürlich darüber im Klaren, dass du dich im Augenblick in einer unglaublich schwierigen Situation befindest«, fügte sie eilig hinzu. »Aber der Grund, warum ich anrufe, ist, dass wir dir sehr gerne die Möglichkeit geben würden, die Geschichte aus deiner Perspektive zu erzählen.«

»Die Geschichte aus meiner Perspektive?« Herman blieb auf dem Bürgersteig stehen. Er hatte das Gefühl, dass er eigentlich sofort auflegen sollte.

»Nach unserer Erfahrung gibt es auch immer eine andere Seite der Medaille«, fuhr sie fort. »Ich kann mir zum Beispiel vorstellen, dass es ein ganz schöner Schock für dich gewesen sein muss, auf diese Art und Weise gefeuert zu werden. Was war deine unmittelbare Reaktion?«

»Also eigentlich bin ich gar nicht gefeuert worden«, sagte Herman und beschloss, das Gespräch zu beenden.

»Bist du nicht?«

»Es handelt sich um eine Verweisung, die im Übrigen vollkommen unberechtigt war.«

Sobald er die formellen Details präzisiert hatte.

»Kannst du das genauer erklären?«

Leg auf.

»Der Punkt ist doch, dass ich es in meiner Freizeit getan habe«, erklärte Herman. »Und dass sie überhaupt kein Recht haben, mich dabei zu überwachen.«

»Du fühlst dich also ungerecht behandelt?«

Ja, wollte er gerade sagen, als ihm plötzlich klar wurde, wie selbstgerecht das klingen würde. Verbrecher fühlten sich immer ungerecht behandelt, oder nicht?

»Juristisch ist das nicht korrekt, was geschehen ist«, versuchte er stattdessen.

»Wenn wir die Paragraphen mal kurz beiseite lassen«, sagte die Journalistin. »Glaubst du dann nicht, dass das, was du getan hast, vielleicht ein Fehler war?«

Nein. Oder? Herman zögerte. Wenn er Nein sagte, würde er wie ein verstockter Pornoverbrecher klingen. Aber wenn er Ja sagte, würde es sich so anhören, als räumte er ein, selber der Schuldige zu sein. Was sollte man auf so eine Frage antworten? Man sollte natürlich gar nicht antworten. Man sollte *auflegen*. Aber jetzt war es zu spät.

»Du brauchst selbstverständlich nur zu antworten, wenn du Lust dazu hast.«

Sollte er doch lieber nicht antworten? Aber würde das nicht einen noch verstockteren Eindruck hinterlassen? Herman trippelte auf dem Bürgersteig hin und her. Plötzlich bemerkte er, dass der Mann mit dem schwarzen Hund aus dem Wohngebiet hinter ihm wieder aufgetaucht war.

»Ich möchte dich nicht unter Druck setzen«, präzisierte die Journalistin.

»Was ich getan habe, ist juristisch völlig einwandfrei«, versuchte Hermann sich zu wehren. Er begann sich auf den Bahnhof zuzubewegen, während er den Hundemann über die Schulter hinweg unter Beobachtung hielt.

»Du kannst also nichts Falsches an dem finden, was du getan hast?«

»Nein. Oder ...«

Leg auf.

»Lass mich die Frage einmal anders formulieren«, sagte die Journalistin hilfsbereit. »Denkst du überhaupt nicht an die Kinder, die darunter leiden müssen, dass du vor dem Computer sitzt und diese Bilder aus dem Internet herunterlädst?«

Herman legte auf.

Und das Telefon klingelte sofort wieder. Er lehnte den Anruf mit einem Druck auf den roten Knopf ab. Es vergingen drei Sekunden. Dann klingelte es wieder. Herman lehnte den Anruf ab. Hinter ihm schien der Mann eine schnellere Gangart eingelegt zu haben. Der Hund zerrte an der Leine.

Herman sah sich verzweifelt um und entdeckte ein großes Fenster etwas weiter die Straße hinunter. Ein Café. Er machte ein paar schnelle Schritte und stürzte durch die Tür hinein.

Das Mädchen an der Theke schaute erschrocken auf. Herman versuchte sich zu beruhigen. Er setzte sich an einen Tisch am Fenster und sah, wie der Hundemann draußen vorbeiging. Herman bestellte einen Café Latte. Das Mädchen wies ihn darauf hin, dass es möglicherweise sein Telefon wäre, das gerade klingelte.

Aber es war kein Anruf. Es war eine SMS. Und sie kam von Rebekka. Besorgt rief er die Nachricht auf seinem Display auf. Wusste sie es auch schon? Hatte sie die Artikel gelesen. Würde sie …

GEH NICHT AN DEIN TELEFON!!!

Herman starrte wie gelähmt auf die Nachricht. Und das Telefon begann zu klingeln. Aber diesmal erkannte er die Nummer. Es war die Pennerin. Und die konnte Rebekka doch wohl kaum gemeint haben, oder?

Herman gab den Versuch auf, es zu verstehen und nahm den Anruf entgegen. Die Stimme der Pennerin machte sich am anderen Ende der Leitung bemerkbar.

»Ich versuche seit einer Stunde dich anzurufen«, sagte sie. »Aber ich bin nicht durchgekommen.«

»Da ist eine Journalistin, die dauernd versucht, mich anzurufen«, erklärte Herman, während die unheilschwangere Nachricht in seinem Hinterkopf herumspukte.

»Du solltest nicht mit ihnen reden, bevor wir nicht besprochen haben, was du sagst.«

»Ich …«, begann Herman zaghaft. »Ich habe eigentlich schon mit ihr gesprochen.«

»Was hast du gesagt?«

Was hatte er gesagt? Oh, Gott, was hatte er gesagt?

»Nichts Gutes, also«, stellte sie fest.

»Können wir irgendetwas tun, um sie aufzuhalten?«

»Das kommt drauf an«, sagte sie skeptisch. »Hast du freiwillig mit ihr gesprochen?«

»Sie hat einfach angerufen und angefangen zu reden«, erklärte er.

»Aber hast du gesagt, dass du nicht mit ihr reden willst?«

Herman zögerte.

Du brauchst selbstverständlich nur zu antworten, wenn du Lust dazu hast.

»Ich …«

Ich möchte dich nicht unter Druck setzen.

»Ich ...«

»Also dann kann man wohl nichts machen«, stellte Birgit Andersen fest.

Oh, Gott.

»Aber das ist vielleicht gar nicht das Schlechteste, was passieren konnte.«

Herman glaubte einen Augenblick lang, er hätte sich verhört.

»Wir haben tatsächlich darüber diskutiert, ob es nicht ein gute Idee wäre, wenn du an die Öffentlichkeit gehst.«

»An die Öffentlichkeit?«, fragte er ungläubig. »In die Zeitungen?«

»Nein, nein«, sagte sie hastig. »Wenn wir das schon tun, dann tun wir es im Fernsehen.«

»Fernsehen?«, quäkte Herman.

»Eine der Fernsehjournalistinnen hat sogar schon angerufen, um nachzufragen, ob wir von der Sache wissen. Kann durchaus sein, dass sie dich anrufen wird.«

»Ihr habt der Journalistin meine Nummer gegeben?«

»Du musst nicht mit ihr reden, wenn du keine Lust dazu hast. Aber ich finde, du solltest darüber nachdenken.« Sie legte eine kurze Pause ein. »Jetzt, wo die Geschichte sowieso schon draußen ist.«

Herman wurde schwindelig.

»Es ist noch nicht sicher, ob dein Name genannt werden muss. Sie können einiges unternehmen, um deine Identität zu verschleiern. Die Stimme verzerren. Dich von hinten aufnehmen.«

Sie wollte, dass er an die Öffentlichkeit ging. Wie eine dieser dunklen Silhouetten, die vor der Fernsehkamera saßen und ihre Verbrechen mit verzerrter Stimme wegzuerklären versuchten.

»Du solltest bedenken, dass du eine ziemlich gute Story bist«, feuerte sie ihn an. »Es passiert wirklich selten, dass wir eine Sache haben, die so deutlich die Bedeutung der Gewerkschaften in der neuen Markenführung dokumentiert.«

Die Bedeutung der Gewerkschaften? Herman weigerte sich, seinen eigenen Ohren zu trauen.

»Du triffst genau das Segment, das glaubt, die Gewerkschaft nicht zu brauchen.«

Und dann traute er ihnen plötzlich doch.

Für alle, die glauben, dass sie keine Gewerkschaft brauchen.

Mit einem Mal erkannte er die fertig verpackte Formulierung wieder. Von der Einkaufstasche. Von der Homepage. Von der neuen Rekrutierungsstrategie. Von ...

Kyner Kommunikation.

Und plötzlich passten alle Teile zusammen. Die Werbeagentur, *die nicht Bescheid bekommen hatte*, die Pressemitteilung nicht zu verschicken. Die Gewerkschaft, die ihre neue Rekrutierungsstrategie in Fahrt bringen wollte.

»Diese Sache eignet sich perfekt dazu, den Leuten zu zeigen, dass wir tatsächlich einige Möglichkeiten bieten, ihnen zu helfen, selbst wenn sie selber nicht ganz unschuldig sind.«

Die Werbeagentur. Die Pressemitteilung. Die Gewerkschaft.

»Dass wir einen Unterschied machen.«

Herman drückte auf den roten Knopf.

Und wieder fing das Telefon direkt an zu klingeln. Und hinter sich konnte er hören, wie die Tür zum Café geöffnet wurde. Und er hörte ein Durcheinander von Kinderstimmen. *Der Kindergarten.* Schockiert drehte er sich um. Die Kinder strömten herein. *Sie hatten die Kinder auf ihn angesetzt.* Und jetzt kamen die Kindergärtnerinnen.

Herman wollte gerade von seinem Tisch aufstehen, als er den Hundemann erblickte. Sie hatten ihn auf der anderen Seite des Fensters postiert. Der Hund starrte ihn mit bösen Augen durch die Fensterscheibe an. Er war umzingelt. Überall waren Kinder. Und das Telefon klingelte. Herman versuchte, das Display abzulesen, aber die grünen Ziffern zerflossen vor seinen Augen. Sein Bruder? Oder die Journalistin? Oder die Gewerkschaft?

Er drückte den Anruf weg. Und da saß ein Kind direkt gegenüber auf der anderen Seite des Tisches. Und das Telefon klingelte wieder. Und plötzlich gab es auch einen anderen Ton hinter dem Klingelton. Ein lautes Hämmern. Es war sein Herz. Es lief Amok, und ihm war, als könnte seine Atmung einfach nicht mehr mit ihm mithalten. Die Luft gelangte einfach nicht schnell genug in seine Lungen. Er versuchte aufzustehen und nach draußen zu kommen, aber sein Körper wollte nicht reagieren. Gelähmt saß er auf dem Stuhl, während sein Herz immer schneller pumpte. Die Atmung hechelte hinterher wie ein undichter Blasebalg.

Und das Telefon klingelte.

Als Rebekka mit dem Handy in der Hand von der Toilette zurückkam, stand Jacob an ihrem Platz. Er lächelte aufmunternd.

»Hast du einen Augenblick Zeit?« Jacob nickte zur Glaswand hinüber, hinter der der Direktor an seinem Schreibtisch saß und wartete. »Kyner möchte dich gern dabeihaben.«

»Damit ich dasitzen und schön aussehen kann?«

»Nimm das Ganze doch nicht so ernst«, ermahnte sie Jacob. »Es tut ihm Leid. Er ist einfach nur nicht so gut darin, das auch zu sagen. Es liegt nur daran, dass es ihm ziemlich nahe geht, wenn es mal irgendwo hakt. Er hat Schwierigkeiten damit, sein Temperament unter Kontrolle zu halten.«

Jacob ergriff ihren Ellenbogen.

»Komm jetzt.«

Rebekka ließ sich durch das Großraumbüro ziehen.

»Du kannst direkt wieder loslegen. Es geht um die Pornosache. Ein neues Spin-Off.«

Kyner stand auf und lächelte überschwänglich, als sie auf seine Seite der Glaswand hinüberkamen.

»Gut, dass du gekommen bist.« Er kam um den Schreibtisch

herum und geleitete sie zu einem der Stühle hinüber. »Ohne dich könnten wir diese Sache gar nicht schaffen:«

Rebekka setzte sich und legte das Handy auf ihren Schoß.

»Jacob«, bat Kyner, als er sich an seinen Platz zurückbegeben hatte. »Erklär es bitte noch einmal von vorne, damit Rebekka auf demselben Stand ist wie wir.«

»Die Akademikergewerkschaft«, begann Jacob. »Eine Just-in-Time-Kampagne als Follow-Up für die Pornosache. Die Pressemitteilung ist wie abgesprochen gestern rausgegangen. Das Dagbladet hat sie gebracht.«

Jacob reichte ihr einen Zeitungsausschnitt. *Berater wegen Internetporno gefeuert* verkündete die Überschrift.

»Was ist mit dem Follow-Up?«, fragte Kyner, während Rebekka den Text überflog.

»Die Journalistin hat die Handynummer des Beraters von der Gewerkschaft bekommen und ein Interview mit ihm geführt. Sie bringen es morgen.«

»Gut.« Kyner nickte. »Wie sieht es mit den elektronischen Medien aus?«

»Im Augenblick sind sie ganz wild darauf«, antwortete Jacob. »Das erste Programm will ihn am Montag für das *Fernsehgericht* haben. Das zweite bereitet einen Beitrag für die Nachrichten vor.«

»Aber?«

»Das Problem ist, dass die Gewerkschaft den Kontakt mit dem Kerl verloren hat.«

»Was ist passiert?«, fragte Kyner.

»Sie wissen es nicht. Sie sagen, dass er aufgehört hat, ans Telefon zu gehen.«

»Sag ihnen, dass sie es weiter versuchen sollen«, forderte Kyner ihn auf. »Es hätte eine enorme Durchschlagskraft, wenn wir ihn auf den Fernsehschirm bekämen. Die Leute draußen in den Wohnzimmern würden sich vor Angst in die Hosen machen, wenn sie darüber nachdenken, wann sie wohl dran sind. Sie würden die Anmeldeformulare direkt aus den Schubladen holen und sie ausfüllen.«

»Das brauchen sie gar nicht«, sagte Jacob. »Das Formular kommt als Beilage mit den Sonntagszeitungen.«

Jacob teilte ein paar neue Kopien aus.

»Ganzseitige Anzeigen in allen Tageszeitungen. Markus feilt gerade an den letzten Details.«

»Und die Message?«

»Wir können nicht verhindern, dass Menschen in Schwierigkeiten geraten, aber wenn es geschieht, dann können wir helfen.« Jacob deutete auf die Entwürfe. »Und dann das Logo und die ethischen Grundwerte. Wir machen einen Unterschied. Für alle, die glauben …«

»Hübsch.« Kyner nickte zufrieden.

»Wer ist er?« Rebekka deutete mit einer dunklen Vorahnung auf den Zeitungsausschnitt.

»Das ist beinahe das ironischste an der Sache«, grinste Jacob. »Es ist einer der Berater von B&B. Er hatte sich keine schlechtere Firma zur Anstellung suchen können.«

Rebekkas Vorahnung wurde zur Gewissheit. Sie warf einen schnellen Blick auf das Handy auf ihrem Schoß. »Können wir es uns erlauben, ihn auf diese Weise an den Pranger zu stellen?«, fragte sie, während sie diskret nach dem Handy fingerte und sich unter dem Tisch von Taste zu Taste hangelte.

»An den Pranger stellen?«, antwortete Jacob mit einem Schulterzucken. »Er kommt doch nur ein bisschen in die Zeitung.«

»Jetzt mal langsam«, unterbrach ihn Kyner. »Rebekka hat da durchaus einen Punkt angesprochen. Wir sollten uns das gut überlegen. Es ist ein schmaler Grat, aber ich glaube, wir können ihn gehen.«

Rebekkas Finger verharrten zögernd über den Tasten ihres Handys.

»Im Zentrum steht allerdings unser primärer Kunde«, fuhr Kyner fort. »Der Arbeitgeber. Sie haben hart durchgegriffen. Sie haben Tatkraft gezeigt. Sie haben Verantwortung übernommen. So weit, so gut. Von hier ab kann dann die Gewerkschaft übernehmen. Sie können nichts daran ändern, dass er einen Fehler gemacht hat. Aber sie können ihm anschließend helfen. Sie machen einen Unterschied.«

Kyner nickte ernst vor sich hin.

»Obwohl der Grat sehr schmal ist, glaube ich schon, dass der Markt Platz für beide Brands hat.«

Mit entschlossenen Bewegungen begann Rebekka unter dem Tisch auf die Tasten zu drücken.

»Aber eins muss klar sein: Der Kerl darf auf keinen Fall wie ein Unschuldiger dastehen«, ermahnte Kyner. »Damit würden wir die Plattform unseres primären Kunden untergraben.«

»Ich glaube nicht, dass da irgendeine Gefahr besteht«, beruhigte ihn Jacob, während Rebekka aus den Augenwinkeln die grünen Lettern auf dem Display unter der Glasplatte des Schreibtisches erscheinen sah.

»Gut, was fehlt uns noch?«

»Wir müssen noch ein paar Artikel platzieren, die die Kampagne vorbereiten sollen«, sagte Jacob.

»Haben wir Absprachen?«

»Beim Dagbladet bin ich mir nicht so sicher«, antwortete Jacob. »Die Journalistin wird langsam etwas widerspenstig. Aber wenn wir den Rohtext liefern, können wir bei den anderen einen Platz in den Sonntagsbeilagen bekommen.«

»Wie ist der Blickwinkel?«

»Die Markenführung als Herausforderung für die Gewerkschaften«, erklärte Jacob. »Wie ganz gewöhnliche Menschen am Pranger der Medien enden, wenn Unternehmen, die sich ein paar Werte im ethischen Supermarkt besorgt haben, die Menschen davon überzeugen wollen, dass sie ihre neuen, wertebasierten Brands ernst nehmen.«

Durch die Tischplatte hindurch kontrollierte Rebekka ein letztes Mal die Nachricht.

»O.k.« Kyner nickte. »Er darf bloß nicht zu unschuldig werden. Die Leute sollen wissen, dass er einen Fehler gemacht hat.«

»Schon klar.« Jacob nickte.

»Haben wir eine Überschrift?«

»Markus hatte da ein paar Ideen.« Jacob blätterte ein wenig in den Papieren herum. »Auf dem Altar der Markenreligion«, zitierte er.

»Hübsch«, sagte Kyner. »Dann brauchen wir nur noch etwas Text.« Er wandte sich an Rebekka. »Wäre das nicht etwas für dich?«, fragte er, während Rebekka auf den Knopf drückte und die Nachricht abschickte.

Zellulitis

Am späten Freitagabend saß Herman in einem niedrigen Lehnstuhl an einem noch niedrigeren Couchtisch und versuchte seine Nervosität in einem starken, unverzollten Gin-Tonic zu ertränken.

Die Einladung hatte er als SMS auf seinem Handy gefunden, als er im Café wieder zu Bewusstsein gekommen war. Und obwohl er einen Augenblick lang befürchtet hatte, dass es sich nur um einen weiteren Manipulationsversuch von Kyners Seite handelte, hatte der Gedanke an ihre erste SMS ihn davon überzeugt, dass sie wirklich auf seiner Seite stand.

Hingegen hatte er aber nicht sofort verstanden, warum sie sich bei ihrem alten Klassenkameraden vom Gymnasium treffen sollten und nicht bei ihr zu Hause. Oder warum sie – zwei Minuten, nachdem Herman eingetroffen war – plötzlich runter zum Kiosk musste, um Zigaretten zu kaufen, wo doch die Wohnung schon vorher in zollfreien Tabakwaren schwamm und wo sie doch – soweit Herman das hatte beobachten können – überhaupt nicht rauchte.

»Rebekka hat erzählt, dass du Probleme hast?«

Da hatte er begriffen, dass es eine Prüfung war.

»Wegen dieser Pornogeschichte ihrer Firma?«

Herman schielte zu diesem Freund, Henning, auf dem Sofa hinüber, während er überlegte, ob er versuchen sollte, die Wahrheit ein bisschen zu verschönern. Aber das hatte keinen Sinn. Rebekka wusste ja schon, was er getan hatte. Und sobald der Artikel von dieser Journalistin erschienen war, würde es auch die ganze Welt wissen.

»Das stimmt«, sagte er. Er konnte sich genauso gut schon einmal an die Reaktion der Leute gewöhnen.

»Ja, da bist du ja nicht der Einzige«, meinte Henning.

Herman schaute überrascht auf. Er war nicht der Einzige?

»Seit sie diese neue Software unten im Bürgerzentrum installiert haben, ist es unmöglich, auf eine der guten Homoseiten zu kommen.« Henning zeigte zum Schlafzimmer hinüber. »Ich musste mir einen eigenen Anschluss besorgen.«

Und damit war Herman wieder der Einzige. »Ich fürchte, bei mir verhält es sich ein bisschen anders«, sagte er mit leiser Stimme.

»Porno ist Porno«, meinte Henning.

Herman schüttelte den Kopf. »Es sind Schulmädchen«, bekannte er mit halb gesenktem Blick.

»Ja, manche finden das ja richtig scharf«, meinte Henning. »Hast du nicht den Grand Prix d'Eurovision gesehen? Schuluniformen sind der letzte Schrei bei Teenage-Popstars.«

»Aber ...« Herman schüttelte verwirrt den Kopf. »Aber das ist doch ...«

Grenzüberschreitend, hätte er fast gesagt. Aber irgendwie schien das Wort nicht so recht in diese kleine Zweizimmerwohnung zu passen.

»Das ist nicht einfach nur Porno«, sagte er stattdessen.

»Lass uns einfach mal nachschauen.« Ihm gegenüber erhob sich Henning aus dem niedrigen Sofa. Er warf Herman einen auffordernden Blick zu. »Wollen wir reingehen und einen Blick darauf werfen?«

Einen Augenblick später saß Henning an einem High-Tech-Computertisch in einer Ecke des zweiten Zimmers der Wohnung vor dem Bildschirm. Von seinem Platz hinter dem Stuhl aus wies Herman widerwillig den Weg zu der Werbung für das leichte Leben.

»Du musst in das Schlafzimmer gehen«, murmelte er ohne besondere Lust, dabei auf den Bildschirm zu gucken.

»Scharfe Mädels«, konstatierte Henning ein paar Mausklicks später. »Was jetzt?«

»Jetzt musst du ...«

»Was?«, kam es vom Computer.

Herman beugte sich verwundert über den Computer.

»Nun bleib mal ganz ruhig«, sagte Henning. »Ich habe bestimmt schon schlimmere Sachen gesehen.«

»Das ist es nicht«, sagte Herman langsam. »Es ist der Link.«

»Was ist damit?«

»Er ist weg«, stellte Herman fest.

»Bist du sicher, dass er da war?«

Herman nickte. »Er war genau hier.« Er deutete auf eine leere Fläche ganz außen am rechten Rand.

»Sie haben ihn nicht einfach nur woanders hingestellt?«

Herman scrollte bis zum Ende der Seite hinunter, aber der Link war nicht mehr da. Stattdessen befand sich dort etwas anderes. Ein Logo. Und ein dazugehöriger Firmenname.

Kyner Kommunikation

»Natürlich«, seufzte Herman.

Natürlich hatten sie ihn entfernt. Wenn die Journalisten entdeckt hätten, dass die Easy-Living-Kampagne zu einer Seite verlinkt hatte, von der man direkt weiter zu einer grenzüberschreitenden Pornoseite kommen konnte, wäre es eine Katastrophe für die Firma gewesen, die hinter der Werbung stand.

»Was ist?«, fragte Henning vom Computer.

»Es ist weg.«

»Kannst du dich nicht an die Adresse erinnern?«

Herman schüttelte den Kopf. »Sie hatten zu irgendeiner Hardcore-Kontaktseite weiterverlinkt, und auf der war dann die Werbung für die Pornoseite«, erklärte er resigniert. »Aber ich kann mich nicht erinnern ...«

Er wurde von einer Kaskade klappernder Computertasten unterbrochen. »Diese hier?«, fragte Henning und sah mit einem

Lächeln zu ihm hinauf. Die Einladung zum Gangbang war auf den Bildschirm zurückgekehrt.

Herman nickte. Er beugte sich über den Computer und wartete darauf, dass sich die Bannerwerbung zeigen würde. »Das ist sie«, sagte er, als die Werbung am oberen Ende der Seite auftauchte. Wenige Sekunden später materialisierten sich die Teenager.

»Da gibt es ja etwas für jeden Geschmack«, sagte Henning mit einem anerkennenden Nicken. »Wo haben wir denn die Schulmädchen?«

Er scrollte mit der Maus nach unten, und am Fuß der Seite tauchte schließlich das schmächtige Mädchen in der Schuluniform auf.

»Ist sie das?«

Herman murmelte eine bestätigende Antwort und rückte ein wenig vom Bildschirm ab.

Henning klickte auf das Bild. Eine ganze Reihe von Videoclips mit dem Mädchen tauchte auf der Seite auf.

»Sie ist tatsächlich nicht besonders groß«, stellte Henning fest. Er klickte mit der Maus, und einer der Clips setzte sich in Bewegung:

Das Mädchen lag auf den Knien, die kleinen, knospenden Brüste nackt unter ihrer zerrissenen Bluse. Ein Mann betrat die Szene. Vor dem zierlichen Körper wirkte er wie ein ungeheurer Riese. Er packte sie fest am Hinterkopf und zwang seinen Schwanz tief in ihren Hals hinein.

Herman spürte, wie die Scham in seinem Inneren aufwallte.

Auf dem Bildschirm zoomte die Kamera das Gesicht des Mädchens heran. Der Schwanz pumpte zwischen ihren weit aufgeworfenen Lippen. Die aufgerissenen Augen waren voller Angst.

Überwältigt von einem furchtbaren Schuldgefühl wich Herman zur Tür zurück.

»Man kann es erst richtig erkennen, wenn man ganz nah rangeht, nicht?«, klang es vom Computertisch herüber.

Herman blieb verwundert stehen.

»Es ist ihnen fast gelungen, es zu überschminken.«

Henning sah über die Schulter zurück und deutete auf den Bildschirm.

»Kannst du die Falten um ihre Augen erkennen? Ganz taufrisch ist die bestimmt nicht mehr.«

Zögernd trat Herman wieder vor den Bildschirm. Er bekam nur noch ein paar Sekunden mit, bevor der Clip endete. Henning griff nach der Maus und startete einen der anderen.

Jetzt hockte das Mädchen auf allen Vieren. Der Rock war über die schmalen Hüften hochgeschoben. Der Mann rammte seinen Schwanz zwischen ihre Hinterbacken. Von den Lautsprechern des Computers kommend begannen die Schreie des Mädchen den Raum auszufüllen. Dann wurden sie von einem hysterischen Kichern übertönt.

»Guck dir mal ihre Oberschenkel an.« Henning klickte mit der Maus und hielt den Videoclip an. »Zelluliiiiitis«, sang er und zeigte dann auf den Bildschirm. »Mag ja sein, dass sie eine Schuluniform trägt und Rattenschwänzchen hat, aber der Teufel soll mich holen, wenn sie auch nur einen Tag jünger als dreißig ist.«

Herman starrte erstaunt auf den Bildschirm, während Henning weiter die Seite hinunterscrollte.

»Und jetzt guck dir mal den hier an.« Henning startete einen neuen Clip und konnte gar nicht mehr aufhören zu kichern.

Das Mädchen lag über einen Katheder gebeugt, während ein Mann, der wohl ihren Lehrer vorstellen sollte, sie hart von hinten nahm.

»Guck dir seine Haare an«, prustete Henning. »Das muss ja aus den Siebzigern stammen, das Zeug.«

Herman betrachtete die Frisur und hatte plötzlich auch Schwierigkeiten, die Fassung zu bewahren. Der Lehrer sah aus wie der Persilmann.

Henning hielt den Clip an und scrollte weiter die Seite hinunter. Der Mann mit der Siebzigerjahrefrisur war noch auf vielen weiteren Clips zu sehen.

»Die haben ein ganzes Video eingescannt«, meinte Henning. »Irgendein alter Schinken. Jede Wette, dass man ihn im Videoshop für einen Zwanziger kaufen kann.«

»Du glaubst also nicht, dass es …«, versuchte Herman zu fragen.

»Dass es was ist?«

»Dass es ungesetzlich ist?«

»Ungesetzlich?« Henning rollte seinen Schreibtischstuhl vom Tisch weg und sah ihn verwundert an. »Ja, das ist so ungesetzlich wie nur irgendwas.«

»Aber …«

»Man kann nicht einfach ein Video einscannen, ohne vorher zu fragen«, stellte Henning fest. Er zeigte auf den Persilmann auf dem Bildschirm. »Stell dir mal vor, das wärst du, und du müsstest dich dreißig Jahre später mit dieser Frisur sehen.«

»Aber …«

»Nein«, sagte Henning etwas ernsthafter. Er erhob sich von seinem Stuhl und legte beruhigend seine Hand auf Hermans Schulter. »Mag ja sein, dass er eine hässliche Frisur hat«, sagte er. »Aber das haben sie zum Glück bislang noch nicht verboten.«

Henning wartete in der Diele, als Rebekka nach vier Runden um den Block wieder zurückkam.

Sie betrachtete ihn besorgt. »War es …«

»Natürlich war es das nicht.« Er schüttelte abwehrend den Kopf. »Es war absoluter Mainstream.«

Er klang fast schon ein bisschen enttäuscht.

»Er ist schon in Ordnung«, stellte Henning fest. »Keine besonderen Auffälligkeiten.«

Rebekka seufzte erleichtert.

»Aber für meinen Geschmack ist er schon ein bisschen sehr unschuldig.«

Henning warf einen abschätzenden Blick zurück ins Wohnzimmer. »Obwohl er einen knackigen Hintern hat.«

»Ho, ho«, warnte Rebekka.

»Entspann dich.« Henning tätschelte ihre Wange. »Er will nur dich«, sagte er. »Das ist kaum zu übersehen.«

Sie bekam einen kleinen Stups in den Rücken, der sie zur Wohnzimmertür beförderte.

Rebekka blieb im Türrahmen stehen und betrachtete die Gestalt vor dem Fenster am anderen Ende des Wohnzimmers. Henning hatte Recht. Obwohl er in dem Anzug, den er bei ihrer ersten Begegnung trug, sehr viel anziehender gewirkt hatte, sah der Hintern immer noch knackig aus. Und an der Kleidung konnte man ja arbeiten.

Sie durchquerte das Zimmer, während sie darüber nachdachte, ob Dorthe in Wirklichkeit nicht doch Recht hatte, wenn sie sagte, dass Rebekka *vollkommen wahnsinnig* geworden sein musste, wenn sie überhaupt in Erwägung zog, ihn nach all dem, was passiert war, zu sich nach Hause einzuladen.

»Er ist immerhin gefeuert worden«, hatte sie betont, »weil er sich Pornos im Internet angeguckt hat.«

Der erste Punkt war der schlimmste, konnte man ihrem Tonfall entnehmen. Aber Dorthe wusste natürlich nicht, dass Rebekka aller Wahrscheinlichkeit nach in überschaubarer Zukunft dasselbe Schicksal ereilen würde – ganz besonders, wenn man die Sprüche in Betracht zog, die Rebekka noch geklopft hatte, bevor sie am Nachmittag Kyners Büro verlassen hatte. Unter diesem Blickwinkel betrachtet war er in Wirklichkeit nach den Karrierekriterien von Schaefer der perfekte Partner: Ein Mann auf demselben Niveau (gefeuert) in einer anderen Abteilung derselben Firma (Arbeitsamt).

»Bist du o.k.?«, fragte sie, als sie sich ihm näherte.

Er drehte sich um, ohne ein Wort zu sagen. In seinen Augen lag ein feuchtes Schimmern. Wie bei einem gejagten Tier, das aufgegeben hat.

»Hast du einen Platz zum Schlafen?«

Er schüttelte den Kopf.

Rebekka zögerte, während sie Dorthes Argumente gegen die von Henning und Schaefer abwog. Aber zwei gegen eine war ein ungleicher Kampf.

»Du kannst bei mir schlafen, wenn du willst.«

Er sah sie etwas verdattert an.

»Auf dem Sofa«, präzisierte sie.

»Natürlich«, sagte er hastig und senkte seinen Blick.

Kurze Zeit später gingen sie die Treppen hinunter zu einem wartenden Taxi, während Rebekka sich auszumalen versuchte, was er wohl sagen würde, wenn er das mit dem Sofa entdeckte.

Spät in derselben Nacht – nackt und verschämt auf Rebekkas Matratze in der Ecke des Schlafzimmers – empfing Herman die Strafe für seine Sünden.

Direkt neben ihm auf der Matratze lag das schönste Mädchen, das sich jemals in seiner Reichweite befunden hatte. Mit dem schärfsten Körper, den nackt zu beschauen ihm jemals vergönnt gewesen war.

Und dann ...

Herman schielte vorsichtig zu ihr hinüber, ohne dass er sich zu rühren wagte, während er die Götter für ihre grausame Rache verfluchte.

Sie hatten ihn die schönsten Lippen küssen lassen. Sie hatten ihn auf der Matratzenkante sitzen lassen und ihm das Gefühl gegeben, mit offenen Augen zu träumen, als sie sich langsam vor ihm ausgezogen hatte. Sie hatten ihr zwar keine Strings angezogen, wie er gehofft hatte, aber sie hatten ihm gestattet, sie unter seine Decke zu ziehen. Und er hatte nicht einmal seine Augen schließen oder über andere Frauen fantasieren müssen. Wo auch immer er hingeschaut hatte, war sie perfekt gewesen.

Und dann …

Herman musste sein Gesicht im Kissen vergraben, um seine Schande zu verbergen.

Dann hatten sie ihre Rache geübt. Ihre grausame, hinterlistige Rache. Was mochte sie bloß von ihm denken? Was konnte sie überhaupt von ihm denken? Außer, dass es *daran* lag. Dass ihn ausschließlich *so etwas* anmachte. Dass er *einer von denen* war.

Nebenan auf derselben Matratze dachte sie ganz und gar nicht so etwas. Was sie dachte, war, dass sie nie wieder etwas anderes als gekochten Reis mit Tomatenscheiben essen würde, weil das Fiasko ganz sicher mit dem enttäuschten Blick zusammenhing, mit dem er ihren viel, viel zu breiten Hintern betrachtet hatte, als sie ihre Hosen heruntergezogen hatte und die halb durchsichtigen Höschen von Dolce e Gabbana zum Vorschein gekommen waren.

Zum Doktor

Was auch immer du getan hat, du sollst wissen, dass du immer mein Bruder sein wirst und dass ich dich immer noch liebe.«

»Ich habe nichts Unrechtes getan«, versuchte Herman zum dritten Mal zu erklären.

»Trotzdem«, sagte sein Bruder. »Du sollst es wissen.«

Herman betrachtete unglücklich sein Handy.

»Das ist einfach nur eine Erfindung der Zeitungen«, versuchte er es erneut. »Es sind überhaupt keine Kinder auf diesen Seiten zu sehen. Sie haben sich einfach nur ein paar zierliche Models mit kleinen Brüsten ausgesucht, die sie dann so zurechtgemacht haben, dass sie wie Kinder aussehen.«

Am anderen Ende der Leitung hüllte sich sein Bruder in Schweigen.

»Die Seiten sind vollkommen legal.«

»Das ist gut«, sagte der Bruder und hörte sich überhaupt nicht so an, als würde er irgendetwas daran gut finden.

»Was ist mit den Mädchen?«, fragte Herman. »Können sie es verstehen? Habt ihr versucht, es ihnen zu erklären?«

Es wurde wieder still in der Leitung.

»Darf ich nicht zu euch rauskommen und ...«

»Lass uns damit lieber noch einige Zeit warten«, meinte der Bruder.

Herman unterbrach die Verbindung. In seinem Rücken konnte er Rebekkas besorgten Blick von der Schlafzimmertür spüren.

»Was hat er gesagt?«, fragte sie vorsichtig.

Herman drehte sich um und betrachtete sie, wie sie in die Bettdecke gehüllt im Türrahmen stand. Einen Augenblick lang versetzte ihn der Anblick zurück auf die Matratze auf dem Fußboden im Schlafzimmer.

Trotz der nächtlichen Probleme war es ein schönes Gefühl gewesen, nebeneinander aufzuwachen. Sie waren sich einig gewesen, dass das mit dem Sex ruhig noch etwas warten konnte, hatten stattdessen unter der Decke gelegen und sich unterhalten. Herman hatte von seiner unlängst beendeten Beziehung erzählt: *Es ist absolut vorbei. Darüber sind wir uns einig. Es gibt keine Gefühle mehr zwischen uns.* Er hatte verständnisvoll zugehört, als Rebekka von den Enttäuschungen der Vergangenheit berichtete, als sich Männer nur wegen ihres Aussehens für sie interessiert hatten. Er hatte die Gelegenheit ergriffen, die Luhmann-Episode im Glaspalast in einer aufgefrischten Version zu präsentieren, bei der zwischen den Zeilen hervorging, dass es durchaus nicht hinderlich gewesen war, dass sie so hübsch und anziehend war, es aber natürlich vielmehr einige tiefere Qualitäten waren, die sein Interesse erweckt hatten. Worauf der Sex doch nicht länger hatte warten können und glücklicherweise dieses Mal auch besser funktioniert hatte.

Danach war Herman aufgestanden und hatte Kaffee aufgesetzt, während Rebekka mit einem Mädchen von einer Werbeagentur telefoniert hatte, die ihr anscheinend einen Job anbieten wollte.

Auf dem Weg hinaus in die Küche war Herman aufgegangen, dass sie überhaupt gar kein Sofa besaß – dass es in ihrer Wohnung eigentlich überhaupt keinen Platz für Sofas gab –, was ihn aus irgendeinem Grund unglaublich leicht ums Herz werden ließ.

Das Gefühl hielt genau so lange an, bis er in der Diele die Zeitungsüberschriften erblickte.

»Konnte er es verstehen?«, fragte Rebekka aus der Türöffnung.

»Er hat überhaupt nicht zugehört«, erklärte Herman niedergeschlagen. »Er glaubt nur das, was in den Zeitungen steht.«

Herman deutete auf den Esstisch, wo die Überschrift *Gefeuerter Berater: Ich bereue nichts* auf der zusammengefalteten Zeitung zu erkennen war. Obwohl Herman immer noch nicht den Mut aufgebracht hatte, diesen Artikel zu lesen, hatte er den Rest verschlungen: Den zornigen Leitartikel über grenzüberschreitende Pornosurfer, die ungestraft davonkamen. Das Interview mit dem Minister und dem Generalsekretär der Kinderhilfsorganisation, die gegen Verantwortungslosigkeit wetterten und schnellstmögliche Gegenmaßnahmen und verstärkten Einsatz versprachen.

»Was ist mit deinen Eltern?«, fragte Rebekka. »Möchtest du sie anrufen?«

Hermans Blick glitt zu der Zeitung hinüber. »Jetzt nicht«, sagte er ausweichend.

»Was willst du dann?«

Was er wollte? Herman sah sich in dem kleinen Zimmer vergeblich nach einer Antwort um. Er besaß keine anderen Kleidungsstücke als das T-Shirt und die Jeans, die er gerade trug. Die Sporttasche stand bei seinem Bruder, wo er nicht mehr willkommen war. Der Rest war bei Karin, und dorthin zu fahren konnte er sich auch nicht vorstellen. Allein der Gedanke daran, hinunter auf die Straße zu gehen, sich zwischen all diesen Menschen zu bewegen, die die Zeitung gelesen hatten, ließ seine Herzfrequenz auf das Doppelte ansteigen.

»Wann hört das auf?«, fragte er verzweifelt.

In der Tür zum Schlafzimmer senkte Rebekka den Blick, als könnte sie dadurch vermeiden, ihm die Wahrheit sagen zu müssen.

»Was ist?«, fragte Herman.

»Die Gewerkschaft schaltet morgen in allen Zeitungen ganzseitige Anzeigen«, erklärte sie. »Sie haben sicher jemand anderen gefunden, der die Artikel schreibt, nachdem ich mich geweigert habe.«

»Artikel?«

»Über deine Kündigung. Um den Nährboden für die Anzeigen zu bereiten.«

Herman bemerkte, wie sich das Zimmer um ihn zusammenzog. Sein Herz hämmerte in der Brust.

»Für Montag haben sie einen Neustart der gesamten Initiative geplant«, fuhr sie gnadenlos fort. »Ein ethischer Rat soll eingerichtet werden. Dieser Radfahrer kommt auch dazu.«

»Radfahrer?«

»Der Habicht.«

Hermans Herz setzte ein paar Schläge aus. Sie wollten den Habicht von Horsens auf ihn hetzen.

»Es wird eine Pressekonferenz geben. Fernsehberichte. Ein Sender bereitet eine Diskussionsrunde zum Thema vor.«

Das Zimmer verschwamm vor Hermans Augen. Er musste sich an die Wand lehnen, um nicht umzufallen.

»Solange Kyner Geld mit der Geschichte verdienen kann, wird es nicht aufhören«, schloss sie.

Mit klopfendem Herzen ließ sich Herman auf den Boden sinken. »Was soll ich bloß tun?«, fragte er hilflos.

Rebekka schaute unglücklich von der Tür zu ihm hinüber, ohne zu antworten.

»Soll ich an die Öffentlichkeit gehen?«, schlug er vor. »Versuchen, ihnen zu erklären, wie es wirklich war?«

»Du wirst kein Bein auf den Boden bekommen.« Rebekka schüttelte abwehrend den Kopf. »Sie würden dich komplett auseinander nehmen.«

»Aber wie sieht die Alternative aus?«, fragte Herman vom Fußboden her. »Dass ich mir einen Anwalt nehme?« Er breitete frustriert seine Arme aus. »Aber was kann mir ein Anwalt schon helfen. Schließlich behauptet ja niemand, dass ich etwas Ungesetzliches getan hätte. Ihr habt nur dafür gesorgt, dass es so aussieht.«

Der Satz verließ seinen Mund, bevor er gewahr wurde, wie er sich anhören musste.

»Also nicht, dass du denkst ...«

»Du hast ja Recht«, unterbrach sie ihn. »Genau das haben wir getan.«

Sie trat in die Bettdecke gehüllt ins Wohnzimmer und hockte sich neben ihn.

»Im Grunde genommen brauchst du keinen Anwalt«, sagte sie und legte eine Ecke der Bettdecke über sein Knie, »sondern einen Spin Doctor.«

Hermann ließ seine Hand unter die Decke gleiten. »Kennst du da jemanden?«, fragte er mit einem resignierten Lächeln.

»Ich bin nicht ganz sicher, ob er dich als Marke im Markt verankern kann«, antwortete sie kryptisch. Dann nahm sie sich zusammen und saß ein Weilchen mit einem nachdenklichen Ausdruck im Gesicht da.

»Aber vielleicht kenne ich noch jemand anderes, der den Versuch wagen würde«, sagte sie dann.

Einige Stunden später saß Herman an einem Campingtisch mitten in einem offenen Loft im obersten Stockwerk eines alten Industriegebäudes mitten in der Innenstadt.

Sie waren mit einem rasselnden Warenaufzug hinaufverfrachtet worden, der an der Außenseite des Gebäudes installiert war. Ganz oben waren sie von einer rustikalen, rostigen Eisentür empfangen worden, auf welcher der Firmenname *Veritas* in exklusiver Typografie prangte. Hinter der Eisentür hatte sich dagegen der Campingtisch mit den dazugehörigen Stühlen und einem mehrere Meter entfernten Whiteboard an der Wand als das alleinige Inventar erwiesen.

»Wir sind gerade erst eingezogen«, war ihnen von einem jungen Mädchen mit kurzen, dunklen Haaren erklärt worden, das sie auf der anderen Seite der Tür empfangen hatte und jetzt etwas abseits mit Rebekka zusammenstand und diskutierte. Am entgegengesetzten Ende des Lofts hatte die andere Hälfte des Empfangskomitees – ein Typ in Militärhosen und einem engen, schwarzen T-Shirt – bis jetzt mit niemand anderem gesprochen als mit seiner Mütze.

»OBI?«, sagte er im selben Augenblick in die Luft. »Was ich sage?«

Herman drehte sich verwundert zu ihm um und versuchte zu begreifen, was für einen Sinn diese Vorstellung haben mochte.

Der Mützenmann stand einen Augenblick lang still da und starrte in die Unendlichkeit hinaus. »Mach es selbst«, sagte er dann. »Ja, genau das sage ich. Mach es selbst. Das ist viel tiefer, als du denkst.«

Es trat eine kurze Pause ein, wobei Herman ein leises Lächeln im Gesicht des Typen zu entdecken glaubte.

»Danke gleichfalls, Markus«, sagte er schließlich.

Herman schüttelte den Kopf und wandte sich wieder dem Campingtisch zu, an den nun auch Rebekka und das Mädchen getreten waren.

»Wir haben darüber gesprochen«, erklärte Rebekka. »Signe würde gerne versuchen zu helfen.«

»Ich kann nichts versprechen«, fügte Signe schnell hinzu. »Aber wir können es auf jeden Fall versuchen.«

»Das ist nett von euch«, sagte Herman dankbar.

»Lasst uns auch Tommy dazuholen«, sagte Signe und winkte zum Mann mit der Mütze hinüber.

»Tommy ist gerade aus AdCore ausgestiegen«, erklärte Rebekka und sah dabei aus, als würde das eine ganze Menge erklären.

Herman nickte und beschloss, sich seine Fragen für später aufzuheben.

»Lasst uns direkt zur Sache kommen«, begann Signe, als sich alle gesetzt hatten.

Sie wandte sich an Herman.

»Dir wird vorgeworfen, dass du Bilder von Schulmädchen, die vergewaltigt werden, aus dem Internet heruntergeladen hast«, fasste sie zusammen. »Und als ob das noch nicht genug wäre, kommst du in den Medien so rüber, als wärst du ganz und gar nicht der Meinung, dass daran irgendetwas falsch wäre.«

»Wenn man deine derzeitige Plattform mit drei Worten beschreiben müsste«, ergänzte Tommy, »wären dies ...« Er dachte einen Moment lang nach. »Kinderschänder. Pervers. Zynisch.«

Herman sackte in seinem Campingstuhl zusammen.

»Wenn du ein Paar Hosen wärst«, fuhr Tommy fort, »würden wir dir wahrscheinlich empfehlen, dich vom Markt zurückzuziehen.«

»Der Gedanke ist mir auch schon gekommen«, sagte Herman mit einem Nicken und erinnerte sich an das Wasser unter der Brücke.

»Aber das ist hier keine Option für uns«, stellte Signe fest. »Wir müssen also versuchen, die Plattform zu drehen.«

»Gut.« Tommy schaute in die Runde. »Haben wir irgendwelche Ideen für Positionen? Gibt es einen festen Punkt, wo wir ansetzen können?«

Einen Augenblick lang war es still, während alle nach Positionen suchten.

»Wie wäre es mit dem Privatleben?«, schlug Herman vor und rief sich Paragraph 11 der Pennerin ins Gedächtnis. »Eine gewisse private Nutzung des Internets muss doch erlaubt sein? Ich mische mich doch auch nicht in das ein, was andere Leute sich herunterladen.«

»Ja, also das wäre Selbstmord«, konstatierte Tommy. »Du bist selbstgerecht. Du bist in einer Verteidigungsposition. Du hast etwas zu verbergen.«

»Du würdest deine eigene negative Position festigen«, ergänzte Signe.

»Ein perverser, zynischer Kinderschänder, der es nicht wagt, dafür gerade zu stehen«, setzte Tommy obendrauf.

Herman sank noch ein paar Zentimeter weiter unter den Tisch.

»Andere Ideen?« Tommy schaute sich um.

»Könnten wir uns nicht auf die Tatsache stützen, dass andere es genauso machen«, schlug Rebekka vor. »Porno ist nicht unnormal. Pornos machen fünfzig Prozent des Datenverkehrs im Internet aus.«

»Das trägt nicht«, sagte Tommy abweisend. »Durchaus möglich, dass alle anderen sich Pornos ansehen. Aber ich tue es nicht. Und wenn ich es tue, dann habe ich keine Lust, daran erinnert zu werden. Und schon gar nicht in den Medien, wenn meine Partnerin auch zuschaut.«

»Außerdem geht es nicht einfach nur um Porno«, ergänzte Signe. »Es geht um Schulmädchen, die vergewaltigt werden. Das ist grenzüberschreitende Internetpornografie.«

»Das ist doch nur ein Begriff, den wir erfunden haben«, protestierte Rebekka.

»Schon möglich, aber jetzt existiert er nun einmal«, stellte Signe fest. »Und wir sind gezwungen, dazu Stellung zu beziehen.«

Tommy seufzte. »Wir müssen hier in ganz andere atmosphärische Regionen vorstoßen«, sagte er ernst. »Kinder sind eines der mächtigsten Symbole unserer Zeit. Sex mit Kindern ist der Ersatz, den die postreligiöse Gesellschaft für Blasphemie gefunden hat. Du kannst einen Pornofilm produzieren, in dem Jesus ein homoerotisches Verhältnis mit allen Jüngern gleichzeitig hat, und die ernsthafteste Anklage, der du begegnen wirst, ist der Vorwurf mangelnden Einfallsreichtums.« Er streckte einen warnenden Zeigefinger in die Luft. »Aber wehe, du lässt ein Kind in diesem Film mitspielen ...«

»Aber in diesem Film spielen keine Kinder mit«, wandte Herman ein. »Es ist ja gerade *keine* Kinderpornografie. Es sind dreißigjährige Pornodarstellerinnen, die sich verkleidet haben.«

»Das ist ein guter Punkt«, meinte Signe. »Es sind in Wirklichkeit gar keine Kinder, die missbraucht werden. Es sind nur Schauspieler. Damit können wir gut arbeiten.«

Herman richtete sich in seinem Campingstuhl auf. Einen Augenblick lang verspürte er ein Fünkchen Hoffnung.

»Aber das reicht noch nicht«, entgegnete Tommy. »Selbst wenn es Schauspieler sind, die Idee von Sex mit Kindern, die dahinter steckt, bleibt nach wie vor tabu. Allein die Vorstellung von Schulmädchen in sexuellen Situationen ist eine Lästerung der Kindergötter der modernen Gesellschaft. Und sich Bilder davon herunterzuladen, ist der direkte Weg zum Scheiterhaufen.«

Resigniert glitt Herman zurück unter den Tisch.

»Kinderporno ist Blasphemie«, entschied Tommy. »Und Blasphemie ist ein Gedankenverbrechen.«

Die Versammlung fiel in Schweigen. Rebekka saß neben Herman und starrte auf den leeren Tisch.

»Und wenn wir die Sache umdrehen?«, versuchte es Signe. »Wenn es ein Gedankenverbrechen ist? Sind wir dann nicht dabei, eine Gedankenpolizei einzuführen?« Sie sah in die Runde. »Es sind Schauspieler, die dort mitwirken«, fuhr sie fort. »Diese Filme sind reine Fantasieprodukte. Und wer würde sich schon für eine Gedankenpolizei stark machen? Das wäre ja das reinste 1984. Das wäre absolut unakzeptabel.«

»Nicht wenn es für unsere Kinder wäre«, meinte Tommy.

»Aber es sind ja gerade *keine* Kinder«, beharrte Signe. »Es sind Erwachsene. Es sind Schauspieler. Wir stecken diese Dogmabrüder ja auch nicht ins Gefängnis, weil sie einen Film über Inzest gemacht haben. Wir geben ihnen Preise.«

»Was die Brüder machen, ist aber auch nicht besonders explizit«, wandte Tommy ein.

»Dann nehmen wir eben Gewaltfilme«, fuhr Signe unbeirrt fort. »Pulp Fiction. John Travolta schießt einem Neger den Kopf weg, und das Publikum krümmt sich vor Lachen. Sollen wir Travolta auch ins Gefängnis stecken?«

»Wenn das weitere Ausstrahlungen von Grease verhindern würde?«, fragte Tommy und erstrahlte in einem plötzlichen Lächeln.

»Ernsthaft«, mahnte Signe.

»Das ist vielleicht gar nicht so dumm«, gab Tommy zu. »Gedankenpolizei? 1984?«

»Aber was ist mit der Verwirklichung dieser Fantasien?« Rebekka sah von der Tischplatte auf. »Die Kinderforscher meinen schließlich, dass Pornofilme der Weg zur Pädophilie sind. Dass sie einen Drang auslösen, die Fantasien in die Wirklichkeit umzusetzen.« Sie warf Herman einen entschuldigenden Blick zu.

»Das ist nur einer von Jacobs Experten mit seinen krausen Theorien«, wiegelte Signe ab. »Das sieht doch jeder, dass das nicht stimmt. Nimm noch einmal die Gewaltfilme. Wenn die Leute alles verwirklichen würden, was sie im Film sehen, würden sich auf den Bürgersteigen vor den Kinos die Leichen stapeln.«

»Das ist gar nicht so dumm«, wiederholte Tommy. »Die Gedankenpolizei ist ein starkes Symbol. Aber dadurch wird es immer noch nicht einfach. Wir sprechen hier darüber, die Tagesordnung vollkommen auf den Kopf zu stellen. In einer Sache, die bereits seit über einer Woche läuft.«

»Lasst es uns trotzdem versuchen«, forderte Signe auf.

»O.k.« Tommy stand auf und ging zur Wand hinüber. »Das ist auf keinen Fall etwas, das wir alleine durchziehen könnten«, sagte er über die Schulter. »Wir müssen uns schon nach ein paar Interessenten umsehen.«

Er nahm das Whiteboard von der Wand und begann, die Beine auseinander zu klappen. Herman bemerkte, dass um den Tisch herum eine neue Energie in der Luft lag. Tommy stellte sich das Whiteboard zurecht und begann, Striche mit einem schwarzen Stift zu ziehen. Ein Koordinatensystem. Mit einer X-Achse ganz unten auf der Tafel. Und einer Y-Achse, die in der Mitte nach oben ragte.

»Die rechte Seite kennen wir«, begann Tommy und bewegte sich zur rechten Seite des Whiteboards hinüber. »Die Kinderhilfsorganisation. Das Ministerium.« Er nahm einen roten Stift. »Klar gegen Porno«, sagte er und setzte den Stift ganz außen am rechten Ende der X-Achse an. »Glaubwürdig und Kämpfer für eine gute Sache. Großer Einfluss.« Der Stift fuhr zum oberen Ende der Tafel hinauf und setzte zwei Punkte ganz oben und ganz weit rechts in das Koordinatensystem. »Die Wunschposition.«

Tommy tauschte den roten Stift gegen einen grünen. »Wen haben wir auf der anderen Seite«, fragte er und wandte sich dem Tisch zu.

»Die Pornoindustrie«, schlug Signe vor.

»Natürlich.« Tommy nickte mit einem schiefen Lächeln. »Ganz klar auf unserer Seite. Aber extrem unglaubwürdig aufgrund des offensichtlichen Eigeninteresses und eines allgemein schummerigen Rufes. Geringer Einfluss. Verliererposition.« Er ging zur gegenüberliegenden Seite der Tafel hinüber und setzte einen grünen Punkt ganz links unten ins Koordinatensystem.

»Andere?«, fragte er.

»Was ist mit der Film- und Multimediabranche?«, schlug Rebekka vor. »Porno ist schließlich nur der Anfang. Der Minister hat mittlerweile schon begonnen, von breiteren ethische Richtlinien zu sprechen. Als Nächstes sind Gewaltfilme dran. Und dann kommen die Computerspiele.«

»Das wird ihnen direkt ins Kontor schlagen«, bestätigte Signe mit einem Nicken. »Sie werden mit einer Gedankenpolizei nicht leben können.«

»Gar nicht so schlecht.« Tommy setzte einen Punkt ganz oben auf die Tafel etwas links von der Y-Achse. »Sie sind glaubwürdig. Sie sind eine Wachstumsbranche. Großer Einfluss. Sie sind eine gute Reservetruppe, aber bislang sind sie zu wenig involviert, um starke Meinungen zum Thema zu haben.« Tommy trat einen Schritt zurück und studierte das Resultat.

Herman folgte seinem Blick. Die Punkte ganz außen am rechten Rand der Tafel schienen das gesamte Koordinatensystem zum Einsturz bringen zu wollen.

»Ein klares Übergewicht für den Gegner«, stellte Tommy fest. »Das reicht nicht.«

»Was ist mit den sexuellen Minderheiten?«, schlug Herman vor.

»Warum?«, wollte Tommy wissen.

Herman wandte sich Rebekka zu. »Hat Henning nicht erzählt, dass mehrere Webseiten für Homosexuelle gesperrt wurden, nachdem der Filter im Bürgerzentrum installiert worden war?«

»Ja, aber ...«, Rebekka zögerte. »Also bei Henning kann ich mir gut vorstellen, dass er dabei von Pornoseiten gesprochen hat.«

»Das ist vollkommen egal«, beeilte sich Tommy zu sagen. »Pornografie ist nur dann Unterdrückung, wenn Frauen dabei sind. Maßnahmen gegen Schwulenpornos sind diskriminierend.« Er ging zur Tafel hinüber und platzierte einen dicken, grünen Klecks ganz weit oben und ganz weit links im Koordinatensystem. »Starke Glaubwürdigkeit. Großer Einfluss. Und die Schwulen werden es lieben, sich gegen die Gedankenpolizei zu stellen.«

Er trat einen Schritt zurück.

»Jetzt fängt es an, nach etwas auszusehen«, konstatierte er. »Wir haben fast schon ein Gleichgewicht erreicht.«

Tommy wandte sich zum Tisch. »Jetzt ist die Frage: Wer marschiert vorneweg?«

»Wie wäre es mit den Schwulen?«

Signe schüttelte den Kopf. »Bis wir die Schwulen überredet haben, werden ein paar Wochen vergehen«, meinte sie.

»Die Schwulen müssen es aus der Presse erfahren«, bestimmte Tommy.

»Und wenn wir einen neuen Mitspieler einwechseln?« Signe stand auf und ging zur Tafel hinüber. Sie nahm einen Stift und setzte einen schwarzen Klecks ganz nach links auf halber Höhe ins Koordinatensystem.

»Und wer soll das sein?«, fragte Tommy.

»Die Bewegung Stopp1984«, erklärte Signe. »Besorgte Bürger gegen die Gedankenpolizei.«

»Existieren die denn?«, fragte Herman überrascht.

»Sie könnten bald existieren«, meinte Signe.

»Aber wäre das glaubwürdig?« Rebekka betrachtete skeptisch die Koordinaten. »Eine ganz neue Gruppe ins Spiel zu bringen?«

»Der Einfluss wäre selbstverständlich gering«, gab Tommy zu. »Aber mit der Glaubwürdigkeit gäbe es keine Probleme. Journalisten sind immer auf der Jagd nach neuen Gesichtern. Sie hassen diese ganzen alten Meinungsautomaten. Die Frage ist nur, wer will es machen?«

»Das Einzige, was sie brauchen, sind ein Vorsitzender und eine Telefonnummer«, sagte Signe.

»Und vielleicht eine kleine Homepage«, fügte Tommy hinzu.

»Und wenn wir eine Frau als Vorsitzende hätten, wäre es umso besser.«

»Eine Frau, die nicht gegen Pornografie ist?« Tommy schüttelte skeptisch den Kopf.

»Das müsste dann eine alte Achtundsechzigerin sein«, meinte Signe.

Herman schien es, als wollte Rebekka neben ihm etwas sagen, sich aber nicht so recht dazu durchringen konnte.

»Lass uns das einen Augenblick zurückstellen«, schlug Tommy vor. »Es ist keine dumme Idee, wenn wir denn jemanden finden sollten, der sich dazu bereit erklärt.«

Er ging zur anderen Seite des Whiteboards hinüber. »Unter allen Umständen müssen wir etwas gegen unsere Gegner unternehmen.« Er zeigte auf die roten Kleckse für das Ministerium und die

Kinderhilfsorganisation. »Solange die beiden so weit oben stehen, haben wir keine Chance.«

»Ihre Position steht fest«, konstatierte Signe. »Davon werden sie niemals abweichen. Auf dieser Achse bewegen sie sich eher noch weiter nach außen.«

»Können wir ihre Glaubwürdigkeit verringern?«, fragte Tommy und vollzog mit seinem Stift eine Abwärtsbewegung.

»Sie kämpfen für die Kinder«, sagte Signe. »Dagegen ist schwer anzukommen.«

»Haben sie überhaupt keine versteckten Motive?«

»Die Einzigen, die versteckte Motive haben, sind wohl ...«, begann Rebekka und unterbrach sich plötzlich selbst.

Herman drehte sich verwundert zu ihr hin. Rebekka saß da und tauschte viel sagende Blicke mit Signe.

»Aber sie würden es dementieren«, sagte Signe abweisend.

»Was?«, fragte Herman.

»Wir können es nicht belegen.« Signe schüttelte den Kopf.

»Was?«, fragten Tommy und Herman im Chor.

»Vielleicht können wir es.« Rebekka bückte sich nach ihrer Tasche auf dem Fußboden und wuchtete einen Stoß zerknitterter Papiere auf den Tisch.

Der Habicht ist gelandet

Am frühen Montagmorgen war der Internet-ethische Rat im Großen und Ganzen auf den Weg gebracht.

Es hatte Nyholm den größten Teil seines Sonntags gekostet, alle Puzzleteile an ihren richtigen Platz zu bringen, damit der Rat die richtige Zusammensetzung aus Kinderexperten, Bibliotheksleuten und Radrennfahrern besaß. Zum Ausgleich dafür war das Timing perfekt. Die Pornogeschichte hatte sich über das Wochenende zugespitzt. Die Tageszeitungen waren voll von aufgebrachten Reaktionen auf die Enthüllungen des vergangenen Freitags über den Zusammenhang zwischen Pornografie und Vergewaltigung. Die Leitartikel hatten nach politischen Maßnahmen gerufen, während die Leserbriefe sich über die versauten Pornosurfer hergemacht hatten.

Die Stimmung würde genau die richtige sein, wenn der Minister um vierzehn Uhr zusammen mit der Kinderhilfsorganisation vor die Presse treten und den verstärkten Einsatz ankündigen würde. Und wenn er einige Minuten später den neuen Vorsitzenden des Internet-ethischen Rats vorstellen und der Habicht persönlich aufs Podium treten würde (eingetroffen mit dem Zug aus Horsens – obwohl Nyholm eigentlich erwartet hatte, er zöge es vor, zu fliegen), wäre das ein Augenblick, der kaum etwas anderes als historisch genannt werden konnte. Blitzlichter würden aufleuchten. Der Minister würde dem großen Star die Hand geben. Mit kleinen, besinnlichen Anekdoten würde man die Verbundenheit des Ministers mit diesem edlen Sport wieder auffrischen.

Nyholm schloss die Augen und sah diesen großartigen Auftritt vor sich, während sich in seinem Inneren große Gefühle regten. Es konnte einfach nicht schief gehen. Vor ihm auf dem Schreibtisch lag die blaue Mappe mit der Rede des Ministers bereit. Der Habicht saß im Intercity. Alles war bereit – abgesehen von den besinnlichen Anekdoten, die sich nach näherer Recherche im Hinterland des Ministers als eine Reihe ganz und gar nicht so besinnlicher Geschichten von Machtkämpfen und gebrochenen Versprechen herausgestellt hatten. Aber Espen war an der Sache dran. Es würde der größte Erfolg in Nyholms Karriere sein.

Seine Augen waren immer noch geschlossen, als er plötzlich bemerkte, dass jemand in sein Büro hineingestürmt kam.

»Hast du das hier schon gesehen?«, fragte eine atemlose Stimme.

Nyholm öffnete verwirrt die Augen und erblickte Espen, der vor ihm stand und mit einer Kopie aus dem Pressespiegel des Ministeriums herumwedelte.

»Was ist damit?«

Espen warf den Ausschnitt vor ihm auf den Schreibtisch.

Zensurvorwürfe gegen Wissenschaftsminister

Der Initiative des Wissenschaftsministers gegen die grenzüberschreitende Internetpornografie wird vorgeworfen, Zensur und Gedankenkontrolle mit sich zu führen.

Die Vorwürfe rühren aus der Tatsache, dass die Software, die auf Anregung des Ministers in Bibliotheken und öffentlichen Einrichtungen installiert worden ist, eine viel breitere Wirkung erzielt als ursprünglich beabsichtigt. Eine Reihe vollkommen legaler Internetangebote sind dadurch Opfer von Zensur geworden, darunter mehrere Webseiten, die sich an sexuelle Minderheiten richten.

Bei Menschenrechtsorganisationen haben diese Enthüllungen Wut und Verärgerung ausgelöst.

»Es ist erschütternd, dass der Minister auf diese Art und Weise zu Zensur und Gedankenkontrolle beiträgt«, äußert sich Hanne Østergaard von der Bürgerbewegung Stopp1984. »Es kann doch nicht angehen, dass in einer demokratischen Gesellschaft erwachsenen Menschen ihr rechtmäßiger Zugang zum Internet von moralischen Geschmacksrichtern wegzensiert wird.«

Die Bürgerbewegung will nun in dieser Angelegenheit politisch mit der Forderung aktiv werden, die Software sofort aus dem Verkehr zu ziehen.

»Stopp1984?« Nyholm sah verwundert von dem Artikel auf. »Wer ist denn das?«

Espen zuckte die Schultern. »Noch nie davon gehört«, antwortete er. »Sie haben eine kleine, mickerige Homepage. Und eine Adresse in Frederiksberg. Du kannst es dir ja selber mal ansehen.«

Nyholm schüttelte ablehnend den Kopf. »Die nimmt doch niemand ernst«, sagte er entspannt. »Gedankenkontrolle? 1984? Also ganz ehrlich. Das ist doch Porno.«

»Ich weiß nicht.« Espen stand zögernd vor dem Schreibtisch. »Sie waren gerade in den Radionachrichten.«

»In den Radionachrichten?«

Espen nickte. »Du kannst es dir im Internet anhören.«

Nyholm wurde ins Vorzimmer hinausgezogen. Espen schob Pernille zur Seite und klickte ein paar Mal mit ihrer Computermaus herum.

»Ich fürchte, dass wir mittendrin landen werden«, sagte Espen gerade, als der Computer begann, Laute von sich zu geben.

»... aber es sind ja gerade *keine* Kinder auf diesen Bildern«, betonte eine indignierte Stimme in einer eckigen, metallischen Wiedergabe. »Es sind vollkommen rechtmäßige Webseiten, auf denen erwachsene Menschen ihre sexuellen Fantasien ausleben. Darunter auch Menschen, die einer sexuellen Minderheit angehören und die wir als Mitglieder einer demokratischen Gesellschaft unter einen besonderen Schutz zu stellen verpflichtet sind.«

»Sagt also Hanne Østergaard von der Bürgerbewegung Stopp 1984«, schloss der Nachrichtensprecher, »die jetzt politisch in dieser Angelegenheit aktiv werden will, um die Zensurinitiative des Ministers zu stoppen.«

Nyholm betrachtete besorgt den Computerbildschirm, während Espen die Übertragung abbrach. Zensurinitiative? Seit wann war es denn eine Zensurinitiative?

»Möchtest du es nochmal von vorne hören?«, fragte Espen mit der Hand auf der Maus.

»Wenn das möglich ist?«, sagte Nyholm mit einem langsamen Nicken.

»... du die Kritik verstehst, die jetzt an der Initiative geübt wird?«, sagte die Stimme des Sprechers.

»Ganz und gar nicht«, antwortete eine Stimme, die Nyholm trotz der schlechten Wiedergabequalität als diejenige des Generalsekretärs erkannte. »Es handelt sich hierbei schließlich um vollkommen grenzüberschreitende Internetseiten.«

Nyholm lächelte beruhigt in den Computer. Genau darum handelte es sich nämlich.

»Aber mittlerweile hat sich doch herausgestellt, dass die Initiative nicht nur diese grenzüberschreitenden Seiten trifft«, fuhr der Sprecher fort, »sondern auch Seiten, die vollkommen legal sind. Und sogar Seiten, die sich an sexuelle Minderheiten richten.«

»Tja, wer ein Omelett machen will, muss Eier zerbrechen«, entgegnete der Generalsekretär schroff.

Nyholms Lächeln erstarrte schlagartig.

»Du meinst also, dass es in Ordnung ist, Informationsangebote zu zensieren, die sich an Minderheiten richten?«

»Tja«, antwortete der Generalsekretär und riss sich schließlich am Riemen. »Oder ... Unter bestimmten Umständen ... Aus Sicht der ...«

Der Computer erbarmte sich. Die Bildschirmanzeige gefror.

»Der Server ist überlastet«, verkündete Espen. »Zu viele gleichzeitig, die sich den Mitschnitt anhören wollen.«

Nyholm musste einmal tief schlucken. »Könnten wir versuchen, das Ganze noch einmal zu ...«

Er wurde von Pernilles Telefon unterbrochen, das im selben Augenblick zu klingeln begann.

»Das Ministersekretariat«, verkündete sie, nachdem sie die Nummer auf dem Display kontrolliert hatte.

»Ich rufe sie später an.« Nyholm winkte abwehrend mit der Hand. »Aber versuch die Agentur anzurufen«, fuhr er fort. »Sag ihnen, dass es wichtig ist.«

»Ich rufe sofort an«, versprach Pernille.

Nyholm zog Espen mit in sein Büro. »Lass uns jetzt nicht in Panik ausbrechen«, mahnte er. »Aber du solltest vielleicht versuchen, Jørgensen zu erwischen.«

Sein Telefon begann zu klingeln.

»Die Agentur«, rief Pernille aus dem Vorzimmer herüber.

»Ich gehe sofort ran.« Nyholm signalisierte Espen, dass er noch warten solle, und ging zum Telefon am Schreibtisch hinüber. Er nahm den Hörer ab und verlangte nach der Projektleiterin.

»Rebekka hat sich heute leider krank gemeldet«, antwortete die Rezeptionistin am anderen Ende der Leitung.

»Krank?« Die Information trieb den Grad von Nyholms Besorgnis noch ein bisschen nach oben.

»Leider. Möchtest du stattdessen vielleicht mit Jacob sprechen?«

Jacob war der junge Mann im Anzug, erinnerte sich Nyholm.

»Gib ihn mir einfach.«

Ein paar Sekunden vergingen, dann war Jacob am Apparat.

»Habt ihr gehört ...?«

»Wir wissen es schon«, antwortete Jacob. »Und wir sind an der Sache dran.«

»Ihr seid an der Sache dran?«

»Wir gehen in zehn Minuten mit einer Pressemitteilung raus«, bestätigte er. »*Kinder in der Gesellschaft* weist alle Zensurvorwürfe zurück.«

»Aber ich habe gerade Jørgensen in den Radionachrichten gehört«, sagte Nyholm. »Er war nicht besonders ...«

»Ich weiß«, unterbrach ihn Jacob erneut. »Sie haben ihn um sechs Uhr morgens aus dem Bett geklingelt. Er hatte keine Ahnung, was da vor sich ging.«

»Er sagte ...«, setzte Nyholm noch einmal an.

»Ich weiß, aber wir sind jetzt hart an der Sache dran«, versprach Jacob. »Wir ersticken sie, bevor sie das Mittagsjournal im Radio erreichen.«

»Ihr seid euch darüber im Klaren, dass wir um zwei Uhr eine Pressekonferenz haben.«

»Ich weiß. Wir schicken die Pressemitteilung raus, sobald sie fertig ist.«

Nyholm legte auf und wollte sich gerade an Espen wenden, als Pernille ihren Kopf zur Tür hereinsteckte.

»Das Ministersekretariat hat wieder angerufen«, warnte sie. »Sie wollen wissen, was sie der Presse sagen sollen.«

»Bitte sie, noch zu warten«, sagte Nyholm. »Sag ihnen, dass wir an einer Pressemitteilung arbeiten.«

»Und die Haustechniker fragen, ob wir den PC-Projektor immer noch brauchen.«

»Selbstverständlich«, antwortete Nyholm mit einem Nicken. »Um zwei Uhr im Konferenzzentrum.«

Er wandte sich Espen zu. »Lass uns jetzt nicht in Panik ausbrechen«, begann er und entdeckte, dass der Sachbearbeiter gegangen war. Und dann war er plötzlich wieder da. Mit Pernilles Transistorradio in der Hand.

»Es ist zehn«, teilte er mit, während er an den Knöpfen des Apparates drehte. »Radionachrichten.«

Das Transistorradio gab ein schnarrendes Geräusch von sich.

»... wächst die Kritik an der Zensurinitiative des Wissenschaftsministeriums«, tönte es schließlich, »die jetzt auch als Bedrohung für die neuen Wachstumsbranchen in der Multimediaindustrie betrachtet wird.«

Nyholm setzte sich auf die Schreibtischkante. »Es ist keine Zensurinitiative«, flüsterte er verärgert, aber das Transistorradio blieb unbeugsam.

»Im Branchenverband der Film- und Multimediaindustrie sieht Präsident Peter Laursen die Zensurinitiative als Anlass, in Stellung zu gehen«, schnarrte es unverdrossen weiter.

Einen Augenblick lang hörte man nur Rauschen. »Es ist ungeheuer gefährlich«, erklang es dann, »Regeln dafür aufzustellen, welche Internetseiten Leute sich ansehen dürfen, welche Filme sie sich anschauen dürfen oder welche Spiele sie spielen dürfen.« Der Präsident legte eine kurze Pause ein. »Man kann den Leuten nicht verbieten, Fantasie zu haben.«

»Aber hast du denn Verständnis dafür, dass es Bilder gibt, die so gewalttätig sind, dass Menschen Schwierigkeiten haben, sie zu akzeptieren?«, fragte der Interviewer. »Bilder von Gewaltakten oder Vergewaltigungen?«

»Also zunächst einmal sollte man nicht vergessen, Wirklichkeit und Fantasie auseinander zu halten«, betonte der Multimediapräsident. »Wir stecken Tarantino ja auch nicht ins Gefängnis, weil er gewalttätige Filme dreht. Wir geben ihm Goldene Palmen.«

»Auf der anderen Seite sind Experten der Ansicht, dass die Dinge, die Leute im Film sehen, in ihnen die Begierde wecken können, ihre Fantasien zu verwirklichen.«

»Das ist eine vollkommen unbewiesene Behauptung«, entgegnete der Präsident. »Wenn das richtig wäre, dann würden sich auf den Bürgersteigen vor den Kinos ja die Leichen stapeln.«

Es klickte kurz im Lautsprecher.

»Sagt also Präsident Peter Laursen vom Branchenverband der

Multimediaindustrie, der der Ansicht ist, dass es ernsthafte Auswirkungen auf die Konkurrenzfähigkeit der Branche hätte, wenn man ihrer Kreativität Zügel anlegt.«

Nyholm starrte erschüttert auf den schnarrenden Radioempfänger. Sie waren dabei, die Sache komplett zu verdrehen.

»Die Bürgerbewegung Stopp1984 ...«, fuhr das Transistorradio fort.

Nyholm gab Espen ein Zeichen, dass er ausschalten sollte.

»Lass uns jetzt nicht ...«, begann er, als er im selben Augenblick Pernille mit einem Telefonhörer in der Hand im Türrahmen stehen sah. Sie zeigte auf den ersten Stock hinunter.

Nyholm erhob sich vom Schreibtisch und machte einen Schritt auf sie zu. Dann bereute er es. »Sag, dass ich zurückrufen werde«, bat er. »Und ruf noch einmal die Agentur an.«

Pernille nickte und zog sich zurück.

»Lass uns ...« Nyholm bremste sich. »Geh runter und ruf Jørgensen an«, sagte er stattdessen und winkte Espen aus dem Büro.

»Jacob ist gerade beschäftigt«, sagte die Rezeptionistin kurze Zeit später ins Telefon.

»Richte ihm aus, dass es wichtig ist«, kommandierte Nyholm.

Ein paar Sekunden vergingen, dann war Jacob am Hörer.

»Wir haben schon gehört«, sagte er, bevor Nyholm überhaupt loslegen konnte. »Wir sind an der Sache dran.«

»Was passiert mit der Pressemitteilung?«

»Sie ist jeden Augenblick fertig. Wir zielen auf das Mittagsjournal.«

»Was soll ich meinem Minister sagen?«

»Sag ihm, dass ...«

Nyholm konnten das Geräusch raschelnden Papiers hören.

»Oh, shit ...«, erklang es plötzlich.

»Wie bitte?«

»Tut mir Leid«, sagte Jacob. »Aber ich muss dich später zurückrufen.«

»Später?« Nyholm starrte wie gelähmt auf den Hörer. »Ich kann nicht bis später warten«, protestierte er. »Ich habe um zwei Uhr eine Pressekonferenz. Ich habe einen Radrennfahrer im Intercity sitzen.«

»Das weiß ich, aber ...«

Jacob wurde von etwas unterbrochen, das wie das Angriffsgebrüll eines rasenden Eisbären klang, der anscheinend auf seinem Weg durch die Agentur nur Tod und Zerstörung hinterließ.

»Ich bin wirklich gezwungen, später zurückzurufen.«

Dann wurde aufgelegt, und Nyholm stand da mit dem Hörer in der Hand.

»Es ist das Ministersekretariat«, sagte eine Stimme hinter ihm. »Sie sagen, dass du sofort anrufen sollst. Die Radionachrichten wollen eine Stellungnahme. Und das Staatsministerium hat auch angerufen.«

Nyholm drehte sich langsam um.

Und hinter Pernille kam jetzt Espen ins Büro gelaufen. »Ich habe hier ein Protestschreiben der Schwulen«, verkündete er, während er mit einer roten Plastikmappe wedelte.

»Was soll ich dem Ministersekretariat sagen?«, wollte Pernille wissen.

Nyholm zögerte. »Sag ihnen, dass sie die Journalisten bis zwölf Uhr hinhalten sollen.«

»Und was ist mit dem Staatsministerium?«

»Genau dasselbe«, antwortete Nyholm.

»Und die Schwulen?« Espen wedelte mit der Mappe.

»Sag ihnen ...« Nyholm schüttelte resigniert den Kopf. »Da ist doch bestimmt irgendetwas faul an diesen Schwulenseiten«, seufzte er. »Hast du mit *Kinder in der Gesellschaft* gesprochen?«

»Sie sind nicht zu erreichen. Sie sitzen ununterbrochen in irgendwelchen Meetings.«

Nyholm atmete tief ein.

»Ich werde sie anrufen«, sagte er entschlossen. »Und du guckst dir den Schwulenbrief an und schaust, ob du irgendetwas herausfinden kannst.«

Espen nickte.

»Und denkt dran, dass wir den Habicht um Viertel nach zwölf vom Hauptbahnhof abholen müssen.«

Der Sachbearbeiter und die Sekretärin nickten im Takt und zogen sich aus dem Büro zurück.

Nyholm schloss für zwei Sekunden die Augen. »Wir brechen nicht in Panik aus«, sagte er leise zu sich selbst. Er öffnete die Augen und atmete ein paar Mal langsam ein und aus. Dann ging er zum Schreibtisch hinüber und wählte Jørgensens direkte Durchwahl.

Eine Sekretärin nahm den Anruf entgegen. Jørgensen sei in einem Meeting. Nyholm bat um Rückruf und legte auf.

Und dann stand wieder jemand im Türrahmen. Diesmal waren es Katrine und Kåre. Mit einer Delegation ausgebrannter Ingenieure hinter sich.

»Was ist?«, sagte Nyholm frustriert.

»Haben wir Bürokonferenz?«, fragte Katrine vorsichtig.

»Bürokonferenz?«

Dann begriff er. Die Kommandozentrale. Es war Montag. Es war schon nach elf. Eigentlich schon halb zwölf. Wie konnte es schon so spät sein? In einer dreiviertel Stunde musste der Habicht abgeholt werden. Die Pressekonferenz war um zwei und ...

Und hinter ihm begann das graue Telefon zu klingeln.

»Ich kann nicht ...« Nyholm trat einen Schritt zurück und griff nach dem Hörer, während er seine Mitarbeiter hinauswinkte.

Es war *Kinder in der Gesellschaft.* Der Öffentlichkeitsbeauftragte. Und er klang seltsam beschwingt.

»Habt ihr eine Pressemitteilung?«, fragte Nyholm besorgt.

»Wir arbeiten unter Hochdruck daran.«

Gott sei Dank.

»Was schreibt ihr?«, fragte Nyholm erleichtert.

»Wir distanzieren uns vollständig von ihren Methoden«, sagte der Öffentlichkeitsbeauftragte gut gelaunt.

»Ihre Methoden?« Nyholms Erleichterung lief aus der Spur. Sollten sie nicht lieber auf die Inhalte zielen?

»Und wir haben die Zusammenarbeit natürlich mit sofortiger Wirkung beendet.«

Vergeblich versuchte Nyholm, daraus schlau zu werden. Hatten sie mit Stopp1984 zusammengearbeitet? Am Morgen hatte Nyholm noch nicht einmal gewusst, dass diese Organisation existierte.

»Die Zusammenarbeit mit wem?«, fragte er, um auf der sicheren Seite zu sein.

»Mit Kyner natürlich.«

»Mit Kyner?«

Der Öffentlichkeitsbeauftragte räusperte sich. »Das hört sich so an, als hättest du die Agenturmeldung noch nicht gesehen.«

»Die Agenturmeldung?«

»Aber du kannst sie bestimmt in zwei Minuten im Radio hören.«

Nyholm starrte erschrocken auf die Uhr. Es war kurz vor zwölf.

»Und was ist mit der Pressekonferenz?«, fragte er beunruhigt.

»Die Pressekonferenz?«, fragte der Öffentlichkeitsbeauftragte skeptisch. »Ich denke, du solltest dir erst einmal das Mittagsjournal anhören.«

Und dann stand Espen mit Pernilles Transistorradio in der Hand vor seinem Schreibtisch.

»Die Auseinandersetzung um die umstrittene Zensurinitiative des Wissenschaftsministers hat eine unerwartete Wendung genommen«, schnarrte es, während Nyholm nicht umhinkonnte, sich mit seinen letzten Reserven der bemerkenswerten Tatsache bewusst zu werden, dass es in der heutigen Medienwirklichkeit nur vier Stunden brauchte, um aus einer Initiative eine umstrittene Initiative zu machen.

»Kurz vor Mittag kam heute ans Licht, dass die Initiative von Beginn an von der Werbeagentur Kyner Kommunikation als Bestandteil ihrer Verkaufsstrategie inszeniert worden ist«, berichtete der Sprecher. »Die Agentur war bereits vor dem Start der Initiative im Besitz einer vertraulichen Liste von Unternehmen, deren Mitarbeiter Pornografie aus dem Internet heruntergeladen haben. Eine Liste, die man – als die Initiative ihre größte Aufmerksamkeit erreicht hatte – an die Presse durchsickern ließ, was einzig und allein dem Zweck diente, neue Kunden unter eben diesen Unternehmen zu gewinnen, deren Image Schaden zu nehmen drohte, sobald die Informationen über die Pornosurfer ans Licht kamen.«

Nyholm spürte, wie sein Körper zusammenbrach und schwer in seinen Schreibtischstuhl fiel. Auf der anderen Seite des Schreibtisches signalisierte Espen irgendetwas Unverständliches und zog sich aus dem Büro zurück. Im Transistorradio fuhr der Sprecher angeregt fort:

»Seniorpartner Jesper Beck-Nielsen vom Unternehmen Beck & Brenow ist in diesem Zusammenhang ein Kunde der Agentur gewesen. Er bezeichnet die Vorgehensweise als reine Mafiamethode.«

»Zuerst lässt man Informationen durchsickern, die unschuldige Unternehmen in der Presse in einem schlechten Licht erscheinen lassen«, begann der Seniorpartner. »Und anschließend nimmt man Geld dafür, dass man ihnen bei ihren Imageproblemen hilft. Das ist ja genau wie bei der Mafia, die Schutzgelder fordert, damit die Geschäfte vor den eigenen Handlangern beschützt werden.«

»Soweit also Seniorpartner Jesper Beck-Nielsen von Beck & Brenow, der mit sofortiger Wirkung jedwede Zusammenarbeit mit der Werbeagentur gekündigt hat.«

Es folgte eine kurze Pause, in der Nyholm gerade beginnen konnte zu hoffen, dass man zum nächsten Beitrag übergehen würde. Doch der Faden wurde wieder aufgegriffen.

»Von Seiten der Bürgerbewegung Stopp1984, die der Zensurinitiative des Ministeriums von Beginn an kritisch gegenüberstand, zeigt sich die Vorsitzende Hanne Østergaard erschüttert über die Enthüllung.«

»Es ging niemals darum, Kinder zu beschützen«, stellte die Vorsitzende mit indignierter Stimme fest. »Es ging um einen Minister, der sich profilieren wollte, indem er vollkommen unschuldige Menschen verdächtigte.«

In seinem Schreibtischstuhl sitzend befiel Nyholm ein überwältigendes Gefühl des nahenden Untergangs.

»Es ging um zynische Kapitalisten, die in ihrer gewissenlosen Profitgier Menschen von Haus und Hof vertrieben haben.«

Profitgier? Das Untergangsgefühl vermischte sich für einen Augenblick mit einem Gefühl der Verwirrung. Wann hatte zuletzt jemand im Mittagsjournal das Wort *Profitgier* in den Mund genommen?

Dann war der unvermischte Untergang wieder in voller Stärke zurück. Pernille kam mit einem Kartenspiel orangefarbener Telefonnotizen in der Hand zur Tür herein.

»Die Rezeption hat angerufen«, begann sie. »Da unten stehen zehn Schwule und wollen mit dem Minister reden. Sie sagen, dass einige von ihnen Uniformen tragen.«

Mühsam erhob sich Nyholm aus seinem Stuhl. »Sag ihnen, dass ...«

»Und Ole hat nach dir gefragt«, fuhr sie mit besorgter Miene fort. »Mehrmals.«

»Ja, natürlich«, sagte Nyholm mit einem Nicken. »Sag ihm, dass ... Sag ihm, dass ...«

»Er hat dich gebeten, bei ihm vorbeizuschauen.«

»Natürlich.«

»Und dieser Schwede hat auch wieder angerufen.«

»Der Schwede?«

Pernille reichte ihm den orangefarbenen Zettel.

»Also ich kann nicht ...«, begann Nyholm frustriert.

»Das ist jetzt wohl sowieso egal«, meinte die Sekretärin. »Er sagt, dass es langsam eh zu spät ist. Du kannst in der Zeitung darüber lesen, sagt er.«

»In der Zeitung?« Nyholm spürte, wie seine Aufnahmefähigkeit langsam an ihre Grenzen stieß. Die Portalsache schon wieder in der Zeitung? Da konnte ja wohl nicht wahr sein.

Er betrachtete die Telefonnotiz. Aber es war doch eine dänische Telefonnummer, entdeckte er plötzlich. Und der Mann hieß Kofoed. Dann war er also überhaupt kein Schwede.

Nyholm blickte auf und wollte etwas sagen, als er hinter Pernille eine Gestalt durch den Türrahmen treten sah. Ein durchtrainierter Hüne. Mit solariumgebräunter Haut und einer Sonnenbrille in der Stirn. Einer von den Schwulen, sah Nyholm ein und spürte, wie sein Puls in die Höhe schnellte. Die Schwulen hatten sich die Treppe hochgeschlichen, und jetzt kamen sie und wollten ihn holen.

Nyholm wollte sich gerade nach vorne stürzen und die Tür zuschmettern, als ihm klar wurde, was geschehen war.

Der Habicht war gelandet.

Opferrituale

Reihen von einförmigen Wohnsilos glitten an der rechten Seite des Taxis im Dunkeln vorüber. Der gelbe Widerschein der Straßenlaternen über der Autobahn floss in einem endlosen Strom über die Windschutzscheibe hinweg.

Auf dem Rücksitz ließ Herman seinen Kopf gegen die Kopfstütze sinken und versuchte, ein prickelndes Gefühl in seinem ganzen Körper und eine gähnende Leere in seinem Magen zu ignorieren. Vor ihm konzentrierte sich der Fahrer auf den dünnen Verkehr und schien ansonsten glücklicherweise nicht der Typ zu sein, der sich gerne unterhielt.

Herman ließ den Blick über seine neu gekaufte Ausstattung wandern, während er Signes Instruktionen vor sich herbetete: Locker und entspannt. Gedämpfte Farben. Und keine schmalen Streifen, die Flimmereffekte verursachen konnten. Die Ausstattung war in Ordnung. Wie sie es auch die letzten zwei Male gewesen war, als er kontrolliert hatte.

Draußen am Straßenrand glitt ein weiteres Hinweisschild für eine Ausfahrt vorüber. Die Abstände zwischen ihnen schienen unendlich. Und doch ging es viel zu schnell.

Herman sah auf die Uhr. Kurz vor acht. Sie hatten ihn gebeten, eine Dreiviertelstunde früher da zu sein. Er lag gut in der Zeit. Obwohl er immer noch nicht verstehen konnte, dass eine Dreiviertelstunde wirklich ausreichen sollte. Der Gedanke ließ ein saugendes Gefühl in seine Bauchgegend zurückkehren. Ein saugendes Gefühl, das bereits vor zwei Stunden dafür gesorgt hatte, dass sich sein Darm vollständig entleert hatte. Herman versuchte sich zu beruhigen. Sie wussten natürlich am besten, wie viel Zeit sie brauchen würden. Und außerdem hatte Signe gesagt, dass es mehr als genug war.

Er setzte sich so hin, dass er aus dem Fenster sehen konnte. Das Taxi passierte eine weitere Ausfahrt. Nein. Es bog ab. Jetzt war es also soweit. Sie nahmen die Ausfahrt und hielten oben vor einer roten Ampel. Herman betete, dass sie nie grün werden würde. Dass sie einfach nur stehen bleiben würden. Dass ...

Die Ampel sprang auf Grün. Der Fahrer bog nach links ab auf die Brücke über der Autobahn. Vor ihnen erhob sich aus dem Staub der Vorstadt ein enormer Gebäudekomplex. Ein Hochhaus in der Mitte. Darum herum unendliche Reihen niedriger Gebäude. Über dem gesamten Gelände schwebte ein blauer Nebel.

»Wo genau willst du hin?«, fragte der Fahrer.

»Zur Rezeption«, antwortete Herman, wie es ihm gesagt worden war.

Sie hielten an einer Seite des Hochhauses vor einem Eingangsbereich mit einem niedrigen Vordach und breiten Glastüren. Herman bezahlte das Taxi mit seiner Kreditkarte.

Er ging durch die Glastüren in den Empfangsbereich. Hinter einem sanft geschwungenen Schalter links vom Eingang saß ein uniformierter älterer Mann und sprach in einen Telefonhörer. Zur Rechten bei einer Sitzgruppe aus dunklem Leder stand ein junger Mann in schwarzen Jeanshosen und blätterte in den ausliegenden Tageszeitungen.

Herman trat vor den Schalter und versuchte, die Aufmerksamkeit des Pförtners auf sich zu lenken. Obwohl er gut in der Zeit lag, konnte er ein Gefühl der Dringlichkeit nicht unterdrücken.

»Ich soll zum Fernsehgericht«, verkündete er über den Schalter hinweg. Der Pförtner schaute aus dem Fenster und telefonierte weiter.

»Das Fernsehgericht?«, fragte eine Stimme hinter ihm.

Herman drehte sich um.

»Ich bin Poul«, erklärte die Jeanshose und streckte die Hand aus. »Und du musst unser Pornosurfer sein?«

Der Pornosurfer nickte und gab ihm die Hand.

»Von hier ab kümmere ich mich um ihn«, teilte er dem nach wie vor telefonierenden Pförtner mit. Er zog Herman mit sich durch den Eingangsbereich zu einer Tür an der Rückwand.

»Habt ihr euch um die Taxirechnung gekümmert?«

»Ich habe es einfach bezahlt«, antwortete Herman.

»Das nächste Mal solltest du den Fahrer bitten, mit hineinzukommen«, erklärte Poul. »Dann bekommt er einen Taxibon vom Pförtner.«

»O.k.« Herman nickte.

»Denk daran, dir einen Bon geben zu lassen, bevor du wieder nach Hause fährst«, riet ihm Poul.

»Natürlich«, antwortete Herman, ohne wirklich Interesse an der Diskussion aufbringen zu können. Er hatte Schwierigkeiten, sich vorzustellen, dass er irgendwann in eine Situation kommen könnte, in der er nach Hause fahren würde. Dass es überhaupt eine Wirklichkeit nach der Sendung geben würde.

Sie traten durch die Tür und kamen auf einen schmalen Flur, der sich unendlich weit in beide Richtungen zu erstrecken schien. Auf einen Schlag hatte das Ambiente etwas Fabrikartiges bekommen. Der Boden war aus grauem Beton, und die weiße Farbe blätterte von den Wänden.

Poul ging über den Flur voran, während Herman auf seine Uhr sah. Jetzt war es nicht einmal mehr eine Stunde. Er konnte nicht verstehen, warum sie nicht ein wenig schneller gingen.

»Wirklich toll, dass du mitmachen willst«, bemerkte Poul über die Schulter zurück. »Es gibt nicht viele, die den Mut hätten, an die Öffentlichkeit zu gehen, wenn sie dasselbe wie du ...« Seine Stimme erstarb.

»Ich bin unschuldig«, sagte Herman und wies die Problemmetapher mit fester Stimme zurück. »Diese Seiten sind vollkommen legal.«

Er konnte genauso gut schon jetzt ein bisschen üben.

»Ach?«, sagte Poul überrascht. »Klar, selbstverständlich.«

Es wirkte, stellte Herman erstaunt fest.

Sie bogen nach links in einen neuen Flur ab und gingen noch ein paar Meter weiter, bevor Poul vor einer kleinen Tür das Signal zum Anhalten gab. Über der Tür hing eine rote Lampe neben einem Schild mit der Aufschrift *Sendung*. Sie brannte nicht. Aber es war nur eine Frage der Zeit. Herman sah erneut auf die Uhr. Dreiundfünfzig Minuten, um genau zu sein.

Herman ging als Erster durch die Tür und blieb auf der anderen Seite überrascht stehen. Sie hatten eine gigantische Halle betreten. Sie glich einer verlassenen Lagerhalle. Unordentlich und dreckig. Decke, Wände, Boden – alles war schwarz angestrichen und von einer dicken Staubschicht bedeckt. Überall stand altes Gerümpel herum: Möbel, Lampen. Undefinierbare Formen, aus Eisen und Holz zusammengeschraubt. Nichts davon sah aus, als wäre es jünger als dreißig Jahre.

»Wir müssen dort hinüber«, sagte Poul und führte Herman in die Mitte der Halle hinaus, wo man einen Kreis aus drei Meter hohen Gerüsten aufgestellt hatte. Durch eine schmale Öffnung an der Seite konnte man darin eine Arena mit Sitzplätzen erkennen. Wie beim Stierkampf.

Poul führte Herman an der Arena vorbei zu einer kleinen Insel der Gemütlichkeit ein paar Meter weiter. Zwei Sofas und dazwischen ein niedriger Tisch mit Thermoskannen und Plastikbechern.

»Ich werde dich den anderen sofort vorstellen«, verkündete er.

Herman musste einmal tief schlucken, als er sah, wer auf den Sofas wartete: der Generalsekretär von *Kinder in der Gesellschaft* im gemütlichen Gespräch mit dem Kinderforscher, der den Zusammenhang zwischen Pornografie und Pädophilie dokumentiert hatte. Etwas abseits stand der Minister und blätterte in einer blauen Plastikmappe.

Hier waren sie alle versammelt. Die Menschen, die ihn wochenlang verfolgt hatten.

»Hier haben wir also unseren Pornosurfer«, stellte Poul ihn vor, als sie die Sofas erreicht hatten. Der Kinderforscher und der Generalsekretär schauten auf. *Ich bin unschuldig*, wiederholte Herman still, während er auf ihre verärgerte Reaktion wartete. Aber die beiden Männer begrüßten ihn nur freundlich und setzten anschließend ihr Gespräch fort.

»Glaubst du, dass das Ganze wirklich nur ein Marketingtrick war?«, fragte der Kinderforscher neugierig.

»Die Presse hat es vielleicht etwas schlimmer dargestellt, als es wirklich war«, meinte der Generalsekretär. »Kyner ist wahrscheinlich nur etwas zu gierig geworden, nachdem die Sache ins Rollen gekommen war.«

Ein wenig verwirrt suchte Herman sich einen Platz auf dem Sofa gegenüber, während Poul sich durch die Halle entfernte.

»Wir werden sehen, ob wir die Kuh vom Eis kriegen können«, fügte der Generalsekretär hinzu und trank einen Schluck von seinem Kaffee.

»Welche Linie werdet ihr verfolgen?«, wollte der Kinderforscher wissen.

»Wir nehmen selbstverständlich Abstand von Kyners Methoden«, betonte der Generalsekretär. »Aber inhaltlich bleiben wir bei unserer Position. Die Bevölkerung wird mit grenzüberschreitender Pornografie überschüttet. Als verantwortungsbewusste Organisation müssen wir uns da natürlich zu Wort melden.«

Der Kinderforscher nickte. Der Generalsekretär nippte an seinem Kaffee. Dann wandten sie sich Herman zu und sahen ihn fragend an.

Es dauerte einen Augenblick, bis Herman begriff, worauf sie

warteten. »Ja, also ich verfolge die Argumentationslinie mit der Gedankenkontrolle«, sagte er zögernd. »Ich habe nichts Falsches getan. Ich werde unschuldig verfolgt.«

Der Generalsekretär nickte, als klänge das für ihn sehr vernünftig. »Darauf entgegnen wir also, dass man nicht von Gedankenkontrolle sprechen kann, wenn es um unsere Kinder geht«, erklärte er. »Die Rechte der Kinder müssen vorgehen.«

»Also danach stelle ich dann fest, dass es sich nicht um Kinder handelt«, antwortete Herman, »sondern um Schauspieler. Es ist reine Fantasie.«

Der Generalsekretär wandte sich an den Kinderforscher. »An dieser Stelle bist dann du dran, mit der Verwirklichung der Fantasien.«

Der Kinderforscher nickte.

»Das wird schon funktionieren«, meinte der Generalsekretär.

Herman starrte mit steigender Verwunderung auf den Tisch. Einen Augenblick lang befürchtete er, dass er in eine subtile Falle geraten war, vor der Signe ihn zu warnen versäumt hatte. Dass seine Widersacher ihre Aussagen ändern würden, nachdem er jetzt seine Strategie offen gelegt hatte. Andererseits wirkte die Freundlichkeit ehrlich.

»Hast du so etwas schon einmal gemacht?«, fragte der Generalsekretär von der anderen Seite des Tisches.

Herman schüttelte den Kopf.

»Das Wichtigste ist, dass man nicht dauernd auf die Kameras guckt«, riet der Generalsekretär. »Zu Beginn können sie etwas verwirrend wirken. Aber man kann sich schnell daran gewöhnen, sie zu ignorieren.«

»Und dann solltest du versuchen, deinen Körper ruhig zu halten«, fügte der Kinderforscher hinzu. »Bloß nicht mit den Armen gestikulieren oder mit den Augen rollen. Selbst die kleinsten Bewegungen können wahrgenommen werden, wenn sie auf den Bildschirm gezoomt werden.«

Herman nickte. Genau dasselbe hatte Signe auch gesagt.

»Man kann leicht etwas aggressiv wirken, wenn man dasitzt und herumgestikuliert«, warnte der Kinderforscher.

»So etwas kann unheimlich irritierend sein«, sagte der Generalsekretär neben ihm auf dem Sofa und nickte. »Als ich damals bei der Dänischen Futtermittel AG war, gab es bei uns einen Forscher …«

Der Generalsekretär begann eine längere Geschichte über einen Professor der Tiermedizin, der unter nervösen Zuckungen gelitten hatte.

Zehn Minuten später – es fühlte sich an wie zehn Sekunden – kehrte Poul mit einem neuen Teilnehmer zurück. Ein etwas steifer Mann in den Fünfzigern, mit wollenen Hosen und gestreiftem Hemd. Der Vorsitzende der Verfassungsvereinigung, stellte Poul vor. Sein Sekundant, sagte sich Herman. Das sah ja nicht so viel versprechend aus.

Der Verfassungsvorsitzende grüßte und setzte sich neben Herman auf das Sofa. Er beugte sich vor und wirtschaftete nervös mit den Plastikbechern herum.

Am anderen Ende der Halle bemerkte Herman plötzlich eine festlich gekleidete Menschenmenge. Sie kam durch die Halle auf ihn zu, wobei sie sich so fasziniert umschauten, als wären sie Touristen auf einem Ausflug.

»Seht zu, dass ihr sie auf ihre Sitzplätze bekommt«, rief einer der Fernsehleute aus dem Hintergrund.

Die Menschenmenge wurde querfeldein auf den Eingang der Arena zugetrieben, wo jetzt auch das Licht angeschaltet worden war. Eine spürbare Spannung lag in der Luft. Die Erwartungen an das bevorstehende Drama. Stierkampf. Herman folgte den Menschen in ihrem Sonntagsstaat mit seinen Blicken, während sie durch die Halle strömten und kaum erwarten konnten, in die

Arena zu kommen und zu verfolgen, wie das Blut des Tieres den Sand röten würde.

Mein Blut, präzisierte Herman für sich selbst, ohne dass ihn dieser Gedanke ernsthaft berühren konnte.

Kurze Zeit später saß er mit einem glitschigen Gefühl im Gesicht in der Maske, während die Maskenbildnerin – ein nette Dame, die aussah, als wäre sie schon seit *Plumpaquatsch* dabei – versuchte, ein wenig Schatten auf seiner Nase anzubringen. Aus den Augenwinkeln sah Herman auf die Uhr. Eine halbe Stunde noch. Trotzdem schien es niemand besonders eilig zu haben.

Als er zurückkam, hatte sich der Minister der Versammlung auf den Sofas angeschlossen. Ihm gegenüber saß die Redakteurin und ging noch einmal das Manuskript durch. Herman kannte ihre Stimme vom Telefon. Sie waren seine Repliken zweimal durchgegangen, bevor er losgefahren war.

Herman suchte sich einen Platz und versuchte sich ein Bild davon zu verschaffen, bis wohin sie gekommen war. Der Kinderforscher war offensichtlich schon abgehakt, und jetzt war der Generalsekretär an der Reihe.

»Dann fragt sie, ob ihr der Meinung seid, dass es sich um Gedankenkontrolle handelt«, sagte die Redakteurin.

»Und das meinen wir natürlich nicht«, wiederholte der Generalsekretär. »Es geht um Schulmädchen, die vergewaltigt werden. Vollkommen grenzüberschreitende Bilder, die wir in einer verantwortungsbewussten Gesellschaft nicht tolerieren sollten.«

Herman griff nach der Thermoskanne.

»Gut.« Die Redakteurin wandte sich an den Verfassungsvorsitzenden im gestreiften Hemd. »Dann kommt sie zu dir und fragt, was ihr von dieser Initiative haltet. Und du sagst?«

»Dass wir sie ausgezeichnet finden.«

Herman sah von seinem Kaffee hoch.

»Dass sie ... ausgezeichnet ist?« Auch die Redakteurin war anscheinend überrascht. Sie sah noch einmal genau in ihrem Manuskript nach. »Hier steht eigentlich, dass die Bewegung Stopp1984 diese Initiative als einen Versuch betrachtet, Gedankenkontrolle einzuführen.«

»Ich bin nicht von Stopp1984«, erklärte der Mann im gestreiften Hemd. »Ich bin von der Verfassungsvereinigung.«

Die Redakteurin erhob sich nervös vom Sofa. »Poul?«, rief sie quer durch die Halle.

Nach ein paar Sekunden tauchte Poul in der Tür zur Arena auf.

»Wo ist Stopp1984?«, fragte die Redakteurin verwundert.

»Sie konnte nicht kommen«, erklärte Poul. »Irgendetwas mit einem kranken Kind.«

Herman musste tief in seinen Kaffee schauen, um ein Lächeln zu verbergen.

Obwohl Rebekkas Stiefmutter ganz offensichtlich ihr Vergnügen daran hatte, die Rolle als entrüstete Bürgerrechtsaktivistin zu spielen, hatte sie vor einem Fernsehauftritt die Grenze gezogen.

»Die Verfassungsvereinigung ist für sie eingesprungen.« Poul deutete auf den Hemdenmann.

»Gut, du bist also von der Verfassungsvereinigung«, stellte die Redakteurin fest. Sie lehnte sich im Sofa zurück und begann, im Manuskript herumzustreichen. »Also, sie wird dich fragen, was du von der Initiative hältst, und du sagst dann?«

»Dass ich sie ausgezeichnet finde.«

Die Redakteurin studierte unzufrieden ihre Unterlagen. »Du findest nicht, dass die Initiative ein Versuch ist, Gedankenkontrolle einzuführen?«

»Solange es darum geht, dass Eltern ihre Kinder vor Pornografie schützen, habe ich keine Probleme damit«, meinte der Verfassungsvorsitzende. »Woraus eventuell ein Problem erwachsen könnte, ist der Versuch, sich darin einzumischen, was volljährige Menschen aus dem Internet herunterladen.«

Herman betrachtete den Auftritt über den Rand seines Kaffeebechers hinweg. Obwohl ihm bewusst war, dass er sich eigentlich

Sorgen machen sollte, weil Hannes Stellvertreter dermaßen aus der Rolle fiel, konnte er angesichts der Situation nichts anderes empfinden als eine leise Belustigung.

Neben ihm auf dem Sofa ging der Frust der Redakteurin sehr viel tiefer. »Wir hatten mit Stopp1984 gesprochen«, erklärte sie. »Sie waren ausgesprochen kritisch. Sie meinten, dass die ganze Initiative der Versuch war, Zensur und Gedankenkontrolle auszuüben.«

»Ich glaube nicht, dass man hier generell von Zensur sprechen kann«, sagte der Verfassungsvorsitzende ausweichend.

»Du darfst selbstverständlich sagen, was du meinst«, betonte die Redakteurin eilig. »Aber Stopp1984 war wirklich kritisch.«

»Wenn erwachsene Menschen davon betroffen sind, kann ich gut nachvollziehen, dass man den Sachverhalt in die Nähe der Zensur rücken kann«, räumte der Verfassungsvorsitzende widerstrebend ein. »Aber im Allgemeinen ...«

»Wir sehen doch gerade, dass es erwachsene Menschen trifft.« Die Redakteurin deutete auf Herman. »Leute sind gefeuert worden.«

»In diesem Fall kann ich also gut nachvollziehen, dass man hier von einer Art Zensur sprechen kann«, gab der Verfassungsvorsitzende zu.

»Gut«, sagte die Redakteurin zufrieden. Sie schrieb eine Anmerkung in ihr Manuskript. »Du sagst also, dass es Gedankenkontrolle ist, oder ... du sagst, was du sagst ... und dann ... dann bringen wir einen spontanen Kommentar aus dem Publikum.« Sie zog ihr Manuskript zurate. »Sie sagt, dass sie nicht verstehen kann, dass so eine Schweinerei überhaupt erlaubt ist, und ...«

Die Redakteurin wandte sich an Herman.

»Und anschließend wenden wir uns dann einem persönlichen Schicksal zu.«

»Maria wollte schon einmal Hallo sagen«, verkündete Poul, als die Redakteurin mit Herman und dem Minister fertig war.

Hinter ihm erschien eine hoch gewachsene, schlanke Frau von Ende Dreißig mit einem hübschen, aber etwas strengen Gesicht. Herman erkannte sie ohne Probleme als einen dieser Wochenblattmenschen wieder. Einst war sie eine beliebte Quizmasterin gewesen. Dann hatte sie eine Kochsendung. Jetzt hatten sie ihre Erfahrungen offenbar dafür qualifiziert, den Verhandlungen des Fernsehgerichts vorzusitzen.

»Sie möchte gerne etwas über die Hintergründe der Teilnehmer erfahren, bevor wir loslegen«, erklärte Poul, während alle – der Minister eingeschlossen – sich etwas gerader in ihren Sofas hinsetzten und sich auf die Begegnung mit dem Star der Show vorbereiteten.

»Ich wollte einfach nur Hallo sagen«, sagte sie entschuldigend, als sie die Sitzgruppe erreicht hatte.

Sie lächelte ihr strahlendes Wochenblattlächeln und setzte sich mit einem Stapel orangefarbener Pappkärtchen neben Herman auf die Armlehne.

»Wie ich immer zu sagen pflege, es macht nichts, wenn ihr da drinnen ein bisschen schärfer rangeht«, begann sie. »Wir wollen das Publikum schließlich mitreißen.«

Der Minister und der Generalsekretär nickten beflissen, während der Verfassungsvorsitzende sich in seiner Sofaecke offensichtlich nicht mehr ganz wohl in seiner Haut zu fühlen schien.

»Es sollten auf keinen Fall so vorgefertigte Sätze sein«, mahnte sie.

»Wir werden schon versuchen, ein bisschen Schwung in die Sache zu bringen«, versicherte der Generalsekretär.

»Das ist gut«, sagte sie. »Ich bin mir sicher, dass euch das nicht schwer fallen wird. Es läuft ja gerade eine unheimlich spannende Debatte ...« Herman bemerkte, wie sich ihr Blick für den Bruchteil einer Sekunde auf das oberste Pappkärtchen senkte. »... über die grenzüberschreitende Internetpornografie.«

Sie lächelte ihr Wochenblattlächeln.

»Jetzt muss ich mir nur noch einprägen, wer hier wer ist.« Sie deutete über den Tisch. »Euch beide kenne ich.«

Der Generalsekretär und der Minister freuten sich wie zwei Hundewelpen, denen man einen Knochen zugeworfen hat.

»Dann bist du von Stopp1984«, sagte sie und zeigte auf den Mann mit dem gestreiften Hemd.

»Ich bin von der Verfassungsvereinigung.«

»Verfassungsvereinigung?« Sie zückte einen Kugelschreiber und machte eine Notiz auf einem orangefarbenen Kärtchen. »Welchen Titel soll ich dir geben?«

»Ich bin Vorsitzender.«

»Der Verfassungsvereinigung?«

Der Verfassungsvorsitzende nickte.

»Es gibt wahrscheinlich nicht so viele Menschen, die schon von euch gehört haben«, bemerkte sie etwas bekümmert. »Kann ich dich als etwas anderes vorstellen?«

Der Verfassungsvorsitzende starrte sie verwirrt an.

»Könnte ich dich vielleicht als juristischen Experten bezeichnen?«

»Ich bin Chemieingenieur.«

»Aber die Verfassungsvereinigung ist doch wohl eine Art juristische Vereinigung?«

»Nein«, begann der Verfassungsvorsitzende. »Das kann man so nicht sagen.«

»Die *Verfassungsvereinigung*?«

»Tja, natürlich«, räumte der Verfassungsvorsitzende widerstrebend ein.

Sie machte sich eine Notiz auf einem Pappkärtchen und wandte sich Herman zu.

»Und du bist?«

»Unschuldig verfolgt«, lächelte Herman.

Kurze Zeit später hatte ein Techniker eine Hand tief unter Hermans Hemd gesteckt, um ein Mikrofon anzubringen. Herman schaute auf die Uhr und musste überrascht feststellen, dass es nur noch zehn Minuten waren. Und noch immer gab es niemanden, der in Eile verfallen war. Er begriff es einfach nicht.

»Wir können ruhig schon hinübergehen«, meinte Poul etwas später.

Die Versammlung erhob sich aus den Sofas und trottete zur Arena hinüber. Als sie den Eingang erreicht hatten, schlug ihnen von den Gerüsten eine Welle von Beleidigungen entgegen.

»Lasst es mich noch einmal hören«, tönte eine Stimme aus der Arena.

»Buuuuh«, dröhnte es erneut.

Sie traten in die Arena hinein und hielten direkt hinter dem Eingang an. Rundum saßen die Zuschauer in Dreierreihen gestaffelt auf den Gerüsten. Unten in der Mitte stand ein Mann in engen, schwarzen Klamotten und mit einem Headset, das ihm locker um den Hals hing.

»Und wenn jemand etwas sagt, das euch gefällt?«, rief er dem Publikum zu.

»Hört, hört«, schallte es von den Rängen zurück.

»Noch mal«, befahl er.

»Hört, hört«, kam es etwas lauter, aber nach wie vor ohne große Begeisterung zurück.

»Klasse«, lobte er. »Heute Abend werden wir eine tolle Stimmung haben. Könnt ihr uns das zeigen?«

Das Publikum antwortete mit halbherzigem Applaus.

»Gut«, bedankte sich der Mann und verließ die Arena. »Könntet ihr sie ein bisschen hochregeln?«, murmelte er in sein Headset, als er Herman auf seinem Weg hinaus passierte.

Drinnen in der Arena begann Poul, den Leuten ihre Plätze zuzuweisen. Der Generalsekretär, der Kinderexperte und der Verfassungsvorsitzende wurden in die Mitte des Runds geführt, wo die

Moderatorin bereits hinter einem hufeisenförmigen Tisch mit blitzblanker Vorderseite und einer Rückseite aus alten Spanplatten bereit stand. Anscheinend der Richtertisch. Der Minister und Herman wurden auf einem abgenutzten, geblümten Sofa links vom Eingang in Wartestellung platziert.

»Fünf Minuten«, verkündete eine Stimme von irgendwo.

Auf einem kleinen Fernsehschirm vor dem Sofa konnte Herman das Programm sehen, das im Augenblick auf diesem Kanal lief. Eine Kulturreportage über ein fernes und rückständiges Gebirgsvolk. Die Dorfbewohner bereiteten anscheinend ein rituelles Opfer vor. Ein Lamm mit zusammengebundenen Beinen wurde zu einem Altar getragen.

»Wir machen kurz mal eine Mikrofonprobe.« Ein Tontechniker mit dicken Kopfhörern war vor dem Sofa aufgetaucht. Er deutete auf Hermans Jackett.

»Was soll ich denn ...«

»Danke«, unterbrach ihn der Techniker und machte beim Minister weiter.

»Vier Minuten«, verkündete die unsichtbare Stimme.

Vorne am Richtertisch stand die Moderatorin und sortierte ihre orangefarbenen Kärtchen. Der Generalsekretär und der Kinderforscher warteten gelassen an einem Arm des Hufeisens zu ihrer Rechten. An ihrer linken Seite erweckte der Verfassungsvorsitzende den Anschein, als befände er sich am Rande einer Übelkeit.

Herman warf einen verstohlenen Blick auf den Fernsehschirm. Die Dorfbewohner hatten den Altar nach vollbrachter Tat verlassen. Das blutige Lamm blieb zurück, während der Abspann allmählich über den Bildschirm rollte. Herman folgte ihm mit seinen Blicken, während er sich davon zu überzeugen versuchte, dass diese Bilder wirklich waren. Dass es tatsächlich diese Bilder waren, die die Zuschauer in ihren Wohnstuben gerade empfingen. Und dass es in wenigen Augenblicken sein eigenes Gesicht war, das sie betrachten würden. Das entsprechende Gefühl wollte sich nicht einstellen.

»Drei Minuten«, sagte die Stimme.

Hermans Blick schweifte durch die Arena, in der immer noch Techniker herumliefen und Lampen ausrichteten, als ob sie überhaupt nicht ahnten, dass draußen die Massen mit gierigen Augen ihren Abendkaffee tranken und darauf warteten, hineingelassen zu werden.

»Kamera eins?« Mitten in der Arena hatte nun auch Poul seine Kopfhörer aufgesetzt und begonnen, durch das Rund zu rufen.

»Bereit«, kam die Antwort aus den oberen Zuschauerrängen.

»Zwei?«

»Bereit.« Diesmal war es der Kameramann direkt hinter Hermans geblümtem Sofa, der antwortete.

»Drei?«

»Bereit. Nein. Warte.«

»Was ist los?« Poul ging zu der Kamera vor dem Richtertisch hinüber.

»Ich habe Probleme mit den Streifen«, erklärte der Kameramann.

Der Verfassungsvorsitzende schaute nervös auf, während Poul sein Hemd kritisch musterte.

»Zwei Minuten«, verkündete die unsichtbare Stimme.

»Hat jemand zufällig einen Pulli übrig?«, rief Poul.

Ein paar Sekunden vergingen. Dann kam ein alter, zerschlissener Pullover aus den Kulissen geflogen.

»Kannst du den hier überziehen?« Poul trat an den Richtertisch. Mit etwas Mühe zog sich der Verfassungsvorsitzende den Pullover über den Kopf.

»Schon besser«, sagte der Kameramann mit einem Nicken. »Können wir den Kragen noch verschwinden lassen?«

Poul trat vor den Verfassungsvorsitzenden und drückte den Hemdkragen unter den engen Pullover. Der Verfassungsvorsitzende glich einem ausgestopften Schinken.

»So ist es gut«, meinte der Kameramann.

»Eine Minute«, sagte die Stimme aus dem Lautsprecher.

Poul gab der Moderatorin mit hochgestrecktem Daumen das Klarzeichen und verließ die Arena. Auf dem Bildschirm vor dem Sofa war inzwischen der Vorspann des Programms erschienen. Herman konnte den Sprecher als schwaches Echo von den Kopfhörern des Kameramannes in seinem Rücken vernehmen.

»Blutjunge Mädchen in Sexorgien. Schulmädchen, die vergewaltigt werden. Diesen Bildern droht man zu begegnen, wenn man sich ins grenzüberschreitende Internet hinausbegibt. Aber sollen wir die Pornografie einfach als normalen Bestandteil unserer virtuellen Wirklichkeit akzeptieren? Oder hat die Gesellschaft die Verantwortung, hier einzugreifen?«

In der Mitte der Arena hatte die Moderatorin ihren Platz hinter dem Hufeisen verlassen und sich in einem kleinen, mit Kreide auf dem Boden markierten Kreis bereitgestellt.

»Das Fernsehgericht ist zusammengetreten, um über die Grauzonen des Internets zu verhandeln«, sagte der Sprecher durch die Kopfhörer des Kameramannes. »Und am Richtertisch sitzt Maria ...«

Der Rest wurde von den Beifallstürmen des Publikums übertönt. Die Kamera hinter dem Sofa rollte in die Arena hinein. Die Moderatorin schaute auf und lächelte ihr Wochenblattlächeln, das Herman gleichzeitig vom Bildschirm und vom Zentrum der Arena traf.

Ich bin unschuldig, wiederholte Herman, während sich die Kamera der Moderatorin näherte.

»Guten Abend und ...«

Das Urteil des Volkes

Und Herzlich Willkommen zum Fernsehgericht.«

Nyholm wandte sich im Ministerium bekümmert dem Bildschirm in der Ecke des Multimediaraumes zu.

Sie hatten es während eines Eilreferats beim Minister so beschlossen. Der Staatssekretär. Brinker. Nyholm. Und natürlich Harr. Obwohl Nyholm aufs Schärfste davon abgeraten hatte. In der gegenwärtigen Situation war es viel zu gefährlich, den Minister vor die Kameras zu schicken. Niemand sprach mehr von grenzüberschreitender Pornografie. Man sprach von Zensur. Man sprach von Gedankenkontrolle. Und egal, wovon man sprach, irgendwo in der Nähe tauchte immer auch der Begriff *umstritten* auf, wenn der Name des Ministers fiel. Sogar der Staatssekretär hatte nervös gewirkt, aber Brinker hatte darauf bestanden. Das Staatsministerium war unerbittlich. Wenn der Minister sich drückte, würde der Eindruck entstehen, die Regierung sei auf dem Holzweg gewesen.

Den Rest des Tages hatte Espen damit verbracht, im Kampf gegen die Uhr eine Konferenzvorlage zusammenzuschustern, während Nyholm gezwungen war, mit dem Habicht in den Tivoli zu gehen, nachdem die Pressekonferenz abgesagt worden war. Als Nyholm den Greifvogel endlich in den Zug gesetzt hatte, war die Sache bereits auf dem Weg zum Minister gewesen, und Nyholm musste sie unterschreiben, ohne auch nur das Deckblatt lesen zu können.

»... und auch dir ein Herzliches Willkommen.«

Applaus quoll aus dem Fernsehapparat. Die Fernsehrichterin hatte mit dem Generalsekretär begonnen.

Nyholms Blick glitt vom Bildschirm hinunter auf die Plastikmappen, die neben seinem Stuhl auf dem Boden lagen. Er hatte sich fest vorgenommen, einige Sachen hinter sich zu bringen, bis der Minister an der Reihe war. Andererseits hatte er eingesehen, dass es unmöglich sein würde, sich auf etwas Wichtiges zu konzentrieren. Der Stapel vom Schrank hinter seinem Schreibtisch mit den gelben Vorgängen zur Kenntnisnahme bot sich als Kompromiss an. Zumindest konnte er ein paar Deckblätter überfliegen und ein Gefühl dafür bekommen, was ihm alles entgangen war.

»... Schulmädchen, die vergewaltigt werden«, warnte der Generalsekretär auf dem Bildschirm.

Nyholm hörte mit halbem Ohr zu und griff sich die oberste Mappe vom Stapel. Eine alte Stellenausschreibung aus dem Staatsanzeiger. Er ließ seinen Blick über das Deckblatt schweifen. Ein Beauftragter mit außerordentlichem Portefeuille. Ein Chef, der auf ein Seitengleis geschoben werden sollte. Für das Informationsamt. Gehaltsstufe 37. Ein Ministerialrat also. Wenn es ein Abteilungsleiter sein sollte, dann hätte er bei Stufe 39 gelegen. Er warf die Mappe auf den Boden und griff nach der nächsten.

»... mangelnde Verantwortlichkeit bei den Entscheidungsträgern in der IT-Wirtschaft«, wetterte der Generalsekretär auf dem Bildschirm.

Ein Ministerialrat, der in das Informationsamt abgeschoben werden sollte? Er hob die Mappe wieder vom Fußboden auf und blätterte zur Seite hinter dem Deckblatt weiter. Die Ausschreibung war ganz und gar nicht alt. Die Bewerbungsfrist würde in der folgenden Woche ablaufen. Sein Blick glitt weiter hinunter zur Stellenbeschreibung.

Außerordentliches Portefeuille: IT und Wissensökonomie.

Das Blut wich aus seinem Gesicht. Das war für ihn bestimmt.

Qualifikationen: Führungserfahrung.

Ja, natürlich. Für ihn.

Erfahrung in der Zusammenarbeit mit dem dritten Sektor.

Die Kinderhilfsorganisation, natürlich. Die Stelle war für ihn bestimmt.

Und gern mit internationaler Erfahrung.

Sie war ...

Internationale Erfahrung? Nyholms internationale Meriten beschränkten sich auf eine Konferenz in Polen über IT in der Landwirtschaft. Hatten sie es in Wirklichkeit doch auf Harr abgesehen? Aber was war dann mit dem dritten Sektor gemeint?

»... der übertriebene Respekt vor den Wahlmöglichkeiten der modernen Gesellschaft und dem Verlangen nach Freiheit«, predigte der Generalsekretär vor dem Fernsehgericht.

Und plötzlich, hier im Fernsehraum, fiel es Nyholm wie Schuppen von den Augen. Markenführung und internationale Erfahrung. Nyholms und Harrs Büros sollten zu einem neuen Superbüro zusammengelegt werden. Aber man hatte immer noch nicht entschieden, wer von beiden die Leitung übernehmen sollte. Und wer von ihnen ins Informationsamt abgeschoben werden sollte.

Und plötzlich ergab alles einen Sinn: Harrs Teilnahme an allen Besprechungen. Das Portalprojekt mit der abgeänderten Pressemitteilung. Die gefälschte Pornoakte mit dem verrückten Bornholmprojekt. Die ganze Zeit hatte Harr im Hintergrund die Fäden gezogen. Er hatte gerüchteweise von der Zusammenlegung gehört und versucht, sich im IT-Bereich in Stellung zu bringen, während er sich gleichzeitig bemühte, Nyholms Position zu untergraben.

Obwohl Nyholm immer noch nicht begriff, wie er das alles zu Wege gebracht hatte? Wie hatte er die Möglichkeit gefunden, die Pressemitteilung zum Portal zu ändern? Wie hatte er das Papier zur Haushaltsvorlage in die Finger bekommen können? Unmöglich, es sei denn?

Ein eiskalter Schauer lief ihm über den Rücken.

Wer hatte die Pressemitteilung geschrieben? Wer hatte das Papier zur Haushaltsvorlage erstellt?

Espen!

Er steckte mit dahinter. Harr hatte ihm eine Belohnung für die Zeit nach der Zusammenlegung versprochen. Eine Qualifikationszulage. Vielleicht eine Funktion als Sonderberater.

Nyholms Augen schnellten zum Bildschirm zurück. Und Harr war bei der Krisensitzung dabei gewesen, fiel ihm plötzlich wieder ein. Und Espen hatte die Sitzungsunterlagen eigenhändig vorbereitet, während Nyholm mit dem Habicht Karussell gefahren war! Sie hatten alles Mögliche in die Unterlagen hineinmogeln können. Vollkommen hirnrissige Statements, die der Minister im Fernsehen ablassen würde, und für die Nyholm im Anschluss die Verantwortung übernehmen musste, weil seine Unterschrift auf dem Deckblatt stand.

Nyholm sprang aus seinem Stuhl auf und holte sein Handy heraus. Er musste es verhindern. Er musste Brinker anrufen und ...

Und?

Gesetzt den Fall, es wäre gar nicht so? Gesetzt den Fall, er würde anrufen und alles würde sich nur als Produkt seiner paranoiden Fantasie herausstellen?

Er schaute wieder auf den Fernsehschirm.

Aber wenn es jetzt *doch* so wäre?

Nyholm tänzelte unentschlossen vor dem Fernsehapparat herum, während der Generalsekretär auf dem Bildschirm gegen die grenzüberschreitende Pornografie wetterte.

Dann dämmerte es ihm: Die Bornholmnotiz! Brinker hatte gesagt, dass sie bei Harr gelandet wäre. Und wenn es wirklich Harr gewesen war, der das Deckblatt benutzt hatte, um die gefälschte Akte über die ostdänische Pornoinitiative zu fabrizieren, musste die eigentliche Notiz immer noch oben bei ihm herumliegen. Diese Notiz wäre der endgültige Beweis.

Nyholm stürmte zur Tür hinaus, während auf dem Bildschirm hinter ihm die Stimmen weitersummten. Er lief ins Treppenhaus hinaus und nahm Kurs auf den vierten Stock. Harrs Büro lag ganz oben unterm Dach. Er nahm die Treppe in fünf langen Schritten. Dann hatte er den Korridor erreicht. Er musste den Kopf einziehen, um sich nicht an den schrägen Deckenbalken zu stoßen, und hielt einen Augenblick inne, um zu lauschen. Überall brannte Licht. Aber kein Mensch war zu sehen. Er lief zu Harrs Büro am Ende des Korridors hinunter.

Die Tür stand offen. Das Büro war leer. Nyholm trat ein und schloss die Tür hinter sich. Er ging zum Schreibtisch hinüber. Der Eingangsordner war ein Turm aus bunten Plastikmappen. Auf der Tischplatte drohte ein alter Kaffeebecher zwischen orangefarbenen Telefonnotizen und halbfertigen Akten begraben zu werden. Nyholm warf sich auf den Schreibtischstuhl, während er mit einem Blick über die Schulter die Uhrzeit auf Harrs Telefon ablas. Der Minister würde in wenigen Minuten auf dem Bildschirm zu sehen sein. Er begann, in den Akten auf dem Schreibtisch herumzuwühlen. Durchgestrichene Deckblätter. Abgelehnte Vorgänge aus dem Ministersekretariat. Einige von ihnen waren nicht einmal bis zum Minister vorgedrungen. Mappen flogen hin und her. Es war nicht da. Der Minister war bestimmt schon auf dem Weg vor die Kamera, aber die Bornholmnotiz war nicht zu finden. Nyholm stieß den Becher an. Und erstarrte.

Das Porzellan war warm. Der Kaffee im Becher dampfte. Nyholms Blick schnellte zur Tür hinüber, gerade rechtzeitig, um zu sehen, wie die Klinke heruntergedrückt wurde.

»Wie ich schon früher gesagt habe, bedauern wir außerordentlich, dass unsere Initiative missbraucht wurde, um damit kommerzielle Interessen zu verfolgen.«

Herman sah zum Generalsekretär hinüber, der zusammen mit

dem Kinderforscher mitten auf dem schwarzen, staubigen Fußboden der Arena an den Spanplatten stand. Sein Blick glitt zum Bildschirm vor seinem Sofa hinunter, wo dieselben Personen hinter einem blank polierten Richtertisch in einem gemütlichen, kleinen Gerichtssaal standen, der in warmen Farben gehalten war und dessen Zuschauerbänke von einem festlich gekleideten Publikum gefüllt waren.

»Aber wir müssen festhalten, dass es Internetseiten gibt, die dermaßen grenzüberschreitend sind, dass wir sie in einer verantwortungsbewussten Gesellschaft nicht tolerieren sollten«, fuhr der Generalsekretär fort. »Wenn es um Schulmädchen geht, die vergewaltigt werden, finde ich, dass es unsere Pflicht ist, uns zu Wort zu melden.«

»Auch wenn das bedeutet, dass unschuldige Menschen der Zensur ausgesetzt werden?«, fragte die Moderatorin.

»Wenn es sich um Schulmädchen handelt«, antwortete der Generalsekretär standhaft, »bin ich nicht der Meinung, dass man von Zensur sprechen kann.«

»Hört, hört«, klang es mit halbherziger Begeisterung aus dem Publikum.

Herman schielte zum Bildschirm hinüber und überlegte, wie laut das wohl zu Hause in den Wohnzimmern klang.

»Dafür gibt es aber andere, die genau dieser Meinung sind«, verkündete die Moderatorin.

Sie wandte sich dem Verfassungsvorsitzenden zu, der am gegenüberliegenden Flügel des hufeisenförmigen Tisches stand und seinen engen Pullover vollschwitzte.

»Du bist Experte für Verfassungsrecht«, stellte ihn die Moderatorin vor. »Und du bist der Ansicht, dass die Initiative ein Versuch ist, Zensur auszuüben.«

Der Verfassungsmann starrte sie müde und verschwitzt an, aber er hatte sich anscheinend damit abgefunden, die ihm zugewiesene Rolle zu spielen.

»Wenn sie im öffentlichen Bereich und gegenüber erwachsenen Mitbürgern angewendet wird«, sagte er mit einem Nicken, »kann sie in Widerspruch zur Informationsfreiheit geraten und damit einer Zensur gleichgestellt werden.«

Die Moderatorin wandte sich auffordernd an das Publikum, aber die Antwort war zu verwickelt gewesen, um es zu Buhrufen animieren zu können.

»Und das verstößt gegen die Verfassung?«, köderte sie ihn stattdessen vom Richtertisch aus.

»Die Verfassung sagt, dass die Zensur unter keinen Umständen wieder eingeführt werden darf«, zitierte der Verfassungsvorsitzende feierlich und mit Schweißperlen auf der Stirn.

»Aber glaubst du nicht, dass normale Menschen wenig Verständnis dafür aufbringen können, wenn die Verfassung dazu benutzt wird, Menschen zu schützen, die sich solche Bilder aus dem Internet herunterladen?«

»Die Verfassung ist ja nicht nur für normale Menschen da«, betonte der Verfassungsvorsitzende. »Einer der wichtigsten Aspekte der Verfassung und der Menschenrechte im Allgemeinen ist es ja ...«

Er war gezwungen, sich die Stirn abzuwischen, damit ihm der Schweiß nicht in die Augen lief.

»... Minderheiten gegen die Stimmungen in der Bevölkerung zu beschützen, denen normale Menschen so leicht zum Opfer ...«

»Ja«, unterbrach ihn die Moderatorin. »Damit haben wir also eine juristische Einschätzung bekommen. Aber was denkt man denn hier im Publikum darüber?«

Sie hielt nach einem Freiwilligen Ausschau, während die bewegliche Kamera über das Publikum schwenkte. Nachdem sie ein paar Sekunden lang gesucht hatte, leuchtete die rote Lampe an der dritten Kamera auf, die bereits von Anfang an auf eine Frau in der ersten Reihe gerichtet gewesen war.

»Ich finde, das ist ein ziemliche Schweinerei«, sagte sie.

Dieses Mal war die Botschaft einfach zu verstehen. »Hört, hört«, tönte es von den Gerüsten.

»Das kann doch einfach nicht richtig sein, dass da irgendwelche Schweine vor ihren Computern sitzen und solche Sachen herunterladen, während unsere Kinder im Internet surfen.«

Im Schutz der spontanen Beifallsstürme des Publikums wurden der Minister und das Schwein zum Richtertisch herübergewunken, während der Generalsekretär, der Kinderforscher und der Verfassungsvorsitzende auf der anderen Seite der Arena in Sicherheit gebracht wurden. Poul gab Herman ein Zeichen, dass er sich an der einen Seite des Hufeisens aufstellen sollte, während der Minister auf der anderen Seite der Moderatorin aufgebaut wurde. Die Kameras bewegten sich auf sie zu. Wenn die rote Lampe aufleuchtete, würden sie nur ihn sehen, machte Herman sich klar. Millionen von Zuschauern würden entdecken, dass er das Schwein war. Herman stellte verwundert fest, dass er einfach nur dastand und lächelte.

»Ich finde, man sollte ihnen die Eier abschneiden«, schloss die Frau und ließ die Arena in Beifallsstürmen ertrinken.

Dann leuchtete die rote Lampe auf der Kamera auf.

Zum selben Zeitpunkt – in einem legendären Eckbüro mit Aussicht auf das Gerichtsgebäude – machte Camilla die für einen schreibenden Mitarbeiter ziemlich lehrreiche Erfahrung, sich am verkehrten Ende des journalistischen Kontrollrechts zu befinden.

»Ich muss dich noch einmal fragen«, seufzte der Chefredakteur. »Wussten wir, dass Kyner hinter der ganzen Sache steckte, als wir in diese Geschichte eingestiegen sind?«

Camilla wand sich auf ihrem Stuhl. Wenn sie mit Nein antworten würde, stünde sie als hoffnungslos naiv da. Ein Ja würde sie andererseits in Komplizenschaft mit den zynischen Medienmanipulateuren bringen.

»Ich habe nach bestem Wissen und Gewissen ...«, begann sie und erkannte im selben Augenblick eine der Standardphrasen wieder, die alle Alarmglocken eines Journalisten klingeln ließen. Sie unterbrach sich und suchte nach einer Alternative, aber die einzige, die sich aufdrängte, war die Art von Formulierung, wie sie Interviewopfer immer von sich gaben, wenn sie die Wahrheit verschleiern wollen. »Nach den mir zur Verfügung stehenden Informationen«, sagte sie letzten Endes und machte die Sache damit nur noch schlimmer, »wurde Kyner erst ins Spiel gebracht, nachdem wir uns des Themas angenommen hatten.«

»Wir haben es also nicht gewusst«, fasste der Chefredakteur zusammen. »Das ist ja immerhin schon einmal was.«

Frustriert bemerkte Camilla, wie der geschäftsführende Direktor links neben ihr zustimmend nickte.

»Dann können wir zumindest die Unschuldigen spielen, wenn wir unter Beschuss geraten«, meinte Borck auf ihrer anderen Seite.

Wir *sind* unschuldig, hätte Camilla am liebsten hinausposaunt, hielt sich aber zurück, da sie ahnte, wie ein ganzer Raum voller Journalisten auf eine solche Behauptung reagieren würde.

»Was unternehmen wir konkret?«, wollte der geschäftsführende Direktor wissen.

»Ich sage, wir lassen sie sterben«, antwortete Borck. »Die Story pfeift aus dem letzten Loch. Niemand wird sie vermissen, wenn wir sie im Sande verlaufen lassen.«

Camilla hätte sehr gut auf eine Person zeigen können, die sie vermissen würde.

»Werden die anderen nicht dranbleiben?«, fragte der geschäftsführende Direktor.

»Das bezweifele ich.« Borck schüttelte den Kopf. »Auch wenn wir als Erste hineingetappt sind, so sind uns doch alle anderen in die Falle hinterhergelaufen. Es gibt niemanden, der ein Interesse daran hat, allzu tief in dieser Sache zu wühlen.«

»Ich bin anderer Ansicht.«

Auf der anderen Seite des Schreibtisches erhob sich der Chefredakteur langsam aus seinem Stuhl und trat vor das Fenster.

»Wir können nicht einfach den Kopf in den Sand stecken«, entschied er und nickte auf den Platz hinaus. »Die Bevölkerung hat ein Recht darauf, die volle Wahrheit zu erfahren.«

Hinter ihm wartete Camilla gespannt darauf, wie die volle Wahrheit wohl aussehen würde.

»Sie müssen erfahren, mit wem wir es hier zu tun haben.« Er wandte sich zum Schreibtisch. »Unser täglicher Kampf gegen die Nebelwerfer und Rauchbomben der Spin Doctors. Von Story zu Story. Von Pressemitteilung zu Pressemitteilung. Die Bevölkerung hat ein Recht darauf, klar und deutlich über den Grabenkampf informiert zu werden, der hier ausgetragen wird. Auch wenn das bedeuten sollte, dass wir das eine oder andere Mal über Gefallene in unseren eigenen Reihen berichten müssen.«

Der Chefredakteur starrte einen Augenblick lang vor sich hin – verführt von seiner eigenen Metapher. »Ich sage, dass wir die Story bringen«, sagte er und kehrte zu seinem Schreibtisch zurück.

Vor dem Schreibtisch unterzog eine der heldenhaften Frontkämpferinnen dieser Schützengräben vorsichtig diese Version der Wahrheit ihrer Prüfung. Obwohl sie vielleicht nicht vollkommen synchron mit ihrer eigenen war, enthielt sie doch einige attraktive Elemente. Auch Borck wurden allmählich die Augen für diese Perspektiven geöffnet.

»Wir können es als Serie bringen«, schlug er vor. »Die Pornosache wird nur einer von vielen Fällen in der gründlichen Aufdeckung des Netzwerkes der Spin Doctors.«

»Das Dagbladet enttarnt die Wahrheitsindustrie«, formulierte der geschäftsführende Direktor versuchsweise.

»Auf den Spuren der Fünften Gewalt«, trug der Chefredakteur von der anderen Seite des Tisches bei.

Camilla zögerte noch einen Augenblick, bevor sie sich entschloss zuzuschlagen. »Ich habe tatsächlich schon Quellen zu einer anderen Story aufgetan, die Kyners Manipulationen entschleiern können«, sagte sie und versuchte nicht allzu sehr darüber nachzudenken, ob sich der Obristenklub mit seiner neuen Rolle als Quelle anfreunden könnte. »Eine Story, die ihren Ursprung im traditionsreichsten Zweig des dänischen Wirtschaftslebens nimmt und deren Verästelungen bis in die höchsten Regierungskreise hineinreichen.«

Sie schaute sich erwartungsvoll um und hatte schon begonnen, sich passende Überschriften auszudenken – *Ein Streifen Haut?* –, als sie bemerkte, dass es plötzlich sehr still im Raum geworden war.

Zu ihrer Linken bemerkte sie, wie der geschäftsführende Direktor leise den Kopf schüttelte. Gegenüber warf der Chefredakteur Borck einen auffordernden Blick zu, so als wollte er es dem Politikredakteur überlassen, die unangenehme Botschaft zu überbringen.

»Camilla«, begann Borck. »Obwohl ich nicht den geringsten Zweifel daran hege, dass du die Geschichte genau so erzählst, wie du sie wahrgenommen hast – dass dir Kyners Rolle nicht bewusst war –, glaube ich doch, dass wir dich hier ein bisschen im Hintergrund halten sollten.«

»Wir werden die Schwergewichte darauf ansetzen«, meinte der Chefredakteur.

»Und dein Praktikum wird ja ohnehin bald zu Ende gehen«, fuhr Borck fort. »Vielleicht solltest du den Rest deiner Zeit bei uns dazu nutzen, die handwerklichen Grundlagen einzuüben. Den Allerweltsjournalismus.« Er sah ihr ernst ins Gesicht. »Das sind schließlich die Dinge, die du können musst, wenn du von der Hochschule kommst und deine ersten Jahre bei den Zeitungen draußen im Lande verbringst.«

Camilla erhob sich langsam aus ihrem Stuhl.

»Sprich mit Lars«, rief Borck ihr hinterher, während sie zur Tür schwankte. »Er ist gerade mit einem Follow-Up zur Ostseekonferenz zu Gange. Eine IT-Geschichte. Frag doch einfach, ob du ihm dabei nicht bei der einen oder anderen Sache behilflich sein kannst.«

»Kristian?«

Harr blieb überrascht im Türrahmen stehen.

»Wo ist sie?« Nyholm beschloss, mit harten Bandagen zu kämpfen.

»Wo ist wer?«, fragte Harr.

»Die Bornholmnotiz.«

»Die Bornholmnotiz?«

»Die du aus der Mappe genommen hast, bevor du das Deckblatt zusammen mit den Haushaltsvorlagen in eine Akte gesteckt hast.«

Harr sah ihn unschuldig an. »Ich bin nicht ganz sicher, ob ich verstehe, was du da redest, Kristian.«

Nyholm schnaubte verächtlich. »Glaubst du etwa, ich hätte nicht gemerkt, was du so treibst?«

»Das weiß ich nicht.« Harr trat vor den Schreibtisch. »Was treibe ich denn so?«

»Glaubst du etwa, ich hätte sie nicht gesehen?«

»Wen?«

»Die Stellenausschreibung im Staatsanzeiger«, antwortete Nyholm irritiert. »Beauftragter für IT und internationale Beziehungen. Informationsamt. Gehaltsstufe 37.«

»Der Staatsanzeiger?« Harr ließ sich schwer in den Lehnstuhl auf der anderen Seite des Schreibtisches fallen. »Beauftragter für internationale Beziehungen?« Er seufzte bedrückt. »Nach dem, was man so hört, ist zumindest die Kantine im Informationsamt besser als hier.«

»Dass du es wagst!«, grimassierte Nyholm. »Als ob du derjenige bist, den sie dorthin abschieben wollen.«

»Bin ich etwa nicht derjenige?«

»Du hast dich doch schon den ganzen Monat in Position gebracht«, sagte Nyholm scharf. »Du hast dich für das neue, zusammengelegte Büro in Stellung gebracht und versucht, alles zu untergraben, was ich mache.«

Harr schaute verwundert auf. »Aber du bist doch die ganze Zeit am Drücker gewesen, Kristian«, sagte er. »Mit deiner Pornosache warst du doch wochenlang der Liebling des Ministers.« Harr zeigte auf das bunte Chaos von Mappen auf seinem Schreibtisch. »Ich bekomme nichts mehr bei ihm durch. Was glaubst du denn, warum ich an einem Montagabend noch hier bin?«

Nyholm starrte misstrauisch auf den Tisch. Harr versuchte sich herauszureden. Aber so leicht würde er nicht davonkommen.

»Und was ist mit der Pornoanhörung?«, fragte er wütend. »Eine internationale Initiative unter Einbeziehung der dänischen Initiativen. Du warst hinter meinem Projekt her.«

»Das war doch nur Umarmungstaktik. So etwas gehört einfach zum Spiel. Kannst du dich erinnern, wie du dir die Portalsache unter den Nagel gerissen hast? Das war ganz eindeutig ein internationales Projekt. Der Staatsminister war schließlich in Schweden gewesen.«

Nyholm schüttelte abweisend den Kopf. »Diese Pressemitteilung war nicht einfach nur ein Umarmungsversuch«, klagte er an.

»Die Pressemitteilung?«

»Die Portalsache. Die Überschrift wurde geändert, nachdem ich sie dem Minister ins Fach gelegt hatte.«

»Ja, und?« Harr schaute ihn verständnislos an. »Sie ändern doch die ganze Zeit Überschriften. Ich bekomme meine Akten mit den irrsinnigsten Korrekturen zurück.«

»Wer ändert die Überschriften?«, fragte Nyholm verdattert.

»Brinker? Das Ministersekretariat? Wer weiß?« Harr zuckte die Schultern. »Gerade habe ich eine zurückbekommen«, sagte er und begann, zwischen den Mappen herumzuwühlen. »Vollkommen absurd. Irgendetwas mit Pferdeköpfen.«

Nyholm hielt abwehrend die Arme vor sich hoch. Das konnte nicht stimmen. Harr versuchte ihn in die Irre zu führen. Nyholm bemühte sich, schnell zu denken.

»Du warst bei allen Besprechungen dabei«, sagte er stattdessen. »Das Portal. Die Pornobesprechung. Die Bornholmbesprechung. Und ...« Nyholm unterbrach sich selbst. Er hatte das Gefühl, auf der richtigen Spur zu sein. Die Bornholmbesprechung, natürlich. Warum war er nicht schon vorher darauf gekommen?

»Was hattest du auf der Besprechung zum Bornholmprojekt zu suchen?«, fragte er inquisitorisch. »Das war ein gefälschtes Projekt.« Nyholm spürte, dass er ins Schwarze getroffen hatte. »Warum solltest du an einer Besprechung für ein gefälschtes Projekt teilnehmen, es sei denn, du hättest vor, dich in den IT-Bereich hineinzudrängen?« Nyholm warf einen anklagenden Blick über den Schreibtisch. Jetzt hatte er Harr in die Ecke gedrängt. »Warum?«

Harr schaute ihn völlig perplex an. »Ein gefälschtes Projekt. Worüber redest du?«

»Das Projekt war gefälscht«, beharrte Nyholm.

Harr schüttelte langsam den Kopf. »Es gibt keine gefälschten Projekte. Und das Bornholmprojekt ist auch nicht gefälscht. Gerade eben war sogar Ole bei mir und hat mich in dieser Angelegenheit um Rat gefragt.«

»Das ist gelogen, Morten«, Nyholm erhob sich aus dem Stuhl und zeigte wütend über den Tisch hinweg. »Das Projekt ist gefälscht. Ich habe es selbst fabriziert.«

»Kristian.« Harr schaute bekümmert zu ihm auf. »Bist du sicher, dass es dir gut geht?«

Wenn es etwas gab, dessen Nyholm sich sicher war, dann war es die Tatsache, dass es ihm nicht gut ging. Und dass Harr die Ursache dafür war. »Was hattest du auf der Besprechung zu suchen?«, fragte er erregt.

»Kristian. Jetzt setz dich hin und reg dich ab.«

»Antworte endlich!« Nyholm bemerkte, dass Harr ihn mitleidig anschaute, aber das musste er ignorieren. Jetzt war die Stunde der Wahrheit gekommen. Er musste Harr ein Geständnis abringen. »Was hattest du auf der Bornholmbesprechung zu suchen?«, hörte Nyholm sich selbst brüllen.

»Ja, ich habe doch selber keine Ahnung«, gestand Harr.

»Da siehst du mal«, brüllte Nyholm und gestikulierte wild mit den Armen. »Da siehst du mal. Nichts hattest du auf dieser Besprechung zu suchen. Du ...« Nyholm stockte.

»Ich habe ja selber nicht verstanden, warum ich hinzugezogen worden bin«, fuhr Harr fort. »Ich bin davon ausgegangen, dass es mit der Ostseeperspektive zu tun hat.«

»Nein, nein«, entgegnete Nyholm. »Du hast dich hineingedrängt.«

»Mich hineingedrängt?« Harr schüttelte resigniert den Kopf. »Also ich habe wirklich Besseres zu tun, als auf Ministerreferate zu deinen Projekten zu gehen.«

»Du hast dich hineingedrängt«, versuchte es Nyholm erneut, während er bemerkte, wie sein Körper in den Schreibtischstuhl zurücksank.

»Ich habe mich nicht hineingedrängt«, wiederholte Harr.

»Was war es dann?«, flüsterte Nyholm. »Wer hat dich eingeladen?«

Harr starrte ihn von der anderen Seite des Tisches an.

»Wer hat dich eingeladen?«, fragte Nyholm noch einmal, obwohl er die Antwort schon wusste.

»Kristian«, sagte Harr. »Du weißt doch genauso gut wie ich, wer zu diesen Besprechungen einlädt.«

»Aber diese Auseinandersetzung hat auch eine menschliche Dimension«, sagte die Moderatorin in den Beifall des Publikums hinein.

Sie warf einen schnellen Blick auf die oberste Karte ihres orangefarbenen Stapels. Auf der anderen Seite des Richtertisches stand der Minister mit einem leeren Ausdruck in den Augen, als wären seine Gedanken gerade auf einem Ausflug rund um den Mond.

»Draußen in den Wohnzimmern sitzen ganz normale Menschen und laden diese Bilder herunter«, fuhr die Moderatorin fort. »Wie erleben sie die Situation, dass sie angeklagt werden, an der Verbreitung grenzüberschreitender Pornografie mitzuwirken?«

Herman bemerkte, dass die Kamera zu ihm herüberschwenkte. *Schau sie bloß nicht an*, hörte er in seinem inneren Ohr den mahnenden Chor der Stimmen Signes und des Generalsekretärs. *Und halt die Hände still*, ergänzte der Kinderforscher.

»Du bist einer derjenigen, die von dem Versuch betroffen sind, zu kontrollieren, was sich die Leute aus dem Internet herunterladen«, stellte ihn die Moderatorin vor und wandte sich ihm zu. »Kannst du vielleicht kurz schildern, was dir passiert ist?«

»Ich bin von meinem Arbeitsplatz verwiesen worden«, antwortete Herman.

Und den Medien zum Fraß vorgeworfen worden, hätte er hinzufügen können. Aber diesen Teil der Antwort hatte Signe wegzensiert. *Man beißt nicht die Hand, die einen füttert.*

»Was hast du getan?«

»Ich habe eine Internetseite mit absolut legalen Bilder besucht, die vollkommen frei zugänglich waren«, erklärte Herman, während er Signes Stimme in seinem Hinterkopf hörte. *Legal und frei zugänglich*, wiederholte sie. *Unsere Botschaft ist: Es hätte jeden von euch erwischen können.*

»Aber ist es nicht sehr vernünftig, dass Maßnahmen gegen solche Bilder ergriffen werden«, fragte die Moderatorin. »Wenn es sich um Schulmädchen handelt ...«

»Das tut es eben nicht«, unterbrach sie Herman. »Es handelt sich um Schauspielerinnen.«

»Aber sie sind als Schulmädchen verkleidet.«

»John Travolta ist als gewalttätiger Psychopath verkleidet«, konterte Herman mit dem Gefühl, einen Film zu sehen, den er bereits auswendig kannte. »Das bedeutet nicht, dass wir Leute ins Gefängnis stecken, weil sie sich Pulp Fiction angesehen haben.«

»Auf der anderen Seite haben wir gerade einen Experten gehört, der sagt, dass Szenen in einem Pornofilm Menschen dazu animieren können, ihre Fantasien auszuleben.«

»Also ich bin zwar kein Experte«, schränkte Herman ein – was ihn laut Signe sofort sehr viel glaubwürdiger erscheinen ließ. »Aber wenn das stimmen sollte, dass Leute die Fantasien verwirklichen, die sie im Film sehen, dann würden sich auf den Straßen vor den Kinos in unserem Land ja die Leichen stapeln.«

Die Replik fühlte sich in Hermans Mund wie ein Stück Brot an, das schon zu lange gekaut worden war. Auf der anderen Seite des Richtertisches sah die Moderatorin dagegen aus, als wäre damit ein sehr vernünftiger und wohl durchdachter Schlusspunkt für diesen Teil der Diskussion gesetzt worden.

»Bei uns ist auch einer der Politiker, die den Kampf gegen Pornografie im Internet angeführt haben«, sagte sie und wandte sich dem Minister zu. »Wissenschaftsminister Hans Hasseris. Herzlich willkommen.«

Der Minister nickte artig.

»Wie stehst du dazu, dass eure Initiative nun auch ganz normale Menschen in Mitleidenschaft zu ziehen scheint?«

»Das ist selbstverständlich sehr bedauerlich«, bedauerte der Minister. »Andererseits bin ich der Ansicht, dass wir festhalten sollten, dass es sich hier um besonders grenzüberschreitende Bilder handelt. Und selbst wenn man vielleicht nicht direkt von Kinderpornografie sprechen kann …«

»Es ist keine Kinderpornografie«, unterbrach ihn Herman, während sein eingebautes Gespür für höfliches Benehmen von Signes Ermahnungen überwältigt wurde, dass er *jedes Mal* die Problemmetapher zurückweisen müsse – *auch wenn du dafür jeman-*

dem ins Wort fallen musst. »Nicht einmal indirekt. Es sind Schauspielerinnen.«

»Das vielleicht schon«, gab der Minister zu. »Aber ich glaube nach wie vor, dass es für die meisten normalen Menschen zu weit geht, wenn Darstellerinnen, die als Kinder verkleidet sind, vergewaltigt werden.«

»Sie werden nicht vergewaltigt«, entgegnete Herman. »Es ist Schauspielerei.«

Genau dasselbe, was wir gerade tun, hätte er fast hinzugefügt. Aber so stand es nicht im Drehbuch.

»Nichts anderes, als wenn John Travolta in Pulp Fiction einen Gangster erschießt.«

»Nichtsdestotrotz glaube ich, dass viele das Gefühl haben, dass dabei eine Grenze überschritten wird«, beharrte der Minister.

»Es gibt auch viele, die finden, dass eine Grenze überschritten wird, wenn zwei Männer sich küssen«, gab Herman zurück. »Soll das jetzt auch verboten werden?«

»Es ist doch unbestritten, dass sexuelle Minderheiten weiter respektiert werden«, antwortete der Minister mit einer vorgefertigten Replik, die Signe natürlich vorausgesehen hatte.

»Und was soll nicht weiter respektiert werden?«, sagte Herman eilig. »Sadomasochismus? Fetischismus? Die Missionarsstellung?«

Irgendwo im Publikum vernahm Herman ein leises Kichern.

»Wer soll diese Grenze festlegen?«

»Also ich glaube nach wie vor«, hielt der Minister fest, »dass die meisten normalen Menschen mit mir einer Meinung sind, wenn ich sage, dass die Pornografie überhand genommen hat.«

Der Minister klammerte sich an die normalen Menschen, konstatierte Herman. Auch das war keine Überraschung.

»Aber wie kann es denn sein, dass die Pornografie fünfzig Prozent des Datenverkehrs im Internet ausmacht, wenn die meisten Menschen finden, dass die Pornografie überhand genommen hat?«

Herman zögerte, während er überlegte, ob er die Fortsetzung auch bringen sollte. Das Kichern entschied die Sache.

»Wenn es keine Menschen sind, die da surfen, wer ist es dann? Außerirdische?«

Aus dem Kichern wurde diesmal ein glasklares Lachen. Herman spürte, wie sich die Stimmung auf den Rängen zu wenden begann.

Ihm gegenüber wirkte es dagegen so, als würde dem Minister rein gar nichts mehr einfallen. Die Moderatorin schaute ihn aufmunternd an. Sogar Herman ärgerte sich allmählich über den fehlenden Widerstand. Hatte denn der Mann seine Repliken nicht eingeübt?

»Aber vielleicht sollte man auch an die Kinder denken?«, soufflierte die Moderatorin.

»Ganz recht.« Die Kampfkraft des Ministers erwachte. »Wir müssen ja auch an die Kinder denken, die diesen Bildern ausgesetzt werden können.«

Herman konnte das Ende des Satzes kaum abwarten, bevor er ihm sein gebrauchsfertig verpacktes Gegenargument entgegenschleuderte.

»Aber wir können die Gesellschaft doch nicht in eine Disneyshow verwandeln, wo niemand einen Gedanken denken oder eine Meinung aussprechen darf, die ein Kind erschrecken könnte.«

Er machte eine kurze Kunstpause, bevor er seine Pointe anbrachte.

»Was sollen wir denn mit den Fernsehnachrichten machen? Dürfen sie dann nur noch von einem Zugunglück berichten, wenn es in Legoland passiert ist?«

Die Zuschauer belohnten ihn mit Lachen und Applaus. Nicht einmal die Moderatorin konnte ein Lächeln unterdrücken.

»Wenn wir wirklich die Kinder beschützen wollen«, legte Herman nach. »Wäre es dann nicht besser, mit ihnen über die Dinge zu sprechen, die ihnen im Internet begegnen können, statt ihnen weiszumachen, dass es diese Dinge gar nicht gibt? Ihnen ein paar Werte mitzugeben, damit sie damit umgehen können?«

Herman warf einen herausfordernden Blick in die Runde, aber niemand widersprach ihm. Der Minister ihm gegenüber machte den Eindruck, als wäre er auf dem Weg zurück zum Mond. Neben ihm hatte die Moderatorin die Pappkärtchen auf dem Tisch abgelegt. Sie lächelte ihr Wochenblattlächeln, hatte aber ein leicht abwesendes Schimmern in den Augen. Herman begriff, dass ihr über den Ohrhörer eine Anweisung übermittelt wurde. Die Kamera rollte jetzt vom Richtertisch weg.

»Auch wenn die Wirklichkeit manchmal erschreckend und verwirrend für Kinder sein kann, können wir sie ja nicht einfach aus der Welt schaffen«, konnte Herman gerade noch sagen, bevor ihm klar wurde, dass sie genau das konnten.

Fünfzehn Sekunden später erlosch die rote Lampe auf der Kamera, und die Wirklichkeit hörte auf zu existieren. Aber nur bis zur nächsten Woche, wenn die Wirklichkeit sich ganz um die eskalierende Gewalt und unzureichende Strafmaße drehen würde, und bis dahin bedankte man sich bei den Zuschauern für ihre Aufmerksamkeit.

Kurze Zeit später wurde das Publikum aus der Arena getrieben, während die Gäste des Abends sich zu einem Wein um den Richtertisch versammelten.

Die Moderatorin war der Meinung, es sei eine gute Diskussion gewesen, die draußen in den Wohnzimmern sicher einiges in Bewegung gesetzt habe, und das sei ja schließlich der Zweck der Sendung. Der Minister schmeichelte sich an sie heran und lächelte sein schlüpfriges Lächeln. Der Generalsekretär versicherte dem Verfassungsvorsitzenden, es sei prächtig gelaufen, während Herman das Gefühl beschlich, als wäre er explodiert und sein Inneres nach außen gekehrt worden.

Schließlich saß er mit dem Bon in der Hand im Taxi. Die Straßenlaternen flogen über ihm vorbei. Allmählich kehrte sein Wirklichkeitssinn zurück.

»Wo hast du mitgemacht?«, fragte der Fahrer, als sie sich der Stadt näherten.

»Das Fernsehgericht«, erklärte Herman. »Über die grenzüberschreitende Internetpornografie.«

»Diskutieren sie schon wieder darüber?«, sagte der Fahrer überrascht.

»Es stand ja einiges in den Zeitungen«, erläuterte Herman ein wenig gekränkt.

»Ach?«

Einen Augenblick lang fuhren sie schweigend dahin.

»Ja, also ich weiß ja nicht mit diesen Pornos im Internet«, sagte der Fahrer zögerlich.

Auf der Rückbank beugte sich Herman gespannt nach vorne. Jetzt kam es. Das Urteil des Volkes.

»Also ich finde nicht, dass da so furchtbar viel dran ist.«

Der Fahrer betrachtete ihn im Rückspiegel.

»Aber vielleicht kennst du ja ein paar gute Seiten?«

Die Wahrheit

Ole möchte mit dir reden.«

Die Rezeptionistin hinter dem Schalter schaute überrascht auf. Sie öffnete den Mund, aber Nyholm kam ihr zuvor.

»Du glaubst, dass es dringend war«, sagte er freundlich.

Mit dem besorgten Blick der Rezeptionistin im Rücken ging Nyholm weiter und betrat das Treppenhaus. Er ging die Stufen hinauf, während er alle Einzelheiten in seiner Umgebung wahrnahm. Der verstaubte Linoleumfußboden. Die abgewetzten, grauen Wände. Der Versuch, das Ganze mit einem Bisschen blauer Farbe auf den Fensterrahmen wieder aufzulockern. Vollkommen unbedeutende Details, die immer größer wurden und an Bedeutung gewannen, weil es das letzte Mal war, dass er sie sah. Er betrat den Korridor zum Ministerbüro und konnte nicht umhin zu bemerken, wie das Linoleum exklusivem, dunkel gebeiztem Eichenparkett gewichen war. Durchschaubar.

Der Staatssekretär saß mit einer gelben Akte vor sich am Schreibtisch, als Nyholm eintrat. Neben der Mappe lag ein Artikel aus dem Dagbladet, den Nyholm selbst schon auf der Zugfahrt in die Stadt mit einer Mischung aus Entsetzen und Unglauben studiert hatte.

»Wollen wir es uns nicht etwas gemütlich machen?«, schlug der Staatssekretär vor.

Nyholm nickte und setzte sich auf das eine Sofa. Der Staatssekretär schrieb am Schreibtisch noch eine letzte Notiz in die gelbe Akte. Dann stand er mit der Mappe in der Hand auf. Mit langsamen Schritten ging er zur Tür und schloss sie, während Nyholm von der Sitzgruppe aus dem gelben Plastik mit den Augen folgte und ihm schlagartig wieder einfiel, wofür die gelbe Farbe eigentlich stand. Es war ganz und gar nicht zur Kenntnisnahme, erinnerte er sich plötzlich. Es waren interne Angelegenheiten. Budgetumlagen. Raumzuweisungen.

Der Staatssekretär blieb ein paar Sekunden an der Tür stehen, dann wandte er sich den Sofas zu.

Und Personalangelegenheiten, natürlich.

Als Nyholm kurze Zeit später mit der Schultasche in der Hand und seinem Jackett über den Arm gelegt das Ministerium verließ, schien die Sonne von einem klaren, blauen Aprilhimmel auf ihn herab.

Er begann, zum Bahnhof zurückzugehen. Die Schultasche schwang in seiner Hand. Befreiend leicht. Er riss den Reißverschluss seiner Windjacke auf und ließ die kühle Luft über seine Brust gleiten.

Mit langsamen Schritten erreichte er die Kirche. Er bog auf den Platz ab und schlenderte an den grünspanbedeckten Statuen vorüber, während er – ein letztes Mal – den Anblick der Kuppel vor dem Himmel genoss.

Er war schon halb vorbeigegangen, als er die Inschrift bemerkte. Große, glänzende Buchstaben auf einer schimmernden Metallplatte direkt unterhalb der Kuppel. Nyholm reckte seinen Hals und versuchte den Text zu entziffern, während er sich darüber wunderte, dass er ihn nie zuvor bemerkt hatte. Andererseits war es natürlich viele Jahre her, dass er nach Hause gegangen war, solange es noch hell war, und damit die Chance bekommen hätte, die Kirche aus dieser Perspektive zu betrachten.

Mit hochgerecktem Kopf ging Nyholm rückwärts auf die Fahrbahn hinaus und weiter bis auf den gegenüberliegenden Bürgersteig. Ganz allmählich kam der Text in sein Blickfeld. Es verging ein Augenblick, bevor er dessen Bedeutung erfasst hatte. Dann spürte er, wie seine Beine unter ihm nachgaben. Sein Körper zitterte, und er konnte sich kaum aufrecht halten.

Gegen seinen Willen musste er sich auf den Bordstein fallen lassen. Über ihm schienen die glänzenden Buchstaben auf dem Haus der Herrn mit dem blauen Himmel als Hintergrund:

Die Wahrheit wird euch frei machen

Und auf dem Bordstein sitzend lachte Nyholm, dass ihm Tränen die Wangen hinunterliefen.

Am anderen Ende der Stadt – am Esstisch einer kleineren Zweizimmerwohnung – löste die aktuelle Berichterstattung der Presse nicht ganz dieselbe enthemmte Fröhlichkeit aus.

»Das kann doch nicht wahr sein«, fuhr Herman empört auf und warf die Zeitung von sich. »Es gibt nicht einmal die kleinste Notiz.«

»Aber das war doch genau der Plan«, entgegnete Rebekka von der anderen Seite des Tisches.

»Schon, aber trotzdem.«

Herman schaute ärgerlich über den Esstisch hinweg. Sie hatte natürlich Recht.

»Aber sie hätten ruhig noch einen Artikel bringen können«, meinte Herman. »Statt dieses langweiligen Zeugs.«

Er zeigte auf den Aufmacher der ersten Seite:

Bornholm nach Ostseekonferenz im Stich gelassen

Ein vollkommen belangloser Artikel über eine ostdänische IT-Investition, die eingestampft worden war. Und ein Bornholmer Landrat namens Jeppe Kofoed, der in den Besitz eines internen Dokuments gelangt war, in dem ein bedeutender Millionenbetrag in Aussicht gestellt worden war. Und ein Wissenschaftsminister, der sich jetzt auf jede Menge kritische Fragen der Opposition einstellen musste. Und eine ganze Menge anderer Belanglosigkeiten, die nicht im Geringsten mit grenzüberschreitender Pornografie zu tun hatten.

»Haben die denn überhaupt kein Fernsehen gesehen?«, klagte Herman. »Wir haben sie doch vollständig ausgebremst.«

»Das Wichtigste ist ja wohl, dass dein Bruder es gesehen hat.« Rebekka deutete auf Hermans Handy, das vor ihm auf dem Tisch lag. »Hast du ihn angerufen?«

»Noch nicht«, antwortete Herman ausweichend. »Ich wollte die Verbindung nicht blockieren, falls jemand versuchen sollte, mich anzurufen.«

Vielleicht die Fernsehnachrichten? Oder CNN?

»Du kannst von meinem aus anrufen«, bot sie an.

»So wichtig ist es nun auch wieder nicht«, meinte Herman, nahm aber trotzdem ihr Handy mit ins Schlafzimmer, um anzurufen.

Nachdem er gegangen war, überlegte Rebekka, ob sie ihm hätte verraten sollen, dass in der heutigen Ausgabe tatsächlich ein kleinerer Beitrag zur grenzüberschreitenden Pornografie zu finden war. Ganz hinten im Wirtschaftsteil: Eine Anzeige für die frisch gestartete Werbeagentur Veritas, die sich – flankiert von einem halb verschleierten Pornobild – als neuer Mitbewerber, und zwar *ohne versteckte ethische Agenda*, in der Branche einführte. Signe hatte ihr bereits eine SMS geschickt und gefragt, wann Rebekka einsteigen würde. Die ersten Kunden hatten sich bereits gemeldet.

Rebekka lächelte, während sie ins Schlafzimmer hinüberschielte. Dorthes Skepsis zum Trotz hatte er ihr doch auf seine ganz eigene Weise einen neuen Job besorgt. Einen Job, der wohl gemerkt sehr viel Respekt heischender war als eine sterbenslangweilige Projektleiterstelle. Ein Job, der sie – mit dem Titel einer Partnerin in der neu gegründeten Agentur – tatsächlich in eine der glorreichsten Positionen des Schaeferschen Karriereuniversums brachte: Die Macherin, die den Kampf mit den versteinerten (männlichen) Dinosauriern der Branche aufnahm.

Wenn man es ein wenig von außen betrachtete, erkannte Rebekka, dann stellten die Probleme bei Kyner in Wirklichkeit bloß die Herausforderung dar, derer es bedurfte, um ihre Karriere richtig in Fahrt zu bringen. Und die es ihr gleichzeitig ermöglichten – ein willkommener Nebeneffekt –, die nötige Ruhe an der Heimatfront zu gewinnen, ohne die jede Karrierepflege sinnlos wäre. Sie nickte zufrieden vor sich hin. Obwohl sich ihr neuer Freund mit seiner derzeitigen Position natürlich nicht direkt für die Rolle als Hälfte eines Schaeferschen *power couples* qualifizieren dürfte.

Andererseits sollte man jedoch darauf achten, nicht das ganze Leben nach den Erfordernissen der Arbeit einzurichten, rief sich Rebekka ins Bewusstsein. Es gab andere Wege zu einem glücklichen Leben als Schaefers lauwarme Karrieretipps. Per Arne Dahls *Die große Liebe* zum Beispiel. Der ja gerade betonte, dass Paarbeziehungen, die aus dem gemeinsamen Kampf gegen äußere Kräfte entstehen, oft tief verwurzelte Gemeinsamkeiten entwickelten, die das Überleben der Beziehung auf längere Sicht sicherten. Rebekkas Blick glitt zu der klassischen Zweierbeziehungsbibel in ihrem Bücherregal hinüber. Wo auch Kirsten Helles *Liebe aus freiem Entschluss* – falls Rebekka sich nicht völlig falsch erinnerte – diese Schlussfolgerungen ohne Abstriche unterstützte.

Wenn man nur frei ist von früheren Beziehungen, ist es nicht notwendigerweise von Übel, wenn eine Beziehung im Gegenwind ihren Anfang nimmt, wiederholte Rebekka für sich selbst, als im selben Augenblick das Handy vor ihr auf dem Tisch zu läuten begann.

Im Schlafzimmer veranlasste die versammelte Aufmerksamkeit der Weltpresse Herman, sich schlagartig umzudrehen. Er bedeutete Rebekka, das Gespräch entgegenzunehmen, während er hastig das Gespräch mit seinem Bruder beendete.

»Hier ist Rebekka«, hörte er sie sagen. Er betrat das Wohnzimmer, während er zu erraten versuchte, ob es die Fernsehnachrichten waren oder eine der Tageszeitungen.

Am Esstisch lauschte Rebekka einen Augenblick lang der –

überraschend lautstarken – Stimme, die sich am anderen Ende der Leitung meldete.

»Und wie war nochmal dein Name?«, fragte sie verwundert.

Sogar vom anderen Ende des Zimmers aus konnte Herman vernehmen, wie die Antwort den Lautsprecher des Handys unheilvoll knistern ließ.

Mit einer langsamen Bewegung streckte ihm Rebekka das Handy entgegen. Herman hörte die Stimme im Lautsprecher.

»Du hast versprochen, nicht zu lügen«, warf sie ihm tränenerstickt vor.

Das leichte Leben

Es war halb vier am Samstagnachmittag, und Herman saß allein an einem Tisch im Café.

Vor ihm standen die Reste eines klassischen Samstagsbrunches. Halb leere Teller mit den Überresten von honiggeröstetem Müsli, frischem Obst und italienischer Wurst. Verschmierte Gläser mit Apfelsinenfruchtfleisch am Rand. Tassen mit nicht mehr ganz warmem Cafe latte. Nebenan – am Rande des Wirtschaftsteils einer aufgeschlagenen Zeitung – informierte eine Notiz mit der Überschrift *Spin Doctor wird Ministerialrat* über die letzte Umstrukturierung im Wissenschaftsministerium, die den früheren Ministersekretär Michael Brinker an die Spitze des neu eingerichteten Büros für IT und internationale Beziehungen gespült hatte.

Herman hatte allerdings kein Auge für die Wirtschaftsnachrichten. Sein Blick hatte die Zeitungsseiten schnell wieder verlassen, um zur Bar hinüberzuwandern, wo die Sommermode an den schlanken Körpern der Mädchen zur Schau gestellt wurde. Noch tiefer sitzend als je zuvor. Mit Blick auf die Strings und eine erstaunliche Menge nackter Haut über dem Hosenbund, wenn die Mädchen sich über die Theke lehnten. Mit lockeren, halb durchsichtigen Blusen, die über die Schultern hinabglitten und sich wie ein nasses Tuch über die Brüste legten.

Dort oben waren sie bereits zu den Drinks übergegangen, stellte Herman fest. Die Mädchen hielten dreieckige Gläser in den Händen und stießen miteinander an, während der Mann daneben stand und mit dem Barkeeper über die Cocktailkarte verhandelte. Es war der Beginn eines langen und feuchten Abends im leichten Leben.

Herman seufzte und ließ seinen Blick zurück zur Zeitung schweifen, wo er an einem etwas längeren Artikel auf der Mitte der Seite hängen blieb. Der Öffentlichkeitsbeauftragte von *Kinder in der Gesellschaft* freute sich über den Spendenrekord dieses Jahres und führte das Resultat auf den kontinuierlichen Einsatz in den Wärmestuben der Kinderhilfsorganisation zurück. Herman stieß die Zeitung von sich, konnte aber nicht verhindern, dass in seinem Hinterkopf eine Schublade aufsprang. Aus der Kommode schaute eine Diskussion hervor, die nicht mehr länger unaussprechlich war, sondern ganz im Gegenteil mit neuer Intensität und neuen Mitspielern geführt wurde: nicht zuletzt mit Susanne Schaefer. Die ihrerseits betonte, wie wichtig es für eine Karrierefrau war, Kinder möglichst früh in ihrer Laufbahn zu bekommen, damit sie alt genug für Kindergarten und Schule waren, wenn die Spitzenpositionen in Reichweite kamen und der wirkliche Stress begann.

Herman schickte die Diskussion zurück in die Schublade, entschied sich aber, diese einen Spalt breit offen zu lassen. Oben kamen Henning und die Mädchen mit den Getränken von der Bar zum Tisch zurück.

»Ich dachte, wir würden uns einen ruhigen Abend machen«, stöhnte Herman, konnte ein Lächeln aber nicht unterdrücken, als sein Getränk vor ihm auf dem Tisch landete.

»Papperlapapp, du musst einfach wieder unter Leute kommen«, meinte Henning.

Er setzte sich mit Dorthe an die gegenüberliegende Seite, während Rebekka zu Herman auf das Sofa herüberkam. Herman legte ihr den Arm um die Taille und gestattete sich, die enttäuschten Blicke zu genießen, die diese Bewegung bei den beiden Männern am Nachbartisch auslöste.

»Also besonders spät sollte es nicht werden«, mahnte Rebekka. »Ich muss morgen in die Agentur.«

»An einem Sonntag?« Henning warf ihr einen kritischen Blick zu.

»Sonst werde ich nie fertig.«

»Wann reist ihr denn ab?«, fragte Dorthe.

Rebekka stellte ihr Glas ab und begann eine längere Darlegung über einzelne Meilensteine der bevorstehenden Tour nach Barcelona und das katalanische Hinterland. Neben ihr auf dem Sofa spürte Herman, wie der straffe Projektplan einen Augenblick lang ein Gefühl des Angekettetseins in ihm hervorrief. Dann beschwor er ein Bild von sich selbst, durch die Rambla schlendernd herauf, mit Rebekka in einem kurzen Sommerrock an seiner Seite, und das Gefühl wurde übertrumpft von Stolz und freudiger Erwartung.

»Das ist ja toll, dass ihr euch traut, einen Monat lang zusammen zu verreisen, wo ihr euch noch gar nicht so lange kennt«, meinte Dorthe.

Herman spürte, wie Rebekkas Körper unter seinem Arm ein bisschen zusammenzuckte. »Wenn man ein gutes Gefühl dabei hat, gibt es wohl keinen Grund, zu warten«, kam er ihr zur Hilfe.

»Eben«, ergänzte Henning von gegenüber. Er erhob sein Glas und prostete ihnen über den Tisch zu. »Auf die Sommerferien«, verkündete er feierlich.

Und das leichte Leben, ergänzte Herman still für sich selbst, als die Gläser klangen.

Dies ist kein Schlüsselroman. Die Handlung und die Personengalerie sind ein Produkt meiner Fantasie und sollen nicht als Versuch verstanden werden, wirkliche Ereignisse oder Personen zu schildern – weder aus meinem persönlichen Umfeld noch aus dem öffentlichen Leben.

Andererseits wäre es absurd, zu behaupten, dass ich mich nicht von der Wirklichkeit habe inspirieren lassen. Wie der Großteil aller Fiktion ist dieser Roman dadurch entstanden, dass Fragmente aus dem wirklichen Leben – eine glockenförmige Frisur, eine gelbe Schaukel, ein Zitat aus einem Buch oder eine aus dem Zusammenhang gerissene Replik – mit frei erfundenen Elementen kombiniert wurden, um damit eine Kulisse zu errichten, vor der Personen, die wirklich sein *könnten*, Ereignisse durchleben, die stattgefunden haben *könnten*.

Dieser Roman hätte daher niemals ohne die Hilfe einer Reihe von Personen entstehen können, die mit Fragmenten aus ihrer jeweiligen Lebenswirklichkeit sowie konstruktiver Kritik an meinen beherzten Versuchen, diese Wirklichkeit einzufangen, ihren Beitrag dazu geleistet haben. In diesem Zusammenhang möchte ich danken: Sofie Rask Andersen, Mads Ellesøe, Tina Guswiler, Morten Hass, Trine Ingemansen, Kåre Nordahl Jacobsen, Rikke Frank Jørgensen, Ole Henning Sørensen, Jesper Vilstrup und nicht zuletzt Christian Madsbjerg, dessen geschärfter Blick für Werbung, PR und das »Nähkästchen« des Journalistengewerbes eine unschätzbare Quelle der Inspiration während der Arbeit an diesem Roman war.

Desgleichen danke ich Litteraturrådet und Autorkontoen für ihre Arbeitslegate sowie dem Hald Hovedgård für ein schönen Rahmen und die angenehme Atmosphäre während meines Arbeitsaufenthaltes.

Per Helge Sørensen

Ein rasant geschriebener Internet-Thriller aus Dänemark

An einem Sonntagabend wird ein junger Informatikstudent in der menschenleeren Universität zu Kopenhagen Zeuge eines Mordes auf dem Computerbildschirm. Zur gleichen Zeit verschwindet Martin, ein Kommilitone, unter mysteriösen Umständen. Zeitgleich verunglückt ein Programmierer mit dem Auto in den Bergen bei San Francisco. Alles Zufälle? – Genauere Nachforschungen führen den Studenten in das Netz der Geheimdienste, der Politik und der amerikanischen IT-Branche. Die Spuren verdichten sich um das Thema der Kryptographie – die Verschlüsselung von sensiblen Daten, wie sie zum Schutz vor Industriespionage bereits verwendet wird ...

ISBN 3-404-14813-4

BASTEI LÜBBE